A. Speemann

Jackpot gesucht!

A. Speemann, geboren und aufgewachsen in Dresden, bestreitet ihren Alltag mit zwei Kindern und zwei Katzen. In ihrer Freizeit taucht sie gelegentlich ab in Fantasiewelten, die sie gerne schriftlich festhält.

Bisherige Veröffentlichungen
In Liebe, Jean (BoD)
Neues Jahr, neues Glück (BoD)

Mia, ich frag mich ab und an,
wieso du Schmetterlinge auf deinem Körper trägst
– viele kleine bunte. Was inspiriert dich dazu?
Seitdem wir uns kennen und ich immer wieder
neue kleine Zeichnungen auf deiner Haut entdecke,
lautet meine häufigste Suchanfrage: *Schmetterlinge*.
Unterdessen kenne ich viele sogar mit ihrem
lateinischen Namen. Ohne dich hätte ich nie
gewusst, wie viele verschiedene Arten es gibt.
Nichts darüber, wie Schmetterlinge sich fortpflan-
zen, nichts über ihre außergewöhnlichen Sinne.
Nichts über ihre Lebensdauer – nichts über ihre
Schönheit.
Durch dich seh ich jedes Jahr aufs Neue all die
kleinen Falter, die es vorher für mich nie gab.
Die Abbilder auf dir sind winzige, detailgetreue
Kunstwerke. Auf deiner Haut leben sie länger als in
der Realität und sind so frei wie du.
Wärst du ein Schmetterling, dann wärst du
kunterbunt und würdest im Sonnenlicht glitzern.

(Piet)

Prolog

Mia (23 Jahre)

Wie peinlich! Ich zückte mein Handy und machte einen Mitschnitt. Ohne Beweis würden meine Freunde mir nie im Leben glauben, was hier abging. Gerade begann die nächste Folter. Die Freundinnen meiner Mum hatten sich als Achtziger-Jahre-Popikonen verkleidet und sangen voller Inbrunst. Abartig!

Ich befand mich auf der dritten Hochzeit eines Elternteils – wenigstens war es diesmal die meiner Mum. Meine Begeisterung hielt sich trotzdem in Grenzen.

Diese aufgesetzte Freude, all die gefühlsduseligen Worte, die blöden Glückwünsche, die albernen Traditionen, die man angeblich eben machen sollte. Kitsch. Bäh, nicht mein Fall.

Vor wenigen Minuten hatte ich auch noch den Brautstrauß gefangen. Unabsichtlich. Er war mir direkt an den Kopf geflogen. Meine Mum hatte vor Freude gekreischt, als wäre mein Schicksal damit besiegelt. Quatsch.

Ich fragte mich, auf wie vielen Hochzeitsfeiern meiner Eltern ich noch tanzen sollte? Gut, ich tanzte nicht und meine Mum war beständig – wenn, dann würde nur mein Vater die Frau an seiner Seite austauschen, sobald sie ihm zu alt wurde. So hatte er es zumindest bisher gehandhabt.

Die nächste Frau Fischer würde jünger sein als ich. Ein erschreckender Gedanke. Mein Vater war definitiv dafür verantwortlich, dass ich eine Heirat für nichts Erstrebenswertes hielt.

Es war Mums großer Tag und sie war glücklich. Ich freute mich für sie, denn wenn jemand die große Liebe verdient hatte, dann sie.

Gerade strahlte sie ihren Mann an. Wahrscheinlich konnte sie ihr Glück kaum fassen. Paul, mein Ziehdaddy, war vierzehn Jahre jünger als sie und optische Perfektion. Heute besonders. Er sah aus, als wäre er aus einem Hochzeitsmagazin entstiegen: mit strahlend blauen Augen, die meine Mum schmachtend anblickten. Kennen und lieben gelernt hatten sie sich auf Reisen. Sie waren zehn Monate zusammen unterwegs gewesen.

Meine Mum war an Pauls Seite aufgeblüht. Durch Paul hatte sich nicht nur ihr Leben verändert, sondern auch meins. Kurz nach ihrer Wiederkehr hatte sie mir ihre Wohnung überlassen und war zu ihm gezogen. In ein Kaff an der Ostsee.

Ich fühlte mich gerade fehl am Platz, aber Verschwinden funktionierte nicht, denn wir befanden uns auf einer Yacht, mitten auf der Ostsee. Keine Fluchtmöglichkeit in Aussicht. Wenigstens gab es genügend Alkohol an Bord und einen Joint in meiner Handtasche. Zeit, mir einen ruhigen Platz zu suchen.

Ich lief jedes Deck ab, um ungestört mein Weinglas zu leeren, in Ruhe eine Zigarette zu rauchen und, um mich danach unbemerkt meinem Joint zu widmen. So der Plan.

Ich fand dieses Plätzchen, aber mein Feuerzeug nicht. Mist. Keine Ahnung, wo ich es liegengelassen hatte. Ich ärgerte mich über mich selbst und führte fluchende Selbstgespräche, bevor ich meine Rettung erblickte. Unweit von mir stand einer von Pauls Trauzeugen, rauchend. Perfekt. Feuer war gesichert.

Der Typ sah genauso lost aus, wie ich mich den gesamten Tag über gefühlt hatte. Er stand an der Reling, den Blick aufs Wasser gerichtet und schien mit seinen Gedanken weit weg zu sein. Er bemerkte mich nicht einmal, als ich direkt neben ihm stand.

Meine Augen checkten ihn im Schnelldurchlauf ab, bevor sie an seinem linken Unterarm hängen blieben. Sein Hemdärmel war hochgekrempelt, Sehnen spannten sich unter gut gebräunter Haut und Tattoos. Wow! Seit wann faszinierten mich Unterarme? Egal. Feuer. Ich wollte Feuer.

»Hey Trauzeuge, hast du Feuer für mich?«, holte ich ihn zurück in die Realität.

Er zuckte erschrocken zusammen, bevor er den Blick vom Meer löste und sich mir zuwandte. Graue Augen musterten mich sehr intensiv. Danach zuckte ein spöttisches Grinsen über seine Mundwinkel. Er sah mich an, als sei ich ein Teenie und würde ihn nach etwas Verbotenen fragen.

»Bekomme ich Ärger mit Helene, wenn ich dir Feuer gebe?«

Krass. Was war das denn? Seine Stimme klang gleichzeitig nach Honig und Reibeisen. Tief, kratzig und extrem sexy. Holy shit. Dieser Tonklang bescherte mir kurzzeitig ein Kribbeln auf meiner Haut.

»Den würdest du nur bekommen, wenn du mein Feuer entfachst, aber dafür bist du locker zehn Jahre zu alt«, konterte ich.

Ich sah ihm an, dass er über meine Worte nachdachte.

»Rauchen kannst du aber schon selbst?«, fragte er mich, während er mir Feuer gab.

Sein Blick war bohrend. Er ließ mich nicht aus den Augen, als wolle er meine Gedanken lesen.

»Schneewittchen ist unglücklich«, grummelte er.

War das eine Frage oder eine Feststellung?

»What? Ich bin weder Schneewittchen noch unglücklich.«

Er lächelte flüchtig, bevor er sich wieder der Aussicht widmete.

»Du hast schneeweiße Haut und lange schwarze Haare«, erklärte er viel mehr dem Wasser als mir.

»Wenn, dann bin ich Dornröschen. Ich hab den Brautstrauß gefangen und mich glatt daran verletzt.«

Er sah mich wieder an. Erheitert. Grübchen zeichneten sich auf seinen Wangen ab.

»Wie kann man sich an einem Brautstrauß verletzen?«

»Dornen!«

»Okay, dann doch eher Dornröschen. Gott sei Dank bist du nicht auf der Stelle eingeschlafen«, witzelte er.

»Ja, Gott sei Dank. Hier draußen fände mich kein Prinz, um mich wachzuküssen«, sprudelte es aus mir heraus.

Meine Lippen bekamen seine Aufmerksamkeit. Er starrte mir auf den Mund. Freak.

»Das wäre wirklich schade.«

Ich schenkte ihm mein süßestes und unschuldigstes Lächeln, bevor ich neugierig fragte: »Was hat dich von der Party vertrieben? Warum hast du dir ein ruhiges Plätzchen gesucht, um hier alleine abzuhängen?«

Er zündete sich die nächste Zigarette an.

»Ich hänge hier nicht alleine ab.«

Ich sah mich suchend um. Wir waren alleine.

»Ich wusste gar nicht, dass Gruftis noch imaginäre Freunde haben. Hat deiner einen Namen?«, amüsierte ich mich.

Er zog seine rechte Augenbraue hoch und blickte mich ungläubig an. Seine linke Hand massierte kurz seinen Nacken. Er stöhnte genervt.

»Hast du mich eben als Grufti bezeichnet? Ich mag nicht mal Gothic.«

Wie kam er denn auf die Idee? Ganz eindeutig Grufti. Ich kicherte ausgelassen.

»Ich meinte damit, dass du eben alt bist. Hatte gar nichts mit Musik zu tun«, klärte ich ihn auf und kämpfte gegen das schallende Lachen an, das in mir saß.

»Achso.«

Er wirkte aufgewühlt, obwohl seine Antwort nicht so geklungen hatte. Wahrscheinlich fühlte er sich nicht alt, dachte ich. Im Gegensatz zu mir war er das aber. Ich führte selten Gespräche mit reiferen Männern. Da er Pauls Trauzeuge war, nahm ich an, dass die beiden etwa gleich alt waren. Paul war zwar viele Jahre jünger als meine Mum, aber für mich trotzdem ein Grufti.

»Hast du schon einen Schulabschluss?«, holte er mich aus meinen Gedanken.

Wieder lag Spott in seinen Augen. Schon klar. Diese Frage war sein Return auf meine Gruftiaussage. Ich tat ihm den Gefallen und spielte mit. Ich klimperte mit meinen Wimpern und lächelte mein Gegenüber brav an.

»Abi gerade bestanden – vor drei Jahren. Wie heißt nun dein imaginärer Kumpel?«

Er atmete schnaufend durch.

»Keine Ahnung. Nervensäge würde passen.«

Ich schubste ihn.

»Hallo? Ich habe dich noch nicht einmal ansatzweise genervt. Du hast...«

»Doch. Deinen Namen habe ich leider vergessen. Sorry. Nervensäge ist perfekt. Du bist nervig und unverschämt. Hoffentlich existierst du nur in meinem Kopf«, fiel er mir ins Wort.

Genervt klang seine Stimme noch viel geiler. Womöglich würde der Abend doch noch amüsant.

»Mia, ich heiße Mia und wüsste ich deinen Namen, müsste ich nicht unverschämt sein. Ich könnte dich damit ansprechen.«

In seinen Augen spiegelte sich Belustigung. Er spielte also nur den mürrischen, alten Kerl.

»Freut mich, dich kennenzulernen, sage ich besser nicht. Ich bin Piet.«

Ich erinnerte mich, seinen Namen hatte ich schon mal gehört.

»Weshalb bist du nicht am Feiern, sondern nervst jetzt ausgerechnet mich, Mia?«, fragte er.

»Keine Ahnung. Ich finde Hochzeiten total bescheuert«, ließ ich ihn wissen. »Außerdem gibt es hier nicht mal einen Kerl für mich. Bei den Hochzeiten meines Vatis gab es wenigstens immer einen Typen in meinem Alter und damit Unterhaltung für mich. Hier? Alles Paare. Furchtbar. Wo ist deine Frau hin? An Bord ist sie nicht. Bei der Trauung war sie aber noch mit dabei. Ist euer Zwerg noch nicht feiertauglich?«, laberte ich ihn voll.

Er stöhnte.

»Wie alt bist du?«

Kurzzeitig war ich konfus von seiner Gegenfrage.

»Nur ein Thema für Gruftis?«

Er schnaufte und verdrehte seine Augen.

»Ich brauche Alkohol. Du auch?«

Er deutete auf das leere Weinglas, das ich auf dem Boden abgestellt hatte.

»Gerne.«

»Wein oder auch Whisky?«

»Wein. Oder einen Aperol mit Erdbeeren.«

»Wenn ich Glück habe, bist du verschwunden, wenn ich zurückkomme«, ließ er mich wissen.

»Kannst du vergessen. Das hier ist der einzig erträgliche Platz, Grufti. Lässt du mir dein Feuerzeug da?«

Er reichte es mir schweigend, bevor er verschwand.

Ich nahm seinen Platz ein und schaute hinaus aufs Meer. Die Lichterketten spiegelten sich auf der Wasseroberfläche. Musik drang gedämpft zu mir herüber. Lachen, Worte, die zu leise waren, um sie zu verstehen.

Ich fühlte mich augenblicklich wieder lost. Der Moment, in dem mir mein Joint wieder einfiel. Einmal gefühlte Tiefenentspannung an diesem Tag war dringend nötig. Mein Blick fiel auf mein leeres Weinglas. Sicher würde Piet nicht wieder auftauchen – angepisst von meiner vorlauten Klappe. Perfekt. Ich konnte ungestört rauchen. Meine Finger spielten mit seinem Feuerzeug, während meine andere Hand in meiner Tasche kramte. Ich fand, was ich suchte und zündete mir meine Tiefenentspannung an. Mein Kopf war sofort frei. Einbildung, schon klar.

»Es riecht verdächtig nach Gras«, grollte es wenig später hinter mir.

Mist, Piet war doch zurückgekommen. Ertappt, wedelte ich den Rauch in Richtung Meer.

»Das ist kein Gras. Nur eine selbstgedrehte...«

Sein Lachen unterbrach meine Ausrede. Tief, dreckig, sexy. Auweia, schon wieder waren das meine einzigen Gedanken.

»Wem willst du das weismachen? Ich verpetz dich, wenn du mich nicht ziehen lässt!«

Ich ließ ihn ziehen. Nicht, weil ich Angst hatte, er könnte mich verpetzten, sondern weil ich ihn erschreckend sympathisch und attraktiv fand. Also – zumindest für einen Grufti war er erschreckend attraktiv. Er war groß, locker an die eins neunzig und schlank, ohne dürr zu wirken. Dabei fehlte ihm ganz eindeutig Muskelmasse. Seine Haare waren krass. Schwarz, dicht, halblang, wirr. Ich war mir nicht sicher, ob man das Wirre als lockig bezeichnen konnte? Meine Mum und mein Bruder hatten furchtbar springende Kringellocken. Seine sahen anders aus. Größer, ungleichmäßig, wild.

Gott sei Dank, waren mir Mums Locken erspart geblieben, dachte ich. Er war kein Model-Typ wie Paul, aber auf jeden Fall ein Highlight mit markanten Gesichtszügen. Seine Haut schimmerte in der Abendsonne, während er entspannt an meinem Joint zog. Eine mystisch strahlende Aura ging von ihm aus.

»Hand aufs Herz, Prinzessin: Warum hast du dir nicht einfach eine Begleitung mitgebracht? Gab doch sicher kein Verbot von Helene.«

Prinzessin? Ich schnappte kurz nach Luft. Den giftigen Kommentar, der auf meinen Lippen lag, schluckte ich herunter.

»Meine Mum hätte einen Herzkasper bekommen, wenn ich den mitgebracht hätte, den ich gerade date. Ganz einfach. Herzinfarkt am Hochzeitstag hätte gleich wieder Ärger gegeben«, antwortete ich stattdessen.

»Gibt's da oft Ärger?«

Er musterte mich ungeniert.

»Safe.«

Auf seiner Nasenwurzel hatten sich zwei irritierte Falten gebildet. Ich unterdrückte mir ein Schmunzeln.

»Safe heißt sicher«, klärte ich ihn auf.

»Das war mir klar«, knurrte er. »Wieso gibt es da Ärger? Ist doch deine Angelegenheit.«

»Schön wärs. Ich habe aber viel Talent mir Katastrophen zu angeln, also laut meiner Mum und meinem Bruder. Im letzten Jahr hat eine der Katastrophen Mums Schätze geklaut. Ich habe das nicht einmal mitbekommen.«

Konnte man skeptisch und besorgt gleichzeitig gucken? So sah er mich zumindest an.

»Nicht wirklich? Wieso hast du das nicht mitbekommen?«

Seine Fragen nervten.

»Weil ich verliebt war und blind. Ich habe daraus gelernt. Echt.«

»Du nimmst niemanden mehr mit nach Hause?«

Wie blöd war der denn?

»Doch, aber ich verliebe mich einfach nicht mehr. So was passiert mir nicht noch mal.«

»Was jetzt genau? Das mit dem Verlieben oder dass dir einer die Bude ausräumt?«

Ein verschmitztes Grinsen schlich sich auf seine Lippen.

»Blödi. Tust du so oder bist du so?«

Statt zu antworten setzte er die Whiskyflasche an. Zeit für die Retourkutsche.

»Hand aufs Herz, Grufti: Wieso ist deine Frau nicht mit an Bord?«

Er trank noch einen Schluck, bevor: »Wir sind nicht verheiratet«, über seine Lippen kam.

Diese Aussage war keine Antwort auf meine Frage.

»Okay, dann seid ihr eben nicht verheiratet. Aber ihr seid doch trotzdem zusammen, oder nicht?«, hakte ich nach.

»Joa.«

Ich wartete.

»Kommt da noch mehr oder ist Joa deine Antwort?«

Schweigen.

»Fenja ist kein Fan deiner Mutter und auch keiner von Paul«, antwortete er irgendwann.

»Aber du bist Pauls Trauzeuge. Kann man ja mal über seinen Schatten springen.«

Kurzes Schnaufen, bevor tonlos seine Antwort kam.

»Fenja springt nicht.«

Ich versuchte, seine Mimik zu lesen. Angespannt und angepisst.

»Und weshalb trifft dich das? Du hast dich verkrümelt, dabei könntest du doch mit den Anderen einfach feiern. Du kennst die im Gegensatz zu mir ja sicher alle.«

Seine Hand massierte kurz seinen Nacken.

»Gib mir noch mal deinen Joint.«

»Nur im Austausch gegen eine ehrliche Antwort«, flötete ich und zog noch einmal.

Er nickte. Ich überließ ihm den Rest.

»Wie eng ist der Kontakt zwischen dir und deiner Mutter?«

Hielt er mich für eine Petze?

»Hast du Schiss, dass ich deine Gedanken ausplaudere? Brauchst du nicht. Ich bin schon ziemlich angetrunken. Wenn ich die Flasche hier exe, weiß ich morgen von nichts mehr.«

Gut, das entsprach nicht ganz der Wahrheit. Ich kannte meine Grenzen. Er mich nicht. Sein Blick war wieder aufs Meer gerichtet.

»Wir hatten Zoff.«

Das war mir klar.

»Weshalb?«

Er fuhr sich durch seine Haare, was vollkommen sinnlos war, denn der Wind blies sie sofort wieder durcheinander.

»Sie meinte, sie habe sich immer als Pauls Braut gesehen.«

Auweia, so etwas behielt man besser für sich und sprach es nicht aus. Nicht einmal, wenn man davon wirklich überzeugt war.

»Autsch. Das klingt beschissen. Kapiere ich aber nicht. Waren die mal ein Paar?«

Er atmete angespannt.

»Kann man so sagen.«

Ich starrte ihn fassungslos an. Den Ex meiner Besten hatte ich noch nie gedatet.

»Du hast also die Freundin deines Freundes übernommen? Darf man so was?«

Seine Anspannung wurde immer deutlicher, während er dazu schwieg.

»Wie lange seid ihr zusammen?«

Meine Neugier war geweckt und ich wollte unbedingt, dass er weitersprach. Er zuckte kurz mit seinen Schultern.

»Keine Ahnung.«

Ich war konfus.

»Keine Ahnung? Du musst doch wissen, seit wann ihr zusammen seid? Gibt's keinen Jahrestag?«

Bevor er reagierte, verging eine halbe Ewigkeit – so gründlich überdachte er seine Antwort.

»Immer schon.«

»Immer schon? Was heißt das? Und wie passt dann Paul da rein? Hattet ihr eine Dreiecksbeziehung? Du, Paul und sie? Kläre mich auf, sonst habe ich schräge Bilder in meinem Kopf«, forderte ich ihn ungeduldig zum Reden auf.

»Du bist nervig, Dornröschen.«

Meine Rückhand landete auf seinem Bauch, als ich zum Protest gegen seine Worte zuschlug.

»Ich bin nicht nervig. Ich biete dir gerade die einmalige Gelegenheit, dich bei einer Fremden richtig auszukotzen. Nutze die! Was hier passiert, bleibt hier. Versprochen.«

Er schaute erst auf die Hand, die ihn geschlagen hatte und dann in mein Gesicht. Ein Lächeln sollte als Entschuldigung ausreichend sein. Ich sah ihm an, dass er überlegte, ob er das Risiko eingehen konnte – oder besser, die Chance ergreifen sollte. Sein Blick hatte sich verändert: Eben noch rotzig, lag inzwischen ein Hauch Melancholie in seinen grauen Augen. Krass faszinierend. Einmal Haare raufen, einmal Schnaufen, kurzes Nackenkneten und er hatte sich entschieden.

Was er mir erzählte, klang nach der allerschlechtesten Fake-Reality-Soap. Super Vorlage für RTL. Ich hörte ihm zu, bis er am Ende angekommen war. Danach brauchte ich einen Moment, um über seine Worte nachzudenken.

»Ich glaube, sie wollte dich nur provozieren. Womöglich will sie einfach auch gerne Braut sein. Die meisten Frauen in ihrem Alter wollen das«, gab ich mein Urteil ab.

Inzwischen saßen wir nebeneinander auf dem Boden. Meine Weinflasche war halb leer – oder halb voll. Ansichtssache.

»Niemals. Ich heirate nicht. Das ist Mist, den man nicht braucht.«

Er war so sehr auf Ablehnung, dass es mich reizte, ihn zu ärgern.

»Wieso nicht? Ihr seid solange zusammen, da kann man dann auch heiraten. Oder denkst du, dass es da draußen im WWD noch eine andere Frau für dich geben wird?«

Ich grinste, während er mich aufgebracht anstarrte.

»WWD? Was soll das heißen? Einmal bitte so, dass es normale Menschen verstehen, Herzchen.«

Ich kicherte.

»Worldwide-Datingdingsbum. Klar genug?«.

Frustriertes Stöhnen.

»WWD gibt es nicht wirklich, oder doch?«

Sein Blick war finster.

»Nein Grufti, alles gut. Hab ich gerade spontan erfunden.«

Neben mir atmete es erleichtert auf.

»Puh, Gott sei Dank. Deine Worte sind mir zu – creepy. Sagt man das noch?«

Ich schüttelte meinen Kopf.

»Eher nicht.«

»Fuck, du gibst mir echt das Gefühl uralt zu sein.«

Er wirkte leicht verzweifelt. Ich war amüsiert.

»Sorry, ich werde mich bemühen, verständlicher für dich zu sein. Fuck sagen auch nur noch Gruftis.«

Ein paar Minuten herrschte Schweigen zwischen uns.

»Bisher ging es ohne Trauschein. Ich heirate nicht. Steht nicht zur Debatte«, griff er irgendwann das Thema wieder auf und klang dabei trotzig.

Ich schmunzelte in mich hinein, während die nächsten provozierenden Worte nur darauf warteten, ausgesprochen zu werden.

»Du kannst die aber heiraten. Theoretisch lebt ihr sowieso wie ein altes Ehepaar. Dein Leben ist vorbei. Wovor hast du also Angst?«

Sein verstörter Gesichtsausdruck stachelte mich geradezu an.

»Ich habe keine Angst und mein Leben ist nicht vorbei. Ich habe keinen Bock auf den Mist. Es ist nichts weiter als teures Papier«, ging er mich an.

Mein inneres Kind schlug gerade Purzelbäume.

»Dann ist sie eventuell noch nicht die Richtige. Klingt auch nicht so, als hättest du schon massig viel Erfahrung in anderen Beziehungen«, ärgerte ich ihn weiter.

Mürrischer Blick.

»Brauche ich nicht. Anscheinend sammelst du massig Erfahrungen und dabei springt nicht einmal ein Hochzeitsdate für dich heraus. Ganz schön armselig«, versuchte er mich ebenso zu treffen.

Ich lächelte ihn an.

»Findest du? Kann man sehen, wie man will. Ich habe mein

Herz nicht an den Erstbesten verschenkt. Ich will Spaß. Mehr nicht. Sollte Mr. Right irgendwann auftauchen, dann Jackpot. Übersetzung für dich: Hurra. Wenn nicht, ist es auch okay. Mein Date im Moment ist nicht Jackpot. Nur Wegbegleiter und das ist gut so. Der ist verrückt und hat sogar Tattoos im Gesicht. Schon alleine deshalb konnte ich den nicht mitbringen. Mum wäre verzweifelt gewesen«, ließ ich ihn an meiner Welt teilhaben.

Jetzt war der Ausdruck in seinem Gesicht angewidert.

»Gott sei Dank hast du den nicht mitgebracht. Der wäre Gesprächsthema gewesen.«

»I know.«

Er starrte mich wieder eine Weile an, als sei ich von einem anderen Planeten.

»Was machst du eigentlich? Ausbildung? Studium? Arbeiten?«

»Ich studiere BWL. Furchtbar langweilig.«

»Wieso ziehst du es dann durch?«

»Wegen Vincent«, gab ich ehrlich zu.

Meine Antwort ließ ihn Falten auf der Stirn bekommen.

»Wer ist Vincent? Dein Tattoo-Typ?«

Vincent und Tattoos? Unvorstellbar.

»Nein, Vincent war am Gymi ein Jahr über mir und mein Fave. Inzwischen ist er eher Bestie. Aber früher war ich in Vincent verknallt und im Stalking-Rausch. Hat sogar funktioniert. Ich hatte seine Aufmerksamkeit und wir haben zusammen gebüffelt. Nach paar Monaten Beziehung habe ich rausgefunden, dass er bi war. Das war schon okay, aber hat sich seltsam angefühlt. Inzwischen ist er gay. Also, ich habe ungeahnte Talente, nimm dich in Acht. Wir verstehen uns immer noch super. Ich studiere eben weiter. Was sollte ich sonst tun? Ich habe keinen blassen Schimmer. Erwachsen zu sein ist anstrengend«, gab ich zu und trank den letzten Schluck Wein aus.

Die Zeit war dahin gerieselt. Die Mischung aus Joint und Wein machte mich redseliger, als ich eh schon war.

»Ich muss unbedingt die nächste Prüfung bestehen. Mein Dozent ist aber in Wissensvermittlung eine Null, oder ich bin zu blöd. Ich brauche aber diesen blöden Schein«, fuhr ich fort.

Sofort war ich wieder frustriert, denn es gab eine einfache Lösung für dieses Problem, nur widerte die mich an. Auch daran ließ ich Piet teilhaben.

»Ich könnte bestehen, ohne es wirklich zu kapieren, aber der Preis ist mir zu hoch.«

Er sah mich fragend an.

»Der Dozent hat angeboten, mir privat seinen Lernstoff näherzubringen, wenn ich mit ihm ausgehe. Also, angeblich macht der das jedes Jahr mit einer Studentin. Ich bin im Zwiespalt. Der ist uralt. Was, wenn ich nicht ausblenden kann, dass er ein alter Sack ist? Was, wenn ich nicht bestehe? Ich habe normalerweise gar kein Problem mit Dates, die mich weiterbringen. Aber – ich war noch nie mit einem alten Mann unterwegs. Immer, wenn ich denke: Mach es einfach!, habe ich meinen Vater vor meinem inneren Auge und die Frauen an seiner Seite, die immer jünger werden. Ekelhaft.«

»Lerne doch mit Vincent. Der hat die Prüfung doch sicher bestanden.«

»Der steckt mitten im Master und ich will ihm nichts schuldig sein.«

»Dann wirst du den Dozenten daten müssen. Wie alt ist denn alt? Fünfzig?«

Ich war schockiert.

»Fünfzig. Spinnst du? Das wäre älter als Grufti. Ich schätze den etwa vierzig.«

Der Laut, der daraufhin seine Kehle verließ, war ein Knurren. Ein sexy Knurren. Ganz offensichtlich war ich high.

»Ich bin nicht alt«, stellte er klar.

»Ansichtssache. Zumindest bist du bedeutend älter als ich. Mein Vater hat einen Schaden in mir ausgelöst. Seine Frau hat beinahe mein Alter. Die Nächste wird jünger sein. Würde ich den Dozenten küssen, hätte ich augenblicklich meinen Vater vor Augen. Bäh, das ist widerlich. Siehste, sogar so widerlich, dass ich mich glatt wiederhole.«

Er dachte über meine Worte nach, bevor er mich provozierend angrinste.

»Ein Trauma für dich. Würde ich dich küssen, wärst du also traumatisiert?«

War das ein Angebot?

»Wenn du meine Vatergedanken aus meinem Kopf bekommst, wäre ein Kuss von dir Traumatherapie. Lass es uns ausprobieren.

18

Ich will unbedingt die Prüfung bestehen.«

Ich war angetrunken und etwas high. Er ganz sicher auch. Was war schon ein Kuss?

»Okay, dann Traumatherapie. Solltest du die Prüfung bestehen, will ich es wissen.«

Ich reichte ihm meine Hand.

»Abgemacht. Küss mich!«

Auffordernd sah ich zu ihm auf. Seine Finger berührten sanft mein Gesicht. Mein Herz galoppierte. Wieder eine neue Erfahrung. Seine Fingerkuppen fühlten sich rau an, als sie federleicht über meine Haut fuhren. Seine Lippen berührten meine, zaghaft und unschuldig.

»Mehr«, forderte ich an seinem Mund.

Ich spürte seine Zungenspitze an meinen Lippen, bevor ich ihn gewähren ließ. Von unschuldig, behutsam, über neckend zu besitzergreifend, erregend und leidenschaftlich war jede Emotion präsent. Wow, der Grufti konnte küssen! Und wie! Ich war geflasht.

Im nächsten Moment wich er von mir zurück, als hätte ich eine ansteckende Krankheit.

»Fuck! Oh Gott! Paul bringt mich um. Das bleibt unter uns«, stammelte er, verwirrt von sich selbst.

Ich konnte nur kichern.

»Alles gut, Grufti. Du denkst doch nicht ernsthaft, dass ich jemanden freiwillig erzählen würde, dass ich einen alten Sack geküsst habe und mir das gefallen hat?«

Er brauchte einen Moment. Nachdem er sich wieder im Griff hatte, tauschten wir unsere Telefonnummern, damit ich ihm mitteilen konnte, ob die Traumatherapie funktioniert hatte.

Piet (38 Jahre)

Wahrscheinlich sollte ich ein schlechtes Gewissen haben, aber das hatte ich nicht. Zum vierten Mal in zwei Jahren fuhr ich nach Dresden. Mein offizielles Ziel war die Handwerksmesse. Mein inoffizielles Mia. Meine Auszeit vom Alltag.

Das letzte Wochenende hatte mich ausgelaugt und steckte mir noch in den Knochen. Fenja hatte eine Freundin zu uns eingeladen. Eine anstrengende Emanze, die mich das gesamte Wochenende über zur Schnecke gemacht hatte. Fenja hatte es genossen und das Biest sogar angestachelt. Die gesamte letzte Woche waren wir immer wieder aneinandergeraten, denn sie hatte mich wissen lassen, dass ihre Freundin in Bezug auf mich vollkommen im Recht gewesen wäre. Bullshit. Fenja stritt sich einfach wahnsinnig gerne. Das war kein Charakterzug, der mir neu war, nur einer, der mich auslaugte.

Dieses Wochenende würde unbeschwert werden. Mia war unkompliziert und voller Leichtigkeit. Ich freute mich darauf, sie als Messehostess zu sehen. Sicher würde Mia auch diesen Job überzeugend rüberbringen, ganz gleich, ob sie Ahnung hatte von dem, was sie tat. Sie war eine gute Schauspielerin und überzeugend in vielen Rolle.

Der Kontakt, den wir seit zwei Jahren pflegten, war nicht mehr nur sporadisch. Anfangs hatten wir uns nur ab und an Nachrichten geschickt. Inzwischen schrieben wir uns wöchentlich, gelegentlich täglich.

Wir tauschten seit Pauls Hochzeit unsere Lebenserfahrungen miteinander aus. Vollkommen verrückt, denn zwischen uns lagen Welten. Sie war mein anonymer Kummerkasten, ich ihr Krisenmanager.

Krisen gab es bei Mia ständig. Ihr hübscher Kopf war voller Wirrwarr. Ich verspürte Zufriedenheit, wenn ich ihr Chaos lichten konnte und sie mich dafür an ihrer Unbeschwertheit teilhaben ließ.

Diesmal hatte ich Ordner im Gepäck, um Mias Unterlagen zu sortieren. Bei meinem letzten Besuch waren mir all die ungeöffneten Briefe ins Auge gestochen. Ich hatte sie darauf angesprochen.

»Bitte, wenn dir das Spaß macht, kümmere dich eben drum«, hatte sie mir gnädig darauf geantwortet.

Ich würde mich kümmern. Die Beziehung, die wir pflegten, war mir wichtig geworden. Wichtiger, als es mir sein sollte. Ihre Lebendigkeit gab mir Energie und baute mich auf – jedes Mal, selbst wenn sie als Person verwirrend war.

Mia war Desorganisation pur. Sie kam im Grunde mit nichts wirklich klar. Tausend angefangene Dinge, die alle unvollendet blieben. Nur ihr Studium hatte sie geradlinig durchgezogen, wie auch immer ihr das gelungen war. Trotzdem war sie bezaubernd niedlich in all ihrem kreativen Chaos.

Ihre Liebeleien waren ebenso unbeständig. Sie traute keinem Mann und stellte jedes Date über kurz oder lang in Frage. Keine Ahnung, wie viele Beziehungen sie in den letzten Jahren geführt hatte. Es waren einige. Ich kannte ihre verzweifelten Nachrichten, in denen sie mich bat als Männer-Dolmetscher zu fungieren, um klare Entscheidungen treffen zu können. Wahrscheinlich war ich nicht gerade gut in diesem Job, denn meistens trennte sie sich nach meiner Übersetzung. Danach begann für sie derselbe Kreislauf: Dating-Apps. Für mich befremdlich und gruselig. Ich hatte ihr mehrfach ans Herz gelegt, nicht online auf Suche zu gehen. Ich fand das leichtsinnig und gefährlich. Meine Argumente passten allerdings nicht in ihre Welt.

Mia war so übersprudelnd vor Leben, offen für alles, warm- und großherzig, dass man sie einfach nur mögen konnte. Ich mochte sie zumindest. In den letzten beiden Jahren waren wir uns emotional sehr vertraut geworden. Nichts, was jemals meine Absicht gewesen war. Nichts, von all dem, was sich zwischen uns abspielte, war beabsichtigt. Es war einfach passiert. Als was man unsere Verbindung zueinander definieren konnte, wusste ich nicht. Es gab keine passende Bezeichnung. Sie war nicht meine Affäre, nicht meine kleine Schwester und Freundschaft war auch das falsche Wort für unseren Kontakt.

Kam sie nach Lubkow, um Helene zu besuchen, tauschten wir nur wenige Worte aus, immer dann waren wir wie Fremde. Niemand ahnte, dass wir uns besser kannten. Es gab keinen Grund daran etwas zu ändern. Paul und Torben hätten mir nur Fragen gestellt, auf die ich keine Lust hatte. Ich konnte den beiden nicht erklären, dass ich meine Fenja-Katastrophen mit Mia teilte. Lieber mit Mia, als mit ihnen. Denn Mia riet mir nie, mich von Fenja zu trennen. Meine Kumpels hingegen drängten mich bei jeder Kleinigkeit dazu, die sie mitbekamen. Sie trauten Fenja nicht. Dabei bemühte sie sich um einen guten Kontakt zu allen. In meinen Augen hatte sie sich verändert. Fenja war nicht mehr so intrigant wie früher. Ihre Impulsivität hatte sie ebenfalls besser unter Kontrolle. Nichts, was die beiden wahrnahmen. Ihrer Meinung nach, war ich nur abgestumpfter.

War ich glücklich? Meistens ja. Ich kam klar. Größtenteils

hatte ich Frieden in meiner Beziehung und ich liebte meinen Sohn. Jacob brachte mich dazu, die Welt noch einmal neu zu entdecken, aus seiner Perspektive. Meine Arbeit machte mich ebenfalls glücklich. Als selbstständiger Tischler übernahm ich nur Aufträge, die ich interessant fand. Ich war dankbar, dass ich finanziell in der Lage war, zu entscheiden, womit ich mich beschäftigen wollte. Meistens waren es Restaurationen, gelegentlich baute ich Möbel, ab und an plante ich Großprojekte, deren Umsetzung mich zufrieden stellte. Ich besaß acht Ferienobjekte. Gute Anlagen, die uns ein unbeschwertes Leben garantierten.

Fenja arbeitete stundenweise im Hotel ihrer Eltern. Sie organisierte Events. Ansonsten kümmerte sie sich mit Hingabe um Jacob. Unser Kind war ihr Lebensmittelpunkt. Aus Angst, ihm könnte etwas passieren, war sie oft überfürsorglich. Ein Thema, wegen dem wir gelegentlich aneinandergerieten.

Ich verstand Fenja, sie hatte Stella verloren – wir waren zusammen durch die Hölle gegangen, aber zu viel Fürsorge hinderte Jacob, sich frei zu entfalten und Selbstvertrauen zu entwickeln.

Meistens verlief unser Miteinander harmonisch. Wir kannten uns ein ganzes Leben lang. Wenn Fenja sich beklagte, dann darüber, dass unsere Beziehung zur Gewohnheit geworden sei. Mich störte Gewohnheit nicht. Kein bisschen. Gewohnheit war besser als all die Unsicherheiten und Kämpfe der Vergangenheit.

Auf der Messe herrschte so viel Andrang, dass man kaum zu den einzelnen Ständen durchkam. Viel zu viele Besucher. Nach zwei Stunden gab ich auf. Ich holte mein Handy aus der Hosentasche, um Mia zu schreiben.

Piet: Nervensäge, wo kann ich dich finden?

Sie antwortete nicht. Klar, sie arbeitete hier und war beschäftigt. Mein Magen knurrte. Ich ging in den Innenhof und stellte mich an einer langen Schlange an.

»Ich sterbe vor Hunger. Ich nehm eine Bratwurst«, tönte Mia dicht hinter mir.

»Mit Ketchup?«, fragte ich nach, ohne mich umzudrehen.

»Viel Ketchup und eine Cola.«

»Zauberwort?«

Sie kicherte, während ihre Hände meinen Rücken berührten.

»Bitte, bitte, Honeybunny.«

Boah.

»Geht's noch? Honeybunny?«

»Ist das kein Retrokosename? Mir war so«, alberte sie.

»Sehr Retro. Perfekt. Nervensäge.«

Sie schmiegte sich glucksend an meinen Rücken. Mia suchte ständig Körperkontakt. Zu Beginn unserer Treffen hatte mich das verwirrt, inzwischen wusste ich, dass sie eben so war und das nichts zu bedeuten hatte.

Kurze Zeit später aßen wir zusammen. In ihrem dunkelblauen Kostüm sah sie erschreckend seriös aus, stellte ich fest. Seriös beschrieb sonst nicht ihren Kleidungsstil. Normalerweise trug sie sehr bunte und figurbetonte Kleidung, mit Vorliebe Kleider.

»Du starrst mich an, Grufti. Hab ich irgendwo Ketchup?«, fragte sie nach und zappelte dabei vor mir herum.

»Nein. Sorry, aber du siehst so anders aus.«

Sie wackelte mit ihren Augenbrauen.

»Stimmt. Du kennst mich ja noch gar nicht mit meiner Natur-haarfarbe. Aber erzählt habe ich dir das.«

Ja, das hatte sie. Rotbraun stand ihr eindeutig besser als schwarz.

»Ich meinte nicht deine Haare.«

Auf ihrer Stirn tauchten Falten auf.

»Wehe dir gefällt das doofe Kostüm!«, zischte sie.

»Das habe ich nicht gesagt.«

Sie stieß mich an.

»Das brauchst du auch nicht sagen.«

Ihr Finger war voller Ketchup. Im nächsten Moment leckte sie ihn ab.

»Was möchtest du denn nachher machen? Irgendeinen Plan?«, wechselte ich das Thema.

Ihre Antwort war ein Strahlen.

»Jap, den habe ich tatsächlich. Ich würde gerne zur Schlös-sernacht.«

»Dann Schlössernacht. Was immer das ist?«

Vor Begeisterung klatschte sie, fehlte nur noch, dass sie vor Aufregung hüpfte.

»Super. Ich habe VIP-Tickets bekommen, weil ich heute so

perfekt war. Das wollte ich mir schon immer mal angucken. Live-Musik, Lichter, Essen und Trinken so viel wir wollen. Das wird sicher krass.«

Die Parkplatzsuche am Abend gestaltete sich als schwierig. Die wenigen offiziellen waren längst voll.

»Siehst du, wir hätten doch die Straßenbahn nehmen sollen«, stöhnte es neben mir.

»Wir finden schon einen Parkplatz. Ich warte gewiss nicht nachts auf eine Bahn und ich trinke sowieso nicht viel.«

»Spaßbremse«, murmelte sie.

»Einer muss ja die Kontrolle behalten. Dafür kannst du trinken, so viel du willst. Ich bringe dich sicher nach Hause.«

Sie lehnte sich an meine Schulter.

»Hat auch was. Du bist mein Held. Da drüben ist ein Parkplatz.«

Ich wendete und parkte.

Wir aßen bei chilliger Musik im Schloss Albrechtsberg, bevor wir uns ins Getümmel stürzten. Eine perfekte Sommernacht mit vielen kleinen Bühnen und unterschiedlichster Musik. In der *Saloppe* blieben wir hängen.

Mia hatte schon ein paar Cocktails intus, dementsprechend ausgelassen war sie. Wir blödelten und tanzten zusammen. Ich tanzte gerne mit ihr. Wann immer wir das taten, fühlte ich mich ein paar Jahre jünger als ich war und befreit. Gerade noch hatte ich sie kaum bändigen können, jetzt klammerte sie an mir.

»Sag mir bitte, dass dir nicht übel ist.«

Sie sah amüsiert zu mir auf.

»Mir ist nicht übel. Keine Angst.«

Ihre Hände streichelten meine Brust, während sie mich mit klimpernden Wimpern musterte. Okay, eindeutig wollte sie irgendetwas von mir.

»Spielst du bitte mit?«

»Wobei?«, hakte ich nach.

Ihr Blick hatte sich verändert, jetzt war er schmachtend. Gar nicht gut. Ich wusste, was jetzt kommen würde, und ich wusste auch, dass ich mitspielen würde. Ihre Finger berührten meine Wangen.

»Küss mich!«, forderte sie.

Ich zögerte. Bei jedem Treffen in den letzten Jahren hatte es einen Kuss gegeben. Einen einzigen. Nie mehr.

»Dich kennt hier niemand. Alles safe.«

Ein unschuldiges Lächeln folgte, gepaart mit einem flehenden Blick.

»Du würdest mir einen riesigen Gefallen tun, wenn du mich jetzt küsst. Warum muss man dich immer erst betteln? Bitte, bitte.«

Sie brauchte mich nicht betteln, denn sie zu küssen, fühlte sich sagenhaft an. Jedes einzelne Mal. Jeder Kuss beamte mich kurzzeitig in eine vollkommen andere Welt. Ich beugte mich ihr entgegen. Ihre Lippen berührten meine. Sie schmeckte nach Erdbeeren und Aperol.

Innerhalb kürzester Zeit wurde aus einem zarten Kuss, einer voller Leidenschaft. Dieses Gefühl verwirrte mich regelmäßig. Wir küssten uns so intensiv, als gäbe es kein Morgen. Es gab auch kein Morgen. Nicht für uns. Keuchend lösten wir uns voneinander.

»Ich frag mich immer wieder, wieso du so phänomenal küssen kannst. An Übung kann das nicht liegen«, wisperte sie an meinem Mund, um im nächsten Moment grinsend zu zwitschern: »Ich küss dich gerne. Du kannst dich jetzt wieder entspannen. Ich tu dir nichts. Danke für deinen Kuss. Ich benehme mich jetzt und hole mir noch einen Cocktail.«

Sie verschwand an die Bar. Ich sah ihr hinterher. Mia zog gleich mehrere Blicke auf sich. Kein Wunder. Sie war nicht nur schön und sexy, sondern ihre Art polarisierte. Ihr Kleid trug wahrscheinlich ebenfalls zur Aufmerksamkeit bei. Es war gewagt kurz.

Sie stand noch nicht einmal eine Minute an der Bar, da wurde sie auch schon angebaggert. Gleich drei Typen umringten sie. Ich wusste, das Mia sehr wohl in der Lage war zu entscheiden, ob sie das wollte oder nicht, trotzdem bewegten sich meine Beine automatisch in ihre Richtung.

Aus der Nähe stellte ich fest, dass die Jungs gut im Stoff standen. Mehr als nur angetrunken. Nichts, was mir gefiel. Ich hielt mich zurück und beobachtete aus nächster Nähe, ob Mia meine Unterstützung brauchte. Lange funktionierte das allerdings nicht. In mir brodelte es, als einer der Typen sie anfasste.

»Was willst du trinken? Ich bezahle«, hörte ich ihn sagen.

»Ich bezahle und Finger weg«, unterbrach ich grollend seine Anmache.

Mia drehte sich zu mir um, verwundert und amüsiert.

»Ich bin nicht in Gefahr. Alles gut, Piet. Das sind Freunde von mir. Das ist Vincent, der Erste, das Mattis und das Yves«, klärte sie mich schmunzelnd auf.

Vincent, der Erste? Ich brauchte einen Augenblick, bevor ich begriff, dass vor mir der Typ stand, wegen dem sie BWL studiert hatte. Vincent musterte mich, ich ihn. Er war etwas kleiner als ich und sah aus wie ein italienischer Gigolo. Eine Mischung aus Sunnyboy und Gangster.

Das war also der Typ Mann, auf den Mia stand. Yves war vom Typ her Vincent sehr ähnlich. Yves' Hals war bis zu seinem Gesicht überzogen mit Tattoos, bei Vincent sah man nichts. Mattis passte nicht zu den beiden. Er sah aus wie ein Leistungssportler. Ich nickte den Jungs zu und bezahlte Mias Drink.

»Das ist Piet?«, fragte Vincent Mia.

Er grinste sie an. Sie grinste zurück.

»Jap.«

Er beäugte mich noch einmal.

»Sehr nice, Mimi.«

»I know. Macht weiter, bei was immer. Wir sehen uns. Bye.«

Sie fasste meine Hand und weg waren wir.

Es war weit nach Mitternacht, als ich Mia nach Hause brachte. Inzwischen war sie sehr angetrunken und kicherte immer wieder.

»Was amüsiert dich, Prinzessin?«

»Du bist cute.«

Ich sah sie fragend an.

»Ich finde es witzig, dass du mich retten wolltest. Deine Stimme klang so krass. Von mir aus kannst du mich öfters retten wollen. Hättest du die im Ernstfall verprügelt?«

Ich schmunzelte.

»Klar, wenn wir zusammen ausgehen, trage ich ja die Verantwortung.«

Sie lehnte ihren Kopf an meinen Oberarm und hielt sich an mir fest.

»Wenn ich einmal erwachsen sein sollte, hoffe ich, dass ich

einen Mann wie dich habe. Ich hab dich lieb.«

Sie war nicht angetrunken, eher betrunken.

»Ich hab dich auch lieb, Süße.«

»Danke. Bringst du mich ins Bett?«

»Klar. Ist mein Job.«

Ich beförderte Mia inklusive ihres Kleides ins Bett. Sie wollte sich ausziehen. Nichts, was ich zulassen konnte. Ich drohte ihr an, sofort zu verschwinden, sollte sie es tun.

»Schon gut. Ich bin brav«, säuselte sie.

»Gut so. Ich hole dir noch ein Glas Wasser und Schmerzmittel. Brauchst du notfalls einen Eimer?«

Ein trotziger Blick traf mich.

»Ich brauche keinen Eimer. Ich bin nicht betrunken, nur etwas müde«, schmollte sie.

»Klar, du bist vollkommen nüchtern.«

»Ja, bin ich. Darf ich mir noch etwas wünschen bevor du gehst?«, fragte sie mich hoffnungsvoll.

»Wenn es kein Kuss ist, dann ja.«

»Kein Kuss. Versprochen.«

Sie hatte sich aufgesetzt und klopfte mit ihrer Hand neben sich.

»Setz dich! Sonst geht das nicht.«

Ich gehorchte und sah sie erwartungsvoll an.

»Was willst du Mia?«, fragte ich nach, weil sie mich nur anstarrte, statt zu reden.

Ihre Zungenspitze leckte kurz über ihre Lippen. Ich wich zurück.

»Wollen täte ich viel, aber nichts davon wäre eine gute Idee. Darf ich einmal durch deine Haare fahren?«

Ihre Frage verwirrte mich wieder.

»Was?«

»Vergiss es, Grufti. Anscheinend bist du sogar schon schwerhörig«, zog sie mich auf und brachte mich damit dazu, genau das zu tun, was sie wollte.

Ich beugte meinen Kopf nach unten.

»Bitte, wenn es dich glücklich macht.«

Ihre Finger fuhren über meinen Kopf. Ich bekam Gänsehaut, als sie innehielt und leicht an meinen Haaren zog. Nicht gut. Ich ließ es trotzdem weiter zu.

»Warum musst du nur schon so beschissen alt sein und vergeben und dazu noch der Kumpel von meinem Daddy?«, flüsterte sie.

Das waren keine Worte, die ich hören wollte. Ich befreite mich von ihr.

»Ich würde sagen, Gott sei Dank bin ich so beschissen alt. Sonst hätte ich mich heute mit einreihen können in die Liste deiner Freunde. Du hattest mit jedem von denen was am Start. Das ist mir klar. Ich bin für Beständigkeit, Prinzessin. Die musst du erst noch lernen.«

»Was meinst du mit Beständigkeit? Heißt das, man darf nur einen Partner haben? Ich frage mich manchmal, wenn wir uns küssen und ich davon geflasht bin, wie es erst wäre, mit dir zu schlafen. Ich weiß, das ist verrückt und ich will das nicht wirklich, denn du bist steinalt. Aber hast du darüber schon mal nachgedacht? Hast du noch Lust auf Fenja, nachdem du seit Jahren alles von ihr kennst? Das interessiert mich wirklich. Wie fühlt sich das an?«

Ihr Wortschwall überforderte mich.

»Das sind keine Themen über die wir uns jemals unterhalten werden, Mia. Nicht mal angetrunken. Schlaf gut und träum was Schönes! Von mir aus auch von mir«, verabschiedete ich mich.

Diesmal war ihr Lächeln wehmütig.

»Mach ich. Du bist der anständigste Mann, den ich kenne. Wehe, du träumst nicht von mir. Gute Nacht und danke für den schönen Abend.«

»Gern geschehen.«

Ich fuhr aufgewühlt in mein Hotel. Meine Gedanken blieben bei Mia. Ich war konfus von ihren Worten, dabei sollte ich mir keine Gedanken machen. Wenn man betrunken war, laberte man eben Mist und wurde gefühlsduselig.

Ich wusste, dass sie nichts davon so gemeint hatte. Ich war ihr zu alt. Sie mir viel zu jung. Sie provozierte mich gerne und brachte mich dazu, mit ihr zu flirten. Was das anging, hing ich gewaltig hinterher. Ich konnte mich nicht daran erinnern, jemals geflirtet zu haben. Ich mochte diese Spielchen zwischen uns. Sie bedeuteten nichts. Trotzdem fragte ich mich jetzt, ob ich mir Sex mit ihr vorstellen könnte, hätte ich die Gelegenheit dazu? Nein.

Nie. Ich würde sie nie anrühren. Mia zu berühren, führte nur zu gewaltigem Ärger. Betrog ich Fenja, mit diesen Gedanken? Damit sicher nicht, aber Mia zu küssen, zählte ganz sicher unter Betrug. Fuck.

Was wollte ich eigentlich von Mia? Eine Frage, die ich mir immer wieder stellte. Dieser Kontakt zu ihr war nicht gut für meinen Frieden und trotzdem würde ich nicht darauf verzichten. Natürlich träumte ich von ihr und nichts davon war harmlos.

Als ich heimfuhr, hatte ich ein schlechtes Gewissen. Ich saugte sogar mein Auto, um sicher zu stellen, dass sich kein rotes, langes Haar darin befand.

Kapitel 1

Mia (27 Jahre)

»Frau Fischer, kommen Sie sofort in mein Büro!«, dröhnte die Stimme meines Chefs durch die Gegensprechanlage.

Sein Tonfall klang nach Ärger. Nichts anderes erwartete mich. In seinem Büro bekam ich die volle Ladung.

»Kann es sein, dass Sie Ihre Kompetenzen schon wieder maßlos überschritten haben? Neulich erklärten Sie mir, wie ich meine Firma zu leiten habe und eben erfahre ich nach einem Meeting mit der Produktion, dass Sie auch da für Unstimmigkeit und Krawall gesorgt haben. Was hatte ich Ihnen beim letzten Mal gesagt?«, brüllte er mich an.

»Das ich mich raushalten soll.«

»Und warum halten Sie sich nicht raus? Sie sind für nichts mehr als die Buchhaltung hier. Ihre Meinungen sind mir egal. Sie einzustellen war ein großer Fehler. Ich hätte es wissen müssen, bei Ihrem Lebenslauf.«

Er schäumte vor Wut.

»Sie könnten mit ein wenig anderen Strukturen viel mehr Gewinne erzielen. Es wird ineffizient gearbeitet. Ich erkläre Ihnen das gerne«, verteidigte ich mich, was nicht gut ankam.

»Schluss jetzt. Ich habe mehr als einmal beide Augen zugedrückt. Ihre Chancen sind dahin. Gründen Sie doch ihre eigene Firma, dann können Sie all Ihre Innovationen umsetzen. Hier nicht. Ich will Sie morgen nicht mehr sehen.«

Arschloch.

»Geht klar. Ich werde Sie nicht darum betteln, mich zu behalten. Wenn ihre Firma pleite geht, werden Sie meine Bedenken eventuell verstehen. Nicht mein Problem. Kann ich mit leben. Ich habe keine Lust, bis morgen hierzubleiben. Gibt viel Besseres zu tun. Einen schönen Tag noch.«

Damit drehte ich mich um und verließ das Büro meines Chefs. Idiot. Wahrscheinlich wieder so ein Ego-Ding. Sein Problem.

Nein, halt – mein Problem, denn ich würde wieder ins Jobcenter gehen müssen – zu der blöden Kuh, die seit Jahren versuchte, einen passenden Job für mich zu finden. Sicher trug meine Akte längst den Stempel: *Schwer vermittelbar!*

Ich verließ meinen Arbeitsplatz so zügig, wie ich konnte. Meine Füße trugen mich in die Altmarkt-Galerie zu meiner Freundin Kat. Sie arbeitete seit Jahren in einem Klamottenladen – in dem ich mir keine Klamotten leisten konnte.

»Mimi, es gibt tausend freie Stellen. Du gerätst immer wieder an die Falschen. Du bist viel zu kreativ für einen Job im BWL-Bereich. Dein Studium war eine blöde Wahl, akzeptiere das doch endlich mal.«

»Was sollte ich denn deiner Meinung nach machen? Ich glaube inzwischen, dass der Job, für den ich geboren wurde, erst noch erfunden werden muss.«

Ich hatte resigniert.

»Quatsch. Hier im Center gibt es viele freie Stellen. Alle besser, als die, die du hattest. Dreh doch mal eine Runde und stelle dich vor«, versuchte Kat mir Zuversicht zu schenken.

Ich stöhnte.

»Ich bin keine Verkäuferin.«

»Woher weißt du das?«

»Ganz einfach, ich kann nicht lügen.«

Ich sah mich um.

»Der da drüben würde ich sagen, dass ihr das, was sie kaufen will, nicht steht. Die da hat die falsche Konfektionsgröße an und die sieht aus wie eine Presswurst.«

Die Presswurst hatte mein Urteil leider vernommen und verschwand betrübt in der Umkleide. Kat verdrehte ihre Augen.

»Hau bloß ab, du vergraulst mir die Kunden. Lass uns später telefonieren. Wir könnten am Wochenende ausgehen.«

Ich schüttelte meinen Kopf.

»Kann ich mir nicht leisten.«

»Dann lade ich dich eben ein.«

Den Abend verbrachte ich bei meinem Bruder und seiner Familie. Philipp und ich waren noch nie im Einklang gewesen, aber er war Familie. Ich fand Ablenkung bei meinen Nichten – Zwillinge. Sie waren vier. Wir spielten gemeinsam, bis es Zeit fürs Bett wurde. Danach übernahm ich noch die Hausaufgabenbetreuung für Moritz, meinen großen Neffen.

Später gab es keine Ablenkung mehr. Ich saß mit meinem Bruder und Isi, seiner Liebsten, bei einer Flasche Wein zusammen. Mein Bruder war genervt von mir und meinen Problemen.

»Du musst doch endlich mal begreifen, dass du nicht denken sollst, sondern nur arbeiten. Oder aber denken, aber Klappe halten. So schwer kann das doch nicht sein. Es ist immer wieder dasselbe Spiel. Du bringst dich selbst ins Abseits, weil du immer alles rauslässt, was dir durch den Kopf geht. Das kann niemand leiden. Wann kapierst du das denn mal?«

Ich brauchte niemanden, der meine Miseren für mich zusammenfasste.

»Nicht hilfreich. Ganz dünnes Eis. Ich will nur meinen Frust abladen. Deine Gedanken kannst du für dich behalten. Keine Ratschläge. Kapiert?«, motzte ich ihn an.

»Blöde Kuh«, antwortete er.

»Danke, das weiß ich selbst.«

Er sah mich besorgt an.

»Mum hat keinen blassen Schimmer, oder?«

Seine Frage fand ich beschissen.

»Spinnst du? Sie braucht davon nichts wissen. Sobald ich ein Problem anbringe, spielt Paul Daddy.«

Philipp grinste mich an.

»Wenigstens nimmt der seine Rolle ernst.«

Ich stöhnte verzweifelt auf.

»Ja, viel zu ernst. Mum gibt nie ungefragt Ratschläge. Paul hingegen...«

»Ich mag Paul«, fiel Isi mir ins Wort.

»Mich magst du hoffentlich mehr«, grunzte mein Bruder.

Der Abend wurde zur wilden Diskussion. Ich flüchtete auch aus dieser Situation.

Tanzen half in jeder Lebenslage. Ich tobte mich in einem Schuppen in der Neustadt aus. Kurz nach Mitternacht machte ich mich auf den Heimweg. In ein paar Stunden würde ich wieder das Jobcenter betreten müssen. Besser man war dafür nüchtern und ausgeschlafen.

Mein Handy klingelte. Es war Paul. Ich war sofort wieder angepisst und dachte, dass Philipp mich verpetzt hatte. Kurz überlegte ich, nicht ranzugehen, aber dieses Gespräch wäre dann nur aufgeschoben und nicht aufgehoben.

»Was gibt's denn, Daddy?«, flötete ich unbeschwert.

»Mia, Süße, du magst doch meine Lieblingstochter bleiben,

oder etwa nicht?«

Was? Paul klang angetrunken.

»Klar, Lieblingsdaddy.«

Ich grinste mein Telefon an.

»Gut. Ich hatte es verdrängt und eigentlich für eine Halluzination gehalten, aber heute war das Bild wieder präsent in meinem Kopf.«

Er machte eine Pause. Ich war ahnungslos, was er mir sagen wollte.

»Welches Bild?«, fragte ich nach.

»Ich habe euch gesehen. Du hast letzten Sommer Piet geküsst. In seiner Werkstatt.«

Oh, okay. Warum machte er das beinahe ein Jahr später und dazu noch angetrunken zum Thema?

»Du hattest eine Halluzination«, versuchte ich mich rauszureden.

Wenn er sich sowieso unsicher war, funktionierte das vielleicht.

»Hatte ich nicht. Ich war so schockiert davon, dass mein Hirn das verdrängen musste, deshalb habe ich es bisher nie angesprochen. Aber jetzt will ich wissen, wieso du ihn geküsst hast?«

Er klang nach Oberlehrer, angetrunkenem Oberlehrer.

»Das geht dich nichts an, Daddy. Ich kann tun und lassen, was ich will.«

Das Geräusch, welches er am Telefon machte, glich einem Knurren, bevor er fortfuhr.

»Von mir aus. Ich will trotzdem wissen, wieso?«

»Weil es mir Spaß gemacht hat und ich mal testen wollte, ob alte Kerle noch küssen können oder aber, weil der alte Kerl gut küssen kann«, beantwortete ich seine Frage, in mich hinein schmunzelnd.

Ich wusste, dass er auf zwei Worte sofort anspringen würde. Das tat er immer, auch diesmal.

Er grunzte.

»Wir sind nicht alt!«

»Doch Paul. Ihr seid steinalt im Vergleich zu mir«, zog ich ihn weiter auf.

»Herrje Paul, gib mir dein Telefon«, hörte ich Torben sagen.

»Mia, Herzchen, du musst uns einen riesigen Gefallen tun.«

Torbens Stimme klang weniger angetrunken als Pauls.

»Weshalb sollte ich das und worum geht es?«, hakte ich nach.

»Wir hatten heute Stress und haben uns sogar geprügelt. Kam in den letzten 30 Jahren nie vor und das nur wegen meiner Schwester. Fenja hat Piet erzählt, sie hätte wieder was mit Paul am Laufen. Piet, der Idiot, hat ihr das geglaubt und ist ausgerastet. Jetzt ist sie weg, aber sie wird wiederkommen. Piet sollte froh sein, aber er wird einknicken, sobald sie zurückkommt. Wir wollen nicht, dass sie zurückkommt. Sie ist eine Schlange und wird Piet genauso fertig machen wie Paul.«

Er machte eine Pause.

»Und was habe ich damit zu tun? Ich bin ahnungslos. Kläre mich auf.«

Kurzes Schweigen.

»Wir brauchen eine Frau für Piet.«

Verrückte Vorstellung.

»What? Wo wollt ihr die denn herbekommen?«

»Wir dachten an dich. Wir brauchen eine, die ihm bestenfalls gefällt und wenn ihr geknutscht habt, dann wirst du ihm ja irgendwie gefallen. Es sei denn, es waren Wettschulden. Kann man mit dir wetten und wenn man gewinnt, bekommt man einen Kuss?«

Paul beschimpfte Torben als Hurensohn für diese Frage. Ich unterdrückte die Lachsalve, die in mir saß.

»Gibt keine Wetten, alter Mann. Eure Idee ist weird, total.«

»Nein, ist sie nicht. Paul brauchte deine Mum, um wieder normal zu werden. Piet benötigt auch irgendwen, der ihm zeigt, dass er Fenja nicht braucht. Zeig ihm das einfach. Flirte mit ihm, verdreh ihm den Kopf und halte ihn von meiner Schwester ab, bis er wieder klar denken kann.«

Dieses Gespräch war eine willkommene, urkomische Ablenkung von den Dingen, die mich den gesamten Tag über beschäftigt hatten. Ich grinste vor mich hin, bis ich an Piet dachte.

Unser letztes gemeinsames Wochenende lag keine zwei Wochen zurück. Wir hatten den Samstagabend in der Semperoper verbracht – Piets Wunsch. Er in Jeans und schwarzem Hemd, ich aufgebrezelt. Vor der Oper waren wir im *Makamaka* essen und unterhielten uns danach ausgiebig über Musik. Anschließend hatte er mich sicher nach Hause gebracht, bevor er erneut aus meinem Leben verschwunden war.

Ich wusste, dass seine Kumpels nicht in seinem Sinn agierten. Klar, die waren beide betrunken.

»Ich kann ihm nicht den Kopf verdrehen, Torben. Das müsste er zulassen, wird er aber nicht, weil er Fenja eben braucht. Abgesehen davon, was sollte das bringen?«

Hoffentlich hatte ich nicht zu viel gesagt.

»Das ist Bullshit. Der braucht einmal Ablenkung. Bitte, Mia! Wenn du den Job nicht übernimmst, kaufen wir Piet eben eine Frau, die mitspielt.«

Oh Gott, Piet tat mir leid. Das hatte er nicht verdient und würde er nicht ertragen können. Ich musste improvisieren, denn abgesehen von dem Kuss, den Paul wohl gesehen hatte, wusste niemand von unserer Verbindung. Da war ich mir ganz sicher, sonst wäre es eher zum Thema geworden.

»Ich mach das nicht umsonst. Das ist euch hoffentlich klar? Piet ist steinalt und Vater noch dazu. Gibt keine Erfolgsgarantie, aber ich könnte versuchen, ihm zu zeigen, dass er Fenja nicht braucht.«

Besser, ich übernahm diesen Job, als eine vollkommen Fremde, die ihn im Nachgang verletzte. Sagte ich ja dazu, konnte ich Piet einfach darüber aufklären, und er konnte selbst entscheiden, ob wir seinen Kumpels diese Rolle vorspielen sollten. Wir waren Freunde, er hatte Ehrlichkeit verdient.

»Du sollst das nicht umsonst tun. Du bekommst, was immer du willst. Im schlimmsten Fall eben Piet«, lachte Torben dreckig.

Gruselige Vorstellung. Was sollte ich mit einem alten Kerl wie Piet? Hoffentlich hatten Paul und Torben nüchtern bessere Einfälle.

»Haben wir einen Deal? Du reichst Urlaub ein, tust so, als würdest du dich hier erholen, und wir bringen Piet dazu, Zeit mit dir zu verbringen. Denk dir eine Katastrophe aus, um die er sich kümmern kann. So was braucht er für seinen Helferkomplex, und währenddessen bezirzt du ihn und flirtest, was das Zeug hält. Darin hast du doch Übung«, sprudelte es weiter aus Torben raus.

Ich hörte Paul stöhnen.

»Mia, vergiss es. Schlechte Idee. Deine Mum bringt mich um, wenn sie das rausbekommt.«

Pauls Hirn funktionierte also langsam wieder.

»Quatsch. Wir halten Lene raus. Sie wird denken, ihre süße, kleine Tochter braucht einfach mal Urlaub«, sprach Torben zu Paul.

»Schlaft da besser noch einmal drüber, Jungs. Ihr seid ziemlich blau.«

»Ja eben und wir können nicht bis an unser Lebensende saufen, nur um meine blöde Schwester zu ertragen.«

Torbens Lachen klang verzweifelt.

»Piet ist euer Kumpel. Ihm eine Frau versorgen zu wollen, die er gar nicht will und die ihn verletzten wird, wenn er herausfindet, dass sie ihm ihr Interesse nur vorspielt, ist keine super gute Lösung«, erklärte ich meine Bedenken.

»Sie hat recht«, hörte ich Paul sagen.

»Nein, hat sie nicht. Piet muss doch nur begreifen, dass es noch andere Alternative gibt. Danach kann er sich weiterentwickeln und sich selbst jemanden suchen.«

Das irrsinnige Gespräch dauerte noch ein paar Minuten an.

Daheim angekommen schrieb ich Piet.

Mia: Alles gut bei dir? Wie geht's dir?

Grufti: Beschissen. Hast du irgendeinen siebenten Sinn?

Mia: Meine Ohren sind offen. Wenn du reden willst, meldest du dich, okay? Und kein siebenter Sinn. Deine idiotischen Kumpels haben versucht, mich anzuheuern, um dir den Kopf zu verdrehen. Ich weiß, das willst du nicht. Meinst du, ich sollte den Job annehmen? xd

Grufti: Was? Arschlöcher!!! Ich kann gerade nicht. Bin blau, high und angepisst. Ich habe Paul k.o. geschlagen. Für einen Moment hatte ich Angst, dass ich ihn mit meinem Schlag umgebracht habe.

Ich lächelte in mich hinein. Nie im Leben war ein Lauch wie Piet dazu fähig, Paul, der nur aus Muskeln bestand, umzuhauen.

Mia: Lass meinen Daddy am Leben. Ich glaube nicht, dass Paul mit Fenja rummacht. Die wollte dich verletzen, mehr nicht. Was hast du angestellt?

Grufti: Nichts. Wieso sollte sie mich anlügen und dazu mit so einem Mist?

Mia: Das weiß ich nicht. Aber ich vertraue Paul und wenn er sagt, dass sie lügt, dann ist das die Wahrheit.

Er antwortete nicht mehr. Verständlich. Paul zu vertrauen war nichts, was er sonderlich gut konnte, das wusste ich, nachdem ich ihre Geschichte in den letzten Jahren kennengelernt hatte. Und Fenja? Zu ihr hatte ich keine eigene Meinung. Sie war eben die Frau an seiner Seite, die ihn in regelmäßigen Abständen in den Wahnsinn trieb. Seine Sache.

Kapitel 2

Piet (39 Jahre)

So einen verdammt beschissenen Tag hatte es schon lange nicht mehr gegeben. Ich war seit den frühen Morgenstunden nur gereizt und geladen. Jacob hatte uns viel zu zeitig geweckt und unser Frühstück war gespickt gewesen mit Fenjas Sticheleien. Das schweigend hinzunehmen war mir nur gelungen, weil ich mich auf meinen Sohn konzentriert hatte. Sobald Jacob in seinem Zimmer verschwunden war, gab es kein Entrinnen mehr.

»Du erfüllst immer nur allen anderen ihre Wünsche. Meine sind dir vollkommen egal. Du bist so ein Ignorant sobald es um uns geht«, fuhr Fenja fort.

Ihr Gemotze nervte mich, aber ich schwieg.

»Da kommt irgendeine Omi und jammert, dass irgendwas kaputt ist und zack, hilfst du. Torben fragt, ob du den Kindern einen Spielplatz bauen kannst, auch das wird natürlich sofort erledigt. Die heilige Helene jammert, weil sie nicht klar kommt bei ihrem Bauprojekt. Du übernimmst. Ich hingegen kann dir tausend Mal sagen, was ich mir wünsche, mich überhörst du.«

Ich kannte Fenjas Wünsche. Wären sie auf Bauprojekte bezogen, hätte ich sie nicht überhört. Statt nicht zu reagieren, fragte ich nach. Riesiger Fehler.

»Was für Wünsche hast du denn?«

»Du kennst meine Wünsche. Ich will noch ein Kind und ich will, dass wir endlich heiraten!«

Joa, genau damit hatte ich gerechnet. Sinnlose Diskussion.

»Ich habe dir nie eine Hochzeit versprochen. Du kennst meine Meinung dazu«, brummte ich.

Sie sah mich kampfbereit an. Fuck.

»Du hast gesagt, dass du nicht dazu genötigt werden willst, aber wenn es dein eigener Wunsch wäre, du dazu bereit wärst. Aber es wird nie dein eigener Wunsch werden, oder?«

»Bestimmt nicht, wenn es so weiterläuft wie im letzten Jahr. Wir zoffen uns wegen jeder Kleinigkeit.«

Das entsprach der Wahrheit. Im letzten Jahr hatte sich die Situation zugespitzt. Gab es vier Wochen ohne Streit, war das ein Rekord.

»Tu nicht so, als wäre das meine Schuld. Ich bin nicht alleine verantwortlich für den Mist. Du bist genauso schuldig. Für dich gibt es nur noch deine Arbeit. Darin verkriechst du dich, weil du dabei deine Ruhe hast. Du weißt nicht erst seit eben, dass ich noch ein zweites Kind möchte. Du wolltest abwarten. Auf was wartest du? Ich bin 37, du fast 40.«

Ich atmete tief durch.

»Ich möchte kein zweites Kind, wenn das erste schon andauernd unsere Streitereien hören muss. Ganz einfach.«

Noch war ich ruhig, während Fenja mich wütend anfunkelte.

»Ich warte nicht mehr, Piet. Deine Gedanken sind mir vollkommen egal. Ich nehme seit acht Wochen keine Pille mehr und als würdest du das erahnen, gehst du mir seit genau der Zeit noch mehr aus dem Weg.«

Ihre Worte überforderten mich und machten mich gleichzeitig rasend.

»Du kannst so eine Entscheidung nicht ohne mich treffen«, fuhr ich sie an.

»Du siehst doch, dass ich es kann. Ich warte gewiss nicht, bis du dich ausgekäst hast.«

In meinem Kopf ließ ich die letzten acht Wochen Revue passieren und hoffte, dass sie nicht bereits schwanger war. Unmöglich. Gott sei Dank! Ich wünschte mir mehr Familie, aber nicht, wenn Familie immer wieder Ärger bedeutete. Zwischen Fenja und mir gab es seit über einem Jahr nur Kämpfe. Das war nichts, was ich mir für ein weiteres Kind wünschte. Ich hatte Jacob gegenüber schon ein schlechtes Gewissen und ließ mir mehr gefallen, als mir guttat, nur damit es nicht eskalierte. Fenja musterte mich.

»Triffst du eine Andere und bist deshalb desinteressiert?«

Keine Ahnung, wie sie darauf kam? Ich hatte keine Affäre.

»Nein. Was soll der Quatsch?«

»Du haust immer wieder ab. Denke nicht, dass mir das nicht aufgefallen ist. Was machst du an den Wochenenden?«

Ich fühlte mich schuldig und ertappt, aber zwischen Mia und mir war nichts. Nichts, was erwähnenswert gewesen wäre.

»Ich arbeite«, würgte ich heraus, wohl wissend, dass es eine Lüge war. Aber wie sollte ich Fenja erklären, dass ich mich gelegentlich mit Mia traf, weil ich Luft zum Atmen brauchte und ein paar Stunden Leichtigkeit.

»Sicher. Gut, dann schweige halt, Arschloch. Wenigstens bist du so desinteressiert, dass dir die wichtigen Details entgehen.«

Ich war ahnungslos und fragte nach, was mir entging?

»Du warst schon immer nur meine zweite Wahl. Ich dachte, dass dir das klar ist. Gerade deshalb hättest du dich mehr bemühen müssen.«

Ihre Worte trafen eine empfindsame Stelle in mir.

»Was willst du mir damit sagen?«

»Was wohl? Denk mal nach! Ich dachte immer, Paul sei der Egoist, aber in Wahrheit bist es du. Mach ruhig weiter dein eigenes Ding, dann habe ich wenigstens mehr Zeit für die Dinge, die mich glücklicher machen als du!«, keifte sie mich an.

»Und was macht dich glücklich?«, hatte ich sie gereizt gefragt.

Noch während mein Kopf damit beschäftigt war, darüber nachzudenken, wie sehr dieser Streit gerade wieder eskalierte, antwortete sie.

»Ich hasse dich. Wenigstens ist Paul inzwischen wieder für mich da.«

Das waren Worte, die mich triggerten. Ein gefährlich wunder Punkt und Fenja wusste das genau.

»Dann gehe doch zu Paul. Ich glaube kaum, dass der jemals wieder mehr als Oberflächlichkeit zulassen wird.«

Fenja lachte auf.

»Du hast keinen blassen Schimmer. Paul ist bei weitem nicht so ein Lahm-Arsch wie du und er weiß unsere gemeinsame Zeit wenigstens zu schätzen.«

Mein Puls raste.

»Was willst du mir damit sagen? Klartext!«

»Im Klartext soll das heißen, dass ich seit Wochen lieber mit ihm vögle, als mit dir. Gut, dass du so abgelenkt bist, von was auch immer. Plane doch liebend gern weitere Projekte, die nicht vor Ort sind, und nimm Lene mit, dann haben wir wenigstens Ruhe.«

»Ich glaube dir kein Wort. So blöd ist Paul nicht.«

»Glaub, was du willst. Mich kotzt deine beschissene Art dermaßen an. Du bist für Jacob da, das ja, für alle anderen auch, aber nie für mich.«

»Ich war immer nur für dich da. Du nie für mich. Deine ganze verfickte Welt dreht sich nur um dich und deine Befindlichkeiten. Was ich fühle oder denke, interessiert dich seit Jahren einen verdammten Dreck«, ließ ich meinen Frust ab.

»Klar. Wieder mal typisch. Schieb nur alles, was dir nicht passt, auf mich. Ist ja auch ganz einfach. Ich bin sowieso immer die Böse.«

»Das habe ich nicht gesagt.«

»Aber gemeint hast du es.«

Ich atmete tief durch und versuchte, mich zu beruhigen.

»Sag mir, dass das mit Paul gelogen war und du dir das nur ausgedacht hast, weil du mich provozieren wolltest.«

Fenja funkelte mich an.

»Wieso sollte ich dich belügen? Frag doch im *Salvatore* bei Isabella nach. Da verbringen wir unsere Abende, wenn du wieder mal nur arbeitest.«

Galle kam hoch und ich hatte zu tun, mich zu beherrschen.

»Hau einfach ab, Fenja! Ich ertrage den Scheiß nicht mehr. Fick Paul oder wen immer, aber verschwinde aus meinem Leben!«

Sie schmiss ein Glas nach mir. Ich wich aus. Es zerbrach in tausend Teile.

»Liebend gerne, Arschloch!«

Fenja wirbelte seitdem durch unser Haus und packte. Ich war bei Jacob. Ich versuchte, ihm zu erklären, was gerade vor sich ging und dass er sicher ein paar Tage nicht nach Hause kommen würde. Mir tat dieses Gespräch weh.

»Kann ich nicht bei dir bleiben?«, fragte er.

»Dann wäre Mama sicher böse auf dich. Glaub mir, du willst nicht, dass sie böse auf dich ist.«

Er hielt sich an mir fest.

»Ich will auch nicht, dass sie böse auf dich ist, Papa.«

»Ich weiß, das will ich auch nicht. Wir bekommen das irgendwie wieder hin«, sicherte ich ihm zu und war ahnungslos, wie das aussehen sollte.

Kurze Zeit später war ich alleine. Ich randalierte, weil ich ein Ventil brauchte, danach fuhr ich zum Italiener und fragte nach, ob Fenja und Paul tatsächlich da gewesen waren. Keine gute Idee. In mir brodelte es nach Isabellas Antwort. Alles Weitere war eine Kurzschlusshandlung.

Ich fuhr heim und schlug Paul k.o., danach zettelte ich eine Prügelei zwischen Torben, Paul und mir an, um mich kurze Zeit später mit Whisky und Gras zu betäuben. Ich war vollkommen am Ende.

Es klingelte. Kurz keimte die Hoffnung in mir auf, dass Fenja zurückkam, sich entschuldigte und einsah, dass sie vollkommen überreagiert hatte. Aber vor meiner Tür stand Helene. Die hatte mir gerade noch gefehlt. Sie lief an mir vorbei. Ihre erste Amtshandlung war es, alle Fenster zu öffnen.

»Kann ich dir irgendwie helfen?«, fragte sie mich.

»Ja, verschwinde!«

»Kann ich nicht. Dir geht's beschissen und ich finde, du solltest nicht alleine sein.«

In ihrer Gegenwart fühlte ich mich noch beschissener.

»Fickt Paul gerade Fenja oder wieso bist du hier?«, belegte ich sie.

»Piet, ich verpasse dir liebend gerne eine Ohrfeige, wenn du so weitermachst.«

Ich baute mich vor ihr auf.

»Nur zu. Rechts oder links?«

Sie lächelte.

»Rechts und links.«

»Mach ruhig. Auf ein paar Ohrfeigen mehr kommt es heute nicht mehr an«, forderte ich sie geradezu auf.

»Komm runter, Piet. Zwischen uns ist alles gut.«

Sie nahm mir den Whisky ab und kochte mir stattdessen Tee.

»Ich vertraue Paul. Fenja hat dich provoziert und angelogen. Warum auch immer.«, ließ sie mich wissen.

»Ich vertraue Paul kein bisschen«, lallte ich mehr, als dass ich sprach.

»Mir ist klar, dass dir das schwerfällt. Aber hat Paul dir in den letzten Jahren nur ein einziges Mal das Gefühl gegeben, dass du ihm nicht vertrauen kannst?«, fragte sie nach.

»Nein«, musste ich ehrlich zugeben.

»Eben. Er war gekränkt, weil ich einen Moment an ihm gezweifelt habe. Das wäre er nicht gewesen, wenn nur ein Funke Wahrheit in Fenjas Worten gesteckt hätte. Was war los bei euch?«

Ich fasste unsere Auseinandersetzung zusammen. Helene sah

mich betroffen an.

»Du bist nicht die zweite Wahl, Piet. Das weißt du hoffentlich. Das hat sie gesagt, um dich zu verletzen.«

Ich schluckte meine Frustration runter.

»Geht's Paul gut?«, fragte ich nach.

»Ich denke schon. Du hast mir heute Schockmomente beschert. Wehe, du schlägst Paul nochmal k.o.!«

Ich wusste nicht, was ich daraufhin sagen sollte.

»Wie geht es dir?«, fragte Helene stattdessen.

»Mir ist schwindlig«

Sie umarmte mich. Nichts, womit ich klar kam.

»Lass mich los!«

»Geht nicht, du brauchst eine fette Umarmung«, hörte ich plötzlich Charlotte sagen, bevor sich auch ihre Arme um mich legten. Das war eindeutig zu viel.

»Lasst das. Mir wird sonst übel.«

Helene sah tadelnd zu mir auf.

»Wenn dir übel wird, liegt das daran, dass du dich so zugedröhnt hast, nicht an uns.«

Sie ließen beide von mir ab. Charlotte begann aufzuräumen, während Helene mein aufgebrachtes Hirn beschwichtigte. Die zwei wuchsen über sich hinaus und verstärkten mein schlechtes Gewissen.

»Fenja hat gewollt, dass ihr drei euch in die Wolle bekommt. Da bin ich mir sicher. Was sollte dich mehr aufbringen, als dir zu erzählen, sie hätte wieder was mit Paul am Start?«, erklärte mir Charlotte.

Ich konnte daraufhin nichts entgegen, denn wirkliche Übelkeit überkam mich.

Ich hatte am nächsten Morgen keinen blassen Schimmer mehr vom restlichen Abend. Das Bild vor meinen Augen, als ich erwachte, war ein seltsames: Neben mir lagen Helene und Charlotte, die eine vor mir, die andere wärmte meinen Rücken. Vollkommen surreal. Ich brauchte einen Moment, bevor ich realisierte, dass die Frauen meiner Kumpels bei mir geblieben waren, weil sie sich mehr Sorgen um mich gemacht hatten, als um ihre Männer. Hinter mir räusperte es sich es. Ich drehte mich verschlafen um. Im Türrahmen standen Torben und Paul. Beide grinsten.

»Na, nette Nacht gehabt? In flagranti erwischt, würde ich sagen«, witzelte Torben.

»Wusst ich's doch. Du stehst auf Dreier. Gibt nachher Prügel, aber jetzt erst einmal Frühstück«, ergänzte Paul.

Vor mir hörte ich Lene kichern. Charlotte streichelte meine Brust.

»Geht's dir wieder besser?«

Sie richtete sich auf und küsste meine Wange. Ich war zerrissen von der Reaktion meiner Freunde, nachdem ich mich wie ein Idiot aufgeführt hatte.

Kurze Zeit später frühstückten wir zusammen.

»Ich muss das jetzt nochmal klarstellen. Mir ist das wichtig. Ich schwöre dir, bei allem, was mir heilig ist, dass ich Fenja nicht angerührt habe. Weshalb sie mich und dich so anpisst, ist mir unklar«, erklärte Paul sich nach einem ansonsten schweigsamen Essen.

Ich musterte Paul und wusste, dass er die Wahrheit sagte.

»Es tut mir leid, dass ich gestern so ausgerastet bin. Ich habe nicht nachgedacht. Ich hoffe, Fenja kommt bald zurück und klärt den Mist auf«, entschuldigte ich mich.

Vier Augenpaare starrten mich entgeistert an.

»Was?«

»Du willst nicht wirklich, dass sie zurück kommt?«, fragte Charlotte nach.

»Doch. Ich will Antworten.«

Die wollte ich wirklich.

Torben schnaufte.

»Von mir aus kann die bleiben, wo der Pfeffer wächst. Wir brauchen allesamt Ruhe, um uns von ihr zu erholen.«

Ich sah das anders, mir ging es nicht gut.

»Ich will mein Kind zurück.«

»Das kann ich nachvollziehen, aber doch sicher nicht Fenja? Du kannst dir nicht alles gefallen lassen.«

Torben sah mich griesgrämig an. Ich war ausgelaugt vom vorherigen Tag.

»Das ist mir klar. Wahrscheinlich bin ich aber nicht unschuldig an dem Dilemma.«

Paul und Torben schnauften gleichzeitig.

»Streich das sofort aus deinem Hirn!«, forderte Paul.

Meine Freunde waren meine Familie und immer präsent. Gerade jetzt wurde mir das wieder sehr bewusst.

Zwei Tage später hatte ich mich einigermaßen beruhigt. In meiner Werkstatt fand ich Frieden. Arbeit war für mich das beste Ventil. Ich restaurierte eine alte Kommode und spann mir aus, was sie zu erzählen hatte. Etwas verrückt, schon klar, aber ich hörte trotzdem zu.

»Kann ich deinen Pick-Up haben?«

Ich erschrak, als Paul plötzlich neben mir stand.

»Klar, sicher.«

»Hast du Zeit, mitzukommen, oder habe ich dich gerade gestört?«

Ich brauchte einen Moment, um mich zu sammeln.

»Joa, wohin denn?«

Auf seiner Stirn zeichneten sich Falten ab.

»Mias Auto ist liegengeblieben und muss abgeschleppt werden.«

Der Gedanke an Mia bescherte mir ein Grinsen und gleichzeitig fragte ich mich, ob sie herkam, weil sie sich dem Auftrag meiner bescheuerten Kumpels angenommen hatte.

»Oh, okay, aber nicht von Dresden aus, oder?«, witzelte ich.

»Ganz so weit ist es nicht. Die bringt mich noch mal ins Grab.«

»Pannenhilfe kam nicht in Frage?«

Er schnaufte.

»Sie ist in keinem Automobilclub und chronisch pleite. Die treibt mich in den Wahnsinn. Wahrscheinlich fährt ihr Auto nicht mehr, weil sie vergessen hat zu tanken.«

Pauls Worte passten perfekt zu Mia.

»Dann lass uns neben einem Abschleppseil einen Kanister Benzin mitnehmen.«

»Nur einen leeren. Wenn die Karre nicht fährt, weil Benzin fehlt, schicke ich die auf Wanderschaft.«

Mein Kopf war bei Mias letzten Nachrichten. Mich interessierte, wie Torben und Paul auf die Idee gekommen waren, ausgerechnet Mia auf mich anzusetzen. Ich hatte in den letzten vier Jahren nie auch nur ein Wort über sie verloren. War sie hier, gingen wir uns aus dem Weg und sprachen kaum miteinander. Bei Paul und

Torben ging sie ein und aus, mein Haus hatte sie nie betreten.

Als Fenja letztes Jahr übers Wochenende nicht dagewesen war, war sie zum ersten Mal in meine Werkstatt gekommen. Sie hatte sich angesehen, woran ich gearbeitet hatte – und mich genötigt, sie zu küssen.

Mia faszinierte mich noch immer – so sehr wie sie mich verwirrte. Ihre Turbulenzen zogen mich regelrecht an. Verbrachten wir zusammen Zeit, war mein Leben für ein paar Stunden unbeschwert. Keine Ahnung, weshalb das so war. Abgesehen davon, war Mia zu ihrem losen Mundwerk ziemlich heiß.

»Träumst du?«, holte Paul mich aus meinen Gedanken.

»Nein, alles gut. Wir können los.«

Ich folgte ihm.

»Meine Frau hat dir dein Gras abgenommen«, ließ er mich wissen.

War ja klar. Helene, die Heilige. Ich verdrehte meine Augen.

»Wahrscheinlich denkt die jetzt, dass ich ein Suchti bin«, brummte ich.

»Nein. Jetzt weiß sie nur, weshalb du Fenja meist entspannt ertragen konntest.«

»Ich kiffe nicht täglich«, verteidigte ich mich.

Paul fluchte, als er Mia entdeckte. Sie saß im Gras neben der Landstraße. Über die Wiese tobte eine ihrer Zwillingsnichten.

»Diese kleine Hexe. Die hat doch, nur um mich zu ärgern, einen Zwilling mitgebracht«, motzte es neben mir.

Paul war von Helenes Enkelinnen meistens gestresst. Sie tanzten ihm auf der Nase herum.

»Welche, verflucht noch mal, wird das sein? Leila oder Luna?«

Fragte er mich das ernsthaft?

»Woher soll ich das denn wissen? Die sind eins. Mia wird sicher wissen, welchen Engel sie dir mitgebracht hat«, amüsierte ich mich und wendete, um vor Mias Auto zu parken.

Paul stöhnte, verdrehte seine Augen, setzte ein Lächeln auf und öffnete die Beifahrertür.

Sofort tönte ihm ein »Pauli« in quietschender Kleinkindstimme entgegen, gefolgt von einem »Daddy!«, das zu Mia gehörte.

Mein Grinsen wurde breiter. Ich stieg aus und betrachtete mir die Szene aus der Nähe. Paul war genervt.

Mia trug ein sehr kurzes Kleid, ihre Haare hatte sie zu einem wilden Knoten gebunden. Glitzerohrringe, viele Armreifen, drei Ketten um den Hals, mega Sonnenbrille, Turnschuhe. So kannte ich sie.

Paul grübelte noch immer darüber nach, welcher Zwilling an ihm klammerte, während Mia mir zuwinkte.

»Hat Paul Unterstützung gebraucht? Danke, dass ihr kommen konntet.«

»Kein Problem, was funktioniert denn nicht?«

Sie zog ihre Schultern kurz nach oben.

»Bin ich Mechaniker? Keine Ahnung. Hat komische Geräusche gegeben, dann haben alle Lampen aufgeleuchtet und dann ging nichts mehr«, erklärte sie mir.

»Lass mich raten: Du warst mit dem Ding noch nie in einer Werkstatt?«, schnaufte Paul.

Sie starrte ihn aufmüpfig an.

»Wieso? Das Ding hat 300 Euro gekostet. Da ist jede Reparatur teurer.«

Er verdrehte wieder seine Augen.

»Für 300 Euro fährt der aber schon lange«, stellte ich fest.

Mia strahlte mich an.

»Eben. Zwei Jahre für 300 Euro sind super.«

»Leichtsinnig ist das und nicht super. Sei froh, dass dir das Ding nicht schon längst um die Ohren geflogen ist«, grummelte Paul und kämpfte weiter mit Luna oder Leila, die ihm seine Sonnenbrille aus den Haaren gezogen hatte, um sie sich selbst aufzusetzen.

Er befreite sich von ihr und drückte mir das Mädchen in den Arm. Danach nahm er Mia den Autoschlüssel ab, um sich selbst zu überzeugen.

»Bist du Luna oder Leila?«, fragte ich nach.

»Rate, du musst raten.«

Die Kleine strahlte mich an. Mia, hinter ihr, zeigte mir ein U mit ihren Fingern.

»Ich dachte ja, du wärst Leila, aber ich denke, du bist doch Luna.«

Sie kicherte und jubelte.

»Ja, richtig.«

»Puh, da hab ich ja Glück gehabt.«

Sie drückte mir ausgelassen einen Kuss auf die Wange. Keine Ahnung, womit ich den verdient hatte. Kurze Zeit später stand Paul wieder neben uns.

»Die Karre können wir maximal zu einem Schrottplatz abschleppen. Sieht nach Motorschaden aus. Sicher der Zahnriemen gerissen.«

»Seit wann bist du Mechaniker?«

Mia stand mit verschränkten Armen vor Paul.

»Von mir aus kann da gerne noch einmal jemand drüber gucken, der mehr Ahnung hat. Aber letztendlich wäre das auch egal, denn du wirst die Schrottkarre nicht reparieren lassen. Das käme mehr als 300 Euro.«

»Scheiße, du hast recht. Oh Gott, ich werde in eurem Kaff festsitzen.«

Ihr Stöhnen dazu klang nach purer Verzweiflung.

»Scheiße darf man nicht sagen«, trällerte Luna.

»Welche bist du?«, fragte Paul das Kind auf meinem Arm.

»Raten, du musst raten, Pauli.«

»Hm, kleine Stupsnase, rotbraune Haare, Sommersprossen – ich vermute du bist...«

Er wandte sich Mia zu. Mia lächelte ihn selig an und malte diesmal ein E in die Luft.

»Leila?«, fragte Paul.

Wieder jubelte es.

»Ja, richtig.«

Mia und der eine Zwilling hatten sich offensichtlich abgesprochen. Auf der Fahrt zurück nach Lubkow saßen die beiden neben mir, während sich Paul in Mias Auto befand.

»Bist du gekommen, weil du Meeresluft schnuppern wolltest oder weil du Paul und Torben was schuldig bist?«, wollte ich wissen.

»Pfff, ich bin denen nichts schuldig.«

»Schade. Ich hatte gehofft, du würdest deren Jobangebot annehmen.«

Sie lachte ausgelassen.

»Als würdest du dir von mir den Kopf verdrehen lassen. Wir könnten aber so tun, als würde das funktionieren. Das wäre doch witzig.«

Ich dachte darüber nach.

»Bekämst du was für deine Dienste?«

»Paul ist raus. Der hat mich danach sofort noch einmal angerufen und sich entschuldigt. Torben hingegen meinte, ich könnte von ihm alles haben, was ich will. Im schlimmsten Fall dich.«

Den letzten Satz überhörte ich.

»Du brauchst dringend ein neues Auto. Womöglich sollte ich mitspielen, schon alleine, weil ich es unmöglich finde, dass sie dich um so etwas gebeten haben.«

Neben mir kicherte es wieder.

»Unmöglich also «

»Ich frag mich halt, wie die Idioten auf diese Idee gekommen sind?«

Mias Hand berührte meinen Arm.

»Erkläre ich dir gerne später, ohne Minispion neben mir. Was, wenn sich Luna nur schlafend stellt.«

Also doch Luna.

»By the way, du siehst hot aus in Arbeitsklamotten und du riechst nach Waldspaziergang. Love it.«

Daheim kümmerte ich mich um Mias Auto. Ich telefonierte mit einem Kumpel, der eine Werkstatt besaß, und beschrieb ihm das Problem.

»Ich komme nachher mal rum, aber ich denke, Paul wird recht haben. Klingt nach Motorschaden.«

»Wenn dem so ist, kannst du dich ums Verschrotten kümmern?«

»Klar. Vorher nehme ich das Ding auseinander.«

Ich war mir sicher, dass nichts mehr zu retten war. Nur deshalb nahm ich mich der Unordnung in ihrem Auto an und fing an, es auszuräumen.

Ihr Handschuhfach war eine wilde Mischung aus Schminke, USB-Sticks, Polaroid-Fotos, auf denen sie mal mit Mädels, mal mit Kerlen posierte (eins zeigte sie knutschend mit einer Freundin), Ohrringen, Armbändern, alten Eintrittskarten, zwei Uhren, drei halbleeren Schachteln Zigaretten, einem Joint, ungeöffneten Briefen, Streichhölzern, unzähligen Zettelchen mit Namen und Telefonnummern sowie Kondomen, die sie hoffentlich nicht mehr nutzte. Den Joint und das Knutschfoto ließ ich in meiner Hosentasche verschwinden. Irgendwelche Unterlagen zu ihrem

Auto oder einer Versicherung fand ich nicht. Typisch für Mia. Ihre Rücksitze glichen einem Spielplatz. Wahrscheinlich fuhren Philipps Kinder oft mit. Der Kofferraum war noch viel besser. Sie fuhr tatsächlich ein Schlauchboot spazieren, ein Federballspiel, ein altes Zelt und allerlei anderen Krimskrams. Ihr Sanikasten hätte keiner Kontrolle standgehalten, da der quasi seit dem Tag abgelaufen war, an dem sie diese Karre in Besitz genommen hatte. Ihr Durcheinander hätte mich gruseln sollen, doch ich war viel mehr amüsiert, als schockiert.

»Was zu Hölle machst du?«

Erschrocken fuhr ich herum, nicht ohne mir den Kopf an der Kofferraumklappe zu stoßen. Mia stand hinter mir und zog eine Schnute.

»Ich räume dein Auto aus.«

Ich nickte in die Richtung der Kiste, in der ich all ihre Schätze verstaut hatte. Sie starrte mich aufgebracht an.

»Es kommt später jemand, der sich dein Auto anguckt und es gleich mitnehmen wird. Deinen Kram wolltest du doch sicher behalten?«

Sie überflog den Inhalt der Kiste mit ihren Augen, bevor sie mich anlächelte.

»Das macht dir Spaß, oder? Einmal Neugier befriedigt und interessante Dinge gefunden?«

»Hast du all die Kerle, deren Nummern ich gefunden habe, getroffen?«

Sie zuckte mit den Schultern.

»Eher nicht. Ich bin schon wählerisch, auch wenn es nicht den Anschein macht.«

»Ich habe auch keinen Vincent darunter entdeckt.«

Mia besaß eine Affinität für Typen, die Vincent hießen. In den letzten Jahren hatte es einige davon gegeben.

»Na dann werde ich nur die Telefonnummern von Kerlen gesammelt haben, an denen ich eh kein Interesse hatte. Meine eigene gebe ich nur ganz selten mal raus, viel zu riskant. So Zettelchen sind ungefährlich.«

»Wieso eigentlich Zettel? Ich dachte, deine Generation ist vernetzt und tauscht Nummern gleich per Handy aus?«

»No way. Ich will nicht jeden Freak als Kontakt in meinem Handy haben. Käme ich nur durcheinander.«

Sie musterte mein Gesicht.

»Paul hat ein Veilchen von eurer Prügelei, du ein blaues Joch-bein. Ich bin schon gespannt auf Torbens Gesicht.«

Ihre Finger berührten zaghaft meine Wange.

»Ehrlich gesagt, bin ich ein bisschen traurig, dass ich eure Prügelei verpasst habe. Ich hätte dich sogar angefeuert.«

Ich schnaufte.

»Sicher, du hättest dich weggelegt vor Lachen, bei drei alten Säcken, die sich prügeln.«

Auf ihren Lippen zuckte ein amüsiertes Lächeln.

»Deine Worte. Als alten Sack habe ich dich noch nie betitelt.«

»Gemeint hast du das aber unzählige Male.«

»Ehrlich?«

Sie tat unschuldig.

»Du hast mich als Grufti in deinem Handy abgespeichert«, erinnerte ich sie.

»Ja, aber nur, weil dich das so dolle nervt.«

»Schon klar. Hast du eigentlich irgendwelche Papiere zu deinem Auto?«

Sie lief an mir vorbei und beugte sich zur Beifahrerseite hinunter. Mein Blick blieb an ihrem knackigen Hintern hängen. Ihre Position provozierte das geradezu, ich konnte nicht wegsehen. Ihr Rock war dabei so weit nach oben gerutscht, dass ich beinahe mehr sah als nur ihre Oberschenkel. Unterhalb ihrer rechten Po-backe entdeckte ich einen bislang verborgen gebliebenen bunten Schmetterling auf ihrer Haut. Ich hatte in den letzten Jahren einige bunte Schmetterlinge zu Gesicht bekommen. Dieser war neu.

Als sie sich wieder aufrichtete, reichte sie mir die Papiere.

»Hättest du jetzt nicht gedacht, oder? Nennt man sortiertes Chaos, Grufti.«

Sie starrte mir wieder ins Gesicht.

»Was?«

»Mit dem blauen Fleck siehst du noch verwegener aus«, prus-tete sie und verschwand.

Kapitel 3

Mia

Ich hatte mit vielem gerechnet, aber nicht, dass ich in diesem Kaff festsitzen würde, weil mein Auto seine Dienste eingestellt hatte. Das alleine bescherte mir schon schlechte Laune. Getoppt wurde das allerdings noch von der Standpauke, die meine Mum und Paul abhielten. Als wüsste ich nicht selbst, dass mir meine Sicherheit wichtig sein sollte und als wüssten sie nicht, dass ich mir keinen Neuwagen leisten konnte. Natürlich hatte Paul schon vor Jahren angeboten, mir ein Auto zu finanzieren, aber das war nichts, was ich gewollt hatte. Ich hatte beweisen wollen, dass ich mein Leben ohne seine Unterstützung gebacken bekam.

Paul war derselben Meinung wie meine Mum. Gerade hatte er mir erklärt, wie verantwortungslos ich sei und dass mir die Sicherheit von Philipps Kindern hätte wichtiger sein müssen, als an falschen Stellen zu sparen. Wüsste ich es nicht besser, könnte man annehmen, dass er genauso alt war wie Mum.

»Ich habe es verstanden, okay? Hat sich sowieso erledigt, ich fahre ab jetzt brav Bahn und Fahrrad. Zufrieden?«, zischte ich zurück.

»Was machst du eigentlich mit deinem Geld? Du müsstest alleine doch klar kommen und könntest dir sicher locker ein Auto leasen.«

Paul war echt nervig. Ich würde den beiden nicht offenbaren, dass es kein Gehalt mehr gab und noch nie länger als ein paar Wochen gegeben hatte.

»Ich fahre gleich morgen wieder heim. Ich bin kein kleines, dummes Mädchen.«

»Liebling, wir machen uns nur Sorgen um dich. Wir wollen dich nicht ärgern«, versuchte Mum mich wieder runterzubringen.

»Ihr ärgert mich aber trotzdem. Ich dachte, ich hätte hier mal ein paar Tage Ruhe, aber wahrscheinlich ist es daheim ruhiger.«

Gott sei Dank kam Luna in dem Moment heulend angerannt. Ich nutzte die Gelegenheit und verschwand.

Im Hof stand noch immer die Kiste meiner Habseligkeiten. Ich durchwühlte sie und fand meine Zigaretten. Die Streichhölzer waren allerdings zu nichts zu gebrauchen. Mist! Ich schimpfte vor mich hin und versuchte Piet ausfindig zu machen – da war Feuer garantiert. Ich fand ihn nicht.

Gerade als ich den Hof verlassen wollte, wurde ich stürmisch von Mathilda begrüßt.

»Mia, du bist hier? Spielen wir?«

Normalerweise ging ich gerne darauf ein, aber gerade war ich noch viel zu angepisst.

»Ich habe dir jemanden viel besseres zum Spielen mitgebracht. Geh mal zu meiner Mum, da ist Luna.«

Mathilda kreischte auf und flitzte weiter. Torben und Charlotte kamen um die Ecke, beide grinsend. Charlotte war also eingeweiht.

»Das ging ja super schnell. Schön, dass du da bist«, trällerte sie.

»Ja, schneller als gedacht. Kann ich ein paar Minuten mit zu euch kommen? Hast du ein Feuerzeug, Torben?«

Ich ließ meinen Frust über mein Auto und die Moralapostel im Haus gegenüber bei den beiden ab. War klar, dass Charlotte und ihr Mann die Ansichten meiner Mum teilten. Wenigstens hatte ich Feuer bekommen.

»Schätzchen, irgendwann musst du eben mal mehr Verantwortung für dich und dein Leben übernehmen«, erklärte mir nun auch noch Torben.

»Ich bin nicht dein Schätzchen. Ich würde gerne Verantwortung übernehmen, aber anscheinend traut mir das niemand zu.«

Hinter meinem Rücken erklang Piets dreckige Lache. Ich fuhr herum und blinzelte ihn böse an. Idiot. Was machte ich eigentlich hier? Ich steckte das Feuerzeug ein und verschwand. Schnellen Schrittes verließ ich den Hof. Weit kam ich nicht. Piets Pick-Up hielt neben mir.

»Komm, steig ein!«, forderte er mich auf.

Ich war noch immer gereizt und zornig.

»Wieso sollte ich? Ich bin doch unfähig für eigentlich jede Sache im Leben«, trotzte ich.

Er sah mich entschuldigend an.

»Du weißt, dass das nicht wahr ist. Seit wann bist du so empfindlich, Prinzessin? Steig endlich ein, sonst steige ich aus und spaziere mit dir.«

Ich wollte weiter sauer sein, aber immer, wenn Piet mich als

Prinzessin betitelte, fing es in mir an zu strahlen. Ich stand nicht auf Kosenamen. Jeden anderen Kerl hätte ich für *Prinzessin* oder *Süße* sofort zusammengestaucht, aber nannte Piet mich so, besänftigte es mich. Verrückt.

»Was machen wir, wenn ich einsteige? Fahren wir dann zurück?«, wollte ich wissen.

»Nur, wenn du das willst. Ich dachte, wir fahren ans Meer und hecken aus, wie wir den Hohlköpfen überzeugend rüberbringen können, dass du mich ablenkst. Du bekommst dafür ein neues Auto und ich womöglich einen freien Kopf, der mich bessere Entscheidungen treffen lässt. Abgesehen davon, spreche ich lieber mit der neutralen Schweiz über meine Probleme, als mit den beiden feindseligen Nachbarländern.«

Er zwinkerte mir zu.

»Nur, wenn du uns noch eine Flasche Wein dazu besorgst.«

»Abgemacht.«

»Hast du auch ein Schlauchboot in deinem Auto?«

Mein Frust klang langsam ab.

»Sorry, damit kann ich nicht dienen. Wenn wir Glück haben, habe ich eine Decke. Komm schon, lass mich nicht länger betteln. Ich hätte nicht lachen dürfen. Aber du warst aufgebracht so niedlich.«

Ich verdrehte meine Augen und schnaubte.

»Niedlich? Echt jetzt?«

Wir fuhren eine Weile schweigend. Irgendwann hielt Piet an, um uns Wein zu besorgen. Ich wäre mit Wein von der Tankstelle oder einem Supermarkt zufrieden gewesen, aber Piet bestand auf gekühlten Wein und Gläser. Er besorgte beides in einem Restaurant.

Der nächste Stopp war irgendwo am Meer. Wir liefen so lange am Strand entlang, bis es kaum noch Touristen gab – weil der Strand nur noch aus Steinen bestand. Hinter uns ragte eine Steilwand hoch hinauf, weit über uns Bäume. Imposant anzusehen. Ich sah noch immer nach oben.

»Du bist dir sicher, dass es hier sicher ist? Nicht, dass wir verschüttet werden. Gäbe gleich wieder Ärger, wegen meiner fehlenden Verantwortung.«

Piet zeigte mir sein Grübchenlächeln.

»Diesmal wäre ich der mit der fehlenden Verantwortung.

Alles gut. Im Sommer ist es hier relativ sicher.«

Er folgte meinem Blick nach oben.

»Was heißt relativ?«

»Regen und Sturm wären Mist.«

Wir setzten uns auf einen der riesigen Steine, sahen hinaus aufs Wasser und plänkelten herum, bevor ich wissen wollte, was eigentlich genau vorgefallen war.

»Wieso hat sie dich so verarscht und ist danach verschwunden?«

Bisher kannte ich nur das, was Torben und Paul mir vor Tagen am Telefon erzählt hatten. Piet hatte sich nicht geäußert. Er zog seine Stirn in Falten. Seine Finger spielten mit einem Stein in seiner Hand. Er schwieg und starrte verletzt hinaus aufs Meer.

»Ich habe Fenja gesagt, dass sie verschwinden soll«, kam irgendwann über seine Lippen.

Ich kannte viele Geschichten der letzten Jahre und war verwundert zu hören, dass er sie abserviert hatte.

»Und wieso warst du dann so sauer auf Paul?«

Er stöhnte.

»Fuck. Sie hat mich provoziert. Sie hat gesagt, dass sie lieber mit ihm vögelt, als mit mir und das Paul ja ach so viel verständnisvoller wäre als ich und ich desinteressiert an unserem Leben sei.«

Bei seinem letzten Satz hatte er Fenjas Tonfall ziemlich perfekt nachgeahmt.

»Und hat sie damit recht? Bist du desinteressiert?«

Er warf den Stein hinaus ins Wasser.

»Ja, wahrscheinlich. Ihre ständige Unzufriedenheit ist nervenaufreibend und anstrengend. Ich brauchte in den letzten Jahren immer öfter eine Auszeit davon, aber das weißt du längst «

Ich war seine Auszeit, das war mir klar. Ich stieß ihn sanft an.

»Danke. Ich bin gerne deine Auszeit.«

Er schaute mich aufgewühlt an.

»Wenn wir zusammen ausgehen, kann ich endlich mal wieder unbeschwert sein. Ich muss mir nicht ständig einen Kopf machen, was ich sage, weil du mich nicht feindlich missinterpretierst. All das Schwere ist dann einfach weg. Fenja hat mich gefragt, ob ich fremdgehe. Ich habe mich schlecht gefühlt.«

Ich war verwundert.

»Wieso? Du hast sie nicht betrogen – also nicht mit mir. Keine Ahnung, was du sonst so treibst.«

»Aber ich habe ihr verschwiegen, wo ich war, wenn ich weg war. Das ist auch Betrug, oder nicht?«

Der Meinung war ich nicht.

»Auch wenn man zusammen ist, muss der Andere nicht alles wissen, Piet. Du darfst mal flüchten und durchatmen. Glaub mir, du wüsstest es ganz sicher, wenn du sie mit mir betrogen hättest. Das würde sich anders anfühlen. Wir sind so was wie geheime Freunde mit einem großen Altersunterschied, die sich eben verstehen und helfen. Nichts Schlimmes.«

Er sagte nichts dazu.

»Bereust du unsere Verbindung?«, fragte ich nach.

»Nein.«

Gut so. Kurzzeitig hatte ich genau das befürchtet. Ich ließ ihn kurz zur Ruhe kommen.

»Liebst du Fenja?«

Er raufte sich seine so schon wirren Haare.

»Ganz ehrlich? Ich glaube nicht, dass ich überhaupt weiß, wie sich Liebe richtig anfühlt. Ich wollte immer haben, was ich nicht haben konnte. Ein ewiger Kampf. Wahrscheinlich war ich schon mal verliebt, aber jetzt würde ich sagen, fühlt es sich nach Gewohnheit an, nach Verbundenheit. Ich kenne Fenja in- und auswendig. Mich stört das nicht. Ich habe Angst davor, dass ich nicht klarkomme mit allem, was ich nicht kenne.«

Piets Offenheit war etwas, was ich besonders mochte. Ich dachte über seine Worte nach und spürte seine Emotionen als Schmerz irgendwo tief in mir drin.

»Liebe ist Kribbeln im Bauch oder dass man nur an eine Person denken kann. Aufregung, Euphorie, Herzrasen, ab und an auch Schmerz, den man ertragen muss. Gewohnheit und Kämpfe gehören nicht dazu. Vielleicht, wenn man so lange zusammen ist wie ihr. Da kann ich nicht mitreden. Du wirst ihr doch aber ab und an mal gesagt haben, dass du sie liebst oder etwa nicht?«

Ich musterte ihn gespannt.

Keine Reaktion. Wow, wieder ein neuer Abgrund. Piet war fast vierzig Jahre alt und anscheinend vollkommen ahnungslos.

»Das sind deine naiven Vorstellungen vom Leben, Mia. Leben ist nicht so. Ich bin mit Fenja zusammen, seitdem ich denken kann.

Mal mehr, mal weniger. Da sülzt man nicht ständig: Ich liebe dich.«
Das war mir klar.

»Das mag sein, aber man fühlt es trotzdem.«

Er war voller Anspannung, seine Hände hatten nach einem neuen Stein gegriffen und wurden immer weißer, weil er ihn so sehr umklammerte.

»Ich liebe meinen Sohn und das sage ich ihm auch so oft ich kann.«

Wenigstens etwas, dachte ich.

»Ihr könnt aber nicht nur wegen Jacob zusammenbleiben, wenn es euch beide unglücklich macht.«

Sein Blick war finster.

»Das weiß ich selbst«, bellte er.

Ich versuchte, seine Worte zusammenzufassen.

»Trotzdem willst du, dass sie zurückkommt? Du hast ihr gesagt, sie soll gehen. Sie ist gegangen und jetzt kommst du damit aber nicht klar? Wieso nicht? Das finde ich gerade verwirrend.«

Er biss seine Zähne fest aufeinander und schwieg wieder eine Weile.

»Ich will mein Kind zurück, Fenja gerade weniger. Ich bin ausgelaugt und kann nicht mehr. Ich ertrage ihre wilden Gefühlsausbrüche nicht mehr. In einem Moment will sie, dass wir unbedingt heiraten und ein zweites Kind bekommen, im nächsten wirft sie mir an den Kopf, dass sie mich hasst und ich ein Arschloch bin. Ich bin am Ende. Gleichzeitig macht mir der Gedanke, alleine zu sein, Angst. Ich war noch nie wirklich alleine. Was, wenn ich das nicht hinbekomme? Ich bin nicht wie du. Ich kann mir nicht vorstellen, ständig mit anderen Frauen auszugehen, in der Hoffnung, dass irgendeine passen könnte. Ich kann nicht aus mir rausgehen und Dating-Apps wären nicht meins.«

Ich sah mir Piet an und stellte mir gleichzeitig sein Datingprofil vor. Funktionierte nicht. Er war nicht geschaffen für Online-Dating, obwohl er sicher einige Dates an Land ziehen würde. Er war ein interessanter und attraktiver Mann. Piets Schönheit war seine Natürlichkeit. Er sah nicht wie ein Model aus, sondern glich, mit seinen dunklen, wilden Locken, seinem Teint und dem Dreitagebart, wenn überhaupt Kapitän Jack Sparrow. Für einen alten Kerl tatsächlich hot.

»Ich würde lieber dich vögeln, als Paul«, sprudelte es aus mir

57

heraus.

Wenigstens ließ ihn diese Aussage schmunzeln.

»Danke, das weiß ich zu schätzen.«

»Gern geschehen.«

Ich lächelte selig zurück. Wieder herrschte kurzes Schweigen, bevor er übernahm.

»Wieso bekommst du dein Chaos nicht in den Griff, Prinzessin?«, fragte er.

Ich schubste ihn.

»Ich habe mein Chaos im Griff.«

Piet lachte auf.

»Nicht im Geringsten. Sonst wärst du nicht hier.«

»Wenn du jetzt anfängst, dich wie mein Vater aufzuführen, bin ich weg. Ich hab davon schon zwei.«

»Ich schwöre dir, ich mime keinen deiner Väter.«

Sein Blick durchbohrte mich.

»Was gibt's denn neues im Datingalltag?«

»Ganz schlechtes Thema. Ich habe da langsam keine Lust mehr zu. Womöglich habe ich längst alle Kerle im Umkreis von 80 km gedatet. Letztens fand ich einen nett und habe den auf einen Kaffee mit zu mir genommen. Als ich mit dem Kaffee ins Wohnzimmer kam, stand der nackt vor mir und hat an sich rumgefummelt.«

Angewidert und entsetz konnte man also gleichzeitig gucken, deutete ich Piets Blick.

»Nicht wirklich?«

»Doch, denkst du, ich denke mir so einen Mist aus. Das war voll peinlich.«

Inzwischen sah er besorgt aus.

»Vor allem gefährlich. Versprich mir bitte, dass du keine fremden Typen mehr mit zu dir nach Hause nimmst.«

Das konnte ich ihm unmöglich versprechen.

»Ich pass schon auf mich auf. Ich habe den rausgeschmissen. Erst seine Klamotten, danach ihn. Ich bin das alles gerade leid. Niemand hat Interesse, sich kennenzulernen. Alle suchen nur Fickdates. Wenn man sich nicht auszieht, ist man abgeschrieben.«

Diese Information beunruhigte ihn noch mehr.

»Das machst du doch hoffentlich nicht?«

Seine Stimme war ein tiefes Grollen.

»Ich bin nicht verrückt, Piet. Ich will mich inzwischen wirklich wieder einmal verlieben. Ich will all das haben, was meine Freundinnen haben. Eine nach der anderen heiratet, die bekommen Kinder. Nur ich bin die blöde Kuh, die nicht in der Lage ist jemanden zu finden und zu vertrauen«, verließen all meine Gedanken meinen Mund.

Ich fühlte mich diesbezüglich wirklich lost. Meine Ansichten hatten sich in den letzten Jahren krass verändert. Inzwischen fühlte ich mich oft einsam. Piet hatte meine Unruhe wahrgenommen und mich in seine Arme genommen.

»Das wird schon. Womöglich gerätst du immer an die Falschen, weil du falsche Signale ausstrahlst.«

Ich fragte mich, welche Signale er meinte.

»Ich will nicht mehr suchen. Im Moment könnte ich im Dauerstrahl kotzen. Nichts funktioniert. Mein Auto ist im Arsch. Mein Job ist im Arsch. Wo ich bin, geht alles schief. Wenn ich Pech habe kassiere ich sogar noch eine Anzeige wegen einer illegalen Party.«

Seine Hand hatte sich an mein Kinn gelegt. Er zwang mich, ihn anzusehen.

»Illegale Party?«

»Nichts Schlimmes. Aber eben verboten. Wie alles, was Spaß macht. Wir haben in kleiner Runde in einem Minischwimmbad gefeiert.«

Schockierter Blick von ihm.

»Seid ihr eingebrochen?«

»Spinnst du? Wir haben uns einschließen lassen. Mehr nicht. Da gibt's keine Technik. Daher ist es nicht aufgefallen.«

Piet atmete seltsam schwer.

»Hast du eine Rechtsschutzversicherung?«

Typisch, er dachte automatisch weiter.

»Nein, ich denke, wenn was kommt, steht mir Gerichtskostenbeihilfe zu.«

Kurzes Stöhnen.

»Gib mir Bescheid, wenn es zur Anzeige kommt.«

Für einen Moment herrschte Schweigen zwischen uns.

»Was ist mit deinem Job?«

Schon wieder dieser besorgte Unterton.

»Mein Chef hat mich gefeuert. Vollidiot. Ich habe ihm nur gesagt, was in seiner Firma falsch läuft und wie man das verbessern könnte und schon war ich draußen.«

Mein Frust darüber fühlte sich an wie ein Stein in meinem Bauch. Inzwischen streichelte er meine Wange, während sein Atem schwerer geworden war.

»Ich schätze deine offene Art wirklich sehr, aber nicht jeder tut das und nicht jeder kann damit umgehen.«

Na perfekt – als wüsste ich das nicht. Jetzt spürte ich auch noch Tränen in meinen Augen brennen. Piet drückte mich an sich und küsste meinen Scheitel. Meine Arme fuhren um ihn. Ich hielt mich an ihm fest und tankte einmal Zuversicht. Er war die einzige Konstante, bei der ich Trost fand, stellte ich fest.

Ich inhalierte ihn – ein Gemisch aus frischem Holz, Zitronen-Thymian, Minze, dezentem Moschus und etwas Rauch – bis ich wieder Frieden spürte.

»Kommst du mit ins Wasser?«, fragte ich nach einer gefühlten Ewigkeit und ließ ihn los.

»Keine Chance. Ich zieh nicht blank«, brummte er und brachte mich damit wieder zum Kichern.

»Wer hat denn was von FKK gesagt?«

»Ich habe uns spontan Wein und Gläser organisiert, eine Decke haben wir auch, aber weder Badesachen, noch Handtücher.«

Ich zwickte ihn.

»Dafür bin ich dir überaus dankbar. Ich zieh mich nicht nackt aus, keine Angst. Ich gehe in Unterwäsche ins Wasser, kannst du auch. Sieht hier niemand und wir trocknen sicher schnell.«

Ich stand auf und zog mein Kleid über den Kopf. Meine Unterwäsche war auf jeden Fall ostseetauglich, nichts Besonderes, aber wenigstens passte mein Slip zu meinem BH. Piet starrte mich an, als wäre ich wahnsinnig.

»Komm schon. Ist ganz einfach.«

Er zierte sich. Genau solche Reaktionen machten ihn sympathisch.

»Nein, ich zieh mich nicht aus.«

»Gut, dann eben nicht. Angsthase.«

Ich kletterte mutig über die Steine in Richtung Wasser. Das kühle Nass tat gut nach diesem hitzigen Tag. Piet war aufgestanden und hatte zumindest seine Schuhe ausgezogen. Barfuß kam er mir ein Stück entgegen.

»Mia, sei vorsichtig. Kann sein, dass es da nicht seicht ins Wasser geht«, rief er mir zu.

»Ich kann schwimmen. Keine Angst.«

Ich lief weiter ins Wasser. Wellen brachen an meinem Körper, bevor ich mich wieder zu Piet umdrehte. Inzwischen hatte er sein T-Shirt ausgezogen. Wow, war mein Gedanke. Auf seinem nackten Oberkörper zeichneten sich doch ein paar Muskeln ab, wahrscheinlich aber nur, weil ihm Fett fehlte. Aber nicht nur das erregte meine Aufmerksamkeit. Das Tattoo, was ich von seinem Unterarm her kannte, ging nicht nur bis zu seinem Oberarm, es lief über seine Schulter, weiter an seiner Flanke entlang, bis zum Bund seiner Jeans. Ich konnte es mir nicht verkneifen einmal Ertrinkende zu spielen, damit er sich in Blitzgeschwindigkeit weiter auszog und ins Wasser kam. Ich ließ mich grinsend retten.

»Beim nächsten Mal lass ich dich ertrinken«, knurrte er so tief, dass meine Brustwarzen darauf reagierten und sich zusammenzogen.

»Geht klar.«

Ich hielt mich an seinen Schultern fest.

»War doch gar nicht so schwer mit dem Ausziehen, was?«, zog ich ihn auf.

»Das zahle ich dir heim.«

Meine Augen hatten ihn fixiert. Wasser rann ihm aus den Haaren, ein Tropfen hatte sich auf den Wimpern verfangen, seine nasse Haut glitzerte im Sonnenlicht.

»Kein Wunder, dass du niemanden findest. Du bist durchtrieben.«

Unsere Blicke trafen sich. Er leckte sich die Lippen, während er mich näher an sich zog.

»Durchtrieben und willig«, hauchte ich, bevor sich unsere Lippen berührten.

Piets Kuss schmeckte nach sehr viel mehr. Keine Ahnung, was er anders machte als all die anderen Kerle, die ich in den letzten Jahren geküsst hatte. Ihn küsste ich mit Vorliebe und ich bekam nicht genug. Mehr würde ich nie von ihm wollen und bekommen. Deshalb kostete ich jeden Kuss aus.

Kapitel 4

Piet

Mia nur in Unterwäsche tat meinem Seelenfrieden nicht gut. Ich wusste nicht, wo ich hinsehen sollte. Ich versuchte, mich aufs Wasser zu konzentrieren, erwischte mich aber immer wieder dabei, wie meine Augen über ihren Körper glitten. Es gab noch viel mehr bunte Schmetterlinge, als ich bisher kannte. Wenn meine Augen nicht an ihren Schmetterlingen hingen, dann weckten ihre Brüste meine Aufmerksamkeit. Ihre Brustwarzen zeichneten sich deutlich ab. Hoffentlich trocknete ihre Unterwäsche schnell und sie zog sich wieder an. Mein Schwanz reagierte immer wieder auf ihre Reize und ich fand zu wenig Ablenkung. Beim nächsten Kichern drehte ich mich um und legte mich auf den Bauch, um zur Ruhe zu kommen. Nicht gerade angenehm, aber besser als alles andere.

Mia gönnte mir keine Ruhe. Ihre Finger fuhren erst meine Schulterblätter nach, danach meine Wirbelsäule. Verlangen flammte immer wieder auf. Ich würde nicht nachgeben. Das war das Einzige, was ich mit Sicherheit wusste. Wenig später küsste sie meinen Nacken.

»Süße, das ist keine gute Idee.«

»Ich weiß. Es macht mir trotzdem Spaß«, säuselte sie.

»Du bekommst keinen Schluck Wein mehr.«

Kichern. Ihre Hand wanderte zu meinem Hintern.

»Mia, bitte...«

»Mir war nicht klar, dass Briefs sexy sein können. Ich dachte immer, so was tragen nur Opas.«

Nervensäge. Ich hätte meine Jeans anbehalten sollen, dachte ich.

»Für einen alten Kerl fühlst du dich krass gut an. Ich komme gerade meinem Job nach und bringe dich auf andere Gedanken«, fuhr sie fort.

Ich brummte und hoffte, dass sie von mir abließ. Es dauerte noch eine Weile, bevor sie mir auf den Hintern schlug und verkündete, dass wir jetzt trocken genug wären. Gott sei Dank.

Sie reichte mir mein T-Shirt. In der Hoffnung, dass ihr Kleid wieder an ihrem Körper war, bevor ich mich umdrehte, ließ ich mir viel Zeit damit. Sobald ich saß, warf sie mir meine Jeans zu. Der Inhalt meiner Hosentaschen fiel heraus. Wenigstens landete nichts davon im Wasser. Während ich mich anzog, sammelte sie meine Sachen ein. Sie reichte mir meine Schlüssel, mein Portemonnaie und mein Handy. Ich entsperrte es, um zu checken, ob es den Absturz überlebt hatte. Ich hatte einige verpasste Anrufe von Fenja und eine Nachricht von Lene. Lenes Nachricht öffnete ich.

Lene: Ist Mia bei dir? Ihr Telefon liegt hier. Gab vorhin etwas Trouble.

Piet: Alles gut. Ich habe sie eingefangen. Ihr geht es gut.

Lene schrieb sofort zurück.

Lene: Danke, dass du ihr zuhörst. Ich bin erleichtert. Hatte Angst, dass sie geflüchtet ist. Gib Mia einen Kuss von mir und sag ihr bitte, dass es mir leid tut.

Piet: Geht klar.

Ich verstaute mein Telefon in meiner Hosentasche. Mia stand grinsend vor mir.
»Was amüsiert dich so? Dass ich dich von deiner Mutter aus küssen soll, kannst du noch nicht wissen.«
Sie prustete.
»Du sollst was?«
»Lene hat mich gebeten, dir von ihr einen Kuss zu geben und dir zu sagen, dass es ihr leid tut, du darfst wieder nach Hause kommen.«
»Du hast mich bestohlen«, ließ sie mich schmollend wissen, nachdem sie sich beruhigt hatte.
Ich war ahnungslos.
»Wie bitte?«
Sie schmunzelte und hielt mir im nächsten Moment den Joint sowie das Knutsch-Polaroid unter die Nase.
»Das sind meine Dinge, ganz eindeutig und sie sind aus deiner Hose gefallen.«
Oh, Fuck. Sie musterte mich. Ich fühlte mich ertappt und kne-

te meinen Nacken kurz.

»Wieso hast du dir das eingesteckt?«

»Deine Mutter hat mir mein Gras abgenommen. Du wusstest doch gar nicht mehr, dass du noch einen Joint in deinem Handschuhfach hattest. Wahrscheinlich ist der eh uralt und ungenießbar«, bezog ich meine Antwort lediglich auf den Joint.

Sie verzog ihren Mund erneut zu einem Schmollen.

»Der ist nicht uralt. Das ist mein Notfallvorrat. Womöglich teile ich den mit dir, weil meine Mum dir dein Gras weggenommen hat, aber erst, nachdem du mir ihren Kuss gegeben hast.«

Ich beugte mich ihr entgegen und hauchte ihr einen Kuss auf die Wange. Ihre Augenbrauen tanzten.

»Der reicht nicht aus zum Teilen. Tut mir leid«, tadelte sie mich.

»Das war der Kuss deiner Mutter. Einen anderen kannst du von ihr nicht erwarten.«

»Dann wirst du mich noch einmal küssen müssen, damit ich mit dir teile und dir verzeihe. Du kannst dir nicht einfach meine Schätze einverleiben. Wieso eigentlich das Foto?«

Ich schluckte und wusste nicht, was ich sagen sollte. Sie wartete.

»Du küsst darauf eine andere Frau«, würgte ich irgendwann raus.

»Ja, ich weiß. Das ist meine Freundin Kat. Gefällt dir das?«

»Viel besser als all die anderen Fotos.«

»Dann hast du dir das eingesteckt, weil es dir gefällt, wenn ich eine andere Frau küsse?«

Sie erwartete keine Antwort, sondern sah sich das Bild noch einmal an.

»Ich hätte lieber so ein Foto von dir und mir. Du kannst es haben.«

Sie steckte es mir in die Gesäßtasche meiner Jeans, dabei presste sich ihr Körper an meinen. Auffordernd sah sie mir danach in die Augen.

»Du machst mich alle, Mia.«

Ihre Finger berührte meine Brust.

»Ich weiß und ich genieße es. Gib mir dein Handy und küss mich noch mal.«

Ich machte mir Sorgen, wohin uns zu viele Küsse führen würden. Bisher hatte es immer nur einen einzigen gegeben und das war so perfekt gewesen.

»Du kannst kein Knutschfoto mit meinem Handy machen.«

»Wieso nicht? Kontrolliert Feni dein Handy? Schick es mir und lösche es, wenn du Angst hast, dass sie es finden könnte.«

Machte ich mir Gedanken, dass Fenja mein Handy kontrollierte? Nein.

Mia stand vor mir, erwartungsvoll. Inzwischen lag ihre gesamte Hand auf meiner Brust.

»Knutschfoto gegen Knutschfoto. Ganz einfach. Von mir aus lass ich dich danach auch an meinem Joint ziehen.«

Sie klimperte mit ihren Wimpern. Was sollte es? Ich würde sie eh wieder küssen, ob sie das nun auf einem Foto festhielt oder nicht. Ich entsperrte mein Handy und gab es ihr.

»Bleib locker. Wir tun nichts Verbotenes.«

»Ich bin locker.«

Sie schüttelte ihren Kopf und lächelte.

»Bist du nicht, dein Herz rast.«

Der Punkt ging an Mia. Ihre Hand fungierte als Lügendetektor. Meine Stirn sank an ihre.

»Ich küss dich nur, weil ich das Foto behalten will und ein paar Züge von deinem Joint«, brummte ich und legte meine Hand an ihre Wange, um ihren Kopf anzuheben.

Sie leckte sich ihre süßen Lippen.

»Schon klar. Nicht nur Dieb, sondern auch noch Lügner.«

Sie reckte sich mir entgegen. Ich schloss die wenigen Zentimeter zwischen uns. Unsere Lippen berührten sich sanft, bevor sie ihren Mund öffnete und mich gewähren ließ. Sie schmeckte nach Wein und Erdbeerkaugummi. Sie schmeckte immer nach Erdbeeren. Kein Wunder, sie hatte fast ständig einen Erdbeerkaugummi in ihrem Mund.

Sie stöhnte an meinem Mund und brachte mich damit dazu, sie noch begieriger zu küssen. Ich stand unter Strom. Als ich mich von ihr lösen wollte, biss sie mir zart in die Unterlippe und hielt mich fest. Sie gab meine Lippe nur frei, um mich erneut zu küssen. Diesmal übernahm sie. Ihre Leidenschaft und Kontrolle erreichte augenblicklich wieder meinen Schwanz. Ich versuchte, mich ihr zu entziehen, aber je mehr ich mich wand, umso mehr presste sie sich an mich. Sobald sich ihre Lippen von meinen lösten, schnappte ich nach Luft und wich von ihr zurück. In Mias Augen funkelte Belustigung.

»Ich tu dir nichts. Beruhige dich. Du bist mir A) zu alt und B) würde Sex die Sache zwischen uns verkomplizieren oder kaputt machen. Das will ich nicht riskieren. Ich brauche dich. Du bist der einzig normale Mensch hier. Also, alles gut. Krieg dich wieder ein und lass uns rauchen.«

»Gut. Ich will auch keinen Sex zwischen uns, das gäbe nur Ärger und ich werde dich heute auch nicht noch mal küssen. Ich brauche meinen Verstand noch ein bisschen.«

Sie schubste mich.

»Dann ist doch alles perfekt zwischen uns.«

Keine Ahnung. Unsere Beziehung zueinander war so verwirrend wie Mias Leben und genau das zog mich magisch an.

Wir saßen die gesamte Nacht zusammen am Strand. Ich konnte unmöglich zurückfahren, nachdem wir den Wein geleert und zusammen geraucht hatten.

Als die Sonne über dem Meer aufging, fühlte ich mich wieder nüchtern genug für die Heimfahrt. Mir tat alles weh von der stundenlangen, unbequemen Haltung. Etwas, was ich besser nicht aussprach. Ich hatte keine Nerven für Mias Grufti-Kommentare. Ich war müde.

Mia kicherte leise, als wir uns über den Hof schlichen und ich ihr Pauls Haus aufschloss.

»Pst, sei leise«, ermahnte ich sie.

Sie streckte sich und küsste meine Wange.

»Ich fühle mich gerade wie ein Teenie, der sich zurück in sein Zimmer schleicht. Danke dafür. Schlaf gut. Vergiss nicht, mir die Fotos zu schicken.«

Kapitel 5

Mia

Die nächsten Tage rieselten nur so dahin. Meine Mum hatte sich beruhigt und hinterfragte nicht, weshalb ich meinen Jahresurlaub bei ihr verbrachte.

Sie freute sich, dass ich regelmäßig an ihrer Yogastunde am Morgen teilnahm. Das war genau ihr Ding. Luna war wieder daheim. Philipp hatte sie nach einer Woche abgeholt. Ohne kleiner klammernder Nervensäge an seinem Bein war auch Paul entspannter und erträglicher.

Viel Zeit hatte ich bisher nicht mit Piet verbracht – dabei hatten wir abgesprochen, so oft wie möglich gemeinsam abzuhängen. Wir wollten Torben vortäuschen, dass sein Plan aufging. Aber Piet arbeitete viel und war an den Wochenenden als Rettungsschwimmer eingesprungen. Irgendwer war ausgefallen. Piet als Rettungsschwimmer fand ich erschreckend sexy. Ich hatte ihn ausgiebig gestalkt.

Eben war er in Aktion getreten. Lebensretter. Zu sehen, mit welcher Sicherheit und Ruhe er agierte, fand ich krass anziehend. Überhaupt hatte ich in den letzten Tagen festgestellt, dass ich mich mehr für ihn begeistern konnte als bisher angenommen. Er war so viel mehr Mann als die Typen, die ich für gewöhnlich traf. Klar, er war ja auch steinalt.

»Von dem würde ich mich sofort retten lassen«, lachte es nicht weit entfernt von mir.

Ich sah mich um. Ein paar Mädchen aalten sich in der Sonne. Sprachen die über Piet? Dafür waren die eindeutig zu jung.

»So mit Mund-zu-Mund Beatmung«, kicherte eine.

»Der kann sicher noch viel mehr, als nur pusten.«

Gelächter.

»Da wäre ich auch dabei. So ein bisschen Bart fühlt sich bei Oral-Sex super an.«

Meine Aufmerksamkeit war geweckt.

»Wir könnten doch wetten, wer von uns den abschleppen kann«, schlug die vor, die bisher noch nichts gesagt hatte.

Interessante Wette. Ich war gespannt.

»Okay, ich mache freiwillig den Anfang.«

Die einzige Blondine sprang auf und lief in Richtung Wachturm. Meine Augen folgten ihr. Es ging um Piet. Sie sprach ihn an. Als Rettungsschwimmer schien es heiß her zu gehen, dachte ich und wartete gespannt auf ihre Rückkehr.

»Entweder schwul oder verheiratet«, war ihr Urteil.

Eine nach der anderen behelligten im Verlauf des Nachmittags Piet. Er war sicher genervt, während ich amüsiert vor mich hin grinste. Piet ließ sich nicht anbaggern. Das eindeutige Urteil der Mädchenrunde am Ende war, dass er wohl schwul sein musste.

Ich widmete mich weiter meinem Buch, bis ein Schatten auf mich fiel. Daraufhin flog mir etwas auf den Rücken.

»Du hast schon rote Schultern. Genug Sonne für heute. Zieh dir sofort was drüber«, grollte es über mir.

Ich griff nach dem, was auf meinem Rücken lag, bevor ich mich umdrehte. Es war Piets T-Shirt. Inzwischen hockte er neben mir im Sand.

»Wird es dir nicht langweilig, jeden Tag in meiner Nähe abzuhängen?«, fragte er und streichelte dabei mein Bein.

Meine Haut kribbelte. Anscheinend hatte ich Sonnenbrand.

»Nöö. Kein bisschen. Wenn wir das *Ich-verdrehe-dir-den-Kopf*-Ding ernsthaft rüberbringen wollen, muss ich ja in deiner Nähe bleiben.« Ich hielt kurz inne. »Dir ist klar, dass du als Rettungsschwimmer ziemlich begehrt bist, oder?«, zog ich ihn auf.

Er verdrehte seine Augen und gab einen Ton von sich, den man als genervtes Grunzen bezeichnen konnte.

»Und du passt auf, dass mir niemand zu nahe kommt?«

Ich strahlte ihn an.

»Genau, wenn schon, will *ich* die sein, die dir zu nahe kommt.«

Ihm war auf jeden Fall die Anwesenheit der Mädchen, die dicht neben uns lagen, bewusst, denn er beugte sich zu mir runter und küsste szenenwirksam meinen warmen Bauch. Untypisch für ihn.

»Bist du, Prinzessin.«

Seine kratzige Haut bescherte mir einen Schauer.

»Ich habe jetzt Feierabend. Lass uns gehen.«

Meine Hand fuhr durch seine Haare. Ich zog ihn zu mir runter.

»Noch mehr Showeinlage, bitte«, hauchte ich ihm ins Ohr.

Er grinste an meiner Haut.

»Gerne.«

»Dann zieh dich aus und komm mit ins Wasser«, forderte ich

ihn auf.

»Du hattest echt genug Sonne für heute. Wenn Wasser, dann nicht in deinem Bikini. Zieh dir wenigstens mein T-Shirt drüber.«

Seine Fürsorge war niedlich.

»Okay, Boss.«

Ich setzte mich auf und zog es drüber.

»Zufrieden?«

»Purer Selbstschutz. Wenigstens hörst du ab und an auf mich.« Er war aufgestanden und zog sich sein DLRG-T-Shirt aus. Seine gebräunte Haut konnte sich sehen lassen. Sehr nice. Seine Hose folgte – noch viel nicer. Ich starrte ihn mit Sicherheit schmachtend an, weil mir dieser Anblick gefiel. Er reichte mir seine Hand und zog mich auf die Beine.

»Ich hätte mitwetten sollen, wer dich bekommt. Ich hätte gewonnen«, trällerte ich und legte ihm meine Arme um den Hals.

»Tja, beim nächsten Mal, kannst du ja mitsetzen.«

Vier Augenpaare beobachteten uns. Die einen beschämt, die anderen amüsiert. Wir kühlten uns im Wasser ab.

»Bekommst du häufig Angebote, wenn du als Rettungsschwimmer einspringst?«

»Nein.«

»Und springst du oft ein?«

»Eigentlich nicht. Paul springt meistens ein.«

Ich grinste in mich rein. Passte irgendwie zu Paul. Der schöne Paul kam sicher vor Avancen gar nicht zum Arbeiten.

»Du warst heute richtig gut in deinem Nebenjob. Ich wäre in Panik verfallen, wenn ich jemanden hätte retten müssen. Du hingegen warst souverän und ruhig.«

Er sagte nichts dazu.

»Hast du schon viele Menschen gerettet?«

»Einige – viele überschätzen sich einfach.«

Ich bekam eine Salve Wasser ins Gesicht gespritzt.

»Konntest du auch schon mal jemanden nicht retten?«

Ein kurzes Schnaufen. Nichts, worüber er sprechen würde. Ich akzeptierte seine Entscheidung.

»Habe ich dir schon einmal erzählt, dass ich eine Schwäche für Helden habe?«, wechselte ich das Thema.

»Ja. Gerade jetzt.«

Er spritze mir erneut Wasser ins Gesicht. Ich spritze zurück.

»Noch mehr Schwäche habe ich nur für Handwerker, weil die so geschickte Hände haben.«

Er prustete los.

»Du kannst wirklich perfekt Süßholz raspeln. Dann bin ich also deine perfekte Schwäche?«

»Wenn du ein paar Jahre jünger wärst, auf jeden Fall. Noch ein Pluspunkt: Dich küsse ich gerne, weil du das einfach verdammt gut kannst.«

Piet starrte mich an.

»Meinst du?«

Seine Stimme war kratziger als sonst.

»Ich weiß es.«

»Bist du dir sicher?«, hakte er nach.

Ich war mir sicher.

»Beweise es mir einfach noch mal«, sagte ich trotzdem, in der Hoffnung auf einen Kuss.

Er zögerte.

»Gut, dann eben nicht. Ich weiß es auch so.«

Er kam auf mich zu, seine Hände umfassten mein Gesicht, bevor er mich schwindelig küsste.

»Zufrieden?«, fragte er kehlig.

»Ich weiß nicht. Küss mich noch mal!«

Sein Mund sank auf meinen. In meinem Magen kribbelte es. Mein Blut brodelte. Ich hob ein Bein an und schlang es um seine Hüfte. Dank Wasserauftrieb gar kein Problem. Seine Hände umfassten meinen Hintern. Er drückte mich an sich und ließ mich seine Erregung spüren. Wow, wenn er wollte, konnte er ja doch aus sich herausgehen! Was ich an meiner Mitte spürte, fühlte sich nach mehr an. Gefährliches Spielchen.

»Mach so weiter und ich überlege mir, ob ich es doch riskieren sollte«, provozierte ich ihn und rieb mich an ihm.

»Würde ich nie zulassen, Süße«, keuchte er.

»Verkopfter, alter Mann.«

»Besessenes, kleines Biest.«

Wir ließen lachend voneinander ab.

Den Abend verbrachte ich bei Torben und Charlotte. Meine Mum war mit Paul und Piet bei irgendeiner Geschäftseröffnung. Klang unspektakulär. Charlotte brachte gerade Mathilda ins Bett. Torben saß mir gegenüber und grinste blöd.

»Was?«, blaffte ich.

»Du bist wirklich gut. Piet hat seit vierzehn Tagen nicht gejammert und nicht einmal erwähnt, dass er meine blöde Schwester vermisst oder gar zurückhaben will«, ließ er mich an seinen Gedanken teilhaben.

»Vielleicht hätte er auch ohne mein Zutun nicht gejammert.«

»Doch hätte er. Egal, wie sehr die sich bisher gezofft haben, bisher wollte er Fenja immer zurück. Sie ist deshalb schon beunruhigt. Jetzt nervt sie mich, weil es von Piet bisher kein Lebenszeichen gab.«

Mich überraschte diese Information. Ich konnte mir nicht vorstellen, dass er sich nicht wenigstens nach Jacob erkundigt hatte. Das hatte er ganz sicher.

»Sie hätte Paul eben nicht ins Spiel bringen dürfen. Ich hoffe, dass ihr das verdammt leid tut. Warum willst du nicht, dass deine Schwester glücklich ist?«, wollte ich wissen.

Er lachte bitter.

»Ich gönne meiner Schwester schon Glück, nur nicht mit einem meiner Kumpels. Sie muss sich endlich mal selbst finden. Die hat Probleme, die irgendwann mal ein Fachmann klären muss. Nicht die beiden. Die zwei sind ihr Spielzeug, mehr nicht. Keiner von den beiden hat das verdient. Paul und Piet sind für mich viel mehr Familie als sie. Das weiß sie natürlich. Deshalb hat die Schlange versucht, uns gegeneinander aufzubringen. Ein riesengroßer Fehler. Piet ist auf dem besten Weg zu begreifen, dass er sie nicht braucht.«

Der Meinung war ich nicht.

»Piet hängt an Jacob. Schon deshalb wird er deiner Schwester verzeihen«, erklärte ich ihm.

»Nein, so blöd ist er nicht.«

»Doch – ist er. Außerdem hat er Angst, noch einmal ganz von vorne anfangen zu müssen. Was ich verstehen kann, weil ihr ihm alle Harmonie vorspielt. Schon mal daran gedacht, wie beschissen sich das für ihn anfühlt? Du hast Charlotte und Mathilda und bald noch ein Kind. Paul hat meine Mum, die ihn anhimmelt. Er hätte abgesehen von seiner Arbeit nicht viel.«

Torben starrte mich durchdringlich an.

»Herzchen, du bist viel einfühlsamer als ich angenommen habe.«

Ich stöhnte genervt auf.

»Herzchen kann ich gar nicht leiden.«

Ihm war das vollkommen egal. Er grinste selbstgefällig.

»Bist du in den letzten zwei Wochen nie auf den Gedanken gekommen, dass Piet perfekt für dich sein könnte?«

Ich schnaubte erneut.

»Bist du verrückt? Als Kumpel vielleicht. Der ist dreizehn Jahre älter als ich. Ich schließe mich dem Club der Verrückten, den meine Eltern gegründet haben, nicht an. Never ever. Eher gefriert die Hölle zu.«

Torben bremste mich.

»Dem Club der Verrückten würdest du nicht angehören. Dafür müsste Piet dreizehn Jahre jünger sein. Außerdem hast du doch längst deinen eigenen Club der Verrückten gegründet, mit all deinen zahlreichen Dates. Mit Piet könntest du maximal gewinnen. Sei nicht blöd, Mia. Der ist in der Lage, dein Leben zu sortieren, dich zu ertragen und dir deine Wünsche zu erfüllen. Er ist absolut zuverlässig und mit Sicherheit bereit dazu, dir Frieden zu schenken«, preiste er seinen Kumpel an.

»Wer sagt denn, dass ich Frieden brauche?«

Sein überhebliches Grinsen nervte mich.

»Das wissen wir alle. Deine Mutter hat genug schlaflose Nächte hinter sich gebracht wegen deiner Eskapaden.«

Mich mit Torben zu unterhalten gab mir wieder das Gefühl, ein dummes Kind zu sein.

»Ich denke, ich habe meine Aufgabe zur vollsten Zufriedenheit erfüllt, alter Besserwisser. Du hast gesagt, ich bekomme dafür, was immer ich will. Ich brauche dringend ein neues Auto. Nur damit du schon mal meinen Preis kennst«, keifte ich, stand auf und flüchtete.

»Bekommst du. Ein Auto und Piet. Wir werden eine riesige, glückliche Familie, Schätzchen«, rief er mir hinterher.

Gruselige Vorstellung.

Die aufgekeimte Übelkeit bekämpfte ich mit Wein. Ich brauchte nicht einmal ein Glas. Ich saß hinter Pauls Haus und genehmigte mir die gesamte Flasche. Mit genügend Alkohol im Blut fielen mir mehr passende Worte für Torben, den Arsch, ein. Ich stand auf und ging von hinten einmal eine Runde um den beschissenen Hof, in diesem beschissenen Kaff herum. Ich wollte mir gerade einen Weg durch die Hecke bahnen, als ich abrupt innehielt. Piets Stimme war klar und deutlich zu hören.

»Ehrlich man, komm runter. Mia ist süß, wirklich sehr sü3...«

Sicher lächelte ich wie ein Honigkuchenpferd vor mich hin.

»...aber viel zu unbeständig und flatterhaft. Ich mag sie, das kann ich nicht abstreiten. Nur ist Mia wie der Regen nach der Traufe. Die ist immer auf der Suche, nach etwas, was sie nie finden wird – weil sie nicht weiß, wonach sie eigentlich sucht.«

Jetzt lächelte ich garantiert nicht mehr. Mir war übel. Wahrscheinlich zu viel Alkohol in zu kurzer Zeit.

»Du könntest doch Mias Anker sein«, hörte ich Torben sagen.

»Bist du verrückt? Wann immer ich etwas falsch machen würde, hätte ich sofort die heilige Helene am Hals. Mia rühre ich unter Garantie nicht an. Dazu noch Paul, der mir sowieso immer misstraut und so tut, als wäre Mia sein Fleisch und Blut. Stell dir das mal vor! Nein, danke.«

Ich hatte zu tun, mich nicht zu übergeben. Piets Worte waren fies und verletzten mich. Mir gegenüber hatte er sich nie so abgefuckt geäußert.

Ich hatte keine Ahnung, wie ich zurückgekommen war, aber irgendwann stand ich wieder in Pauls Küche. Mum und Paul sahen mich besorgt an.

»Alles gut, Mia?«, fragte meine Mum.

»Ja, alles bestens. Ich hoffe ihr hattet einen schönen Abend.«

Ich kämpfte gegen die Tränen in meinen Augen und suchte schnell das Badezimmer auf. Einmal übergeben half ganz sicher. Anscheinend hatte ich die Tür nicht verriegelt, denn kurze Zeit später kauerte Paul neben mir und sorgte dafür, dass meine Haare der Kloschüssel nicht zu nahe kamen. Daddyqualitäten.

Kapitel 6

Piet

Das Gespräch mit Torben begleitete mich durch die Nacht. Meine Worte zu Mia waren mehr Lüge gewesen als alles andere, die Gedanken zu Paul und Lene hingegen ehrlich. Ich schlief unruhig und träumte immer wieder vom Nachmittag. In meinen Träumen war ich Mia gegenüber nicht so standhaft. Ich spürte, wie ihre Arme sich um mich schlossen. Meine Hände legten sich auf ihre, unsere Körper schmiegten sich aneinander und dann wurde ich wach. Es war nicht Mia, die mir den Rücken wärmte, es war Fenja.

Sofort war ich hellwach. Fenja war zurück. Still und heimlich – nach siebzehn Tagen.

»Ich wollte dich nicht wecken. Nur bei dir sein«, flüsterte sie an meinem Nacken.

Ich hatte keine Ahnung, wie ich reagieren sollte, also schwieg ich.

»Es tut mir leid, Piet. Ehrlich.«

Ich war sprachlos. Ihre Hände wanderten unter mein T-Shirt und streichelten meinen Bauch. Ich atmete tief durch und schloss meine Augen. Vielleicht konnte ich einfach wieder einschlafen und stellte nach dem Aufwachen feststellen, dass es sich doch nur um einen bizarren Traum gehandelt, der sich eben nur realistisch angefühlt hatte. Leider funktionierte das nicht sonderlich gut. Fenja war zu präsent. Sie küsste meinen Nacken.

»Komm schon, Piet, verzeih mir. Ich mache es auch wieder gut. Versprochen.«

Ihre Hand wanderte von meinem Bauch aus tiefer. Jetzt konnte ich sie nicht mehr ignorieren. Ich stoppte sie.

»Wie willst du das wieder gut machen?«, knurrte ich.

Ich spürte sie tatsächlich lächeln. Mein Zorn kroch hoch. Ich drehte mich auf den Rücken.

»Du kannst hier nicht einfach wieder auftauchen und so tun, als wäre zwischen uns alles in bester Ordnung!«

»Ich bringe es wieder in Ordnung.«

So schnell konnte ich gar nicht reagieren, wie sie mir ihre Lippen auf den Mund presste. Fenjas Lösung für jede Unstimmigkeit zwischen uns war schon immer Sex gewesen. Dabei löste das die Unstimmigkeit nicht, sondern stimmte mich maximal milder. Diesmal würde das allerdings nicht funktionieren, denn sie war eindeutig zu weit gegangen. Wieso ich diesen Kuss zuließ, wusste ich nicht.

»Lass deinen Frust raus, Piet. Fick mich.«

Normalerweise waren das Worte, die durchaus funktionierten.

»Ich kann nicht. Lass mich einfach weiter schlafen und uns morgen reden.«

Ihre Hand war in meine Unterhose gewandert. Sie bearbeitete meinen Schwanz und würde mich nicht weiter schlafen lassen, dessen war ich mir sicher. Also gut, vielleicht sollte ich sie ein letztes Mal ficken, und ihr danach erklären, dass sie trotzdem aus meinem Leben verschwinden sollte. Nur leider tat sich bei mir nichts. Ich war nicht in Stimmung. Kein bisschen. Ich schloss meine Augen und versuchte, mir Mia vorzustellen. Kurzzeitig funktionierte das sogar, aber eben nur kurzzeitig.

Fuck, was, wenn mein Schwanz zukünftig selbst entschied, wen er ficken wollte und wen nicht? Fenja konnte machen, was sie wollte. Es tat sich nichts.

»Du kannst tatsächlich nicht«, stellte sie irgendwann frustriert fest.

Ich wusste nicht, ob ich frustriert oder erleichtert sein sollte.

»Was ist los, Piet?«, fragte sie irgendwann nach.

»Ich weiß es nicht. Womöglich hatte mein Schwanz Ohren und denkt noch darüber nach, ob es ihm nicht lieber wäre, wenn du Paul fickst, statt mich«, entfuhr es mir.

Fenja lachte.

»Dann bist also nicht du nachtragend, sondern dein Schwanz.«

»Ich bin es gewiss ebenso, Fenja. Ich will schlafen.«

Aus ihrem Mund kam ein genervtes Stöhnen.

»Okay, dann reden wir eben morgen darüber und du sagst mir, was ich für dich tun kann. Außerdem bist du nicht unschuldig. Ich wollte dich bestrafen. Dumme Idee.«

Ich brummte und drehte mich wieder auf die Seite. Fenja schlang ihre Arme um mich. Ihr Ballast wog so schwer, dass ich nicht zur Ruhe kam.

Nachdem sie eingeschlafen war, befreite ich mich von ihr und ging in Jacobs Zimmer. Er schlief friedlich. In seinen Armen lag sein Lieblingskuscheltier. Ich beugte mich über ihn und streichelte seinen Kopf. Meine Gefühle liefen Achterbahn. Ich schob ihn ein Stück zur Seite und legte mich zu ihm. Verschlafen öffnete er seine Augen. Ein Lächeln erhellte sein kleines Gesicht.

»Papa«, wisperte er.

»Darf ich bei dir schlafen, Kumpel?«

Er nickte und hob seine Decke an. Sein Kopf legte sich auf meine Brust, er schmiegte sich an mich und hielt sich an mir fest. Ich verspürte Frieden und kam zur Ruhe.

Als ich wieder wach wurde, war es viel zu laut. Torben und Fenja brüllten sich an, Jacob klammerte an mir.

»Es ist alles gut«, gähnte ich und drückte ihn an mich.

»Onkel Torben ist böse und laut«, wimmerte er.

»Laut ist er wirklich, aber nicht böse.«

»Doch, er brüllt Mama an.«

Ja, das tat er. Ich konnte Jacob nicht erzählen, dass ich Torben verstand.

»Die sind Geschwister. Geschwister zoffen sich ab und an, selbst wenn sie erwachsen sind«, sagte ich stattdessen. »Wollen wir heimlich abhauen und am Strand frühstücken?«

Mein Vorschlag gefiel ihm. Er strahlte.

»Können wir auch ins Wasser gehen?«

»Klar. Ich hole meine Autoschlüssel und peile die Lage. Zur Not klettern wir aus dem Fenster.«

»Wir klettern auf jeden Fall aus dem Fenster, Papa.«

Ich schlich durch mein Haus wie ein Einbrecher, um unbemerkt zu bleiben. Danach stiegen wir aus dem Fenster und flüchteten um den Hof herum, um zu meinem Auto zu gelangen. Jacob lachte ausgelassen, nachdem uns die Flucht gelungen war.

»Das war richtig cool, Papa. Klettern wir nachher zurück?«

Ihn strahlen zu sehen, machte mich glücklich.

»Eher nicht. Bis wir nach Hause kommen, sind die beiden fertig mit Zanken. Du hast mir gefehlt.«

»Du mir auch. Wir waren bei einer Freundin von Mama in Holland. Die war nervig. Wusstest du, dass es Frauen gibt, die keine Männer leiden können?«

Ich kannte die besagte Freundin nur zu gut. Und ja, ich wusste, dass sie Männer nicht ausstehen konnte. Mich hasste sie besonders, weil ich mir gewagt hatte, ihre Ansichten infrage zu stellen. Anstrengende Tage für Jacob. Sicher hielt er mich jetzt für ein Arschloch, weil man ihm das tagelang erzählt hatte.

»Jacob, mir tut das alles sehr leid. Ich würde dir das gerne ersparen, aber ich kann nicht«, versuchte ich mich zu erklären.

Jacob war fünf Jahre alt und viel zu jung, um zu verstehen, was gerade in unserem Leben vorging. Keine Ahnung, wie er was wahrnahm.

»Halt an Papa, wir sind gerade an Mimi vorbeigefahren«, überschlug sich seine Stimme.

Mimi nannte er Mia. Ich hielt an. Tatsächlich, Mia spazierte am Straßenrand entlang, barfuß, in kurzer Hose und Top. Irgendwann kam sie auf unserer Höhe an. Jacob hatte sich längst abgeschnallt und bettelte darum, dass ich die Kindersicherung der Beifahrertür freigab. Sobald er konnte, sprang er aus dem Auto und an Mia hoch. Sie kreischten beide.

»Ich fahre mit Papa an den Strand. Wir sind aus dem Fenster geklettert. Kommst du mit?«, hörte ich Jacob fragen.

»Ich weiß nicht recht. Das hört sich nach geheimer Mission an. Vielleicht solltet ihr das alleine machen.«

»Nein, wenn du mitkommst, sind wir drei auf geheimer Mission. Bitte, Mimi.«

Mein Sohn vergötterte Mia geradezu, weil es mit ihr immer spaßig und abenteuerlich war. Sie machte jeden Mist mit, der ihm durch den Kopf ging. Meistens war sie die beste Babysitterin, die man haben konnte. Mathilda stand ebenfalls auf Mia und ihre bunten Geschichten. Mal war sie Pirat, mal Elfe, mal brüllender Dinosaurier. Sie hätte eine erstklassige Erzieherin abgegeben.

Mia ließ sich überreden. Wenig später saß sie zwischen uns. Sie war angespannt und schweigsam, ganz anders als gestern. Wenn sie sprach, dann mit Jacob, mich behandelte sie, als sei ich unsichtbar. Ich wollte wissen, was sie bewegte, aber sie schwieg.

Am Strand aßen wir Croissants und tranken viel zu süße Schokoladenmilch. Danach tobten wir durchs Wasser. So früh am Morgen war nicht viel los. Wir hatten den Strand für uns.

»Guck mal Mia, ich kann einen Handstand im Wasser machen!«

Jacob zeigte ihr einen perfekten Handstand mit dem Kopf unter Wasser. Mia grinste, als er wieder auftauchte.

»Wow, das ist ja super. Ich bekomme maximal einen Purzel-

baum hin.«
Sie rollte sich durchs Wasser.
»Papa kann ein Salto.«
Mias Lächeln galt zum ersten Mal an diesem Morgen mir.
»Lass sehen, das glaub ich nicht!«, forderte sie mich auf.
»Mach schon, Papa.«
Ich ließ mich nicht lange betteln.
»Ungeahnte Talente«, kicherte Mia, während Jacob wieder an ihr hochkletterte.
Später saß ich mit ihr im Sand, Jacob buddelte unweit von uns.
»Was ist los, Mimi?«, fragte ich nach und benutzte absichtlich Jacobs bevorzugten Namen für sie.
Sie musterte mich und zog ihre Stirn in Falten.
»Nichts, alles bestens.«
Ich sah sie fragend an.
»Ich glaub dir kein Wort. Bist du sauer auf mich?«
»Nein, alles perfekt.«
Sie hatte ihre Lippen trotzig geschürzt und signalisierte mir deutlich, dass sie lieber nicht neben mir sitzen würde.
»Komm schon, sag mir, was los ist!«
Sie verdrehte theatralisch ihre Augen.
»Nicht jede meiner Gefühlslagen hat etwas mit dir zu tun«, zischte sie.
Ich nahm ihr kein Wort ab. Es ging um mich. Wir schwiegen eine Weile.
»Fenja ist also zurück«, sagte sie irgendwann.
Wahrscheinlich war sie angepisst wegen Fenja, schlussfolgerte ich daraufhin.
»Ja, und ich habe keine Ahnung, wie ich damit umgehen soll.«
Ich erzählte ihr detailliert von letzter Nacht. Nie im Leben hätte ich meinen Kumpels davon erzählt, aber vor Mia konnte ich mich öffnen. Sie lächelte mich endlich wieder an.
»Ich mag deinen Dick, ohne ihn zu kennen. Ich hoffe, er entscheidet sich weiterhin so vernünftig. Wie wirst du dich entscheiden?«
Ich sah einen Moment hinaus aufs Wasser, als stünde die Antwort in den Wellen.
»Ich habe keine Ahnung. Ich will Jacob nicht verlieren. Wenn

ich mich von Fenja trenne, wird sie mir mein Kind wegnehmen, weil sie genau weiß, dass mich das am meisten verletzt. Ich kann das Jacob nicht antun. Sieh ihn dir an. Er ist mein Sohn und ich habe keinen blassen Schimmer, was er in den letzten Wochen erlebt hat. Das will ich nicht und kann ich auch nicht. Ich will teilhaben an seinem Leben.«

Sie sah mich besorgt an.

»Dann wirst du das durchziehen müssen. Aber ich garantiere dir, dass es dich nicht glücklich machen wird und Jacob ebenfalls nicht. Kinder sind nicht blöd. Meinst du, er spürt nicht, was los ist? Er hat ganz eindeutig einen entspannten Papa verdient und braucht keine giftige Mutter.«

Ich wusste, dass sie recht hatte.

»Wir sind heute geflüchtet, weil Fenja und Torben sich angebrüllt haben. Jacob hatte Angst«, ließ ich sie weiter an meiner Welt teilhaben.

»Mein Rat als neutrale Schweiz – weil ich Jacob wirklich sehr lieb habe – lass Fenja nicht über dein Leben bestimmen. Du bist doch klug und stark. Klärt das als Erwachsene, lasst Jacob da raus und werdet euch einig. Finde heraus, was du selbst für dich willst.«

Mias Worte hauten mich um. Neben mir saß gerade nicht die junge Chaosqueen, sondern eine erwachsenere Version.

»Ich weiß eigentlich, was ich will«, hörte ich mich sagen und fixierte sie.

Ein absurder spontaner Wunsch keimte in meinem Hirn auf.

»Dann kämpfe für das, was du willst«, antwortete sie mir.

Den Blick aufs Wasser gerichtet, nahm sie meine Emotionen nicht wahr. Gott sei Dank – in diesem Augenblick wollte ich nichts so sehr, wie Mia in meinem Leben. Keine gute Idee. Sie schaute sich nach Jacob um und lächelte.

»Der ist dein Mini-Me. Er hat deine Figur, deine wilden Haare und ist so süß wie du. Was immer Fenja tun wird, du wirst immer ein Teil von ihm sein und er wird dich immer lieben. Schon alleine, weil du ein ziemlich cooler Papa bist und ein Ruhepol.«

Zurück daheim ging es nicht annähernd so entspannt weiter. Mia hatte sich Jacob und Mathilda angenommen. Sie spielte mit beiden, während meine Freunde von mir forderten, dass ich Fenja dazu brachte, ihnen allen eine Erklärung zu liefern.

Fenja weigerte sich, das Haus zu verlassen. Sie heulte künstliche Tränen und umklammerte mich. Ich war selten überfordert, aber gerade war ich es.

»Du hast uns den Mist eingebrockt, also kläre das jetzt bitte. Erkläre Paul und mir, was in dir vorgegangen ist!«

Ich versuchte, mich von ihr zu lösen.

»Nein, wärst du ehrlich gewesen, wäre es gar nicht so weit gekommen. Ich will jetzt Ruhe haben und Jacob ebenfalls.«

»Jacob spielt mit Mia.«

Fenjas Tränen waren augenblicklich versiegt, stattdessen trafen mich giftige Blicke.

»Die kleine Hure ist hier? Na fein, dann klären wir das eben jetzt!«, kreischte sie und bewegte sich in Richtung Haustür.

Auf dem Weg nach draußen holte sie noch irgendwas aus ihrer Tasche. Ich folgte ihr – ahnungslos. Fenja war wieder sie selbst. Sie stellte sich selbstbewusst vor den Tisch, an dem unsere Freunde saßen.

»Gut, dann erkläre ich euch eben meinen Ausbruch. Auch, wenn euch das nichts angeht. Das ist eine Sache zwischen Piet und mir.«

Paul schnaufte.

»Aber nicht, wenn du mich in die Sache mit reinziehst. Ich habe dir nichts getan und dich weiß Gott nicht angerührt.«

Sie starrte ihn feindselig an.

»Doch, das hast du, denn du hast *sie* hier angeschleppt.«

»Hör sofort auf damit!«, forderte Paul.

»Kann ich nicht, denn sie vögelt Piet. Und wegen ihr will er mich nicht. Ich mache ihn nicht mehr an. Er will sie so sehr, dass er bei mir nicht mal kann!«, brüllte Fenja.

Ich war versteinert vor Entsetzen. Alle anderen nahmen an, dass sie Helene meinte. Ich wusste, dass ihre Worte sich auf Mia bezogen. Helene glotzte Fenja entgeistert an.

»Spinnst du? Ich habe nichts mit Piet«, würgte sie hervor.

»Herrgott, ich spreche nicht von dir. Ich spreche von *ihr*. Der kleinen Schlampe, deiner Tochter.«

Fenja deutete zum Sandkasten.

»Mia?«, fragte Charlotte nach.

Erst richteten alle ihr Augenmerk auf den Sandkasten, danach auf mich. Mein Herz raste.

»Ich schlafe nicht mit Mia«, verteidigte ich mich.

Wenigstens entsprach diese Aussage der Wahrheit. Fenja lachte kurz auf, bevor ihre Hand in meinem Gesicht landete.

»Du lügst!«, fauchte sie.

Lene war aufgesprungen und ging zwischen uns.

»Hör sofort auf mit dem Mist! Du drehst total frei. Erst erzählst du, du hättest eine Affäre mit Paul, und jetzt soll Mia eine mit Piet haben? Du bist verrückt, Fenja!«

Fenja schnaufte.

»Ich bin nicht verrückt. Ich wollte euch lediglich gegeneinander aufbringen, weil ihr alle bescheuert seid.«

Im nächsten Moment funkelten ihre Augen mich voller Missachtung an.

»Hast du ernsthaft gedacht, ich bin blöd? Nie hast du dich um Aufträge von außerhalb bemüht. Wieso auch? Hast du nicht nötig. Aber du tust es seit geraumer Zeit immer wieder. Das sagst du zumindest. Aber das ist gelogen. Ich kenne deine Zugangsdaten. Alle. Es gab nie irgendwelche Aufträge. Du warst immer in Dresden. Du haust ab, weil du die kleine Schlampe vögeln willst. Ich denke mir das nicht aus. Ich habe Beweise.«

Kurze Zeit später lagen Fotos von Mia und mir in der Mitte des Tisches. Sie zeigten uns in Dresden, ziemlich vertraut beim Essen und – küssend vor der Semperoper.

»Das, du Wichser, war dein letzter Job. Und kaum bin ich weg, holst du sie her und machst weiter mit ihr rum. Ihr habt das doch alle gewusst. Genau deshalb habe ich euren Streit provoziert.«

Ich stand da wie zur Salzsäule erstarrt, während alle anderen die Fotos musterten. Auf einmal stand Mia neben mir, ihre Hand berührte meinen Rücken. Sie betrachtete die Bilder auf dem Tisch und grinste dabei Fenja überlegen an. Oh fuck.

»Wow, die sind wirklich gut gelungen. Hast du die selbst gemacht oder Piet überwachen lassen?«

Fenja wollte auf Mia losgehen. Als ich dazwischen ging, kassierte ich den zweiten Schlag des Tages von ihr.

»Deine Quelle, Feni, ist eine Katastrophe. Wäre sie gut, hätte sie dir erzählt, dass Piet nicht bei mir übernachtet hat. Nie. Dafür ist er viel zu anständig und verklemmt. Wir haben keine Affäre.

Er hat maximal Freundschaftsdienste geleistet. Mehr nicht. Ich habe ihn um Hilfe gebeten, weil ich manchmal meine Dates nicht losgeworden bin. Mehr war das nicht, denn ich bin nun mal flatterhaft und unbeständig und immer auf der Suche nach Dingen, die mir selbst schleierhaft sind«, zwitscherte sie.

Ihre letzten Worte hatte sie nicht an Fenja gerichtet, sie hatten mir gegolten. Torben, dieser miese Verräter. Ich sah zu ihm – und er verwundert zu Mia.

»Ist damit jetzt alles geklärt? Es tut mir leid, Piet. Ich hätte dich nie in mein Chaos reinziehen dürfen. War unüberdacht und dumm.«

Dass sie ihre Leichtigkeit nur vorspielte, war mir sehr wohl bewusst. Sie widmete sich wieder den Fotos, nahm sich eins und verschwand. Ich war im Zwiespalt, entschied mich aber, ihr zu folgen. Ich holte sie ein, bevor sie Pauls Haus erreichte.

»Mia...«

»Was tust du verdammt noch mal hier? Geh zu Feni, ich habe gerade versucht, dir zu helfen. Du machst das zunichte, gerade jetzt«, fiel sie mir ins Wort und schob mich von sich.

»Wieso?«

»Weil ich denke, dass es das ist, was du willst. Freunde machen das so. Sie helfen sich, und jetzt verschwinde!«

Es herrschte absolute Stille am Tisch, als ich zurückkam. Fünf Augenpaare musterten mich.

»Du hast Mia also nur geholfen, ihre Stalker loszuwerden? Dafür warst du bei ihr. Dir war klar, dass ich das total idiotisch finde, und deshalb hast du dir Ausreden ausgedacht?«, versuchte Fenja Mias Aussage zusammenzufassen.

Verfluchter Mist. Ich hätte diese Aussage abnicken können, aber das brachte ich nicht über mich. Noch immer blickten mich alle erwartungsvoll an.

»Sag verflucht noch mal irgendwas dazu!«, zischte Fenja.

Mein Herz pumpte wie verrückt. Ich wollte weg, am liebsten ganz weit weg. Ich sah zu Torben. Er schaute mich flehend an, anders flehend als Fenja, aber ähnlich flehend wie Paul.

»Ich kann das nicht mehr, Fenja. Ich brauche Ruhe und die hatte ich in den letzten Tagen. Deshalb habe ich auch nicht auf deine Anrufe reagiert. Ich will keinen Zoff mehr. Ich hab die Nase so was von gestrichen voll von den ewigen Streitereien. Die tun mir nicht gut, dir nicht, und Jacob am allerwenigsten. Mir fällt das schwer, weil wir unser bisheriges Leben immer zusammen verbracht haben, aber ich will das nicht mehr. Ich kann nicht mehr. Als ich dir gesagt habe, dass du gehen sollst, habe ich das genauso gemeint. Lass uns Eltern sein, alles andere bekomme ich für mich nicht mehr hin.«

Fenjas Augen hatten sich mit Tränen gefüllt.

»Das meinst du nicht ernst? Das kannst du nicht ernst meinen!«

Sie schaute mich entsetzt an.

»Doch, ich meine das so. Ich kann nicht mehr kämpfen, denn ich weiß nicht mehr, wofür.«

Meine Wahrheit.

»Ich brauche dich aber, ich liebe dich«, wimmerte sie.

»Nein, das tust du nicht, denn dann wären wir nicht, wo wir heute sind. Du hast versucht, uns alle gegeneinander aufzubringen, anstatt mit mir zu reden. Wir hätten das klären können, ohne den ganzen Mist. Das war dir nicht wichtig. Wichtig war dir, mich zu verletzen, was dir perfekt gelungen ist, als du Paul ins Spiel gebracht hast. Du hast mir erzählt, dass du mich hasst, weil ich so egoistisch wäre und desinteressiert. Ja, das war ich, weil mir Leichtigkeit fehlte. Ich will nicht deine Nummer zwei sein und mich verbiegen. Dieser letzte Streit war einer zu viel. Ich war immer auf deiner Seite und an deiner Seite, aber ich kann nicht mehr.«

»Du bist nicht meine zweite Wahl, das warst du nie. Ich war nur so wütend auf dich. Du hast mich angelogen und betrogen.«

Ihr Blick war eben noch glasig. Im nächsten Moment wurde sie sich der Runde wieder bewusst.

»Das habt ihr ja super hinbekommen. Ist das eure Rache, für das bisschen Unruhe, das ich gestiftet habe?«, fragte sie.

»Ein *bisschen* würde ich es nicht unbedingt nennen«, hörte ich Paul sagen.

Fenja atmete einmal tief durch, bevor wieder ich aktuell war.

»Na los, red schon weiter! Mia hat vorhin ebenfalls gelogen, stimmt's?«

Ich wusste nicht, was ich antworten sollte.

»Mia hat nicht das Geringste damit zu tun«, war alles, was mir einfiel.

Fenja lachte.

»Klar. Neuerdings kann man dich im Internet buchen, wenn man jemanden abwimmeln will. Dann kommst du vorbei und knutschst öffentlich jede Tussi, die dich darum bittet. Das kannst du erzählen, wem du willst, aber nicht mir.«

So zusammengefasst klang Mias Ausrede unglaubwürdig und ziemlich armselig.

»Fenja, ich habe dich nie mit Mia betrogen. Wirklich nicht.« Wenn überhaupt, hatte ich sie emotional betrogen, aber nicht körperlich. Zählte Fremdknutschen unter Betrug? Ich wusste es noch immer nicht.

»Wer von euch glaubt ihm das?«, wandte Fenja sich an unser stummes Publikum.

»Was haltet ihr davon, wenn Paul und ich heute Jacob bespaßen, während ihr zwei alleine einfach die Dinge klärt, die ihr zu klären habt? Ein bisschen Privatsphäre wäre dabei vielleicht nicht schlecht«, bot Lene an.

Damit verabschiedeten Paul und sie sich. Charlotte stand ebenfalls auf und ging. Torben blieb sitzen. Keine Ahnung, weshalb.

»Idiot«, fuhr Fenja ihn an und marschierte in Richtung unseres Hauses. »Piet, komm jetzt endlich!«

»Sollte Fenja dir ein Messer in die Brust rammen wollen, flüchtest du, kapiert? Charlotte und ich bleiben hier, sollte es eskalieren«, ließ Torben mich wissen.

Es eskalierte nicht. Nicht einmal, als es um Jacob ging. Dafür war es schmerzhaft und emotional für uns beide.

»Ich kann mir mein Leben ohne dich überhaupt nicht vorstellen. Solange ich denken kann, gab es dich immer«, schniefte Fenja und klammerte wieder an mir.

»Ich weiß, mir geht es damit nicht anders. Wir werden aber klarkommen, das verspreche ich dir. Zwischen uns wird es keinen Krieg geben. Das werde ich nicht zulassen«, erklärte ich ihr.

»Das weiß ich. Danke. Ich werde erst einmal zu meinen Eltern ziehen. Ich hoffe, die geben mir Asyl.«

Darauf brauchte ich nicht antworten. Sören und Kristina würden für ihre Tochter da sein.

»Du bist in Mia verliebt, stimmt's?«, fragte sie nach längerem

Schweigen nach.

»Nein. Ehrlich nicht.«

»Aber zwischen euch ist irgendwas?«

»Nein. Mia ist nicht der Grund.«

Fenjas Augen fixierten mich.

»Hast du mit ihr geschlafen?«

»Nein. Wie oft denn noch?«

»Wieso nicht? Sie macht es doch mit jedem.«

Ich wusste nicht, wieso wir diese Unterhaltung führten. Ich zuckte mit den Schultern, weil ich nicht vorhatte, Mia ausgerechnet jetzt zu verteidigen. Im nächsten Moment sah Fenja mich besorgt an.

»Du kannst nicht Das gestern Nacht lag gar nicht an mir und unserem Streit«, schlussfolgerte sie.

Jetzt wurde es doch ziemlich schräg. Ich wusste nicht, was ich daraufhin sagen sollte.

»Seit wann hast du Erektionsprobleme?«, fragte sie weiter nach.

»Fenja, ich glaube nicht, dass wir uns jetzt über meine Erektionsprobleme unterhalten sollten«, knurrte ich.

»Das muss dir nicht unangenehm sein. Da gibt's sicher viele Gründe für. Du hättest mir das sagen können, anstatt mir aus dem Weg zu gehen und so zu tun, als hättest du Stress.«

»Es liegt am Stress!«, platzte es aus mir heraus.

Ihr Blick hatte sich wieder verändert. Jetzt überwog Mitleid.

»Dann trennen wir uns in Wahrheit also, weil ich dich impotent mache?«

Fuck, aus dieser Nummer kam ich nie wieder raus. Aber wahrscheinlich war diese Erklärung für Fenja viel erträglicher als alles andere. Was soll's? Das Kapitel Fenja war gerade beendet, es konnte mir egal sein, was sie dachte. Ich brauchte nicht einmal etwas zu sagen – ich sah ihr an, dass sie von meinen Erektionsproblemen überzeugt war.

»Du musst dir dringend Hilfe suchen.«

»Werde ich.«

»Ich fahr dann mal. Gib Jacob einen Kuss von mir. Ich hole ihn nächste Woche. Wenn du es zeitlich nicht gebacken bekommst, ihn aus der Kita abzuholen, gib mir Bescheid. Dann hole ich ihn ab und bringe ihn zu dir. Gibt keinen Stress zwischen uns.«

Und weg war sie. Verrückt, was meine angeblichen Probleme in Fenja auslösten.

Paul kam mit Jacob auf dem Arm herein.

»Wir haben ihn ausgepowert und müde gespielt. Gegessen hat er auch. Er kann ins Bett.«

Was? Wie viel Zeit war denn inzwischen vergangen? Es war tatsächlich Abend. Ich nahm ihm mein schlafendes Kind ab und brachte es ins Bett.

Die Tür zur Terrasse stand offen, als ich zurückkam. Paul und Torben warteten auf mich. Whisky und drei Gläser standen bereit. Ich setzte mich.

»Viele Grüße von meiner Frau. Sie hat gesagt, heute darfst du.«

Paul schob mir mein Gras über den Tisch. Torben grinste mich an und reichte mir einen fertigen Joint.

»Ich dachte, wenn ich dir einen drehe, darf ich im Nachgang ziehen.«

Paul füllte die Gläser. Ich holte mein Feuerzeug aus der Hosentasche.

»Geht's dir gut?«, fragte Torben.

»Ja, geht so. Ich hatte Schlimmeres erwartet.«

»Du hast dich richtig entschieden. Ehrlich. Ich kann euch gar nicht sagen, wie glücklich ich gerade bin. Endlich steht meine Schwester nicht mehr zwischen uns und sorgt für Stress.«

Worte, mit denen ich schwer umgehen konnte.

»Torben, so weit bin ich noch nicht, okay. Ich brauche sicher noch etwas Zeit, um froh zu sein.«

Torben und Paul tauschten sich wortlos aus. Beide verdrehten die Augen.

»Du knickst jetzt nicht wieder ein und gibst nach, Alter!«, forderte Paul.

»Nein, werde ich nicht. Darüber brauchst du dir keine Sorgen zu machen. Alles, was ich heute gesagt habe, entsprach schon der Wahrheit. Ich habe Fenja die letzten Tage nicht vermisst.«

Wieder wechselten beide diesen merkwürdigen Blick, bevor Paul knurrte: »Womöglich hast du dabei nicht gelogen. Aber bei der Sache mit Mia schon.«

»Nein.«

Er musterte mich skeptisch.

»Lasst uns anstoßen.«

Kurz nach dem ersten Glas folgte das zweite.

»Komm schon, die Piet-rettet-mich-vor-aufdringlichen-Dates-Ausrede, war eine astreine Lüge«, versuchte Paul es noch einmal.

»Ja, das war gelogen. Mia wollte wohl die Situation retten.«

»Mia und du habt nicht nur geknutscht, wenn du in Dresden warst, sondern auch hier. Ich habe euch schon letzten Sommer gesehen, aber den Gedanken ganz schnell wieder verdrängt. Was spielt ihr zwei für Spielchen?«

Ich musste lachen.

»Wir? Was spielt ihr für Spielchen? Wieso habt ihr sie angerufen und sie darum gebeten hierher zu kommen, um mich von Fenja abzulenken. Das war so was von bescheuert.«

Beide wurden rot.

»Okay, das war etwas unüberlegt von uns, aber Paul hatte mir von eurem Kuss erzählt. Deshalb dachten wir eben, dass Mia mitspielen wird. Hat sie dir das ernsthaft erzählt?«

Dümmliches Schmunzeln von Torben.

»Brühwarm. Ich hab ihr gesagt, dass du ihr als Gegenleistung ein Auto schuldest.«

Aus seinem Grinsen war ein ausgelassenes Lachen geworden.

»Geht klar, bekommt sie. Im Grunde hat sie ihre Aufgabe ja bestens erfüllt.«

Paul nahm mir den Joint aus der Hand und zog selbst. Seltenheitswert. Paul rauchte so gut wie nie, erst recht kein Gras, maximal Zigaretten.

»Echt jetzt? Dein Deal mit Mia umfasst ein Auto? Spinnst du? Eindeutig überbezahlt. Wenn sie das noch dazu mit Piet zusammen eingefädelt hat, erst recht«, schnaufte er.

»Mia braucht ein Auto, und das sollte mehr als 300 Euro kosten.«

»Auf keinen Fall einen Neuwagen. Die wird weiterhin keinen Cent in eine Sache investieren. Schon gar nicht in ein Auto. Nichts mit zu viel PS.«

Wieder eine Aussage von Paul, die mich wissen ließ, dass er sich verantwortlich fühlte.

»Wow, Paul, du hörst dich tatsächlich so an, als wärst du Mias

Daddy«, warf ich ein.

»Wäre ich das, hättest du Ärger.«

Sein mürrischer Blick traf mich.

»Paul, Mia ist erwachsen. Die darf tun und lassen, was sie will.«

Noch finsterer Blick.

»Vor allem, wenn sie es mit dir tun will. Schon klar.«

»Keine Sorge, das will sie nicht«, beruhigte ich Paul.

Torben grunzte und füllte unsere Gläser erneut.

»Alter, die ist willig. Sie will sich nur nicht eingestehen, dass sie doch auf alte Kerle steht. Und du brauchst nicht zu leugnen, dass du auf sie stehst. Dir macht es etwas aus, dass sie auf diesen Datingportalen unterwegs ist und all die Kerle trifft. Dabei geht es dir nicht um ihre Sicherheit. Unbeständig, flatterhaft – du bist fast weggeklappt, als sie das angebracht hat. Du wusstest, dass sie das verletzt hat, und das war nie deine Absicht.«

Torben amüsierte sich köstlich.

»Moment mal, ich komme gerade nicht mit, und so blau kann ich noch nicht sein. Wovon, zur Hölle, sprichst du, Torben?«

»Können wir nicht weiter über das Auto reden?«, warf ich ein.

»Klappe, Piet. Ich will kapieren, was er sagt.«

Torbens Grinsen nervte mich. Er genoss dieses Gespräch viel zu sehr. Er musterte uns beide hämisch und zog ebenfalls an meinem Joint.

»Ich habe die beiden gestern einzeln zur Audienz gebeten. Auch ohne die Knutschfotos finde ich, dass die zwei zusammenpassen«, erklärte Torben.

Ich kassierte für diese Aussage einen düsteren Blick von Paul. Seine Hand schlug auf den Tisch und ließ die Gläser wackeln.

»Nie im Leben. Mia will ich nicht dauerhaft hier haben, auch wenn ich sie mag. Meine Mutter ist genug Beschäftigung für Lene. Wäre Mia hier, wäre ich überfordert. Die ist nervig.«

Torben prustete.

»Statt überfordert, meinst du eher abgeschrieben. Mia wäre aber nicht deine Baustelle, sondern seine.«

Ich war nicht im Stande zu reagieren. Dieses Gespräch war ein sinnloses.

»Hast du Mia gerade als Baustelle bezeichnet?«, knurrte Paul.

Anscheinend war er sofort zurück im Vater-Modus. Horror. Torben grinste noch immer.

»Chaosqueen würde ich ebenfalls gelten lassen. Ich finde jedenfalls, dass Piet und Mia sich gut tun würden. Die ergänzen sich. Er geordnet, sie Chaos. Sie laut, er leise. Sie over the moon, er bodenständig. Er schwarz, sie kunterbunt. Denk doch mal nach, Paul. Gäbe weniger Stress für Lene, denn Piet würde sie vertrauen.«

Zeit einzuschreiten.

»Darf ich etwas dazu sagen?«

»Nein!«, kam synchron.

»Doch. Du spinnst Torben. Wahrscheinlich verträgst du keinen Alkohl mehr. Wenn, dann bin ich für Mia so was wie ein Kumpel mit mehr Lebenserfahrung, mehr nicht, und ich will auch nicht mehr sein.«

Keine Ahnung, ob diese Aussage der Wahrheit entsprach.

Paul raufte sich die Haare.

»Mia wird dazu nichts sagen. Sie ist still und heimlich abgehauen. Lene hat vorhin mit ihr telefoniert. Alles, was Mia gesagt hat, war, dass alles gesagt wäre und sie nicht vor hat, irgendwas zu erklären. Dabei hätte Lene gerne ein paar Antworten gehabt.«

Er sah mich auffordernd an.

»Können wir jetzt wieder über das Auto reden? Könnte ein Gemeinschaftsprojekt sein. Du beteiligst dich als Daddy, Paul. Torben, weil er es Mia zugesichert hat, und ich, weil ich sie unabsichtlich in eine blöde Situation gebracht habe.«

»Klar«, schnaufte Paul, »wenn wir das so machen, lernt sie nie, Verantwortung für sich selbst zu übernehmen.«

Er war tatsächlich zum Vater mutiert.

»Mia kann Verantwortung übernehmen, aber sie kann sich weder ein Auto noch Reparaturen leisten und sicher auch keine ausreichende Versicherung«, stellte ich klar.

»Weil sie ihre Kohle für Schnickschnack ausgibt.«

»Welche Kohle, Paul? Ich würde dich gerne ins Vertrauen ziehen, aber ich weiß nicht, ob ich das kann.«

»Rede!«

»Du schwörst mir, dass du das für dich behältst. Kein Wort zu Helene, keins zu Mia. Bekommst du das hin?«

»Sicher. Ich will es wissen und werde schweigen.«

Keine Ahnung, ob das eine gute Idee war, aber jetzt war es zu spät, um mich umzuentscheiden.

»Mia eckt überall an. Sie hatte in den letzten Jahren nie einen konstanten Job. Sie war hier, weil sie eben Zeit hatte. Sie ist arbeitslos.«

Paul starrte mich entsetzt an.

»Was? Warum wissen wir davon nichts?«, giftete er mich an, als sei ich für Mias Probleme verantwortlich.

»Warum wohl? Lene wäre besorgt, und du würdest sie nerven.«

In Paul brodelte es.

»Ich nerve sie doch nicht. Nie!«, protestierte er.

»Doch tust du. Sie sagt, du hörst ihr nicht zu. Sie fühlt sich bevormundet von dir. Einmal einfach zurückhalten und keine Tipps geben, um die sie dich nicht gebeten hat.«

Paul schwieg. Den feindseligen Ausdruck in seinen Augen fand ich lächerlich, vollkommen unangebracht.

»Sieht sie das tatsächlich so?«, fragte er irgendwann nach.

Ich nickte und fühlte mich wie ein Verräter.

»Was muss ich noch alles wissen?«

»Nichts. Sie kommt klar. Du denkst aber daran, was du mir geschworen hast?«

»Ja. Du versprichst mir aber gefälligst, dass du mich wissen lässt, wenn sie ernsthaft in Schwierigkeiten steckt!«

Das ich mehr wusste als er, wurmte ihn.

»Seit wann läuft das zwischen euch?«

»Zwischen uns läuft nichts. Wie oft muss ich das denn noch sagen?«

Paul ächzte.

»Klar, nach nichts sahen die Fotos auch aus. Du weißt Dinge von ihr, die wir nicht wissen. Offensichtlich vertraut sie dir mehr als ihrer Mutter. Erkläre mir das doch wenigstens irgendwie.«

»Wir verstehen uns halt. Mehr ist da nicht«, erklärte ich ihm erneut.

Sein Blick war noch immer voller Feindschaft.

»Klar. Dann sag mir doch einfach, seit wann ihr euch so gut versteht und warum wir alle davon keinen blassen Schimmer hatten. Seit letztem Jahr? Schon eher?«

Genau wegen dieser Reaktion hatte ich bisher geschwiegen.

»Was tut das denn zur Sache?«, fragte ich nach.

»Wir sind Freunde. Du machst mit meiner Ziehtochter rum. Meinst du nicht, du hättest mir das mal irgendwann erzählen müssen?«, brüllte er mich an.

Paul kotzte mich an.

»Hätte ich dich um Erlaubnis bitten müssen oder was? Mia und ich sind Freunde. Nichts weiter. Ich habe sie nicht geschändet, nur ein paar Mal geküsst. Ich bin dir keine Rechenschaft schuldig«, motzte ich zurück.

Wir starrten uns gegenseitig kampfbereit an.

»Kommt runter. Konntest du dich mit Fenja einigen, wie es für Jacob weiterläuft?«, wechselte Torben das Thema.

Noch nie war ich Torben dankbarer als in diesem Moment.

Kapitel 7

Mia

Seit vier Wochen war ich wieder daheim. Mein Alltag war neu. Ich hatte spontan ein Jobangebot in meiner Lieblingskneipe angenommen. Charlie, der Wirt, hatte Servicepersonal gesucht. Ich hatte mich angeboten – er hatte mich eingestellt. Perfekt. Die blöde Kuh vom Jobcenter musste mir keine Vorträge mehr halten.

Angetrunkene Kerle zu animieren mehr zu trinken, war nichts, was mir schwerfiel. Meinem Biorhythmus kam der Kneipenjob sehr entgegen. Ich arbeitete von 18:00 Uhr bis etwa 2:00 Uhr und konnte ausschlafen. Meine Füße hatten anfangs Protest angemeldet. Inzwischen funktionierten sie.

Besoffene Kerle, die mich übermütig angruben, gab es im Überfluss. Ich ließ mich nicht darauf ein – nicht ein Mal. Der Input an potentiellen Partnern war in den letzten drei Wochen so hoch, dass mein Interesse abgeebbt war.

Bei meiner Abreise hatte ich den Kontakt mit Piet blockiert. Seitdem vermisste ich ihn. Total bescheuert. Ich hatte ihn nie vermisst, aber er war eben immer erreichbar gewesen. Wäre ich nicht noch angepisst gewesen von seinen Worten, hätte ich ihn wieder freigeschalt. Warum ich ihn nicht augenblicklich zur Schnecke gemacht hatte, wusste ich nicht. Normalerweise ließ ich es nicht zu, dass sich Emotionen anstauten, schon gar keine negativen. Mein Finger hatte einige Male über dem Freischalt-Button geschwebt, verbunden mit dem Drang, Piet zur Rede zu stellen, aber ich wusste, dass ich ihm jede Ausrede abnehmen würde – und das wollte ich nicht. Außerdem hatte ich nicht die geringste Lust, mir im Nachgang seine Fenja-Turbulenzen erneut anzutun, für die er selbst verantwortlich war. Selbst gemachtes Elend. Nicht meins.

Wenn ich nicht arbeitete, widmete ich mich meinem Kreativzimmer. Bei einem Flohmarktbesuch hatte ich alles entdeckt, was ich brauchte für mein neues Hobby. Eine Glasschleifmaschine, einen Lötkolben, Lötzinn, einen Glasschneider – nur buntes Glas und Patina hatte ich mir online bestellen müssen. Meine ersten kleinen Tiffany-Kreationen waren fertig. Sie hingen an meinem

Fenster. Schmetterlinge, was sonst. Das Licht reflektierte sich perfekt im bunten Glas.

Seit letzter Woche parkte vor meinem Haus ein neues Auto. Wie gesagt, es parkte. Ich weigerte mich, es mir näher anzusehen. Die Farbe war immerhin recht cool, das musste ich anerkennen. Dunkelviolett metallic, das im Sonnenlicht glitzerte. Das Auto war mir wie ein Paket zugestellt worden.

Es hatte an meiner Tür geklingelt und ein junger Typ hatte mir die Schlüssel und einen Briefumschlag übergeben. Meine erste Intuition war Abwehr, aber der Überbringer war darauf nicht eingegangen. Seitdem parkte es eben genau da, wo er es abgestellt hatte. Vor meinem Fenster.

Paul löcherte mich seit einer Woche. Ich hatte ihm erklärt, dass ich kein Interesse an diesem Geschenk hatte. Akzeptierte er nicht. Er hatte ausdrücklich betont, dass es keine Bezahlung für irgendwelche Dienste sei, sondern ein Geschenk von Torben, Piet und ihm, weil sie der Meinung waren, dass ich ein Auto brauchte. Bullshit. Was das anging, war ich trotzig.

Der Briefumschlag mit den Papieren lag auf meinem Tisch und weckte immer mal wieder meine Aufmerksamkeit. Ich hatte ihn geöffnet, aber als mir ein weiterer Umschlag entgegengekommen war, einer von Piet, hatte mich das ausgebremst. Piets Brief hatte ich seitdem einige Male in meinen Händen gehalten. Seine Handschrift war krakelig, ganz anders, als ich sie mir vorgestellt hatte. Ich war neugierig, aber konnte seinen Brief trotzdem nicht öffnen. Immer, wenn ich kurz davor war, tauchten in meinem Kopf die Worte *flatterhaft, unbeständig* und *vom Regen in die Traufe* auf.

Ich warf noch einen Blick auf mein Handy, bevor ich mich für meinen Job fertig machte.

Kat: Hast du deine Dating-Apps immer noch alle gelöscht?

Mia: Ja, ich habe längst alle Typen gedatet, die da angemeldet sind. Ich suche nicht mehr. Mein Match wird irgendwann im real life kommen, Hast du einen interessanten Kerl für dich gefunden, KittyKat?

Kat: Nicht für mich, für dich. Ich habe das Profil gelesen und mich weggelegt vor Lachen.

Mia: Na das klingt ja wahnsinnig interessant. xd. Ein Typ, dessen Profil dich zum Lachen bringt, soll also was für mich sein? Frag mich gerade, warum wir Besties sind...?

Kat: Ich mache dir einen Screenshot.

Mia: Nein, danke.

Kat: Doch, das musst du sehen.

Ich wartete. Es folgte der Screenshot mit Text.

Nach was suchst du?
Ich suche nicht etwas, sondern jemanden. Ich suche Mia, 27 Jahre alt, etwa 1,70m groß, rotbraune Haare, grüne Augen, niedliche Sommersprossen, sinnliche Lippen, wohnhaft in Dresden. Die, die frech und vorlaut ist, selbstbewusst, chaotisch, kreativ, humorvoll, liebenswert, sexy, einfühlsam. Mit der man lachen kann, die zuhört und der ich gerne zuhöre. Die, die mich als Grufti abgestempelt hat, die ich gerne küsse, schon alleine, weil sie nach Erdbeerkaugummis schmeckt. Entblockiere mich und sprich wieder mit mir.

Okay, das war wirklich witzig und animierte mich Kat anzurufen.

»Auf welcher Plattform hast du das denn gefunden?«, wollte ich wissen.

Sie lachte ausgelassen.

»Auf so ziemlich jeder. Komm schon, schalte den armen Kerl wieder frei!«

»Womöglich ist es der Falsche und er sucht nicht wirklich mich?«

Sie lachte wieder, bevor ich ein weiteres Foto geschickt bekam. OMG, war mein erster Gedanke. Sein Profilbild zeigte uns beide. Es war eines der Fotos, die ich mit seinem Handy am Strand aufgenommen hatte. Seine Hand lag an meiner Wange, meine auf seiner Brust. Wir sahen uns an. Der Schmerz, den ich kurzzeitig empfand, wurde von einem Grinsen abgelöst. Das war also Piets Dating-Profil.

»Ohne Missverständnisse, oder? Das bist eindeutig du«, kicherte Kat.

»Ja.«

»Du hast mir den vollkommen falsch beschrieben. Nach deinen Erzählungen bin ich davon ausgegangen, dass der uralt ist, oder zumindest grauhaarig. Aber der ist nice.«

Ich schnaufte.

»Ich habe nie gesagt, dass er hässlich ist.«

»Aber dass er nicht dein Typ ist, hast du gesagt. Was ist denn falsch an dem?«, bohrte sie nach.

»Er ist steinalt und vergeben. Ich kenne seine Frau. Er braucht mich nur, um seine Katastrophen mit ihr bei jemanden abladen zu können.«

Sie schwieg kurz.

»Hier steht, er sei Single und habe ein Kind.«

Gott, hatte er das tatsächlich so angegeben?

»Das Kind stimmt, dass er Single ist, eher nicht.«

Ich erzählte ihr daraufhin von meiner Mission in Lubkow, wie sie geendet war und von dem Auto vor meiner Haustür. Bisher hatte ich mich gehütet, ihr davon zu berichten. Ich war der Überzeugung, dass, wenn ich nicht darüber sprach, die Misere nicht stattgefunden hatte. Ganz einfach.

»Du hast ein neues Auto und fährst es nicht, weil es Torben, Paul und Piet gekauft haben?«

Kats Stimme schrillte in meinem Ohr.

»Richtig. Ich will es nicht haben.«

»Du bist blöd, Mimi. Du hast dir ein neues Auto verdient! Deins hat die Fahrt dahin immerhin nicht überstanden, und die können sich das doch sicher leisten, Daddy rich und Co.«

Als wäre das wichtig.

»Ist mir doch egal. Ich bin nicht käuflich«, erwiderte ich gereizt.

Kat seufzte.

»Ich komme übermorgen vorbei. Wir werden einkaufen fahren. Mit deinem neuen Auto. Ich brauche etwas von IKEA. Ich werde das nicht schleppen, wenn meine Beste ein Auto hat.«

»Kat, nein. Das Auto bleibt stehen.«

»Auf gar keinen Fall.«

Zwei Tage später, zehn Uhr morgens, kotzte sich Kat in meinem Bad die Seele aus dem Leib.

»Alles gut bei dir, Kitty?«

Ich war besorgt.

»Ja, geht sicher gleich wieder. Das war der Kaffee. Räume den Kaffee weg! Ich kann keinen Kaffee riechen«, ächzte sie und würgte erneut.

Eine Information, die mich verwirrte. Kat und Kaffee waren eigentlich unzertrennlich.

»Hast du Gallenprobleme?«

Etwas anderes fiel mir nicht ein.

»Keine Gallenprobleme. Ich bin schwanger.«

Diese Info saß wie ein perfekt platzierter Faustschlag direkt in meinen Magen. Kat war meine letzte Single-ohne-Kind-Party-Freundin. Ich war kurz davor, in Tränen auszubrechen, statt mich für sie zu freuen.

»Wie zur Hölle konnte das passieren und wer ist der Vater?«, fauchte ich dementsprechend.

»Du wusstest, dass ich vor 30 Mutter werden will. Ich bin 29. Ich habe keine Zeit, auf den richtigen Kerl zu warten.«

»Samenbank?«, fragte ich durch die verschlossene Badezimmertür.

»Bist du blöd? Wer braucht denn eine Samenbank, wenn die Clubs voller williger Kerle sind?«

»Vaterwillig?«

Das war mir neu. Kat lachte inzwischen.

»Mia, du bist witzig. Vögelwillig, nicht vaterwillig.«

Klar, alles andere war nicht zu erwarten.

»Dann weiß der nichts von seinem Glück?«, fragte ich trotzdem nach.

»Nein. Ich wollte nur sein Sperma, nicht den Ballast dazu.«

Ob das die richtige Option war, um ein Kind zu bekommen, wusste ich nicht. Hoffentlich hatte sie sich keinen Vollpfosten rausgesucht, der genetischen Müll verteilte. Kein Gedanke, den ich aussprach.

»Hast du die Autopapiere und den Schlüssel parat? Wir fahren gleich zu IKEA«, erinnerte sie mich.

»Wehe du kotzt in mein neues Auto!«

»Soweit ist es nicht und es ist alles raus. Versprochen.«

Widerwillig durchsuchte ich den Briefumschlag. Ich fand die Rechnung, das Handbuch zum Auto, irgendwas zur Garantie und Versicherungsunterlagen, aber keinen Fahrzeugschein. Mir blieb nichts anderes übrig, als Paul zu kontaktieren.

Mia: Morgen Daddy. Ich wollte heute das Glitzerauto umparken. Traue ich mich nicht ohne Papiere. Wenn ich erwischt werde, gäbe es wieder Ärger. Kannst du mir Auskunft geben? Sonst bleibt es weiter stehen.

Paul antwortete so zügig, als hätte er neben seinem Handy nur auf diese Nachricht gewartet.

Daddy: Endlich. Lass mich wissen, wie deine Ausfahrt war. Der Fahrzeugschein ist an der Stelle deines sortierten Chaos', laut Piet. Wo immer das sein mag? Er meinte, du wüsstest Bescheid.

Seine Nachricht ließ mich unbeabsichtigt lächeln.

Mia: Danke. Da weiß ich, wo ich suchen muss.

Unser IKEA-Besuch war schräg. Kat führte mich Ewigkeiten im Kreis herum und konnte sich nicht entscheiden. Dabei war Kommode doch Kommode.

»Mach endlich!«, motzte ich, nachdem sie wieder eine Schublade nach der anderen öffnete.

Zwischenzeitlich checkte sie ihr Handy, als stünde darin eine Antwort. Ich war genervt.

»Wir fahren gleich ohne Kommode«, drohte ich.

»Nee, ich habe mich entschieden. Wir nehmen die hier. Regal acht, Fach fünf.«

Wir gingen ins Erdgeschoss und suchten Regal acht. In dem Gang stand ein Wagen, auf dem zwei Pakete lagen. Auf den Paketen saß ein Kind. Ein Junge, der mir von hinten bekannt vorkam. Mit jedem Schritt, den wir uns näherten, wurde mir bewusster, dass es Jacob war, der auf dem Wagen saß. Er drehte sich um, sobald er uns wahrnahm. Wildes, dunkles Haar, blaue Augen, lange Beine, braun gebrannt, Grübchenlächeln. Er sprang vom Wagen, rannte auf mich zu und umarmte mich stürmisch.

»Mia!«, jubelte er.

Ich drückte ihn an mich.

»Was machst du denn hier?«

Er grinste schelmisch.

»Ich bin Postbote. Ich habe einen Brief für dich.«

»Na dann, her damit.«

Er zog einen zusammengefalteten Briefumschlag aus seiner Hosentasche und protestierte, als ich ihn in meiner Tasche verschwinden lassen wollte.

»Ich brauche den zurück. Du kannst den nicht einstecken.«

»Okay. Weißt du, was drin steht?«

Er nickte und strahlte. Ich öffnete den Briefumschlag und las. *Gehst du mit uns frühstücken? Bitte!* stand da in Piets Handschrift. Darunter konnte ich mich zwischen drei Kästchen entscheiden, in denen jedes Mal *Ja* stand.

»Hast du zufällig auch noch einen Stift, sonst kann ich nichts ankreuzen?«

»Den Stift hätte ich«, meldete sich Kat zu Wort und reichte mir einen IKEA-Bleistift.

Jacob sprang aufgeregt vor mir auf und ab.

»Was kreuzt du an, Mimi?«

»Was soll ich denn ankreuzen?«, fragte ich ihn.

»Ja, natürlich.«

Dass es keine andere Alternative gab, wusste er nicht.

»Okay, dann mache ich das. Weil du mein Freund bist und ich mich freue, dich zu sehen.«

Er klatschte vor Begeisterung in seine Hände.

»Super.«

»Wo gehen wir denn frühstücken und um welche Uhrzeit?«, erkundigte ich mich.

»Das sagt dir Papa.«

Ich sah mich um, aber Piet entdeckte ich nicht.

»Und wo ist dein Papa?«

Jacob verdrehte filmreif seine blauen Augen.

»Du musst Papa wieder freischalten und ihn fragen. Das ist doch ganz einfach.«

»Komm schon, er ist doch hier. Nie im Leben hast du Zwerg die Kisten alleine auf den Wagen bekommen, und er würde dich auch nicht alleine hier lassen.«

Er grinste mich an und trällerte: »Bis morgen, Mia«, bevor er in Richtung Ausgang rannte.

»Dein Werk, oder?«, wandte ich mich an Kat.

»Wessen sonst? Ich fand seine Partnersuche sweet. Der Zwerg ist auch niedlich. Wenn du den Papa nicht haben willst, würde ich mich bereit erklären für das Frühstücksdate. Der klang sympathisch am Telefon, geile Stimme, und der Dialekt ist ziemlich nice.«

Wir fuhren den Wagen von der Kasse zum Auto. Die Kartons passten nicht in den Kofferraum, denn darin befand sich ein neues Schlauchboot, mein Zelt, Isomatten, ein Schlafsack, mein Federballspiel, ein Lenkdrache und Seifenblasen. Wir räumten lachend den Inhalt in den Fußraum vor die Rücksitze, um genügend Platz für Kats Kartons zu haben.

»Mia, den kannst du nicht weiterhin ghosten. Schreib ihm und sage ihm, dass er cute ist«, forderte Kat.

»Moment noch.«

Ich beugte mich zur Beifahrerseite und öffnete das Handschuhfach. Supersortiert fand ich darin meine CDs, USB-Sticks, all meine Polaroidfotos (bis auf das Foto von Kat und mir), eine Schachtel Zigaretten, neue Streichhölzer, Sonnencreme, eine neue Packung Kondome, meinen Schmuck, einen Joint sowie einen weiteren Briefumschlag.

»Mache den sofort auf!«

Ich gehorchte besser. In dem Umschlag befanden sich die Knutschfotos, die ich noch auf meinem Handy hatte. Kat riss sie mir förmlich aus der Hand.

»Dein Oldie ist ein Goldie«, kicherte sie. »Ehrlich jetzt mal, der ist doch hot«, fuhr sie fort.

»Du guckst dir gerade nur Fotos an, Kat.«

»Ja, aber ihr knutscht.«

»Die haben wir gemacht, weil er das Knutschfoto von uns beiden behalten wollte«, klärte ich sie auf.

»Der hat halt Geschmack. Mach jetzt. Ich will sehen, dass du ihm schreibst, dann lösche ich seine Nummer.«

Ich zog mein Handy heraus und entsperrte Piet.

»Schreib«, krächzte es neben mir.

Mia: Du bist verrückt, Grufti. Das ist dir klar, oder? Sollte ich die Mia sein, die du auf Dating-Apps gesucht hast, kannst du deine Suchanfrage dort jetzt löschen. Besser sofort! Du hast echt keine Ahnung, wie man so etwas richtig macht. Man preist sich selbst an, statt den, den man sucht. Ich bringe dir das bei Gelegenheit gerne bei. So findest du sonst niemanden, oder eben maximal nur mich. Bist wieder freigeschaltet. xd, Mia

Kat war zufrieden.

»Sag mir Bescheid, wenn du ihm das richtig beigebracht hast. Solltest du wirklich kein Interesse haben, melde ich mich für ein Date«, witzelte sie.

Ich kam nicht einmal dazu, das Auto zu starten, weil Piet augenblicklich antwortete.

Grufti: Bitte bring mir das nicht bei. Wie kann man nur solche Apps nutzen? Versprich mir, dass du die Finger davon lässt. Mich haben gruselige Nachrichten erreicht. Danke fürs Freischalten. Gut zu wissen, dass du meinen Sohn erhörst, mich aber nicht.

Mia: Jammere nicht rum!!!

Grufti: Morgen 9:00 Uhr, Milchmädchen-Café. Sei pünktlich.

Mia: Noch zeitiger ging es wohl nicht?

Grufti: Doch, aber unausgeschlafen bist du unausstehlich. Ist dir 10:00 Uhr lieber?

Mia: Ich kann es nicht verantworten, dass Jacob hungern muss. 9:00 Uhr passt schon.

Grufti: Dein Gemotze hat mir echt gefehlt.

Mia: Du mir auch. Bis morgen, alter Mann. Muss jetzt Kat nach Hause fahren und IKEA-Werkzeug testen.

Grufti: Deine Knutschfreundin ist viel netter als du.

Mia: Zügel dich, Grufti, sonst schicke ich dir Kat zum Frühstück.

Selbstverständlich war ich unpünktlich. Ich war erst weit nach Mitternacht ins Bett gekommen. Normalerweise garantierte einem ein Kneipenjob, dass man ausschlafen konnte, wenn man nicht gerade viel zu zeitig zum Frühstück verabredet war. Viel Zeit für ein perfektes Styling war nicht geblieben. Jumpsuit, Schmuck, schnelles Make-up – was hoffentlich meine Müdigkeit überdeckte – unordentlicher Dutt. Ich sah so aus, als wäre ich eben erst aus dem Bett gesprungen, verriet mir mein Spiegelbild, bevor ich meine Wohnung verließ.

Jacob entdeckte ich schon aus der Straßenbahn heraus. Er balancierte auf dem Rand der Grünanlage vor dem Café und kam auf mich zugestürmt, sobald ich die Straße überquert hatte.

»Du bist zu spät«, begrüßte er mich.

»Ich weiß. Bist du schon verhungert?«

»Nein. Ich hatte schon eine Honigmilch.«

Jetzt, wo er es erwähnte, entdeckte ich einen dezenten Milchbart in seinem Gesicht.

»Ist dein Papa sauer, weil ich zu spät bin?«, sondierte ich schon mal die Lage.

»Nein. Papa meinte, er wüsste, dass du nicht pünktlich sein wirst«, grinste er.

Hand in Hand spazierten wir ins Café. Eins wurde mir in diesem Augenblick bewusst: Piet war ein aufmerksamer Zuhörer. Ich hatte ihm irgendwann einmal erzählt, dass ich gerne im Milchmädchen-Café frühstückte. Ich mochte das Ambiente und die Avocadostullen, etwas, was er sich ganz offensichtlich gemerkt hatte. Diese Erkenntnis ließ mich schmunzeln.

Piet saß in der hintersten Ecke und las in einer Tageszeitung. Meine Augen checkten ihn im Schnelldurchlauf ab. Er sah anders aus. Ich brauchte ein paar Sekunden, bevor ich feststellte, woran das lag – es war seine Kleidung. Er trug ein graues Stehkragenhemd, zu einer halblangen, schwarzen Hose und dazu Flipflops. Grau war nicht schwarz und Flipflops keine Schuhe. Welch seltener Anblick. Nice.

Als er mich bemerkte, stand er auf und umarmte mich flüchtig zur Begrüßung. Minze, Zitronenthymian, frisches Holz, nahm meine Nase wahr.

»Gut, dass du jetzt da bist. Wir hatten schon überlegt dich wecken zu kommen«, begrüßte er mich und sah dabei auf seine Uhr.

»Meckerst du gerade?«

»Nein, würde ich mir nie wagen.«

Er lächelte.

Wir aßen, während Jacob ausgelassen vom gestrigen Tag erzählte. Sie hatten nach IKEA Kleinwelka besucht. Die Dinosaurier hatten Jacob beeindruckt.

»Guck mal, wir haben sogar eine Dinokralle ausgegraben.«

Er hielt mir seinen Schatz hin.

»Wow, das ist ja super. Habt ihr lange danach graben müssen?«

Er nickte.

»Ganz schön lange. Papa wollte auch eine.«

Später spazierten wir durch den Großen Garten. Am ersten Spielplatz machten wir Halt. Jacob war sofort in seinem Element und kletterte. Piet und ich setzten uns auf eine Bank.

»Geht's dir gut? Du siehst erschöpft aus«, fragte Piet und strich mir eine Haarsträhne aus dem Gesicht.

»Ich werde schon noch wach. Ich war erst nach zwei im Bett.«

Seine grauen Augen musterten mich.

»Warst du feiern?«

»Nein, arbeiten.«

Meine Aussage ließ ihn kurz besorgt aussehen.

»Bis in die Nacht? Was machst du?«

»Was wohl? Strippen. Ich brauchte endlich mal einen Job, bei dem man ein bisschen mehr Geld verdient«, zog ich ihn auf.

Ein Grinsen zuckte über seine Mundwinkel.

»Super. Sag mir wo und ich komme vorbei und schaue dir dabei zu.«

Klar, dachte ich.

»Du traust dir nicht einmal mich anzusehen, wenn ich noch Unterwäsche trage«, kam über meine Lippen, während ich an den Abend zurückdachte, an dem ich mich vor ihm ausgezogen hatte.

»Trauen tu ich mir das schon. Aber ich habe eben Anstand. Was machst du wirklich?«

»Kellnern. Ich versorge besoffene Kerle mit noch mehr Alkohol.«

»Ich überlege gerade, ob Strippen da nicht doch die bessere Alternative wäre«, brummte er und sah sich nach Jacob um.

Wir beobachteten ihn beide einen Augenblick schweigend.

»Mia, was ich zu Torben gesagt habe, war für Torben bestimmt, nicht für dich. Ich wollte dich nicht verletzten!«, wechselte er das Thema.

»Ich habe keine Ahnung, was du meinst!«

Er sah mich mit einer Mischung aus Reue und Verzweiflung an.

»Doch, hast du. Ich halte dich nicht für flatterhaft und unbeständig. Ich war genervt von Torben und musste irgendetwas sagen. Mir ist nichts besseres eingefallen. Es tut mir leid. Wirklich, verdammt leid. Ich konnte nicht ahnen, dass du uns belauschst.«

»Dann hältst du mich in Wirklichkeit nicht für eine Schlampe?«, hakte ich nach.

»Das habe ich nie gesagt!«, verteidigte er sich.

»Aber gemeint hast du das. Flatterhaft und unbeständig bedeutet nichts anderes, Piet!«, fauchte ich ihn an.

»Es tut mir leid, Mia.«

Wieder schwiegen wir einen Moment.

»Ich bin auch nicht die Traufe nach dem Regen!«, ergänzte ich.

»Mia, ich schwöre dir, dass ich dich nie verletzten wollte.«

Dass das seine Wahrheit war, sah ich ihm an.

»Du hast mich verletzt. Aber ich kann vergeben. Hat meine Lüge dir wenigstens bei Fenja geholfen?«

Statt zu antworten, fuhr er sich erst durch seine Haare, bevor seine Hand seinen Nacken knetete. Er blieb stumm.

»Hallo?«, fragte ich nach.

Aus seiner Kehle kam ein Knurren, nicht mehr.

»Glaubst du wirklich, dass ich hier wäre, wenn Fenja mir wichtig wäre?«, fragte er mich nach einer gefühlten Ewigkeit.

Ich war verwirrt und dachte über seine Worte nach. Was hatte das zu bedeuten?

»Willst du damit sagen, dass ich dir wichtiger bin?«

Ich war mir noch nicht sicher, ob mir dieser Gedanke gefiel oder mich eher verschreckte. Keine Antwort – stattdessen hielt er mir Kaugummis hin.

»Magst du?«

Erdbeerkaugummis, meine Lieblingsmarke. Ein schallendes Lachen brach aus mir heraus, bevor ich mir einen nahm und in meinen Mund schob. Ich setzte meine Sonnenbrille ab und musterte Piet.

»Seit wann hast du Erdbeerkaugummis?«

»Keine Ahnung. Die sind mir beim Einkaufen in den Wagen gesprungen«, brummte es neben mir.

Er sah weiterhin starr gerade aus.

»Und schmecken sie dir?«

Angewiderter Gesichtsausdruck.

»Nein. Viel zu viel Aroma und viel zu süß.«

Trotzdem steckte er sich im nächsten Moment ebenfalls einen in den Mund.

»Wieso nimmst du dann einen?«, fragte ich nach.

»Keine Ahnung. Weckt Erinnerungen.«

Auf seiner Wange tauchte ein Grübchen auf.

»Das ist deine Art mir zu sagen, dass du mich vermisst hast. Schon klar. Ich habe dich auch vermisst.«

»Du hast mich blockiert.«

»Ja, eben deshalb konnte ich dir nicht schreiben und habe dich somit vermisst. Du hast mir noch nicht auf meine Frage geantwortet.«

»Welche?«

Ich stieß ihn mit meinem Ellenbogen an.

»Bin ich dir wichtig?«

»Das brauche ich nicht zu beantworten. Du kennst meine Antwort. Du bist mir seit vier Jahren wichtig. Du solltest mir in Lubkow zeigen, dass ich Fenja nicht brauche, aber das musstest du nicht. Für mich stand seit dem Tag, an dem ich Paul k.o. geschlagen habe, fest, dass es nichts mehr gibt, was ich retten kann. Ich habe Jacob vermisst, Fenja kein bisschen. Ich fühle mich tatsächlich viel besser, nachdem ich weiß, dass sie verstanden hat, dass es kein *uns* mehr gibt«, erklärte er sich mit einem müden Lächeln in seinem Gesicht.

Er wirkte ausgelaugt.

»Das freut mich für dich. Hat ganz schön lange gedauert. Habt ihr eine gute Regelung für Jacob gefunden?«

Er nickte.

»Ja, er ist eine Woche bei mir und eine bei ihr. Im Moment läuft es entspannt. Sie will mich nicht all zu sehr stressen, damit ich wieder fit werde.«

Aus seinem müden Lächeln war ein jungenhaftes Grinsen geworden.

»Wieder fit? Was fehlt dir denn?«

Was er mir dazu erzählte, brachte mich ebenfalls zum Grinsen.

»Fenja glaubt also, weil wir nicht miteinander geschlafen haben und du bei ihrem letzten Annäherungsversuch keine Lust auf sie hattest, dass dich der Stress mit ihr impotent gemacht hat?«, fasste ich seine Worte kichernd zusammen.

»Ja. Verrückt oder? Beim letzten Mal, als sie Jacob abgeholt hat, hat sie mir Pornos mitgebracht.«

Wir lachten zusammen. Fenja war wirklich nicht ganz dicht im Kopf.

»In der Woche darauf hat sie tatsächlich nachgefragt, ob die irgendwas bewirkt haben«, ergänzte er lachend.

»Und?«, hakte ich nach.

»Fragst du mich ernsthaft, ob ich auf die Pornos, die sie rausgesucht hat, gewichst habe?«

Sein verwirrter Blick brachte mich nur noch mehr zum Lachen.

»Keine Ahnung, womöglich schon. Fenja kennt dich ja und wird dir sicher nur Pornos rausgesucht haben, von denen sie weiß, dass sie dich anmachen«, prustete ich und japste nach Luft.

Er schnaufte.

»Bisher war ich noch nicht so verzweifelt, dass ich mir Pornos ansehen musste. Ich hoffe inständig, dass sie darauf verzichten wird, Charlotte einzuweihen, denn die wird das brühwarm an Torben weitertragen, und der wird es Paul erzählen...«

»Und dann schenken die dir ebenfalls Filmchen? Oder noch besser, Torben kommt wieder auf die Idee, dass ich dir behilflich sein könnte«, unterbrach ich ihn.

Wir lachten beide ausgelassen. Der Gedanke, der mir daraufhin durch den Kopf ging, amüsierte mich noch viel mehr und ich konnte ihn nicht für mich behalten.

»Ich hoffe, Fenja erzählt es Charlotte. Auf Torbens Wortwahl, wenn er mich um Hilfe bittet, bin ich gespannt. Ich wäre dabei«, platzte es aus mir heraus.

»Du bräuchtest nicht viel, um mich zu animieren, Prinzessin.«

Ich lehnte meinen Kopf an seine Schulter.

»Genau so etwas hat mir in den letzten Wochen unheimlich gefehlt«, gab ich zu.

»Mir auch. Darf ich dich küssen?«

Das würde der erste Kuss werden, der nicht von mir ausging, stellte ich fest. Er sah mich erwartungsvoll an.

»So was fragt man nicht, man macht es einfach. Wehe, du tauschst dabei unsere Kaugummis aus.«

Er spuckte seinen aus. Wir näherten uns gerade, als Jacob verkündete, dass ihm langweilig sei. Zwerg vor Kuss. Ganz klare Sache.

»Wollen wir Eis essen gehen?«, schlug ich vor.

»Kommt Tante Evi bald?«, wollte er von Piet wissen.

Er sah auf seine Uhr und nickte. Tante Evi kannte ich nicht. Keine Ahnung, auf wen er wartete.

»Machen wir Wettklettern, Mimi?«

»Klar. Wer zuerst ganz oben ist.«

Ich stand auf und rannte los.

Es stellte sich heraus, dass Tante Evi Piets Schwester war. Sie holte Jacob ab, um ihn übers Wochenende mit in die Sächsische Schweiz zu nehmen. Abgesehen von wallenden, dunklen Haaren gab es keine großen Ähnlichkeiten zwischen Piet und ihr.

»Haben wir jetzt sturmfrei?«, fragte ich, nachdem Jacob abgeholt war.

»Wenn du willst. Wenn du aber Ruhe brauchst, dann ist das okay. Sag mir, was du möchtest?«

»Sehe ich aus, als bräuchte ich Ruhe?«

Seine Finger berührten zaghaft meine Wange.

»Du siehst noch immer müde aus«, stellte er fest.

»Bin ich auch. Aber ich bin jung und brauche nicht allzu viel Schlaf. Leider habe ich heute Abend nicht frei. Ich könnte mich höchstens krank melden.«

Ich sah ihm an, dass mein Angebot ein No-Go für ihn war.

»Das geht nicht. Du wirst den meisten Alkohol an den Mann bringen und müsstest auf Trinkgeld verzichten.«

Morgens um halb zwei betraten wir meine Wohnung. Wir hatten den Nachmittag über in einem Strandkorb zu Clubmusik in einem Hinterhof in der Neustadt abgehangen. Es war so chillig gewesen, dass ich sogar eingeschlafen war.

Pünktlich um 18:30 Uhr hatte ich meinen Dienst angetreten,

Piet im Schlepptau. Er hatte sich verdammt lange mit Wasser abgefunden.

»Bist du dir sicher, dass du nichts anderes trinken willst? Wir hätten auch Whisky.«

»Danke, aber ich muss noch fahren«, hatte er geantwortet.

»Wohin denn?«

»Dich nach Hause und dann ins Hotel.«

Ich hatte mir ein Lächeln verkniffen. Das war so typisch für ihn.

»Wir laufen keine zwanzig Minuten zu mir nach Hause. Dein Auto steht hier sicher.«

»Ich kann nicht bei dir schlafen«, hatte er herausgewürgt.

»Wieso nicht? Brauchst du einen Opa-Schlafanzug, oder hast du Angst, dass ich über dich herfallen könnte? Bleib locker.«

Auf seiner Stirn hatten sich zwei Furchen gebildet.

»Was ist, wenn ich dir nicht garantieren könnte, dass ich es nicht bin, der über dich herfällt?«

Klar, das war etwas, was zu ihm passte, hatte ich voller Ironie gedacht.

»Du bist derjenige, der Pornos zur Animation geschenkt bekommen hat. Da mache ich mir gerade weniger Sorgen um mich. Ich bringe dir jetzt einen Whisky.«

Inzwischen war es halb zwei, drei Gläser Whisky für Piet und ein paar Gläser Weißwein für mich später.

»Ich will nicht, dass du nachts von dieser Kneipe alleine nach Hause läufst«, ließ er mich wissen, sobald die Wohnungstür ins Schloss gefallen war.

»Normalerweise fahre ich Fahrrad.«

»Nicht besser. Was, wenn dir jemand folgt oder dich überfällt?«

Wieder tauchten ein paar Sorgenfalten auf seiner Stirn auf.

»Du machst gerade wieder einen auf alten Mann«, tadelte ich ihn.

»Quatsch. Ich bin besorgt. Du flirtest mit jedem. Ich verstehe, warum du das tust – gibt mehr Trinkgeld, aber besoffene Idioten sind unberechenbar. Ich komme morgen wieder mit.«

»Ich bin schon groß, Piet und ich kann mich wehren. Du musst dir keine Sorgen machen. Ehrlich nicht.«

»Flirte einfach ein bisschen weniger!«, forderte er.

»Bist du eifersüchtig?«

»Wieso? Mich hast du mit nach Hause genommen.«

»Magst du noch ein Glas Wein oder lieber gleich ins Bett? Mit Whisky kann ich nicht dienen.«

Ich lief in meine Küche, er folgte mir. Als ich meinen Kühlschrank öffnete, um den Wein herauszuholen, gab er ein Grunzen von sich – eins, dessen Bedeutung ich kannte: Er missbilligte den Inhalt meines Kühlschranks. Ich verdrehte die Augen.

»Wehe du sagst jetzt was!«

»Doch. Was werden wir morgen früh essen?«

»Wird sich was finden.«

»Wird nichts außer Salmonellen geben.«

»Blödi.«

Ich öffnete den Kühlschrank erneut.

»Ich habe Milch und Joghurt, Eier und da hinten steht Marmelade«, erklärte ich ihm den Inhalt.

»Wahrscheinlich alles abgelaufen. Also Salmonellen!«, murmelte er.

»Klar, ich vergifte dich. Magst du nun noch ein Glas Wein?«

»Ich werde mir das schön trinken müssen.«

»Wieso gebe ich mich nur mit dir ab?«

Ich verdrehte meine Augen erneut und schenkte uns Wein ein.

»Weil du mich lieb hast.«

»Träum weiter!«

Ich drückte ihm ein Glas in die Hand und stieß mit meinem dagegen.

»Prost. Auf deine Übernachtungspremiere!«

Eine Stunde später.

»Wird Zeit fürs Bett. Ich bin k.o.«

»Ja, ich kann mich auch kaum noch auf den Beinen halten. Ich bleibe hier liegen.«

Piet hatte sich auf mein Sofa fallen lassen und seine Augen geschlossen.

»Sei nicht immer so albern und zugeknöpft. Du bleibst nicht hier liegen, dann meckerst du nur morgen wieder über Rückenschmerzen oder was ihr alten Kerle eben noch so habt. Ich habe ein riesiges, bequemes Bett.«

Er grinste mit geschlossenen Augen. Ich war bereit auszureizen, worauf er sich einlassen würde. Dass meine Mum hier ebenfalls ein Bett hatte, was er hätte haben können, verschwieg ich.

»No way. Ich teile mir kein Bett mit dir.«

»Angsthase. Dann bleib halt hier liegen. Die Federn sind kaputt. Es wird wehtun. Kat teilt sich auch das Bett mit mir, wenn wir zusammen feiern waren, weil sie mein Sofa nicht mag.«

Er öffnete ein Auge.

»Knutscht ihr dann?«

»Komm mit und ich zeige dir, was ich mit Kat in meinem Bett mache.«

Wieder amüsierte ich mich bestens über seine Mimik.

»Wir schlafen, du Blödi. Ich werde dich nicht überreden, dich neben mich zu legen. Du wirst es selbst entscheiden müssen, aber wehe du meckerst im Nachhinein.«

Er zögerte.

»Okay. Überredet, aber ich werde mich nicht ausziehen«, gähnte er und stand auf.

»Geht klar. Mach wie du willst. Ich könnte mich auch umdrehen, wenn du dich ausziehst. Ist ja auch nicht so, dass ich dich noch nie in Unterhosen gesehen hätte.«

Als ich in Slip und T-Shirt aus meinem Bad kam, lag er im Bett. Wenigstens seine Hose hatte er ausgezogen. Die lag ordentlich zusammengelegt auf meinem Boden.

Piet kam neben mir ebenso wenig zur Ruhe, wie ich neben ihm.

»Piet?«

»Hm.«

»Könnten wir nicht wenigstens noch ein bisschen schmusen? Von mir aus auch mit Anstand.«

Ich hörte ihn sehr intensiv atmen, bevor er aufstöhnte: »Ich wusste doch, dass es eine dumme Idee war, sich mit dir in ein Bett zu legen.«

»Wieso denn? Gib doch einfach zu, dass du selbst liebend gerne mit mir schmusen würdest«, neckte ich ihn und rutschte näher.

Er wich zur Seite, ich rückte nach. Weiter konnte er nicht wegrücken, ohne aus dem Bett zu fallen.

»Ich kann nicht.«

»Wieso nicht? Doch impotent?«

Er grunzte genervt.

»Du bist unverschämt. Ich will nicht nur mit dir schmusen, Mia«, knurrte er.

»Sei dir sicher, das weiß ich längst.«

Ich drehte mich zu ihm und richtete mich auf. Meine Finger berührten sein Gesicht. Ich fuhr von seiner Stirn über seine Schläfen zu seinen kratzigen Wangen. Er ließ es zu, war aber total unentspannt. Ich provozierte ihn weiter und küsste mich von seiner Halsbeuge aufwärts. Sein Puls raste unter meinen Lippen. Automatisch wanderte meine Hand unter sein Hemd. Ich spürte, wie sein Herz heftig gegen meine Finger hämmerte, während er wie erstarrt neben mir lag.

»Wirst du einen Herzinfarkt bekommen, wenn ich dich nicht in Ruhe lasse?«, wisperte ich und biss ihm zart ins Ohrläppchen.

Er gab ein Brummen von sich, eins, das mich noch mehr anmachte. Seine Starre hielt an. Irgendwann griff er nach meiner Hand und schob sie hinab auf seine Unterhose. Sein Schwanz fühlte sich nach sehr viel mehr an. Ich lächelte in mich hinein und verkniff mir die Worte, die mir auf den Lippen lagen. Allzu lange hielt ich das allerdings nicht aus.

»Dich zu therapieren wird ein Kinderspiel«, sprudelte es aus mir heraus, während ich seinen Ständer fester umfasste.

Piet keuchte.

»Du machst mich fertig, Mia.«

»Ich weiß und ich genieße es.«

Seine Hand hatte wieder meine umklammert. Er befreite sich von mir.

»Zieh das aus«, forderte ich und zupfte an seinem Hemd.

Er setzte sich auf und zog es sich über den Kopf. Ich nutzte die Gelegenheit und setzte mich auf seinen Schoß. Er sah zu mir auf, sein Blick fordernd und bittend zugleich. Ich zog mein T-Shirt aus. Seine Augen wanderten von meinem Gesicht über meinen Körper.

Sein Kiefer spannte sich an, bevor er:»Schmusen, wir werden nur schmusen«, raunte.

Erklärte er das mir oder sich selbst?

»Fühlt sich nicht so an, als wolltest du nur schmusen.«

Ich rieb mich an seinem Ständer. Seine Hände umfassten meinen Hintern, er drückte mich fester gegen sich, und bremste damit jegliche meiner Bewegungen aus.

»Ich werde nicht mit dir schlafen«, kam bestimmt über seine Lippen. »Nicht heute. Du wirst nüchtern sein. Ich will nicht, dass du mir morgen erzählst, wir hätten uns vom Alkohol verleiten lassen. Immerhin kenne ich deine Geschichten. Sorry«, erklärte er sich weiter.

»Ich bin ziemlich nüchtern.«

»Aber nicht nüchtern genug, Prinzessin.«

Ich überlegte noch einen Moment, ob ich schon jemals halbnackt auf dem Schoß eines willigen Mannes gesessen hatte, der mir dann erklärt hatte, dass er nicht vorhatte, mit mir zu schlafen. Nein. Leichte Frustration, denn ich wollte mehr.

»Geht klar. Ich habe es verstanden. Wir werden nur schmusen«, gab ich mich geschlagen.

Er ließ meinen Hintern los. Seine Hände wanderten meinen Rücken hinauf, während sein Mund sich auf mein Brustbein senkte. Seine Küsse hinterließen eine feuchte Spur, gefolgt von einem Schauer, ausgelöst durch seine unrasierte Haut. Kurze Zeit später spielte seine Zunge mit meiner Brustwarze, bevor er sie begierig einsog. Mein Feuer war entfacht. Es loderte zwischen meinen Schenkeln.

»Wehe, du lässt mich nicht kommen«, murrte ich und rieb mich weiter an ihm.

»Keine Angst, das wird meine oberste Priorität sein.«

Er schob mich von sich runter. Ich lag vor ihm und verlor mich in seinen grauen Augen. Seine Lippen sanken auf meine, während seine Finger über meine Haut fuhren. Neckend und erregend. Nach und nach widmete er seine Aufmerksamkeit jedem Zentimeter meines Körpers. Ich fühlte mich, als würde ich mich auflösen oder zerfließen – mein Slip war zumindest so nass.

Er beschäftigte sich so intensiv mit mir, dass ich nicht dazu kam, ihn zu berühren. Seine Finger spielten mit dem Rand meines Slips. Er ließ sich verdammt viel Zeit, mich davon zu befreien. Ich wimmerte und bettelte, während er es genoss, mich quälend langsam voranzutreiben. Jeden Millimeter, den er freilegte, brachte er erst zum Glühen bevor er fortfuhr. Als ich seine Zunge an meinem Kitzler spürte war ich mehr als bereit. Ich keuchte und bäumte mich ihm entgegen, während sich alles in mir zusammenzog.

111

Ich kam an seinem Mund. Nicht, dass ihn das davon abgehalten hätte, mich weiter zu reizen. Seine Finger rieben über meine empfindlichste Stelle, während seine Zungenspitze gegen meine Öffnung drückte. Mit seiner freien Hand hielt er mich in Position. Ich kam nicht einmal dazu, richtig Luft zu holen, als ich erneut nur noch Sterne sah. Meine Hände fuhren durch seine Haare. Ich zog seinen Kopf nach hinten, um sicherzustellen, dass er nicht augenblicklich weitermachte. Ich brauchte dringend ein paar Atemzüge, die keiner Schnappatmung glichen. Gleichzeitig war ich irritiert, dass mein Körper so heftig auf ihn reagierte, obwohl er noch nicht mal in mir war. Wahrscheinlich lag das an der sexuellen Spannung zwischen uns, die sich über viele Jahre aufgebaut hatte, war mein nächster Gedanke. Ich zog ihn an seinen Haaren zu meinem Mund und schmeckte mich selbst.

»Priorität vorerst erfüllt«, wisperte ich an seinen Lippen. »Bist du dir sicher, dass du nicht mehr willst?«

Er schwieg.

»Höre auf nachzudenken. Ich werde dich jetzt sowieso kommen lassen. Du darfst maximal entscheiden, ob auf oder in mir.«

Er schnappte kurz nach Luft.

»Wir schlafen nicht miteinander«, knurrte er und löste sich von mir.

Er richtete sich auf. Mein Blick zog sich automatisch auf seine Lenden. Ich wollte ihn nackt sehen. Keine zehn Sekunden später hatte ich ihn aus seinen zu eng gewordenen Retroshorts befreit.

Wow! Ich kannte Kerle, die mit ihrer Penislänge prahlten, aber keinesfalls so gut bestückt waren, wie sie glaubten. Kein Wunder, wenn er wollte, dass ich dafür nüchtern war. Meine Hand umfasste ihn. Ich wollte, dass er wenigstens Erlösung fand.

Seine Hand legte sich über meine. Im ersten Moment befürchtete ich, dass er mich hindern wollte. Mein Protest saß schon in meiner Kehle, bevor ich begriff, dass er lediglich über das Tempo und den Druck bestimmen wollte. Damit kam ich klar. Mein Blick galt unseren Händen, bis er sich auf meinem Bauch ergoss.

Schmusen mit Piet, war definitiv mein Tageshighlight. Danach empfing ich etwas, was ich so noch nie wahrgenommen hatte: Zuneigung, Geborgenheit und – Liebe. Es gab kein Wort, dass das, was er mir schenkte, besser beschrieb. Er sorgte dafür, dass ich mich fühlte, als sei ich etwas Besonderes. So viel gefühlvolle Nähe war Neuland. Es wühlte mich nicht auf, sondern besänftigte mich. Ich schlief selig ein.

Das Bild der frühen Morgenstunde gefiel mir. Viel mehr, als ich mir eingestehen wollte. Piet lag nackt neben mir. Er war nicht eingehüllt in die Bettdecke, sondern lag vollkommen entblößt halb auf seinem Bauch, halb auf der Seite. Ich setzte mich auf, um ihn besser betrachten zu können. Zeit, um mir seine Tattoos genauer anzusehen. Ein Wirrwarr an Motiven. Ich entdeckte eine fliegende Möwe, Zahnräder, die in einer Uhr endeten, Babyfüße, eine Strandimpression, direkt neben einem Skelett, Blütenblätter, die von einem Anker abfielen, einen Sonnenuntergang, dazwischen stand irgendwas auf elbisch, wenn ich richtig lag. Nach der Bedeutung würde ich fragen müssen. Ich lächelte vor mich hin, fragte mich aber gleichzeitig, ob eines seiner Tattoos für Fenja war. Bei diesem Gedanken verspürte ich Eifersucht.

Mein nächster Gedanke verwirrte mich noch mehr. Ich wollte mehr als letzte Nacht. Oh mein Gott, was für kranke Ideen produzierte mein schlaftrunkenes Hirn? Vollkommen verrückt. Mein nächster Blick galt seinem Hintern. Sehr nice. Ich kannte nackte südländische Typen zu Genüge: Wenn sie nicht enthaart waren, dann waren sie behaart ohne Ende. Piet war weder enthaart, noch grizzly. Sein linker Arm, der tätowierte, lag über seinem Kopf. Seine Schulterpartie zeichnete Muskeln ab, die man ihm nicht zutraute. Sein Körper war grazil, eher jungenhaft aber trotzdem sexy. Ich schmunzelte vor mich hin, bevor ich mich an seinen nackten Körper schmiegte. Ich wollte noch viel mehr als letzte Nacht und wusste, dass ich ihn solange provozieren würde, bis er seinen Widerstand aufgab. Es war nur noch eine Frage der Zeit. Mit diesem Gedanken im Kopf, schlief ich glücklich wieder ein.

Kapitel 8

Piet

Grelle Sonne weckte mich, bevor ich bereit war, wach zu werden. Der erste Gedanke, der in meinem müden Hirn aufkeimte, war: Das gestern war ein Traum. Du hast Mia nicht angefasst. Fuck, sofort war ich noch wacher, denn ich wusste, dass ich nicht geträumt hatte. Mia hätte ich nie berühren dürfen. Innerhalb kürzester Zeit tobten so viele Gedanken durch mein Hirn, dass ich nicht noch einmal einschlafen konnte. Das Erste, das ich wahrnahm, als ich meine Augen öffnete, war Mias Hand. Sie lag auf meiner. Federleicht. Mein Blick glitt von unseren Händen ihren Arm hinauf zu ihrer Schulter, über ihren Hals zu ihrem Gesicht. Porzellanteint, nur unterbrochen von winzigen Sommersprossen, die sich über ihre Nase und Wangen zogen. Ein Lächeln lag auf ihren sinnlichen Lippen. Lippen, die ich gerne küsste; am Abend zuvor offensichtlich einmal zu viel. Weshalb sonst hatte ich mich von ihr überreden lassen, dass es eine gute Idee war, das Bett mit ihr zu teilen? Ich schluckte wehmütig und hatte keinen blassen Schimmer, wie ich mich nach dieser Nacht verhalten sollte.

Hatte das, was wir vor ein paar Stunden geteilt hatten, irgendetwas zwischen uns verändert? Ich war ahnungslos und hoffte, dass Mia, sobald sie erwachte, einen frechen Kommentar abgab und alles wieder normal zwischen uns sein würde. Obwohl, was war normal? Ich hatte noch nie eine so verwirrende Verbindung zu einer Frau gepflegt. Ich wusste nicht einmal, als was ich diese Verbindung bezeichnen sollte. Selbst nach all den Jahren nicht. Am ehesten waren wir so etwas wie Freunde. Davon war ich zumindest irgendwie ausgegangen. Jetzt war ich nur noch verwirrt. Perfekt. Inzwischen hingen meine Augen an ihren süßen Brüsten. Zu wissen, wie sie sich anfühlten und schmeckten, machte es nicht besser. Augenblicklich verspürte ich Erregung. Gott sei Dank meldete sich gleichzeitig meine Blase. Perfekter Grund, um aus ihrem Bett zu verschwinden. Behutsam zog ich meine Hand unter ihrer weg, stand auf, sammelte meine Sachen vom Fußboden ein und schlich leise aus ihrem Schlafzimmer ins Bad. Die Klospülung lief weiter, nachdem ich sie betätigt hatte. Ich stand nackt vor ihrer Toilette und nahm den Spülkasten auseinander, bis er wieder funktionierte. Danach wollte ich duschen. Aber Mias Duschkabine diente als Kleiderständer. Nichts, was mir am Vorabend aufgefallen war. Die Duschwanne war eingestaubt. Diese Dusche nutzte Mia gewiss nie. Mein Blick fiel auf ihre Badewanne. Es gab weder einen Vorhang, noch sonst irgendeinen Schutz, der dafür sorgen würde, dass nicht das halbe Bad im Nachgang schwamm. Ich würde nicht stehend duschen können. Duschen hatte sich aber sowieso erledigt, nachdem ich den Hahn aufgedreht hatte. Die Dichtung war defekt. Es kam überall Wasser heraus, nur nicht aus dem Duschkopf. War ich mürrisch deshalb? Eindeutige Antwort: Ja. Immerhin gab es Wasser an ihrem Waschbecken.

Ich würde zum Duschen in mein Hotel fahren. Ich brauchte sowieso neue Klamotten, meine stanken nach Kneipe. Ich nahm mir vor, auf dem Rückweg eine neue Dichtung für ihre Armatur zu besorgen. Ich war fast schon aus der Tür, als mir ihr Kühlschrank wieder in den Sinn kam. Erneut hatte ich recht behalten, dachte ich, als ich die Verfallsdaten ihrer wenigen Lebensmittel inspizierte. Die Milch war sogar nicht einmal mehr flüssig. Also würde ich auch noch einkaufen gehen.

Anderthalb Stunden später betrat ich ihre Wohnung erneut. Noch immer war es still. Ich war unschlüssig, was ich abgesehen von der Reparatur in ihrem Bad tun konnte, um die Zeit in der sie schlief, sinnvoll zu nutzen. Rumsitzen und warten zählte nicht gerade zu meinen Stärken. Ich stellte meinen Werkzeugkoffer ab und verstaute die eingekauften Lebensmittel. Alles, was sich vorher in ihrem Kühlschrank befunden hatte, entsorgte ich. Danach spülte ich das Geschirr in ihrer Spüle.

Mein Blick fiel auf ihren Esstisch. Briefe, Zeitschriften, Klamotten, Nagellack, Krimskrams, eine wilde Ablagefläche. Konnte ich es mir wagen, weiter aufzuräumen? Nein, Mia würde ausrasten. Aber irgendwo sollten wir frühstücken können. Ich hatte Hunger. Ich öffnete ihre Balkontür in der Hoffnung, einen leeren Tisch vorzufinden. Abgesehen von ein paar vertrockneten Pflanzen fand ich tatsächlich, wonach ich gesucht hatte. Wir würden also draußen essen.

Meine nächste Aufgabe fand sich schnell. Ihr Sonnenschirm ließ sich nicht öffnen. Gut, dass ich immer genügend Werkzeug dabei hatte. Nach dem Sonnenschirm nahm ich mir den Dusch-kopf vor. Irgendwann gab es nichts mehr, was ich hätte tun kön-nen.

Ich stand in ihrem Flur und bemerkte, dass es zwei Zimmer in ihrer Wohnung gab, die ich noch nie betreten hatte. Meine Neugier siegte und ich öffnete die erste Tür. Ganz offensichtlich Helenes Reich. Viel zu ordentlich für Mia. Mir war nicht klar ge-wesen, dass Helene noch immer ein Zimmer in dieser Wohnung besaß. Ich schloss die Tür wieder. Dann war das andere Zimmer vermutlich Philipps. Obwohl?

Ich hätte diesen Raum besser nie betreten sollen, war mein erster Gedanke. Erst beim genaueren Betrachten wurde mir klar, dass es sich nicht um eine Rumpelkammer handelte, sondern um Mias Hobbyraum. Schrill, bunt und voller Leben. Eine Wand war voller Farbspritzer, davor stand eine Staffelei. An den Wänden lehnten Bilder, viele Bilder, kreiert in den unterschiedlichsten Stilen. Aus einem Weidenkorb quollen lauter gefilzte Dinge. Auf dem Fußboden lagen Schnittmuster und Bilder von Kleidern, die sie aus irgendwelchen Zeitschriften gerissen hatte, dazwischen lagen Notenblätter. Eine Nähmaschine teilte sich den Tisch mit einem Glasschleifer. Der stumme Diener war voller Ketten, Armreifen und Bänder. An ihren Fenstern hingen an schmalen Gardinenstangen getrocknete Blüten sowie filigrane Basteleien. Abgerundet wurde das Zimmer von einem Klavier.

Mir war bisher nie bewusst gewesen, dass Mias Schmuck von ihr selbst stammte und die meisten ihrer Kleider ebenso. Ich war begeistert von dieser Fundgrube. Das alles spiegelte Mia. Ein Gedanke in mir wurde immer lauter: Ich wollte abtauchen in Mias bunte Welt, in all ihr Wirrwarr, und ein Teil davon sein. Diese Erkenntnis gefiel mir nicht. Kein bisschen. Ich würde mich beherrschen müssen, um diesen Gedanken nicht die Oberhand gewinnen zu lassen. Mia war nicht mein Fall. Viel zu jung und viel zu quirlig.

Krieg dich gefälligst wieder ein. Du küsst sie einfach nicht noch mal und du fasst sie nie wieder an, sprach ich als stummes Mantra immer wieder vor mir her, während ich den Tisch deckte, Kaffee kochte und wartete.

Irgendwann zog Leben ein. Vom ersten vergähnten: »Mor-gen«, bis zu »Hast du meine Dusche repariert?«, verging noch einmal eine kleine Ewigkeit. Ich aß schon vor, sonst wäre ich verhungert.

»Du warst einkaufen. Wolltest du dich oder mich vor Vergiftung schützen?«, schmollte Mia, nachdem sie sich zu mir gesetzt hatte.

»Uns beide.«

Sie sah über den Tisch. Ein Lächeln erhellte ihr Gesicht.

»Danke, ich muss zugeben, du bist Gold wert. Einmal hier, funktioniert meine Dusche und es gibt Frühstück«, kam über ihre süßen Lippen.

Kapitel 9

Mia

Absolute Premiere. Noch nie hatte ein Mann, der bei mir übernachtet hatte, für mich Frühstück gemacht, geschweige denn irgendwas repariert.

Ich hatte es genossen, ausgiebig zu duschen, ohne im Nachgang wischen zu müssen. Frühstück war ebenfalls super. Es gab viele Leckereien zu Kaffee und Sekt. Ich war ausgelassen, während Piet seltsam verschlossen war. Er sprach kaum und musterte mich immer wieder.

»Ist zwischen uns alles okay?«, wollte ich irgendwann, irritiert von seinem Verhalten, wissen.

»Eher weniger«, murmelte er.

»Was ist denn nicht okay?«

Piet sah weg, zündete sich eine Zigarette an und starrte auf meine vertrockneten Pflanzen.

»Ich will wissen, wie es wäre.«

Keine Antwort, die ich verstand.

»Wie was wäre?«

Ich hatte keinen blassen Schimmer, was er meinte. Meinte er, wie es wäre, wenn wir miteinander schlafen würden? Dafür wäre ich sofort bereit.

»Ich will wissen, wie es zwischen uns wäre.«

»Können wir sofort ausprobieren, du müsstest dich nur wieder ausziehen«, trällerte ich.

Er raufte sich die so schon wirren Haare.

»Das meinte ich nicht. Ich meinte eher, wie es wäre, wenn wir zusammen wären.«

Auweia, das waren Worte, die ich erst einmal ankommen lassen musste.

»Hältst du das wirklich für eine gute Idee?«, hakte ich nach, nahm meine Füße auf den Stuhl und zog mein Kleid über meine Beine.

Er zuckte mit den Schultern.

»Das weiß ich nicht. Es beunruhigt mich selbst. Immerhin handelt es sich um dich – die Chaosqueen. Erschreckender Weise will ich mehr an deinem Leben teilhaben.Ich will herausfinden,

ob du und ich so wären, wie Torben uns sieht.«
Ich war so entsetzt von seinen Worten, dass ich mich beinahe
an meinem Kaffee verschluckte.
»Keine gute Idee. Und was heißt: ›Immerhin handelt es sich
um dich, die Chaosqueen?‹«, fragte ich aufgebracht.
Er lächelte sanftmütig.
»Dein Kühlschrank ist leer und ich hatte recht: Die Milch war
nicht mal mehr flüssig. In deiner Spüle stand Geschirr, das bereits
lebte. Deine Dusche kann man nicht nutzen, weil sie als Kleider-
ständer dient. An deinem Esstisch kann man nicht essen; der ist
viel mehr Ablage als alles andere. Brauchst du noch mehr?«
Seine Worte ließen mich rebellieren.
»Nein, danke. Ich habe es verstanden. Meine Kleider hängen
im Bad, weil ich sie dann nicht bügeln brauche. Wasserdampf
tut es auch. Ich nutze die Dusche eben nicht – ich dusche in der
Wanne.«
Er unterbrach mich mit einem Schnaufen.
»Wie hast du das denn bisher gemacht?«
»Blödi. Ich war noch nicht fertig. Ich brauche keinen gut ge-
füllten Kühlschrank, denn ich verköstige ganz selten jemanden
bei mir zu Hause, und ich esse selten daheim. Das Geschirr in
meiner Spüle kann noch nicht gelebt haben – es stand erst seit
zwei Tagen da. Mein Chaos geht dich nicht das Geringste an«,
verteidigte ich mich.
Mein Blick war auf den Sonnenschirm gefallen. Er war auf-
gespannt, dabei hatte ich das seit Wochen nicht mehr hinbekommen und war davon ausgegangen, dass ich einen neuen Schirm
brauchte.
»Danke, dass du meinen Sonnenschirm repariert hast«, würgte ich hervor.
»Bitte, gern geschehen. Du hast recht, dein Chaos geht mich
nichts an und es stört mich nicht. Ich habe lediglich geantwortet,
weil du Chaosqueen erklärt haben wolltest.«
»Pfff, dafür waren deine Ausführungen aber sehr detailliert.«
Ich wusste noch nicht, ob ich beleidigt war von seinen Worten
und angelte mir seine Zigaretten vom Tisch.
»Herrje, Piet. Warum konntest du deine Gedanken nicht für
dich behalten?«
Meine Finger spielten mit seinem Feuerzeug. Normalerweise

rauchte ich erst abends, aber gerade war mir das egal. Ich war aufgewühlt und brauchte etwas, was mich etwas ablenkte.

»Du hast mich gefragt. Ohne deine Frage hätte ich geschwiegen«, antwortete er ruhig.

»Ja, aber du hättest dir spontan irgendwas anderes einfallen lassen können, statt auszusprechen, was dir durch den Kopf geht!«

»Sei nicht so zickig!«

»Doch, muss ich aber, denn wo sollte uns das denn hinführen? Ich erkläre das ganz gewiss nicht meiner Mum und ich ziehe auch nicht in dein Kaff. Unsere Freundschaft würde kaputt gehen, weil jede Affäre irgendwann endet. Mehr als eine Affäre würde das zwischen uns nicht werden, weil ich im Gegensatz zu dir jemanden suche für das Gesamtpaket. Den Jackpot! Ich will alles!«, erklärte ich ihm aufgebracht.

»Was meinst du mit dem Gesamtpaket?«

Ich sah die Fragezeichen regelrecht in seinen grauen Augen aufleuchten.

»Was wohl? Ich will gerne irgendwann heiraten und Kinder haben. Wenn wir was zusammen anfangen, dann werde ich womöglich nichts mehr davon verwirklichen können, weil ich mit dir an meiner Seite nie einen Kerl kennenlernen werde.«

»Wer sagt denn, dass ich das nicht auch will?«

Ich starrte ihn ungläubig an. Sicher verarschte er mich gerade.

»Klar, ganz sicher. Du hast mit Feni über zwanzig Jahre verbracht und sie nicht geheiratet, obwohl sie das gerne gewollt hätte.«

»Ich will nicht heiraten, weil es jemand von mir fordert. Komm runter, Mia, und denke nach. Ich kenne dich nur suchend. Was, wenn du gar nicht suchen musst, weil wir uns bereits kennen. Irgendwas verbindet uns, sonst würden wir uns nicht seit Jahren verstehen. Lass uns doch einfach herausfinden, was das ist.«

Gott, meinte er das ernst?

»Du spinnst. Du spinnst total. Das Sofa wäre doch eindeutig die bessere Alternative für dich gewesen«, fuhr ich ihn an.

Er schwieg und schenkte sich Kaffee nach. Ich beobachtete ihn dabei und versuchte, mir vorzustellen, wie eine Beziehung mit ihm wäre. Ganz sicher furchtbar. Er würde ständig versu-

chen, mein Leben in die richtigen Bahnen zu lenken. Obwohl
– fand ich das wirklich so erschreckend? Ich wusste es gerade
nicht. Oder vielleicht ja doch? Ich wollte auf jeden Fall die Gefühle noch einmal spüren, die er letzte Nacht in mir ausgelöst
hatte. Ich war nicht nur befriedigt gewesen, sondern sicher. Außerdem stimmte es, wenn er sagte, dass uns irgendwas verband.
Ich fühlte mich hingezogen zu ihm. Er war heiß für einen alten
Mann. Womöglich sollte ich ihn nicht als alt bezeichnen, denn er
war nicht wirklich alt, nur eben älter als ich.

»Was bedeutet der Schriftzug auf deiner Haut?«, hörte ich
mich fragen.

Ein Lächeln huschte über seine Lippen.

»Möge Licht sein an dunklen Orten, wenn alle Lichter ausgehen.«

What? Brauchte Piet Licht? Was war für ihn Licht? Ich sah
ihn an – die Sonne stand hinter ihm und strahlte. Ich war geblen-
det. In diesem Moment fühlte er sich an wie Licht. Mein Licht.
Verrückt, vollkommen verrückt.

»Unter bestimmten Bedingungen wäre ich dazu bereit, auszutesten, wovon du gesprochen hast«, brach es aus mir raus.

Er hatte eine Augenbraue fragend hochgezogen und musterte
mich mit Spott.

»Unter bestimmten Bedingungen? Das klingt, als hättest du
irgendwas zu verlieren. Was wären denn deine Bedingungen?«,
hakte er nach.

Dabei fielen ihm ein paar wirre Locken ins Gesicht. Ein Anblick, den ich krass mochte. Gleich würde er mit seinen Fingern
wieder für eine klare Sicht sorgen. Gesten, die mir vertraut waren. Ich starrte ihn an, während mein Herz galoppierte.

»Mia, ich warte!«

Ich brauchte noch ein paar Atemzüge und vor allem ein paar
gute Bedingungen.

»Okay, also erstens wirst du nicht versuchen, Ordnung in
mein Chaos zu bringen. Zweitens wirst du dich nicht um mich
kümmern und mich nicht umsorgen. Du füllst nicht meinen Kühlschrank und du bezahlst auch nicht die verdammte Autoversicherung für mich. Dass du das getan hast, habe ich gesehen. Drittens
bleibt das zwischen uns so offen wie möglich. Für den Fall, dass
es nicht funktioniert. Viertens erklärst du das meiner Mum und

deinem Kumpel. Ich höre mir gewiss nicht deren Moralpredigten an. Die nerven mich nämlich. Fünftens sage ich dazu nur ja, wenn ich weiß, worauf ich mich einlasse.«

Er blickte kurzzeitig fassungslos auf mich nieder.

»Piet?«

»Darf ich da was zu sagen?«

Tiefer Atemzug.

»Sicher.«

»Wenn ich hier bin, dann werde ich deinen Kühlschrank füllen, denn ich will nicht hungern. Ob dir das passt oder nicht, ist mir ziemlich egal. Ich bezahle weiterhin deine Autoversicherung, denn ich will, dass dein Auto gut versichert ist und du nicht im Falle irgendeines Falles viel Geld ausgeben musst, was du dann eventuell nicht hast. Darüber diskutiere ich nicht mit dir. Ich werde mich ansonsten nicht in dein Chaos einmischen. Ich werde nichts wegräumen, nichts unaufgefordert reparieren – du wirst mich um Hilfe bitten müssen, dann erledige ich, was immer du willst. Zu drittens. Was heißt so offen wie möglich? Du wirst dich nicht mit anderen Kerlen treffen, wenn du das meintest. Betitel mich als altmodisch; das ist mir egal. Ich stehe nicht auf teilen. Teilen fühlt sich scheiße an und da spreche ich aus Erfahrung. Es wird nur dich und mich geben. Den Dating-Mist löschst du. Du wirst auf deine Sicherheit achten. Keine nächtlichen Spaziergänge mehr nach deinem Kneipenjob. Du wirst Auto fahren und eben nichts trinken können. Paul und Lene werden dir keine Moralpredigt halten, weil sie mir vertrauen und dir ebenso. Aber wenn du willst, dann spreche ich mit den beiden. Was zur Hölle meinst du mit fünftens?«

Ich schmunzelte vor mich hin, weil es sich gerade so anfühlte, als handelten wir Vertragsbedingungen aus.

»Ich fahre nicht mit dem Auto. Das kannst du vergessen. Darüber verhandel ich nicht. Es gibt nachts keine Parkplätze. Ich müsste von dem, den ich bekäme, ebenfalls nach Hause laufen. Meine Dating-Apps sind alle weg, sonst hättest du mich gleich gefunden. *Offen* sollte nicht heißen, dass ich weiterhin daten werde. *Offen* sollte heißen, dass du mich nicht einschränkst oder bedrängst in dein Kaff zu kommen. Ich besuche dich, wann ich es will. Abgesehen davon stehe ich mehr auf Monogamie als auf Bigamie. Dass du mir das allerdings zutraust, finde ich ziemlich unverschämt. Und mit fünftens meinte ich, dass ich mich erst darauf einlassen werde, wenn wir richtigen Sex hatten. Mit dir zu schmusen war krass, also erregend und befriedigend, um bei Worten zu bleiben, die du verstehst. Ich war überrascht, was du zugelassen hast. Aber ich will alles.«

Mein Wortschwall hatte ihn so sehr überfordert, dass ich nur grinsen konnte.

»Du solltest nicht die Katze im Sack kaufen, Piet. Was, wenn ich mich nicht als perfekte Therapiepartnerin für dich eigne?«, provozierte ich ihn.

Er schnalzte mit seiner Zunge.

»Da mache ich mir keinen Kopf. Ich weiß, dass du dich eignest. Das spüre ich jedes Mal, wenn wir uns zu nahe kommen.«

»Ohne fünftens wird das nichts zwischen uns. Deine Entscheidung«, zwitscherte ich.

Einmal Haare raufen und genervtes Stöhnen.

»Hat dir schon mal jemand gesagt, dass du ein kleines, durchtriebenes Miststück bist?«

Ich kicherte ausgelassen.

»Ja, du. Immer dann, wenn ich dich zu Dingen verführt habe, die du lieber unterbunden hättest.«

Er sah auf mein Sektglas. Oh nein, mein Freund, du willst unsere Beziehung zueinander verändern? Dann suche keine beschissenen Ausreden, dachte ich.

»Glaub nur nicht, dass du wieder die Ausrede mit dem Alkohol bringen kannst. Ich bin nicht blau von dem einen Glas Sekt«, stellte ich sofort klar.

Er trank den letzten Schluck aus meinem Glas.

»Gut, wie du willst. Fangen wir eben mit fünftens an. Steh auf und bewege deinen Hintern rein. Ich vögel dich nicht auf dem Balkon.«

Das klang nach einem Befehl, der mir gefiel. Ich stand auf.

»Wieso nicht?«, lockte ich ihn amüsiert aus der Reserve.

»Reiz mich nicht!«, knurrte er und schob mich in meine Wohnung. »Nimmst du die Pille?«

»Safe.«

»Wahrscheinlich vergisst du die sowieso jeden zweiten Tag. Da sollte ich nicht drauf vertrauen.«

»Keine Sorge, ich habe Kondome da. Ich bin nicht bescheuert.«

»Hoffentlich nicht solche Dinger, wie die aus deinem alten Auto.«

Ich sollte genervt sein, aber ich war viel mehr amüsiert.

»Du bist furchtbar, Grufti. Ich kann gerne runter zu meinem Auto gehen und die aus dem Handschuhfach holen, die du gekauft hast oder aber du vertraust mir.«

»Ich vertraue dir.«

Ich öffnete meine Handtasche und hielt ihm kurz darauf ein paar Kondome unter die Nase.

»Du darfst entscheiden welche Farbe dir steht«, kicherte ich.

Er musterte ernsthaft das Verfallsdatum.

»Höre sofort auf, dich aufzuführen, wie ein alter Sack. Sonst wird das sechstens.«

»Vergiss es. Bevorzugst du irgendetwas?«

Ich versuchte kurzzeitig die Worte, die mir auf der Zunge lagen, nicht rauszulassen, aber ich verlor.

»In Anbetracht deines Alters, würde ich Rücksicht auf dich nehmen und wäre auch mit der Missionarsstellung zufrieden.«

Er verdrehte genervt seine Augen.

»Wieso will ich dich eigentlich so sehr? Du bist nervig und unverschämt«, murrte er.

»Genau daran wird es liegen. Du brauchst nervig und unverschämt.«

»Und du jemanden, der dich vögelt.«

Diesmal musste ich ihn nicht betteln, sich auszuziehen. Er tat es freiwillig. Ich entledigte mich meines Kleids und der Unterwäsche in Blitzgeschwindigkeit. Wir standen uns nackt gegenüber. Piet streichelte behutsam meine Wange, sein Daumen streifte meinen Mund. Mit seiner anderen Hand öffnete er meinen Haarknoten. Meine Haare fielen über meine Schultern.

»Du bist wunderschön, besonders nackt. Du hättest mich nie von dir kosten lassen dürfen. Ich werde nicht genug bekommen. Ich habe das immer befürchtet, seit letzter Nacht weiß ich es aber.«

Heilige Scheiße, seine Stimme hatte noch einmal tiefer geklungen. Das allein reichte eigentlich schon aus, um es in mir kribbeln zu lassen, nur der Ausdruck in seinen Augen toppte das Ganze noch: Ehrfurcht und Sehnsucht zu gleichen Teilen. Seine

Hand wanderte von meinem Gesicht über meinen Körper. Meine Haut reagierte empfindsam auf seine sanften Berührungen. Mein Brustbein stand zuerst in Flammen, gefolgt von meinen Brüsten, meinen Flanken, meinem Bauch und schließlich meinem Schamhügel. Die Auf- und Erregung in mir war explosiv. Mein Herz hämmerte gegen meine Rippen. Er beugte sich zu mir runter und saugte sanft an meinem Hals.

»Süße, süße Mia«, murmelte er an meiner Haut.

Sein warmer Atem ließ mich einen Schauer bekommen. Er küsste sich zu meinem Mund, um mich im nächsten Moment so heftig zu küssen, dass ich vor Begierde stöhnte. Ich wollte haben, was mich seit Jahren reizte und ich offensichtlich begehrte. Dass es ihm ebenfalls so ging, spürte ich deutlich fordernd an meiner Haut. Keuchend lösten wir uns voneinander.

»Ich durfte dich heute Morgen viel zu wenig berühren. Deshalb bin ich jetzt dran«, stellte ich besser schon mal klar.

Sein Blick zu meinen Worten hatte in etwa den Ausdruck, als wolle er sagen: Wenns unbedingt sein muss! Fehlte nur noch, dass er knurrte. Das hätte mich allerdings nur noch mehr angefeuert.

»Es wird dir nicht wehtun, versprochen.«

Seine rechte Augenbraue zuckte kurz.

»Wenn du mir weh tust, versohle ich dir nachher den Hintern.«

»Drohung oder Versprechen?«

»Du machst mich wahnsinnig, Mia. Du bist so was von nervig. Musst du immer das letzte Wort haben? Halt doch einfach mal deinen zuckersüßen Mund.«

Ich tat so, als würde ich meinen Mund verschließen, schüttelte meinen Kopf und drückte ihm einen imaginären Schlüssel in die Hand. Danach widmete ich mich ihm.

Er brauchte eine Weile, bis er sich auf mich einlassen konnte. Kontrolle abgeben, war anscheinend etwas, was ihm nicht leicht fiel. Mich erregte es, zu sehen, wie er reagierte, während ich ihn streichelte, küsste, kostete und anknabberte. Von Knurren über Keuchen, Gänsehaut und Anspannung war alles dabei, auch ohne, dass ich mich bisher seinem Schwanz gewidmet hatte. Dafür nahm ich mir Zeit. Seine Größe fand ich beeindruckend und sie machte mich zusätzlich an. Meine Geilheit siegte irgendwann.

Ich leckte über seine Eichel, bevor ich meinen Mund um ihn schloss. Nie im Leben würde das ein Blowjob werden, dem ich gewachsen war. Meine Hand umfasste seinen Schaft und glitt an ihm auf und ab, während mein Mund ihn weiter bearbeitete. Piet fluchte, bevor seine Hand in meine Haare griff. Meine Haare versperrten ihm die Sicht. Ich sah ihn an, während ich fortfuhr. Seine Augenfarbe hatte sich verändert, sie war dunkler, sein Kiefer angespannt. Mein Blick wanderte zu seiner Brust. Ich sah seinen Herzschlag deutlich unter seiner Haut.

»Schluss jetzt«, forderte er.

Seine Stimme klang noch mal kratziger und tiefer. Ich kam nicht einmal dazu, dagegen zu protestieren. Er hatte sich aufgerichtet und sich von mir befreit. Seine Zunge berührte sanft meine Lippen, bevor er mich atemlos küsste. Die Stromschläge, die er damit in mir auslöste, waren gigantisch. Seine Hand hatte sich um meine Brust geschlossen, während seine Finger meine Nippel bearbeiteten.

»Brauchst du den verdammten Schlüssel zurück, damit du wieder mit mir sprichst?«, flüsterte er und sah mir dabei bis in die Seele.

Meine Seele jubelte, weil sie Piet in ihrem Leben haben wollte. Mir war gar nicht bewusst gewesen, dass ich geschwiegen hatte. Anscheinend war dem so. Ich nickte brav. Er tat, als würde er mir etwas in die Hand legen – ich so, als würde ich meinen Mund wieder aufschließen. Das ohne Lachen hinzubekommen, kostete Beherrschung.

»Endlich«, flachste ich.

Piet zwickte mir in den Hintern, bevor er mich vor sich bettete. Sein Mund küsste meine Halsbeuge, während seine Finger zu meiner Mitte wanderten. Ich keuchte, als seine Finger mit meinem Kitzler spielten, ich wimmerte, als ich seine Finger in mir spürte und ich stöhnte, als er langsam in mich eindrang. Er war behutsam und hielt immer wieder inne, um mir Zeit zu geben, mich an seine Größe zu gewöhnen. So rücksichtsvoll hätte er nicht sein müssen, denn es fühlte sich gut an. Er bewegte sich weiterhin langsam und konzentriert, dabei war ich bereit für mehr. Er war voller Anspannung. Meine Hände fuhren in seine Haare. Ich zog seinen Kopf an meinen, um ihm: »Ich will mehr«, ins Ohr zu hauchen. Er bekam Gänsehaut. Seine Anspannung wich. Unsere Körper fanden schnell einen Rhythmus, der uns vorantrieb. Jeder Stoß brachte mich meiner Erlösung näher. Mein Körper glühte, meine Seele glühte. Ich fühlte mich wie im freien Fall. Mein Orgasmus rollte über mich her, wie eine Feuerwalze. Wow, OMG, was war das denn?

»Ist fünftens damit abgeschlossen?«

»Ja, du kannst ruhig zugeben, dass mein Fünftens eine gute Bedingung war.«

»Kann ich. Fünftens ist die einzige Bedingung, die ich nachvollziehen kann«, grummelte er.

Ich lächelte träge an seiner Brust.

»Magst du hören, wozu ich bereit wäre?«

»Noch mehr Bedingungen?«

Tiefes Grollen, wie geil.

»Ich wäre mit sehr viel regelmäßigeren Treffen einverstanden. Also gerne irgendwas zwischen zwei und vier Wochen. Es wird vorerst nichts offizielles. Nur offiziell zwischen dir und mir. Meine Mum und Paul werden davon nichts erfahren. Wenn ich nach Lubkow komme, wohne ich nicht bei dir. Wir werden so tun, als wären wir Freunde, aber ich werde mich so oft wie möglich zu dir schleichen. Ich glaube, das wird sehr reizvoll werden. Wenn das funktioniert und du und ich danach noch immer mehr voneinander wollen, dann gibt es einen Schritt mehr.«

Piet verdrehte seine Augen.

»Wie lange soll das so laufen und was wäre der nächste Schritt?«

»Das klingt so, als würdest du darauf eingehen?«, stellte ich zufrieden fest und küsste seine Brust.

»Ich ziehe es in Betracht.«

»Mein Vorschlag ist, im Gegensatz zu deinem Extremexperiment, wirklich eine viel bessere Lösung. Einer, von dem wir beide etwas hätten. Was muss ich tun, um dich zu überzeugen? Ich kann sehr überzeugend sein.«

Meine Finger streichelten seinen Bauch, sein Schwanz zuckte.

»Ich weiß, dass du sehr überzeugend sein kannst, Süße und mir ist klar, dass ich nicht mehr bekommen werde, als das, was du mir angeboten hast. Darf ich ebenfalls Bedingungen stellen oder soll ich die Klappe halten?«

Sein gespielter mürrischer Blick machte mich glücklich.

»Nein. Sag mir, was du willst. Ich will auf jeden Fall viel fünftens.«

Er drehte mich auf den Bauch. Seine Hände fuhren von meinem Nacken über meinen Rücken zu meinem Po, während seine Lippen zart meinen Nacken küsste.

»Wenn wir uns sehen, wirst du nicht arbeiten. Du wirst dir jedes zweite Wochenende frei nehmen. Ich teile dich nicht mit besoffenen Idioten. Ich komme auch nicht jedes Mal bis nach Dresden, maximal einmal im Monat. Es gibt genug Städte dazwischen und du hast ein super Auto. Ich zahle. Ansonsten bin ich sehr bei fünftens. Auf jeden Fall fünftens«, brummte er unmittelbar an meinem Ohr.

Seine Hand war zwischen meine Schenkel gewandert.

»Wir werden so viel fünftens haben, bis dir ein vernünftiges Sechstens einfällt, Mia.«

Seine fordernde Stimme und das, was seine Finger zwischen meinen Beinen machten, entfachte mein Verlangen erneut.

»Einverstanden«, keuchte ich, richtete mein Becken auf und verlangte nach mehr. Piet ließ sich nicht antreiben. Er spielte mit mir und heizte mir ein, bevor ich ihn erneut in mir spürte. Diesmal fühlte es sich noch intensiver an. Er hatte mich aufgerichtet und hielt mich mit einem Arm fest. Eine effiziente Position. Solange seine Bewegungen kontrolliert waren, konnte ich mich aufrecht halten. Seine freie Hand bearbeitete meine Nippel.

»Du hast keine Ahnung, wie lange ich mir das schon wünsche«, ließ er mich wissen.

Oh doch, die hatte ich sehr wohl. Ich bekam nur leider kein Wort heraus. Jeder Muskel in meinem Körper war voller Anspannung in Erwartung auf die nächste Explosion. Meine Beine brannten und zitterten zugleich. Ich brauchte einen schnelleren Rhythmus, der mich nicht ewig in einem Schwebezustand ließ.

»Piet, bitte«, forderte ich.

Meine Hände suchten Halt an der Wand vor mir. Schon besser. Meine Oberschenkel fanden etwas Entspannung. Piets Hand war von meiner Brust zwischen meine Beine gewandert. Sein Rhythmus war weiter viel zu langsam, während er mich immer mehr reizte. Sein Finger rieb fest und bestimmend über meine empfindsamste Stelle, bis es pulsierte. Mein Unterleib zog sich zusammen – er hielt inne. Mir war noch nie so bewusst gewesen, wie verdammt lange man sich kurz vor einem Orgasmus befinden konnte. Bisher hatte es immer nur *entweder hatte ich einen – oder eben keinen* gegeben. Jetzt fühlte es sich so an, als würde Piet über meinen Höhepunkt bestimmen. Am liebsten hätte ich ihn dafür angeblafft, aber gleichzeitig gefiel mir dieser Gedanke. Im nächsten Moment umfassten seine Hände mein Becken. Meine Spannung entlud sich, sobald er mir gab, wonach ich verlangte, und ging danach gleich über zum nächsten Höhenflug. Meine Nachbarn bekamen heute das Stöhnkonzert ihres Lebens zu hören.

Ich war erschöpft nach dieser Nummer. Seltenheitswert. Hätte ich in den letzten Jahren nur ein einziges Mal erahnt, dass Sex mit Piet eine so unglaublich intensive Erfahrung sein würde, hätte ich mich schon früher viel mehr ins Zeug gelegt, um ihn zu verführen.

»Ich hätte noch eine Bedingung«, holte er mich zurück.

»Welche?«

Meine Stimme klang kehlig.

»Ich werde dir in den nächsten Tagen nachweisen, dass ich keine sexuell übertragbaren Krankheiten habe. Kannst du das bitte auch tun?«

Das war jetzt nicht sein ernst?

»Echt jetzt?«, fragte ich gereizt nach und war sofort auf Abwehr.

»Ja, echt.«

Ich fand das ziemlich unverschämt. Mein Hochgefühl war wie weggeblasen.

»Hast du wirklich Sorge, dass du dir bei safem Sex mit mir Geschlechtskrankheiten zuziehen könntest?«

Am liebsten hätte ich ihn sofort aus meinem Bett geschmissen. In mir brodelte es.

»Ich will keinen safen Sex. Ich mag keine Kondome.«

Oh. Auf den Gedanken war ich gar nicht gekommen. Gab es eigentlich Größenunterschiede bei Kondomen? Darüber hatte ich noch nie nachgedacht. Wenn ja, hatte er vorhin sicher nicht das Verfallsdatum gecheckt. Ich drehte mich zu ihm.

»Ich habe noch nie mit jemandem ohne Gummi geschlafen. Du musst dir keine Sorgen machen«, entgegnete ich ihm.

»Das ist sehr löblich.«

Alter Oberlehrer.

»Okay, Piet. Mit wieviele Frauen hattest du – sagen wir in den letzten zwanzig Jahren – Sex?«

»Dich eingeschlossen?«

»Von mir aus.«

Er dachte nach.

»Nicht mehr als fünf.«

Auweia, dachte ich. Fünf, in zwanzig Jahren. Ich kam in den meisten Jahren auf fünf, gelegentlich auf mehr. Augenblicklich fühlte ich mich unwohl in meiner Haut.

»Ich werde dir nicht dieselbe Frage stellen«, brummte er.

»Das weiß ich. Dafür bist du viel zu anständig, Herr Ruloff.«

»Eben und ich kenne deine Geschichten der letzten Jahre.«

»Darf ich dich was fragen?«

»Normalerweise fragst du einfach, ohne mich vorher zu fragen, ob du das darfst. Was willst du wissen?«

»Hast du Feni nie betrogen?«

»Nein.«

Nichts worüber er nachdenken musste.

»Kannst du dir sicher sein, dass sie dich nie betrogen hat?«

Jetzt dachte er nach.

»Maximal mit Paul.«

Seine Antwort verwirrte mich.

»Was war in den Jahren, in denen Fenja mit Paul zusammen war? Hast du da immer brav gewartet bis du wieder an der Reihe warst?«

Er lachte verbittert auf.

»Nein. Abgesehen davon hat Fenja Paul mit mir betrogen, sobald sie gemerkt hat, dass ich mich ernsthaft für eine andere Frau interessiert habe. Also nehme ich an, dass sie das andersrum genauso gemacht hat.«

What?

»Das ist krank, Piet.«

»Ich weiß«, war alles, was er dazu sagte.

»Eigentlich habe ich mich eben noch für eine Schlampe gehalten, weil ich eindeutig mehr Sexualpartner hatte als du. Aber Fenja ist mit Abstand die größere Schlampe. So was macht man nicht.«

Er nickte und lächelte träge.

»Wäre es für dich okay, auf Kondome zu verzichten, wenn wir beide gesund sind?«, kam er aufs eigentliche Thema zurück.

Ich überlegte kurz.

»Ist das anders? Womöglich wird das eine neue Erfahrung.«

»Heißt das ja?«

Seine Mimik brachte mich zum Lachen.

»Meine Mum hat mir immer gepredigt, dass ich mich nie von einem Kerl überreden lassen soll, es ohne zu tun.«

»Weise Mama.«

»Ich werde sie nachher mal anrufen und nachfragen, ob es ohne Gummi geht, wenn man sich vorher testen lässt und monogam lebt.«

Piet zog mir sanft an den Haaren.

»Dann sag ihr doch gleich noch, dass es sich um mich handelt, dann sagt sie sicher ja.«

»Pah, als wärst du ihr Wunschschwiegersohn«, entfuhr es mir.

»Du kannst dir sicher sein, dass ich Helene tausendmal lieber bin als irgendeins deiner Blinddates.«

Wahrscheinlich hatte er damit sogar recht.

»Gut möglich. Schon alleine deshalb darf sie von unserem Deal nichts wissen. Mein Mum steht auf all den romantischen Kitsch, die schleppt mich sonst in den erstbesten Brautmodenladen und zwingt dich, mich zu heiraten.«

»Oh je, besser wir schweigen.«

Sein Blick hatte etwas Provozierendes angenommen.

»Lass es raus, Piet. Was wolltest du eben loswerden?«

»Ich heirate nicht. Erst recht keine Bedingungen stellende Nervensäge.«

»Gut zu wissen. Denn ich heirate sowieso keinen ständig nörgelnden, alten Kerl.«

»Ich nörgel nicht ständig«, protestierte er.

»Dann bin ich keine Nervensäge.«

»Doch, das bist du.«

Kapitel 10

Piet

Um mit Jacob nach Hause zu fahren, hatte ich einen Abstecher in die Sächsische Schweiz gemacht. Ich wollte meiner Schwester nicht zumuten, ihren Urlaub noch einmal zu unterbrechen, um ihn zurück in die Stadt zu bringen. Evi und Jacob empfingen mich vor ihrer Unterkunft. Hier sah es idyllisch und ruhig aus, viel schöner als in Dresden. Die Felswände im Hintergrund hatten ihren Reiz. Meine Schwester und ihr Mann kamen regelmäßig her. Sie liebten die Landschaft und kletterten mit Leidenschaft.

»Papa, ich bin richtig geklettert, mit Sicherung. Das war so cool«, begrüßte mich mein Sohn.

Keine Info, die mich begeisterte. Evi deutete meinen Blick richtig. Sie sah mich entschuldigend an.

»Das war ungefährlich. Du brauchst mich nicht so böse angucken.«

Sie schaute auf ihre Uhr.

»Reichlich spät, Bruderherz.«

»Tut mir leid, ich bin nicht eher weggekommen.«

Sie drückte mich flüchtig.

»Trotzdem kommst du nicht drumherum, mit uns eine kleine Wanderung zu machen. Einmal Rauensteine. Dein Sohn will dir unbedingt noch den Ausblick zeigen.«

Keine Viertelstunde später liefen wir durch den Wald bergauf. Jacob mit Tom, meinem Schwager, voreweg. Evi und ich folgten ihnen. Meine Schwester beäugte mich neugierig.

»Komm schon, frag mich endlich. Dann wäre das erledigt. Deine fragenden Blicke irritieren mich!«, forderte ich sie auf.

Evi strahlte mich an.

»Wie geht es dir?«

»Gut.«

»Wirst du auf jede meiner Fragen einsilbig antworten?«, fragte sie mich grinsend.

»Was soll ich denn bitte schön auf diese Frage antworten?«

»Ist sie die Frau, die du am Strand geküsst hast, obwohl du vergeben warst? Ich dachte, ich höre nicht richtig. Dir ist klar, dass du damit Klatsch provoziert hast. Du bist der Bösewicht, der seine Frau betrogen hat«, zog sie mich auf.

Mir war klar gewesen, dass meine öffentliche Knutscherei mit Mia vor Wochen nicht unbemerkt geblieben war. Der Inseltratsch hatte mich allerdings bisher noch nicht erreicht. Ich war sowieso nicht empfänglich für Tratsch.

»Das ist mir klar, aber egal. Sollen sie doch tratschen, was sie wollen. Ich habe Fenja nicht betrogen, weil wir zu dem Zeitpunkt gar nicht mehr zusammen waren. Ich bin dir keine Rechenschaft schuldig«, blaffte ich sie ungewollte an.

»Sei nicht gereizt. Ehrlich gesagt, freue ich mich tierisch. Es wurde echt Zeit, dass du die Furie endlich los bist. Ich hoffe, das bleibt so.«

Meine Schwester und Fenja hatten sich nie gemocht, aber Evi war die Einzige meiner Schwestern, die ihre Abneigung hatte ausblenden können und trotzdem Kontakt zu mir gehalten hatte.

»Schon verrückt, dass es anscheinend niemanden gibt, der Fenja mag. Im Grunde tut mir das leid, denn sie ist nicht so schlimm, wie sie wahrgenommen wird.«

Evi lachte auf.

»Oh doch, das ist sie. Du hast das ausgeblendet. Die mag niemand, weil sie furchtbar und grausam ist. Spätestens seit sie Paul vor Gericht gezogen hat, war sie unten durch. Alle kennen Paul, niemand hat ihm zugetraut, dass er absichtlich einen Unfall gebaut hat. Ganz einfach. Schlimm genug, dass ihm danach so viele aus dem Weg gegangen sind. Ein Kind zu verlieren ist grauenvoll, aber Paul die Schuld daran tragen zu lassen und die Art und Weise, wie sie das durchgezogen hat, ging gar nicht. Noch schlimmer ist nur, dass du sie daraufhin getröstet hast, trotz allem, was sie auch dir angetan hat. Das einzig Gute, was Fenja dir je gebracht hat, ist euer Sohn«, vertrat sie ihre Meinung.

»Sie hat mir nichts angetan«, brummte ich.

»Doch. Sie hat dich verletzt. Viele Male. Erzähle mir nicht, das dir das ewige Hin und Her nichts ausgemacht hat. Vielleicht waren die letzten sieben Jahre für dich ruhiger, aber die davor gewiss nicht. Da kannst du sagen, was du willst.«

Ich verstand sie sogar.

»Evi, ich habe es schon Torben gesagt und jetzt sage ich es gerne auch dir. Ich bin noch lange nicht an dem Punkt angelangt, an dem ich eure Kommentare ertragen kann. Ich will Fenja nicht hassen. Das geht nicht und werde ich auch nicht. Ich will, dass wir als Eltern gut für unser Kind da sind. Da ist Hass eine ganz schlechte Voraussetzung.«

Sie tätschelte meinen Oberarm.

»Ich rechne dir das hoch an und ich verstehe dich. Ich will nur, dass du endlich mal glücklich wirst. Du machst das super und ich bin stolz auf dich.«

»Danke.«

Kurz herrschte Stille zwischen uns.

»Wenn man dem Tratsch glauben darf, küsst du Helenes Tochter«, fuhr sie fort.

»Evi!«, warnte ich sie.

Sie lachte ausgelassen.

»Nein, das hat uns Jacob erzählt. Dein Sohn mag sie.«

»Ich weiß. Mia kann super gut mit Kindern umgehen.«

»Kann sie auch super gut mit meinem kleinen Bruder umgehen?«

Sie sah mich fragend an.

»Du bist noch nerviger als sie«, stellte ich klar.

»Dich zu nerven ist mein Job als große Schwester. Ich habe dich immerhin lieb und will mir nicht ständig Sorgen um deinen Seelenfrieden machen müssen. Du hast Glücklichsein mehr als verdient.«

»Ich bin glücklich.«

»Dann ist alles gut. Ich fand sie sehr nett und niedlich.«

Ihre Worte brachten mich zum Schmunzeln.

»Ja, sie ist nett und niedlich«, gab ich zu.

»Wie alt ist sie?«

»Alt genug. Spielt das eine Rolle?«

Ich wusste nicht, weshalb Evi sich für Mias Alter interessierte. Gut, Mia sah jünger aus, als sie war, aber das lag wahrscheinlich an ihren Genen. Helene sah man ihre 53 Jahre auch nicht an.

»In gewisser Weise schon.«

»Na los, dann lass mich wissen, weshalb das eine Rolle spielt?«

»Wäre sie Anfang dreißig, was ich nicht glaube, dann hätte sie das richtige Alter für euch beide. Ist sie Anfang zwanzig, was ich eher annehme, dann wäre es für Jacob nicht so passend.«

Was? Ich verstand nicht, was sie mir damit sagen wollte, und starrte sie dementsprechend verwirrt an.

»Herrje, Piet. Ich rede von Familie. Eine Frau mit zwanzig will noch lange keine Familie und Kinder, eine um die dreißig schon eher. Jacob kommt nächstes Jahr zur Schule. In fünf Jahren kann er mit einem Geschwisterchen nichts mehr anfangen und du wirst auch nicht jünger.«

Aus Verwirrtsein war ein Schockmoment geworden. Was, zur Hölle, ging meiner Schwester denn durch den Kopf?

»Woar, Evi. Stopp, da überspringst du aber gerade viel. Ich denke gerade weniger daran, mich fortzupflanzen. Ich will erst einmal herausfinden, ob das, was zwischen Mia und mir ist, überhaupt funktioniert. Aber wenn es dich glücklich macht, Mia ist 27 und sie will den Familienkram.«

Jacob war so fertig, dass er die gesamte Heimfahrt über schlief. Meine Gedanken hatten genug Zeit, um die letzte Woche Revue passieren zu lassen.

Zu Beginn hatte ich mich auf einigen Dating-Plattformen angemeldet, um wieder einen Kontakt zu Mia zu finden. Nichts, was mir leicht gefallen war. Ich hatte keine Ahnung, welche Apps sie nutzte, noch was ich Passendes schreiben sollte. Auf meine Anzeige hatte ich einige giftige Nachrichten erhalten, mit dem Hinweis, dass ich den Sinn der Apps nicht verstanden hätte. Mir graute vor jeder neuen Benachrichtigung. Als Kat mich angeschrieben hatte, hatte ich Erleichterung verspürt. Mit ihr gemeinsam einen Plan auszuhecken war witzig gewesen und hatte mich zuversichtlich gestimmt. Ich war nach Dresden gefahren, um mit Mia ins Reine zu kommen. Den Kontakt zu ihr hatte ich in den letzten Wochen schmerzlich vermisst. Eine Erkenntnis, die mich überfordert und durcheinandergebracht hatte. Was sich innerhalb weniger Stunden daraus entwickelt hatte, war nicht meine Absicht gewesen und doch auf meinen Mist gewachsen.

Mia war seit mindestens zwei Jahren meine größte Schwäche. Ich genoss diese Spielchen mit ihr. Die Flirts, die Nähe, das Feuer, ihre kleinen Frechheiten. Dass ich sie begehrte, konnte ich nicht mehr abstreiten. Sie war zuckersüß, teuflisch, sexy und viel zu jung für mich. Das war mir sehr bewusst.

Ob es eine gute Idee war, unsere Verbindung zu verändern,

wusste ich nicht. Womöglich würde das in einem Desaster enden. Aber gerade fühlte sich der Gedanke, sie bald wieder zu sehen, gut an. Mia zu berühren war wie eine Erlösung gewesen – eine, auf die ich viel zu lange gewartet hatte.

Solange Fenja in meinem Leben war, hatte ich mich unter Kontrolle gehabt. Also meistens. Meine gelegentliche Flucht und die Nähe, die ich mit Mia geteilt hatte, zählte sicher schon als Fremdgehen. Auch wenn ich körperlich nie fremdgegangen war, emotional war ich es.

Erst seitdem Fenja weg gewesen und Mia da war, bekam ich mich nicht mehr unter Kontrolle. Ich hatte versucht, ihr aus dem Weg zu gehen. Nur deshalb war ich bei der DLRG eingesprungen, als sie Verstärkung benötigt hatten. Leider konnte ich ihr selbst da nicht entkommen, denn sie war jedes Wochenende mit am Strand gewesen. Immer gut in Sichtweite und immer in ihrem viel zu knappen Bikini. Irgendwann hatte ich mich dabei erwischt, dass ich statt aufs Meer, sie angestarrt hatte – nicht ohne dabei Erregung zu verspüren.

Der Cut danach, die Gewissheit, dass ich sie verletzt und vertrieben hatte, sie sogar unseren Kontakt abgebrochen hatte, hatte sich schlimmer angefühlt als die Trennung von Fenja – was komplett bescheuert war, weil Fenja mein gesamtes bisheriges Leben bestimmt hatte, im Gegensatz zu Mia.

Seit Donnerstag fühlte ich mich bei mir selbst angekommen. Heute war Sonntag. Die letzten Tage waren vollkommen surreal gewesen. Gestern hatten wir Mias Schlafzimmer nur verlassen, weil wir irgendwann Hunger hatten. Am Abend hatte sie sich krankgemeldet. Ich hatte nicht einmal dagegen protestiert, denn ich wollte jede Minute zwischen uns auskosten.

Mia fühlte sich an wie die Sucht, der ich nachgegeben hatte und von der ich nun nicht genug bekam. Ihre Lust zu bändigen war gleichermaßen Höhenflug und Herausforderung. Keine Ahnung, wann ich zum letzten Mal so viel Sex und Zuneigung an einem einzigen Wochenende gehabt hatte. Wahrscheinlich lag das Jahre zurück. Ich spürte Mia noch immer deutlich auf meiner Haut.

»Ich würde offiziell bestätigen, dass du therapiert bist. Funktioniert alles bestens«, hatte sie heute Morgen geträllert.

»Du musst nichts offiziell bestätigen.«

Sie hatte mich glücklich grinsend angesehen.

»Schade. Solltest du jemanden brauchen, dann lass es mich wissen.«

»Geht klar.«

Nur widerwillig hatte ich ihr Bett verlassen. Meine Schwester hatte schon mehrfach nachgefragt, wann ich denn in Wehlen sein würde.

Kaum dass ich das Badezimmer verlassen hatte, war Mia nur in Tanga und meiner Kette um ihren Hals vor mir rumgetänzelt.

»Die steht mir«, hatte sie mir erklärt. »Ich behalte die als Pfand.«

Meine Aufmerksamkeit hatte weder meiner Kette noch ihren Worten gegolten, sondern viel mehr ihrer Nacktheit und wie sie damit umging. Als wäre es das Natürlichste auf der Welt.

»Sehen wir uns übernächstes Wochenende?«, hatte sie mich aus meinen Gedanken gerissen.

»Ich versuche, Freitagvormittag loszukommen.«

Ihre Antwort war ein Jauchzen gewesen.

»Super. Freitag muss ich aber sicher arbeiten. Spielst du meinen Bodyguard?«

Provozierendes Grinsen.

»Meine Bedingung war, dass du freinimmst. Halte dich besser daran, sonst werde ich dich das gesamte Wochenende über umsorgen und dir beibringen, wie man seine Post sortiert.«

Lachen.

»Keine Angst, ich nehme mir frei. Schon alleine, weil ich dich für mich haben will. Wird es deinen Kumpels auffallen, wenn ich mir deine Kette ausleihe? Wirst du dir Ausreden einfallen lassen müssen?«

»Ich glaube kaum, dass mich einer so genau ansieht.«

»Du bist quasi nackt ohne sie und ihr habt alle drei denselben Anhänger. Das finde ich voll sweet. Ihr seid wie Hanni und Nanni, nur zu dritt. Symbolisiert der Anhänger eigentlich irgendwas? Was Männliches, wie: Ich bin Jäger?«

Ihre Finger hatten den Anhänger umschlossen, während sie herausfordernd zu mir aufsah.

»Eher nichts dergleichen.«

»Schade.«

Schmollmund.

Kurze Zeit später hatte sie mir einen Zettel in die Gesäßtasche meiner Jeans gesteckt.

»Was steht da drauf?«

Sie hatte mich zuckersüß angestrahlt.

»Die Bedingungen. Nicht, dass du die vergisst. Kann ja sein, dass du schon etwas dement bist. Ich kenne mich nicht so sonderlich gut aus mit alten Männern.«

Meine Hand war schwungvoll auf ihrem Knackarsch gelandet.

»Weißt du, was ich am meisten mag an unserem Deal?«

»Was denn?«

Ihre Hände waren in meine Haare gefahren und zogen meinen Kopf nach unten.

»Ich kann dich küssen, so oft ich will, und du zierst dich nicht.«

Ausgelassen hatte sie mein Gesicht mit Küssen bedeckt.

Ich kam weit nach Mitternacht heim. Jacob hatte ich schlafend an Fenja übergeben. Wieder hatte sie mich gefragt, ob es mir besser ging und mir im Nachgang vorgeschlagen, am nächsten Wochenende mit meinen Kumpels ein paar Stripclubs zu besuchen. Keine Ahnung, wie lange ich ihre „Fürsorge" noch ertragen konnte.

Daheim saßen meine Freunde zusammen im Garten. Sie unterbrachen ihre Gespräche.

»Trinkst du noch ein Glas Wein mit uns?«

Helene sah fragend zu mir auf.

»Von mir aus.«

Ich ließ mich erschöpft auf einem freien Platz nieder. Vier Augenpaare musterten mich.

»Alles gut bei dir? Du siehst fertig aus«, erkundigte sich Charlotte.

»Ja, alles gut. Ich bin nur müde. War ein langer Tag.«

»Bist du dir sicher?«

Charlottes Stimme hatte etwas Mütterliches angenommen. Fuck. Fenja hatte also getratscht. Ich war angepisst und augenblicklich im Verteidigungsmodus.

»Hört mal, das ist alles Quatsch. Ich habe keine Erektionsprobleme. Alles bestens. Ihr braucht mir keine Pornos schenken und ich will keine Stripclubs besuchen«, platzte es aus mir raus. Wieder starrten mich vier Augenpaare an – diesmal fassungslos. Mist. Lene fing sich schnell. Sie schenkte mir ein *Heiliges-Helene*-Lächeln, bevor sie nach meiner Hand griff. »Du musst dich nicht rechtfertigen. War sicher alles ein bisschen zu viel für dich in letzter Zeit.«

Perfekt, jetzt nahmen sie wahrscheinlich alle an, dass ich Probleme hatte. Ich war genervt.

»Hört auf, mich so anzustarren. Ich dachte bei deinem Tonfall eben, dass Fenja dir erzählt hat, dass sie mich impotent gemacht hat«, verteidigte ich mich.

Paul und Torben unterdrückten eine Lachsalve. Arschlöcher.

»Sie hat was?«, kreischte Charlotte amüsiert.

»Fenja nimmt an, dass sie mich impotent gemacht hat, okay? Ich habe das nicht klargestellt, weil sie mich dadurch nicht bekriegt, sondern stattdessen ein schlechtes Gewissen hat und mich in Ruhe lässt. Mir ist es gleich, was sie annimmt, solange ich Frieden habe«, klärte ich meine Freunde auf.

Schallendes Gelächter von Torben, Charlotte und Paul. Lene lächelte.

»Darf ich dich fragen, wieso sie annimmt, dass du impotent bist?«, fragte sie nach.

»Eigentlich nicht. Aber auch egal. Als sie wieder hier aufgetaucht ist, wollte sie unseren Konflikt lösen, wie sie eben immer Konflikte löst. Ging nicht. Ich konnte nicht. Am nächsten Tag wollte sie wissen, ob ich mit Mia geschlafen hätte. Ich habe ehrlich geantwortet und das verneint. Sie wollte wissen, weshalb nicht. Ich wusste nicht, was ich darauf sagen sollte und habe eben nichts gesagt und zack, hat sie angenommen, dass ich eben nicht mehr kann. Danach war sie besorgt und einfach nur nett, und deshalb habe ich sie eben in dem Glauben gelassen. Inzwischen schenkt sie mir allerdings Pornos und fordert mich auf, mit euch in Stripclubs zu gehen. Ich dachte eben, dass sie einen von euch eingeweiht hat und ihr deshalb so besorgt nach meinem Befinden fragt. Das ist alles.«

Torben und Paul bekamen sich kaum ein vor Lachen.

»Piet, wir helfen dir wirklich wahnsinnig gerne. Nächstes Wochenende also Pornoschuppen für uns drei«, japste Paul.

»Sorry, Schatz, aber Piets Probleme gehen vor«, ergänzte er

und wandte sich damit an seine Frau.

»Da die angeblich aber nicht vorhanden sind, bleibt ihr alle schön brav daheim«, gluckste Charlotte.

Helene war die Einzige, die sich weniger amüsierte. Auf ihrem Mund lag wieder das Lächeln, mit dem ich schwer umgehen konnte.

»Wir waren besorgt, weil dich keiner von uns erreichen konnte. Mehr nicht. Abgesehen davon siehst du müde und erschöpft aus«, klärte Helene mich auf.

Dass ihre Tochter dafür verantwortlich war, behielt ich besser für mich.

»Ich bin müde und erschöpft. Ich musste heute wandern und stundenlang Auto fahren.« Ich trank mein Weinglas in einem Zug aus. »Ich muss in mein Bett. Gute Nacht.«

Kaum war ich aufgestanden und ein paar Schritte entfernt, räusperte sich Torben.

»Hat Mia dir verziehen?«, hörte ich ihn fragen.

Ich blieb stehen und drehte mich wieder zum Tisch um.

»Was?«

Torben grinste mich hinterlistig an.

»Du hast mich schon verstanden. Wir haben mitbekommen, dass es dich fertig gemacht hat, keinen Kontakt mehr zu ihr zu haben.«

Meine Aufmerksamkeit lag auf Helene. Sie sah mich interessiert an.

»Du glaubst nicht wirklich, dass ich meiner Tochter ihr *Piet-rettet-mich-vor-Stalkern*-Ding, abgekauft habe oder etwa doch? Ich bin vielleicht alt, aber nicht blöd. Ich kenne mein Kind. Mia stellt sich nie vor jemanden und nimmt die Schuld auf sich. Selbst wenn sie Schuld hat, schiebt sie jemand anderen vor, statt Fehler einzugestehen. Vor dich hat sie sich aber gestellt. Womöglich, weil sie dachte, damit die Beziehung zwischen dir und Fenja retten zu können. Sowas macht sie nicht einfach so. Ihr kennt euch besser als von uns allen angenommen. Du hast mich in den letzten Wochen zweimal nach ihr gefragt, woher ich also weiß, dass ihr keinen Kontakt mehr hattet. Du bist Tabu-Thema, wenn ich bei ihr nachgefragt habe. In deinem Status von Donnerstag waren Bilder aus Kleinwelka. Du hättest mich aus deinem Status nehmen sollen. Kleinwelka ist Dresdner Umland. Ich nehme an, dass du meine Tochter besucht hast, um das, was schief lief, wieder gerade zu rücken.«

Ich wusste nicht, was ich darauf sagen sollte. Helene kannte sowohl ihre Tochter als auch mich ziemlich genau. Ich hatte Mia versprochen, zu schweigen, aber meine Freunde zu belügen ging nicht.

»Piet?«, hakte Helene nach.

»Sie hat mir verziehen. Wir sind wieder Freunde«, würgte ich heraus und ging.

Torben machte Kussgeräusche hinter mir.

»Freunde, geht klar.«

Ich hob meinen Arm und zeigte ihnen den Mittelfinger.

»Ich hoffe, du weißt, worauf du dich einlässt. Vom Drachenzähmer zum Löwendompteur!«, rief mir Paul hinterher.

»Fick dich.«

Hoffentlich lief jetzt nicht jedes Zusammentreffen zwischen uns so ab wie eben.

Erst als ich in meinem Bett lag, nahm ich mein Handy zur Hand. Die Nachrichten meiner Freunde markierte ich, wie schon die Tage zuvor, als gelesen. Mias öffnete ich.

Mia: Bist du gut heimgekommen?

Mia: Ich habe ein neues Fave von uns beiden. Magst du es sehen?

Mia: Danke für das Wochenende. Phenomenal. Wer hätte das gedacht? Du hast dich freiwillig ausgezogen!!! Nice. Wehe du träumst nicht von mir, sonst müssen wir daran noch arbeiten. xd

Ich wusste, dass Mia noch wach war. Sicher war sie sogar noch nicht mal daheim, also antwortete ich ihr.

Piet: Bin daheim und kurz davor einzuschlafen. Keine Angst, ich werde von dir träumen, Prinzessin. Schick mir dein Fave. Ich nehme an, du meinst damit ein Foto. Wehe du hast mich ohne mein Wissen fotografiert. Sowas macht man nicht.

Sie antwortete sofort.

Mia: Man(n) vielleicht nicht. Ich schon. Konnte nicht widerstehen.

Es folgte ein Foto. Eins, auf dem wir beide halbnackt zu sehen waren. Ich schlafend. War ja klar, sonst wäre ihr so ein Foto nie gelungen. Sie lag strahlend dicht neben mir. Keine Ahnung, wie sie es hinbekommen hatte, dass man uns beide bis zur Taille darauf sah.

Mia: I love it. Das nächste noch mehr.

Oh Gott, wer weiß, was sie mir als Nächstes schickte? Es war ein Bild von ihr aus derselben Perspektive, aber darauf lag sie mit geschlossenen Augen auf meiner Brust, ihre Hand wieder in meiner, als hätte man uns beide schlafend fotografiert. Ich wollte unbedingt wissen, wie sie das hinbekommen hatte.

Piet: War Knutsch-Kat da, um Fotos zu machen?

Mia: Wäre Kat dagewesen, hätte ich dich geweckt, um dir einmal zu zeigen, was wir nach Partys in meinem Bett treiben. Du hättest sogar mit machen dürfen. Btw, stehst du auf Dreier? Dir ist klar, dass ich scherze? Ich kann nicht teilen. Meine Lampe war das Stativ.

Piet: Danke für die Info. Die Lampe kommt weg. Wehe du zeigst die Fotos jemandem.

Mia: Gib zu, dass die gut sind.

Piet: Ja, Nervensäge.

Mia: Bin gleich daheim. Wenn du noch wach genug sein solltest, könntest du mir noch einen Gefallen tun.

Piet: Welchen?

Mia: Denk nach!!!!

Mir fiel nichts ein.

Mia: Für VC-Sex bist du sicher noch nicht bereit. (Wirst du aber irgendwann.) Wir könnten klein anfangen. Altmodisch, passend für dich. Telefonsex. Ich wäre deine Hotline.

Kapitel 11

Mia

Zwei aufregende, lange Wochenenden lagen hinter uns. Das letzte hatten wir in Berlin verbracht. Das Berliner Nachtleben war krass. Dagegen war Dresden ein Dorf. Wir waren von einem Club in den nächsten gezogen. Dass man mit Piet perfekt feiern konnte war nichts Neues, nur die Intensität, mit der wir es jetzt taten, war neu. Wir waren von der letzten Location direkt ans Frühstücksbuffet unseres Hotels gewechselt, bevor wir erschöpft eingeschlafen waren. Den Nachmittag hatten wir im Bett verbracht, in Zweisamkeit. Piets Wortwahl. Etwas, was sich immer wieder besonders, aufregend und anders anfühlte, als ich es bisher gekannt hatte.

Bisher war Sex eben Sex gewesen, etwas, was mir Spaß gemacht und mich befriedigt hatte. Ich war dabei ebenso egoistisch gewesen wie die Typen, mit denen ich geschlafen hatte. Piet war nicht egoistisch. Gelegentlich dominant, das ja, aber seine Priorität lag immer auf mir. Mit ihm kamen zu jedem Höhepunkt Gefühle hinzu. Er war so aufmerksam, dass es in mir vor Aufregung anfing zu kribbeln, sobald er mir zu nah kam. Das war etwas, was mir wahnsinnig gefiel.

Ich hatte seit sechs Wochen jedes zweite Wochenende den Himmel auf Erden. Unvorstellbar.

Heute war ich zum ersten Mal wieder nach Lubkow gefahren. Eigentlich war dieses Wochenende nicht unseres, aber Piet hatte Geburtstag, den Vierzigsten. Den wollte ich nicht verpassen. Ich war gespannt, wie es sich anfühlen würde, wenn Piet und ich so taten, als wären wir Freunde.

Der Sommer war beinahe vorbei, es war Anfang September, aber gerade heute noch einmal richtig warm. Meine Mum wollte sofort an den Strand.

»Ich freu mich, dass du da bist, Schätzchen. Du warst bei deinem letzten Besuch so fluchtartig weg, dass ich dich nicht einmal verabschieden konnte.«

Ihr Blick zeigte mir, dass sie das gekränkt hatte.

»Tut mir leid. Ich wollte einfach nicht im Weg stehen bei der Diskussion des Tages«, entschuldigte ich mich.

Sie lächelte.

»Schon klar. Versteht ihr zwei euch wieder?«

»Meinst du Feni und mich?«

Ich tat unwissend und unschuldig.

»Ich dachte eher an dich und Piet.«

»Ach so, ja klar. Mit Feni wird das eher schwieriger.«

Mum lachte.

»Jap, Feni wird sicher nicht mehr deine Freundin werden «

»Wie schade. Dabei mochte ich sie so sehr«, tönte ich voller Ironie.

»Klar, so sehr, dass du dir Piet mit ihr teilen wolltest.«

Ich stöhnte.

»Wir sind Freunde, mehr nicht.«

Jetzt war ihre Stirn in Falten gezogen.

»Erzähle das dem Weihnachtsmann. Freunde küsst man nicht so, wie ihr euch auf Fenis Beweisfotos geküsst habt. Leugnen ist vollkommen zwecklos.«

»Ich leugne nicht, dass ich Piet ab und an geküsst habe, aber alles andere, was ihr uns unterstellt schon.«

Sie atmete ein paar Mal tief durch.

»Dass du uns ausgerechnet an dem Wochenende besuchen kommst, an dem Piet Geburtstag hat, ist dann wohl eher reiner Zufall?«

Sie warf mir einen prüfenden Blick zu.

»Echt jetzt? Piet hat Geburtstag? Das hättest du mir ruhig sagen können. Dann wäre ich an einem anderen Wochenende gekommen. Ich habe nicht mal ein Geschenk. Voll peinlich.«

Mum lachte schallend.

»Alles klar. Dann seid ihr eben befreundet mit gelegentlicher Kuss-Option. Ich frag nicht weiter nach. Spielt einfach ein bisschen für uns. Wir werden schweigen, euch beobachten und nachher lästern«, japste sie.

»Wenn es das ist, was euch alten Leuten Spaß macht, dann bitte.«

Charlotte erwartete uns bereits am Strand. Sie war inzwischen so sehr schwanger, dass ihre Murmel so aussah, als würde sie bald platzen.

»Hey Mia, schön, dass du endlich da bist und mit dir der Picknickkorb. Ich hatte schon Angst, verhungern zu müssen«, begrüßte sie mich.

»Du bist schon so wahnsinnig dick, Lotti, für dich gibt's kein Picknick.«

Sie zog einen Schmollmund und sah meine Mum an.

»Deine Tochter ist frech.«

»Ich weiß, ignoriere sie einfach. Gibt genug Leckereien für euch.«

Ich schaute hinaus aufs Wasser. Torben hatte Mathilda auf seinem Surfbrett sitzen und schob sie durch die seichte Ostsee. Neben ihm versuchte Jacob auf ein Brett zu klettern, weiter hinten entdeckte ich die Profis. Mit Sicherheit Paul und Piet.

»Mia...«

Jacob kam auf mich zu gerannt und fiel mir, so nass wie er war, in die Arme.

»Du bist pitschnass, kleiner Frosch. Schön dich zu sehen.«

Ich drückte ihn an mich.

»Hast du gesehen, dass ich auf dem Board stehen kann?«

»Klar, du bist sicher auch bald ein Profi.«

»Willst du es auch mal versuchen?«

Seine blauen Augen strahlten mich auffordernd an.

»Besser nicht. Du würdest dich schlapp lachen.«

»Ich mag schlapp lachen.«

Schon klar.

Er zeigte aufs Meer.

»Da hinten sind Papa und Paul.«

Ich blickte seinem Finger nach.

»Das dachte ich mir schon. Dein Papa ist sicher der mit dem bunten Anzug und Paul, der in schwarz«, witzelte ich.

Jacob kicherte.

»Umgedreht. Papa würde nie bunt anziehen.«

Ich tat verwundert. Sein kleiner Körper schmiegte sich an mich.

»Willst du ein Geheimnis wissen?«, fragte er.

»Dann ist es doch aber kein Geheimnis mehr.«

Er dachte über meine Worte nach.

»Doch, du darfst es nur nicht Papa erzählen«, kam kurze Zeit später über seine Lippen.

»Versprochen. Schieß los.«

»Ich habe für Papa einen Traumfänger gebastelt. Den schenke

ich ihm morgen. Der ist in Papas Lieblingsfarbe. Nur schwarz, mit schwarzen Federn und Licht.«

Er war stolz auf sich. Wie niedlich.

»Wow, sieht sicher cool aus. Da wird er sich freuen. Sind Traumfänger nicht gegen Albträume?«, fragte ich nach und überlegte, was wohl Albträume bei Piet auslösen würde. »Hat dein Papa denn Albträume?«

Jacob zuckte mit den Schultern.

»Wenn ich da bin nicht. Aber vielleicht in der Woche, wo ich bei Mama bin.«

Nein, zumindest an den Wochenenden hatte er keine, amüsierte ich mich still.

»Was schenkst du denn Papa?«

Neben uns hüstelte Charlotte.

»Mia schenkt deinem Papa sicher einen Kuss.«

Jacob sah zu mir auf und verzog sein Gesicht.

»Ihhh, das ist ja eklig«, kreischte er. »Das machst du nicht wirklich?«

Fragender Blick

»Nein, Lotti spinnt. Ich verschenke keine Küsse. Küssen tu ich nur dich, du kleiner Frosch.«

Ich bedeckte Jacob mit Küssen. Er quiekte und versuchte zu fliehen. Ich kitzelte und küsste ihn weiter, bis er sich lachend im Sand suhlte.

»Küss mich weiter!«, forderte er mit seinem Grübchengrinsen.

»Kannst du gerne haben.«

Ich tobte mit ihm am Strand entlang, ließ ihn flüchten, fing ihn wieder ein, küsste und kitzelte ihn, bis er irgendwann liegen blieb.

»Was schenkst du Papa wirklich, Mimi?«

»Was wünscht sich dein Papa denn am meisten?«

Er dachte nach und wurde rot.

»Mama hat gesagt, dass Papa sich dich wünscht. Da war sie aber gerade stinksauer, deshalb stimmt das sicher nicht.«

»Weshalb war sie stinksauer?«

»Wegen meinem Traumfänger. Mama wollte die Bastelsachen nicht kaufen, nicht für Papa.«

Oh mein Gott. Wie um alles in der Welt hatte sie so etwas vor ihrem Sohn sagen können? Der Zwerg tat mir leid. Ich legte mich neben Jacob.

»Ich bin mir sicher, dass dein Papa deinen Traumfänger lieben wird. Du weißt hoffentlich, dass er jede deiner Mühen wert ist und die auch zu schätzen weiß. Erwachsene sind manchmal echt schwierig zu verstehen. Ich verstehe meine Mutter auch nicht immer.«

Er hatte sich auf seinen Bauch gedreht, seinen Kopf auf seine Hände gestützt und sah mich mit großen Augen an.

»Echt jetzt? Aber du bist doch auch erwachsen.«

»Das schon, aber für Eltern bleiben selbst erwachsene Kinder immer Kinder. Mutter bleibt auch immer Mutter, selbst, wenn man groß ist.«

»Und Papas auch?«

Was für eine Frage?

»Sicher. Für Papas gilt das genauso. Deiner ist total klasse.«

»Paul auch«, hörte ich ihn sagen.

In dem Moment realisierte ich, dass Jacob annahm, Paul wäre mein Vater. Ein Gedanke, der mich zum Lächeln brachte.

»Ja, Paul ist auch klasse, aber nicht mein Papa.«

»Nein?«

Er schaute mich irritiert und gleichzeitig interessiert an.

»Paul ist 40, ich werde nächsten Monat 28. Er kann also nicht mein Papa sein. Meine Mama hat Paul erst kennengelernt, als ich schon groß war. Mein Papa lebt, wie ich, in Dresden. Meine Eltern waren immer getrennt«, erklärte ich ihm.

»Und warst du deshalb traurig?«

»Bist du traurig?«

Er sah mich an und ich spürte, dass er unglücklich war.

»Manchmal«, gab er zu.

Mein Herz lief kurzzeitig über.

»Komm her, Süßer. Lass dich drücken. Ich verrate dir, was cool ist an getrennten Eltern.«

Er legte sich auf mich.

»Was ist cool?«

Ich musste selbst erst einmal darüber nachdenken.

»Cool ist, dass man an seinem Geburtstag doppelt so viele Geschenke bekommt. Man fährt zweimal in den Urlaub und man hört keinen Streit zwischen Erwachsenen. Wenn man Glück hat, bekommt man einen zweiten coolen Daddy dazu. So wie ich Paul.«

»Hast du auch noch eine zweite Mama?«

»Ja, klar. Ich habe sogar noch eine kleine Schwester dazu bekommen. Valerie ist vier.«

»Valerie kenne ich nicht«, stellte er fest.

»Ja, sie war ja noch nie hier.«

Kurzes Schweigen.

»Hast du Paul gleich lieb wie deinen Papa?«

»Ganz ehrlich? Paul mag ich sogar ein klein wenig mehr, weil er meine Mama glücklich macht.«

»Ich mag keinen anderen Papa mehr als meinen.«

»Das kann ich verstehen. Ich mag deinen Papa auch sehr.«

Ein Lächeln erhellte sein süßes Gesicht.

»Dann kannst du ja meine zweite Mama sein.«

Ach du liebe Güte, was hatte ich denn jetzt wieder angerichtet?

»Das behältst du lieber für dich. Ich wollte nur sagen, dass du nicht traurig sein musst. Nie. Deine Mama und dein Papa lieben dich nämlich beide sehr und werden immer dafür sorgen, dass es dir gut geht.«

»Was schenkst du Papa?«, kam er zum eigentlichen Thema zurück.

»Nichts besonderes. Ich habe ihm eine Flasche Whisky gekauft, weil er den gerne mag.«

Wieder verzog er sein Gesicht.

»Whisky riecht eklig.«

»Ganz deiner Meinung.«

Abseits von uns erklang ein Gong. Jacob sprang auf.

»Gibt Essen. Komm, steh auf!«

Wir liefen zurück zum Strandpicknick. Meine Augen waren auf Piet gerichtet. Er stand noch halb im Wasser und zog sich den Neoprenanzug von den Schultern. Seine Haut glitzerte wieder, Wassertropfen rannen aus seinen Haaren und bahnten sich einen Weg von seinen Schultern über seine Brust. Wäre mir die Anwesenheit der anderen nicht deutlich bewusst gewesen, wäre ich zu ihm gegangen, um ihm jeden einzelnen Tropfen – ganz gleich wie salzig er schmecken würde – von seinem Körper zu lecken. Nächstes Wochenende würde ich auf jeden Fall mit ihm duschen gehen, um das nachholen zu können. Ihn anzusehen ließ es schon wieder kribbeln in mir. Hoffentlich gelang es mir, meine Finger von ihm zu lassen in dieser Runde.

Im nächsten Moment lag ein nasser Arm auf meiner Schulter.

»Hallo Lieblingstochter. Gefällt dir die Aussicht?«

Paul grinste verschmitzt.

»Ja, ganz traumhaft. Nimm deinen nassen Arm von mir, Daddy.« Er machte mich noch nasser, indem er sich hinter mich stellte und beide Arme um mich legte. Sein nasser Neoprenanzug durchweichte die Rückseite meines Kleids.

»Starrst du gerade meinen halbnackten Kumpel an?«, fragte er mich amüsiert.

»Klar doch. Gibt noch interessantere Körper als deinen.«

Er lachte kurz auf.

»Heute wäre er noch jung. Ab morgen hat er das Alter deines Lieblingsdaddys.«

Ich grinste und wusste, dass ich nicht innehalten konnte.

»Oh, dann wird Piet morgen also 56? Für 55 sieht er echt hot aus. Findest du nicht?«, prustete ich und befreite mich von ihm.

Paul griff sich theatralisch an die Brust.

»Du bist nicht mehr meine Lieblingstochter«, tönte er.

»Welch Pech. Gibt ja keinen Ersatz für mich.«

»Pff, du bist ersetzbar. Ärgere deine Mama und mich weiter und wir geben dich zur Adoption frei.«

»Träum weiter. Meine Mum liebt mich, wie ich bin.«

Er küsste meinen Kopf.

»Ich dich auch.«

Den Abend verbrachte ich mit Charlotte und meiner Mum. Wir kreierten eine Geburtstagstorte für Piet. Meiner Meinung nach viel zu farbenfroh, aber ich hielt mich zurück und sagte nichts. Wenigstens war der Fondant schwarz und es gab goldigen Glitzer darauf und drumherum. Charlotte besaß wirklich viel Talent für krass aussehende Torten und Kuchen. Kein Wunder, ohne Talent würde ihr Café nicht laufen.

0:38 Uhr schaute ich noch einmal auf mein Handy.

Grufti: Bist du noch wach?

Mia: Sicher.

Grufti: Ich mag deine Bedingungen nicht. Ich wollte dich den gesamten Nachmittag über berühren und küssen. Das will ich immer noch. Ich kann nicht so tun, als wären wir Freunde. Ich kann nicht einschlafen, wenn ich weiß, dass wir uns so nahe sind.

Mia: Geht mir ähnlich, aber die Herausforderung finde ich prickelnd. Du nicht? Ich würde trotzdem gerne zu dir kommen, sobald ich mich hier rausschleichen kann.

Grufti: Du könntest wild romantisch den Baum zu meinem Schlafzimmer hinaufklettern. xd Oder aber, ich öffne dir die Türe.

Mia: Ich klettere morgen früh aus deinem Fenster. Runter geht sicher leichter. Btw ... Happy Birthday! Fühlt sich 40 steinalt an?

Grufti: Gerade nicht. Gruselig ist, dass ich 53 sein werde, wenn du 40 wirst.

Mia: Auweia, du musst dringend auf andere Gedanken kommen. Ich feiere einfach keine Geburtstage mehr, dann werde ich nicht älter.

Grufti: Dann feiere ich nur noch diesen, bleibe 40 und du 27. Schleich dich endlich aus deinem Turm, Rapunzel, sonst stehe ich winselnd vor deinem Fenster.

Mia: Winseln klingt gut. Das will ich hören.

Eine halbe Stunde später betrat ich zum ersten Mal Piets Haus. Irgendwelche Eindrücke gewann ich nicht. Meine Aufmerksamkeit galt ihm. Wir fielen übereinander her. Das Ergebnis der aufgestauten Entbehrung des Tages.

»Papa...«, wimmerte es neben uns.

Erschrocken stieß ich Piet von mir weg und verkroch mich unter der Bettdecke. Dass Jacob auftauchen könnte, war mir nicht in den Sinn gekommen.

»Hast du was schlechtes geträumt?«, hörte ich Piet fragen.

Jacob schluchzte, bevor er jämmerlich weinte.

»Es ist alles gut, Großer. Ich bin da, komm her.«

Ich spürte, dass er aufs Bett kletterte. Kurze Zeit später hatte er sich etwas beruhigt.

»Kann ich bei dir und Mia bleiben?«, fragte er bebend.

Wenn er sowieso wusste, dass ich da war, brauchte ich mich nicht mehr zu verstecken. Ich angelte nach meinem Kleid. Nackt würde ich mein Deckenversteck nicht verlassen. Jacob klammerte an seinem Papa. Piet sah mich bittend an.

»Klar darfst du das«, antwortete ich.

Ein Lächeln huschte über Jacobs Gesicht, bevor er seinen Kopf an Piets Brust vergrub und uns erzählte, dass in seinem Zimmer eine riesige Spinne wäre, die ihn schon halb verschlungen hätte. Er hätte sich eben noch retten können. Gott, wie niedlich. Piet bot sich an, die Spinne zu vertreiben. Jacob hielt ihn davon ab.

»Nein, was wenn sie dich frisst?«, krächzte er.

Dass er davor Angst hatte, sah ich dem kleinen Kerl deutlich an.

»Dann gehe ich gucken. Ich bin ein Spinnenschreck«, bot ich mich an.

»Die Spinne ist viel größer als du, Mia.«

Ich dachte kurz nach.

»Hm, dann müssen wir eben zu dritt warten, bis es draußen hell wird. Nachtspinnen verwandeln sich bei Tageslicht zu Minimäusen. Dann fangen wir sie ein und werfen sie aus dem Haus.«

Etwas besseres war mir nicht eingefallen. Piet und Jacob sahen mich beide verwundert an.

»Echt jetzt?«, fragte Jacob nach.

Ich nickte und tat allwissend.

»Ich schwöre. Die kommt nie wieder, wenn wir sie einmal als Maus rausgeschmissen haben.«

Piet spielte mit. Er zeigte keinerlei Verwunderung, sondern nickte zustimmend.

»Gut, dass wir Mia da haben, was?«

Jacob sah mich an, als sei ich ein Orakel.

»Mia weiß einfach alles.«

»Sieht ganz so aus.«

Eine Weile lag Jacob schweigend zwischen uns.

»Mia?«

»Ja?«

»Hast du Papa küssen und kitzeln beigebracht?«

Ich wusste nicht, was ich darauf sagen sollte. Anscheinend machte er sich jetzt Gedanken darüber, was ich im Bett seines Vaters machte. Logisch. Keine Normalität.

»Ja, und dein Papa hat schnell gelernt. Er kann das jetzt«, antwortete ich ihm und schmunzelte in mich hinein.

»Das ist super.«

Im nächsten Moment fiel er knutschend über mich her und kitzelte mich dazu. Einmal aufgedreht, dauerte es ewig, bevor er wieder einschlief. Irgendwann schnarchte es leise zwischen uns.

Piet streichelte meine Stirn. Er sah müde aus.

»Du bist wundervoll, Prinzessin. Danke«, flüsterte er.

»Gern geschehen«, gähnte ich.

Piets Müdigkeit und Ruhe schwappten auf mich über. Ich fühlte mich träge.

»Wo bekommen wir bei Tagesanbruch eine Maus her?«

»Wir tun einfach so, als würden wir eine Maus fangen.«

»Er wird die sehen wollen.«

»Dann müssen wir schneller sein als er. Sag ihm einfach, du zeigst sie ihm erst draußen, damit sie dir nicht wieder im Haus entwischt, und dann tust du draußen so, als wäre sie dir aus der Hand gesprungen und davon geflitzt.«

Ein müdes Lächeln lag auf seinem Gesicht.

»Mein schauspielerisches Talent ist mangelhaft. Das nimmt er mir nie im Leben ab«, gab er zu.

»Dann übernehme ich das. Kein Problem.«

Sein rauer Daumen fuhr über meine Lippe.

»Es tut mir leid, Mia, aber...«

»Pst, alles gut. Ich fand die Nacht mit euch beiden super. Ich verschwinde jetzt besser, sonst schlafe ich ein«, unterbrach ich ihn und küsste seinen Daumen.

Er schluckte, bevor er murmelte: »Kannst du bleiben?«.

Ich sah ihm an, dass er sich das tatsächlich wünschte.

»Du hast sowieso einen Geburtstagswunsch frei, also ja, ich kann auch bleiben. Wird dein Mini, sobald er aufwacht, jedem von unserer gemeinsamen Nacht erzählen?«

Auf seine Stirn traten Falten.

»Gut möglich. Ich garantiere für nichts. Vielleicht schweigt er, wenn wir ihm weismachen, dass wir gemeinsam ein Geheimnis hüten müssen.«

Meine Finger glätteten seine Stirn.

»Gemeinsames Geheimnis klingt super.«

Piet richtete sich auf und kletterte über Jacob und mich hinweg. Kurze Zeit später wärmte er meinen Rücken. Sein Arm hielt mich fest.

Ein sanfter Kuss auf meinen Kopf, ein gebrummtes: »Schlaf gut«, und ich schlief ein.

Es fühlte sich nicht befremdlich an, sondern innig.

Ein paar Stunden später entsorgte ich filmreif eine imaginäre Maus. Den restlichen Tag verbrachte ich als Babysitterin. Ich spielte mit Jacob und Mathilda. Mich auf die beiden einzulassen fiel mir nicht schwer und lenkte mich von dem Rummel drumherum ab. Piets Freunde sprangen den gesamten Tag um ihn herum, während immer wieder Leute vorbei kamen, um ihm zu gratulieren. Das fand ich ungewöhnlich.

Ich hatte genügend Zeit, um all die Eindrücke der letzten Stunden zu verinnerlichen. Heute Morgen hatte ich Piets Haus zum ersten Mal wahrgenommen. Sein Reich hatte ich als einziges nie betreten in den letzten Jahren. Nicht einmal, als ich Babysitter für Jacob gewesen war. Was ich gesehen hatte, war einfach nur Wahnsinn. Ich war geflasht von Piets handwerklichem Können. Nichts in diesem Haus war nullachtfünfzehn. Sein Schlafzimmer hatte ich durch ein Ankleidezimmer verlassen – einem Traum von einem Ankleidezimmer: viele offene Schrankelemente, riesige Spiegel, Licht. In der Mitte stand eine Bank, bezogen mit schwerem, dunkelblauem Samt. Die Farbe der Wände und Schränke war aufeinander abgestimmt. Der Großteil der Schränke war leer. Wenn das alles gefüllt gewesen war mit Fenjas Sachen, dann besaß Fenja wahnsinnig viele Klamotten und Schuhe. Piets Seite hingegen war sehr übersichtlich und sehr schwarz.

Im Flur gab es Bilder, die in die Wand integriert waren. Es hingen keine Bilderrahmen an den Wänden; sie waren in der Wand – wie immer man so etwas hinbekam. Ich war begeistert und fragte mich gleichzeitig, wie man die Bilder austauschen konnte. Dass das möglich war, bemerkte ich, weil es auch leere Stellen gab.

Piets Küche war der nächste Raum, den ich betreten hatte. Oh mein Gott – wie krass, war mein erster Gedanke, als mir klar wurde, dass sowohl die Schränke als auch der Tisch aus alten Schiffsplanken gebaut waren. Used-Optik. In den Oberschränken gab es Bullaugen, hinterlegt mit Plexiglas. Dunkelgrauer Steinboden, Schieferarbeitsplatte. Es gab nur eine Sache, die mich irritiert hatte – in seiner Küche sah es so aus, als wäre sie nicht in Benutzung. Alles war penibel sauber. Penetrante Ordnung herrschte auch in seinem Wohnzimmer. Abgesehen davon, war ich aber begeistert. Es gab Regale, die eigentlich Surfbretter gewesen waren, und eine Vitrine aus einer Jolle. Der Oberhammer war allerdings der Kamin. Ein Kamin, durch den man ins nächste Zimmer sehen konnte: Jacobs Zimmer – ein Schiffsbug, inklusive Steuerrad, Schiffsglocke und Koje. Als Kind hätte ich dieses Zimmer nie freiwillig verlassen.

Erst als Fenja auftauchte, waren meine Gedanken wieder im Hier und Jetzt. Sie ignorierte jeden Einzelnen, nur Piet nicht. Ihm gratulierte sie überschwänglich und laut. Ich hörte sie reden und verdrehte die Augen. Jacob hatte sein Spiel kurzzeitig unterbrochen und beäugte die Szene. Kurze Zeit später hörte ich, wie ihre Schuhe wieder über den Hof klapperten. Sie kam näher. Jacob lächelte an mir vorbei.

»Papa fand meinen Traumfänger cool. Wir haben den aufgehängt, am Fenster«, informierte er sie.

»Das freut mich, Schätzchen. Sollte es dir heute Abend zu viel werden, dann sagst du Papa Bescheid. Ich kann dich abholen kommen«, bot sie an.

»Okay.«

Er sprang auf und kletterte in die Hängeschaukel. Gespräch mit Mama beendet, signalisierte das wohl. Fenja blieb neben mir stehen. Ich ignorierte sie, bis sie sich räusperte.

»Ist irgend etwas?«, fragte ich sie.

»Darf ich dich etwas fragen?«

»Sicher.«

Wieder räusperte sie sich.

»Und könntest du mir dabei die Höflichkeit entgegenbringen, mich anzusehen?«

Sie klang gereizt. Ich stöhnte und tat ihr den Gefallen.

»Was gibt's denn Feni?«

Fenja war wie immer top gestylt – in Kleidung, Haar und Make-up. Ich fragte mich, wie diese Modepüppi mit Piets schwarzer

Schlichtheit klargekommen war. Über seinen Kleidungsstil hatten sie laut meines Wissens nie gestritten.

»Konntest du Piet helfen?«, fragte sie mich sehr leise.

Keine Ahnung, was sie meinte? Ich starrte sie entgeistert an, bevor mir klar wurde, was sie mich eben gefragt hatte.

»Oh, du meinst seine Schwierigkeiten? Die wegen des Stresses.«

Fenja wurde rot vor Verlegenheit. Mein inneres Kind grinste glücklich.

»Hm, ganz ehrlich?«, fragte ich.

Sie nickte.

»Ich bemühe mich, aber – ich glaube, wenn wir beide weiterhin daran arbeiten, wird er wieder fit. Du stresst ihn nicht, und ich bleibe ausdauernd und geduldig«, zog ich sie auf.

Ihr entging meine Ironie allerdings.

»Gut, wenn du Tipps brauchst, dann lass es mich wissen. Sei bloß nicht zu dominant, das kann er nicht leiden«, riet sie mir.

»Das ist mir auch schon aufgefallen. Hat er denn irgendwelche Vorlieben, die es mir leichter machen würden?«

Fenja dachte tatsächlich nach. Das sah ich ihr an. Am liebsten hätte ich losgeprustet vor Lachen, aber ich hielt mich zurück. Die Alte hatte wirklich einen schweren Schaden. Hoffentlich nichts, was vererbbar war. Sie musterte mich und zog ihre Nase kraus.

»Er mag Spitzendessous und halterlose Strümpfe, schwarz, nichts billiges. Keine Ahnung, ob du dir so was leisten kannst. War er mit den Jungs unterwegs?«

Dieses Gespräch war kurios.

»Ja, hat nichts gebracht. Nächstes Wochenende könnten wir es mal mit Tiefenentspannung und vielen nackten Brüsten versuchen. Ich habe eine Swingersauna entdeckt. Meinst du, anderen zuzusehen, wird ihm gefallen und animieren?«

Ich klimperte mit meinen Wimpern und kämpfte weiter mit mir. Das Lachen wollte raus.

»Das gefällt ihm sicher. Viel Erfolg«, presste sie heraus, drehte sich um und verschwand.

Ich flüchtete, sobald sie außer Sichtweite war, um ungestört zu lachen. Das war einfach nur verrückt, aber unheimlich witzig.

»Was amüsiert dich Herzblatt?«

Torben stand vor mir.

»Deine Schwester«, japste ich. »Du wolltest, dass ich herkomme, um Piet auf andere Gedanken zu bringen. Sie will, dass ich Piets Impotenz behebe und sie hat mir sogar ihre Unterstützung angeboten. Ist das Familienwahnsinn? Hoffentlich hat Jacob davon nichts abbekommen«, lachte ich.

Torben verkniff sich ein Lachen.

»Wenn Piets angebliche Impotenz meine Schwester davon abhält, ihm den Krieg zu erklären, bleibt er impotent. Kapiert!«, stellte er klar.

»Safe. Mich geht das auch alles nichts an.«

Torben schnaufte und lachte gleichzeitig.

»Ihr könnt uns beide erzählen, was ihr wollt, Herzblatt. Wir wissen, was wir wissen. Piet trifft sich nicht auf einmal jedes zweite Wochenende mit irgendeiner Frau. Wo sollte die herkommen? Er trifft dich. Du bist nicht zufällig heute hier. Das könnt ihr beide so oft leugnen, wie ihr wollt. Uns interessiert viel mehr, warum ihr so ein Geheimnis aus eurer Verbindung macht? Aber wir werden mitspielen und es genießen. Wird ein schwerer Abend für dich, Mia. Wir werden Piet abfüllen und löchern. Du wirst nur zugucken können, um den Schein zu wahren. Steh zu dem, was ihr habt und du wechselst die Fronten.«

Er versuchte, meine Gedanken zu lesen.

»Ich habe nichts mit Piet«, erklärte ich auch ihm.

»Pinocchio bekommt eine lange Nase, wenn er lügt. Du rote Haare.«

Er zog an einer meiner Haarsträhnen.

»Ich habe rote Haare«, wies ich ihn auf meine Haarfarbe hin.

»Das schon, aber gerade sind sie röter geworden.«

Piets Geburtstagsparty fand in einem Pavillon am Strand statt. Catering, DJ, viele Menschen. Nach dem Essen stoppte die Musik. Ich sah mich verwundert um. Neben Piet standen Evi und drei weitere Frauen. Evi räusperte sich etwas verlegen, bevor sie ins Mikrofon sprach.

»Unser kleiner Bruder hat bei seiner Einladung an uns gemeint, wir dürften nur erscheinen, wenn wir uns benehmen und nichts Peinliches veranstalten. Jeder Einzelnen hat er das ausdrücklich gesagt. Wir sind der Meinung, dass wir diesem Wunsch nicht nachkommen werden.«

Allgemeines Gelächter. Piet versteckte sein Gesicht hinter seinen Händen. Diese Szene war ihm also unangenehm, stellte ich amüsiert fest. Mein nächster Gedanke: Vier Schwestern? – Unfassbar!

Inzwischen hatte das Mikrofon gewechselt.

»Du hättest das nicht so ausdrücklich betonen dürfen, Bruderherz. Ihr seid doch hoffentlich alle dafür, dass wir Piet nicht vierzig werden lassen können, ohne das es ein bisschen peinlich wird?«

Grölende Zustimmung. Die Nächste sprach.

»Komm, steh endlich auf und komm zu uns. Wir haben ein paar Spielchen für dich vorbereitet. Du machst brav mit und bekommst im Anschluss dafür ein Geschenk.«

Widerwillig erhob er sich und schaute sich genervt um, bevor er zu seinen Schwestern schlenderte.

»Geht's etwas schneller? Du zögerst es nur heraus, verhindern kannst du es nicht mehr«, lachte die vierte Schwester.

»Ich lade euch nie wieder ein. Das ist euch klar«, brummte Piet, nachdem er vor seinen Schwestern stand.

»Wir kommen auch uneingeladen, Brüderchen.«

»Was soll ich nun machen?«, fragte er grollend nach.

Evi strahlte.

»Zuallererst drehst du dich brav zu deinen Gästen«, wies sie ihn an.

Er gehorchte. Seine Hände fuhren durch seine Haare.

»Wenn er jetzt schon all unsere Aufmerksamkeit hat, finde ich, sollten wir ihn richtig ärgern und ihm gemeinsam ein Geburtstagslied singen.«

Piets Schwestern hatten meine Sympathie. Torben stand auf, alle anderen taten es ihm gleich. Wir sangen zusammen, während Piet so aussah, als würde er sich wünschen, unsichtbar zu werden. Diese Art von Aufmerksamkeit war ihm also unangenehm. Komisch, dabei kannte ich Piet Karaoke singend. Womöglich war das etwas anderes.

»Danke. Ihr habt alle wundervoll schräg gesungen. Davon werde ich Albträume bekommen«, bedankte er sich.

»Ist er nicht ein Sonnenschein? Ist dir bei deinen Gästen bisher eine Gemeinsamkeit aufgefallen?«, fragte die, die als zweite gesprochen hatte.

»Ja. Keiner kann singen und alle haben Freude daran, mir den Abend zu versauen«, konterte er grinsend.

Ich sah mich um. Mir fiel keine Gemeinsamkeit auf.

»Schade, falsche Antwort. Dann fangen wir mal mit dem ersten Spielchen an. Wir wissen alle, dass du sehr geschickte Hände hast, aber – hast du ansonsten auch Geschick?«

»Ich denke schon.«

»Wir werden es testen. Damit du dich nicht alleine zum Affen machen musst, darfst du dir vier Mitstreiter suchen.«

Piet musterte seine Schwestern.

»Wenn sich niemand freiwillig meldet, wähle ich euch.«

»Wir stehen nicht zur Option.«

»Gibt's Freiwillige?«, fragte er.

Jacob rannte sofort zu seinem Papa. Paul und Torben standen ebenfalls auf. Alle anderen sahen betreten weg. Ich feierte innerlich.

»Mia, du machst mit. Von allen die hier sind, bist du doch diejenige, der es am wenigsten etwas ausmacht, sich vor Publikum lächerlich zu machen«, forderte Piet mich auf.

Um mich herum atmete es erleichtert auf, gefolgt von schadenfreudigem Gelächter.

»Für diese Aussage lasse ich dich gleich so alt aussehen, wie du bist. Die Runde wirst du auf keinen Fall gewinnen. Ganz gleich was wir jetzt spielen«, echauffierte ich mich und stand auf.

»Blöde Wahl, Alter. Mia kennt wahrscheinlich jedes Partyspielchen dieser Welt und wird ausreichend Erfahrung haben, um uns alle alt aussehen zu lassen.«

Paul starrte Piet entgeistert an zu seinen Worten.

»So sieht's aus, Daddy. Den Sieg machen Jacob und ich unter uns aus.«

Ich wusste sofort, was wir spielen würden, sobald eine seiner Schwestern Spaghetti in den Händen hielt, eine andere Penne. Jacob sah hilfesuchend zu mir auf.

»Ich soll ohne meine Hände die dicken Nudeln auf die Spaghetti in meinem Mund fädeln und die da drüben wieder ablegen?«, fragte er nach.

»Genau. Das packst du.«

Ich gewann.

Es dauerte noch drei Spiele, bis Piet auffiel, dass jeder Gast schwarze Kleidung trug. Etwas, was mir nicht viel eher aufgefallen war. Dass mein Kleid schwarz war, war reiner Zufall. Ich hatte mich nur dafür entschieden, weil er letztes Wochenende gemeint hatte, dass er mich gerne einmal in schwarz sehen wollte.

»Na endlich. Langsam gehen uns die Spiele aus«, lachte Evi.

»Wieso sollten mir schwarze Klamotten auffallen? Kann ja sein, dass endlich alle Geschmack entwickelt haben«, verteidigte er sich.

»Damit du nachher nicht untergehst, unter deinen geschmackvollen Gästen, bekommst du ein stilvolles Geschenk von uns.«

Er wollte mit dem Geschenk in seiner Hand verschwinden.

»Nichts da. Du packst das jetzt aus, sofort!«

Er öffnete es. Sofort brach Gelächter aus. Ihr Geschenk war ein Hemd. Ein pinkes.

»Los, zieh es an!«, forderte Charlotte.

»Ihr seid fies.«

Der Blick, den Piet seinen Schwestern zukommen ließ, amüsierte mich. Er sah jede einzelne angewidert an.

»Wir finden, dass du jetzt, mit vierzig endlich einmal Farbe in dein Leben bringen solltest«, trällerte Evi und drückte ihren Bruder.

»Oder Farbe bekennen«, ergänzte Torben.

»Ausziehen!«, forderte eine Frau hinter mir.

Innerhalb kürzester Zeit wurde daraus ein Chor. Piet zierte sich, bevor er sich sein schwarzes T-Shirt über den Kopf zog. Widerwillig zog er das pinke Hemd an und tat dabei so, als würde ihm das Schmerzen bereiten.

»Sieht er nicht toll in Farbe aus?«

Es gab Applaus. Ich konnte nur zustimmen. Piets gebräunte Haut und seine schwarzen Haare kamen in Pink besonders zur Geltung.

Ein paar Stunden später, auf dem Weg zum Auto, legte Piet mir seinen Arm um die Schulter.

»Bist du müde, süße Mia?«

Seine Stimme, so nah an meinem Ohr, löste wieder ein Kribbeln in mir aus.

»Nein, du?«

»Kein klitzekleines bisschen. Ich trinke, sobald wir daheim sind, noch Torben und Paul unter den Tisch, damit wir alleine sein können.«

Dass er dazu in der Lage war, wusste ich. Piet vertrug recht viel.

»Darf ich mittrinken?«

»Du darfst alles, was du willst, Prinzessin.«

Piet angetrunken kannte ich selten und nur hier bei ihm daheim. Gingen wir in Dresden aus, trank er ganz selten so viel, dass man es ihm anmerkte.

»Wahrscheinlich werde ich euch alle drei unter den Tisch trinken, denn du stehst schon ziemlich gut im Stoff.«

Er zog seine Stirn in Falten.

»Denkst du, ohne Alkohol hätte ich dieses beschissene Pink den ganzen Abend ertragen können?«

Ich musterte ihn lächelnd. Pink stand ihm. Ganz eindeutig.

»Du Armer. Du musstest dir also dieses Hemd, was dir im übrigen ausgezeichnet steht, schön trinken?«

»Ich musste mir noch ganz andere Dinge schön trinken.«

Er war stehengeblieben und hielt mich fest.

»Ach echt? Was denn?«

Ich tat unwissend.

»Du quälst mich den ganzen Tag. Küss mich endlich. Ist dunkel. Sieht niemand«, forderte er und sah mich flehend an.

»Geht nicht. Wenn ich jetzt damit anfange, kann ich nicht wieder aufhören.«

Er ließ mich los und ging vor mir auf die Knie.

»Bitte, nur einen Kuss.«

Sein bettelnder Blick erheiterte mich nur noch mehr.

»Du bist ziemlich betrunken. Erinnerst du dich? Nicht, dass du mir im Nachgang erzählst, der Alkohol hätte dich zu Fehlentscheidungen verleitet«, neckte ich ihn.

»Wenn du mich nicht küsst, breche ich deine Regel und brülle ganz laut, dass ich dich vögel.«

»Wehe! Du wüsstest, dass du mich danach nie wieder vögeln dürftest«, triumphierte ich und ergötzte mich an seiner Verzweiflung.

»Wärst du wirklich so fies?«, fragte er jämmerlich nach.

Angetrunkener Piet war niedlich. Definitiv. Ich nickte, obwohl ich wusste, dass dem nicht so war.

»Was zur Hölle machst du da?«

Wir erschraken beide über Torbens laute Frage. Piet ließ augenblicklich meine Hand los, stand aber nicht auf. Wahrscheinlich bekam er das nicht hin, ohne dabei das Gleichgewicht zu verlieren. Torben grinste hinterlistig.

»Lene, dass musst du sehen. Piet macht deiner Tochter gerade einen Heiratsantrag!«, brüllte er durch die Nacht.

Piet stand auf.

»Wegen dir Idioten hat sie nein gesagt«, murrte er Torben an und zwickte mir dabei in den Hintern.

»Ich habe nein gesagt, weil du viel zu betrunken bist, Grufti«, spielte ich mit.

»Aber du liebst mich trotzdem, oder? Wenn ich dich später noch einmal nüchtern frage, sagst du ja?«

»Klar. Wovon träumst du eigentlich nachts?«, zog ich ihn grinsend auf.

»Von dir träumt er nachts«, lachte Torben.

»Fuck. Herzliches Beileid. Da hast du ja jede Nacht Albträume«, mischte sich Paul irgendwo aus der Dunkelheit mit ein.

»Dann hat der Traumfänger ja einen Sinn. Er beschützt dich vor Träumen von meiner Tochter. Und jetzt kommt endlich. Ich will nach Hause.«

Kapitel 12

Piet

Die Zeit verflog viel zu schnell. Gefühlt war eben noch Oktober gewesen. Unvorstellbar, dass Mias Geburtstagswochenende, das wir in London verbracht hatten, schon wieder Wochen her war.

Dieser vierzehntägige Rhythmus trieb die Zeit schneller voran. Unsere inoffizielle Wochenendbeziehung fühlte sich erfrischend und aufregend an, dass ja, aber sie zehrte an mir. Jedes Mal, wenn wir uns verabschiedeten, spürte ich den bitteren Beigeschmack. Ich wollte mehr als zwei Wochenenden im Monat.

Mia hatte mir temperamentvoll klar gemacht, dass ich mich nicht an drittens hielt, und sie für ein Sechstens nicht bereit war. Es gab keine große Alternative für Letzteres. Ich hatte nicht vor, Lubkow zu verlassen. Sie liebte ihre Stadt und jede andere, für all die Möglichkeiten, die sich ihr dort boten. Mir selbst einzugestehen, dass Mia recht behielt und zwischen uns nie mehr als eine Affäre zustande kommen würde, fiel mir schwer. Doch ich hatte immer noch Hoffnung auf irgendeine Lösung.

Inzwischen war Dezember. Mein Ventil, nach jedem Wochenende mit Mia, war meine Arbeit. In den Wochen ohne Jacob arbeitete ich meist von früh bis spät abends. Heute kam ich allerdings nicht wirklich voran. Mein Handy klingelte unaufhörlich. Bisher hatte ich die Anrufe meiner Mutter erfolgreich ignoriert, aber inzwischen fühlte ich mich terrorisiert. Widerwillig nahm ich ihren Anruf letztendlich doch entgegen.

»Was gibt's denn, Mutter?«

»Piet, Liebling, du bist schwer zu erreichen. Wärst du heute wieder nicht ans Telefon gegangen, hätte ich dich persönlich aufgesucht.«

Klar, ich war mir sicher, dass sie nicht einmal wusste, wo ich wohnte. Meine Eltern hatten mich in zwanzig Jahren nicht einmal besucht. Ich traf sie selbst nur dreimal im Jahr. Geburtstage und Weihnachten reichten vollkommen aus, um mich wissen zu lassen, dass ich die größte Enttäuschung ihres Lebens war. Ich blendete meine Gedanken aus.

»Weshalb rufst du an?«

»Liebling, ich wollte dich nur daran erinnern, dass bald Weihnachten ist. Gut, dass du in diesem Jahr nicht wieder die furchtbare Bülow-Tochter mitbringen wirst. Wir haben uns sehr gefreut zu hören, dass ihr endlich getrennt seid. Schade nur, dass du so viele Jahre gebraucht hast, um das selbst einzusehen. Wusstest du, dass Marittas Mann letztes Jahr verunglückt ist? Die Arme, hat immer so ein Pech. Wir dachten, dass wir sie ebenfalls einladen sollten. Ihr könntet euch doch wieder annähern. Zieh dir bloß etwas anständiges an, und deinem Sohn auch. Ich schicke dir nachher ihre Nummer. Sie freut sich auf deinen Anruf. Du rufst sie an, hörst du?«, überrumpelte sie mich.

Marittas Namen zu hören reichte bereits aus, um mich zu triggern. Was zur Hölle, sollte dieser Anruf? Ich lachte bitter auf.

»Jacob kommt dieses Jahr nicht mit. Er feiert Weihnachten bei der furchtbaren Bülow-Tochter und seinen netten Großeltern«, antwortete ich gereizt und ergänzte:»Ich werde Maritta nicht anrufen, denn ich habe jemanden, den ich mitbringen werde.«

Das war hoch gepokert, aber ich wollte meine Mutter ebenso an ihre Grenzen bringen, wie sie mich.

»Du hast was?«, fragte sie schrill nach.

Perfekt, Ziel erreicht. Ich grinste triumphierend in mein Telefon.

»Ich habe nicht vor alleine zu kommen«, wiederholte ich meine Aussage für sie.

Ihre Antwort war eine Schnappatmung.

»Oh nein. Du hast dir nicht schon wieder ein neues Problem an Land gezogen? Wer immer die Frau ist, mit der du dich triffst, du wirst sie nicht mitbringen. Du wirst uns ein einziges Mal nicht den Weihnachtstag verderben, wegen der furchtbaren Sorte von Frauen, die du bevorzugst. Tu ein einziges Mal, was wir von dir erwarten!«

Ich hatte jahrelang getan, was man von mir erwartet hatte. Nichts, was ich jemals wieder tun würde.

»Ich werde einfach nicht erscheinen, dann kann ich nichts verderben. Passt das?«

Sie schluckte und schluchzte.

»Piet, nein. Ich möchte dich sehen und dein Vater ebenso. Bringe von mir aus die Frau mit. Hat sie wenigstens Manieren? Bitte, mache es nicht noch schlimmer.«

»Mia hat Manieren. Du wirst sie sicher mögen«, murmelte ich erheitert.

»Du kannst Maritta trotzdem anrufen, Du bist doch quasi ungebunden. So ernsthaft kann deine neue Partnerschaft noch gar nicht sein.«

Ihre Worte machten mich rasend.

»Doch. Sie ist sogar ernsthafter, als die mit der Bülow-Tochter«, log ich sie an, weil mir gerade danach war.

Ich hörte sie wieder nach Luft schnappen.

»Was meinst du damit? Du hast doch um Himmels willen nicht die Dummheit begangen, irgendeine Frau zu heiraten, die wir dazu noch nicht einmal kennen?«

Als wäre es ihnen je wichtig gewesen, jemanden kennenzulernen, der mir wichtig war. Die Vorlage meiner Mutter war einfach zu gut, um sie verstreichen zu lassen. Ich hatte nicht vor, sie zu enttäuschen.

»Doch. Ich brauche eure Erlaubnis nicht. Für keine Entscheidung in meinem Leben. Du lernst sie ja bald kennen«, ärgerte ich sie weiter.

Ihre Retourkutsche folgte.

»Sorge bitte dafür, dass sie etwas dem Anlass entsprechendes trägt und du kannst dir ebenfalls einen neuen Anzug zulegen. Du trägst seit gefühlt zehn Jahren immer denselben. Sollte es am Geld hapern, dann lass es mich wissen.«

Ich wusste nicht, ob mich ihre Forderung amüsierte oder noch mehr auf die Palme brachte.

»Eher würde ich eine Bank überfallen, als euch um Geld zu bitten«, fuhr ich sie an.

»Warum bist du nur immer so unmöglich?«, wimmerte sie.

»Der Apfel fällt nicht weit vom Stamm, Mutter.«

Ich hasste Telefonate mit meiner Mutter. Sie endeten immer gleich. Am Ende weinte sie und ich fühlte mich schlecht.

Nach diesem Gespräch tat ich das, was ich nach jedem Gespräch mit ihr tat. Ich stürmte in mein Haus und setzte die Whiskyflasche an. Whisky reichte nicht annähernd aus. Ich brauchte dringend noch einen Joint. Mein Gras lag nicht, wo ich es üblicherweise aufbewahrte. Ich überlegte, wann ich zum letzten Mal geraucht hatte – mit Mia, nach meinem Geburtstag. Womöglich würde ich es nie wieder finden, wenn Mia es verramscht hatte.

165

Ich trank noch einen Schluck, bevor ich sie anrief.

»Wo ist mein Gras?«, blaffte ich sie an, sobald sie ranging.

»Wie bitte?«

»Mia, wo ist mein Gras?«

Mia prustete ins Telefon.

»Schon mal etwas von einer Begrüßung gehört? Man sagt: Hallo. Oder du eher: Moin.«

Ich schnaufte.

»Moin. Zufrieden? Wo ist mein Gras. Ich brauche das dringend.«

Oh Gott, ich klang jämmerlich und verzweifelt.

»Was ist passiert?«

»Etwas längere Geschichte. Kann ich dir erst erzählen, wenn ich etwas runtergekommen bin. Sag mir bitte, dass du weißt, wo du es hingetan hast?«

»Ja, klar weiß ich das. Ich fand die Schublade nicht kindersicher genug, deshalb liegt es jetzt auf deinem Küchenschrank.«

Ich starrte meine Küchenschränke an.

»Welchem?«

»Rechts oben. Also wirklich ganz oben.«

Mein Blick wanderte aufwärts.

»Wie bist du da hochgekommen?«

»Stuhl, Arbeitsplatte, einmal strecken«, klärte sie mich auf.

»Okay, danke. Ich rufe später zurück.«

Danach war das Telefonat für mich beendet. Ich kletterte auf meine Arbeitsplatte und holte mir mein Gras zurück. Tabak, Blättchen, einmal mischen, drehen. Ein paar Züge später fühlte ich mich besser und rief zurück.

»Geht's wieder?«, erkundigte sich Mia.

»Ja, tut mir leid, dass ich eben angepisst war.«

»Weshalb warst du denn angepisst?«

»Meine Mutter hat angerufen und mich an Weihnachten erinnert. Als wüsste ich nicht, dass Dezember ist...«

»Und das macht dich so sauer?«, fiel sie mir ins Wort.

»Nein. Doch. Telefonate mit meiner Mutter sind grauenvoll. Kannst du mir einen Gefallen tun?«

Mein Herz raste. So eine absurde Bitte hatte ich noch nie jemanden gestellt.

»Sicher.«

Mia klang ausgelassen. Vorerst verspürte ich Erleichterung. Immerhin war Mia verrückt genug für solche Spielchen. Das war mir klar. In den letzten Jahren hatte sie gelegentlich die Alibi-Freundin ihres Kumpels gespielt – nichts, was mir jemals gefallen hatte

»Das wäre aber wirklich ein fettes Ding. Wenn du das nicht kannst, verstehe ich das«, brachte ich im Vorfeld an.

»Schieß schon los!«

Ich atmete tief durch und trank besser noch einen Schluck.

»Los, sag schon! Was kann ich für dich tun?«

»Kannst du Weihnachten meine Frau spielen?«

Nachdem ich meine Frage ausgesprochen hatte, fühlte ich mich noch beschissener. Perfekt.

»Deine was?«

»Meine Frau.«

Mia lachte schallend los.

»Du hast deiner Mutter erzählt, dass wir verheiratet sind? Wieso?«

Ich fasste das Telefonat mit meiner Mutter kurz für sie zusammen.

»Wer ist Maritta?«

Ich dachte kurz darüber nach, ob ich zu Maritta nicht doch lieber schweigen wollte.

»Ich weiß nicht, wo ich anfangen soll«, versuchte ich ihre Frage zu umgehen.

»Am Anfang vielleicht?«

Mia würde nicht locker lassen, dessen war ich mir bewusst. Also gut.

»Maritta ist die Tochter von einem Geschäftspartner meines Vaters. Der hat viel Geld in dessen Firma investiert. Irgendwann haben die zwei Arschlöcher beschlossen, dass mein Vater nichts davon zurück zahlen muss, wenn ich Maritta heirate und für männliche Nachkommen sorge, die sozusagen die Erben eines Imperiums wären. Das hört sich für dich sicher nach einem Witz an, aber so hat es sich für mich nie angefühlt. Ich wusste, seit meiner frühsten Jugend, wen ich zu heiraten hatte oder was ich beruflich zu machen habe. Wann immer den Idioten danach war, mussten Maritta und ich zusammen ausgehen. Dabei konnten wir uns nie leiden. Meinem Vater war das egal. Er meinte, dass es beim Heiraten nicht um Liebe ginge – nur Idioten würden aus Liebe heiraten. Viel wichtiger wäre es, Vorteile zu haben und ich bräuchte nichts zu empfinden, um ein paar Kinder zu zeugen. Meine Abneigung gegen Hochzeiten rührt daher. Dann kam der Sommer, in dem wir uns verloben sollten. Maritta hat geheult, mein Vater mich terrorisiert und Fenja getobt, dass sie mich umbringen wird, wenn ich mich nicht wehre. Also habe ich mich gewehrt«, ratterte ich im Schnelldurchlauf einen Teil meiner Geschichte herunter.

»Was hast du getan?«

»Ich habe Fenja gevögelt – am Tag unserer Verlobungsfeier. Und das so offensichtlich, dass es jeder Gast mitbekommen hat. Daraufhin musste Maritta mich nicht mehr heiraten.«

Mia lachte wieder.

»Du hast das Richtige getan. Wie ging es weiter? Das hört sich weird an. So was gibt's nur im Trash TV.«

»Und in meiner Familie. Mein Vater war der, der mich am liebsten umgebracht hätte. Er hat getobt, mir mit Enterbung gedroht und mich rausgeschmissen. Sören und Kristina, also Fenjas Eltern, haben mich aufgenommen und dafür gesorgt, dass ich mich frei entfalten konnte. Ich war zwanzig und am Ende«, offenbarte ich mich weiter.

»Haben deine Eltern die Beziehung zu Fenja akzeptiert in den Jahren vor der Verlobung?«

Na super, Mias Neugier war geweckt. Es würden sicher noch mehr Fragen kommen, die ich nur ungern bereit war zu beantworten.

»Kein bisschen. Maximal, um mich auszutoben.«

»Richtig sympathische Eltern hast du. Was ist mit deinen Schwestern? Haben die die Anforderungen deiner Eltern erfüllt?«

Ich überlegte kurz.

»Ich denke schon. Mädchen müssen, laut meinem Vater, nur gut heiraten, nett sein und ihre Rollen einnehmen. Sana, ist die Lieblingstochter. Sie arbeitet im Unternehmen, ihr Mann ist der Firmenanwalt, die haben drei perfekte Maschinen daheim, die sie Kinder nennen. Alle Abi, alle studieren. Levke und Imke sind nicht firmentreu, aber gut verheiratet. Nur Evi ist genauso missraten wie ich. Wir sind die schwarzen Schafe. Der Schandfleck. Niemand braucht einen Tischler und Hebammen eben auch nicht. Aber mit Evi haben die weniger Probleme, denn sie ist ja nur eine Frau.«

Mia atmete schwer.

»Deine Eltern werden also richtig abkotzen, wenn du Weihnachten eine studierte Kneipenservicekraft mitbringst, richtig?«

»Ganz sicher. Wenn wir Glück haben ignorieren sie uns.«

Kurzes Schweigen.

»Ich freue mich darauf, deine Eltern kennenzulernen. Das wird sicher witzig. Ich spiele gerne einmal Wifey für dich und werde deine Alten davon überzeugen, dass du nicht das schwarze Schaf der Familie bist. Das denkst du hoffentlich nicht wirklich? Dafür bist du mir aber etwas schuldig.«

Erleichterung.

»Geht klar.«

Im nächsten Moment kreischte sie mir ins Ohr.

»Jetzt bin ich taub. Was lässt dich feiern?«

Mias Reaktionen waren jedes Mal aufs Neue etwas, woran ich mich noch gewöhnen musste.

»Ich freue mich, dass wir Weihnachten zusammen verbringen werden. Weihnachten! Darf ich einfach über alle Tage deine Frau spielen? Bitte!«

Keine Ahnung, was ihr daran gefiel.

»Von mir aus.«

Noch ein Kreischen.

»Super, du bist ein Schatz. Kannst du schon Donnerstag kommen? Wir haben viel zu planen, wenn es realistisch werden soll. Deine Eltern brauchen dringend ein paar Hochzeitsfotos. Das wird so nice. Kaufen wir uns echte Ringe?«, sprudelte es aus ihr heraus.

Über die Details meines Wunsches hatte ich bisher keinen Gedanken verschwendet. Gut, dass Mia das übernehmen würde.

»Klar kaufen wir echte Ringe. Alles andere wäre verdächtig. Ich versuche am Donnerstag bei dir zu sein.«

»Ich freu mich auf dich. Ich werde mich schon mal auf meine Rolle vorbereiten und für dich kochen. Irgendeinen Wunsch?«

Wenn Mia kochen wollte, sollte ich es so einfach wie möglich halten. Sie war eine Katastrophe am Kochtopf. Ich nahm an, dass ihr gelegentlich sogar Wasser anbrannte.

»Nudeln wären perfekt und ich liebe Tomatensauce aus der

Dose«, zog ich sie auf.

»Beim letzte Mal hast du über meine Nudeln gemeckert.«

»Klar, die waren fast Brei. Bleib am Donnerstag einfach neben dem Topf stehen, dann wird es vielleicht was.«

Sie lachte ausgelassen.

»Ich mag dich und deine ewigen Nörgeleien.«

»Ich dich auch, Prinzessin. Besonders, weil du zugestimmt hast, meine Frau zu spielen und ich darauf vertrauen kann, dass dein kreatives Chaos gerade in diesem Fall von Vorteil sein wird.«

»Danke, Schatzi«, flötete sie.

»Gern geschehen, Liebling.«

Als ich am nächsten Montag zurück nach Lubkow fuhr, war ich völlig erschlagen von dreieinhalb Tagen Mia. Am Donnerstagabend war sie regelrecht über mich hergefallen, sobald sie mir die Tür geöffnet hatte. Ich hatte sie gevögelt, noch bevor ich meine Schuhe ausziehen konnte. Die Abdrücke der Relief-Tür hatten sich noch Stunden später auf ihrem Rücken abgezeichnet. Das Essen danach war nur nicht ungenießbar gewesen, weil sie es einfach nicht selbst gekocht hatte, was sie natürlich abgestritten hatte. Danach hatte sie mich in unseren vollgestopften Wochenendplan eingewiesen. Wie sagenhaft perfekt Mia unsere Fake-Vermählung geplant hatte, war mir erst am Freitag richtig bewusst geworden.

Der Vormittag war drauf gegangen, um Ringe zu kaufen. Mias Bescheidenheit war etwas, was mich irritiert hatte. Ihr waren die Ringe zu teuer. Hatte Fenja etwas gewollt, war ihr der Preis vollkommen egal gewesen. Mia hingegen war zögerlich und bedacht.

»Wenn dann machen wir es richtig. Suche dir einen Ring aus, der dir gefällt. Ganz gleich, was der kostet. Ich schenke ihn dir – schon alleine, weil du mir einen riesigen Gefallen tust. Du magst viel Glitzer, dann lass es glitzern.«

Sie hatte mich verunsichert angesehen.

»Das ist verrückt. Wir heiraten ja nicht in real. Jeder dieser Ringe kostet mehr als aller Schmuck, den ich besitze.«

»Blende das aus. Stelle dir vor, wir würden in echt heiraten.«

Sie hatte mich angelächelt – zuckersüß – und gesäuselt: »Das kann ich mir nicht vorstellen. Wäre eine Nummer zu groß. Wenn ich einen nehme, der glitzert, dann muss dein Ring zu meinem passen.«

»Kein Problem, ich trage den eh nur einen einzigen Tag.«

Fake-Ringe kaufen war zeitaufwendig gewesen, doch was danach kam, brachte mich an meine Grenzen. Mia hatte auf ihrer Agenda einen Anzugkauf stehen.

»Komm schon, Piet, zieh jetzt endlich diesen blöden Anzug an.«

Ich hatte protestiert, während sie mir kämpferisch entgegengetreten war.

»Nein. Ich ziehe nichts an, was nicht schwarz ist.«

»Doch. Dunkelblau ist theoretisch wie Schwarz. Du sollst das Teil nicht täglich tragen. Nur für ein paar geniale Fotos.«

»Dann kann es doch ein schwarzer Anzug sein.«

»No way, kannst du vergessen. Die kennen dich nur in schwarz. Du trägst Farbe. Mit dunkelblau komme ich dir schon sehr entgegen.«

Irgendwann hatte ich mich geschlagen gegeben.

»Der steht dir nicht. Du brauchst irgendwas cooleres als normal«, hatte sie geurteilt.

»Sag ich doch, etwas Schwarzes.«

Theatralisches Augenrollen von ihr.

»Nerv mich nicht. Ich suche weiter.«

Der nächste Anzug war noch grauenvoller, dunkelblau mit schwarzem Karomuster.

»Den ziehe ich nicht an. Nur über meine Leiche.«

»Geht klar, dann kille ich dich jetzt eben. Der Schnitt ist anders und man kann den kombinieren. Du bist schlimmer als jede Frau beim Shopping. Wir stehen unter Zeitdruck. Zieh dich um.«

Wieder hatte ich nachgegeben. Mia war zufrieden mit dem Ergebnis. Gefühlte dreißig Hemden und acht Schuhe später besaß ich ein Outfit, was ich nie im Leben noch einmal tragen würde. Danach hatten wir ihr Leihbrautkleid abgeholt, um weiter zum Friseur zu fahren – eine Freundin von Mia. War ja klar, wer sonst hatte spontan Zeit für unsere Spinnerei. Innerhalb einer Stunde stylte sie Mia zur Braut. Beim ersten Blick auf meine Fake-Braut bekam ich kaum Luft. Sie sah unglaublich echt aus. Ihre langen Haare waren voller großer Wellen, sie hatte Blumen im Haar und viel mehr Schminke im Gesicht, als gewöhnlich. Ihr Kleid war wie für sie gemacht. Einmal Prinzessin. Sie war wunderschön. Das war sie immer, aber jetzt in Perfektion.

»Okay honey, du bist dran.«

Ich hatte einen Moment gebraucht, um zu realisieren, dass ich gemeint war. Ihre Freundin hatte mich angesehen, als hielte sie mich für einen Vollpfosten, weil ich nicht begriff, was sie von mir wollte.

»Wie bitte?«

Ich hatte gehofft, dass ihre Aufforderung ein Witz war.

»Ist der immer so?«, hatte sie Mia gefragt, bevor sie mit mir gesprochen hatte, als sei ich schwer von Begriff.

»Honey, du ziehst dich jetzt um. Klamotten aus, Anzug an. Ich style dich.«

Mia hatte gekichert.

»Du überforderst ihn gerade.«

Sie hatte mir zugezwinkert.

»Ich will es perfekt haben, Piet. Nörgel nicht rum, mache einfach, was wir von dir wollen.«

Wieder hatte ich mich geschlagen gegeben, sogar zu dem Haarknoten, den sie mir verpasst hatte. Was man nicht alles für Fake-Hochzeitsfotos ertrug! Die hatte Mias Knutschfreundin Kat von uns geschossen. Kat war noch viel aufgedrehter als Mia und ganz eindeutig sehr schwanger. Ich hatte stumm den Mann bemitleidet, der so viel Energie aushalten musste.

Am Samstag hatten wir die Fotos per E-Mail bekommen. Kats Bilder waren überzeugend. Wir waren ein perfektes Fake-Ehepaar. Da meine Schwester die Fotos im Vorfeld meinen Eltern zeigen sollte, musste ich sie einweihen. Evi war nicht begeistert.

Lediglich der Sonntag hatte sich angefühlt, wie ein normaler Sonntag zwischen uns. Kaum das ich zurück war, ging es weiter. Lene und Paul beschwerten sich bei mir, weil Mia ihr gemeinsames Weihnachtsfest abgesagt hatte.

Es blieben nur noch wenige Tage bis Heilig Abend. Ich würde zum ersten Mal seit Jacobs Geburt ohne ihn sein. Ein Gedanke, der mich sensibel machte.

In zwei Tagen wollte ich meiner Familie die Lüge meines Lebens vorspielen. Eigentlich sollte ich deshalb ein schlechtes

Gewissen haben, aber das hatte ich nicht. Jacob und ich lagen zusammen auf dem Sofa und guckten Weihnachtsfilme. Nicht gut für mein Gemüt.

»Wirst du Oma und Opa wieder ärgern?«, holte mein Kind mich aus meinen Gedanken.

»Klar. Ich werde mich schwer bemühen.«

Jacob gluckste. Er kannte bisher nur Weihnachtsfeste mit meiner Familie und wusste ganz genau, was mich erwartete. Ich sollte mich für meinen Sohn freuen, dass er zum ersten Mal die Gelegenheit bekam, bei Sören und Kristina Weihnachten zu feiern, dachte ich. Die beiden waren das gesamte Jahr über Großeltern und nicht nur an Weihnachtsfeiertagen.

»Ich find Salvatore blöd«, murmelte er in meine Gedanken hinein.

Salvatore war der neue Mann an Fenjas Seite. Er war seit dem Moment unserer Trennung präsent gewesen. Mit Sicherheit hatten die beiden sich schon vorher regelmäßig getroffen. Seltsamerweise war mir das vollkommen egal. Ich war Fenja los, sie war friedlich, nur das zählte.

»Wenn Mama Salvatore mag, wird er schon nicht blöd sein. Was magst du denn nicht?«, fragte ich nach.

»Nudeln und Pizza. Wir essen immer dort.«

Mit dort meinte er Salvatores Restaurant.

»Täglich Nudeln und Pizza klingt eintönig. Aber immerhin besser, als alles, was Mia je kocht«, antwortete ich ihm gedankenverloren.

Jacob strahlte.

»Mia kocht für dich?«

»Ab und an schon.«

»Mia kann super Pfannkuchen machen.«

Eine vollkommen neue Information.

»Tatsächlich?«

Er nickte und grinste glücklich vor sich hin.

»Kann Mia mal wieder zu uns kommen?«

»Ich kann sie fragen. Du magst sie, was?«

Überflüssige Frage, ich kannte seine Antwort.

»Du nicht?«

»Doch. Noch viel mehr, sollte sie tatsächlich anständige Pfannkuchen hinbekommen.«

Ein Klingeln an der Haustüre unterbrach unsere vorweihnachtliche Zweisamkeit. Jacob sprang auf.

»Oma, Opa!«, hörte ich ihn freudig rufen.

Kurze Zeit später standen Sören und Kristina beladen in meiner Küche.

»Wir haben bisher jedes Jahr Weihnachten für euch vorgezogen und dachten, das behalten wir bei. Du brauchst dich um nichts kümmern, wir haben alles mit. Nur Tischdecken wäre super!«, klärte mich Kristina auf, während ich sie verdattert anglotzte.

In den letzten fünf Jahren hatte es für uns immer ein vorgezogenes Weihnachten gegeben, weil wir eben jedes Weihnachten bei meinen Eltern verbracht hatten. Da Jacob aber dieses Jahr bei ihnen feierte, hatte ich nicht damit gerechnet, die beiden vor den Feiertagen noch einmal zu sehen.

Kristina lächelte mich sanftmütig an.

»Haben wir dich jetzt überrumpelt?«

»Sieht ganz so aus. Aber schön, dass ihr da seid.«

Jacob war in seinem Zimmer verschwunden.

»Werden Torben und die Mädels auch kommen?«, erkundigte ich mich.

»Ja, wie jedes Jahr. Nur Fenja bleibt dir erspart. Du gehörst zur Familie. Du musst dich nicht rar machen, nur weil ihr euch getrennt habt. Wir wussten, dass das über kurz oder lang so kommen wird. Du bleibst unser geliehener Sohn. Deckst du jetzt endlich den Tisch?«

Unser gemeinsamer Abend holte mich aus meinem vorweihnachtlichen Tief.

Am 23. Dezember fuhren Lene und Paul nach Dresden, während Mia zu mir kam. Nachdem ich Jacob bei Fenja abgegeben hatte, fühlte sich mein Haus leer und trostlos an. Gott sei Dank nicht lange – mit Mia zog Leben ein. Meine Emotionen fuhren Achterbahn.

Unsere gemeinsame Zeit war mit einem Strandspaziergang gestartet. Kaum das wir zurück waren, hatte sie meine Skizzen zu meinem neusten Bauprojekt inspiriert: ein Schiffsspielplatz. Wir hatten uns lange unterhalten und Mia hatte viele Ideen eingebracht, die sich sicher mit einplanen ließen. Später hatte sie

Plätzchen herbei gezaubert. Backen konnte sie um einiges besser als kochen.

Die Kekse waren nur zustande gekommen, weil Mia den Gedanken, dass wir meiner Familie nichts mitbringen würden, nicht ertragen konnte. Ich war mir ziemlich sicher, dass meine Eltern ihre Bemühungen eh nicht würdigen würden, und verkostete ausgiebig.

»Muss ich für morgen eigentlich noch irgendwas wichtiges wissen?«, fragte sie und nahm mir die Keksdose aus der Hand.

»Nein.«

Ihre Augenbrauen waren fragend nach oben gezogen.

»Soll ich so sein, wie ich bin oder mich verstellen?«

»Sei genauso wie du bist und halte dich nicht zurück, etwas zu sagen, was dir auf der Zunge brennt«, forderte ich sie auf.

Ihre Arme umfingen mich, aber statt sich an mir festzuhalten, hielt sie viel mehr mich – als nähme sie meine Aufruhr wahr.

»Worüber machst du dir Gedanken? Es wird ein toller Tag werden, versprochen. Ich weiß noch nicht, wie gut ich damit zurechtkommen werden, sollten die wirklich alle so grantig sein, wie von dir beschrieben.«

Ich küsste ihren Scheitel.

»Dann werde ich dich beschützen.«

»Das weiß ich. Ich überlege, ob ich vielleicht ausgesprochen nett sein sollte. Würde das etwas ändern?«

»Sei nur nett zu mir. Du brauchst dich nicht verstellen. Du bist umwerfend, so wie du bist«, beruhigte ich sie.

Ihre Hand streichelte meinen Rücken.

»Danke. Zu dir nett zu sein fällt mir nicht schwer. Ich verspreche dir, dass ich eine entzückende Weihnachtsehefrau sein werde, die ihren Mann abgöttisch liebt.«

Sie ließ mich los, streckte sich und küsste meine Nasenspitze.

»Danke. Ich gebe mein Bestes, um dich glücklich zu machen.«

Am Abend entdeckte sie mein Weihnachtsgeschenk.

»OMG, du hast es wirklich getan!«, kreischte sie sowohl freudig als auch fassungslos.

Ihre Hand fuhr behutsam über das einzig farbige Mini-Tattoo auf meiner Flanke.

»Du hast ja keinen anderen Wunsch geäußert.«

Sie sah zu mir auf, ihre Augen funkelten vor Begeisterung.
»Ich bin nicht davon ausgegangen, dass du mir diesen Wunsch ernsthaft erfüllen wirst. Farbe und dazu ein Schmetterling. Ein Morphofalter, die sind so krass. Der geht da nie wieder weg.«
»Das haben Tätowierungen so an sich. Ist er bunt genug?«
Statt zu antworten, zog sie sich mit einem breiten Lächeln auf den Lippen aus.

»Guck mal, ich habe auch ein neues Tattoo!«
Ihres war ein schwarzer Schmetterling, der unmittelbar an ihrem rechten Brustansatz saß.

Ich war sprachlos, während sie aufgekratzt flötete: »Einmal schwarz auf meiner Haut, gegen blau auf deiner. Wie nice!«
Sie sah zu mir auf, ihre Augen glitzerten glasig. Hoffentlich fing sie sich wieder.

»So grauenvoll, dass du flennen musst, sind die Tattoos nicht. Keine Sorge. Ich finde beide gut gelungen.«
Ihre Hand schlug sanft gegen meine Brust.

»Sei still, Blödi. Du weißt ganz genau, dass ich nicht mit mir kämpfe, weil ich irgendwas grauenvoll finde.«
Ihre Handrücken wischten über ihre Augen.

»Wehe, du nennst mich morgen Blödi.«
Sie schlang ihre Arme um mich und schmiegte sich an meine Brust.

»Du trägst mich auf deiner Haut und ich deine Zeichnung von neulich. Ist dir das klar? Was immer zwischen uns passiert, die werden immer bleiben. Ich bin verrückt, das wissen wir beide, aber du? Du bist es auch. Wo war bei dieser Entscheidung der Mann, der immer alles genaustens bedenkt?«, fragte sie mich leise und küsste mich zart.

Keine Ahnung wo der war? Es war nur ein Tattoo, eines unter vielen. Gut, dieses war farbig, weil Mia eben bunt war. Das sie ausgerechnet darauf so emotional reagierte, konnte ich kaum nachvollziehen.

»Da steht nicht *Mia forever*. So was sollte man im Vorfeld genaustens überlegen. Für Insekten kann man sich bedenkenlos entscheiden.«
Ich spürte sie lächeln.

»Da hast du recht. Gut zu wissen, dass du doch noch derjenige von uns beiden bist, der nachdenkt, bevor er etwas tut. Nicht das ich noch die Stimme der Vernunft werden muss«, murmelte sie. Meine Entscheidungen der letzten Wochen hatten nichts von Vernunft an sich. Ich hatte meine Mutter aus einer Laune heraus angelogen, um diese Lüge aufrecht erhalten zu können, Mia gebeten, meine Frau zu mimen und ihr sogar das Ausmalen meiner Lüge überlassen. Und ja, auch dieser Schmetterling auf meiner Haut, hatte nichts von Vernunft.

»Siehst du mich als Stimme der Vernunft?«

Ihre Lippen berührten meine Brust erneut, bevor sie sich etwas von mir löste, um mir in die Augen zu sehen.

»Hast du Angst davor?«, fragte sie zurück.

»Ich fühle mich im Moment ziemlich unvernünftig und mache mir Gedanken darüber, wo das hinführen wird?«

»Du brauchst dir keine Sorgen machen, dass ich auf dich abfärbe. Mein Chaos ist nicht ansteckend! Ich genieße gerade den unvernünftigen Mann, der da irgendwo in dir steckt und bin überrascht. Aber ich weiß ganz genau, dass zum richtigen Zeitpunkt wieder der Vernunftmensch in dir die Oberhand übernehmen wird, der, der alles überdenkt und für Sicherheit sorgt. Darauf vertraue ich.« Ich dachte über ihre Worte nach. Noch bevor ich etwas darauf sagen konnte, fuhr sie fort: »Ich glaube, ich werde jetzt noch ein bisschen Wifey üben und dafür sorgen, dass du dich entspannen kannst. Guter Plan?«

Ich war noch nicht einmal annähernd bei Entspannung angekommen, als unsere Handys synchron klingelten. Mich rief Paul an, bei Mia war es Helene. Ich schaltete auf lautlos. Mia lachte schallend los.

»Mist, ich weiß, was die wollen. Besser ich gehe ran, sonst bekommen die beide einen Herzkasper.«

Keine Ahnung, wovon sie sprach.

»Ich habe so dolle aufgeräumt, aber ich habe unsere Fotos auf dem Schreibtisch liegen lassen.«

Kurze Schockstarre.

»Du hast was?«, fragte ich fassungslos nach.

»Ich habe unsere Hochzeitsbilder vergessen wegzuräumen«, wiederholte sie. »Nicht aufregen. Ich kläre das jetzt sofort auf, versprochen.«

Sie ging an ihr Handy und schaltete grinsend den Lautsprecher ein.

»Hallo Mummy, seid ihr gut angekommen?«, flötete sie zuckersüß.

»Ja, klar sind wir das!«

Helene klang aufgewühlt und gereizt.

»Spinnt ihr eigentlich total? Ich will nicht mehr verarscht werden. Ständig erzählst du mir, Piet und du wärt nur befreundet. Das glaube ich weder ihm noch dir. Piet schweigt wenigstens, du hingegen erzählst mir Märchen, dabei musst du das gar nicht. Was soll das? Du bist in Lubkow, richtig? Wehe du lügst! Käme raus, ihr seid ja nicht alleine da. Piet hätte einfach mit nach Dresden kommen können, wenn ihr nicht so ein Theater veranstalten würdet«, ließ sie ihren Frust raus.

»Nein, hätte er nicht. Wir müssen seine Eltern besuchen«, zwitscherte Mia, als würden ihr die aufgebrachten Worte ihrer Mutter gar nichts ausmachen.

»Wieso?«

Helene war kurz davor zu explodieren. So kannte ich sie bisher nicht. Ich konnte mir das nicht länger schweigend mit anhören.

»Ich kann dir das erklären, Helene«, meldete ich mich zu Wort.

Daraufhin hörten wir Paul und sie kurz diskutieren, während Mia mich böse anfunkelte und aufstand, um Abstand zu gewinnen.

»Erklärt das sofort, damit wir in Ruhe Weihnachten feiern können«, forderte Paul.

»Ihr ruft an, weil ihr die Fotos entdeckt habt. Schon klar. Sorry, ich habe vergessen die wegzuräumen. Die sind harmlos. Nichts, über was ihr euch so dolle aufregen müsst«, fuhr Mia fort.

Ihre Wortwahl und der Ton in ihrer Stimme gefielen mir nicht. Sie provozierte beide.

»Harmlos? Ihr habt heimlich geheiratet! Was ist daran harmlos?«, fragte Helene aufgekratzt nach.

»Bist du sauer, weil du nicht dabei warst oder weil Piet dich nicht um Erlaubnis gefragt hat?«

Fuck, Mia trieb es zu weit.

»Lass mich besser reden.«

Giftiger Blick, gepaart mit Mittelfinger.

178

»Nein, ich werde das erklären. Es ist meine Mum, nicht deine. Mich ärgert es, dass sie mich nicht einmal aussprechen lässt«, blaffte sie mich an.

»Dann sprich dich endlich aus«, bellte Paul.

»Die Fotos sind gefaked. Nicht echt. Wir haben nicht heimlich geheiratet, nur so getan als ob. Die waren nicht für euch bestimmt, sondern für Piets Eltern. Und ja, ich bin in Lubkow, weil wir morgen Piets Eltern ein bisschen ärgern wollen. Das ist alles. Kein Grund für Drama.«

Wieder war ihr Tonfall rotzig gewesen.

»Spinnt ihr? Wieso wollt ihr das tun?«

»Weil die das verdient haben. Erkläre ich dir später, Schatz«, antwortete Paul bedeutend ruhiger.

Wir hörten Helene ein paarmal tief durchatmen.

»Ich rege mich gleich wieder ab. Ich will es jetzt trotzdem wissen...«

»Was willst du wissen? Ob ich mit Piet schlafe?«, war sie ihrer Mutter ins Wort gefallen, diesmal federleicht und säuslig.

»Ja, das tue ich und es geht euch nichts an. Ich bin nämlich erwachsen. Ich wollte nicht, dass ihr das wisst, weil ich nicht will, dass ihr euch einmischt. Ist damit jetzt alles geklärt? Ihr habt gerade gestört. Ich wollte gerade mit meinem heißen Fake-Ehemann rummachen. Bye.«

Kapitel 13

Mia

Nach dem Telefonat mit meiner Mum brauchten wir ewig, um wieder bei Harmonie anzukommen. Piet hatte mir seine Meinung deutlich klar gemacht – ich mich verteidigt.

Ich verstand, dass ihm Paul und meine Mum als Freunde wichtig waren, und ich wusste auch, dass meine Bedingung, zu unserer Beziehung zu schweigen, für ihn schwieriger gewesen war als für mich. Abgesehen davon, gab es Kritik für den Umgangston mit meiner Mutter und mir wurde vorgeworfen, dass ich ihre Anspannung bewusst weiter in die Höhe getrieben hätte, um sie zu ärgern.

Vielleicht war dem so, aber dafür war sie eben meine Mum und nicht eine meiner Freundinnen. Die Verbindung zu ihr hatte ihre eigene Dynamik und ließ sich nicht einfach umstellen, nur weil er das wollte.

Ich hatte nur klein beigegeben und auf weitere Diskussionen verzichtet, weil mir aufgefallen war, weshalb er den gesamten Tag über so anders gewesen war – er war überfordert. Nicht von mir. Ich nahm an, von unserem Vorhaben. Piet war nicht so unbeschwert, wie er tat, wenn es um unsere Lüge ging. Nach dieser Erkenntnis war ich über mich hinausgewachsen und war, statt sauer zu sein, auf ihn eingegangen. Zögerlich hatte er mir mehr von seiner Familie erzählt. Was immer Piet an schlechten Erfahrungen gesammelt hatte – er liebte sie trotzdem.

Mit verdächtig glänzenden Augen hatte er ergänzt, wie schwer es ihm fiel, Weihnachten ohne Jacob zu sein. Er war nur nicht in Tränen ausgebrochen, weil das etwas war, was er vor mir nicht konnte.

Endlich war Weihnachten. Showtime. Ich war viel aufgeregter, als ich es mir eingestehen konnte, dabei hatte ich für Vincent schon einige Male Fake-Freundin gespielt.

Piets Frau zu mimen fühlte sich nach einer Nummer größer an. Ich war schwer bemüht, als Fake-Schwiegertochter gut rüberzukommen, auch wenn Piet immer wieder versucht hatte mir klarzumachen, dass das nicht nötig sei, weil keine meiner Bemühungen Beachtung geschenkt werden würde. Hoffentlich war dem nicht so.

Unsere Plätzchen, sowie das gemeinsame Hochzeitsfoto hatte ich reizend verpackt. Mein Styling war aufwendiger als sonst, Seriosität brauchte Zeit. Extra für dieses Weihnachtsabenteuer hatte ich mir ein angemessenes Kleid zugelegt. Kat hatte mich beraten. Ich war zufrieden mit meinem Spiegelbild.

Als ich aus dem Badezimmer kam, stand Piet vor seinem Kleiderschrank, noch immer unschlüssig, nur in Unterhose. Heißer Anblick.

»Brauchst du Hilfe?«

Er drehte sich zu mir um und erstarrte. Ganz eindeutig gefiel ihm, was er sah.

»Atme, Piet, sonst kippst du um. Es bin nur ich, im Weihnachtsschick«, amüsierte ich mich über seine Reaktion.

Der Ausdruck in seinen Augen war von Schockstarre zu Bewunderung gewechselt.

»Wow, heilige Scheiße, Mia. Nie im Leben kaufen die uns ab, dass jemand, wie ich – du – du siehst bezaubernd aus – also immer, aber – heiratest du mich bitte in echt?«

Seine unfertigen Sätze ließen mich strahlen.

»Darf ich dich stylen?«

Er sah mich zweifelnd an.

»Muss! Du wirst aus mir nicht annähernd so viel herausholen können! – Darf ich dich küssen?«

Er hätte alles gedurft. Gerade, wenn er so war, wie eben.

»Frag nicht. Küss mich.«

Seine Hände berührten zaghaft meine Wangen, bevor er mir einen Kuss schenkte, der mir deutlich machte, was er empfand. Ehrfurcht, Respekt und OMG – Liebe. Piet liebte mich. Ich war beflügelt und happy.

Kurze Zeit später stand ich unschlüssig vor seinem Kleiderschrank. Der Inhalt war minimalistisch und sehr schwarz. Die einzigen Farbkleckse waren das graue Hemd, welches er letzten Sommer getragen hatte, das Pinke von seinen Schwestern, ein Holzfällerhemd, was zwar schwarz war, aber hellgraue Karos besaß, das dunkelblaue von unserer Fotoaktion, sowie zwei weiße Hemden. Er besaß außerdem eine einzige Krawatte, die natürlich schwarz war, einen schwarzen Anzug, den unserer Fake-Hochzeit und einen schwarzen Mantel. Ansonsten ein paar wenige schwarze Jeans, nicht viel mehr T-Shirts der gleichen Farbe, vier Hoodies, eine einzige Wollstrickjacke, schwarze Socken und schwarze Unterhosen. Es gab nicht viel Auswahl. Ich konnte zwischen schwarz und schwarz entscheiden, stellte ich amüsiert fest.

Piet meckerte inzwischen aus dem Badezimmer.

»Was ist los?«

Seine Antwort war ein Grollen cmehr kam nicht. Mir blieb nichts anderes übrig, als nachzusehen.

Ich traute meinen Augen kaum, er hatte sich rasiert. Das letzte Mal ohne Haare im Gesicht hatte ich ihm an dem Tag gesehen, an dem wir uns kennengelernt hatten. Ohne Dreitagebart sah er älter aus, etwas, was ich nicht aussprechen würde. Er starrte finster in sein Spiegelbild.

»Warum hast du dich rasiert, wenn du es nicht wolltest?«, fragte ich nach und schmiegte mich an seinen warmen Rücken.

Sein Duft und seine Wärme gaben mir das Gefühl, dass Frieden durch meine Venen floss. Zum ersten Mal in meinem Leben fühlte sich Nähe so unglaublich zuversichtlich an, dass ich sie genießen konnte. Meine Lippen küssten sein Schulterblatt. Meine Frage blieb unbeantwortet, stattdessen umschlossen seine Hände meine.

»Du musst dich nicht verbiegen. Wenn sie dich nicht so akzeptieren, wie du bist, dann ist das deren Problem, nicht deins. Ich habe bei meiner Kleiderauswahl für dich keinen Gedanken an deine Familie verschwendet, sondern das rausgesucht, was ich an dir sehen will. Egoistisch, wie ich nun einmal bin«, säuselte ich an seiner Haut.

»Wehe ich muss das pinke Hemd anziehen«, murrte er.

»Klar, genau das wirst du anziehen müssen.«

»Nur über meine Leiche.«

Er hätte das pinke Hemd getragen, wenn es mein Wunsch gewesen wäre, das wusste ich und er ganz sicher auch.

Ich war zufrieden mit meiner Kleiderwahl. Er trug die gemusterte Hose, von dem Anzug, zu dem ich ihn genötigt hatte, dazu ein schwarzes T-Shirt, sowie die einzige Strickjacke, die er besaß. Seine Haare hatte ich, wie auf den Fotos, zu einem Knoten gebunden. Er sah hot aus. Ihn konnte ich davon allerdings nicht überzeugen. Piet halt, er hatte gemeckert, sich aber geschlagen gegeben.

Da wir noch einmal umkehren mussten, weil an der Hand meines Fake-Ehemanns der Ring gefehlt hatte, waren wir spät dran.

Das Haus seiner Familie ging nicht mehr als Haus durch. Es glich einem Anwesen, umgeben von einer parkähnlichen Anlage. Ich bekam den Mund vor Staunen kaum zu und war geflasht. Jetzt spürte ich die Aufregung in mir sehr viel deutlicher.

»Wow, was zur Hölle ist das? Hier leben deine Eltern? Ganz alleine in diesem riesigen Ding?«

Piet sah mich peinlich berührt an.

»Große Familie, großes Haus«, war alles, was er herauswürgte. Evi und ihr Mann waren ebenfalls zu spät. Sie parkten neben uns. Wir stiegen gleichzeitig aus. Evi begrüßte mich mit Erheiterung in ihrem Blick.

»Soll ich dir herzlichen Glückwunsch oder herzliches Beileid zur Vermählung mit meinem Bruder wünschen?«

»Herzlichen Glückwunsch natürlich. Ich bin total hibbelig.«

Piet legte seinen Arm um meine Schulter.

»Hast du deine Kaugummis dabei, Prinzessin? Ich will unbedingt, dass du wenigstens einmal eine Kaugummiblase machst.«

Grübchenlächeln.

»Safe.«

Er sah mir in die Augen mit der stummen Bitte, ihn zu unterstützen, aufzufangen und aufzubauen. Kein Problem. Wir waren ein Team.

»Ich bin bereit, Liebling. Du auch?«, trällerte ich.

»Ja, bin ich, Liebes«, brummte er.

Tom und Evi amüsierten sich.

»Ihr habt eure Ringe gar nicht an der gleichen Hand. Ist das Absicht?«, stellte Evi fest.

Ich sah auf den Ring an meinem Finger und war augenblicklich wieder in love mit dem teuren Glitzerding.

»Ich trage meinen aus Überzeugung links. Meine linke Hand liegt näher an meinem Herzen. Da mir mein Liebster sehr am Herzen liegt, bleibt er da.«

Evi lächelte mich warmherzig an.

»Hoffentlich fragt Mutter dich das auch. Auf den Gesichtsausdruck zu deiner Antwort freue ich mich jetzt schon. Und du, Bruderherz, was hast du als Antwort parat?«

Er stöhnte.

»Ich könnte nur sagen, dass ich eben altmodisch und traditionell bin.«

Evi stieß ihren Bruder an.

»So altmodisch und traditionell, dass du angeblich die gesamte Familie ausgeladen hast. Die sind alle mächtig sauer auf dich. Mich einzuweihen und zum Schweigen zu verpflichten ist etwas, was du bitte nicht noch mal bringst. Ich bin deshalb gleich mit unten durch. Mir so ein Foto zu schicken und es mich herumzeigen zu lassen, war nicht gerade toll.«

Sie sah besorgt zu Piet auf.

»Sollte ich in echt heiraten, wärt ihr eingeladen. Zufrieden? Außerdem gibt es heute für alle Fotos. Meine Frau fand die Keine-Geschenke-Regel blöd.«

Vor uns flog die Haustüre auf. Eine der Schwestern stand im Türrahmen.

»Kommt endlich rein. Ihr seid schon unpünktlich und führt jetzt einen Kaffeeklatsch vor der Tür. Von Piet erwartet keiner Pünktlichkeit, von euch schon.«

Eine Aussage, die mich irritierte. Piet war die Pünktlichkeit in Person. Er rief sogar an, wenn er sich nur zehn Minuten verspätete. Ich widmete meine Aufmerksamkeit wieder der Frau an der Tür. Sie sah mich verlegen an.

»Du musst dann wohl meine Schwägerin sein. Mia, richtig? Ich bin Imke. Freut mich dich kennenzulernen.«

Ich reichte ihr meine Hand.

»Richtig. Ich freue mich auch sehr, dich kennenzulernen«, hauchte ich.

Keine Ahnung, ob ich mich tatsächlich freute. Mein Herz pochte in meinem Hals. Dass sie sauer auf Piet war, ließ sie ihn deutlich spüren. Sie ignorierte ihn. Wo waren die herzlichen Schwestern von Piets Geburtstagsfeier hin, fragte ich mich, nachdem auch die anderen beiden zu mir aufgeschlossen und höflich, aber zu ihm unterkühlt waren? Ihr Verhalten löste Beschützerinstinkte in mir aus. In meinen Augen hatte Piet keine Bestrafung verdient. Diese Ignoranz ihrem Bruder gegenüber empfand ich als Maßregelung. Es war Weihnachten, verflucht noch mal!

Kurz darauf lernte ich die Männer seiner Schwestern kennen, sowie alle Nichten und Neffen. Was für eine riesige Familie. Piets Neffen und Nichten waren keine Kinder mehr, sondern junge Erwachsene und Teenies. Das war befremdlich. Den Ältesten schätzte ich nur etwas jünger als mich selbst. Aber es passte, Piets älteste Schwester war nur ein Jahr jünger als meine Mum. Total heftig. Erst nachdem wir diesen Teil der Familie begrüßt hatten, trafen wir auf die Hausherren.

Piets Vater war ein stattlicher, alter Mann mit markanten Gesichtszügen. Seine Mutter hielt sich selbst sicher für eine Dame von irgendeinem Königshof, zumindest war sie so zurechtgemacht. Sie begrüßte ihren Sohn mit aufgesetzten, künstlichen Küssen. Sein Vater reagierte nicht auf die Anwesenheit seines Sohnes. Er sah ihn nur an. Piet tat genau dasselbe. Gar nichts.

»Mutter, darf ich dir meine entzückende Frau vorstellen? Das ist Mia«, hörte ich Piet sagen.

Kurz überlegte ich, ob ein künstlicher Hofknicks angebracht wäre, entschied mich aber dagegen. Seine Mutter musterte mich von Kopf bis Fuß. Irgendwann lächelte sie mich an. Falsch, aber sie lächelte. Wenigstens etwas. Wahrscheinlich konnte sie gar nicht echt lächeln, ging es mir durch den Kopf.

»Ich freue mich, Sie kennenzulernen, Herzchen. Sie sehen wundervoll aus und – jung. Ich bin Elenor und das...« Sie deutete auf ihren Gatten: »...ist mein Mann, Henry.«

Ich sah zwischen den beiden hin und her und fand, dass die zwei sich in ihrem Stil ergänzten. Sir Henry und Lady Elenor. Piet und ich waren eindeutig underdressed.

»Ich freue mich ebenfalls Sie kennenzulernen. Vielen Dank für Ihre Einladung«, antwortete ich brav.

»Nicht dafür, Herzchen.«

Am liebsten hätte ich sie noch einmal auf meinen Namen verwiesen. Herzchen gefiel mir kein bisschen. Sie wandte sich ihrem Mann zu.

»Ist sie nicht hübsch und jung?«, flötete sie.

Gedolmetscht hieß das sicher soviel wie: Wenigstens ist sie jung und hübsch.

Ihr Mann sagte keinen Ton, wenn dann gab er ein Schnauben von sich. Ich wusste nicht, was ich davon halten sollte. Piets Hand legte sich auf meinen Rücken und schenkte mir Sicherheit.

Was Elenor konnte, konnte ich auch. Ich drehte mich zu Piet.
»Liebling, du hättest mir ruhig sagen können, dass dein Vater nicht spricht«, flüsterte ich gut hörbar für seine Eltern.

Piets Augen leuchteten auf.
»Oh doch, er kann sprechen, Liebes. Er braucht nur Zeit, um warm zu werden. Kann aber sein, dass wir dafür nicht ausreichend lange hier sein werden.«

»Schade«, kam seufzend über meine Lippen.

Elenor hatte sich bei Piets Worten ruckartig zurück zu uns gedreht und maßregelte ihren Sohn mit Blicken, bevor sie wieder Contenance wahrte.

»Schön, schön, da ihr nun endlich alle da seid, können wir mit dem Kaffeetrinken beginnen. Piet, Liebling, ziehst du dich noch um?«, wechselte sie das Thema.

Er überhörte ihre Aufforderung, die nur als Frage getarnt war, gekonnt. Hier zu schauspielern würde mir nicht sonderlich schwerfallen, denn das, was ich bisher erlebt hatte, war sowieso Theater.

Das Kaffeetrinken erwies sich nicht als lockere Angelegenheit. Es hatte nichts von der Herzlichkeit, die ich kannte. Man unterhielt sich dezent. Bei uns daheim war jedes Familientreffen ausgelassen – hier steif. Ich schaltete beizeiten ab und widmete mich Piet. Seine Hand lag auf meinem Bein. Ich schrieb ihm Botschaften auf seine Hand, er antwortete genauso. Wir bekamen nichts anderes mit.

Irgendwann räusperte sich jemand mehrfach. Ich sah auf und bemerkte, dass uns alle anschauten. Ich hatte keine Ahnung weshalb und stupste Piet an. Er zuckte zusammen.

»Ja?«

Sein Blick war so verwirrt wie meiner.

»Wieso hast du uns Mia nicht schon zu deinem Geburtstag vorgestellt?«, wollte Imke wissen.

Jetzt ging es also um uns. Ich war gespannt, was Piet erzählen würde. Mist, wir hätten uns im Vorfeld absprechen sollen.

»Es hat sich einfach nicht ergeben«, antwortete Piet.

Imke lachte auf.

»Klar, nicht ergeben. Sie war da, du und wir auch. War ja auch nicht so, dass wir uns nicht unterhalten hätten.«

»Unterhalten? Ihr habt mich zu blöden Spielchen genötigt.

Hätte ich da irgendwann zwischenrein sagen sollen: ›Bevor ich es vergesse, darf ich euch die Frau vorstellen, die ich liebe?‹«, knurrte er.

»Das wäre eine Option gewesen, Brüderchen.«

»Pff«, Piets Antwort.

Kurz herrschte Stille.

»Ich bin überrascht, dass es so schnell ging. Bis Mai warst du mit Fenja zusammen – eine halbe Ewigkeit – und zack ist Fenja weg, verliebst du dich neu und heiratest sofort. Echt jetzt, heiraten? Ich dachte eigentlich du hättest eine tiefe Abneigung gegen Eheschließungen«, kam aus Sanas Mund.

Jetzt würde ich übernehmen.

»Wir kennen uns seit vier Jahren und sind schon länger zusammen«, wisperte ich und tat beschämt über diese Offenbarung.

Damit hatten wir noch mehr Aufmerksamkeit.

»Du hast tatsächlich die Furie betrogen? Unfassbar!«, stieß Levke überrascht aus.

»Das ist nichts, worauf ich unbedingt stolz bin«, erklärte Piet.

»Wieso durften wir nicht zu eurer Hochzeit kommen?«, hakte sie nach.

»Weil wir alleine sein wollten. Ich brauche Fenjas Zorn nicht. Hätten wir groß gefeiert, wäre sie ausgerastet. Ganz einfach.«

Sein Argument war für mich schlüssig.

»Die furchtbare Bülow-Tochter sollte dir egal sein, mein Lieber«, meldete sich Elenor zu Wort.

»Die furchtbare Bülow-Tochter ist die Mutter meines Kindes. Sie kann mir nicht egal sein.«

Kurze Stille am Tisch, bevor Henry sich räusperte. Sofort richteten sich alle Augenpaare auf den Hausherren. Krass. Der Alte war der King und jedem am Tisch was das klar.

»Was sagen Ihre Eltern dazu, Mia, oder sind die ebenso ahnungslos, wie wir es waren?«

Henry hatte tatsächlich gesprochen – mit mir. Seine Stimme war der seines Sohnes sehr ähnlich, stellte ich fest.

»Meine Mum liebt Ihren Sohn und mein Daddy und Piet sind quasi Kumpels«, antwortete ich unbeeindruckt.

Evi lachte schallend los.

»Paps, Mia ist die Tochter von Pauls Frau«, klärte sie den Sir und die Lady auf.

Man sah Henry an, dass ihn das nicht weiterbrachte.

»Paul?«, fragte er ahnungslos nach.

»Der blonde Junge, du weißt schon, Henry, der, mit dem Piet in der Schule war – mit der Hippie-Mutter«, versuchte Elenor ihm auf die Sprünge zu helfen.

Dass sie Rosalie als Hippie-Mutter bezeichnete, bescherte mir ein Grinsen.

»Ach so, ja, ich erinnere mich.« Er hielt kurz inne, bevor er Piet ansah. »Ihr seid noch immer befreundet?«

Wow, der Alte hatte anscheinend wirklich keinen blassen Schimmer vom Leben seines Sohnes.

Piet nickte nur. Sein Vater richtete seinen Blick auf mich und musterte mich eine unangenehme Weile.

»Mia, Schätzchen, darf ich Sie fragen, wie alt Sie sind?«

Sein *Schätzchen* klang abwertend. Fragte er, weil er annahm, dass meine Mutter in Piets Alter war oder weil ich wegen der Familiengene jünger aussah?

»Ich bin zu jung und Sie zu alt, um Ihr Schätzchen zu sein. Abgesehen davon, dürfen Sie mich das natürlich fragen. Ich bin 28«, blaffte ich den alten Mann an.

Alle starrten mich geschockt an. Schon klar, hier wagte sich niemand in so einem Tonfall mit dem Alten zu sprechen. Mir egal. In Henrys Augen hatte kurzzeitig etwas aufgeblitzt, bevor er lächelte. Oder so etwas Ähnliches zumindest.

»Sie sind mir nicht unsympathisch, Schätzchen.«

Aus Piets Kehle kam ein Knurren, bevor er seinem Vater steckte, dass ich, wenn schon Schätzchen, seins wäre. Sein Vater lächelte inzwischen tatsächlich, sogar dasselbe Grübchenlächeln.

»Junge, ich bin nicht annähernd der verbohrte Arsch, für den du mich hältst und du bist mir kein Dorn im Auge.«

Arsch? Echt? Unfassbar! So ein Vokabular traute dem Sir niemand zu. Jetzt starrten ihn alle an. Er tat nicht dergleichen, stattdessen schaute er auf seine Uhr.

»Es wird Zeit für die Kirche.«

Am Heiligabend in einer Kirche zu sitzen, fühlte sich fremd an, aber gefiel mir. Die Bescherung danach hingegen nicht. Aufgesetzt und stocksteif. Wenigstens kamen unsere Kekse und Fotos gut an. Selbst als Fake-Frau wollte ich, dass Piets Familie mir gegenüber einigermaßen freundlich eingestellt war.

Piet verhielt sich die gesamte Zeit über vollkommen anders, als ich ihn kannte. Er war so still, dass er einfach unterging – als wolle er unsichtbar sein. Wenn er sprach, dann mit mir. Mich umsorgte er. Mir tat es leid, zu sehen, dass er sich so unwohl fühlte. Er wollte nicht hier sein, aber er war hier, weil es eben seine Familie war.

»Liebling, ich sorge gleich dafür, dass es dir besser geht«, flüsterte ich ihm ins Ohr und schmiegte mich an ihn.

»Danke. Ich hoffe, wir können bald nach oben verschwinden.«

»Wie hast du das in den Jahren zuvor ertragen?«

»Ich habe mich auf Jacob konzentriert, während Fenja mit jedem Streit gesucht hat.«

Ich sah fragend zu ihm auf.

»Sorry, dass kann ich nicht tun – oder sollte ich?«

Seine Finger berührten sanft meine Wange.

»Nein. Du machst es, so wie du bist, erträglich für mich. Danke. Ich bin verwundert, wie die reagiert haben. Die mögen dich.«

Dass ihn das verwirrte, sah ich ihm an. Auf seiner Stirn tauchten immer wieder zweifelnde Falten auf.

»Passt dir das nicht?«

»Doch. Fühlt sich nur unbehaglich an. Ich warte jeden Moment darauf, dass gleich ein Sturm aufzieht. Die waren noch nie friedlich. Der hat mit dir gesprochen – und mit mir. Geschieht sonst nie. Mein Vater hat seit mindestens fünf Jahren kein einziges Wort mit mir gewechselt.«

Oh Gott, wie furchtbar. Damit erklärte sich mir sein Verhalten. Kein Wunder, dass er angespannt war. Mir vorzustellen, meine Mutter hätte Jahre kein einziges Wort mit mir gesprochen, mich aber genötigt, sie zu besuchen, ließ Übelkeit in mir aufsteigen. Gott sei Dank war meine Mum meine Mum. Sie liebte mich und unseren Frieden.

Kapitel 14

Piet

Meine Eltern musterten uns ständig. Durchschauten sie unsere Lüge oder wollten sie mich provozieren? Eine Mischung aus Unbehagen und Aggression saß in mir. Mias Anwesenheit war das Einzige, was es erträglich machte. Ich war dankbar über ihre Ablenkung. Sie roch nach Sommer – ihr Duft brachte mich runter. Mia verwendete selbst im Winter Sonnenmilch – laut eigener Aussage, um den Winter ertragen zu können. Ich inhalierte sie, so oft es nur ging. Trotzdem musste ich irgendwann raus, um den nervenden Blicken zu entfliehen. Ich verschwand, um zu rauchen.

Kaum war ich zurück, hielt mein Vater seine Weihnachtsansprache. Ein weiterer Moment, den ich hasste.

»Ich freue mich, dass wir heute alle zusammengekommen sind. Weihnachten im Familienkreis bedeutet mir viel. Es war ein forderndes Jahr. Ich habe meine letzten Firmenanteile an Sana überschrieben. Nicht mehr zu arbeiten, fühlt sich befremdlich an. Sana, ich bin dir sehr dankbar, dass du mein Werk fortführst, auch wenn das immer anders geplant war. Ich wollte Piet als meinen Nachfolger, das wisst ihr alle. Ich habe lange gebraucht, seine Rebellion zu akzeptieren.«

Er sah mich an. Ich wusste nicht, wie ich mit seinen Worten umgehen sollte. Normalerweise wurden ausschließlich meine Schwestern zum Thema seiner Ansprachen, nicht ich. Nie. Anfänglich hatte mich das gekränkt, inzwischen konnte ich aber damit leben, nicht vorhanden zu sein. Ich schaute besser Mia an, als zu meinem alten Herrn. Sie lächelte so zuckersüß, wie nur sie es konnte, und legte ihre Hand in meine, während mein Vater fortfuhr.

»Letztes Jahr ist Gustav verstorben. Ihr kanntet ihn und wisst, dass ich seinen Tod schmerzlich bedaure und ihn sehr vermisse. Sein Tod hat mir etwas vor Augen geführt, was ich lange verdrängt hatte – nämlich, dass wir alle keine Ewigkeit haben und im Reinen abtreten sollten. Ich bin nicht im Reinen mit mir, denn mit meiner Sturheit habe ich Piet vertrieben. Ich habe seit langem kein einziges Wort mit meinem Sohn gewechselt. Nicht, weil ich das nicht gewollt hätte, sondern weil ich mich für mein Verhalten geschämt habe und Angst hatte vor seiner Reaktion. Ich kenne Sana, Levke, Imke und Evi, aber ich kenne meinen Sohn nicht mehr, meinen Enkel kaum und ich habe keine Ahnung von seiner erfrischenden Frau. Ich kann zwanzig Jahre nicht wieder gut machen, das ist mir klar. Zwanzig Jahre, in denen du zu jedem Geburtstag anwesend warst, während ich dir nicht einmal gratuliert habe. Ich habe mir oft gewünscht, die Zeit zurückdrehen zu können, um dir zuzuhören, statt verbohrt zu sein. Ich wünsche mir nur noch, dass du mir verzeihen kannst und ich dich wieder kennenlernen darf.«

Er sprach weiter. Ich hörte ihn, aber ich sah ihn nicht mehr. Mein Blick war verschwommen, mein Herz raste, mir war übel. Ich war überfordert und an meinem Limit. Mias Finger fuhren über meine Wangen, bevor sie mich sanft küsste.

»Du schaffst das. Steh auf und sag dem alten Mann, dass du versuchen wirst, ihm zu vergeben«, hörte ich sie in mein Ohr flüstern.

Ich wünschte mir gerade unsichtbar zu sein, denn mir wurde bewusst, dass mich alle gespannt anstarrten.

»Ich kann nicht. Ich muss hier weg«, presste ich heraus.

Ich spürte Mia an meiner Wange lächeln.

»Dann steh auf und wir verschwinden. Alles gut.«

Ich konnte nicht aufstehen. Mein Körper war versteinert. Mein Blick wurde wieder klarer. Ich hatte meinen Vater fixiert, er mich. Was zur Hölle sollte das? Musik spielte. Gott sei Dank, der Spuk war vorbei. Gleich würde ich mich wieder fangen und verschwinden. Ich war gerade dabei, wieder Luft zu bekommen, als mein Vater vor mir stand.

»Geht's dir gut? Brauchst du ein Glas Wasser? Es tut mir leid, wenn es für dich unangenehm war, aber ich musste das sagen. Für mich, weil ich einen riesigen Fehler gemacht habe und das darf jeder wissen. Für dich, weil du es verdient hast zu hören, dass es nicht deine Schuld war, sondern meine. Ich habe Verständnis für jede deiner Reaktionen. Ich habe dir gerade viel zugemutet – das ist mir klar. Ich bin stolz auf dich. Schon viele Jahre und ich hätte dir das sagen müssen. Du bist mein Sohn und ich möchte noch ein bisschen an deinem Leben teilhaben.«

Ich war nicht in der Lage zu reagieren. Meine Kehle war trocken, wie zugeschnürt. Ich suchte Halt bei Mia. Sie lächelte zuversichtlich und auffordernd.

Ich schluckte, bevor: »Ich will nach Hause«, erneut über meine Lippen kam.

Mia nickte. Im nächsten Moment streichelte meine Mutter meine Schulter. Mein Vater berührte meinen Oberarm. Das war zu viel. Die letzte Berührung meines Vaters war die Ohrfeige gewesen, die er mir verpasst hatte, bevor er mich vor die Tür gesetzt hatte.

»Wie du willst, Liebling. Lass dir Zeit. Wenn du so weit bist, dann meldest du dich. Wir möchten wirklich gerne die Mauern zwischen uns beheben. Wir sind eine Familie, wir haben fünf Kinder, nicht vier. Wir vermissen dich«, hauchte meine Mutter mit Tränen in den Augen.

Ich starrte sie verwirrt an. Das alles fühlte sich für mich an, als sei ich in einen falschen Film geraten. Das war nicht meine Familie.

»Entschuldigt ihr uns bitte einen Moment?«, holte Mia mich zurück.

»Steh auf, Lieblingsmensch, und komm mit«, forderte sie mich auf und zog mich auf die Beine.

Sie behielt meine Hand in ihrer und wir verließen den Schauplatz. Kalte Nachtluft schlug mir entgegen und ließ mich wieder klarer werden. Wir liefen ein paar Schritte.

»Du musst dich dringend etwas entspannen und runterkommen, sonst verpasst du es den Frieden anzunehmen, den dir deine Alten anbieten. Wenn ich eins weiß, dann, dass dir Familie wichtig ist. Mag sie sein, wie sie ist.«

Ich atmete tief.

»Ich kann nicht. Ich kann das nicht. Mein Vater ist ein gottverdammtes Arschloch.«

Sie presste mich an die Hauswand und öffnete meine Hose. Schon wieder war ich überfordert.

»Dein Vater ist ein alter Mann, der weiß, dass er falsch gehandelt hat. Er will nicht krepieren, ohne dass du weißt, dass er dich liebt«, erklärte sie mir.

Ihre Hand umfasste meinen Schwanz, mein Körper gehorchte ihr.

»Es wird sich gleich besser anfühlen. Versprochen. Lass mich dafür sorgen, als Wifey«

Sie lächelte mich lasziv an, bevor ich begriff, was sie vorhatte. Ich sah mich um, es war stockdunkel.

»Zieh deine Strickjacke aus. Ich brauche die eben mal, sonst gehen meine Strümpfe kaputt.«

Kaum hatte sie meine Jacke, landete sie auf dem Boden vor mir.

»Perfekt. Und jetzt entspann dich. Sowas habe ich noch nie gemacht. Also nicht draußen und nicht mit dem Wissen, dass es jemand sehen könnte. Premiere. Genieße und komm runter«, säuselte sie und ging vor mir auf die Knie.

Ihre Zunge leckte über meine Eichel. Mein Schwanz reagierte und reckte sich ihr entgegen.

»Wir zwei verstehen uns«, hörte ich sie wispern, bevor sie ihre Lippen um mich schloss.

Meine Lenden fingen Feuer. Ich griff in ihre Haare und zog ihren Kopf nach oben, um ihr zuzusehen. Ihre Finger umschlossen meinen Schaft. Mia war entschlossen, mir Entspannung zu verschaffen. Begierig bearbeitete sie mich, bis meine Lendenwirbelsäule zu kribbeln begann und meine Bauchmuskeln sich anspannten vor Lust. Mein Blick verschwamm, ich schloss meine Augen. Mein Kopf war frei, ich nahm nur noch wahr, dass jeder Zentimeter meines Körpers voller explosiver Anspannung war, bis ich kam. Ich rang kurz nach Atem und war frei.

Als ich meine Augen wieder öffnete, stand Mia grinsend neben mir, leckte sich die Lippen und schob sich einen Kaugummi in den Mund, wo immer sie den her hatte.

»Perfekt, oder? Geht's dir jetzt besser?«, fragte sie nach.

Ich zog sie mit einem Arm an meine Brust und küsste ihre Stirn, während ich mit der freien Hand versuchte, mich wieder anzuziehen.

»Danke. Ja, dein Plan hat funktioniert.«

Sie streichelte meine Brust.

»Gut so, dann vergib Sir Henry und Lady Elenor.«

Sir Henry und Lady Elenor? Ihre Worte brachten mich zum Schmunzeln.

»Ich weiß nicht, wie«, gestand ich ihr.

»Die erwarten nicht viel von dir, nur dass du bleibst und dich vielleicht mal ohne all die Anspannung zwischen euch, mit ihnen unterhältst. Alles andere bringt die Zeit. Versuche ihren Frieden anzunehmen. Für dich selbst, nicht für sie. Die wollen nicht deine Vergebung, nur noch ein bisschen Zeit mit dir, bevor es irgendwann zu spät ist. Weihnachten hatte bis jetzt nichts von Zauber. Dabei geht es zu Weihnachten genau darum. Die brauchen dich da drinnen für ein kleines bisschen Weihnachtswunder.«

Meine Arme umschlossen sie, ihre umfingen meinen Rücken. Mia war definitiv ein Geschenk. Sie besaß das Talent, mich aufzufangen und aufzubauen. Weihnachtswunder? Kleine Spinnerin. Ich grinste an ihrem Kopf.

»Weihnachtswunder, also?«

»Klar, Weihnachten braucht Wunder, bunt und mit Glitzer.« Ihre Stimme klang verträumt. Niedlich.

»Glitzer«, brummte ich.

»Verdammt viel Glitzer.«

Sie sah sehnsüchtig zu mir auf, als wäre sie davon überzeugt, dass ich für Wunder sorgen konnte.

»Okay, dann lassen wir es jetzt glitzern. Kann ja nichts Schlimmeres passieren, als das sie danach wieder zwanzig Jahre schweigen.«

Ich löste mich von Mia und hob meine Strickjacke auf.

Mein Herz schlug deutlich in meinem Hals, als wir zurück in die Runde kamen. Meine Mutter lächelte verunsichert.

»Bleibt ihr?«, fragte sie.

Ich nickte, meine Schwestern jubelten.

»Trinkst du noch immer gerne Whisky und rauchst heimlich Zigarren?«, wollte mein Vater wissen, während er mir beides anbot.

Ich hatte ihm jahrelang seine teuren Zigarren geklaut und mich an seinem Whisky so offensichtlich bedient, dass er immer ausgerastet war. Nickend nahm ich ihm beides aus der Hand.

»Henry, wehe ihr verqualmt den Raum. Dein Arbeitszimmer könnt ihr gerne stinkig machen. Hier wird nicht geraucht«, stellte meine Mutter klar.

Kurze Zeit später, saß ich mit meinem Vater alleine in seinem Arbeitszimmer, auf einem der schweren Ledersessel, in denen ich jahrelang nur Standpauken kassiert hatte. Wir tranken Whisky und rauchten schweigend. Doch das Schweigen war nicht unangenehm.

»Früher musste ich die dir immer klauen«, unterbrach ich irgendwann die Stille.

Mein Vater lächelte.

»Du warst damals viel zu jung für Zigarren und Alkohol. So weit ich mich erinnere, hast du nie heimlich gehandelt, du hast mich bestohlen, um mich zu ärgern.«

»Falls du eine Strichliste geführt hast, kann ich meine Schulden mittlerweile begleichen.«

Er nickte und gab ein Grunzen von sich.

»Wie geht's dir, Piet?«, fragte er schließlich nach einem langen Schweigen.

»Gut.«

»Hast du genügend Aufträge und kommst zurecht?«

»Joa. Es läuft alles bestens. Und du? Kommst du klar als Rentner?«

Er schnaufte.

»Um ehrlich zu sein, ist es mir etwas langweilig. Ich bin 84 und habe 60 Jahre nichts anderes gemacht als zu arbeiten. Deine Mutter will jetzt reisen und die Welt sehen.«

»Das klingt doch nach einem Plan. Was hindert euch daran?«

Er zog seine Stirn in Falten.

»Nichts. Ich kann mir nur nicht vorstellen, abends nicht nach Hause zu kommen. Deine Mutter wird mich schon noch überzeugen.«

»Solange ihr fit seid, solltet ihr die Zeit nutzen. Ihr seid doch gesund oder etwa nicht?«

Er nickte.

Als wir zurück bei den Anderen waren, löcherte mich meine Mutter.

»Ihr habt aber noch nicht kirchlich geheiratet, oder?«, fragte sie.

Ich wusste nicht, was ich antworten sollte. Gerade bereute ich meine Lüge, aber jetzt für Aufklärung zu sorgen, würde Mias Weihnachtswunder zerstören. Mia übernahm. Sie strahlte meine Mutter an.

»Nein. Irgendwann, wenn es Fenja nicht mehr verletzt, werden wir noch einmal ganz offiziell heiraten, und dann sind Sie natürlich eingeladen.«

Ich schluckte. Aus dieser Nummer würden wir nie wieder herauskommen.

»Liebes, ich dachte du bist Atheist?«, murmelte ich.

Mia wandte sich mir zu, glücklich grinsend.

»Schatzi, wenn es dir wichtig ist, wird es mir auch wichtig sein. Ich liebe dich so sehr, dass ich dich sowieso jedes Jahr aufs Neue heiraten würde«, trällerte sie und küsste meine Wange.

»Ich liebe dich!«, hatte Mia noch nie gesagt. Spielte sie oder meinte sie das ernst? Ich kam nicht dazu, darüber nachzudenken, denn meine Schwestern kreischten freudig.

Weit nach Mitternacht kamen wir in unser Schlafzimmer. So viel Zeit hatte ich schon lange nicht mehr mit meiner Familie verbracht. Mia streifte ihre Absatzschuhe ab und grinste mich glücklich an.

»Lief doch super, Schatzi.«

Mir fiel keine Antwort darauf ein. Nur ein Knurren kam aus meiner Kehle. Sie kicherte.

»Höre auf nachzudenken, Piet. Du kannst ihnen im nächsten halben Jahr einfach erzählen, dass dir das Leben mit einer Stripperin zu anstrengend war. Mich hat niemand nach meinem Job gefragt.«

»Ich glaube, die würden dich auch akzeptieren, wenn du wirklich eine Stripperin wärst.«

Schmollmund.

»Ich *bin* wirklich Stripperin, Liebling. Zumindest würde ich dir das gerne vorgaukeln, wenn du magst?«

Und wie ich das wollte. Sie sah mich auffordernd an.

»Komm schon. Ich werde die beste Stripperin sein, die du kennst.«

Ihr flehender Blick heiterte mich auf.

»Ich kenne keine Stripperin«, stellte ich klar.

»Echt nicht?«

Sie tat enttäuscht.

»Echt nicht.«

»Hm, dann wird das ja eine leichtes Spiel für mich.«

»Brauchst du als Stripperin keine Musik?«

Sie nahm ihr Handy zur Hand und schaltete Musik an. Was aus ihrem Telefon ertönte, war etwas bizarr. Es stöhnte, und zwar laut, zu elektronischen Beats. Ich setzte mich und war gespannt, was mich erwarten würde.

Ihr rechter Fuß landete zwischen meinen Beinen. Sie zog ihren Rock hoch bis zum Spitzenansatz ihres Strumpfes. Hätte ich geahnt, dass sie den gesamten Tag über halterlose Strümpfe getragen hatte, hätte ich wohl mehr Ablenkung gehabt, dachte ich. Ihre helle Haut und die schwarze Spitze war ein krasser Kontrast, einer, der mir gefiel. Sie streichelte sanft über die Innenseite ihres Schenkels.

»Bevor ich den Strumpf ausziehe, musst du mich hier küssen«, forderte sie mich auf.

Meine Lippen sanken auf ihren weichen Schenkel nieder, während meine Finger über die Spitze strichen. Bevor ich sie von ihrem Strumpf befreien konnte, bremste sie mich.

»Ich bin die Stripperin. Ich ziehe mich aus, und dann dich. Du guckst brav zu – es sei denn, ich fordere dich zu etwas anderem auf. Verstanden?«

Ihre Stimme klang zwar neckend, aber ihr Befehl kam an. Ich schluckte und ließ von ihr ab. Ihre Finger glitten in meine Haare und zogen mir den Haargummi heraus. Sie brachte meine Haare durcheinander, bevor sie meinen Kopf in den Nacken zog.

»Hast du mich verstanden?«, fragte sie mich noch einmal und küsste meine Stirn.

Ich nickte.

»Gut. Du bist meine Belohnung«, ließ sie mich schmunzelnd wissen.

Sie streifte sich ihren Strumpf ab. Beim zweiten Strumpf platzierte sie ihren Fuß behutsam auf meinem Schritt. Nach einem Kuss befreite sie sich davon, bevor sie mich auf die Beine zog. Wir tanzten, während sie mich auszog. Ich war in Unterhose, sie im Kleid. Ihr Körper schmiegte sich an meinen. Ein Bein hatte sich um meins geschlungen. Nur weil ich sie festhielt, verlor sie nicht das Gleichgewicht.

»Zieh das Kleid endlich aus.«

Als Antwort küsste sie meine Brust. Erst als der Beat sich änderte, löste sie sich von mir und entledigte sich ihres Kleides. Wow! Fuck! Sie trug eine Kombination aus durchsichtig-schwarzem BH und Tanga. Kleine, heiße, sexy Hexe. Im nächsten Moment öffnete sie ihren BH und legte ihre süßen Brüste frei. Sie streichelte sich selbst. Mein Blut kochte.

»Küss mich. Ich wollte den ganzen Tag deinen Mund auf mir

spüren. Hier und hier und hier auch.«

Ihre Finger waren von ihren Brüsten über ihren Bauch zu ihrer Muschi gefahren. Eine Aufforderung, der ich nur allzu gerne nachkam. Ich hob sie hoch. Ihre Beine schlangen sich um mein Becken. Ihr Mund küsste mich atemlos. Mia war Leidenschaft; viel mehr Leidenschaft als ich je kennengelernt hatte. Ich bettete sie vor mir und kostete jeden Zentimeter von ihr. Mia wimmerte, als ich an ihre Brustwarzen knabberte. Sie keuchte, als ich ihren Tanga zur Seite schob, um sie zu schmecken und anzutreiben und sie war sehr laut, als ich in sie eindrang. In ihr zu sein ließ mich schweben. Jeder Zentimeter war eingehüllt von ihr. Unsere Körper waren eins, von Lust getrieben. Mia war nie leise, sie kam laut und stachelte mich damit an. Ich wollte sie stöhnen hören. Erst wenn sie vor mir zerfloss, ihre Hände in meine Haare fuhren, konnte ich ihr folgen und fand den Himmel auf Erden. Sie presste mir ihr Becken entgegen. Zog an meinen Haaren. Schauer. Alles in mir zog sich vor Lust zusammen. Mias Orgasmus schenkte mir gleichzeitig Erlösung. Ich bekam nicht annähernd genug von ihr. Ich ließ sie noch einmal wimmern, seufzen, stöhnen, keuchen und schreien, bevor ich vollkommen am Ende war.

Kurze Zeit später streichelte Mia behutsam mein Gesicht, während ich im Halbschlaf war. Ihre Berührungen hielten mich vom Einschlafen ab. Solche Gesten waren mir fremd.

»Mia, ich bin am Ende«, brummte ich.

»Dann schlaf doch. Ich hindere dich nicht. Ich will dich nur ansehen, wenn du einschläfst. Hast du heute den Weihnachtszauber spüren können?«

Sanfte Küsse bedeckten meinen Kiefer.

»Ja, du warst mein Weihnachtszauber. Danke«, murmelte ich schlaftrunken.

»Du hast hier einen süßen Leberfleck.«

Sie küsste eine Stelle neben meiner Nase.

»Ich habe dich ganz sehr dolle lieb, bis zum Mond und zurück«, hauchte sie.

»Ich dich auch.«

Ihr Finger legte sich auf meine Lippen.

»Psst. Das weiß ich. Ich fühle deine Liebe. So viel habe ich noch nie bekommen und mir war gar nicht klar, dass ich so empfinden kann. Schlaf jetzt endlich ein. Nicht, dass ich vor dir wegdöse. Ich will dir zusehen.«

Ihre Fingerspitzen fuhren über meine Augenbrauen. Keine Ahnung, wie lange ich das noch wahrnahm – irgendwann war ich eingeschlafen.

Am nächsten Morgen erwischte ich Jasper, meinen ältesten Neffen, vorm Haus bei einer Morgenzigarette.

»Moin, was zahlst du für mein Schweigen?«

Jasper musterte mich missmutig.

»Nichts. Ich bin genauso erwachsen, wie deine Frau«, grummelte er verschlafen.

»Meine Frau ist älter als du.«

Jasper gähnte und winkte ab.

»Schlecht geschlafen?«

»Wie hätte ich denn schlafen sollen? Ihr habt letzte Nacht das gesamte Haus unterhalten.«

Oh, mir war nicht klar gewesen, dass das Haus so hellhörig war.

»Sorry, ist halt Weihnachten und meine Frau steht auf Weihnachtshöhepunkte«, witzelte ich.

»Ganz offensichtlich. Nächstes Jahr will ich nicht das Zimmer neben euch haben. Heute werden dich alle hassen.«

»Kann ich mit leben.«

Zum Mittag kamen ein paar Freunde meiner Eltern – und Maritta. Sie zu treffen, löste Unbehagen in mir aus. Das letzte Mal, dass wir gemeinsam an einem Tisch gesessen hatten, war am Tag unserer Verlobungsfeier gewesen. Danach hatten wir uns gemieden. Sie kannte mich nicht und ich hatte keinen blassen Schimmer, was sie in den letzten Jahren erlebt hatte. Wieder einmal war es Mia, die die Situation rettete. Sie ging mit viel Empathie auf Maritta ein. Sie hörte ihr zu und war von ihrer Geschichte bewegt. Mia selbst war definitiv das Weihnachtswunder, von dem sie gesprochen hatte.

Die Tage bis Neujahr verbrachten wir in Lubkow. Als Einheit, in Harmonie. Jeden Tag wurde mir deutlicher, dass ich Mia nicht einfach wieder gehen lassen konnte. Ich wollte keine Wochenenden mehr, ich wollte alles: ihr Chaos, ihre Lebendigkeit und die Wärme, die sie ausstrahlte. Nachdem ich diesen Gedanken ausgesprochen hatte, war Mia aufgebracht. Mir war klar gewesen, dass sie mit Abwehr reagieren würde.

»Dieses Kaff und ich sind keine Freunde. Ich kenne niemanden in meinem Alter. Man kann hier nicht einmal vernünftig ausgehen, maximal im Sommer. Was sollte ich tun? Und dazu noch meine Mum und Paul im Nebenhaus. Weißt du wie furchtbar das für mich wäre? Bei allem was ich tue, bekäme ich sofort ein Feedback von denen, weil ich eben immer die Tochter bleiben werde.«

»Paul und Torben haben genug Connections, um dir einen Job zu verschaffen.«

Sie sah mich entsetzt an.

»Nicht dein Ernst! Ich würde nie einen Job annehmen, den die beiden mir besorgen, denn dann müsste ich immer brav sein, weil es sonst auf die beiden zurückfällt. Nein!«

»Du könntest auch einfach herausfinden, was du wirklich tun willst. Du bist viel zu kreativ für Zahlen und du kannst mehr, als nur Alkohol zu verteilen. Ich gebe dir alle Zeit der Welt dafür.«

Für meine Worte trafen mich wütende Blicke.

»Spinnst du? Ich würde mich niemals von dir aushalten lassen! Dazu bin ich viel zu selbstständig. Schau mich nicht so enttäuscht an, Piet. Bitte.«

»Ich frage mich, wie es weitergehen soll?«

»Ich hab dich wirklich furchtbar gerne, aber im Moment kann ich nicht mehr geben, als das, was wir haben. Ich mag es, wie es ist. Das Einzige, was ich dir anbieten könnte, wäre, aller paar Wochen mal ein paar Tage am Stück hier zu verbringen. Vielleicht finde ich dabei heraus, dass all meine Bedenken unbegründet sind.«

Ein beschissener Kompromiss, aber ich ergriff diesen Strohhalm.

Silvester feierten wir zu sechst in Pauls Geburtstag hinein. Mia war nachdenklich und still – stiller als sonst. Den Grund dafür erfuhr ich erst, als wir alleine waren.

Kat, Mias Knutschfreundin, hatte am 30.12. ihr Kind zur Welt gebracht. Keine Ahnung, warum sie das so runterzog.

»Ich will mich ja für Kat freuen, aber ich kann nicht. Es fühlt sich total beschissen an«, jammerte sie.

»Wieso? Sie bleibt doch trotz Baby deine Freundin. Das Feiern wird vorerst weniger werden – aber...«

»Darum geht es doch gar nicht!«, unterbrach sie mich.

»Worum geht es dann, Mia?«

»Ich will das auch«, gestand sie, bevor sie zum ersten Mal in vier Jahren wirklich in Tränen ausbrach. Ich tröstete sie, bis sie sich beruhigte.

»Deal gegen Deal?«, fragte sie mich mit einer Mischung aus Schmerz und Hoffnung in ihren Augen.

Ich hatte keine Ahnung, was sie von mir wollte.

»Mach mir ein Baby! Ich will auch Mum sein.«

Ihre Worte schockten mich. Entsetzt wich ich zurück.

»Nein, Prinzessin. Steht nicht zur Debatte. Ein Kind ist kein Deal«, stellte ich klar.

»Wieso nicht? Du müsstest dich nicht einmal darum kümmern. Du sollst es mir nur machen«, fuhr sie mich trotzig an.

Ich brauchte ein paar Atemzüge, um mich zu sammeln.

»Mia, genau darin liegt das Problem. Wenn ich dir ein Kind mache, will ich Vater sein. Kein Wochenendvater, sondern einer, der da ist. Ich würde teilhaben wollen an den Veränderungen in deinem Leben. Nicht nur aller vierzehn Tage, sondern täglich. Ich mag Kinder und ich will Kinder, aber nur in festen Strukturen. Ich will mehr als deine Wochenendlösung sein. Liebend gerne, aber das musst du selbst wollen.«

Sie lachte bitter auf.

»Erpresst du mich gerade? Heißt das, du machst mir nur ein Baby, wenn ich dafür zu dir ziehe? Ich kann nicht dauerhaft in dieses Kaff. Das hatten wir doch erst. Ich brauche Leben um mich herum und du kannst das Kaff nicht verlassen, weil deine Freunde und deine Familie hier sind. Das ist deine Heimat. Das verstehe ich und ich würde nie von dir verlangen, sie zu verlassen. Du gehörst hierher. Ich will aber ein Kind, nicht nur weil all meine Freundinnen inzwischen Kinder haben, sondern weil es zu meiner Lebensplanung gehört. Wen sollte ich sonst darum bitten, wenn nicht dich? Du bist ein super Papa.«

Ich war fassungslos von Mias Wunsch. Der erste Tag des Jahres endete im Streit. Mia war tatsächlich der Meinung, dass ich ihr ein Baby schuldig sei, weil sie meine Frau gespielt hatte. Vollkommen irrational! Egal, was ich sagte, es war falsch. Ich konnte sie nicht erreichen. Sie nahm das Ausmaß ihres Wunsches gar nicht wahr und verstand es auch nicht. Ich war lange geduldig und ruhig geblieben, aber irgendwann wurde es mir zu viel.

»Schluss jetzt! Du kannst alles von mir haben, aber kein Baby. Ich habe dir meinen Standpunkt erklärt. Es quält mich jede zweite Woche, dass ich nicht an Jacobs Leben teilhaben kann. Was denkst du, wie es sich für mich anfühlen würde, wenn ich noch ein Kind nur alle vierzehn Tage zu sehen bekäme? Ich käme damit nicht klar«, herrschte ich sie an.

Sie stieß mich von sich weg.

»Du bist ein beschissener Egoist. Du denkst nur an dich!«, keifte sie zurück.

»Bin ich nicht. Ich beschütze dich nur vor Fehlentscheidungen. Du kannst dir nicht annähernd vorstellen, wie anstrengend ein Baby sein kann. Man kann es nicht abstellen, wenn man davon genervt ist. Niemand sollte sich alleine um ein Kind kümmern müssen. Was machst du, wenn du nächtelang nicht schlafen kannst? Wer unterstützt dich? Ich nicht. Du würdest mich irgendwann hassen.«

»Klar, gibt ja auch nur verzweifelte und ausgebrannte alleinerziehende Mütter.«

Mia war im Kämpfermodus, ich müde.

»Mia, es reicht! Dieses Gespräch ist hiermit beendet!«

»Ich hasse dich jetzt schon. Das hast du perfekt hinbekommen.«

Ihre Worte trafen mich, doch ich war weitaus Schlimmeres gewohnt.

»Lass uns endlich schlafen gehen. Ich bin müde. Wir sind schon viel zu lange wach. Morgen denkst du ganz anders über dieses Gespräch«, lenkte ich ein.

»Du schläfst in Jacobs Bett, Idiot.«

»Geht klar.«

Als ich ein paar Stunden später wach wurde, war Mia weg – abgereist, ohne irgendeine Nachricht hinterlassen zu haben. War ja klar, dass Mia immer flüchten würde. Ich kannte sie: Genauso hatte sie unzählige Male in anderen Beziehungen reagiert. Sie wäre heute sowieso zurück nach Dresden gefahren, aber geplant hatten wir die Zeit bis dahin anders.

Mein Telefon klingelte. Fenja.

»Moin, was gibt's denn?«, nahm ich ihren Anruf entgegen.

»Moin. Ein gesundes, neues Jahr wollte ich dir wünschen.«

»Danke, ebenfalls.«

»Eigentlich rufe ich dich an, weil Jacob sich einen Neujahrs-spaziergang mit uns wünscht. So wie jedes Jahr. Kriegst du das hin?«

»Ja, klar.«

»Super. Da wird er sich freuen. In zwanzig Minuten an der Seebücke?«

Zwanzig Minuten waren mehr als sportlich.

»Dreißig. Ich bin gerade erst aufgestanden.«

»Gut, dann dreißig. Ich bring dir einen Kaffee mit.«

Erst als ich aus meinem Auto stieg, wurde mir bewusst, dass Fenja viel zu nett gewesen war. Meine inneren Alarmglocken schrillten los. Vielleicht war das auch Blödsinn, denn wir waren in den letzten Monaten ohne große Konflikte miteinander ausge-kommen. Das alleine, machte mich jetzt stutzig.

Jacob kam auf mich zugerannt. Ich schob meine Bedenken beiseite und nahm ihn in den Arm.

»Ein glückliches, neues Jahr wünsche ich dir, mein Großer. Habt ihr richtig gefeiert?«

Er strahlte mich an.

»Ich durfte das Feuerwerk anzünden.«

»Wow, das klingt toll.«

Kurze Zeit später stand Fenja neben mir und reichte mir einen Kaffee.

»Du siehst beschissen aus«, begrüßte sie mich.

»Danke für den Kaffee. Wo ist Salvatore?«

Sie lächelte.

»Jacob wollte mit uns alleine spazieren gehen.«

Wir liefen lange zu dritt den Strand entlang. Der kalte Wind, der vom Wasser kam, machte mich langsam wacher. Ich fand diesen Neujahrsspaziergang befremdlich. Irgendwann ließ Jacob seinen Drachen steigen. Wir sahen ihm dabei zu.

»Mia war hier«, hörte ich Fenja sagen.

»Hm.«

»War sie mit bei deiner Familie?«

»Ja.«

»Und, hat es ihr gefallen?«

»Was soll das, Fenja?«

»Ihr habt mich verarscht. Du hast mich angelogen. Du warst nie impotent.«

Gott, noch mehr Zoff!, war mein allererster Gedanke.
»Ich habe nie gesagt, dass ich es sei. Du hast es angenommen, ohne das ich etwas dazu gesagt habe«, verteidigte ich mich.
»Du hast mir ein schlechtes Gewissen gemacht. Ich war besorgt, während ihr euch über mich amüsiert habt.«
Ihre Augen funkelten mich wütend an.
»Es tut mir leid«, entschuldigte ich mich. »Du hast mich ebenfalls verarscht. Du warst nie mit Paul bei Salvatore. Ihr habt Isabella dazu gebracht, mich anzulügen. Das ist mir inzwischen klar. Du hattest schon vor unserem Cut was mit Salvatore am Start«, ergänzte ich ruhig.
Diese Erkenntnis traf mich nicht mehr. Ich konnte keine weitere Auseinandersetzung gebrauchen. Sie winkte ab und verdrehte kurz die Augen.
»Egal. Eigentlich wollte und sollte ich richtig sauer auf dich sein. Aber ich kann nicht. Jacob ist glücklich. Das Wechselmodell funktioniert. Das alleine mildert meine Wut. Das, was meine Wut aber total verblassen lässt, ist die Tatsache, dass du ein vollkommener Idiot bist. Ich brauche dich nicht zu verletzen, denn Mia wird das für mich übernehmen, und sie wird dir weher tun, als ich jemals dazu in der Lage sein werde. Das amüsiert mich wirklich. Du glaubst doch nicht ernsthaft, dass die kleine Schlampe jemals mehr als nur ein bisschen Spaß bei dir sucht? Du bist nicht ihre Liga. Wenn du das erkennst, wirst du so verliebt sein in das Flittchen, dass sie dir das Herz bricht, und dann werde ich triumphieren. Die kann jeden haben. Wieso sollte sie dich wollen? Hast du dich das schon mal gefragt? Der einzige Grund wäre der, dass du eine gute Partie bist. Du hast ein gemachtes Nest. Aber ansonsten bist du doch für jemanden wie sie eine ziemlich langweilige Nummer. Soll sie dich ausnehmen und benutzen. Mir egal. Sobald sie jemanden findet, der in ihrem Alter ist und ihr mehr bietet, ist die weg. Die wird dir nie irgendeinen deiner Wünsche erfüllen, du wirst ihr immer nur ihre erfüllen. Das ist witzig. Genieß die Zeit, die dir bleibt. Ich hoffe, du kommst wenigstens beim Ficken auf deine Kosten. Bumsen wird sie können. Jahrelange Übung.«
Sie grinste mich schadenfroh an, während ich mit Übelkeit kämpfte. Das war also Fenjas Kriegserklärung. Sie platzierte gekonnt kleine Nadeln und jede dockte sensibel an. Nichts, was

ich zulassen wollte. Ich musste auf ihre Worte reagieren, um ihr nicht die Genugtuung zu geben.

»Ich frage mich, wieso du dir so viele Gedanken um mich machst? Läuft irgendwas schief zwischen Salvatore und dir?« Fenja lachte.

»Nein, bei uns läuft alles super. Salva ist nicht annähernd so unentschlossen wie du. Meine Wünsche werden in Erfüllung gehen. Ich bin viel glücklicher als ich es jemals war.«

»Das freut mich. Salva ist fast fünfzig, klar, dass er gerne noch Vater werden will. Mach, was immer du willst. Es geht mich nichts mehr an, Fenja. Und mein Leben sollte dir auch egal sein. Lass uns einfach weiterhin gut für Jacob da sein – das würde mir ausreichen.«

»Das bekomme ich hin. Rufe mich gerne an, wenn meine Worte wahr geworden sind.«

Kapitel 15

Mia

Ich hatte mich nur so früh auf den Heimweg gemacht, weil ich nach unserem Streit nicht zur Ruhe gekommen war. Piets leere Bettseite war schuld. Ich hatte ihn verbannt und war nicht bereit, nachzugeben. So war ich eben – aufbrausend und im Recht. Nach neun Tagen mit Piet fühlte sich mein Leben jetzt einsam an. Seltsam leer. Ich hoffte, ihn in vierzehn Tagen wiederzusehen und ihn mit meinem emotionalen Ausbruch nicht vergrault zu haben. War ich eigentlich bescheuert? Ich hätte nicht gleich mit der Tür ins Haus fallen sollen. Zu spät für Reue.

Zuhause verpackte ich mein Babygeschenk für Kat. Morgen Vormittag würde ich ihr Baby kennenlernen und die beiden aus der Klinik abholen. Ich war mit meinen Gefühlen noch immer im Zwiespalt. Kat war meine Freundin, meine Bestie, ich sollte nicht neidisch sein, sondern mich freuen und sie unterstützen. Aber war ich dazu bereit? Hoffentlich.

Den Abend verbrachte ich bei meinem Bruder. Wir feierten Weihnachten nach. Bei Philipp, Isi und den Kindern fühlte ich mich wohl. Ich war abgelenkt. Es war laut und chaotisch. Genau mein Ding. Mein Bruder ließ sich noch einmal über den Schockmoment, den ich unserer Mum verpasst hatte, aus.

»Diesmal hast du das Fass wirklich zum Überkochen gebracht. Mama hat euer Hochzeitsfoto am Heiligabend mitgebracht und auf den Tisch gestellt. Sie hat nicht einen Ton dazu gesagt. Papa ist ausgerastet. Mama und Paul waren amüsiert, aber das waren die einen Abend zuvor ganz gewiss nicht. Du und Piet also? Den habe ich noch nie wahrgenommen. Wann seid ihr denn aufeinandergetroffen?«

»Mums Hochzeit.«

Philipp beäugte mich fragend.

»Echt? War der da? Ich kann mich nicht daran erinnern.«

»Klar war er da. Er war Trauzeuge.«

Ich war so erschöpft vom Vortag, dass ich nicht lange blieb. Mir fehlte Schlaf. Müdigkeit machte mich sensibel. Meine Gedanken kreisten um Piet. Ich wusste, dass ich ihn mit meinem Ausbruch verletzt hatte. Einfach abzuhauen, war ebenfalls eine beschissene Entscheidung gewesen. Ich hasste mich selbst. Den gesamten Tag hatte ich darauf gewartet, dass er sich doch melden würde, aber er hatte sich rar gemacht. Klar, ich war abgereist, ohne eine Nachricht zu hinterlassen. Ich kam nicht zur Ruhe. Mein Herz schlug deutlich in meinem Hals. »... du – bist – weird«, pulsierte es.

Mia: Es tut mir leid. Ich hasse dich nicht. Kein bisschen. Ich war neben der Spur. Verzeihst du mir? Ich kann nicht einschlafen, wenn du mir nicht antwortest. Antworte bitte! Egal was. Hattest du einen schönen Tag mit Jacob?

Das war meine verzweifelte Nachricht an Piet. Ich hatte zwei Stunden mein Handy fixiert, bevor ich sah, dass er antwortete.

Grufti: Ja, hatten wir.

Mehr kam nicht. Ich kämpfte eine Weile gegen die Tränen an, die in meinen Augen brannten, verlor aber. Ich war enttäuscht von Piet und wütend auf mich. Ich suhlte mich im Selbstmitleid, bis ich einschlief.

Wach wurde ich erst, als mein Telefon unaufhörlich klingelte. Kats Bild leuchtet auf meinem Display auf. Verschlafen tippte ich auf ihr Foto.

»Kommst du heute noch? Ich habe dir schon zig Nachrichten hinterlassen. Wir warten seit zwei Stunden auf dich. Die wollen uns hier rausschmeißen«, sprudelte es aus ihr heraus.

Sofort war ich hellwach.

»Mist, ich habe verschlafen. Ich bin gleich da. Nicht sauer sein, bitte. Du nicht auch noch.«

Kat lachte leise.

»Ich bin nicht sauer. Zieh dich an und hole uns einfach ab.«

Ich sprang in meine Sachen und rannte zu meinem Auto. Perfekt – über Nacht hatte es geschneit. Besen und Eiskratzer waren selbstverständlich im Kofferraum. Mir blieb nichts anderes übrig, als meine Ärmel und Hände zu benutzen. Ich brauchte die gesamte Fahrt, um mich wieder aufzuwärmen. Dreißig Minuten später fiel ich Kat um den Hals.

»Sorry Kitty, es tut mir so dolle leid. Gesundes, neues Jahr, wünsche ich dir natürlich noch.«

»Dir auch, Mimi.«

Mein Blick fiel auf den Babyautositz und den Winzling darin. Mein Herz lief über. Das Baby war zuckersüß.

»Herzlichen Glückwunsch habe ich auch vergessen zu sagen. Tut mir leid.«

»Alles schick.«

Kat strahlte mich überglücklich an, während meine Aufmerksamkeit mehr dem Zwerg galt.

»Der ist so cute. Hättest du nicht einen schöneren Namen als Bruno wählen können?«

Ich fuhr behutsam über das zarte Babyhändchen.

»Keine Minute da und Tante Mia beschwert sich. Höre nicht hin, mein Schatz, Bruno ist toll.«

Bei Kat daheim angekommen, stellte ich fest, dass ich das Geschenk für sie vergessen hatte. Noch was, was so nicht geplant war. Wenigstens ließ sich das nachholen. Während ich Tee für uns kochte, lief Kat mit Bruno im Arm durch ihre Wohnung. Sie zeigte ihrem Sohn jedes Zimmer und erklärte ihm, wo sich was befand, als würde er im nächsten Moment losziehen wollen, um sein Zuhause zu erkunden. Ich grinste in mich rein und verspürte zum ersten Mal etwas anderes als Neid. Was war ich nur für eine beschissene Freundin gewesen in den letzten Monaten?

»Wie war die Geburt?«, wollte ich wissen, nachdem wir zusammen im Wohnzimmer saßen und beide ihr kleines Wunder bestaunten, was friedlich zwischen uns schlummerte.

Meine Freundin lächelte mich an und schüttelte ihren Kopf.

»Das erzähle ich dir besser nicht.«

»Wieso nicht?«

»Bruno wird Einzelkind bleiben. Das sagt alles. Wie war denn euer Weihnachten als Ehepaar?«

Ich fasste die Tage im Schnelldurchlauf zusammen, inklusive meines Ausbruchs. Ich musste sie wissen lassen, was ich empfunden hatte nach ihrer Geburtsnachricht, und entschuldigte mich für all meine neidvollen Gedanken der letzten Monaten.

»Mia, du musst dich nicht entschuldigen. Wahrscheinlich wären mir ähnliche Gedanken durch den Kopf gegangen, wenn du vor mir schwanger geworden wärst. Alles gut.« Nach kurzem

Schweigen fuhr sie fort: »Sei froh, dass Piet so vernünftig ist. Beschwere dich nicht. Der ist toll und er hat recht.«

Ich starrte sie an. War das ihr Ernst?

»Klar, sagt die, die es ohne Mann durchgezogen hat«, ging ich sie an.

»Aber doch nur, weil ich keinen Mann gefunden habe, den ich ertragen kann oder der mich ertragen könnte. Ich verstehe dich sowieso gerade nicht. Du kannst alles haben, was du willst und siehst es nicht. Wenn jemand einen Grund hat für Neid, dann ich.«

Ich hatte ihre Worte gehört, aber ich verstand sie nicht.

»Auf was bist du neidisch? Meinen Kneipenjob?«, fragte ich irritiert nach.

Kat lächelte sanftmütig.

»Auf den nicht. Aber ansonsten. Was soll ich sagen? Du hast den Jackpot, den ich mir für mich selbst wünsche. Hätte ich Piet, würde ich keine Wochenenden wollen. Ich würde alles nehmen, wozu er bereit ist.«

Okay, das war weird. Schwärmte Kat gerade für Piet?

»Du kennst ihn überhaupt nicht«, kam gereizt aus meinem Mund.

»Das, was ich kennengelernt habe, reicht mir. Der ist seit Jahren einer deiner engsten Freunde, kein Idiot, sondern darauf bedacht, dass es dir gut geht. Er hat deine gesamte Bude in Schuss gebracht. Seine Rollenansichten sind sicher etwas gewöhnungsbedürftig, aber nichts, womit ich nicht klar käme. Wann immer ich euch zusammen gesehen habe, war er liebevoll – ganz anders als die Kerle, die du für gewöhnlich bevorzugst. Ihr seid so sweet zusammen.«

Ihre Augen glänzten.

»Eure Fake-Ehe fand ich witzig. Sowas macht auch nicht jeder«, ergänzte sie.

»Das war seine Idee«, erinnerte ich sie.

»Ja, eine ziemlich amüsante. Wenn du bei dem nicht zugreifst, bist du dumm, Mia. Noch mehr Jackpot wirst du nie finden!«

Noch mehr Verwirrung.

»Du würdest also auf alles verzichten, was dir sonst noch wichtig ist und sofort in sein Kaff ziehen?«

Sie lächelte noch immer.

»Sofort, ohne nachzudenken. Nur leider will er ja dich. Mich bräuchte er nicht von sich überzeugen. Ein tiefes Grollen würde mir schon reichen. Abgesehen von dem Nest in dem er lebt, was hat er für Makel?«

Ich dachte darüber nach. Mir fiel nichts ein, was ich hätte antworten können.

»Er nörgelt gerne. Er weiß alles besser und das Schlimmste, er hat damit meistens recht«, war das Einzige, was ich nach reichlicher Bedenkzeit zu kritisieren hatte.

»Das hört sich ja wahrhaftig grauenvoll an. Und ansonsten? Riesige Warze am Hintern?«, gluckste sie amüsiert.

»Nein. Er hat keine Makel. Nur Kleinigkeiten. Er bleibt meistens ruhig, selbst wenn ich durchdrehe. Man kann ihn schwer aus der Reserve locken.«

»Klingt nach Fels in der Brandung.«

Ich war genervt und schnaufte.

»Liebst du ihn?«

Ihre Frage beschleunigte meinen Herzschlag.

»Mia, wäge nicht ab. Was sagt dir dein Bauch?«

Ich kannte meine Antwort, sie kam nicht spontan.

»Ja, ich bin verliebt und diesmal sogar richtig echt«, gestand ich ihr.

»Und weiß er das auch?«

»Nein, eher nicht«, gab ich zu.

»Ruf ihn an und sag ihm, dass du ihn liebst und darüber nachdenken wirst, in sein Kaff zu ziehen. Sonst ziehe ich zu ihm, egal ob er das will.«

Sie sah mich an, als würde sie das ernst meinen. Auweia. Besser ich rief schnell an, bevor sie es tat. Ich angelte nach meinem Handy und stellte erleichtert fest, dass Piet sich gemeldet hatte. Eine Sprachnachricht. Seltenheitswert.

Mia, ich konnte dir gestern nicht schreiben, weil ich nachdenken musste. Ich weiß, dass das hier auch der falsche Weg ist, aber ich kann dich nicht anrufen. Du hattest recht. Das zuzugeben fällt mir schwer. Ich hatte gehofft, dass wenn wir nur zusammen wären, irgendwann ein Sechstens kommen würde. Aber ich habe jetzt verstanden, dass es nie ein Sechstens geben wird. Ich liebe dich und du weißt, dass das die Wahrheit ist. Aber dich zu lieben, reicht nicht aus. Dich zu lieben, tut weh. Wir stehen uns beide im Weg mit unseren Wünschen. Mehr haben zu wollen als die Freundschaft, die wir hatten, war eine ganz dumme Idee von mir. Ich hätte auf dich hören sollen. Du bist frei.

Ich starrte geschockt auf das Telefon in meiner Hand. Kat stand auf, setzte sich neben mich und zog mich in ihre Arme. »Ich nehme alles zurück. Er ist ein Idiot! Man macht nicht via VC mit jemanden Schluss.«
Erst mit ihren Worten realisierte ich den Inhalt seiner Nachricht. Er hatte mich abserviert! Ich bekam kaum Luft. Meine Augen brannten. Es dauerte nicht lange und ich heulte noch mehr als letzte Nacht. Als Bruno mit einstimmte, verließ ich Kats Wohnung. Unmöglich konnte sie zwei Seelen trösten.
Aufgelöst und zittrig stand ich vor meinem Auto. Nicht mal die kalte Winterluft ließ meine Enttäuschung und Wut abebben. Mit eisigen Fingern zog ich mein Telefon aus der Hosentasche und hinterließ Piet ebenfalls einen VC.

Ich wollte dich vorhin anrufen und dir sagen, das du mehr für mich bist und mich für mein Verhalten entschuldigen. Aber vorher habe ich deine beschissene Nachricht gehört. Du hast nicht mal den Arsch in der Hose, mit mir zu telefonieren? Echt jetzt? Du machst Schluss mit mir in einem beschissenen Voice-Call? Und das nach den letzten Tagen? Was stimmt nicht mit dir? Da reagiere ich einmal emotional und schon ist es dir zu viel? Ich habe gerade vor ein paar Tagen deine Frau gespielt. Wir waren glücklich, oder vielleicht auch nur ich. Keine Ahnung. Ich habe dir einen riesigen Gefallen getan und ich habe dir diesen Wunsch gerne erfüllt. Wenn jemand mein Jackpot geworden wäre, dann du. Aber das ist jetzt auch egal. Denk bloß nicht, dass wir jemals wieder Freunde sein können!

Mein Frust war nicht gelindert nach diesen Worten. Kein bisschen. Mir blieben noch zwei Stunden, bevor ich meinen Kneipenjob wieder antreten konnte. Zwei Stunden, in denen ich versuchte, mir die verfluchten Emotionen aus dem Gesicht zu waschen und mit Make-up zu übermalen.
Auf Arbeit ging es nicht sonderlich gut weiter. Mein Chef stellte mir einen neuen Kollegen vor. Einen, den er eingestellt hatte, weil ich so oft nicht zur Verfügung gestanden hatte. Ich flehte ihn an, mich nicht zu entlassen. Ich brauchte diesen Job.

Kapitel 16

Piet

Seit Mias letzter Nachricht herrschte Funkstille zwischen uns. Vier Wochen fühlten sich nach einer halben Ewigkeit an. Ich kam nur schwer klar mit mir selbst, dabei hatte ich Mia verlassen, nicht sie mich. Nach unserer sinnlosen Auseinandersetzung war mir bewusst geworden, dass ich von ihr nie mehr bekommen würde. Selbstschutz. Sie hatte mir lediglich eine Affäre zugesichert. Dumm von mir, anzunehmen, dass sich daran irgendwann etwas verändern würde. Jeder neue Abschied war zur nächsten Herausforderung geworden, weil meine Absichten andere gewesen waren. Mein Fehler, nicht ihrer. Jetzt hatte ich einen endgültigen Abschied. Einen, mit dem ich kaum umgehen konnte, weil er unerträglich war. Wir waren über vier Jahre verbunden gewesen. Funkstille war Hölle.

Ich hatte die ersten Nächte nicht einmal in meinem Schlafzimmer schlafen können, weil ich fand, dass es in Mias Duft gehüllt war. Selbst nachdem ich die Bettwäsche gewaschen hatte, roch es noch nach ihr. Dauerlüften half nicht. Ich hatte alles verbannt, was mich an sie erinnerte. Trotzdem war sie ständig präsent in meinem Hirn. Grauenvoll. Ich wollte wissen, wie es ihr ging und was sie machte. Seltsamerweise hatte ich mir diese Fragen nach der Trennung von Fenja nie gestellt. Fenja hatte mich so ausgelaugt in all den Jahren, dass ich froh gewesen war, als ich endlich Ruhe hatte.

Inzwischen verstand ich Mias Wunsch nach Geheimniskrämerei. Wäre zwischen uns alles geheim geblieben, hätte ich jetzt Ablenkung bei meinen Freunden finden können. Aber ich mied meine Kumpels, weil ich keine Lust auf ihre Fragen und die mitleidigen Blicke hatte. Ich fühlte mich, als wäre ich in Isolationshaft, nur unterbrochen von der Zeit, in der ich Jacob bei mir hatte.

Einsamkeit tat mir nicht gut. Ich arbeitete wie besessen und dröhnte mich mit Musik zu, weil ich hoffte, dass die lauter war als meine Gedanken. Diese Mischung der Geräusche, aus Musik und Schleifmaschine, beruhigte mein Hirn. Ich hatte Sören überzeugt, dass das Mobiliar im Außenbereich ihres Hotels dringend eine Überarbeitung bis zum Saisonstart benötigte – nur damit ich zur Genüge beschäftigt war.

Die Musik ging abrupt aus. Ich schaute mich um. Helene stand hinter mir und hielt den Stecker in der Hand. Sie sah angespannt aus.

»Mach das Ding aus«, forderte sie.

Widerwillig unterbrach ich meine Arbeit.

»Was willst du?«, fragte ich gereizt nach.

»Du weißt, was ich von dir will. Ein paar Antworten wären nett.«

Ich war nicht in der Stimmung für Antworten.

»Ich habe zu tun.«

Sie atmete tief durch, bevor: »Das ist mir egal. Ohne Antworten gehe ich nicht«, bestimmt über ihre Lippen kam.

Sie würde nicht verschwinden, wenn ich sie ignorierte.

»Antworten kann man nur auf Fragen geben.«

Sie kam auf mich zu und strich mit ihrer Hand über das Holz, das ich eben abgeschliffen hatte. Der aufgewirbelte Holzstaub tanzte glitzernd in den Sonnenstrahlen, die durch das Fenster fielen.

»Gut, wie du willst. Dann frage ich dich eben: Was ist zwischen dir und Mia passiert? Mia schweigt, du schweigst. Du gehst uns seit Wochen aus dem Weg. Weshalb? Haben wir dir irgendwas getan oder ist es wegen Mia?«

Ich wusste nicht, was ich darauf antworten sollte, also schwieg ich. Helene stand inzwischen vor mir und sah mich auffordernd an.

»Komm schon, Piet. Ich will nur verstehen, was gerade los ist. Du wolltest Fragen – ich hab dich gefragt – jetzt antworte gefälligst auch.«

Mein Hals war trocken, ich konnte nicht reden. Ich versuchte, mich abzulenken und legte mir das nächste Werkzeug zurecht. Lene war mir gefolgt und stand wieder direkt vor mir.

»Okay, dann lass mich raten und du nickst einfach, wenn ich richtig liege. Wird das funktionieren?«

Helene sah besorgt zu mir auf, bevor sich ein mitleidiges Lächeln auf ihre Lippen legte. Genau dieses Lächeln und ihren Blick dazu konnte ich nicht leiden. Denn damit bekam sie mich jedes Mal rum. Ich nickte automatisch.

»Du hattest Streit mit Mia.«

Ich nickte erneut.

»Sie hat überreagiert und dich abserviert.«

Nichts, worauf ich reagierte.

»Piet?«

Sie schnaufte.

»Herrje, sind wir hier im Kindergarten? Also nicht sie hat überreagiert, sondern du?«

Sie sah mich auffordernd an. In mir brodelte es. Ich kämpfte ein paar Sekunden mit mir, ehe ich mich verteidigte.

»Ich habe nicht überreagiert. Ich habe nur festgestellt, dass wir nicht dasselbe wollen, und dass es dumm war, aus der Freundschaft zwischen uns mehr machen zu wollen. Du brauchst dir keine Sorgen mehr um deine Tochter zu machen...«

»Ich habe mir nie Sorgen gemacht, solange ich wusste, dass du auf sie aufpassen wirst«, fiel sie mir ins Wort.

»Mia ist erwachsen. Sie kommt klar. Genau deshalb wollte sie nicht, dass jemand Bescheid weiß, weil ihr euch immer in Dinge einmischt, die euch nichts angehen«, blaffte ich.

Helene schüttelte ihren Kopf und sah verletzt zu mir auf. Augenblicklich fühlte ich mich noch beschissener.

»Denkst du wirklich, dass wir dich nicht verstehen und uns in Dinge einmischen, die uns nichts angehen? Ich will mich nicht einmischen, ich will es nur verstehen. Das tue ich noch immer nicht, aber immerhin weiß ich jetzt Bescheid. Schweigt sie mich an, weil ich irgendwas falsch gemacht habe?«

»Das tut mir leid. Ich wusste nicht, dass sie nicht mit dir spricht. Ich dachte, das betrifft nur mich. Ich wollte keinen Keil zwischen euch treiben. Wirklich nicht.«

Lene berührte meine Schulter. Nicht gut. Ihre sensiblen Antennen und ihr Einfühlungsvermögen waren nichts, womit ich sonderlich gut klarkam. Noch nie. Ich versuchte, mich zu befreien.

»Ich mache dir keine Vorwürfe, hörst du? Nie. Zwischen uns ist alles okay. Ich sehe, dass du nicht glücklich bist. Meinst du nicht, dass es dir vielleicht guttun würde, mal loszuwerden, was dich fertig macht? Ich höre nur zu, versprochen. Ich kenne meine wilde Tochter und ich kenne auch dich ziemlich gut. Ich mag dich sehr. Das weißt du, oder? Ich kann dir nur anbieten, dir zuzuhören...«

»Mia hat mir nie mehr als Wochenenden zugesichert. Ich wollte mehr. Mein Fehler. Ich habe eingewilligt. Ich hätte mich nicht auf ihre Bedingungen einlassen dürfen. Bescheuert vor mir – denn ich komme nicht klar. Ich will alles oder nichts. Nichts tut beschissen weh, aber besser so, als alles andere«, sprudelte es unkontrolliert aus mir heraus.

Helene trug mit ihrer heiligen Art Schuld an meinem Wortschwall! Ihre Hand war von meiner Schulter auf meinen Rücken gewandert.

»Bedingungen? In eine Beziehung gehören keine Bedingungen. Das ist dir klar, oder? Wieso hast du dich darauf eingelassen?«

Ich zuckte mit den Schultern.

»Du kennst die Antwort«, brummte ich.

»Sag es mir trotzdem«

»Weil ich Mia wollte.«

Helene lächelte.

»Dann ist Mia nicht unschuldig. Sicher weiß sie das längst und schweigt mich deshalb an. Damit kann ich leben. Kommst du klar?«, hakte sie nach.

»Ja.«

»Wenn nicht, hast du uns. Ich weiß, dass es für dich manchmal schwierig ist mit Paul, aber du bist ihm wichtig – selbst wenn er motzt.«

»Ich weiß.«

Sie umarmte mich.

»Es ist Montag. Ich koche nachher. Komm bitte. Wir werden dich in Ruhe lassen – nur zusammen essen. Am Mittwoch wirst du uns wieder bewirten. Wir haben dich lange genug in Ruhe gelassen. Höre auf mit dem Selbstmitleid, das hast du nicht nötig. Du bist gut so, wie du bist.«

Mein Hals fühlte sich wie zugeschnürt an. Ich musste Helene loswerden, sonst würde sie mich zum Heulen bringen.

»Lass mich alleine. Ich muss arbeiten«, würgte ich raus.

»Geht klar. Bis nachher.«

Kaum war Helene raus, befreite ich meine Hände vom Holzstaub und zog mein Handy aus der Hosentasche. Meine Finger wischten automatisch über das Display, bis Mias Bild auftauchte.

Piet: Bestrafe nicht deine Mum. Schweige mich an, nicht sie. Wir werden irgendwie miteinander klarkommen. Für Lene und Paul.

Ich drückte schnell auf Senden, bevor ich nachdenken konnte. Womöglich hatte Mia mich sowieso blockiert und bekam meine Nachricht nicht. Ich hoffte sogar darauf. Zu wissen, dass sie meine Nachricht las, aber nicht reagierte, würde mich mehr verletzten.

Ich nahm am gemeinsamen Abendessen teil. Das war etwas, was wir seit Jahren beinahe regelmäßig durchzogen. Montags aßen wir bei Paul, mittwochs bei mir, freitags bei Torben. Seitdem ich selbst kochen musste, war der Mittwoch zum Pastatag geworden. Nudeln für fünf Erwachsene und drei Kinder bekam ich locker hin.

Während wir aßen, kamen weder Fragen noch mitleidige Blicke. Es gab genügend andere Themen. Ich kam zur Ruhe und war Helene dankbar. Die wenigen Worte, die wir gewechselt hatten, hatten mich etwas aus meinem Tief geholt. Allerdings hätte ich sofort nach dem Essen verschwinden sollen, denn sobald ich mit meinen Kumpels und einem Glas Whisky zusammen saß, kamen Fragen.

»Ich will nicht reden!«, stellte ich klar.

Paul schüttelte den Kopf.

»Kannst du vergessen. Du und Torben habt mich viel zu oft genötigt, euch mein Herz auszuschütten, um mich dann mit dämlichen Ratschlägen zu quälen. Jetzt will ich auch mal dran sein.«

Auf seinen Lippen lag Spott. Ich sah hilfesuchend zu Torben. Blöde Idee, denn er grinste ähnlich.

»Tut mir leid. Ich kann Paul nur recht geben«, verbündete er sich mit ihm.

Ich nahm mein Glas an die Lippen und trank. Ohne Alkohol war das nicht zu ertragen.

»Du hast immer dämliche Ratschläge gegeben. Soweit ich weiß, habe ich mich zurückgehalten«, wandt ich mich an Torben.

Paul lachte auf.

»Das stimmt nicht, Alter. Lass mich nachdenken. Mir fällt bestimmt einer deiner wertvollen Tipps ein.«

Er tat so, als würde er grübeln.

»Perfekt, mir ist etwas eingefallen. Willst du eine Kostprobe deiner super Ratschläge an mich?«

Ich schüttelte den Kopf.

»Komm schon, Piet! Lass uns wissen, was los war! Erst euer monatelanges Versteckspiel, dann durften wir einen Abend an euch beiden teilhaben, und zack, ist es vorbei. Haben wir Mia abgeschreckt?«, witzelte Torben.

Das nahmen sie nicht wirklich an, oder doch?

»Ihr habt rein gar nichts damit zu tun. Beruhigt euch das?«

»Das war uns klar. Und nun rede endlich!«, forderte Paul und schenkte mir nach.

Wenn er dachte, dass ich angetrunken mehr erzählen würde, als ich wollte, lag er falsch. Bei Paul funktionierte Alkohol wunderbar. Torben und ich hatten ihn mehrfach abgefüllt und ausgefragt. Die Erinnerung daran ließ mich kurzzeitig schmunzeln.

»Ich habe festgestellt, dass ich mich nicht eigne als Wochenendbeziehung. Mehr nicht.«

Ich holte meine Zigaretten raus. Paul würde nicht zulassen, dass ich sein Haus vollqualmte und ich war entlassen. Doch statt mich rauszuschmeißen, stand er auf, öffnete das Fenster und holte mir einen Aschenbecher.

»Funktioniert nicht!«, kommentierte er.

»Dann hole ich einen Joint rüber!«, provozierte ich ihn.

Er zuckte mit den Schultern.

»Mach doch. Akzeptiere ich. Ich brenne darauf zu erfahren, was Mia angestellt hat, um dich zu vergraulen. Lene meinte, du hast es beendet. Was war der wahre Grund?«

Beiden löcherten mich mit Blicken.

»Silvester hattest du noch kein Problem mit einer Wochenendbeziehung«, fügte Torben hinzu.

Ich zog in aller Ruhe an meiner Zigarette, während ich mir überlegte, was ich bereit war zu erzählen.

»Ich habe schon ziemlich lange Probleme mit der Wochenendlösung. Mia wollte aber nicht mehr. Warum sollte ich das Unvermeidliche noch ewig hinauszögern?«

Mehr würden sie nicht erfahren.

»Und du bist dir sicher, dass du sie hättest nicht doch irgendwann überzeugen können? A) von dir und B) wie obergigantischmegamäßig toll es hier ist.«

Für seine dämliche Frage blies ich ihm Rauch entgegen. Er grinste.

»Stört mich nicht. Antworte!«

»Ja, ich bin mir ganz sicher.«

Paul räusperte sich.

»Ich hatte eher den Eindruck, dass Mia angepisst war, nicht du. Die war still, dabei labert sie doch sonst wie ein Wasserfall.« Ich stand auf und ging.

Bevor ich ins Bett ging, sah ich noch einmal auf mein Handy:

Mia: Ich bestrafe weder meine Mum noch dich. Ich verstehe dich sogar. Ich bin wirklich dumm und bescheuert. Kein Wunder, dass du mich nicht mehr ertragen konntest. Wir werden klarkommen. Ich hoffe, dir geht es gut. Mia

Ihre Nachricht beunruhigte mich. Sie klang nicht nach ihr. Meine Müdigkeit war augenblicklich verflogen. Ich rief sie an, erreichte sie aber nicht. Nach dem fünften Anruf hinterließ ich ihr eine Nachricht und bat sie, mich zurückzurufen. Ihr Rückruf kam weit nach Mitternacht.

»Alles gut bei dir?«, fragte sie mich.

Ihre Stimme zu hören tat gut.

»Ja, verdammt noch mal. Bei mir ist alles gut. Bei dir auch? Deine Nachricht klang so komisch. Ich habe mir Sorgen gemacht. Warum gehst du nicht an dein verfluchtes Telefon?«, belegte ich sie trotzdem.

»Echt jetzt? Du rufst mich fünfmal an, weil du dir Sorgen machst? Dir ist klar, dass dir das nicht mehr zusteht. Ich war arbeiten. Der Klingelton war aus.«

Fuck, ihren Kneipenjob hatte ich glatt verdrängt. Schnee knirschte durchs Telefon.

»Läufst du etwa heim?«

»Ja, klar. Mein Auto ist eingeschneit. Reg dich ab. Alles bestens. Wenn es dich beruhigt, können wir so lange telefonieren, bis ich zu Hause bin.«

Ich war dankbar für dieses Angebot.

»Werden wir. Hast du mit Lene gesprochen?«, wollte ich wissen.

Sie stöhnte.

»Chill mal. Ich habe schon zwei Väter, wehe, du willst jetzt der dritte werden!«

»Reiz mich nicht!«, herrschte ich sie an.

»Hattest du wegen meines Schweigens Ärger mit meiner Mum? Ich hoffe nicht. Ich habe sie nicht angerufen, weil ich nicht wusste, was ich ihr hätte sagen sollen. Etwa, dass ich eine Idiotin bin? Das weiß ich selbst, dafür brauche ich nicht ihre Worte.« Sie klang trotzig.

»Du bist keine Idiotin«, widersprach ich ihr.

»Doch, klar bin ich das. Ein Beispiel? Ich habe studiert und arbeite in einer Kneipe. Weißt du was? Mir macht das sogar mehr Spaß als alles andere.«

Das wusste ich.

»Dann ist das etwas Gutes, Mia.«

Sie lachte auf.

»Ja, klar. Ich rufe Mum an, sobald ich wieder wach bin. Zufrieden?«

»Mia, ich habe das für uns beide getan«, hörte ich mich sagen.

»Klar. Die Stimme der Vernunft. Du hast mich nur für ein bisschen Abwechslung in deinem Leben gebraucht und für deine Familie. Auch egal. War ja schön...«

»Das ist nicht wahr und das weißt du auch!«, fiel ich ihr aufgebracht ins Wort.

»Lass uns über etwas anderes sprechen. Sonst muss ich auflegen.«

Ich musste schlucken, um mich zusammenzureißen.

»Worüber willst du reden?«

»Weiß nicht. Etwas Unverfängliches. Wie geht es Jacob?«

»Gut, etwas erkältet, aber okay.«

»Fand er das Experimentierbuch cool?«

Was sollte ich antworten? Ich hatte es ihm nicht gegeben, weil es eben von Mia gewesen war.

»Ja, sehr cool«, log ich. »Ich soll dir danke sagen.«

Noch eine Lüge.

»Habt ihr schon etwas ausprobiert?«

»Nein, sind wir noch nicht dazu gekommen.«

Wenigstens das war nicht gelogen.

»Du erinnerst dich an Charlie, meinen Chef? Der hatte aushilfsweise einen Kerl eingestellt und ihm über Weihnachten eine feste Stelle angeboten. Ich habe Angst, dass er vorhat, mich zu entlassen«, sprudelte es aus ihr raus.

»Wieso sollte er?«

Kurzes Schweigen.

»Womöglich, weil ich sehr oft an den Wochenenden gefehlt habe.«

Machte sie sich ernsthaft Sorgen um ihren Job oder wollte sie mir ein schlechtes Gewissen machen? Ich dachte darüber nach und schwieg.

»Dafür bin ich aber jetzt wieder überaus präsent. Ich war bisher jeden Abend da«, redete sie weiter.

Ich wollte mir nicht vorstellen, dass sie seit vier Wochen jeden Abend mit jedem Kerl da flirtete und nachts alleine nach Hause lief. Ich zwang mich regelrecht dazu, die Worte, die mir auf der Zunge lagen, nicht auszusprechen.

»Bist du noch dran?«

»Ja. Ich höre dir zu.«

Eine bessere Antwort fiel mir nicht ein.

»Wie läuft es bei dir? Hast du die Zusage für den Schiffsspielplatz bekommen und wirst du ihn bauen?«

»Ja und ja.«

Ich hörte sie kurz jubeln.

»Das ist so krass. Deine Skizzen waren genial. Du bist so talentiert. Gratulation! Die haben sich definitiv für den Richtigen entschieden.«

Es klang, als sei sie stolz auf mich.

»Danke. Ich bin gerade auf der Suche nach Unterstützern. So ein riesiges Projekt bekomme ich nicht alleine gestemmt.«

»Ich bin jetzt zu Hause. Danke für deine Begleitung.«

»Gern geschehen. Ruf mich morgen Nacht bitte wieder an. Ich will nicht, dass du nachts alleine unterwegs bist.«

Ihr Lachen ließ mein Herz ein paar Takte schneller schlagen.

»Geht klar, Grufti. Schlaf gut.«

»Du auch, Prinzessin.«

»Ich wünschte, ich wäre eine. Nachti.«

Kapitel 17

Mia

Es war einige Monate her, dass ich unüberlegt aus Lubkow geflüchtet war und Piet mich abserviert hatte. Schon beim bloßen Gedanken daran, verspürte ich Aufruhr in mir. Noch nie hatte mich jemand via Voice-Call verlassen, und ich ebenfalls nicht. Dabei war ich Meisterin im Abservieren.

Seit dem allerersten Tag machte mich das rasend und hinderte mich daran, mein Leben so unbeschwert wie zuvor zu führen. Ablenkung von meinem Dilemma fand ich meist erst abends, wenn ich hinter der Bar stand oder Gäste bediente.

Arbeitete ich nicht, dann war ich Freundin und Lebensberaterin für Kat und Bruno. Beides nahm den Großteil meiner Zeit ein. Meine alten Dating-Apps waren wieder aktiviert, aber ich verbrachte damit weitaus weniger Zeit als früher. Bisher hatte ich fünf Dates gehabt, davon drei per App. Am längsten datete ich jedoch meinen Arbeitskollegen – den, den Charlie eingestellt hatte, um mich zu ersetzen, etwas das er immerhin nicht durchgezogen hatte.

Lennart und ich waren arbeitstechnisch ein gutes Team. Abgesehen davon, baggerte er mit Vorliebe. Vor Monaten wäre ich darauf angesprungen, denn Lennart war hot. Aber ich stand neben der Spur.

Ich hatte mit Lenny geflirtet, ihn mit zu mir genommen, wir hatten geknutscht, aber mehr war nicht passiert – dabei hätte ich gerne mehr gewollt, schon alleine, um mich frei zu fühlen. Aber ich konnte nicht. Sobald wir intimer wurden, war Piet in meinem Kopf. Dasselbe Spiel hatte ich mit drei weiteren Männern erlebt, mit denen ich nur deshalb Zeit verbrachte, um auszutesten, ob es womöglich doch an Lennart lag. Lag es nicht. Es lag eindeutig an mir! Es war wie verflucht. Ich bekam Piet nicht aus meinem Hirn.

Mein Kopf wollte keine neuen Liebesabenteuer oder vielleicht war es nicht nur mein Kopf, der sich dagegen sträubte. Ich wollte, verflucht noch mal, den Grufti zurück! Dass ich so sehr an jemanden hing, der mich nicht mehr wollte, fand ich erschreckend, verwirrend und krank. Bisher hatte ich jeden Mann in meinem Leben einfach abgehakt und war offen gewesen für neue Erfahrungen. Piet hatte mir das genommen, und schon alleine deshalb, war ich wütend auf ihn und frustriert von mir selbst. Ich sandte ständig undefinierbare Signale aus.

Mit Lennart hatte ich über mein Desaster gesprochen, weil ich gehofft hatte, dass er eine Lösung kannte. Daraufhin hatte er mich zum Frustabbau mit in einen Boxclub geschleppt. Seitdem prügelte ich mich regelmäßig, mal mit ihm, mal mit einem Boxsack. Mein Kopf war frei in diesen Stunden, nur deshalb akzeptierte ich jedes Mal den höllischen Muskelkater und die blauen Flecke danach. Keine Dates zu haben, ließ mir Zeit für meine vielen Hobbys. Inzwischen hatte ich einen eigenen Onlineshop und freute mich über alles, was ich verkaufen konnte – von gefilztem Spielzeug über Babykleidung und Schmuck bis hin zu Tiffany-Fensterbildern.

War ich bei Kat und Bruno, bekam ich deutlich vor Augen geführt, dass Piets Bedenken zu alleinerziehenden Jungmamas nicht aus der Luft gegriffen waren. Kat war zwar nicht *über*fordert, aber doch sehr *ge*fordert und dankbar über jede Unterstützung, die sie bekommen konnte.

Meine Mum hatte zwei Kinder alleine großgezogen – wie auch immer sie das hinbekommen hatte, ohne durchzudrehen? Seit Wochen hatte ich mehr Respekt vor ihr und konnte mich besser in sie einfühlen.

Wenn ich mich doch einmal einsam fühlte, besuchte ich meinen Bruder und nahm ihm meine Nichten ab. Mit den beiden zu spielen war ebenfalls eine perfekte Ablenkung.

Mein Neffe wollte nicht mehr spielen. Für ihn war ich keine coole Tante mehr, sondern nur noch die, die ihm gelegentlich seine Hausaufgaben erklärte. Auch etwas, was ich recht gut beherrschte. Ich besuchte meinen Bruder solange gerne, bis Isi auf die Idee kam, mich mit einem Kerl verkuppeln zu wollen, den sie selbst nur Porno-Dustin nannte. Der hoffnungsloseste Fall in ihrem Freundeskreis. Ich hatte Porno-Dustin getroffen – eine Zumutung!

Der einzige Mann, den ich bedenkenlos treffen konnte, war mein Bestie Vincent, der Erste. Vince mochte seinen Titel. Gingen wir gemeinsam aus und trafen neue Leute, stellte er sich regelmäßig damit vor, ohne zu erklären, dass er diesen Titel nur trug, weil es seit ihm sechs weitere Typen mit seinem Namen gegeben hatte.

Als die nächste Familienfeier anstand und Vince mich erneut als Begleitung einplante, erklärte ich ihm, dass ich nach meinem Auftritt bei Familie Ruloff nicht mehr bereit war, seine Alibi-Freundin zu spielen.

Er hatte beleidigt reagiert. Mein Angebot: Wir besuchten seine Eltern gemeinsam, und er klärte sie mit meiner Unterstützung darüber auf, dass wir nur Freunde waren und sein Interesse Männern galt. Seine Familie hatten nicht annähernd so reagiert, wie von ihm befürchtet. Mir war das immer schon klar gewesen, ihm weniger. Eltern konnten viel mehr ertragen, als man ihnen zutraute.

Nun war ich zum ersten Mal wieder unterwegs nach Lubkow. Lenny begleitete mich. Er hatte sich angeboten, zum Geburtstag meiner Mum mitzukommen. Charlie war nicht gerade begeistert, dass wir um dasselbe freie Wochenende gebeten hatten, denn meistens schmissen wir beide den Laden alleine.

Ich war mir nicht mehr sicher, ob Lennarts Anwesenheit wirklich eine gute Idee war. Ich hätte mich an meinen Bruder halten können. Halt, nein – Porno-Dustin nahm ich ihm noch übel!

Mein Bruder und seine Familie übernachteten bei Mum und Paul. Das war sehr viel Leben für die beiden. Lenny und ich bevorzugten daher ein Hotel. Die Alternative wäre gewesen, bei Charlotte und Torben zu übernachten. Kam auch nicht in Frage, ich wollte so wenig Kontakt wie nur möglich zu jedem einzelnen Hofbewohner.

Wir spazierten nach der Autofahrt lange am Strand entlang. Vom Wasser aus wehte uns kühler Wind ins Gesicht, Wellen brachen am Strand. Traumhaft.

»Willst du ihn eigentlich eifersüchtig machen?«, fragte Lenny, nachdem wir längere Zeit die Landschaft schweigend genossen hatten.

Ich sah ihn entgeistert an – nichts, worüber ich mir bisher Gedanken gemacht hatte.

»Nein. Doch. Keine Ahnung, was ich will. Ich will mich nur nicht alleine fühlen.«

Lennart legte mir seinen Arm auf die Schulter.

»Geht klar. Ich bin zu allem bereit. Das weißt du, oder?«

»Danke. Ich bin froh, dass du mit mir hier bist.«

Gerade empfand ich das so. Im nächsten Moment sicher wieder anders.

»Gern geschehen.«

Bei meiner Mum herrschte Familienchaos. Meine Nichten tobten durchs Haus, Moritz muffelte rum, mein Bruder und Isi hatten sich in der Wolle, meine Mum telefonierte und sah gestresst aus. Paul stand etwas hilflos neben uns. Für ihn war noch immer jeder Familienbesuch eine riesige Herausforderung. Wenigstens schenkte er uns ein zaghaftes Lächeln.

»Schön, dass ihr endlich da seid. Lass dich drücken, Lieblingstochter.«

Dass er unseren Besuch schön fand, war ganz sicher eine Lüge, dachte ich, während er mich an sich drückte. Er küsste meinen Kopf, bevor er mich wieder losließ und sich meiner Begleitung widmete.

»Du bist also Lennart. Freut mich, dich kennenzulernen. Ich bin der Daddy, Paul.«

Lennart nickte und reichte Paul seine Hand.

»Der Daddy also. Darf ich Paul sagen oder bevorzugst du Daddy?«, fragte er grinsend.

»Paul. Mir wäre es lieber, Mia würde auch endlich Paul sagen.«

Dabei zwinkerte er mir zu.

»Geht klar, Daddy.«

Mum hatte ihr Telefonat beendet und kam zu uns. Sie sah bedrückt aus.

»Hallo meine Süße! Schön, dass ihr endlich da seid«, begrüßte sie mich.

»Happy Birthday, weltbeste Mum. Du siehst nicht gerade glücklich aus. Hat Paul zu viele Kerzen auf deiner Torte platziert? Was gibt's denn für Probleme?«

Sie versuchte sich an einem Lächeln, winkte ab und fokussierte meine Begleitung.

»Nichts, was wir nicht hinbekommen. Willst du mir nicht lieber den jungen Mann vorstellen?«

»Ich bin Lennart. Danke für Ihre Einladung«, übernahm er selbst.

Was war das denn? Paul hatte er automatisch geduzt, meine Mum bekam ein Sie? In mir grummelte ein Lachen.

»Du, sag bloß du. Ich bin Lene. Zieht eure Jacken aus und sucht euch ein Plätzchen. Mögt ihr Kaffee oder Tee?«

Es dauerte gar nicht lange und wir kannten den Grund für die Besorgnisse meiner Mum: Ihre Party würde in einem Lokal stattfinden und gestern hatte sich der erste Servicemitarbeiter krank gemeldet, heute die nächsten beiden. Das war wirklich eine Katastrophe, aber ich kannte die Lösung.

»Keine Sorge, Mum. Du hast zwei neue Servicemitarbeiter, oder Lenny?«

Ich sah flehend zu ihm auf. Er nickte.

»Kommt gar nicht in Frage. Ihr seid zum Feiern hier«, protestierte sie.

»Kein Problem. Das ist unser Geburtstagsgeschenk«, sprang Lenny ein.

Dabei hatte er mich fixiert. Sein Blick sagte: Dafür bist du mir was schuldig.

Zu arbeiten kam mir gerade recht. Lieber arbeitete ich und war abgelenkt, als dass ich in die Verlegenheit kam, Piet zu beobachten. Ich war mir sicher, dass ich auf ihn treffen würde. Er ließ den Geburtstag meiner Mum gewiss nicht aus, nur damit er mich nicht sehen musste. Dafür kannte ich ihn zu gut. Heute ging es um meine Mum, nicht um meine oder seine Gefühle.

Wir fuhren vor Partybeginn zur Location, um uns mit den Gegebenheiten vertraut zu machen.

»Hätte ich gewusst, dass ich an meinem freien Wochenende arbeiten muss, hätte ich mir überlegt, ob ich das nicht doch lieber daheim getan hätte«, murrte Lenny.

Kurzzeitig hatte ich ein schlechtes Gewissen.

»Tut mir leid. Das war ja nicht eingeplant. Hier auszuhelfen wird aber garantiert besser, als meine gestresste Mum zu ertragen. Außerdem zahlt Paul mehr als Charlie und wir werden selbst trinken können, ohne Nörgeleien. Ich habe nicht vor nüchtern zu bleiben«, versuchte ich ihm unseren Job schön zu reden.

»Alles gut, Mia. Ich habe kein Problem hier auszuhelfen. Wird schon werden.«

Lennart angelte sich eine Flasche Tequila und schenkte uns zwei Shots ein.

»Auf uns!«

Zu arbeiten war perfekt. Ich war in meiner eigenen Welt, eine die ich beherrschte und die mir vertraut war: Bestellungen aufnehmen, lächeln, flirten, servieren. Kassieren entfiel.

Es lief so lange entspannt für mich, bis ich Piet sah. Mein Herzschlag setzte für einen Moment aus. Er war nicht alleine. Dumm von mir, dass ich das angenommen hatte, aber ich war ja auch nicht alleine.

Seine Begleitung war Maritta. Seine Hand lag auf ihrem Rücken, er führte sie. Sie wirkten innig und vertraut miteinander. Mein Herz fing sich wieder und galoppierte los – dafür versagte meine Atmung. Schnappatmung.

Wir hatten einige Male auf nächtlichen Heimwegen miteinander telefoniert und gelegentlich schrieben wir uns wieder Nachrichten. Eine andere Frau hatte er nie auch nur erwähnt. Das Bild der beiden bescherte mir Übelkeit. Ich wollte nicht hinsehen und konnte doch nicht anders.

Maritta war so dürr wie bei unserem letzten und ersten Treffen. Ihr dünner Körper steckte in einem teuren Kostüm. Sie trug Schuhe, die so hohe Absätze hatten, dass ich sie darum beneidete, und war damit fast so groß wie Piet. Ihr perfekter Pagenschnitt und das Schwarz ihrer Haare betonten ihren zarten Teint.

Und Piet? Er sah umwerfend aus, wenn auch anders. Seine Haare waren sehr viel kürzer, richtig kurz im Nacken, sein Gesicht rasiert. Er trug eine Jeans zu Hemd und Sakko. Natürlich in schwarz! Gott sahen die beiden gut aus. So gut, dass es in meinem Bauch krampfte. Sir Henry und die Queen werden glücklich sein. Die beiden machen ihre Träume wahr, war mein nächster Gedanke.

Eine Hand holte mich zurück. Lennart hatte mich berührt und meine Schockstarre gelöst, ich drehte mich zu ihm.

»Das ist er also, right?«

Er schob mir den nächsten Shot zu. Ich sah ihn dankbar an, bevor ich das Glas leerte. Danach drehte ich mich wieder um. Maritta hatte mich entdeckt. Sie lächelte und winkte mir. Ich spürte den Drang, mich übergeben zu wollen noch viel deutlicher.

»Soll ich die beiden übernehmen?«, fragte Lenny.

Ich würgte noch.

»Nein. Es geht gleich wieder. Ich will das selbst machen.«
Anscheinend war ich Masochistin. Neue Erkenntnis. Sobald sich die beiden gesetzt hatten, liefen meine Füße automatisch in ihre Richtung. Lächeln funktionierte, ich war programmiert. Perfekt.

»Hallo schön, dass ihr da seid. Ich bin für heute Abend eure Bedienung, also zuständig fürs Wünsche erfüllen. Was kann ich euch denn Gutes tun oder braucht ihr noch etwas Zeit, um in die Karte zu schauen?«, flötete ich und strahlte dabei.

Piet sah zu mir auf. Das grau seiner Augen wurde für einen Moment dunkler.

»Das ist ein Scherz, oder?«, fragte er grollend und starrte mich an.

Sein Blick ließ meine Haut kribbeln.

»Kein Scherz. Das Personal ist ausgegangen und Lenny und ich sind ja sowieso da. Wenn ich etwas besonders gut kann, dann doch wohl Wünsche erfüllen«, erklärte ich.

Maritta lächelte mich breit an – blöde Kuh.

»Du Arme. Ich dachte, du feierst mit.«

Ich fragte mich, was ich denn zu feiern hatte? Etwa, dass die beiden so umwerfend perfekt zusammen aussahen?

»Ich amüsiere mich bestens. Alles gut. Hast du einen Wunsch?«, trällerte ich trotz meiner finsteren Gedanken.

»Ich nehme ein Glas trockenen Rosé, den Hofwein. Du?«

Sie sah zu Piet. Er starrte noch immer. Meine Augen folgten Maritta. Sie legte ihre Hand auf seine – seine Finger zuckten unter ihren. Besser ich riss mich los. Ich sah Piet auffordernd an.

»Whisky?«

Er nickte und drehte sich weg. Ich marschierte mit ihrer Bestellung zu Lenny.

»Misch ihr Arsen in den Rosé oder besser ihm in den Whisky!«

Lennart sah seltsam schmachtend zu mir auf.

»Wehe du knallst mir eine, aber wir haben gerade seine Aufmerksamkeit. Ich werde dich jetzt küssen«, warnte er mich kurz bevor er sich über den Tresen beugte und seine Lippen auf meine trafen.

Ich war in Schockstarre. Schon wieder! Und konnte nicht reagieren. Seine Finger strichen mir über die Wange.

»Du musst schon ein bisschen mitmachen, damit es glaubhaft rüberkommt«, hauchte er an meinem Mund.

Ich spielte kurz mit, ohne zu wissen, ob ich das tatsächlich wollte. Es dauerte nicht lange und ich brauchte mir keine Gedanken mehr zu machen – das Lokal wurde immer voller. Unmöglich kannte meine Mum all diese Menschen! Es sah so aus, als hätte sie zu ihren Freunden und Bekannten einfach noch den restlichen Ort eingeladen. Ich schaffte es kaum noch, allen Wünschen gerecht zu werden. Ich hätte Lennys Unterstützung beim Servieren gebraucht, aber der war schwer beschäftigt, die Gläser zu füllen und jene zu spülen, die ich ihm zurückbrachte. Es fehlten drei Leute – wir waren zu zweit. Ich war nur am Laufen. Alle anderen Servicekräfte waren mit dem Essen beschäftigt und sie verschwanden, sobald die Tische abgeräumt waren. Niemand dachte auch nur daran, uns zu unterstützen.

Frust brodelte in uns beiden. Es war noch nicht einmal Mitternacht und ich total erledigt. Meine Füße schmerzten und ich verhaute allmählich die Bestellungen. Wir arbeiteten im Akkord. Irgendwann musste Lenny auf Toilette. Ich verschwand hinter dem Tresen und ließ meinen Kopf einen Moment auf die kühle Marmorplatte sinken.

»Was muss ich wem bringen?«

Ich brauchte nicht aufzusehen, um zu wissen, wer vor mir stand. Es gab niemanden, dessen Stimme mich mehr erregte als Piets. Mein Herz reagierte wieder mit einem kurzen Aussetzer, als ich doch einen Blick riskierte. Er hatte sein Jackett ausgezogen und die Ärmel seines Hemdes hochgekrempelt. Seine Unterarme faszinierten mich wieder. Ich musste mich zwingen, meine Blicke von seinen Armen abzuwenden. Nur leider sah ich ihm dadurch ins Gesicht. Nicht gut. Gar nicht. Grübchen. Er lächelte. Augenblicklich verspürte ich einen Kloß im Hals. Ich starrte ihn an und kämpfte gegen Tränen. Seine Hand griff nach meiner.

»Mia, sag mir, was ich tun kann?«

Honig über Reibeisen. Ich kämpfte noch mehr mit mir. Er berührte meine Wange.

»Lass mich helfen, Prinzessin.«

Ich schmiegte mich für einen Moment an seine warme Hand. Frieden. Ruhe. Sicherheit. Reiß dich endlich zusammen, befahl ich mir stumm. Mein Blick fiel auf meine Bestellungen. Ich schluckte meine Emotionen runter und zog meinen Kopf von seiner Hand.

»Tisch sechs bekommt drei Bier und zwei Gläser Weißwein. Einmal trocken, einmal halbtrocken.«

Ich zapfte Bier und füllte die Weingläser unter seiner Beobachtung.

»Welcher Tisch ist Tisch sechs?«

Ich klärte ihn auf und war dankbar über seine Hilfe. Er unterstütze mich bis Lenny wieder kam. Danach verschwand er. Kurze Zeit später hörte ich seine Stimme über die Lautsprecher.

»Sorry für die kurze Unterbrechung, aber ich wollte nur mal eben etwas loswerden. Der Service hat sich krank gemeldet. Lenes wunderbare Tochter und ihre Begleitung sind eingesprungen und haben das bisher super gemeistert. Vielen Dank dafür. Die beiden sind aber auch Gäste! Ab jetzt gibt es keinen Service mehr. Wer Getränke will, muss an die Theke kommen und bitte am besten in Flaschen bestellen. Die beiden haben sich eine Pause verdient. Ich übernehme. Kann sein, dass ich euch die falschen Getränke reiche, dann ist es so. Gibt keine Cocktails und keine Heißgetränke. Alles andere traue ich mir zu.«

Ich starrte Piet an, während Mums Gäste applaudierten.

»Mia, nehmt euch, was immer ihr wollt und habt endlich Spaß.«

Kurz nach Mitternacht lag ich mit Lenny am Strand. Der Sand war kühl und belebend. Ich vergrub meine schmerzenden Füße darin. Wir hatten eine Flasche Tequila und einen Joint. Lenny blies den Rauch in Ringen in die Luft.

»Den Typen, der dein Herz höherschlagen lässt, habe ich mir immer ganz anders vorgestellt.«

Seine Wortwahl ließ mich kichern.

»Wie denn?«

»Keine Ahnung. Irgendwas Wildes, gewiss keinen Normalo, der viel älter ist als du.«

»Findest du das schlimm?«, wollte ich wissen.

»Nein, aber unfair, meiner Generation gegenüber.«

»Hä?«

»Naja, stell dir mal vor, die suchen sich alle Frauen in deinem Alter. Dann bleiben für uns nur die Schulmädchen übrig, oder die

Alten, die sie schon hatten.«

Amüsante Ansicht.

»Ach, deshalb ist Paul also mit meiner Mum zusammen. Jetzt verstehe ich es endlich. Gab keine mehr in seinem Alter«, lachte ich. »Außerdem hat mein Traummann ja jetzt eine Traumfrau in seinem Alter, also meckere nicht rum. Ich kann die nicht mal hassen. Die hat ihn viel mehr verdient als ich«, sprach ich meine kleine Wahrheit aus.

Lenny lachte neben mir.

»Höre auf so dreckig zu lachen!«

Ich stieß ihn mit meinem Ellenbogen an.

»Sorry, aber ich kann nicht anders. Die sind befreundet. Der hatte die mit, um dich eifersüchtig zu machen, so wie du mich hast. Mehr nicht. Der will dich. Er hat dich immer wieder verschlungen und gekocht vor Eifersucht, als ich dich geküsst habe. Sein Blick war voller Feindschaft«, erklärte er.

»Hab ich nicht bemerkt.«

Neben mir grunzte es.

»Hast ja auch keine Augen am Hinterkopf. Ich habe den angeguckt, als ich dich geküsst habe. Der wäre gerne explodiert.«

Mein Herz zog sich bei Lennys Worten wieder schmerzvoll zusammen

»Du bist nicht hilfreich.«

»Doch, bin ich. Du liebst ihn, er dich. Klärt doch einfach euren Scheiß.«

»Das ist Quatsch. Er will mich nicht mehr. Maximal sind wir Freunde mit einer komischen Beziehung zueinander.«

Er prustete los.

»Das beschreibt auch unsere Konstellation, Mia.«

Mist, er hatte recht.

Lenny hatte sich zu mir gedreht. Er stützte sich mit einem Arm ab, mit seiner freien Hand streichelte er meine Stirn.

»Du hast gesagt, dass du wegen ihm keinen anderen Mann an dich ranlassen kannst. Was hat er getan?«

Seine Frage irritierte mich.

»Er hat mir nichts getan.«

Ich hatte Lenny nie etwas Negatives über Piet erzählt. Wie er auf die Idee kam, war mir schleierhaft.

»Dann kann er irgendwas besser, als jeder andere«, schlussfolgerte er.

Ich dachte über seine Worte nach, so sehr, dass ich erschrak, als Lenny mich küsste. Er wich von mir.

»Tut mir leid, ich wollte nur herausfinden, was er besser kann.«

Er lächelte verunsichert, aber niedlich. Ich war angetrunken und verwirrt.

»Okay, lass uns herausfinden, was es ist. Küss mich noch einmal.«

Diesmal funktionierte nicht einmal mehr ein Kuss. Sobald ich seine Lippen auf meinen spürte, sah ich Piets dunkle Augen vor mir, seine Enttäuschung, den Schmerz. Halt, ich hatte Schmerzen verspürt in seiner Nähe, ob ihm das auch so gegangen war, wusste ich nicht. Seine Nähe hatte mein Herz schneller schlagen lassen. Dummes Herz.

»Wenn er schon besser küsst, dann brauchen wir den Rest nicht mehr zu testen«, grummelte Lenny verärgert und ließ von mir ab.

»Tut mir leid. Ich bin nicht bei der Sache.«

»Das habe ich gemerkt. Ich klaue mir noch eine Flasche und verschwinde ins Hotel.«

»Ich hätte eine Freundin, die nicht so bescheuert ist wie ich. Allerdings mit Baby. Wenn du dich darauf einlassen kannst, gebe ich ihr deine Nummer.«

Oh mein Gott, hatte ich das tatsächlich gesagt?

»Hängt die am Vater ihres Kindes?«

»Nein, da gibt es keinen nervigen Vater dazu. Göttliche Empfängnis.«

Lenny lachte schallend.

»Göttliche Empfängnis? What the fuck ist das denn?«

»Samenraub ohne Unterhaltsforderungen. Denk bloß nichts Schlechtes drüber. Kat hatte Angst, dass sie zu alt sein könnte für Kinder, bevor sie den Mann fürs Leben trifft. Abgesehen davon, ist sie aber normal im Kopf.«

Er sah mich zweifelnd an.

»Also nicht so wie du?«

»Safe.«

»Gut, dann gib ihr meine Nummer. Ich bin der Erste im Hotel und bekomme das Bett. Du nimmst das Sofa. Nicht, dass du nachts von ihm träumst und mich dann benutzt für deine schmutzigen Fantasien. Benutzen lass ich mich erst, wenn ich die Frau mit der heiligen Empfängnis nicht mögen sollte.«

»Geht klar. Danke, Lennart.«

Er stand auf und ging. Ich blieb träge liegen.

Gegen zwei Uhr morgens beseitigte ich die verbliebene Unordnung im Lokal. Mum hatte mir freiwillig den Schlüssel überlassen. Ich brauchte noch etwas Ablenkung, bevor ich wieder auf Lenny treffen konnte. OMG, ich hatte ihm meine Freundin angeboten, damit er nicht allzu sauer auf mich war, das war mir inzwischen klar geworden. Er hatte zwar sehr entspannt reagiert, aber sicher nur, um den Frieden zu wahren. Wir hatten noch eine gemeinsame Nacht vor uns, bevor es wieder zurück nach Dresden ging.

Während ich aufräumte, hatte ich die Musikanlage laut aufgedreht und sang mit. Irgendwann sang ich alleine. Ich drehte mich um und prallte gegen eine lebendige Mauer. Erschrocken schrie ich auf und brauchte einen Moment, bevor ich realisierte, dass ich nicht nachts von einem Wildfremden überfallen wurde, sondern Piet vor mir stand. Mein Herz hatte vor Angst in meiner Brust gedonnert. Ich hielt mich an ihm fest und versuchte, mich zu beruhigen.

»Was zur Hölle machst du hier? Du hast mir Angst eingejagt.«

Ich starrte auf seine Brust und wartete auf eine Antwort.

»Ich wollte dich nicht erschrecken. Entschuldige bitte. Lene meinte, dass du noch hier bist und Ordnung machst. Ich wollte dir helfen. Das ist nicht deine Aufgabe.«

»Na deine ja wohl auch nicht.«

Langsam bekam ich die Kontrolle zurück, dafür kamen die Emotionen augenblicklich wieder hoch. Piet – ist – da!, tönte mein Herz, oder mein Kopf zu meinem Herzschlag.

»Bist du alleine hier?«

Klar, er machte sich wieder Gedanken um meine Sicherheit.

»Ja und ich habe nicht abgeschlossen, weil das hier ein Kaff ist, und ich nicht mit nächtlichen Überfällen gerechnet habe.«

Seine Hand berührte meine Wange, behutsam hob er meinen Kopf an. Ich sah ihn an – er mich.

»Ich dachte, ich kann das und es macht mir nichts aus, aber es geht nicht. Dich wieder zu sehen, hat mich umgehauen.«

Die Art, wie er sprach, gepaart mit seiner tiefen Stimme, bescherte mir einen Schauer.

»Bestimmt nicht so sehr, wie es mich umgehauen hat, dich mit Maritta zu sehen.«

Entweder war mein Magen voller Wackersteine oder mein Herz wummerte inzwischen schmerzvoll in meinem Bauch.

»Ich wollte nicht alleine auftauchen, nachdem ich wusste, dass du nicht alleine sein wirst. Ist er dein Neuer? Bist du glücklich?«

Seine Frage löste ein verzweifeltes Lachen aus. Lennart und ich hatten bei weitem nicht die Vertrautheit ausgestrahlt, die ich zwischen ihm und Maritta wahrgenommen hatte. Die beiden waren sich nicht mehr so fremd wie noch im Dezember.

»Schläfst du mit Maritta?«, stellte ich die Gegenfrage und konnte wieder kaum noch atmen.

»Hast du Sex mit ihm?«

Sein Blick durchbohrte mich. Er war genauso verletzt wie ich selbst. Trotzdem würde er kein Zurück zulassen – ich war Geschichte, die nächste Erkenntnis. Der Wutzwerg in meinem Bauch schlug Purzelbäume.

»Ich würde mein Leben gerne irgendwie weiterleben. Aber ich kann nicht. Ich bin wütend auf dich. Du hast mich verdorben. Nichts ist mehr so wie früher«, gestand ich ihm mit scharfem Unterton.

Ich hatte nicht jämmerlich geklungen, obwohl ich jammerte.

»Inwiefern?«, fragte er nach.

Ruhig und sanft. In mir brannten Tränen. Schon wieder.

»Ich hatte fünf Dates seit Januar, alles attraktive Kerle, aber wenn mich einer von denen geküsst hat, dann warst es nicht du. Ich mag Lenny, er ist toll, aber er ist nicht du. Du hast mir Sex versaut. Mir war vor dir jeder Typ egal, solange ich Spaß hatte. Aber ich habe keinen Spaß mehr. Also nein, ich bin nicht glücklich. Ich will einfach nur mein Leben zurück!«, forderte ich aufgebracht.

Piet küsste meinen Scheitel. Sein Kuss jagte einen Stromschlag durch meinen Körper. Jede Zelle war erwacht und verlangte nach mehr. Mein Kopf sank an sein Brustbein. Ich atmete ihn ein – Minze, Zitronenthymian, Holz, dezent Rauch – perfekt.

Oder auch nicht.

»Schläfst du mit Maritta?«, fragte ich erneut.

Die Art, wie er schwer schluckte, reichte als Antwort. Mir war wieder nach Heulen zumute. Ich löste mich von ihm.

»Ich hatte seit dem 30.12. keinen Sex. Ich drehe irgendwann noch durch. Sag mir bitte, dass ich tun und lassen kann, was ich will, weil es dir egal ist. Sag mir, dass ich dir egal bin!«

Ich sah flehend zu ihm auf, er betroffen auf mich nieder. Seine Finger streiften mein Gesicht erneut.

»Das kann ich nicht. Ich liebe dich und ich will nicht, dass dich ein Anderer anfässt. Ich will dich berühren. Aber ich kann nicht mit dir zusammen sein, weil ich dich nicht glücklich mache. Du willst nicht, was ich will. Ich nicht, was du willst. Aussichtslos. Wir machen uns beide etwas vor, aber ich kann nicht verzichten...«

Seine Lippen sanken auf meine. Sein Kuss kam unvorbereitet und war so besitzergreifend, dass ich sofort willig und zu allem bereit war. Alles, was danach kam, war Leidenschaft. Piet vögelte mein Hirn und Herz frei. Es gab nur uns beide und aufgestaute Energie, die raus wollte.

Ich heulte erst, als ich alleine auf dem viel zu leeren Sofa im Hotel lag. Piets Worte rannten in Repeat durch meinen Kopf.

»Es tut mir leid. Das eben war falsch, aber ich – du weißt, was ich sagen will. Du bist alles und doch frei. Ich stehe dir nicht im Weg. Nie. Werde glücklich.«

Ich war nicht frei, denn meine Seele hing an ihm und ich war nicht glücklich. Definitiv nicht. Ich hasste ihn für seine beschissenen Worte und ich liebte ihn gleichzeitig dafür. Lennart war durch mein Geheule wach geworden. Er hatte mich mit ins Bett genommen, mich festgehalten und getröstet, bis ich erschöpft eingeschlafen war.

Von Ende April bis Dezember war Piet der einzige Mann, mit dem ich schlief. Er tauchte regelmäßig in meinem Leben auf, mal spontan, mal, weil ich ihn darum bat. Wir verbrachten keine zusammenhängenden Tage mehr, wir trafen uns, um miteinander zu schlafen. Abgesehen davon, hatte er immer ein offenes Ohr für jedes Problem und er rettete mich, wenn ich Rettung brauchte.

Mal bezahlte er meine enorm hohe Nebenkostenabrechnung,

ein anderes Mal besorgte er mir einen Anwalt, den ich brauchte, um einen Rechtsstreit abzuwenden. Er kam nach Bulgarien und brachte mich nach Hause, nachdem man mir mein Portemonnaie und alle Papiere geklaut hatte. Er füllte meinen Kühlschrank und kaufte mir Medikamente, als mich eine Grippe niedergestreckt hatte und jeder meiner Kontakte selbst mit den Keimen kämpfte. Piets Telefonnummer war mein SOS-Kontakt und er ließ mich nie hängen. Brauchte ich ihn, fuhr er selbst nachts los. Er war immer da. Ich konnte nicht von ihm loskommen, selbst, wenn ich das gewollt hätte. Piet kannte jede meiner Gefühlslagen, wir waren verbunden. Er war mein Held, ohne dass mir je klar gewesen war, dass ich einen Helden gebraucht hatte.

Anfang Dezember kam er mit Jacob nach Dresden. Jacob wollte einmal Zug fahren. Der Zwerg war begeistert. Wir verbrachten ein ganzes Wochenende zusammen. Etwas, was wir fast ein Jahr nicht mehr getan hatten. Wir schlenderten über sämtliche Dresdner Weihnachtsmärkte und spielten am Abend Minigolf mit Schwarzlicht. Meine Gefühle fuhren Achterbahn zwischen Wehmut und Glück. Ich hatte Jacob und Piet mein Schlafzimmer überlassen und übernachtete auf meinem Sofa. Nachdem Jacob eingeschlafen war, hatte Piet mir Weihnachtszauber geschenkt.

Und dann war Weihnachten da – mein absoluter Tiefpunkt. Letztes Jahr war ich Piets Fake-Frau gewesen, diesmal war ich in Dresden, umringt von meiner Familie. Ich hätte glücklich sein müssen, denn Weihnachten mit meiner Familie war viel warmherziger und perfekter. Aber die Wärme schwappte nicht über.

Am Abend saß ich mit meiner Mum und Paul zusammen. Wir tranken noch ein Glas Rotwein und werteten den Tag aus. Mum meckerte darüber, dass sie seit Jahren immer wieder meinen Vater am Heiligabend ertragen müsse und ihr das nicht recht sei.

»Dann feiern wir nächstes Jahr einfach bei euch. Ich hatte dieses Jahr nichts damit zu tun. Philipp hat ihn eingeladen«, verteidigte ich mich.

»Bei uns?«

Paul sah mich zerknirscht an, bevor er abrupt aufstand.

»Beinahe hätte ich das vergessen. Ich hab noch was für dich.«

Er verließ das Wohnzimmer. Als er wiederkam, legte er zwei Päckchen vor mir ab. Ich sah fragend zu ihm auf.

»Das eine soll ich dir von Jacob geben, das andere ist von Piet.«

Mum sah verwundert zwischen Paul und mir hin und her.
»Jetzt bin ich aber gespannt. Ich dachte...«
Sie hielt inne und fokussierte mich intensiv.
»Welches ist von Jacob?«
Paul zuckte mit den Schultern.
»Keine Ahnung, habe ich mir nicht gemerkt. Ist das wichtig?«
Ich sah auf die Päckchen vor mir. Beide gleich verpackt, wunderschön mit liebevollen Details. Nie im Leben hatte Piet die eingepackt. In mir saß sofort Schmerz, gepaart mit Wut. Ich nahm an, dass Maritta dafür verantwortlich war. Wieso tat sie so was?
Meine Neugier siegte. Unter aufmerksamen Blicken öffnete ich das erste Päckchen. Definitiv von Jacob. Ein Traumfänger, ein bunter. Sein Geschenk zauberte mir ein Lächeln ins Gesicht. Einen handgeschriebenen Weihnachtsgruß gab es dazu. Er besuchte die Schule erst seit ein paar Monaten. Ich war beeindruckt, dass er schon so schön schreiben konnte.
»Das hat er super gemacht«, strahlte meine Mum.
»Ja. Den hänge ich nachher gleich an mein Schlafzimmerfenster.«
Piets Geschenk schob ich solange auf dem Tisch hin und her, bis Paul danach griff.
»Ich mache es auf.«
Ich nahm es wieder in meinen Besitz.
»Nein. Ich mache ja schon.«
Ich atmete tief durch, bevor ich es langsam auspackte. Unter dem Papier befand sich eine Schachtel. Ich öffnete sie. Papierschmetterlinge flatterten mir entgegen. Einer landete in einer Kerze und fing Feuer. Wir sprangen auf. Mum und ich fingen die Schmetterlinge ein, Paul löschte. Wir lachten gemeinsam, bevor sich unsere Aufmerksamkeit auf den restlichen Inhalt richtete. Es war ein Bild, gezeichnet von Piet. Ich wusste es, meine Mum wusste es und Paul ebenso. OH MEIN GOTT!
Das Bild zeigte mich nackt, als Schmetterling. Mein Gesicht und mein Körper waren mit Bleistift gezeichnet, die Flügel bunt. Um mich herum waren lauter, kleine schwarze Nachtfalter, so wie der, den ich auf meiner Haut trug. Mum und Paul starrten mich an. Mein Herz hämmerte. Ich spürte, dass ich kurz davor war zu heulen. Meine Augen hatten sich längst mit Tränen gefüllt. Mum kam zu mir und nahm mich in ihre Arme. Ihre Umar-

mung ließ meine Tränen fließen.

»Erzähle was los ist, Mia.«

Augenblicklich schniefte ich.

»Ich habe alles kaputt gemacht. So wie immer eben. Ich will gar nicht so sein, aber ich kann nicht anders. Ich kann nichts. Ich bin – ich bin eine einzige, riesige Katastrophe!«

Mein Schluchzen war so laut, dass ich selbst erschrak, bevor ich meiner Mum mein Herz ausschüttet. Alles, was mich seit Monaten belastete, verließ meinen Mund. Meine Mum war meine Mum, liebevoll und aufbauend. Sie hörte mir zu und tröstete mich. Bedingungslose Liebe.

Kapitel 18

Piet

Heiligabend bei meiner Familie zu sein fühlte sich wieder falsch und beschissen an. Obwohl Jacob dieses Jahr bei mir war, war die Stimmung zwischen mir und meinen Eltern sowie meinen Schwestern angespannt, nachdem ich sie vor Monaten über die Lüge des letzten Jahres aufgeklärt hatte.

Nicht einmal Marittas Anwesenheit trug zu mehr Harmonie bei. Dabei war sie es doch gewesen, die von meinen Eltern so lange an meiner Seite gewünscht worden war. Sie wussten sicherlich, dass wir kein Paar waren. Wir waren uns näher gekommen, das ja, aber wenn, dann verband uns maximal unsere Vergangenheit.

Wir hatten uns zufällig im Supermarkt getroffen, uns kurz unterhalten und verabredet, um nach all den Jahren endlich unsere gemeinsame Geschichte zu verarbeiten.

Maritta war nicht mehr das pummlige, nervige Mädchen, das mich trotzig wissen ließ, dass sie mich für einen Idioten hielt – jemanden, den sie nie in ihrem Leben akzeptieren würde. Ich nicht mehr der Junge, der nur auf Rebellion aus war. Wir hatten über die grauenvolle Zeit für uns beide gesprochen und dabei viel gelacht. Stunden später waren wir bei Schwermut gelandet. Sie hatte mich an ihrer Welt teilhaben lassen, ich sie an meiner. Ihr Mann war ihre große Liebe gewesen und sein Tod hatte ein riesiges Trauma hinterlassen.

Zwei Abende später hatte sie mir offenbart, dass sie sich wünschte, mich geheiratet zu haben, weil sie dann nie erfahren hätte, wie schmerzhaft Liebe und Verlust waren. Die Intensität von Liebe und Verlust hatte ich deutlich gespürt. Mein Verlust war weiterhin präsent und doch nicht für mich bestimmt. Bei der nächsten Begegnung hatte sie mich wissen lassen, dass sie einsam war, aber Angst hatte, die alte Liebe zu verraten, sollte sie eine neue finden. Sie sehnte sich nach Nähe, nach jemandem, der ihr Wärme schenkte. Wir hatten uns aneinander gewärmt, ohne große Gefühle. Bis April war ich damit klargekommen, aber dann war ich wieder auf Mia getroffen.

Mia – Liebe und Leid, Verzweiflung und Himmel. Anfangs

hatte Maritta mich bestärkt, inzwischen war sie der Meinung, dass ich für mich selbst Abstand von Mia brauchte, wenn ich nicht zugrunde gehen wollte.

Meine Mutter sah mich an, als wäre ich die größte Enttäuschung ihres Lebens. Wahrscheinlich war ich das auch. Mein Leben war eine einzige, riesige Baustelle und ich ahnungslos, wie ich mich jemals wieder sortiert bekam. Das Einzige, was funktionierte, war arbeiten. Nur konnte ich zwischen Weihnachten und Neujahr nicht arbeiten. Wahrscheinlich steckte ich gerade mitten in einer Midlife-Crisis. Ich funktionierte – mehr aber auch nicht.

Gerade, als meine Gedanken den schwärzesten Punkt erreicht hatten, klingelte mein Telefon. Ich stand auf und verließ das Haus meiner Eltern. Es war Paul, der anrief.

»Wenn wir nach Hause kommen, müssen wir reden«, bellte er.

»Worüber?«

»Ich dachte eben ich spinne. Du hättest mir sagen sollen, dass Mia dein Geschenk lieber ohne Publikum hätte öffnen sollen. Du hast sie gezeichnet. Nackt! Sie hat angefangen zu heulen und uns dann erzählt, was sie so unglücklich macht. Du Arschloch. Ihr trefft euch weiterhin? Du fickst Mia? Du hast gesagt, du kannst keine Wochenendbeziehungen mehr. Als was bezeichnest du es jetzt? Du hast gesagt, du lässt mich wissen, wenn sie in Schwierigkeiten steckt, aber du hast dich selbst und ohne mir etwas zu sagen, um all ihre Katastrophen gekümmert. Du bist ein beschissener Kumpel. Der beschissenste, den ich je hatte. Was ist los mit dir?«

Pauls Worte setzten meinem Tag die Krone auf. Ich schwieg.

»Antworte, verdammt noch mal. Ein einziges Mal ehrlich!«, forderte er.

Im Grunde war es egal, was ich sagen würde.

»Ich liebe Mia. So, es ist raus. Zufrieden? Ich weiß, dass ich ein Arschloch bin, das musst du mir nicht sagen.«

Ich hörte Paul nach Luft schnappen.

»Ihr seid doch beide verrückt! Total krank im Kopf.«

»Was soll ich denn deiner Meinung nach machen? Sie will nicht nach Lubkow; ich kann nicht weg. Ich verspreche dir, sobald sie jemanden findet, in den sie sich verliebt, lass ich sie in Ruhe. Ich werde ihr nicht im Weg stehen.«

Paul lachte auf.

»Das ist beschissen krank, Piet. Wir dachten immer du wärst in der Lage, in Mias Leben Ruhe zu bringen. Aber genau andersherum ist es gekommen. Mia hat dich in ihr Wirrwarr gezogen. Jetzt bist du ein Teil davon. Sie wird sich nicht verlieben, nur weil du ihr sagst, dass sie das darf. Sie muss ihr Chaos nicht beheben, denn dafür hat sie ja dich. Die ist neunundzwanzig und benimmt sich wie ein Teenie. Deine Schuld. Sie muss keine Verantwortung übernehmen, das tust du für sie. Ist dir klar, dass du dir selbst damit keinen Gefallen tust? Jetzt gerade tust du mir leid und ich bin weniger wütend auf dich. Mia hätte erkennen können, was richtig ist, wenn du Blödmann ihr nicht ständig jeden Wunsch erfüllen würdest.«

»Ich erfülle ihr keine Wünsche!«, protestierte ich.

»Doch, du rettest sie. Was tut sie im Gegensatz dafür für dich? Abgesehen vom Sex – was tut sie eigentlich für dich?«, fragte er aufgebracht nach.

»Ich fühle mich lebendig. Sie macht mich glücklich.«

Zumindest, wenn wir zusammen sind, ergänzte ich stumm.

Paul lachte, als würde er gleich durchdrehen.

»Vielleicht jetzt noch. Auf Dauer wird sie dich kaputtmachen, wenn du ihr nicht endlich mal Grenzen setzt. Du bist doch kein Spielzeug, was sie mal haben kann, wenn ihr danach ist. Komm her und beende die Sache mit ihr. Glaub mir, sie wird nur dann ganz schnell herausfinden, dass sie zu viel mehr bereit ist. Sag ihr, dass dich dieser ganze Mist fertig macht. Widersprich nicht, ich weiß, dass es so ist. Du kommst schon aus einer vollkommen kranken Beziehung. Wahrscheinlich kapierst du deshalb nicht, was schief läuft.«

»Du warst eben noch angepisst und wütend auf mich, aber jetzt willst du mir einen freundschaftlichen Rat geben? Vergiss es!«, fauchte ich.

»Deine Worte klingen einfach noch verrückter als ihre und wir kennen uns länger. Ganz einfach.«

»Schöne Weihnachten, Paul«, beendete ich das Telefonat.

Noch beschissener wurde der letzte Tag des Jahres. Ich hatte Jacob zu Fenjas Familie gebracht. Fenja wollte reden. Jacob blieb bei Sören und Kristina. Wir fuhren ein Stück und spazierten durch den Wald Richtung Ostsee. Irgendwann kamen wir an einer Aussichtsplattform an. Ich starrte raus auf das tosende Wasser, was weit unter uns am Ufer brach und versuchte, mich zu beruhigen.

»Sag irgendwas. Kommst du klar?«, fragte Fenja.

Nein.

»Ich weiß nicht, was ich sagen oder denken soll. Ich freue mich für dich. Du wolltest immer heiraten, gut das Salvatore das auch will, aber alles andere? Nein! Also von mir aus kannst du gerne mit Salva nach Italien auswandern, aber nicht mit Jacob. Das kann ich weder ertragen noch erlauben. Du kannst mir nicht einfach mein Kind wegnehmen. Er gehört nicht in ein fremdes Land, er gehört hier her.«

Sie starrte mich aufgebracht an.

»Dein Kind? Unser Kind. Und ein Kind gehört sowieso zu seiner Mutter. Ich will keinen Streit mit dir, aber sagen, musste ich es dir ja.«

»Fenja, das ist doch vollkommen unüberlegter Mist. Denk doch selbst mal nach. Denkst du wirklich, dass ich dir Jacob kampflos überlasse und einfach dabei zusehen werde, wie du ihn aus allem rausreißt, was er kennt?«

»Du kannst ihm ja nicht mal irgendeine Art von Familie bieten, Salva und ich schon. Zu deiner Familie hat er kaum Kontakt – gut so, die sind alle total bescheuert. Und du, du bist nicht einmal in der Lage, dir jemanden zu suchen. Wenn man Jacob glauben darf, rennst du noch immer der kleinen Schlampe hinterher, dabei will die dich gar nicht. Verständlich. Du bist nicht Familie, du bist nichts, nur ein Arschloch!«, keifte sie.

»Ich gebe meinen Sohn nicht auf! Falls du das geglaubt hast, hast du dich geirrt. Das läuft nicht. Die Sache wird nur übers Gericht laufen. Niemand wird ein Kind aus seiner vertrauten Umgebung reißen. Er geht hier zur Schule. Er hat seine Freunde hier. Alle Familienmitglieder, die er mag, leben vor Ort. Ich könnte weniger arbeiten und mehr Zeit für ihn haben. Ich glaube nicht, dass Jacob wegziehen möchte. Du würdest das über seinen Kopf hinweg entscheiden, weil du schon immer nur an dich gedacht hast. Ich glaube nicht, dass du all das, mit dem Argument: ›Ich bin aber seine Mutter‹, aufwiegen kannst. Wenn du das unbedingt willst, dann bitte.«

In ihren Augen funkelte eiskalte Wut.

»Ist das dein letztes Wort?«

»Ja!«

Ich konnte nicht so schnell reagieren, wie ich hätte müssen. Aus dem Augenwinkel bemerkte ich, dass Fenja sich bückte – im nächsten Moment schlug sie mir mit voller Wucht einen Ast vor die Brust. Ich rang nach Luft und schwankte, bevor ich das Gleichgewicht verlor. Fenja schrie entsetzt auf. Ich fiel nach hinten. Hinter mir gähnte ein riesiger Abgrund. Die Absperrung knackte, brach – und ich stürzte in die Tiefe.

Dass ich diesen Sturz nicht überleben würde, war mir augenblicklich klar. Alles und gleichzeitig nichts ging mir durch den Kopf. Viel zu schnell schlug ich auf und alles um mich herum wurde schwarz.

Kapitel 19

Mia

Eine wilde und anstrengende Silvesternacht lag hinter mir. Ich hatte gearbeitet bis zum Morgen. Nächstes Jahr würde ich garantiert nicht wieder freiwillig diesen Dienst übernehmen. Falsch, dieses Jahr. Es war halb fünf Uhr morgens, als ich in mein Bett fiel. Vereinzelt erhellten noch Raketen den Himmel.

Als ich wieder aufstand, wurde es bereits wieder dunkel. Ich hasste diese Jahreszeit, es gab viel zu wenig helle Stunden. Meine erste Amtshandlung: Ich checkte alle Neujahrsgrüße und antwortete. Letzte Nacht hatte mir die Zeit gefehlt. Es dauerte, bis mir auffiel, dass meine Mum keine Nachricht hinterlassen hatte. Kein Anruf. Nichts! Seltsam. Es gab keinen einzigen Neujahrsgruß aus Lubkow – nicht einmal von Piet. Mein erster Gedanke war, dass ich sicher irgendetwas verbrochen hatte. Ich grübelte, aber mir fiel nichts ein. Unmöglich konnten alle gleichzeitig sauer auf mich sein.

Mist, ich hatte Pauls Geburtstag vergessen! Schnell verfasste ich einen Geburtstagsgruß und erklärte Paul, dass ich letzte Nacht zu beschäftigt gewesen war, um pünktlich zu gratulieren. Obwohl, ich war pünktlich. Es war noch immer der erste Januar.

Ich rief Piet an – Mailbox. Vermutlich hatte Pauls Party bis zum Morgen angedauert, und Piet schlief. Gegen einundzwanzig Uhr: immer noch die Mailbox. Ich rief meine Mum an: Mailbox. Paul: Mailbox. Torben: Mailbox. Charlotte: Oh, es klingelte. Sie nahm meinen Anruf an.

»Hey Lotti. Ihr seid ja schwer zu erreichen. Ich wollte allen ein gesundes, neues Jahr wünschen. Mum hat ihr Handy aus, alle anderen auch. Sind die noch nicht wieder nüchtern?«

Ihre Antwort war ein Schniefen. Offensichtlich war sie erkältet.

»Bist du krank?«, fragte ich nach.

Wieder kam nur ein Schniefen, bevor sie krächzte: »Ich kann gerade nicht. Ich sage, dass du angerufen hast. Irgendwer ruft zurück.«

Weg war die Verbindung. Ich glotzte mein Handy verwundert an.

Es dauerte zwei Tage, bevor ein Rückruf kam. Zwei Tage, in denen ich mich ab und an gefragt hatte, was ich wohl wieder Schlimmes verbrochen hatte. Ich wusste, dass Paul Weihnachten angepisst gewesen war, wegen der Verbindung zu Piet. Aber das ging ihn nichts an und war kein Grund, um mich mit Ignoranz zu maßregeln, oder doch? Er war es dann jedoch, der anrief.

»Hey Daddy. Happy Birthday nachträglich. Ich...«

»Bist du zu Hause?«, unterbrach er mich.

»Ja.«

»Ich bin in fünfzehn Minuten da. Mache mir einen Kaffee!«

Zack war das Gespräch beendet. Wenn Paul persönlich vorbeikam, nahm ich an, dass ich doch etwas verbrochen hatte. Etwas wirklich Schwerwiegendes. Ich setzte Kaffee an und räumte im Schnelldurchlauf auf. Als es klingelte, war zumindest der Kaffee fertig. Ich öffnete die Tür, sprintete zurück in die Küche und füllte die Tassen. Als ich mich umdrehte, stand Paul schon vor mir. Ich hatte vorgehabt, ihm noch persönlich zu gratulieren, aber die Worte blieben mir im Hals stecken, als ich ihn ansah. Er sah grauenhaft aus. Ich kam nicht dazu, irgendwas zu sagen, er zog mich in seine Arme und kämpfte mit sich. Mir wurde übel vor Angst.

»Ist irgendwas mit Mum?«, fragte ich mit zittriger Stimme nach. Bitte, bitte nicht!

»Nein, alles gut. Lene geht es gut.«

Ich atmete auf, aber meine Erleichterung hielt nur kurz an. Die Übelkeit gewann Überhand. Piet, es ging um Piet, wurde mir schlagartig bewusst. Ich suchte Halt an Paul.

»Es ist nichts mit Piet! Ihm geht es gut. Sag mir, dass es ihm gut geht!«

Pauls Arme umfingen mich erneut.

»Er lebt und wird wieder, aber es war heftig. Du musst kommen! Du musst jetzt bitte endlich mal beweisen, dass du erwachsen bist.«

Ich verstand Pauls Worte nicht und er gab mir auch keinen Halt mehr. Ich rannte in mein Badezimmer und würgte alles heraus, was sich in meinem Magen befand, bevor ich wieder einigermaßen funktionierte.

»Was ist passiert?«, wollte ich wissen, während ich mir den Mund mit Wasser ausspülte.

Paul hockte im Türrahmen meines Badezimmers und starrte auf den Fliesenboden.

»Was war los?«, brüllte ich ihn an.

Er sah vom Boden zu mir auf. Seine Augen glänzten.

»Er hatte einen Unfall«, war alles, was er sagte.

»Einen Unfall? Bei was? Wo?«

Paul atmete schwer und würgte selbst.

»Fenja...«, mehr kam nicht über seine Lippen.

Er rappelte sich auf.

»Komm, wir setzen uns einen Moment hin. Willst du auch einen Kaffee? Geh ins Wohnzimmer, ich komme gleich nach.«

Ich konnte nicht reagieren, denn in meinem Kopf spukte der Name, den Paul ausgesprochen hatte. Fenja. Kurze Zeit später saßen wir nebeneinander und Paul erzählte mir, was vorgefallen war. Unfassbar! Fenja hatte Piet, nachdem sie ihn niedergeschlagen hatte und er gestürzt war, liegengelassen, keine Hilfe gerufen und nur irgendwann ihren Bruder informiert? Torben hatte den Notruf abgesetzt, Paul angerufen und sie hatten Piet gesucht.

»Warum?«, hörte ich mich fragen.

»Sie will mit Jacob auswandern. Nichts, was Piet zugelassen hätte. Sie hat rot gesehen.«

Mein Herz raste.

»Rot gesehen? Die ist irre und gefährlich! Wie geht's Piet? Ich will zu ihm. Sag mir bitte, dass sie nicht ungestraft damit durchkommt und dass sie nicht bei Jacob ist. Die ist weggesperrt, oder?«

Meine Stimme überschlug sich leicht hysterisch.

»Sie hat sich selbst in eine Psychiatrie einweisen lassen.«

»Dahin gehört sie schon lange. Wie geht's Piet?«

»Besser als anzunehmen. Er hat keine inneren Verletzungen, aber einen Beckenbruch, geprellte Rippen und ein leichtes Schädel-Hirn-Trauma. Er war unterkühlt und bis gestern nicht ansprechbar. Inzwischen hat er aber ab und an wache Momente.«

»Wieso habt ihr mich nicht angerufen? Ich will zu ihm!«

Paul guckte finster.

»Echt jetzt? Du machst uns Vorwürfe? Wir standen neben uns. Wir waren geschockt und bei Piet. Wir mussten seine Familie informieren, uns um Jacob kümmern. Piet ist für uns alle wie ein Bruder. Wir hatten Angst um ihn. Tut mir leid, wenn es mal nicht um dich ging, Mia!«, ging er mich an.

»Ich mache niemanden Vorwürfe. Ich hätte nur gerne Bescheid gewusst.«

»Lene wollte dich schützen. Sie meinte, du solltest solche Nachrichten nicht per Telefon erhalten. Eigentlich wollte sie zu dir kommen, aber Jacob wollte lieber sie als mich. Du musst dich um ihn kümmern. Er hat alles mitbekommen und ist verwirrt und verzweifelt. Keiner kommt wirklich an ihn ran. Außerdem sagt er, du seist seine zweite Mama, wie immer er das meint. Piet hat dir unzählige Freundschaftsdienste erwiesen. Jetzt bist du dran! Sei für Jacob da. Packe deine Sachen und komme mit.«

Ich brauchte einen Moment, um Pauls Worte zu verinnerlichen, bevor ich aufstand und packte.

Wir saßen lange schweigend nebeneinander im Auto. Paul konzentrierte sich auf die Straße, meine Gedanken, waren bei Piet. Irgendwann steuerte Paul einen Rastplatz an. Er sah zerknirscht zu mir rüber.

»Ich koche innerlich.«

»Verständlich.«

Ich wusste nicht, was ich sonst hätte sagen können.

»Nein, das verstehst du nicht. Ich fühle mich schuldig, auch wenn ich weiß, dass ich das nicht bin. Ich hätte Piet beschützen müssen.«

Ich verstand kein Wort.

»Wie meinst du das?«

»Wir wussten alle, dass Fenja eine tickende Zeitbombe ist. Piet konnte immer viel besser mit ihr umgehen als ich, weil man ihn kaum provozieren kann. Fenja und ich hatten immer gewaltige Auseinandersetzungen, weil ich genauso aufbrausend bin wie sie. Ihr hat es nie ausgereicht, mich nur anzubrüllen. Sie hat alles nach mir geschmissen, was sie finden konnte und immer sicher gezielt. Sie wollte mich verletzten: körperlich, seelisch, psychisch. Dass normale Beziehungen anders aussehen, habe ich erst durch Lene begriffen. Es gab viel aufzuarbeiten. Ich weiß nicht, ob es bei Piet und Fenja auch aggressiv zuging. Ich denke nicht. Aber ich hätte ihm davon erzählen müssen – habe ich aber nicht, weil ich lange sauer auf ihn war. Er hätte hinter mir stehen müssen, statt hinter ihr. Das war wie Verrat und hat mich fertig gemacht«, offenbarte er sich.

»Ich glaube nicht, dass du dich deshalb schlecht fühlen musst. Piet hätte dir nicht zugehört. Schon alleine deshalb nicht, weil er gedacht hätte, du agierst aus Eifersucht. Das ist dir hoffentlich klar.«

Er schwieg einen Moment.

»Du bist auch nicht gut für Piet. Vor dir hätten wir ihn genauso beschützen müssen.«

What? Seine Worte fühlten sich an, als hätte er mir einen Schlag verpasst.

»Stellst du mich mit Fenja auf eine Stufe? Spinnst du?«, fragte ich schrill nach.

»Ihr habt eine kranke Verbindung zueinander, eine die Piet nicht glücklich macht. Er hat sich von dir getrennt, weil er mehr wollte als Wochenenden. Was verständlich ist. Ihm ist das schwergefallen und er hat gelitten, weil er dich liebt. Du hingegen nutzt seine Gefühle für dich aus. Sorry, aber das denke ich wirklich. Ich mag dich, weil du Helenes Tochter bist. Aber du bist Chaos und Schmerz. Zu hören, dass ihr euch weiterhin trefft – als bizarre Affäre, etwas anderes ist es ja nicht – ist nicht das, was ich mir für dich oder meinen Freund wünsche.«

Ich schnappte nach Luft, bereit mich zu verteidigen. Paul hob seine Hand.

»Ich bin noch nicht fertig, Mia. Lass mich ausreden. Ich bin enttäuscht von dir. Was habe ich falsch gemacht? Wieso kannst du mir nicht vertrauen, Piet aber blind. Wieso hast du mich nicht um Hilfe gebeten? Ich habe verstanden, dass du keine Ratschläge von mir willst. Ich hätte dir ohne Ratschläge geholfen, aber mich hast du nicht gefragt. Nicht ein einziges Mal. Und genau da sind wir beim Ausnutzen angelangt. Gleichzeitig musst du nicht erwachsen werden, weil du weißt, dass Piet dich immer retten wird. Damit ist jetzt Schluss! Lene und ich sind deine Familie. Du wirst uns um Hilfe bitten oder aber endlich mal erwachsen werden und Katastrophen meiden. Ich halte es im übrigen für keine gute Idee, dich für Jacob nach Lubkow zu holen. Jacob bedeutet Verantwortung. Ich bin mir nicht sicher, ob man dir so viel Verantwortung übertragen sollte. Gleichzeitig hoffe ich aber, dass ich falsch liege und du Verantwortung übernehmen kannst, dass ich dich falsch einschätze oder einfach nicht gut genug kenne, dass du Piet liebst und ihr euch deshalb weiter getroffen habt.

Jetzt bin ich fertig. Vor Helene hätte ich dir das nicht sagen können. Deine Mama sieht dich in einem anderen Licht. Ich würde nie etwas tun, was sie verletzt. Meine Worte hätten sie verletzt. Kannst du weiterfahren? Ich bin erledigt.«
Ich wollte mich verteidigen, bekam aber kein Wort raus. Tränen brannten in mir. Wut, Enttäuschung, Kränkung. War ich wirklich so furchtbar, wie Paul mich sah?
Ich schnallte mich ab und stieg aus. Ich brauchte ein paar Atemzüge kalte Luft, um mich zu beruhigen. Ich würde nicht vor Paul in Tränen ausbrechen. Beim letzten Mal war er ziemlich zeitig geflüchtet. Keine Ahnung, ob er das getan hatte, um meiner Mum und mir Freiraum zu geben oder ob meine Verzweiflung Aggressionen in ihm ausgelöst und er nicht vor meiner Mum explodieren hatte wollen.
Ich lief ums Auto herum – Paul saß noch immer am Steuer. Was jetzt? Wenn ich weiterfahren sollte, musste er Platz machen. Ich klopfte an die Scheibe. Bis Paul ausstieg, fühlten sich meine Hände wie Eiszapfen an.
»Kannst du fahren oder bist du jetzt zu aufgebracht?«
Auf seiner Stirn hatte sich eine fragende Furche gebildet. Eine fette. Ich zwang mich zu einem Lächeln.
»Klar kann ich fahren, Daddy«, hauchte ich und startete den Motor, nachdem wir die Plätze getauscht hatten
Keine fünf Minuten später, war er eingeschlafen. Es hatte zu regnen begonnen und war stockfinster. Hoffentlich entstand kein Blitzeis.
Kurz nach Mitternacht erreichten wir Lubkow. Ich weckte Paul. Er sah mich verschlafen an.
»Ist alles okay zwischen uns? Ich musste das endlich mal loswerden. Es geht immerhin nicht um eine deiner Onlinebeziehungen. Was du mit denen machst, ist mir egal. Es geht um Piet. Nicht zu wissen, mit wem du dich nebenbei so triffst und wer dich noch so rettet, muss sich beschissen anfühlen«, führte er gähnend mit seiner Kritik fort.
Als der Inhalt seiner Worte mein Gehirn erreichte, schäumte ich vor Wut. Jetzt war er eindeutig zu weit gegangen.
»Für was hältst du mich eigentlich? In deinen Augen bin ich also nicht nur verantwortungslos, oberflächlich und egoistisch, sondern ein Flittchen obendrein? Danke! Es geht dich eigent-

lich nichts an, aber ich erzähle es dir trotzdem: Es gibt und gab niemanden neben Piet. Ich date niemanden und ich schlafe seit gut zwei Jahren mit keinem anderen. Es gibt nur Piet! Das Flittchen kannst du also streichen von deiner Liste voller Vorurteile. Piet will mich nicht mehr. Zumindest sagt er das nicht mehr. Ich hänge aber an ihm und finde nicht zurück. Quasi wirst du selbst unseren Sex als Freundschaftsdienst werten. Wahrscheinlich produziere ich auch absichtlich immer mal wieder Chaos, weil ich weiß, dass er dann für mich da sein wird. Dass ich also nicht dich um Hilfe bitte, hat rein gar nichts mit dir zu tun. Du hast überhaupt keine Ahnung von meiner Verbindung zu Piet, keine Ahnung von meinem Leben, meinen Gedanken und meinen Gefühlen. Lass mich einfach in Ruhe. Am besten sprichst du mich nicht mehr an. Nie mehr! Ich kenne ja jetzt deine Gedanken«, ließ ich meinen Emotionen freien Lauf.

Ich wollte aussteigen, aber Paul hielt mich fest.

»Mia, wir werden uns nicht vor Helene streiten oder anschweigen!«, forderte er.

»Klar«, fauchte ich und versuchte, mich zu befreien.

»Ich wollte dich nicht verletzten, Süße. Ich wollte nur, dass du mal nachdenkst. Ich kann nicht immer nur zusehen und schweigen, wenn ich etwas anderes denke.«

Ich war noch immer aufgebracht.

»Lass mich los und nenn mich nicht Süße, wenn du eigentlich Schlampe meinst. Keine Angst, ich spiele für meine Mum schon die kleine, brave Tochter, die ihren Ziehdaddy abgöttisch liebt. Aber immer, wenn ich dich dabei anlächele, wirst du wissen, dass du heute jegliche Beziehung zwischen uns kaputtgemacht hast, Paul.«

»Mia, das funktioniert so nicht.«

Inzwischen hatte ich mich befreit.

»Lassen wir es drauf ankommen!«, zischte ich und stieg aus.

Blöderweise musste ich auf Paul warten, da ich nicht wusste, wo ich hin sollte. Ich folgte ihm in Piets Haus. Meine Mum saß mit Piets Eltern zusammen. Seltsamer Anblick. Elenor sah nicht nach Queen aus und Sir Henry wirkte ebenso ausgelaugt und menschlich. Meine Mum stand auf und kam zu mir.

»Hallo meine Süße, schön, dass du da bist.«

Ich küsste ihre Wange, während ich Piets Eltern fokussiert

hatte. Gleich in dieser Nacht auf die beiden zu treffen, überforderte mich. Ich wusste, dass Piet unsere Lüge aufgeklärt hatte und das Verhältnis zu seinen Eltern wieder frostig war. Dementsprechend verunsichert war ich. Ich wusste nicht, wie ich ihnen gegenübertreten sollte. Kaum hatte meine Mum mich losgelassen, stand Henry vor mir. All die Emotionen des Tages krochen hoch. Tränen stiegen mir in die Augen.

»Es tut mir so leid«, flüsterte ich und schluckte den Kloß in meinem Hals runter.

»Was genau tut Ihnen leid, Schätzchen?«

Sein Schätzchen klang so abwertend wie letztes Jahr. Seine Stimme dazu war wie ein Donner. Ich konnte nicht antworten, die verfluchten Tränen wollten raus.

»Dass Sie uns angelogen und uns falsche Hoffnungen gemacht haben oder dass unser Sohn im Krankenhaus liegt?«, fuhr er fort.

»Beides«, presste ich raus, bevor ich den Kampf gegen die Tränen verlor.

Ich zuckte zusammen, als Henry mich berührte. Er nahm mich in seine Arme und streichelte meinen Rücken. So viel menschliche Geste überforderte mich noch mehr. Ich heulte richtig und das an seiner Brust.

»Wir sind enttäuscht von Ihnen und unserem Sohn. Aber gut möglich, dass wir das kleine Schauspiel verdient hatten. Piet konnte nicht ahnen, was wir vorhatten. Eure Zuneigung zueinander war echt, nur die Art eurer Verbindung nicht. Wir werden über die Lüge hinwegkommen. Wir brauchen Sie hier. Nicht nur mein Sohn scheint in Sie vernarrt zu sein, unser Enkel ist es auch. Beruhigen Sie sich und hören Sie mir zu.«

Ich tat mein Bestes. Inzwischen tätschelte Elenor meinen Arm. Ich wusste, dass es Elenor war und nicht meine Mum. Elenor war unsicher in dem, was sie tat.

»Herzchen, wir machen Ihnen keine Vorwürfe. Wir haben es einmal angesprochen und damit ist es erledigt. Nicht wahr, Henry?«

Er brummte.

Kurze Zeit später hatte ich mich beruhigt und saß mit Piets Eltern im Wohnzimmer.

»Wie lange können Sie bleiben?«, fragte Henry.

»Keine Ahnung. Ich würde gerne sagen, solange ich gebraucht werde. Ich weiß nur nicht, was mein Chef dazu sagen wird?«

Charlie und seine telefonische Entgleisung, nachdem ich ihn informiert hatte, dass ich in den nächsten Tagen nicht arbeiten kommen würde, waren noch sehr präsent in meinem Kopf.

»Was machen Sie beruflich?«

Gespannt schaute Elenor mich an.

»Ich arbeite in der Gastronomie.«

Zu sagen, dass es ein Kneipenjob war, fand ich unpassend.

»Piets Genesung wird länger als sechs Wochen dauern. Kündigen Sie Ihr Arbeitsverhältnis!«, forderte Henry.

Was? Kurzer Schockmoment, als hätte es heute nicht schon genug davon gegeben.

»Das geht nicht. Wovon soll ich leben? Ich...«

»Ich stelle Sie an!«, unterbrach er mich schroff.

»Was? Als was denn?«

»Ich stelle Sie an für das Wohlbefinden meines Enkels. Sie wären sein Kindermädchen.«

Fassungslos glotzte ich Henry an.

»Nein. Ich kümmere mich gerne um Jacob und ich will dafür nicht bezahlt werden«, echauffierte ich mich.

Henry hob seine Hand. Mir war sofort klar, dass er mich aufforderte zu schweigen.

»Hören Sie mir zu, Mia. Sie sagten es eben selbst, Sie müssen von irgendetwas leben und Ihre Rechnungen bezahlen können. Ich will, dass Sie sich bedenken- und sorgenfrei um Jacob kümmern können. Protestieren Sie nicht, ohne nachzudenken. Sie sind nicht dumm!«

Ich schwieg.

»Willigen Sie ein und bleiben Sie so lange, wie nötig. Ich bezahle Sie nicht dafür, dass Sie bei meinem Sohn bleiben, sollten Sie das annehmen. Es geht um Jacob. Mein Sohn ist erwachsen und trifft seine eigenen Entscheidungen. Sie zu verlassen war allerdings eine dumme, aber das wird er selbst längst wissen. Mein Enkel will Sie. Das hat er mehrfach geäußert.«

Ich kam nicht dazu, mir Gedanken zu machen, denn Jacob krächzte meinen Namen. Paul hielt ihn auf seinem Arm. Kaum stand er, kam er auf mich zugelaufen. Ich stand auf, ging in die Knie und schloss Jacob in meine Arme.

»Hey Großer. Alles gut bei dir?«

Meine Stimme klang noch immer belegt.

»Jetzt wird alles wieder gut, stimmt's, Mia?«

Alle Anwesenden sahen gespannt auf uns nieder.

»Wir versuchen unser Bestes. Versprochen.«

Jacobs Augen waren voller Verlustangst. Mein Herz wurde zentnerschwer.

»Bleibst du bei mir?«

Flehender Blick aus blauen Kinderaugen.

»Klar doch. Ich lass dich nicht alleine. Danke im Übrigen für dein schönes Weihnachtsgeschenk. Ich habe mich total darüber gefreut«, versuchte ich seine Gedanken auf ein anderes Thema zu lenken.

Es funktionierte – er lächelte.

»Meins war besser als Papas, stimmt's?«

Ich lächelte zurück.

»Sag bloß, du hast gelunscht?«

Er nickte und verdrehte dazu seine Augen.

»Papa hat dich nackt gemalt, mit Flügeln.«

Super, jetzt wussten es auch Piets Eltern.

»Naja, bei den bunten Flügeln wusste er sicher nicht, welches Kleid am besten dazu passt. Das ist schon gut so«, plapperte ich und spürte die Röte, die meine Wangen überzog.

Jacob gluckste. Mum und Elenor atmeten gleichzeitig erleichtert aus. Ich drückte Jacob wieder an mich.

»Es ist schon ganz schön spät für dich. Sag eben noch Oma und Opa gute Nacht und dann geht's ab ins Bett.«

Jacob tauschte einen dankbaren Blick mit Henry aus, als sie sich verabschiedeten.

Trotz meiner Müdigkeit bekam ich in dieser Nacht kein Auge zu. Pauls Worte gingen mir durch den Kopf, die von Piets Eltern und Jacobs. Er hatte mir, noch bevor er eingeschlafen war, erklärt, weshalb er mich so unbedingt bei sich haben wollte: eine Mischung aus Verzweiflung und Liebeserklärung. Er wollte nicht zu Fenjas Eltern, weil sie eben Fenjas Eltern waren. Seine Mama hatte seinen Papa verletzt, was für ihn ein Grund war, nicht bei ihrer Familie sein zu wollen. Torben und Charlotte schloss das leider mit ein. Daran würden wir arbeiten müssen. Zu Piets Familie hatte er so wenig Kontakt, dass er sich bei keinem wohlfühlte, außerdem wollte er zu Hause sein. Meine Mum passte ihm schon, aber Paul war zu streng.

Seine Liebeserklärung: »Wenn wir zusammen sind, zu dritt, ist Papa ganz anders. Auf dem Weihnachtsmarkt waren wir wie Mama, Papa und Kind. Wenn ich eine zweite Mama habe, dann dich. Du hast gesagt, du hast Paul lieber als deinen richtigen Papa, weil er deine Mama glücklich macht. Ich habe dich lieb, weil du meinem Papa nie wehtun würdest.«

Seine Worte hatten mich so sehr berührt, dass ich ihm daraufhin seine Hoffnungen auf ein Happy End nicht nehmen konnte.

Kapitel 20

Piet

Schmerzen, Schmerzen, nichts als Schmerzen. Rund um die Uhr. Es gab weder Tag noch Nacht. Ich fühlte mich lebendig begraben in diesem Zustand und versuchte, mich zu erinnern, wann das angefangen hatte, aber ich konnte nicht klar denken. Ich nahm meine Familie wahr, im nächsten Moment waren es meine Freunde. Ein ständiger Wechsel, auf den ich nicht reagieren konnte. Als ich Jacobs Anwesenheit spürte, hatte ich all meine Kräfte aktiviert, um ein Wort rauszubekommen. Ein Einziges, mehr ging nicht. Danach war ich so erschöpft und fertig, dass ich Tränen spürte. Keine fremden, meine eigenen Tränen. Je mehr ich weinte, umso schlimmer schmerzte meine Brust.

»Beruhige dich. Du musst dich beruhigen, Piet. Es wird alles wieder gut, versprochen. Du musst durchhalten.«

Die Stimme in meinem Kopf gehörte Mia, die Hand, die mich berührte ebenfalls. Für einen kurzen Moment fühlte sich diese Erkenntnis wie ein Lichtblick an. Obwohl, wenn Mia hier war und meine Eltern, hatte das sicher nichts Gutes zu bedeuten. Wo war ich? Was war mit mir los? War es ein Zeichen der Besserung, wenn ich so viele Gedanken in meinem Kopf hatte? Hoffentlich. In meinem Schädel hämmerte und dröhnte es etwas weniger – dann war ich wieder weg.

Ich wurde wach. Wach werden bedeutete, mehr zu spüren, sehr viel mehr. Warum konnte ich nicht einfach weiterschlafen? Diesmal fühlte sich Wachwerden leichter an. Mein Kopf war klarer. Meine Finger zuckten. Ich bewegte meine Hände, etwas, was ohne Schmerzen möglich war. Meine Füße zu bewegen tat ebenfalls nicht weh. Der Dauerschmerz bezog sich auf meinen Rücken, meine Brust und meinen Kopf. Ich wollte weiter austesten, was funktionierte und versuchte, mein Bein anzubeugen. Fuck, keine gute Idee. Stechender Schmerz. Ich brauchte eine Pause, bevor ich weiter feststellen konnte, was ging und was nicht. Irgendwann öffnete ich meine Augen, was mir leichter fiel als angenommen. Ich sah mich um. Neben dem Bett, in dem ich lag, stand ein Stuhl. Es gab ein Fenster, einen Tisch, auf dem allerlei Zeug stand und einen Fernseher. Die Wände waren beige gestrichen. Das war nicht mein Zuhause, stellte ich ernüchtert fest. Mein Hals brannte. Ich hatte Durst. Unglaublich viel Durst.

»Hallo?«

Meine Stimme klang kratzig und schwach. Sprechen tat weh. Ich war allein, niemand hörte mich und ich war nicht im Stande, mich zu bewegen. Panik. Meine Brust fing zu den Schmerzen, die ich so schon hatte, an zu brennen. Irgendwo piepte es. Die Tür ging auf. Eine Frau, eine Krankenschwester, kam auf mich zu: Der Moment, in dem mir langsam dämmerte, wo ich war. Wann und wie war ich in ein Krankenhaus gekommen? Noch mehr Panik. Zumindest schien die Schwester zuversichtlicher zu sein als ich. Sie lächelte mich an.

»Guten Morgen, Herr Ruloff. Heute sehen Sie schon wacher aus als gestern. Das freut mich.«

Sie hantierte an einem Gerät, das Piepen hörte auf.

»Sie müssen ordentlich atmen, sonst fängt es gleich wieder an. Kann ich schon irgendwas für Sie tun?«

»Ich will hier raus«, presste ich atemlos hervor.

Wieder lächelte sie mich an, diesmal mitleidig.

»Das wird noch ein bisschen dauern. Irgendeinen anderen Wunsch?«

»Ich habe Durst.«

»Das ist gut.«

Kurze Zeit später reichte sie mir einen Becher mit Strohhalm.

»Brauch ich nicht.«

»Doch, der ist nützlich, können Sie mir ruhig glauben. Wenn es heute so gut geht, gibt es dann heute mehr zu essen als einen Pudding?«, fragte sie.

Ich konnte mich nicht daran erinnern, gestern einen Pudding gegessen zu haben. Nicht einmal daran, dass ein Gestern überhaupt existiert hatte. Dementsprechend verunsichert sah ich sie an.

»Na wir probieren das nachher einfach mal aus. Ich stelle das Kopfteil etwas höher, da klappt Trinken besser. Wird sicher weh tun.«

Es tat so weh, dass mir der Becher aus der Hand fiel und ich nass wurde.

»Kein Problem. Beim nächsten Mal gebe ich Ihnen den Becher erst, nachdem ich das Kopfteil höher gestellt habe.«

Keine Minute später hatte ich ein Handtuch auf meiner Brust und einen neuen Becher Wasser. Ich trank begierig. Wasser schmeckte so viel besser als in meiner Erinnerung.

»Ich komme gleich zum Waschen wieder und um das Bett neu zu beziehen. Was denken Sie, wollen Sie heute mal ein Brötchen und unseren Kaffee testen?«

»Kaffee und Brötchen, alles andere nicht«, entfuhr es mir.

Sie grinste.

»Heute sind Sie eindeutig besser drauf als gestern. Wir werden uns einigen. Das Bett ist nass und wird auf jeden Fall neu bezogen. Ich gebe Ihnen mal die Klingel. Wenn irgendwas sein sollte, einfach drauf drücken. Ansonsten weiter ordentlich atmen.«

Anscheinend war ich wieder eingeschlafen, denn ich fuhr erschrocken zusammen, als die Schwester wie aus dem Nichts plötzlich neben mir stand und mich ansprach. Auch Erschrecken fühlte sich beschissen an. Ich japste nach Luft, bis es erträglicher wurde.

»Was ist mit mir los?«, wollte ich wissen.

»Ich habe den Arzt schon informiert, dass Sie heute ganz gut drauf sind. Er kommt nachher zur Visite und spricht mit Ihnen. Ich schlage vor, wir fangen jetzt mit dem Waschen an. Ihre Frau hat Ihnen Pflegeprodukte mitgebracht. Wir...«

Keine Ahnung, was sie weiter sagte. Mein Kopf beschäftigte sich mit anderen Dingen. Als *gut drauf* würde ich meinen Zustand nicht bezeichnen. Und wer war bitteschön meine Frau?

»Mia?«, fragte ich nach.

»Keine Ahnung. Sie müssen wissen, wie sie heißt.«

Sie sah mich prüfend an.

»Rotbraune, lange Haare?«

»Ja, das passt.«

Für einen Moment fragte ich mich ernsthaft, was hier eigentlich vor sich ging. Seit wann war Mia meine Frau?

»Wie sieht's nun aus? Können wir anfangen? Ich schlage vor, Sie machen, was Sie schaffen, und den Rest übernehme ich.«

Sie verschwand – aber nicht lange. Sie hatte lediglich eine Schüssel mit Wasser geholt. Sie hob die Bettdecke: Fuck, ich war nackt.

»Wo sind meine Sachen?«

»Da drüben im Schrank. An- und Ausziehen ist gerade etwas schwierig, oder? Ich kann Ihnen nachher gerne eins unsere schicken Nachthemden holen. Fangen Sie jetzt an oder soll ich alles übernehmen.«

Sie wirkte genervt, als sie mir den Waschlappen reichte. Ich begann, bemerkte aber schon nach kurzer Zeit, dass ich nicht zu allzu viel in der Lage war. Ich würde mich nicht von einer Frau Anfang zwanzig waschen lassen. Nie. Im nächsten Moment fragte ich mich, ob wir am Vortag in der gleichen Situation gewesen waren, an die ich mich nur ebenso wenig erinnern konnte, wie an den Pudding. Wahrscheinlich kannte sie mich längst nackt. Kein Gedanke, den ich mochte. Ich versuchte, mich weiter zu bewegen, aber bekam augenblicklich die Quittung. Ich ächzte vor Schmerz und gab mich geschlagen. Als mein Hirn Wasser auf meiner Haut realisierte, musste ich pinkeln. Der nächste Tiefschlag kam, als sie mir erklärte, dass ich einen Katheter hatte und Wasserlassen kein Problem sei.

Nach dem Waschen fuhr sie erst richtig mit der Folter fort. Sie machte das Bett. Jedes Umlagern war die Hölle. Mir liefen die Tränen, weil ich nicht anders konnte. Das Bett neu zu beziehen war definitiv schlimmer als die Demütigung, die ich beim Waschen empfunden hatte. Ich war am Ende nach dieser Tortur.

»Morgen mal rasieren?«, fragte mich die Schwester, deren Namen ich nicht wusste, die mir aber näher gekommen war, als die meisten Menschen, die ich kannte.

»Überleben würde reichen«, stöhnte ich.

»Sophia«, antwortete sie auf meine unausgesprochene Frage nach ihrem Namen. Oder hatte ich sie gefragt? Keine Ahnung. Ich war so ausgelaugt, dass ich keinen Appetit auf Frühstück hatte. Ich bekam es trotzdem. Ich hatte versucht, ihr zu erklären, dass mir vor Schmerz schlecht war und ich nichts essen wollte. Ihre Antwort: mir sei übel vor Hunger.

Sie blieb so lange neben mir stehen, bis ich wenigstens ein paar Bissen runtergewürgt hatte. Hoffentlich hatte ich das alles bis morgen wieder vergessen.

Zur Visite wurde ich erneut wach. Meine Eltern waren bei mir. Meine Mutter sah verheult aus, mein Vater müde. Ich bekam, außer dass ich viele Verletzungen hatte, kaum etwas mit von dem Gespräch. Meine Tagesenergie hatte ich anscheinend schon am Morgen vollkommen verbraucht. Wenigstens kapierte ich jetzt, wieso mir alles weh tat. Unkomplizierter Beckenbruch war hängen geblieben. Ich fragte mich, wie sich wohl ein komplizierter Bruch anfühlen würde, wenn der unkomplizierte schon so weh tat, dass ich es kaum ertragen konnte? Was eigentlich passiert war, wusste ich immer noch nicht. Ich versuchte, mich zu erinnern, aber da war nichts außer ein riesiges, schwarzes Loch in meinem Kopf. Von meinen Eltern bekam ich keine Antwort. Meine Mutter hatte angefangen zu heulen, mein Vater hatte sich so lange gewunden, bis ich über seinen Worten weggedämmert war. Als ich zum nächsten Mal meine Augen öffnete, saßen drei meiner Schwestern neben mir. Ich war erschöpft und müde. Danach nahm ich Lene und Paul wahr. Helene war bemüht, es mir bequemer zu machen, Paul musterte mich voller Sorge. Ich schlief immer wieder ein und bekam nur noch Sequenzen mit.

»War Mia hier?«, fragte ich irgendwann.

»Ja, sie war heute Morgen bei dir.«

Was? Heute Morgen? Nein. Ich widersprach.

»Doch, Piet. Sie hat dir ihren iPod mitgebracht und Kopfhörer.«

Helene zeigte mir beides.

»Wo ist mein Handy?«, wollte ich wissen.

»Kaputt. Wir haben dir ein neues besorgt und richten es dir ein. Morgen hast du es«, antwortete Paul.

Im Halbschlaf hörte ich Mias Stimme.

»*Möge Licht sein an allen dunklen Orten, wenn alle Lichter ausgehen.*, steht auf deiner Haut. Ich weiß noch, dass ich mir Gedanken gemacht habe über dieses Tattoo. Wieso dieser Spruch? Ich wollte wissen, ob du dich nach Licht sehnst. Das habe ich dich noch nie gefragt. Dann ist mir aufgefallen, dass du mein Licht bist, denn du lässt mich strahlen und leuchtest. Du bist das Licht, an dem ich mich orientiere und auf das ich vertraue. Ich brauche dich, auch wenn ich das nur schwer zugeben kann. Ich mag ebenso dein Licht sein, das, was für dich da ist und dich durch dunkle Zeiten führt und dann habe ich Angst davor, dass ich verantwortlich sein könnte für deine dunklen Zeiten. Es tut mir leid, wenn ich so viel Mist labere, aber ich kann nicht schlafen. Ich liege in deinem Bett und du fehlst mir so sehr. Wenn ich meine Augen schließe und dein Kissen inhaliere, kann ich mir wenigstens vorstellen, dass du bei mir bist. Ich hoffe, du warst wach genug, als ich bei dir war. Hattest du bisher das Gefühl, dass ich dich auslauge und mehr nehme, als ich gebe? Wenn ja, dann tut mir das total leid, das wollte ich nie. Leider bin ich eine Katastrophe und du hast Besseres verdient als mich. Aber ich kann dich nicht verlieren, du bist mein Lieblingsmensch. Mir war noch nie jemand so wichtig, wie du es bist. Das weißt du doch, oder? Kannst du es zulassen, wenn ich mich um dich kümmere? Ich will für dich da sein. Lass uns die Rollen tauschen, bis es dir wieder besser geht. Nur für diese Zeit. Ich weiß, dass du die Kontrolle haben willst, weil du eben ein Macher bist. Ich weiß, dass du dich kümmern willst und es kaum ertragen kannst, wenn man sich um dich kümmert. Du hast es wahrscheinlich nie anders kennengelernt. Du bist ein Kämpfer. Es reicht, wenn du jetzt gerade nur für dich kämpfst. Ich übernehme alles andere, vorerst deinen zuckersüßen Sohn...«

Mias Stimme in meinem Kopf fühlte sich gut an, auch wenn ich ihre Worte nicht richtig verarbeiten konnte. Ich fragte mich, was sie damit meinte, dass sie Jacob übernehme? War er nicht bei Fenja? Der Gedanke an Fenja bescherte mir einen Schweißausbruch. Gott sei Dank schlief ich mit Mia in meinem Herzen ein und träumte von ihr. Mein Traum war so intensiv, dass ich sie sogar riechen und spüren konnte. Moment, es roch nach Sommer, Sonnencreme, Erdbeeren. Das war kein Traum. Meine Hand wurde gehalten und gestreichelt, ich war wach. Ich öffnete meine Augen. Im künstlichen Licht erstrahlte Mia. Sie lächelte.

»Guten Morgen, Lieblingsmensch. Hast du gut geschlafen?«, begrüßte sie mich und küsste meine Hand.

Ich nickte. War es Morgen? Draußen war es dunkel.

»Wie spät ist es?«, fragte ich nach.

»Ziemlich zeitig, kurz nach sechs. Die letzten zwei Tage hast du immer geschlafen, wenn ich bei dir war. Die Schwester meinte, du seist morgens wacher. Deshalb bin ich heute ganz zeitig gekommen.«

Sechs Uhr morgens? Das war nicht Mias Zeit. Sie lächelte noch immer. Im nächsten Moment kam Schwester Sophia ins Zimmer.

»Guten Morgen. Ich komme schon mal zum Temperatur messen. Ist es nicht toll, dass heute Ihre Frau da ist? Wir beide werden nicht diskutieren müssen, ob ich Ihnen helfen darf. Ihre Frau will einspringen.«

Wann hatte ich mit ihr diskutiert? Ich hatte mich geschlagen gegeben nach Schmerzen und – oh doch, ich hatte protestiert und mich geweigert, fiel mir wieder ein. Vor Mia Schwäche und Hilflosigkeit zu zeigen, würde mir allerdings noch viel schwerer fallen als vor einer fremden Person. Fuck. Ich richtete meine Aufmerksamkeit auf Mia. Sie sprach mit der Schwester.

»Diskussionen wird es bei uns auch geben«, ließ sie Sophia wissen, bevor sie mich ansah.

Ihr Blick war zuversichtlich.

»Vielleicht können Sie Ihren Mann auch gleich noch dazu bringen, ordentlich zu essen.«

»Kein Problem. Ich habe alles dabei, was er gerne mag.«

»Keine erhöhte Temperatur. Sehr schön.«

Die Schwester verließ den Raum.

»Wieso sagt sie immer: *Ihre Frau*? Wie kommt sie darauf? In meinem Kopf herrscht viel Leere, ja, aber ich hätte doch nicht vergessen, wenn wir...«

Gott, Sprechen war so verdammt anstrengend. Sprechen hieß atmen. Ich schloss meine Augen.

»Alles gut?«

Mia klang besorgt. Ich nickte und sie fuhr fort.

»Sir Henry ist schuld. Ich habe telefonisch keine Auskunft bekommen und dein Vater wollte sich darum kümmern. Hat er. Ich protestiere einfach nicht, wenn die mich hier mit Frau Ruloff ansprechen.«

Ich hörte an ihrer Stimmlage, dass sie lächelte. Sie berührte behutsam meine Wange.

»Wie geht's dir, Piet?«

»Ehrliche Antwort?«

»Ja.«

»Beschissen. Hat mich ein Laster angefahren?«

Mia schwieg einen Moment.

»Nein, kein Laster.«

In ihrer Stimme schwangen Emotionen, so viele, dass ich meine Augen wieder öffnete. Ihre Augen glänzten. Sie klimperte mit ihren Wimpern, um die Tränen zu unterdrücken, bevor sie aufstand und mir ihren Rücken zuwandte. Mia wusste also, was passiert war.

»Komm her«, forderte ich.

»Gleich.«

»Nein, sofort. Bitte.«

Sie tat, worum ich sie gebeten hatte und setzte sich auf die Bettkante. Ich sah ein gequältes Lächeln in ihrem Gesicht, während eine Träne aus ihren grünen Augen kullerte.

»Ich bin so glücklich, dass ich gerade mit dir reden kann. Das ich sehe, dass du okay bist. Also, irgendwie okay. Ich würde dir so gerne um den Hals fallen und mich an dir festklammern.«

Inzwischen weinte sie richtig. Nichts, was mir gefiel. Ich wollte sie gerne trösten, aber ich konnte mich nicht aufrichten, um sie in die Arme zu nehmen.

»Leg dich zu mir. Ich will dich festhalten.«

Sie zögerte.

»Ich will dir nicht noch mehr Schmerzen zufügen«, wimmerte sie und wischte sich die Tränen weg. »Darf ich dich küssen?«, schob sie schluchzend nach.

Ihre Frage brachte mich zum Lächeln, weil es ganz oft meine Frage an sie gewesen war. Ich nickte. Sie beugte sich über mich. Ihre Lippen berührten sanft meine. Sie küsste mich zart. Ich wollte nicht, dass sie sich wieder entfernte. Meine Hände umfassten ihr Gesicht und hielten sie fest.

»Es wird alles gut, Mia. Das verspreche ich dir.«

Wo auch immer diese Zuversicht herkam.

»Danke«, hauchte sie und küsste mich wieder behutsam.

Im nächsten Moment erhellte wieder ein Lächeln ihr Gesicht – Gott sei Dank.

»Was hältst du von einem Deal? Du lässt dich von mir waschen und wann immer es dir unangenehm sein sollte, gibst du mir ein Zeichen und ich küsse dir jedes Unbehagen weg. Ist das erträglich für dich?«

Das würde im Dauerküssen enden, dachte ich und war frustriert. Wenigstens schien sie ihre Idee glücklich zu machen. Ihre Tränen waren weg.

»Das wolltest du schon immer mal machen, richtig?«, brummte ich.

»Es wird nicht schlimm werden, versprochen.«

Doch, das würde schlimm.
»Ich liege in einem Bett. Ich kann unmöglich so dreckig sein, dass man mich morgens und abends waschen muss.«
Sie zog eine Augenbraue fragend hoch.
»Wow, kamen diese Worte wirklich gerade aus dem Mund des Mannes, der am liebsten Ewigkeiten unter der Dusche steht?«
»Ja. Mit dir zu duschen würde mir gefallen, aber ich liege hier hilflos rum.«
»Genau deshalb brauchst du eben gerade Hilfe und ich will dir helfen. Warum hast du da so ein Problem mit? Ist es dir lieber, wenn dir jemand Fremdes hilft? Das ist Quatsch. Wir kennen uns. Du hattest bisher nie ein Problem, wenn ich dich ablecke und küsse, aber wenn ich dich mit einem Waschlappen berühre, dann ist das nicht okay für dich?«
Gott, ja. Mir fehlte die Kraft, um mich zu erklären oder um das mit ihr auszudiskutieren.
»Komm bloß nicht an den beschissenen Katheter«, gab ich mich gefrustet und widerwillig geschlagen.
Beim allerersten Schmerz, ausgelöst von ihr, beschimpfte ich sie. Ich hatte kein anderes Ventil. Hätte ich nicht gemeckert, hätte ich heulen müssen. Zu meckern kostete mich allerdings Kraft, weil ich kaum Luft bekam. Ich kämpfte nur noch gegen meine Emotionen an.
Nicht heulen, nicht heulen, nicht heulen!, war mein stummes Mantra. Mia war sicher behutsam, aber ich wollte nur noch meine Ruhe haben.
»Magst du frühstücken?«, fragte sie, nachdem ich mich einigermaßen wieder unter Kontrolle hatte.
Ich schüttelte den Kopf.
»Hast du keinen Hunger?«
»Nein.«
»Du musst aber irgendwann mal ordentlich essen. Du brauchst Energie und musst zu Kräften kommen.«
»Willst du mir den Hintern abwischen?«, ging ich sie an.
Mia verdrehte die Augen.
»Bist du sauer auf mich?«
»Nein.«
»Okay. Brauchst du Ruhe?«
Ich nickte und bereute meine letzten Worte.

»Es tut mir leid, Mia. Ich...«

»Alles bestens, Piet. Ich komme klar«, unterbrach sie mich und streichelte meine Stirn.

Unter ihren Streicheleinheiten schlief ich wieder ein.

Beim nächsten Erwachen war das Bild ein absurdes. Sicher war ich nicht wirklich wach. Meine Eltern saßen rechts von mir, Kristina und Sören an meiner linken Seite. Diese Kombination hatte es noch nie gegeben. Einmal die echten Eltern, mit denen, die mich seit zwanzig Jahren besser kannten. Ich schloss meine Augen wieder, um sie erneut öffnen zu können. Das Bild war dasselbe. Kristina lächelte zaghaft, bevor sie aufstand, sich über mich beugte und meinen Kopf küsste.

»Hallo mein Lieber. Wie geht's dir?«

Diese Frage würde ich hassen lernen, da war ich mir ganz sicher.

»Bestens. Ich stehe jetzt auf, ziehe mich an und dann fahren wir nach Hause«, antwortete ich ihr.

Meine Worte trieben Kristina Tränen in die Augen. Nichts, was ich beabsichtigt hatte.

»Es tut mir so leid, Piet. Wir haben das nicht kommen sehen. Wir sind...«

»Er braucht Ruhe«, unterbrach mein Vater Kristina schroff.

Inzwischen tätschelte meine Mutter meinen Arm. Ich spürte die aufgeladenen Energien zwischen allen, konnte sie aber nicht einordnen. Ging es um mich? Um Fenja? Wieder bekam ich augenblicklich einen Schweißausbruch.

»Liebling, nicht aufregen. Es ist alles gut«, hauchte meine Mutter.

»Das würde ich gerne selbst entscheiden. Was ist los?«, hakte ich nach.

»Vertraue mir, es ist noch zu früh«, fuhr mein Vater mich an.

»Der Junge ist wach und fragt nach. Du hast dich so viele Jahre nicht für deinen Sohn interessiert, aber willst jetzt wissen, was gut für ihn ist?«, blaffte Sören meinen Vater an.

Gleich würde Krieg ausbrechen. Mein Vater konnte keine Kritik hinnehmen. Ich lag wortwörtlich zwischen den Fronten. Meine Mutter umklammerte meine rechte Hand, Kristina meine linke.

»Wenn du wüsstest, was gut für meinen Sohn ist, hättest du

ihn beschützt vor... Ach, lassen wir das«, zischte mein Vater.

Er war aufgestanden und hatte sich vor Sören aufgebaut.

»Nein, sprich es ruhig aus, Henry, denn dann wäre seine Frage gleich beantwortet«, entgegnete ihm Sören.

»Fenja hat dich gestoßen. Du bist viele Meter in die Tiefe gestürzt. Du liegst ihretwegen im Krankenhaus«, hörte ich Kristina wimmern.

Mein Herzschlag setzte für einen Moment aus. Vier Augenpaare ruhten voller Sorge und Entsetzen auf mir. Ich konnte ihre Blicke nicht ertragen. Ich schloss meine Augen und versuchte, mich aufs Atmen zu konzentrieren. Fenja war also verantwortlich für meine Schmerzen. Klar, wer sonst? Ich brauchte mehr Antworten gegen die Leere in meinem Kopf, gleichzeitig wusste ich nicht, ob ich in der Lage sein würde, sie zu ertragen. Mein Brustkorb brannte heftig, Atmen tat weh, in meinem Schädel hämmerte es, Stimmen dröhnten, es piepte. Hektik, noch mehr Stimmen. Fenja wollte mich umbringen?

Ich will nicht sterben!, war alles, woran ich dachte, bevor ich weg war.

Es roch nach Sommer, Sonnencreme, Mia. Gott sei Dank, wenn ich Mia wahrnahm, lebte ich noch. Schmerzen im Rücken, schwere Beine, Atmen tat weh – ich war wach. Ich öffnete meine Augen. Es war dunkel.

»Mia?« Meine Stimme war kaum vorhanden.

»Hey, bist du wach?«

Sie zu hören war Erleichterung. Ihre Worte klangen zart, während ihre Finger sanft meinen Arm streichelten.

»Wie spät ist es?«, fragte ich nach.

»Gleich Mitternacht.«

Mia küsste meinen Handrücken. Meine Augen hatten sich langsam an die Lichtverhältnisse gewöhnt. Sie sah erschöpft aus, anders als heute Morgen.

»Du siehst müde aus, Prinzessin.«

»Das ist schon okay. Ich wollte bei dir sein. Wie geht's dir?«

Der besorgte Ausdruck in ihren Augen gefiel mir nicht.

»Gerade besser.«

Die Gedanken des Tages kamen wieder hoch. Ich wollte noch immer mehr Antworten.

»Habe ich geträumt, dass meine Eltern sich mit Kristina und

Sören angelegt haben?«
»Nein. Das hast du nicht geträumt.«
Ihre Stimme klang schwach. Ich schluckte schwer, mein Herz hämmerte.
»Dann stimmt es also? Fenja hat mich gestoßen? Sie wollte mich – ausschalten?«
Mia schluchzte, kletterte zu mir ins Bett und schmiegte sich an mich.
»Ja. Sollte die jemals wieder aus der Psychiatrie rauskommen, garantiere ich für nichts.«
»Wieso?«
»Wieso? Sie hat dich in Lebensgefahr gebracht.«
»Nein, wieso wollte sie mich aus dem Weg haben? Ich verstehe das nicht. Wir hatten keinerlei Kontakt. Oder hatten wir Kontakt? Ich weiß es nicht.«
Sie atmete ein paar Mal tief durch.
»Es ging um Jacob. Sie hat dir erzählt, dass sie ihn mit nach Italien nehmen will. Also nicht in den Urlaub, sondern, dass sie auswandern wollen. Du hast ihr gesagt, dass du das nicht zulassen wirst.«
Ich verstand ihre Worte, aber mir fehlten die Erinnerungen dazu.
»Ich dachte kurz, dass ich Kristinas Info nicht überlebt habe.«
Mia legte ihren Arm um mich und hielt mich fest, als wolle sie mich beschützen.
»Du hattest eine Panikattacke.«

Kapitel 21

Mia

Seit drei Wochen war ich in Lubkow. Drei Wochen, in denen ich mein Bestes gab. Jacob und ich kamen gut miteinander klar. Ich ging auf seine Bedürfnisse ein und darin auf, ihm neben den Krankenhausbesuchen eine schöne Zeit zu verschaffen. Wir redeten viel und ich war schwer bemüht, ihm klar zu machen, dass weder sein Onkel, noch seine Großeltern etwas für Fenjas Tat konnten, dass sie ihn vermissten und liebten und für ihn da sein wollten.

Er war wieder offener für Oma, Opa, Onkel und Cousinen, aber nur begrenzt. Die meiste Zeit klammerte er an mir. Wir besuchten Piet täglich – Augenblicke, auf die sich Jacob freute. Danach fiel er jedes Mal in ein Loch – eine riesige Herausforderung für mich.

Zweimal waren wir im Krankenhaus auf Maritta getroffen. Ich hatte keine Ahnung, welche Rolle sie in Piets Leben spielte. Sie war jedes Mal erfreut, mich zu sehen, während in mir andere Emotionen saßen. Beim zweiten Aufeinandertreffen hatte sie mir ihre Telefonnummer gegeben und mich gebeten, sie anzurufen. Bisher hatte ich das vermieden.

Torben hatte mich in Piets Angelegenheiten eingewiesen. Neben der Schreinerei besaß Piet acht Ferienobjekte, um dessen Vermietung er sich selbst kümmerte. Meine Aufgabe. Ebenso hatte er es mir überlassen, Piets Kunden zu informieren und Termine abzusagen oder zu verschieben. Ich übernahm auch das. Wenn ich Fragen hatte, fragte ich Torben. Paul mied ich, was gar nicht schwer war, denn ich hatte auf einmal einen strukturierten Tagesablauf und kaum Zeit. Ich stand zeitig auf, weckte Jacob, wir frühstückten, ich fuhr ihn zur Schule, danach alleine zu Piet. Meistens blieb ich nicht lange, denn Piet konnte meine Anwesenheit nur schwer ertragen. Das war etwas, was mir von Anfang an klar gewesen war. Piet konnte keine Schwäche zeigen. Das war nichts, was ihm lag. Hilfe und Fürsorge machten es für ihn nur noch schlimmer. Ich wollte für ihn da sein, aber er konnte damit nicht umgehen. Hatte er Schmerzen, erahnte ich die, weil er dann besonders mürrisch war. Wenn ihm zum Heulen war, schmiss er mich raus. Egal, wie sehr mich das verletzte – ich kam klar. Nach den Krankenhausbesuchen erledigte ich alles, was es in Piets Haus zu erledigen gab. Gegen Mittag holte ich Jacob von der Schule ab und versorgte ihn. Danach tobte ich mit ihm draußen herum, damit er nicht ganz so voller Energie war, wenn wir zu Piet fuhren. Nach dem Besuch: ein Loch, was gefüllt werden musste, Hausaufgaben vor dem Abendessen, Kuscheln vorm Schlafen. Mein Tagesablauf. Ich war zufrieden. Gebraucht zu werden, und wenn es auch nur von Jacob war, machte mich auf seltsame Art und Weise glücklich.

Es war Mittwochmorgen, meine Hand lag auf der Türklinke zu Piets Zimmer. Ich hatte die Türe noch nicht ganz geöffnet, als ich Zeuge eines Gesprächs wurde, welches nicht für mich bestimmt war. Torben und Paul waren bei Piet. Ich blieb versteinert stehen und lauschte. Es ging um mich.

»Ich hatte euch gebeten, euch zu kümmern. Nicht Mia«, hatte ich Piet klar und deutlich sagen hören.

»Keine Angst, die macht ihre Sache erstaunlich gut«, kam von Torben.

Piet schnaufte.

»Mia muss endlich mal erwachsen werden«, erklärte Paul.

»Wir passen schon auf, dass sie nichts verhaut. Wir haben auf deinem Rechner ein Programm installiert, mit dem wir kontrollieren können, was sie macht. Sollte sie was verbocken, greifen wir ein und ändern das. Bisher läuft es aber.«

Pauls Worte bescherten mir Übelkeit.

»Wie sieht es bei mir zu Hause aus?«, fragte Piet.

»Keine Ahnung.«

»Wie soll ich mich erholen, wenn ich weiß, dass ihr sie alleine lasst und nicht unterstützt? Mia braucht eure Hilfe.«

Piets Worte verletzten mich noch mehr als Pauls. Er hielt mich also, genau wie sein Kumpel, für vollkommen unzurechnungsfähig und inkompetent. So sehr angepisst hatte ich mich das letzte Mal nach Pauls Ansprache auf der Fahrt nach Lubkow gefühlt.

Der Schlag saß. Ich schloss die Zimmertür genauso leise, wie ich sie geöffnet hatte, und verschwand. Ich fuhr wie benebelt in Piets Haus und packte meine Sachen zusammen. Dann fiel mein Blick auf das große Foto von Jacob im Flur. Würde ich jetzt abreisen, würde ich alle Vorurteile bestätigen. Wollte ich das?

Nein! Auf keinen Fall! Ich hatte Jacob versprochen, für ihn da zu sein. Ich durfte ihn nicht enttäuschen. Er brauchte mich und vertraute mir.

Wenn Piet mich nicht in seinem Leben haben wollte, dann war das eben so. Dieser Gedanke tat zwar weh, weil Piet immer da gewesen war, aber ich würde auch ohne ihn klarkommen. Irgendwie zumindest. Paul hatte recht: Ich hatte immer mehr genommen als gegeben. Jetzt würde ich mich revanchieren und verschwinden, sobald wir quitt waren. Ich wollte beweisen, dass ich mehr konnte, als mir jeder zutraute, und dann anfangen, für mich selbst zu kämpfen. Dieser Entschluss machte mich kurzzeitig stark. Dann fiel mir ein, dass ich ohne finanzielle Unterstützung nicht klarkommen würde. Mein Dispo war ausgereizt. Jacob zu versorgen und zu bespaßen kostete Geld, Geld, das ich nicht hatte. Ich würde weder Paul noch Torben um Hilfe bitten. Nie wieder. Nach meinem Lauschangriff waren beide unten durch. Ich nahm meine Jacke, stieg in Piets Auto und fuhr zu seinen Eltern. Ihr Angebot hatte ich bisher abgelehnt, jetzt würde ich es annehmen.

Familie Ruloff war großzügig, als es um die Betreuung ihres Enkels ging. Henry nahm eine Sofortüberweisung vor und ließ mich wahrhaftig einen Arbeitsvertrag unterzeichnen. So viel Geld hatte ich noch nie für eine meiner Tätigkeiten bekommen. Kurzzeitig hatte ich Bedenken, weil mir mein Honorar viel zu hoch vorkam. Henry hatte mir jedoch den Wind aus den Segeln genommen und mir versichert, dass das alles richtig sei und eine vierundzwanzigstündige Betreuung gut bezahlt werden müsse. Ich fand mich trotzdem überbezahlt und hätte für weitaus weniger Geld diesen Job übernommen. Damit war ich ab sofort bei Familie Ruloff angestellt. Henry hatte recht, ich musste von irgendwas leben und im Stande sein, meine weiterlaufenden Kosten zu decken. Und ich brauchte einen Job, der mich sozial absicherte.

Mein Telefon vibrierte, als ich auf dem Rückweg war. Eine Nachricht von Piet.

Grufti: Du warst heute Morgen nicht da. Ist alles gut bei dir? Kommst du mit Jacob?

Mia: Ich hatte zu tun. Sicher bringe ich dir nachher Jacob. Kann ich sonst etwas für dich tun?

Grufti: Ich würde gerne mal etwas anderes trinken als Wasser oder Tee.

Mia: Wird erledigt. Irgendeinen Wunsch?

Grufti: Nichts Spezielles. Vielleicht Saft. Ich hätte auch gerne einen Joint. Aber jetzt zu rauchen wird mich sicher umbringen.

Mia: Gibt keinen Joint für dich. Sind gegen 15.00 Uhr da.

Ich brachte Jacob pünktlich ins Krankenhaus und traf auf Evi.
»Na Gott sei Dank kommst du heute noch. Mein Bruder war schon in Sorge. Wollen wir uns eigentlich mal auf einen Kaffee treffen? Ich würde mich freuen.«
»Klar, können wir gerne machen. Wenn du magst gleich. Ich bringe nur eben noch Jacob zu Piet.«
Evi sah mich prüfend an.
»Alles gut bei dir?«
»Ja, klar«, log ich.
»Piet bringt mich um, wenn du hier bist, aber mit mir Kaffeetrinken gehst. Lass uns das aufs Wochenende verschieben.«
»Geht klar.«
Ich fühlte mich durchschaut.
Vor der Türe brauchte ich ein paar Atemzüge. Piets Worte vom Morgen spukten durch meinen Kopf. Ich nahm mich zusammen und redete mir ein, dass ich klarkommen würde.
Piet strahlte, als er Jacob sah. Sein Lächeln galt seinem Sohn. Kurzer Schmerzmoment. Ich sollte diese verdammten Gefühle einfach ausblenden und tun, wofür ich bezahlt wurde. Ich war die Nanny. Die überbezahlte. Ich stellte Piet den Saft auf den Nachttisch und tat danach schwer beschäftigt.
»Wollen wir deinen Bart mal gemeinsam wieder etwas in Form bringen?«, hörte ich mich fragen, weil ich gerade seinen Bartschneider in den Händen hatte.
Seinen Blick konnte ich nicht deuten. Er musterte mich und war verunsichert – das passte am ehesten.
»Kein: ›Hey, wie geht's dir heute?‹«, fragte er nach.

»Doch. Entschuldige. Hey, wie geht's dir denn heute?«

Ich versuchte, unbeschwert zu klingen.

»Besser.«

»Das freut mich. Möchtest du ein Glas Saft?«

Jacob schenkte seinem Papa ein Glas ein. Danach durfte ich tatsächlich Piets Bartschneider bedienen. Dieses Zugeständnis machte er mir nur, weil er gewiss spürte, dass irgendwas nicht in Ordnung war. Gott sei Dank war nicht ein gestutztes Haar im Bett gelandet, ich hatte ihn und das Bett bestens abgedeckt und geschützt. Ein kurzer Triumph-Moment.

Piet war schon nach einer halben Stunde unserer Anwesenheit erschöpft. Äußern tat er das natürlich nicht.

»Spielen wir noch eine Runde auf deinem Tablet, Papa?«, fragte Jacob hoffnungsvoll.

Piet würde ja sagen, egal, wie erledigt er war, denn es war sein Sohn, der ihn bat.

»Süßer, was hältst du davon, wenn du mit Papa lieber einen Film guckst. Das strengt ihn weniger an und du kannst mit in sein Bett«, griff ich mit neuem Pflichtbewusstsein ein.

Kurz darauf schlief Piet.

Weniger Zeit im Krankenhaus zu verbringen, verschaffte mir mehr Freiraum. Ich nutzte meine freie Zeit, kaufte mir ein Kochbuch und probierte mich aus. Kochen war gar nicht so schwierig, wie ich bisher angenommen hatte und Jacob ein dankbarer Verkoster. Mein Essen wurde von Tag zu Tag genießbarer. Selbst zu kochen, war außerdem etwas, was mich vor Besuchen bei den restlichen Hofbewohnern bewahrte. Ich ging einfach jedem aus dem Weg. Ich hoffte inständig darauf, dass wenigstens meine Mum mich in einem anderen Licht sah, aber sicher war ich mir nicht. Am Wochenende verbrachte ich viel Zeit mit Evi und ihrem Mann. Evi und Tom taten auch Jacob gut.

Piet brauchte über eine Woche, in der jeder Tag gleich abgelaufen war (ich kam und ging mit Jacob), bis er mich mit Nachrichten bombardierte.

Grufti: Was ist los? Wieso gehst du nicht an dein Telefon?

Mia: Tut mir leid. Ich hatte den Klingelton aus. Habe eben erst gesehen, dass du angerufen hast. Willst du jetzt telefonieren?

Grufti: Nicht wenn du es als lästige Pflicht ansiehst. Was ist los mit dir? Ist es, weil ich dich angemotzt habe? Wehe du schreibst mir jetzt, dass alles okay ist. Ich weiß, dass es das nicht ist. Du warst seit Tagen nicht mehr alleine da. Was ist passiert?

Ihm zu antworten, fiel mir schwer.

Mia: Ich hatte einfach den Eindruck, dass du meinen Besuch nicht wirklich willst. Wenn ich mich irre, dann komme ich morgen Vormittag wieder.

Grufti: Du irrst dich. Ich will dich sehen.

Meine Finger zitterten.

Mia: Wieso?

Grufti: Ernsthaft? Ich brauche dich. Ich gelobe Besserung. Versprochen. Ich werde dich nicht anmotzen und deine Hilfe annehmen, auch wenn mir das schwerfällt. Ich komme mit mir selbst nicht mehr klar. Ich will nicht so sein, wie ich gerade bin und ich will auch nicht, dass du mich so siehst, und gleichzeitig will ich, dass du bei mir bist. Ich habe Schmerzen, Albträume, Ängste. Ich will nicht ersticken und denke mindestens fünfmal täglich, dass ich ersticken werde. Ich kann mich selbst nicht mehr ausstehen. Ich will hier raus. Nach Hause. Ich will dich berühren, mit Jacob rumtoben und dann weiß ich aber, dass ich nichts davon kann.

Ihm darauf etwas zu schreiben war unmöglich. Ich rief ihn an. Es dauerte lange, bevor er ran ging. Er sprach nicht. Ich hörte ihn weinen. Mein Herz schmerzte. Schuldgefühle kamen hoch. Ich trug gerade wenig zu seiner Genesung bei.

»Es wird alles gut. Vertrau darauf. Beruhige dich«, versuchte ich mich.

Selbst ruhig zu bleiben, fiel mir verdammt schwer.

»Möchtest du, dass ich zu dir komme? Ich komme sofort vorbei, wenn du willst.«

»Ich will, dass du kommen willst«, wimmerte er und japste nach Luft.

»Ich will. Gib mir eine halbe Stunde. Du musst dich beruhigen und wieder richtig atmen. Ich suche jemanden für Jacob und dann komme ich sofort.«

Er war aufgewühlt und kam nicht klar.

»Piet, bitte. Versprich mir, dass du dich beruhigst.«

Meine Mum war nicht da – nur Paul.

»Ich brauche deine Hilfe. Kannst du dich bitte zu Jacob setzen? Er schläft und wird dich nicht nerven. Versprochen! Ich muss noch mal eben weg«, ratterte ich runter und band meine Haare zusammen.

Paul musterte mich.

»Wohin? Was ist los? Willst du dich nicht erst noch umziehen?«

»Ich habe keine Zeit, dir das zu erklären. Ich bitte dich nur, auf Jacob aufzupassen. Ist das denn so eine riesige Katastrophe?«

»Nein, geht klar, ich setz mich zu Jacob. Mia, ich...«

»Danke. Alles andere interessiert mich nicht!«, unterbrach ich ihn, drehte mich um und lief in Richtung Auto.

Ich raste durch die Nacht. Wenigstens waren die Straßen leer. Die Nachtschwester war nicht begeistert mich zu sehen.

»Es ist Nachtruhe, Frau Ruloff.«

Als wüsste ich das nicht selbst. Ich stand immerhin in meiner Schlafschlumperhose vor ihr.

»Es handelt sich um einen kleinen Notfall. Ich muss dringend zu meinem Mann. Bitte. Er ist wach und alleine in seinem Zimmer. Ich störe niemanden.«

Ich sah sie mit dem leidigsten Blick an, den ich in meinem Repertoire hatte. Ihre Augen glitten von meinem Gesicht an mir hinab, bevor sie mir lächelnd die Türe aufhielt.

»Danke. Ich lasse Ihnen zum nächsten Nachtdienst eine Pizza liefern.«

»Der wäre morgen«, ließ sie mich wissen.

»Geht klar. Irgendwelche speziellen Wünsche?«

»Tonno.«

Ich würde mich gleich morgen Mittag darum kümmern.

Ich öffnete leise die Tür zu Piets Zimmer, nur für den Fall, dass er inzwischen doch eingeschlafen war. Er sah genauso fertig und ausgelaugt aus, wie er geklungen hatte.

»Mia.«

Seine Augen leuchteten kurzzeitig auf.

»Hey.«

Er versuchte zu lächeln. Ich ging zu ihm, zog meine Jacke aus und setzte mich auf die Bettkante. Seine warme Hand berührte meine kalte Wange. Ich schmiegte mich dagegen.

»Darf ich mich zu dir legen?«, flüsterte ich.

»Ja, aber ich...«

Mein Zeigefinger hinderte ihn am Weiterreden. Seine Lippen fühlten sich rau an.

»Pst, sag nichts. Ich will bei dir sein.«

Ich streifte meine Stiefel ab, und legte mich so behutsam wie möglich neben ihn.

»Es tut mir leid, Piet. Ich wollte dich nicht verletzten. Darf ich dich streicheln?«

Augenblicklich versteifte er sich neben mir. Abwehr – war ja klar.

»Ich frage dich extra. Ich berühre dich nur, wenn du es willst«, hauchte ich und küsste seine warme Halsbeuge.

Er reagierte mit Tränen.

»Piet, es ist alles gut zwischen uns. Du wirst wieder fit. Ich werde dich so gut ich kann unterstützen. Du schaffst das«, versuchte ich ihn zu trösten.

Er ließ zu, dass ich sein Gesicht streichelte und küsste.

»Ich will gar nicht heulen. Erst recht nicht, wenn du da bist. Ich bin ein emotionales Wrack, schon den ganzen Tag. Ich kann das nicht einmal mehr steuern«, wimmerte er.

»Du darfst heulen, wenn dir danach ist und auch gerne vor mir. Ich komme damit klar.«

Es dauerte eine Weile, bis er sich beruhigte.

»Ich will nach Hause. Rumliegen kann ich auch daheim. Mich nervt einfach alles. Ich kann mich nicht mehr zusammenreißen. Ich keife die Schwestern an, dabei können die nichts dafür. Der Physiotherapeut bezeichnet mich als Motzki. Es geht vieles besser und die Schmerzen werden erträglicher – oder ich habe mich inzwischen an sie gewöhnt. Mir geht das alles zu langsam. Ich will einmal wieder wach werden, ohne gleich zu wissen, dass ich nicht aufstehen kann. Ich will nicht bei jeder Kleinigkeit um Hilfe bitten. Mich stressen die Besuche. Ständig ist jemand da und jeder will sich mit mir unterhalten. Über was soll ich sprechen? Ich erlebe nichts. Ich hatte über Jahre kaum Kontakt zu meiner Familie. Meine Eltern sind fast täglich hier, meine Schwestern haben sich aufgeteilt, diese mitleidigen Blicke ertrage ich nicht. Sören und Kristina haben ein schlechtes Gewissen mir gegenüber. Dabei ist das unnötig. Du und Jacob, Paul und Torben reichen mir vollkommen als Besuch. Deine Mutter zwingt mich zu noch mehr Physiotherapie, wenn sie mich besucht, Charlotte heult. Ich kann das alles nicht mehr. Wäre ich zu Hause, dann könntest du einfach die Türe nicht aufmachen. Wir wären alleine.«

Ich dachte über seine Worte nach. Wenn ihn die vielen Besuche überforderten, dann mussten die aufhören oder besser gesteuert werden. Daran konnte ich etwas ändern.

»Warum sagst du deinen Besuchern nicht, dass es dir zu viel wird?«

»Ich kann nicht.«

»Willst du, dass ich das für dich regele?«

»Dann hassen die uns beide«, knurrte er.

»Quatsch. Dich hasst keiner, wenn du dir Ruhe wünschst und weniger Gespräche. Die wissen alle, dass du an deinem Limit bist und haben Verständnis. Du könntest gerade sogar ein rosa Glitzereinhorn von deinem Vater fordern. Er würde dir eins besorgen«, versuchte ich ihn abzulenken.

»Ein rosa Glitzereinhorn?«

Er lächelte für einen kurzen Moment. Mission gelungen.

»Ganz genau.«

Ich streichelte seine Stirn.

»Wenn du willst, dann könnten wir am Wochenende einen ruhigen Tag alleine verbringen. Voraussetzung dafür wäre, dass du dich auf meine Unterstützung einlassen kannst. Ich helfe dir bei allem was du nicht kannst. Ich übe mit dir. Du motzt mich voll, wenn dir danach ist. Wir bestellen uns Essen, was immer du gerne essen willst. Ich schmuggel dir ein Bier hier rein, Jacob kommt ab dem Mittag dazu und wir lassen einfach niemanden weiter in dein Zimmer«, schlug ich vor.

Grübchen, er lächelte erneut. Ich verspürte Erleichterung. Er nahm meine Hand und schob sie unter sein Hemd.

»Sophia hatte wieder Frühdienst. Die wollte mich heute Morgen besonders ärgern und hat mir tatsächlich so ein rosa Flatterhemd gegeben. Sie meinte, wenn ich noch einmal rosa akzeptiere, probieren wir morgen meine eigenen Sachen anzuziehen.«

Diese Worte klangen schon viel besser, als die von eben. Sicher hatte er Sophia am Morgen zur Schnecke gemacht. Ich schmunzelte und streichelte seine warme Haut.

»Die wollte dich nicht ärgern, die weiß nur so gut wie ich, dass dir rosa steht.«

»Danke, dass du bei mir bist. Dich zu sehen, ist mein Tageshighlight. Was immer ich getan habe, es tut mir leid, Prinzessin.«

Seine Worte trafen mich mitten ins Herz und verwirrten mich doch. Wenn er zu mir sprach – mit mir, dann fühlte ich mich geliebt von ihm. Das, was er aber in Gegenwart seiner Freunde gesagt hatte, hatte nicht nach Liebe geklungen. Ich würde das nicht zum Thema machen. Nicht jetzt. Aber irgendwann ganz sicher. Ich schmiegte mich enger an ihn und ließ meine Hand über seine Brust wandern. Dabei spürte ich jede einzelne Rippe. Piet brauchte eindeutig nicht nur Zuwendung, sondern vor allem mehr Essen. Nachdem er entspannt eingeschlafen war, verließ ich ihn und machte mich auf die Rückfahrt.

Die Fahrt über begleiteten mich Piets Worte zu der Krankenhaussituation. Ich hatte miterlebt, wie er den nettesten Schwestern der Station vorgeworfen hatte, seine Schmerzmedikamente für ihren Eigenbedarf zu strecken. Auf die Frage nach der Schmerzskala von eins bis zehn hatte er sie angeblafft und mit zwanzig geantwortet. Ich konnte darüber schmunzeln und auch die meisten Schwestern hatten seine Antworten mit Humor genommen. Ich hatte bisher nur eine erlebt, die ihn in die Schranken gewiesen hatte. Mit Sophia hatte ich mich mehrmals unterhalten. Sie hatte versucht, mich aufzubauen, wenn Piet mich des Zimmers verwiesen hatte.

Für ihn war diese lange Zeit im Krankenhaus die Hölle auf Erden. Ich kannte Piets Nörgeleien. Er war schon immer penibel, auch ohne, dass es ihm schlecht ging. Ich hatte ihn ein einziges Mal dazu überreden können, mit mir im Bett zu frühstücken, nichts, was er hatte genießen können. Ihn hatten die Krümel gestört und seine erste Amtshandlung nach unserem Frühstück war gewesen, das Bett zu säubern. Dabei war es meins gewesen – nicht seins. Jetzt aß er seit vier Wochen jeden Tag im Bett. Er konnte sich kaum bewegen und musste sich mit jeder Falte und jedem Krümel arrangieren. Hilflosigkeit und nicht selbst bestimmen zu können, angewiesen zu sein auf andere, das war alles nichts, womit er klar kam. Dazu die ständigen Schmerzen. Er tat mit Sicherheit sein Bestes, war aber inzwischen an der Grenze dessen angelangt, was er ertragen konnte. Ich erkannte meine Mission ganz von alleine.

Kapitel 22

Piet

Nach sieben Wochen Krankenhausaufenthalt hatte ich mich selbst entlassen. Ich wollte nur noch nach Hause, keine Reha, sondern mein eigenes Bett, meine gewohnte Umgebung und eine Art Alltag zurück. Mein Alltag würde es noch lange nicht werden, das hatte ich verstanden und akzeptierte ich inzwischen. Mir fehlte Kraft und Ausdauer. Ich hatte in den letzten beiden Wochen hart gekämpft, um wieder auf die Beine zu kommen. Ich konnte wieder sitzen, stehen und laufen. Laufen funktionierte am besten. Ohne Helenes Hilfe wäre ich in den letzten Wochen aufgeschmissen gewesen. Das einzusehen hatte mich Überwindung gekostet. Sie hatte sich mit dem Physiotherapeuten der Klinik verbündet und war da, als ich zum ersten Mal wieder aufrecht gewesen war. Ihre Anwesenheit hatte mich gezwungen, weniger zu protestieren. Sie hatte auf mich eingeredet und mir erklärt, dass ich die Schmerzen hinnehmen musste, wenn ich die Klinik verlassen wollte. Zwei Wochen waren Paul und sie jeden Abend dagewesen, um mich zu unterstützen. Paul war eher Beobachter und hatte mir Sicherheit gegeben. Er konnte mich im Notfall halten, Lene eher weniger. Außerdem war er regelmäßig eingeschritten, wenn ich seine Frau angeschrien hatte. Meine Reha vor Ort war gesichert. Helene war hartnäckig und würde erst Ruhe geben, wenn ich wieder fit wäre.

Die Schmerzmittel waren reduziert. Ganz darauf verzichten funktionierte allerdings nicht. Meine Freiheit wieder zu erlangen, hatte mich viel Anstrengung und Überwindung gekostet.

Neben Helene war es Mia gewesen, die dafür gesorgt hatte, dass ich mich wohler fühlte und mit mir selbst einigermaßen klar kam. Wann immer sie nach meiner Jammernacht dagewesen war, hatte sie es sich zur Aufgabe gemacht, mich abzulenken. Mia konnte zaubern. Ganz klare Sache, genau das gaukelte sie mir immer wieder vor. Ihr höchstes Gut war ihre Fantasie. Sie hatte Robin Hood in ihrem Kopf umgeschrieben, neben mir gelegen und mich zum Helden ihrer Geschichte gemacht. Ein anderes Mal hatte sie mir Späne unter die Nase gehalten.

»Was riechst du? Mach die Augen zu und erzähle mir, was dir durch den Kopf geht«, hatte sie mich gefragt.

»Sind die aus meiner Werkstatt?«

»Augen zu.«

Anfänglich hatte ich mich schwer getan mit ihr zu spinnen, aber dann war es ganz einfach gewesen. Meine Fantasie hatte sich auf das beschränkt was ich gerne tat: Arbeiten. Ihre war farbenfroher.

»Nein, du arbeitest heute nicht. Du und ich sind zusammen im Wald. Riechst du auch Wald? Kiefern, Fichten...«

»Das sind Rotbuchenspäne«, hatte ich sie unterbrochen.

»Alter Besserwisser. Gut, sind wir eben im Mischwald. Kiefern, Fichten, Rotbuchen, Birken und von mir aus noch ein paar Kastanien. Kastanien sind toll – Moment mal, kannst du wirklich anhand der Späne sagen, von welchem Baum die stammen?«

»Ja. Du warst bei den Kastanien stehengeblieben. Sammeln wir die ein und ich muss daraus Kastanientierchen basteln?«

»Nööö. Das fand ich schon immer langweilig. Wir haben die gesammelt und nach Moritzburg ins Wildgehege gebracht. Du bringst mich aus dem Konzept. By the way, hattest du schon mal Sex im Wald?«

»Als Piet Hood ganz sicher, aber ansonsten, nein. Du?«

»Zählt ein Parkplatz, der von Bäumen umringt war?«

»Eher nicht.«

»Dann nein. Zurück jetzt. Ab mit dir in den Wald, und keine Angst, ich werde uns keine wilde Sexszene im Wald andichten. Das machen wir in der Realität, wenn du wieder fit bist.«

Unser ausgedachter Waldspaziergang war so lebendig, dass ich genug Ablenkung von der Realität gefunden hatte. Mia war der Wind, ein Eichhörnchen, was eine ganze Eichhornschar mit Bucheckern versorgte, im nächsten Moment war sie ein Specht und am Ende der Baum, den ich umarmt hatte, um neue Energie zu sammeln.

»Hattest du einen schönen Tag im Wald?«, hatte sie sich breit grinsend erkundigt.

»Ja. Lass uns nach Hause fahren und Tee trinken.«

»Ich habe noch was für dich. Gib mir deine Hand.«

Kurz darauf hatten drei Haselnüsse in meiner Hand gelegen. Sie hatte mir ihr süßestes Lächeln geschenkt und verkündet: »In Wirklichkeit bin ich Aschenbrödel. Ich teile meine Haselnüsse mit dir, weil sie Wünsche wahr machen.«

In mir hatte ein Lachen gesessen, was ich nur nicht gewagt hatte rauszulassen, weil lachen wehtat. Ich hatte die Haselnüsse in meiner Hand fixiert.

»Die sind gekauft.«

Sie hatte mich angestrahlt und ihren Kopf geschüttelt.

»Nö, die sind nur geputzt. Ich weiß ja, dass du penibel bist. Los, wünsch dir was.«

Mein kleiner Wunsch war in Erfüllung gegangen – ihr Kuss hatte nach Leben und Liebe geschmeckt.

Mias Besuche und die von Jacob waren meine Lichtblicke gewesen. Kam er am Nachmittag, dann spielten wir meist Karten. Ich bekam täglich kleine Zettel von ihm, auf denen Dinge standen, die er entweder mir wünschte oder sich selbst. Bei ihm hatte Mia ebenfalls gezaubert, denn er war aufgeblüht und viel redseliger als sonst.

Was mich, abgesehen von meinen Schmerzen, belastete, war die Tatsache, dass Fenja mich niedergeschlagen hatte, ich abgestürzt war und sie mich hatte liegen lassen, ohne sofort Hilfe zu rufen. Ich fragte mich immer wieder, was ich verbrochen hatte, dass sie mir so etwas antun konnte, nach all den Jahren, die wir uns kannten. Lange darüber nachdenken konnte ich nicht, denn jeglicher Gedanke an Fenja löste Panikattacken aus. Ich versuchte, mir einzureden, dass sie nicht bewusst gehandelt hatte und mich nicht vorsätzlich hatte verletzten wollen, aber sicher war ich mir da nicht. Ich hatte mit einer Psychologin gesprochen und wissen wollen, was ich gegen das Herzrasen und die Schweißausbrüche tun konnte.

Ihr erster Rat war: »Suchen Sie keine Entschuldigungen und reden Sie über Ihre Ängste. Reden wird Ihnen helfen. Machen Sie nichts mit sich selbst aus. Ich kann Ihnen gerne einen Kontakt zu einem Kollegen vermitteln, damit Sie jemanden haben, der Sie begleitet und unterstützt.«

Nichts, was mir half. Ich konnte nicht über meine Gedanken und Gefühle reden und ich brauchte keinen Seelenklempner. Wenigstens ihre Entspannungstechniken funktionierten einigermaßen.

»Ihre Seele zu heilen wird definitiv länger dauern, als ihr Körper braucht. Lassen Sie sich helfen«, waren die Worte der Psychologin beim Abschlussgespräch.

Länger? Ich war schon gefrustet, dass ich körperlich mit bis zu sechs Monaten Genesung zu rechnen hatte. Das einzig Gute war, dass ich keine Erinnerungen an das Attentat auf mich hatte und die wahrscheinlich nie wieder kommen würden. Mein Gehirn hatte diesen Tag komplett gelöscht. Meine letzten Erinnerungen vor dem Sturz bezogen sich auf den Tag davor, die ersten nach meinem Unfall auf den Tag, an dem ich Mia gerochen hatte. Dazwischen fehlte eine komplette Woche.

Meine Freunde hatten mich abgeholt, wir waren fast daheim. Ich wollte so schnell wie möglich aus dem Auto raus, die Straßen waren katastrophal. Jede Erschütterung ließ mich die Zähne zusammenbeißen.

»Bist du bereit für einmal Mia-Chaos in deinem Haus?«

Torbens amüsierter Tonfall holte mich aus meinen Gedanken.

»So schlimm?«

Bisher hatte ich den Gedanken, dass Mia mein Haus zu ihrer chaotischen Wohnung umfunktioniert haben könnte, erfolgreich verdrängt.

»Keine Ahnung, ich war seit vier Wochen nicht mehr in deinem Haus.«

Keine Aussage, die mich beruhigte.

»Wird schon alles gut sein. Helene hätte mir erzählt, wenn dem nicht so wäre. Ich bin richtig überrascht. Nie im Leben hätte ich gedacht, dass sie sieben Wochen durchhält und Verantwortung für ein Kind übernehmen kann. Sie hat das tatsächlich ohne Unterstützung hinbekommen, ohne zu jammern, ohne zu klagen, aber auch ohne Besuche bei uns.«

Pauls Worte machten mir erst bewusst, dass Mia seit sieben Wochen in Lubkow war. In dem Kaff, was sie nicht mochte. Bei meinem Sohn, der nicht ihrer war. Sieben Wochen. So lange hatten wir uns noch nie am Stück gesehen. Gut, das hatten wir auch nicht, aber sie war täglich da gewesen, in den letzten Wochen – meist zwei Stunden am Vormittag und dann noch einmal anderthalb mit Jacob am Nachmittag. Alle anderen Besucher hatte sie geschickt aufs Wochenende umgelenkt. Die Wochenenden waren anstrengend gewesen, aber damit war ich besser klargekommen als mit den täglich wechselnden Besuchen.

Jacob riss die Autotür auf, sobald Paul den Motor ausgeschaltet hatte.

»Papa. Endlich. Wir haben eine Überraschung für dich«, begrüßte er mich und schlang seine Arme um mich.

Endlich!, dachte ich ebenso und drückte ihn an mich.

Aussteigen wurde zur ersten Herausforderung, nach langem Sitzen zu laufen die nächste. Die Krönung kam, als ich mein Haus betrat. Viel zu viele Menschen – alle, mit denen ich gemeinsam auf dem Hof lebte. Helene, Charlotte und Mathilda begrüßten mich herzlich, während Mia etwas abseits stand und die Szene verlegen beobachtete. Ihre Augen schickten mir eine stumme Entschuldigung, bevor sie zu mir kam, sich streckte und mich küsste.

»Willkommen in deinem Zuhause. Ich habe nichts zu melden, sonst wären wir alleine. Es ist Mittwoch, da wird angeblich hier gegessen«, murmelte sie an meinem Mund und streichelte meinen Rücken.

»Was gibt es denn? Matsch-Spaghetti und leckere Dosensauce?«

Hoffentlich hatte jemand anderes das Kochen übernommen.

»Lass dich überraschen. Gib mir deine Jacke. Brauchst du Hilfe bei den Schuhen?«

»Nein, ausziehen geht einfach.«

»Du sagst mir, wenn du Hilfe brauchst, klar? Schön, dass du wieder da bist.«

Nach einer Stunde in voller Besatzung war ich erledigt. Ich war mehr Beobachter als Beteiligter, das Essen in den letzten Zügen. Es hatte lecker geschmeckt. Nach sieben Wochen Krankenhausessen schmeckte alles nach Gourmetküche.

Als stiller Beobachter hatte ich sehr deutlich wahrgenommen, wie reserviert sich Charlotte und Torben verhielten und auch, dass zwischen Mia und Paul irgendwas lief, was anders war als sonst. Rauszubekommen, was die Ursache dafür war, stand heute allerdings nicht mehr auf meiner Agenda. Ich brauchte Schmerzmittel und Ruhe.

»Danke für das leckere Essen. Es war schön mit euch zusammen, aber ich muss mich jetzt hinlegen.«

Ich hatte Helene angesehen, als ich mich fürs Essen bedankt hatte, weil ich davon ausgegangen war, dass sie uns bekocht hatte.

Charlotte kreischte auf.

»Hast du es auch gesehen, Mia? Ich habe die Wette gewonnen.«

Lene sah mitleidig zu ihrer Tochter.

»Tut mir leid, Süße.«

In dem Moment begriff ich, dass es Mia gewesen war, die gekocht hatte. Sie lächelte tapfer.

»Mist. Ich dachte, dass Piet die Dosensauce rausschmecken wird.«

Sie war nicht so unbeschwert wie sie tat.

»Tut mir leid, Prinzessin. Die Dosensauce war zu gut versteckt. Seit wann kannst du kochen? Bisher dachte ich, dass dir gelegentlich sogar Wasser anbrennt.«

Fuck, meine Frage und jedes weitere Wort waren unverschämt und hatten meinen Mund, ohne nachzudenken, verlassen – ließen sich jedoch nicht mehr zurücknehmen. Es herrschte absolute Stille am Tisch, gepaart mit gespannten Blicken, die auf Mia gerichtet waren. Sie sah mich an, erst ernst, dann grinsend.

»Hm, sagen wir es so: Ich hatte Zeit und eine tolle Küche zur Verfügung. Jacob brauchte mehr als Junkfood und ich kenne jemanden, der gerade etwas gehaltvolleres essen sollte als leckere Matsch-Spaghetti. Die gibt es erst wieder, wenn du fünf Kilo zugenommen hast. Und jetzt ab mit dir, einmal brav Medikamente nehmen und dann schläfst du.«

Mia halt. Sie kam klar mit meiner Aussage.

»Zu Befehl, Schwester Mia.«

Sie war aufgestanden und hinter mich getreten. Ihre Hände zogen meinen Kopf an meinen Haaren nach oben, ich sah zu ihr auf.

»Ich habe mir ein sehr kurzes und enges Schwesternkostüm gekauft. Wenn du willst, trage ich das für dich«, säuselte sie, bevor sie meine Stirn küsste.

»Echt? Das will ich sehen.«

Mia prustete bei Jacobs Worten und ließ von mir ab. Ich sah in die amüsierten Gesichter meiner Freunde und war einfach nur froh, wieder daheim zu sein.

»Du bekommst einen Arztkoffer, mein Schatz. Mein Kleid ist nichts für dich. Wir pflegen Papa, bis er wieder rumspringen kann.«

Zu Hause zu sein war die beste Medizin. Es ging täglich bergauf. Körperlich fühlte ich mich belastbarer, auch wenn vieles noch nicht so funktionierte, wie ich es gewollt hätte. Ich brauchte viele Pausen und kam schnell an mein Limit, aber ich erholte mich zügig, wenn ich auf meinen Körper hörte und mir zwischenzeitlich Ruhe gönnte.

Psychisch sah es anders aus. Nachts hatte ich gelegentlich Albträume, wachte ich davon auf, regelmäßig Panikattacken. Ohne Mia, die mich beruhigte und zurückholte, wäre ich nicht klar gekommen. Panikattacken hatte ich auch mitten am Tag, immer dann, wenn Jacob mit mir über seine Mutter sprechen wollte. Ich bekam kein Wort heraus und hasste mich dafür. Jacob brauchte mich und ich wollte in jeder Situation für ihn da sein, aber sobald es um Fenja ging oder das, was vorgefallen war, bekam ich mich nicht in den Griff. Meine eigenen Reaktionen machten mich unzufrieden. Unzufriedenheit machte mich unausstehlich. Mia war das vorhandene Ventil meiner Unzufriedenheit. Sie ertrug viel – was sie nicht verdient hatte, denn sie war geduldig, verständnis- und liebevoll. Das war mir mehr als nur klar, trotzdem passierte es immer wieder, dass ich sie schroff anging und meinen Frust an ihr abließ. Danach fühlte ich mich noch schlechter und versuchte alles, um mich zu entschuldigen. Bisher gelang mir das, aber lange würde sie das sicher nicht mehr mitmachen.

Mia kämpfte nicht nur mit mir. Sie kämpfte gleichzeitig mit Paul. Das war mir inzwischen klar. Weshalb und was eigentlich zwischen den beiden vorgefallen war, nicht. Paul kam selten ohne Helene, aber wenn er es tat, dann giftete Mia ihn an und er verteidigte sich. Kam Helene mit, dann war Mia die süße, kleine Tochter, und Paul und sie taten, als wären sie ein Herz und eine Seele, wobei Paul dabei so aussah, als würde er leiden. Vollkommen verrückt.

Ich hatte bei Paul nachgefragt, genau wie bei Mia, beide hatten dasselbe geantwortet: »Alles bestens.«

Mir war klar, dass das gelogen war. Torben hatte ebenfalls keine Antwort, aber ihm war auch aufgefallen, dass die beiden sich anders verhielten als sonst.

»Mia, sagt nicht mehr Daddy, wenn Lene nicht dabei ist. Er ist jetzt Paul.«

Das war keine neue Information – hatte ich selbst schon festgestellt.

Meine Eltern hatten sich davon abhalten lassen, mich täglich im Krankenhaus zu besuchen, aber seitdem ich nicht mehr im Krankenhaus war, kamen sie mehr als einmal wöchentlich nach Lubkow.

Zu Beginn war mir das nicht recht gewesen, doch dann hatte ich bemerkt, was meine Eltern für einen Wandel vollzogen hatten. Sie duzten Mia beide und behandelten sie, als würde sie zur Familie gehören. Mein Vater küsste und umarmte sie sogar zur Begrüßung. Unvorstellbar. Beide versuchten, viel mehr auf mich einzugehen, als sie es jemals getan hatten. Ich war auf einmal wieder der Sohn, der ich so viele Jahre nicht gewesen war. Sie kamen nicht, um mich zu kontrollieren oder zu belasten, sondern um uns zu unterstützen. Meine Mutter bemutterte mich und ich ließ es zu, weil es keine unangenehmen Gefühle in mir auslöste.

Nie waren meine Eltern klassische Großeltern für Jacob gewesen, aber jetzt benahmen sie sich wie Oma und Opa, warmherzig und interessiert. Mein Vater spielte sogar mit Jacob auf dem Fußboden, etwas, was ich nicht konnte, weil ich ohne Hilfe nicht wieder auf die Beine kam.

Ganz sicher waren nicht nur meine Verletzungen der Grund, dass ich mit einem Mal wieder familiären Rückhalt hatte, daran war ebenfalls Mia beteiligt.

Kapitel 23

Mia

Mitte März und ich war noch immer in Lubkow und glücklich. Es war dunkel, durchs geöffnete Fenster hörte ich den Wind mit dem Regen kämpfen, ansonsten Stille. Kein Flugzeug, das mich wecken könnte, keine Autoschlange vorm Fenster. Es war friedlich. Wundervoll. Ganz anders als zuvor angenommen. Ich hatte immer gedacht, dass mir mein Stadtleben fehlen würde, aber dem war nicht so. Wenn mir etwas fehlte, dann meine Freunde, aber von denen bekam ich regelmäßige Updates.

Kat datete Lennart. Ich hatte ihr letztes Jahr im Mai Lennarts Nummer gegeben, aber die beiden hatten sich schwergetan. Erst nachdem ich Lennart zu Brunos ersten Geburtstag mit zu Kat geschleift hatte, lief es bestens. Kats und Lennys Updates hörte ich gerne.

Vincent hingegen jammerte, er vermisste mich. Aber nur, weil er einfach zu schüchtern war, Kerle, die ihm gefielen, anzusprechen. Ihm fehlte ein Baggerpartner. Damit konnte ich leben.

Die Regengeräusche bescherten mir einen angenehmen Schauer auf der Haut. Ich kuschelte mich tiefer in die Bettdecke und drehte mich zu Piet. Er schlief friedlich. Ich sah ihm gerne beim Schlafen zu, schon alleine, weil ich immer wieder neue Details in seinem Gesicht entdeckte. Mal war es ein Leberfleck, der mir nie aufgefallen war, mal die Falte auf seiner Nasenwurzel, die selbst da war, wenn er entspannt war, eine Narbe an seinem Kinn, ein graues Haar in seinem Bart.

Früher war ich Langschläferin gewesen, aber ich hatte in den letzten Monaten frühes aufstehen gelernt und fand selbst das nicht mehr schlimm. Piet beim Schlafen zu beobachten schüttete Glückshormone in mir aus, meistens zumindest. Wurde ich nachts wach, weil er neben mir mit einem Albtraum kämpfte, empfand ich Wut auf Fenja. In vier Wochen hatte es drei Albtraumnächte gegeben. Piet konnte mir nicht erzählen, was er geträumt hatte – nur, dass es nichts mit dem zu tun gehabt hatte, was er erlebt hatte. Glauben konnte ich ihm das nicht. Aber träumte man von Dingen, die die Erinnerung ausgelöscht hatte?

Ich erahnte, dass viel in ihm vorging: Gedanken, die er nicht sortiert bekam, Gefühle, die er nicht greifen konnte, viele Worte, die er nicht aussprach. Körperlich ging es ihm besser, der Rest würde hoffentlich auch noch werden.

Ich legte meine Hand in seine. Meine Augen wanderten von seiner Hand den Arm hinauf zu seiner Schulter, weiter in sein Gesicht. Seine Lider flatterten, gleich würde er aufwachen. Vor Jahren hatte ich nur sein Alter gesehen, etwas, was mich abgeschreckt hatte, aber das sah ich nicht mehr. Wenn ich ihn heute ansah, sah ich den Mann, den ich liebte. Das spürte ich täglich, ganz gleich, ob er mich in den Wahnsinn trieb, weil er mich anmotzte oder hinter mir her räumte. So war er eben, ein Ordnungsfreak, der im Moment nicht sonderlich gut klar kam mit sich selbst. Ich strich ihm ein paar Haare aus dem Gesicht. Er lächelte schlaftrunken und war wach.

»Guten Morgen, Lieblingsmensch.«

Ich reckte mich und küsste sein Kinn.

»Moin, Prinzessin«, brummte er mit geschlossenen Augen.

»Ich stehe jetzt auf und wecke Jacob. Bleib liegen. Bis nachher zum Frühstück. Irgendeinen Brötchenwunsch?«

»Nein. Ich decke den Tisch.«

Unser Ritual seit ein paar Tagen: Nachdem ich Jacob zur Schule gebracht hatte, frühstückten wir gemeinsam. Ich küsste Piets Stirn und wollte aufstehen. Er hielt mich fest.

»Danke. Ich liebe dich«, murmelte er an meinem Hals.

»Ich weiß. Bis später.«

Jacob war bereits wach und auf dem Weg zu uns. Seine Schritte waren deutlich zu hören. Keine Minute später kletterte er ins Bett.

»Ich will heute nicht zur Schule. Es regnet«, verkündete er.

»Daraus wird nichts. Ich mache dir Frühstück und dann geht's los. Du musst noch ganz schön viel lernen und vor allem musst du mich daran teilhaben lassen.«

Jacob sah mich genervt an und schmiegte sich an Piet.

»Papa bleibt auch im Bett und macht nichts.«

Piet fuhr Jacob über den Kopf.

»Wäre ich fit, würde ich arbeiten. Ich wäre glücklich, wenn Mia mir Frühstück machen und mich in meine Werkstatt begleiten würde.«

»Klar. Mia macht dir ja Frühstück«, grummelte Jacob.

»Falsch. Ich muss ihr Frühstück machen.«

Jacob sah mich fragend an.

»Da hat er recht. Ich fahre dich zur Schule, er deckt den Tisch. Na los. In paar Stunden hole ich dich schon wieder ab. Du hast keinen Grund zu jammern. Komm, wir ziehen uns an: um die Wette! Auf die Plätze, fertig los!«

Ich stand auf und rannte los. Jacob folgte mir. Perfekt. Auf Wettspiele sprang Jacob immer wieder an.

Als ich zurückkam, fand ich einen halbgedeckten Tisch vor. Von Piet war nichts zu hören oder sehen. Ich deckte den Tisch fertig, bevor ich mich auf die Suche begab. Er war nicht im Haus. Sein Handy lag in seinem Arbeitszimmer, neben dem Rechner. Viele Möglichkeiten, wo er sich aufhalten konnte, gab es nicht. Entweder war er bei einem seiner Kumpels oder in der Werkstatt. Ich tippte auf Letzteres und lag richtig. Er stand an der Werkbank und hielt sich daran fest.

»Alles okay?«

Bei meiner Frage zuckte er zusammen, als habe er mich nicht bemerkt.

»Ich weiß nicht. Heute Morgen dachte ich, alles wäre in Ordnung, jetzt gerade nicht mehr.«

Er sah mich missmutig an.

»Was ist denn nicht okay?«

Inzwischen stand ich hinter ihm.

»Das hier ist mein Rückzugsort. Hier fühle ich mich sicher. Ich hatte kaum Schmerzen heute Morgen. Ich drehe noch durch, wenn ich nicht bald wieder arbeiten kann. Mir ist die Feile runtergefallen als ich sie wegräumen wollte. Ich habe fast zehn Minuten gebraucht, um sie wieder aufzuheben, aber jetzt traue ich mich nicht, mich weiter zu bewegen. Das ist doch alles Kacke. Ich funktioniere nicht. Warum wird das nicht besser? Dazu kommt, dass mein eigenes Kind lieber mit dir zusammen ist als mit mir. Du schweigst ihn nicht an, wenn er reden will. Du kannst mit ihm rumalbern, ich nicht. Er hasst mich sicher und du? Was willst du eigentlich von mir? Du erträgst mich. Weshalb?«

Wenn der Morgen schon so schwierig war, freute ich mich glatt auf den Tag. Meine Hände umschlossen seinen warmen Körper. Er versteifte sich.

»Du bist viel zu ungeduldig. Es ist doch schon vieles besser geworden. Du musst die Medikamente regelmäßig nehmen. Wenn man Schmerzen hat, muss man Schmerzmittel nehmen. Jacob hasst dich nicht, das ist Quatsch. Ja, er will mit dir reden, er will dich verstehen, aber du machst immer wieder dicht, statt ihm wenigstens zu erklären, was mit dir los ist. Sag ihm, dass du mit ihm nicht über Fenja reden kannst, weil es dir dann nicht gut geht. Das versteht er schon. Gibt tausend andere Dinge über die ihr stattdessen reden könnt. Er will bei dir sein, genau wie ich. Können wir jetzt frühstücken?«

Er ließ die Werkbank los und folgte mir ins Haus. Ich war erleichtert. Allerdings nicht allzu lange, denn am Küchentisch schob er sein Essen von einer Ecke in die andere und starrte mich trotzig an. Er kämpfte mit sich, nicht weil er Schmerzen hatte, sondern weil ihn irgendetwas anderes beschäftigte. Ich kannte Piet gut genug, um das zu erahnen.

»Rede mit mir. Was ist wirklich los? Habe ich irgendwo Chaos hinterlassen und du bist deshalb sauer?«

Er presste seinen Kiefer aufeinander, seine Wangenknochen traten deutlich hervor, in ihm brodelte es.

»Lass es raus!«, forderte ich noch einmal.

»Das alles ist ein verfickt, beschissener Film. Ich versuche gerade zu verstehen, was hier abläuft. Aber ich scheitere kläglich daran.«

Seine Augen glänzten verdächtig und waren gleichzeitig voller explosiver Wut. Wut auf mich.

»Was meinst du?«, fragte ich ruhig nach, während mein Puls im Hals galoppierte.

»Was läuft zwischen Paul und dir?«

Das war nicht wirklich sein Ernst?

»Spinnst du? Nichts.«

»Lüg mich nicht an. Was ist zwischen euch passiert?«, herrschte er mich an.

»Nichts. Wir haben uns gestritten, mehr nicht und wir wollen beide nicht, dass Mum davon Wind bekommt.«

Er nickte, im nächsten Moment wischte er mit einem Handschlag die Kaffeetasse vom Tisch.

»Du hast dich kaufen lassen. Du bist nicht hier, weil du es sein willst. Du hast dich von meinem Vater bezahlen lassen. Du hast deine Kontoauszüge auf meinem Rechner gedownloadet. Dumm von dir. Dachtest du... Wie kannst du nur? Welche deiner Emotionen ist echt und welche gekauft?«, schrie er.

Ich starrte ihn fassungslos an.

»Das glaubst du nicht wirklich?«

»Das kannst du nicht leugnen. Ich habe es gesehen, okay. Ich kann hier nicht weiter machen. Nicht so. Ich will, dass du sofort deine Sachen zusammensuchst und aus meinem Leben verschwindest!«

Seine Worte und die scharfe Tonlage sorgten dafür, dass ich kaum Luft bekam. Nach all den Wochen der emotionalen Achterbahn konnte ich nicht mehr angemessen reagieren. Ich war entsetzt und verletzt und wollte selbst nur noch weg. Wie ferngesteuert stand ich auf und suchte meine wenigen Habseligkeiten zusammen. Erst als ich damit fertig war, kam ich einigermaßen wieder zu mir. Piet saß noch immer am Küchentisch.

»Ich verschwinde. Du bist so ein Idiot! Dass du annimmst, meine Liebe zu dir wäre käuflich, verletzt mich. Du verletzt mich! Meine Gefühle waren immer echt. Du hättest mich fragen können, weshalb ich Geld von deinem Vater bekomme, hast du aber nicht. Du denkst von allem nur noch das schlimmste. Dein Vater bezahlt mich als Babysitter für deinen Sohn. Er bezahlt mich nicht für seinen gestörten Sohn. Alles, was ich für dich getan habe, habe ich aus freien Stücken getan und sogar ziemlich gerne. Aber eben hast du die Grenzen überschritten. Laut Paul bin ich oberflächlich, egoistisch, verantwortungslos, ein Flittchen. Du toppst das alles noch mit käuflich. Dankeschön. Richte Jacob bitte viele Grüße von mir aus und sage ihm, dass es mir leid tut. Ich hätte mein Versprechen gerne gehalten, aber ich kann nicht!«, ließ ich meinen Frust lautstark raus, bevor ich das Haus und den Hof verließ.

In mir brannten Tränen. Tränen, die ich erst zuließ, nachdem ich weit genug weg war. Hinter mir hupte es. Mehrfach. Widerwillig blickte ich mich um. Rosalie, Pauls Mutter, saß am Steuer.

»Steig ein, Liebes. Was ist denn los? Kann ich dich irgendwohin fahren?«

»Zum Bahnhof.«

Kapitel 24

Piet

Nachdem Mias Worte mein Hirn erreicht hatten, war mir klar, dass ich gewaltigen Mist gebaut hatte. Ich verharrte Minuten in Schockstarre, bevor ich mich wieder bewegen konnte. Ich überquerte den Hof – Paul war nicht im Büro, hoffentlich war er daheim. Ich brauchte Antworten und jemanden, der Mia einholte und sie zurückbrachte.

»Hey, alles gut bei dir?«

Lene sah mich fragend an, als sie mir die Tür öffnete.

»Wo ist Paul?«

Ich lief an ihr vorbei. Helenes Anwesenheit war mir egal, ich wollte von Paul hören, wieso er Mia als oberflächliches, egoistisches und verantwortungsloses Flittchen bezeichnet hatte. Genau das fragte ich ihn, als er vor mir stand.

»Du hast was?«, schrillte Helenes Stimme hinter mir.

»Das habe ich so nie gesagt. Ich war vollkommen erledigt und musste einfach mal klarstellen, dass sich die Welt nicht nur um sie dreht.«

Daraufhin entfachte ein Streit zwischen Lene und Paul. Zum ersten Mal wurde ich Zeuge davon, dass Lene laut werden konnte. Einen Streit zu provozieren war nicht meine Absicht gewesen. Ich unterbrach die beiden und beichtete, was ich vor wenigen Minuten verbockt hatte. Helene starrte mich an.

»Ich dachte, du kennst meine Tochter so gut? Anscheinend ist dem nicht so. Mia würde nie etwas tun, was sie nicht will. Das muss dir doch klar sein! Sie wollte überhaupt kein Geld von deinem Vater, aber sie brauchte irgendeine Anstellung, um bleiben zu können. Jemanden, der ihre Sozialversicherungen bezahlt. Einmal nachdenken, mehr wäre es nicht gewesen«, fuhr sie mich an.

»Es tut mir leid. Ich weiß, dass ich vollkommen bescheuert reagiert habe. Aber ich kann daran jetzt nichts mehr ändern. Ich brauche jemanden, der mich zum Bahnhof fährt. Ich will nicht, dass sie fährt!«

»Du – oder besser gesagt ihr – bleibt hier. Ich fahre. Wenn sie einen von euch sieht, wird sie schon aus Protest in den erstbesten

Zug steigen. Wir klären das später. Ihr seid beide nicht aus dem Schneider.«

Sie schnappte sich ihre Jacke und ließ uns stehen.

»Ich schwöre dir, ich habe weder gesagt, sie sei oberflächlich, noch habe ich sie als Flittchen bezeichnet. Das hat sie aus meinen Worten gemacht«, erklärte sich Paul.

»Was hast du dann gesagt?«

»Ich habe sie lediglich gebeten, ihr Tun und Handeln zu überdenken. Kann sein, dass ich dabei nicht gerade nett war, aber du lagst im Krankenhaus. Ich war übermüdet und fertig. Ich wollte, dass sie endlich mal Verantwortung übernimmt. Hat sie ja – ich bin erstaunt, wie gut sie das hinbekommen hat. Ich wollte, dass sie mir erklärt, was das zwischen euch ist. Ihr müsst unbedingt reden. Ich war überrascht von Mias Antworten.«

Ich sah Paul fragend an.

»Rede!«

»Ich wollte, dass sie mich um Hilfe bittet, wenn sie Probleme hat. Ihre Aussage war, dass sie das nicht kann, weil sie sich gelegentlich Schwierigkeiten nur ausdenken würde, damit du zurück in ihr Leben kommst. Das ist doch verrückt! Ich habe ihr gesagt, dass ich an deiner Stelle durchdrehen würde, wenn ich nicht wüsste, was sie nebenbei so macht und wen sie trifft. Ich gebe zu, das war auf ihren Datingmist bezogen. Dafür hätte sie mich am liebsten umgebracht.«

Ich war aufgebracht. Wieso mischte Paul sich in Dinge ein, die ihn nichts angingen? Am liebsten hätte ich ihm eine verpasst, aber ich war nicht fit genug, die Revanche würde ich nicht vertragen.

»Das war echt beschissen. Was hat sie geantwortet?«, hakte ich nach.

»Was wohl? Das sie seit Jahren keinen anderen trifft. Du wärst der Einzige, aber du würdest sie nicht mehr wollen. Wieso nicht?«

Pauls Worte verwirrten mich.

»Was? Wie kommt sie darauf?«

»Was weiß ich denn? Vögelt ihr nur und redet nie miteinander? Obwohl, im Moment geht das wohl eher schlecht. Ihr hättet Zeit gehabt, euren Scheiß mal zu klären. Was macht ihr nur ständig für Drama? Mia liebt dich. Du liebst sie. Sie wäre geblieben, aber du schickst sie natürlich weg.«

Pauls Blick provozierte mich.

»Stoß das Messer nur fester in meine Brust, Arschloch. Ich habe freigedreht, als ich gesehen habe, dass mein Alter ihr Geld überwiesen hat. Der regelt seit ich denken kann alles mit Kohle. Klar, dass ich angenommen habe, dass er sich eingeschaltet hat. Fenja wollte er bezahlen, damit sie von mir fernbleibt, woher sollte ich denn wissen, dass er Mia nicht fürs Gegenteil bezahlt?«

Mein Herz hämmerte wieder in meiner Brust. Ich versuchte, mich aufs Atmen zu konzentrieren. Fenja musste raus aus meinem Hirn. Sofort.

»Beruhige dich und atme ordentlich. Komm schon! Nase ein – Mund aus.«

Pauls Hände legten sich auf meine Schultern.

»Sieh mich an, Piet. Es ist alles gut. Die Idee von deinem Vater war gut. Er wollte etwas für dich tun. Endlich mal. Deine Alten waren einfach besorgt um dich. So wie alle. Dein Vater hatte sogar Angst vor deinem finanziellen Ruin. Er wollte noch viel mehr für dich tun. Wir mussten ihm versichern, dass er nicht eingreifen muss, der Hof abbezahlt ist und du auch locker mal ein paar Wochen von den Einkünften deiner Ferienobjekte leben kannst.«

Ich hielt mich an Paul fest und stöhnte auf. Das waren alles keine Informationen, die ich jemals mit meiner Familie teilen wollte.

»Komm runter, Piet. Es ist alles bestens.«

In Pauls Augen lag ein Grinsen.

»Was noch?«, blaffte ich ihn an.

»Dein Alter steht auf Mia und du bist ihm wichtig. Rufe Mia an und entschuldige dich.«

»Ich weiß nicht, wo mein Handy liegt. Außerdem kenne ich Mia. Ihre erste Amtshandlung wird es gewesen sein, mich zu blockieren. Gib mir dein Telefon.«

»Bei meiner Nummer geht sie unter Garantie nicht ran.«

Die Tür ging auf, Lene kam zurück. Alleine.

»Ich habe sie nicht gefunden. Nicht auf dem Weg zum Bahnhof, nicht im Bahnhof. Aber so schnell kann sie überhaupt nicht weg sein, nicht ohne Auto. Hast du Mia erreicht?«

Helene sah mich fragend an. Ich verneinte. Sie zückte ihr

Handy und hinterließ ihrer Tochter eine Nachricht.

Was ich angerichtet hatte wurde mir erst vollends bewusst, als Jacob heimkam. Helene hatte ihn abgeholt. Mein Sohn hatte sich vor mir aufgestellt, die Arme vor der Brust verschränkt.

»Ich rede so lange nicht mehr mit dir, bis du Mia wieder zurückgeholt hast. Ich will Mia. Du bist nur noch böse und gemein. Wahrscheinlich hat Mama dich deshalb geschubst.«

Mein Herzschlag setzte aus, ich bekam keine Luft, mir wurde übel.

»Entschuldige dich sofort. Das war garstig, Jacob!«, hörte ich Helene streng sagen, bevor sie bei mir war.

Ich starrte Jacob entsetzt an, er mich ängstlich.

»Papa?«

Er kam auf mich zu und schlang seine Arme um mich. Atmen funktionierte wieder.

»Es tut mir leid, Papa, das wollte ich nicht sagen. Ich hab dich lieb, aber Mia auch. Ich will sie zurück.«

Aus seinen Augen kullerten Tränen. Der Moment, in dem ich wieder funktionierte. Ich drückte Jacob an mich.

»Ich auch. Ich verspreche dir, dass ich mich bei ihr entschuldigen werde.«

Helene berührte meinen Rücken.

»Leg dich besser hin. Du siehst blass aus. Jacob und ich kochen dir einen Tee.«

Ich gehorchte und Jacob folgte Helene in die Küche. Da es vollkommen still war, hörte ich jedes Wort.

»Jacob, ich weiß, dass du gerade böse auf deinen Papa warst und dass du Mia sehr lieb hast, aber das, was du eben gesagt hast, war nicht richtig. Ich möchte, dass du nie wieder so etwas sagst. Hast du mich verstanden?«

»Ja«, wimmerte mein Sohn.

»Mia hat dich sehr lieb und Piet auch. Die beiden bekommen das schon hin. Wir sind alle sehr froh, dass es deinem Papa wieder besser geht«, fuhr sie fort.

»Ich habe das nicht böse gemeint. Papa reagiert immer so komisch, wenn es um Mama geht. Wieso?«

Mein Herz gab schon wieder komische Impulse von sich.

»Eigentlich ist das noch kein Thema für dich, aber ich werde versuchen, es dir zu erklären. Ich weiß nicht genau, was in deinem Papa vorgeht, aber ich ahne es.«

In meinen Ohren rauschte Blut.

»Weißt du, wenn man von jemandem verletzt wird, von dem man es nicht erwartet, ist das überfordernd. Deine Mama wollte deinen Papa bestimmt nicht so doll verletzen, wie es am Ende passiert ist. Davon bin ich fest überzeugt. Aber so was kann man nicht einfach verzeihen. Immer, wenn es um deine Mama geht, löst das Stress bei ihm aus. Den kann er jetzt nicht kontrollieren, aber er wird es lernen. Es wird besser werden, dafür braucht er aber Unterstützung.«

Ich spürte, wie die nächste Panikattacke auf mich zurollte.

»Was für Stress?«, fragte Jacob, während ich genau jetzt mit Stress reagierte. Mir wurde heiß.

»Das, was du mit: ›Er reagiert komisch.‹ meinst. Sein Herz fängt an zu rasen, seine Atmung wird anders, er wird blass und schwitzt. Vielleicht wird ihm auch schwindelig. Sein Körper sagt ihm dann, dass er in Gefahr ist und er irgendwie weg muss.«

Verdammt, hoffentlich hörte Lene bald auf zu reden.

»Was macht man da?«

»Du kannst ihm dann nur sagen, dass er nicht in Gefahr ist. Dein Papa ist hier sicher, und wir passen einfach alle auf ihn auf. Na los, bringe ihm den Tee. Ich hole Paul rüber und wir spielen zu viert ein Brettspiel.«

Lene, Paul und ich hatten den Tag über immer wieder versucht, Mia zu kontaktieren. Ohne Erfolg, sie hatte uns alle blockiert. Bis zum Abend lief es entspannt und ohne weitere Panikattacke. Ich musste das irgendwie wieder in den Griff bekommen, sonst würde Fenja dauerhaft über mein Leben bestimmen – genau das wollte ich nicht. Mia wurde erst wieder zum Thema, als ich Jacob ins Bett brachte.

»Ich bin traurig. Mia ist nicht da und du kannst dich nicht zu mir legen, weil du nicht mehr hochkommst.«

Jacob sah aus wie ein Häufchen Elend und ich wusste, dass ich daran schuld war. Für ihn waren die letzten Wochen genauso schwer gewesen wie für mich. Ich hätte bei meiner impulsiven Reaktion an ihn denken müssen, anstatt mich nur von meinem Zorn leiten zu lassen.

»Wenn du willst, kannst du bei mir schlafen. Da kann ich mich mit hinlegen. Wahrscheinlich schlafe ich sowieso gleich mit ein.«

Jacobs Gesicht erhellte sich kurz.

»Echt? Ich darf bei dir schlafen?«

Normalerweise teilte ich mein Bett nicht mit ihm, aber heute war eine Ausnahme. Jacob kuschelte sich an mich und fing an, mir zu erzählen, was er besonders an Mia mochte. Es war offensichtlich, wie viel sie ihm bedeutete – das konnte ich in jedem seiner Worte hören.

»Jetzt bist du dran. Warum hast du Mia gern, Papa?«

Im ersten Moment wusste ich nicht, wie viel ich bereit war, ihm zu offenbaren.

»Wir werden nicht zum Schlafen kommen, wenn ich anfange dir zu erzählen, weshalb ich Mia mag«, versuchte ich, mich rauszureden.

»Egal. Fang an!«

Er sah neugierig zu mir auf.

»Okay, also ich mag Mia, weil sie für mich Farbe ist. Kunterbunt.«

»Aber du magst doch gar keine Farben«, unterbrach er mich und zog die Stirn kraus.

»Stimmt, ich mag keine farbige Kleidung tragen, aber an Menschen mag ich Farben.«

Er sah mich weiterhin fragend an.

»Wie meinst du das?«

»Ganz einfach. Mia hat viele Interessen, auch wenn sie das manchmal chaotisch macht. Bei ihr zu Hause hat sie ein Zimmer, das so ist wie sie selbst. Da steht eine Staffelei mit Farben und ganz vielen verrückten Bildern. Daneben hat sie eine Nähmaschine, weil sie viele ihrer Sachen selbst näht. Überall hängen gebastelte Dinge an den Wänden und Fenstern. Und sie hat ein Klavier. Mia probiert alles aus, was ihr Spaß macht, und genau das macht sie so bunt. Sie steckt einen an, sich selbst auszuprobieren. Sie ist voller Überraschungen, bringt mich zum Lachen, zum Nachdenken und treibt mich gelegentlich auch in den Wahnsinn. Aber genau das mag ich an ihr. Manchmal ist sie sanft, manchmal voller Leben. Sie sagt, was sie denkt, auch wenn es ihr Ärger einbringt.«

Ich machte eine Pause, während Jacob mich gespannt ansah.

»Und weißt du, was noch? Mia kann zaubern. Immer dann,

wenn man sich schwach oder schlecht fühlt, zaubert sie irgendwie, und plötzlich geht es einem wieder besser. Das hast du doch sicher auch schon bemerkt, oder?«

Jacob nickte.

»Ich bin ihr wichtig, das fühlt sich gut an. Und außerdem riecht Mia nach Sommer, immer – selbst im Winter.«

Jacob kicherte neben mir.

»Du bist in Mia verknallt, Papa«, gluckste er.

»Ja, unheimlich. Deshalb mache ich auch alles falsch. Verliebtsein ist schwierig«, gab ich zu.

»Quatsch. Das ist ganz einfach. Du musst nur sagen: Ich liebe dich, Mia.«

Er war so überzeugt von seiner simplen Lösung, dass ich lächeln musste.

»Okay. Ich liebe Mia«, sagte ich ihm zuliebe.

Jacob grinste triumphierend.

»Ich liebe dich, Papa, weil du der Beste bist – und Mia auch. Gute Nacht, Mimi«, zwitscherte er, drehte sich blitzschnell von mir weg und sprang aus dem Bett.

Erst jetzt fiel mir das Handy in seiner Hand auf.

»Ich muss noch mal aufs Klo«, murmelte er, während er sich eilig davonmachte.

Es dauerte einen Moment, bis mir klar wurde, was gerade passiert war. Jacob hatte unser Gespräch aufgenommen und hatte ganz offensichtlich vor, es Mia zukommen zu lassen. Ich schmunzelte in mich hinein. Bald würde er merken, dass so etwas mit seinem Zockerhandy gar nicht funktionierte. Trotzdem war ich beeindruckt, dass er überhaupt wusste, wie man eine Aufnahme macht.

Kurze Zeit später kam er zurück. Sein Gesichtsausdruck war eine Mischung aus Unschuld und Triumph.

»Hast du das für Mia aufgenommen?«, fragte ich nach.

Augenblicklich veränderte sich seine Mimik; jetzt sah er mich so an, als befürchtete er Ärger. Trotzdem nickte er.

»Wie soll sie das denn bekommen? Du hast gar keine App, mit der du das versenden könntest.«

»Doch, die hat Mia mir draufgemacht, für den Fall, dass ich sie brauche, wenn sie bei dir im Krankenhaus war. Sie wollte die wieder löschen, hat es aber vergessen. Euch hat sie blockiert.

Mich nicht. Das würde sie nie machen. Meine Nachricht hat sie bekommen.«

Mein Herz schlug schneller und diesmal nicht aus Panik, sondern eher vor Erleichterung.

»Zeig her!«, forderte ich.

»Nur wenn du sie nicht löschst und nicht böse bist!«

Mein Sohn hielt mich offensichtlich für ein Monster. Ich musste dringend lernen, meine Emotionen besser unter Kontrolle zu bringen, ganz gleich, ob ich Schmerzen hatte oder einfach psychisch einen Hänger. Dass er Angst vor meinen Reaktionen hatte, gefiel mir nicht.

»Jacob, ich bin weder böse auf dich, noch würde ich Mia als Kontakt von deinem Handy löschen. Ich weiß, dass in den letzten Wochen viel falsch gelaufen ist und ich nicht so war, wie du mich kennst. Das tut mir leid, wirklich sehr.«

Er sah mich lange schweigend an, bevor er sich umdrehte, aufstand und wieder ins Bad marschierte, um sein Handy zu holen.

»Hat sie dir gesagt, wo sie ist?«

Kurz keimte Hoffnung auf.

»Ich habe sie nicht gefragt.«

Er reichte mir sein Telefon, nachdem er wieder neben mir im Bett saß. Ich öffnete den Messenger, den Mia ihm installiert hatte. Tatsächlich zeigte der Brief unter seiner Sprachnachricht an, dass er gelesen war. Mia hatte Jacob sogar geantwortet, mit zwei Herzen und einem müden Icon.

»Darf ich gucken, was ihr euch so geschickt habt?«

Jacob nickte, bevor ich nach oben scrollte. Die beiden hatten sich fast ausschließlich Voice-Calls geschickt. Klar, mein Sohn war Erstklässler; er konnte nur einfache Dinge lesen und schreiben.

»Darf ich?«, fragte ich noch einmal.

Ich wollte Mias Stimme hören und war neugierig auf das, was sie und Jacob sich zu sagen gehabt hatten.

»Nicht alles. Gib her, ich suche dir etwas raus.«

Verwundert sah ich zu, wie Jacob über ein paar Voice-Calls wischte, bevor er eine auswählte. Unmöglich konnte er wissen, welche das war.

»Das hier«, ließ er mich wissen und drückte auf Wiedergabe.

Guten Morgen, mein Süßer. Ich hoffe, du hast gut weitergeschlafen und bist jetzt fit für die Schule. Ich hole dich nachher ab, versprochen. Sei schön fleißig. Ich will wissen, was ihr heute gelernt habt. By the way – du schnarchst ganz schön. Ich konnte kaum schlafen. Abgesehen davon hast du im Schlaf gekichert. Solltest du dich an deinen Traum erinnern, vergiss ihn nicht. Ich will ihn hören. Papa ist heute viel wacher. Ich freue mich total. Ich hole ihm gerade Kaffee. Es wird alles wieder gut. Mach dir keine Gedanken. Ich habe dich lieb – bis zum Mond und zurück. Dir ist klar, dass mehr nicht geht?

Verständlich, dass er diese Nachricht gewählt hatte. Die war niedlich. Ich tippte auf seine Antwort.

Bis zum Mond und zurück und noch einmal hin ist viel mehr. Danke für das Buch. Ich weiß nicht, was ich geträumt habe. Kannst du dir Träume merken? Gib Papa einen Kuss von mir. Vielleicht können wir ja heute Nachmittag zusammen spielen, wenn er wach ist. Küss ihn einfach weiter wach.

Gott, die Konversation der beiden trieb mir augenblicklich wieder Tränen in die Augen. Die letzten elf Wochen hatten mich so empfindsam gemacht wie nie zuvor. Ich war vollkommen weichgespült.

»Ist alles gut, Papa?«

Ich schluckte ein paar Mal bis ich mich wieder fing.

»Ja, mir geht es gut. Danke, dass ich das hören durfte.«

Keine Viertelstunde später schnarchte Jacob leise vor sich hin. Ich hörte mich so lange weiter durch ihre Nachrichten, bis mein eigenes Handy sich meldete. Ich angelte es mir und verspürte Ernüchterung.

Es war keine Nachricht von Mia, sondern von Rosalie. Pauls Mutter kontaktierte mich selten und hatte mir sogar schon Nachrichten geschickt, die nicht für mich bestimmt waren. Mit nichts anderem rechnete ich. Umso erstaunter war ich über das Foto, das sie mir geschickt hatte: Mia schlafend mit einem Lächeln im Gesicht.

Rosalie: Ich habe Mia heute zufällig eingesammelt. Sie wollte, dass ich sie zum Bahnhof fahre. Ich habe sie bei mir behalten. Binz ist machbar für dich. Nicht weit weg. Geht's dir gut? Mia ist glücklich eingeschlafen nach eurer Nachricht. Sorry, ich habe mitgehört. Jacob ist mein Held. Sei stolz auf deinen Sohn.

Ich war hellwach nach dieser Nachricht. Es war eh noch nicht sonderlich spät. Aufstehen klappte problemlos. Ich verließ mein Schlafzimmer, um Rosalie anzurufen.

»Was gibt's denn?«, begrüßte sie mich.

»Danke, dass du Mia mit zu dir genommen hast. Darf ich vorbeikommen?«

»Nur wenn du nicht vorhast, meine Lieblingsenkelin zu ärgern.«

»Versprochen!«

»Dann darfst du noch vorbeikommen. Ich bin wach.«

»Danke. Ich suche schnell noch jemanden für Jacob.«

An der Feuerstelle im Hof saßen Charlotte und Lene. Sicher würde sich eine der beiden dazu bereit erklären, nach Jacob zu sehen. Sie sahen mich besorgt an, nachdem ich meine Frage gestellt hatte.

»Ist irgendwas passiert? Wo willst du denn hin?«, wollte Charlotte wissen.

»Zu Rosalie. Ich bleibe nicht lange.«

Lene lächelte mich an. Ich ging davon aus, dass sie bereits wusste, wo sich ihre Tochter aufhielt. Charlotte lächelte nicht.

»Wer kommt mit?«, fragte sie mich stattdessen.

»Wie? Wer kommt mit? Ich fahre alleine zu Rosalie.«

Lotti sah mich an, als traue sie mir das nicht zu.

»Ich kann fahren«, antwortete ich.

»Ich weiß, dass du Auto fahren kannst. Aber alleine? Kommt gar nicht in Frage.«

Hatte ich mich eben verhört?

»Hallo? Ich bin kein kleiner Junge, dem du das Autofahren verbieten kannst. Ich weiß, dass du dir nur Sorgen machst, aber das geht so nicht, Charlotte«, wies ich sie zurecht.

»Ich übernehme Jacob. Ich glaube, ein bisschen mehr Selbstständigkeit wird dir gut tun. Melde dich, wenn du da bist oder Hilfe brauchst. Ich will aber vor Mitternacht in mein Bett. Sag Rosalie viele Grüße«, bestätigte mich Lene.

»Nein, er fährt nicht alleine. Was, wenn er eine Panikattacke bekommt? Oder wenn er einen Unfall baut, weil seine Reaktionen vielleicht zu langsam sind? Mit Medikamenten darf er sowieso gar nicht fahren. Ich fahre ihn.«

»Lotti, du hast Wein getrunken. Er schafft das. Ganz alleine.«

Ich ließ die beiden allein. Besser ich verschwand, bevor Charlotte mich an Ketten legte. Darüber würde ich noch einmal mit ihr und den anderen reden müssen. Fürsorge war okay, aber nicht, wenn das hieß, dass sie mich für unzurechnungsfähig hielten.

Bis zu Rosalie brauchte ich keine fünfzehn Minuten. Fahren war kein Problem. Auszusteigen dauerte zwar etwas länger, aber funktionierte. Pauls Mutter empfing mich mit einem Ausdruck mütterlicher Freude am Gartenzaun.

»Ich weiß, du magst das sicher nicht, aber einmal drücken muss schon sein. Ich freue mich, dich zu sehen.«

Schon hatte sie ihre Arme um mich geschlungen.

»Ich hoffe, du nimmst es mir nicht übel, dass ich dich nicht im Krankenhaus besucht habe, aber Krankenhäuser sind nicht mein Ding«, fuhr sie fort und tätschelte meinen Rücken.

»Gott sei Dank hast du dich gedrückt. Die ganzen Besuche waren mir sowieso viel zu viel.«

»Geht es dir wieder gut, Junge?«

»Ja, es wird langsam. Nichts tun zu können nervt, aber irgendwann wird das auch wieder besser. Danke, dass du Mia bei dir behalten hast. Ich bin heute Morgen von der Rolle gewesen und habe nicht nachgedacht.«

Sie ließ mich endlich wieder los.

»Gern geschehen. Klärt, was ihr zu klären habt. Mia war aufgelöst und überfordert von der Situation. Sie liebt dich. Mach das nicht kaputt.«

Rosalies Blick durchbohrte mich und ihre Worte trafen mich wieder genau an der Stelle, die mich mit mir selbst kämpfen ließ. Ich brauchte etwas Zeit, um mich zu sammeln.

»Das habe ich nicht vor. Wo ist sie?«

»In Pauls altem Zimmer.«

Schnellen Schrittes lief ich in Rosalies Haus, die Treppen hoch zu Pauls Zimmer. Sein Zimmer hatte ich seit über zwanzig Jahren nicht betreten. Ich war beinahe enttäuscht, dass es nicht mehr so aussah, wie in meinen Erinnerungen. Keine Klamottenberge auf dem Boden, keine Surfposter an den Wänden und von seiner einstigen Dosensammlung war ebenfalls nichts übrig geblieben, stattdessen herrschte Ordnung.

Mia lag schlafend auf einem mir fremden Sofa, Kopfhörer in den Ohren, ihr Handy in der Hand. Sie so lächelnd im Schlaf zu sehen, beruhigte mein pochendes Herz. Wärme durchfloss meinen Körper. Ich würde sie weder weiterschlafen lassen, noch hier alleine. Ich würde jetzt endlich für Klarheit zwischen uns sorgen. Die brauchten wir beide. Ich ging vor dem Sofa auf die Knie. Erstaunlicherweise funktionierte das problemlos. Runter war aber sowieso leichter, als wieder aufzustehen.

Meine Finger berührten ihre Wangen, bevor ich ihr einen Kopfhörer aus dem Ohr nahm. AnnenMayKantereit erkannte ich sofort. Mein Kopf katapultierte mich zurück an einen Abend vor fast zwei Jahren. In meiner Erinnerung tanzte Mia halbnackt durch ihre Wohnung, während ohrenbetäubend laut immer wieder derselbe Song lief

»Weißt du, warum ich die so mag?«, hatte sie lachend die Musik übertönt.

Ich hatte unwissend mit den Schultern gezuckt.

»Es ist diese Stimme. Der klingt wie du oder du wie er. Obwohl, deine Stimme ist geiler, weil in deiner Stimme immer unterschwellig krass Erotik mitschwingt. Wenn du nicht da bist, höre ich die und stelle mir vor, du wärst bei mir. Dann ist alles irgendwie perfekt.«

Damals hatten ihre Worte mich zum Lachen gebracht, und ich hatte mitgesungen. Ein ausgelassener, wilder Abend.

Ich nahm ihr das Handy aus der Hand und stoppte die Playlist. Ihre Augenbrauen zuckten kurz und ein Lächeln legte sich auf ihre Lippen. Meine Finger streichelten weiter ihr Gesicht, bevor ich sie sanft auf die Stirn küsste.

»Hey, Prinzessin«, flüsterte ich.

»Weck mich nicht! Ich habe gerade einen meiner Lieblingsträume«, murmelte sie.

Ich küsste ihre Lippen.

»Bist du der motzige, blöde Kerl von heute Morgen oder der, der seinem Kind erzählt hat, dass ich nach Sommer rieche?«, fragte sie leise an meinem Mund nach.

»Leider bin ich beide.«

Sie öffnete ein Auge.

»Bist du hier, um mich nochmal richtig zur Schnecke zu machen oder um dich zu entschuldigen?«

»Letzteres. Wir wissen beide, dass ich ein Blödi bin. Aber ich wäre gerne dein Blödi. Wir müssen reden. Ich ertrage das nicht mehr. Ich will dich nach Hause bringen.«

Sie öffnete auch das andere Auge und sah mich voller Schmerz an. Was hatte ich jetzt schon wieder Falsches gesagt?

»Meinst du damit Dresden oder Lubkow?«

Ich raufte mir verzweifelt die Haare. Es ging also wieder um das alte Thema.

»Ich kann hier nicht weg, Mia«, versuchte ich ihr erneut zu erklären.

Zu meiner Überraschung grinste sie breit.

»Dann meinst du Lubkow und dein Zuhause.«

»Ja. Von mir aus baue ich dir ein eigenes Schloss, aber es muss irgendwo hier in der Nähe sein.«

»Du bist wirklich ein Blödi«, murrte sie.

»Echt?«

»Ja, denn du begreifst rein gar nichts.«

Sie klang genervt.

»Was begreife ich nicht?«

»Ich brauche kein Schloss. Ich brauche dich. Das sage ich dir schon lange, aber du hörst mir nie zu. Du sagst mir immer wieder, dass du mich liebst und ich spüre, dass du es tust. Im nächsten Moment sagst du mir, ich soll frei sein und glücklich werden. Das kann ich aber nicht ohne dich. Und heute Morgen hast du mir auch noch vorgeworfen, dass ich käuflich wäre. Weißt du eigentlich, wie beschissen weh du mir immer wieder tust?«

Ihre grünen Augen waren hell und glasig vor Tränen.

»Mia, das von heute Morgen tut mir leid. Wirklich. Ich war angepisst und konnte nicht klar denken. Ich dachte wirklich, dass mein Vater...«

Sie legte mir ihren Zeigefinger auf den Mund.

»Wehe, du sprichst es aus, Piet. Ich mag deinen Vater, er hatte nur gute Absichten. Er wollte helfen. Deine Eltern sind merkwürdig und irgendwie komisch, ja, aber sie lieben dich. Ich wollte einfach nur bleiben und hatte nicht vor, auf sein Angebot einzugehen. Das habe ich erst getan, nachdem ich gehört hatte, was du zu Paul und Torben über mich gesagt hast. Am liebsten wäre ich

302

da sofort abgereist, aber ich wollte nicht so sein, wie mich alle hier sehen...«

Ihre Tränen liefen. Ich hatte keinen blassen Schimmer, wovon sie sprach, und ihre Tränen überforderten mich zusätzlich. Ich versuchte, mich zu erinnern, was ich wohl gesagt hatte und wann, aber ich blieb ahnungslos. Mia hatte meine Hand genommen und sie an ihre Wange gelegt.

»Was habe ich gesagt? Ich weiß es nicht.«

Sie schniefte.

»Ich brauche ein Taschentuch.«

Meine erste Intuition war, aufzustehen, um ihr eins zu holen, aber ich scheiterte. Meine Füße kribbelten, meine Oberschenkel brannten. Es machte keinen Sinn, es nochmal zu versuchen. Mia drehte sich um und griff selbst nach einer Packung Kosmetiktücher. Erst nachdem ihre Tränen getrocknet waren, fuhr sie fort.

»Du hast so etwas gesagt wie, dass ich alleine nicht zurechtkäme, und dass du dir Sorgen um dein Haus machst. Nachdem ich Pauls Worte kannte, waren deine wie ein Faustschlag. Ich verstehe das nicht. Wenn du mit mir sprichst, sind deine Worte liebevoll, meistens zumindest, aber wenn du mit deinen Kumpels über mich redest, kommen ganz andere Dinge aus deinem Mund.«

Ich schluckte. Ich konnte mich nicht daran erinnern, jemals so etwas gesagt zu haben.

»Ich wollte bei dir sein. Schon ganz lange. Ich dachte wirklich, dass jetzt alles gut wird und wir ohne die blöden Bedingungen von vorne anfangen können. Für mich war es bis heute Morgen so, als wären wir endlich bei sechstens. Ich will so sehr sechstens«, fügte sie aufgewühlt hinzu.

»Wieso?«, hörte ich mich fragen.

Mein Körper machte meinem Kopf gerade einen Strich durch die Rechnung. Meine Beine fühlten sich taub an.

»Wieso? Ist das dein Ernst? Wieso sollte ich nicht sechstens wollen?«

In ihren Augen sprühten kleine wütende Funken. Besser, ich konzentrierte mich aufs Atmen, bevor ich noch mehr Unsinn sagte. Mia wollte sechstens. Innerlich triumphierte ich, aber ich war nicht in der Lage, das zu zeigen. Ihr aufgebrachter Blick verwandelte sich in Besorgnis. Ihre kühle Hand berührte meine Stirn.

»Wieso?«, fragte ich erneut.

Verdammt, was war nur los mit mir?

»Leg dich zu mir, und ich erkläre dir, wieso ich sechstens will!«

»Ich kann nicht«, stöhnte ich.

»Dann legen wir uns eben auf den Boden.«

Sie rutschte vom Sofa und kniete neben mir. Ihre Arme umfingen mich, und sie half mir, mich hinzulegen. Sobald ich gerade lag, kam Leben in meine Beine. Es stach und kribbelte von den kleinen Zehen bis hoch ins Steißbein. Ich biss die Zähne zusammen, um nicht zu jammern.

Mia schmiegte sich an mich, sie hatte meinen Pullover hochgeschoben und streichelte meinen Bauch.

»Wir waren bei *wieso* stehen geblieben, Blödi. Und ich glaube, ich weiß, warum du das so dringend wissen willst«, lenkte sie mich ab. »Also, wieso? Ganz einfach: Weil ich dich liebe. Ich liebe dich, weil du du bist. Du hättest mir sagen können, dass du nicht mehr knien kannst und Schmerzen hast. Ging nicht, hat dir dein Stolz verboten. Schon klar.«

Sie richtete sich auf, schenkte mir ein Lächeln und küsste sanft meinen Kiefer.

»Angeblich jammern Männer doch schon bei einem Schnupfen. Du nicht. Du zeigst nur Schmerzen, wenn du keine Kontrolle mehr über dich hast. Du willst immer der Held sein. Das bist du, okay. Ich liebe dich auch dafür. Lass uns neu verhandeln. Ich bekomme sechstens – das, was du dir mal gewünscht hast. Willst du das noch? Ich weiß es nicht. Du hast das im letzten Jahr nicht einmal angesprochen. Sag mir, was du willst!«, forderte sie mich auf.

»Ich will sechstens. Ich sage nie wieder, dass du frei bist. Das auszusprechen hat sich jedes Mal wie eine Lüge angefühlt. Ich dachte, es wäre das Richtige für uns beide.«

Das Stechen hatte nachgelassen, mein Kopf war wieder frei für Mia.

»Sag mir noch einmal, dass du mich liebst.«

Mia sah mich verwundert an. Ihre Lippen berührten meine Stirn.

»Ich«, sie küsste meine Nasenspitze, »liebe«, hauchte sie an meinen Lippen: »dich.«

»Das hast du mir noch nie ins Gesicht gesagt.«

Sie dachte kurz nach.

»Doch! Kann aber sein, dass du da jedes Mal schon geschlafen hast. Ich glaube, ich liebe dich, seitdem ich dich kennengelernt habe. Also schon ziemlich lange.«

Das war nichts, was unbedacht über ihre Lippen kam.

»Es tut mir leid, wenn ich dir das noch nie gesagt habe. Ich dachte, du wüsstest das«, fuhr sie fort.

Ich hatte es angenommen, aber diese Worte aus ihrem Mund zu hören, fühlte sich wie eine Befreiung von all dem an, was mich belastet hatte. Es gab nichts zu verlieren – ich folgte meiner Intuition.

»Ich will nicht nur sechstens. Ich will siebtens dazu.«

Mia setzte sich blitzschnell auf und sah mich ungläubig an.

»Siebtens? Nicht dein Ernst?«

»Doch, mein voller Ernst. Wenn du endlich zu sechstens bereit bist, dann will ich alles.«

Sie kreischte kurz auf.

»Du willst alles, was du nie wolltest?«, hakte sie nach.

Ich nickte.

»Meine Bedingung Sieben A kommt vor Sieben B.«

Mia lachte und zwickte mich, bevor sie mich provozierend ansah.

»Wieso?«, wiederholte sie meine Frage von vorher.

»Weil ich gerne Bedingungen mit dir aushandele und dich blöderweise liebe«, antwortete ich grinsend.

»Ah, klar. Was ist Sieben A, Piet?«

»Ich mache dir erst ein Baby, wenn du meine Frau bist. Ganz einfach.«

Mia hielt die Luft an und starrte mich an.

»Du musst atmen, Prinzessin.«

Sie schnappte nach Luft.

»Sag das noch mal, Grufti!«

»Hör auf, mich Grufti zu nennen, sonst kommt noch ein achtens dazu. Ich will, dass du mich heiratest«, wiederholte ich und war mir ganz sicher, dass es das war, was ich wirklich wollte. Ohne Zwang, ohne Druck.

»Das ist kein blöder Scherz? Du meinst das ernst, oder? Du willst mich? Die Chaosqueen?«

Ich nickte.

»Ich habe noch nie etwas ehrlicher gemeint, Mia.«

Sie erstrahlte vor mir.

»Ich glaube, ich muss noch mal kreischen.«

Sie legte ihre Hände auf meine Ohren und schrie. Im nächsten Moment sanken ihre Lippen auf meine. Ihr Kuss war Liebe, Leidenschaft und belebender als jedes Schmerzmittel. Je länger sie mich küsste, desto mehr Energie setzte sich in mir frei. Mia-Zauber.

»Werden wir wirklich heiraten?«, fragte sie noch einmal nach.

»Ja, so schnell wie möglich, wenn du mich auch willst.«

Ihr Kopf bettete sich auf meiner Brust.

»Du weißt, dass ich dich will. Ich brauche nichts Großes, versprochen. Du reichst mir. Du hast aus dem beschissensten Tag einen großartigen gemacht.«

Mias Euphorie, gepaart mit ihrer Bescheidenheit, war herzerwärmend. Ich ärgerte mich im Stillen über mich selbst. Wieso war ich heute Morgen so ausgerastet? Ich wusste doch im Grunde schon seit Jahren, dass ihr Geld nichts bedeutete. Wie konnte ich ihr unterstellen, dass sie nur gegen Bezahlung bei mir geblieben war? Sie hatte mich nie um Geld gebeten. Alles, was ich ihr gegeben hatte, kam von mir – und immer unter ihrem Protest. Ich war wirklich ein Idiot.

»Nein. Wenn, dann machen wir es richtig«, antwortete ich ihr.

Kapitel 25

Mia

Es war der Tag vor Gründonnerstag. Ostern stand unmittelbar bevor – ein Fest, auf das ich mich freute. Wir hatten einen Osterbrunch geplant, einen richtigen Hofbrunch. Mum, Charlotte und ich buken Kuchen, kreierten Osternester, Kekse und eine Torte. Die Torte war mein Wunsch gewesen. Ich hatte über die Füllung, die Höhe und die Deko bestimmt – Lotti setzte alles perfekt um.

»Warum bist du schon wieder so aufgedreht, Liebes? Schalte bitte einen Gang runter, du machst mich nervös«, bat mich Mum.

Ja, ich war aufgedreht, sogar sehr. Den Grund für mich behalten zu müssen, kostete mich seit drei Wochen viel Beherrschung – etwas, worin ich nicht gerade gut war. Nur noch ein Tag, dann würde das vorbei sein. Ich freute mich wahnsinnig.

»Tut mir leid, Mum. Es liegt sicher daran, dass ich Philipp und die Kinder endlich wiedersehe.«

Das war nicht einmal gelogen. Mit meinem Bruder hatte ich seit Dezember nur sporadisch telefoniert. Mum strahlte mich an.

»Ja, darauf freue ich mich auch.«

»Paul freut sich bestimmt am meisten«, witzelte Lotti.

Meine Mutter stöhnte.

»Ich sage ihm jedes Mal, dass die fünf nicht bei uns schlafen müssen. Es gibt schließlich genügend andere Unterkünfte, aber am Ende ist es doch immer Paul, der darauf besteht. Isi und Philipp hätten überhaupt kein Problem damit.«

Lotti kicherte ausgelassen.

»Pauli steht eben auf Herausforderungen.«

Lottis *Pauli* brachte mich zum Grinsen. Dass Luna und Leila ihn so nannten, mochte er überhaupt nicht. Wahrscheinlich duldete er es nur, damit die beiden nicht auf die Idee kamen, ihn als Opa zu betiteln, denn das war etwas, was er selbst nach all den Jahren, die Mum und er inzwischen zusammen waren, nicht akzeptieren konnte. Dabei hatte Mum nun mal drei Enkelkinder und war damit offiziell Oma.

»Thema Paul«, begann Mum und sah mich ernst an. »Mia, ich würde mir wirklich wünschen, dass ihr euch endlich aussprecht und wieder miteinander klarkommt.«

Sie sah mich fast flehend an.

»Ich weiß, dass du dir das wünschst. Aber ich brauche noch etwas Zeit, um über das *oberflächliche, verantwortungslose, egoistische Flittchen* hinwegzukommen.«

Mum runzelte die Stirn.

»Paul gibt zu, dass er dich als verantwortungslos und egoistisch bezeichnet hat, was ihm leid tut. Aber er beteuert, dass er nie oberflächlich oder Flittchen gesagt hat. Geh noch mal in dich und überlege, ob das vielleicht Dinge sind, die du nur aus seinen Worten herausgelesen hast. Er war ausgelaugt und müde. Wir legen schließlich auch nicht jedes deiner Worte auf die Goldwaage. Und Piet konntest du das«, sie deutete Gänsefüßchen an, » ›käuflich‹ verzeihen.«

Ich atmete tief durch und wandte mich lieber den Keksen zu, die dringend noch verziert werden mussten.

»Mia, ehrlich, mit deinem Verhalten verletzt du nicht nur Paul, sondern auch mich. Er tut doch alles, um dir zu zeigen, wie wichtig du ihm bist. Ihr wart zusammen in Dresden, habt deine Sachen gepackt, dein Auto hierher geholt...«

»Paul war mit, weil Torben, der miese Verräter, ihn darum gebeten hat. Nicht, weil ich es gewollt hätte«, unterbrach ich sie.

Charlotte räusperte sich.

»Sei froh, dass der miese Verräter Paul um Hilfe gebeten hat, sonst hättet ihr Ewigkeiten gebraucht. Ja, die zwei waren nicht gerade nett – sie haben Piets Computer überwacht und alles, was du daran gemacht hast. Aber selbst das war nicht böse gemeint, es war eher als eine Art Hintergrundunterstützung gedacht. Und sie mussten dich nicht unterstützen. Es war dämlich, ja, aber so sind sie nun mal. Die wollten dich nicht ärgern, sondern Piet helfen. Ich würde mir wirklich wünschen, dass wir alle friedlich miteinander klarkommen.«

»Ich bin friedlich.«

Mum und Charlotte sahen sich an und verdrehten gleichzeitig die Augen.

»Alles klar. Ja, wir drei kommen klar. Nur Torben und Paul sind böse. Dein Schmollen macht nichts rückgängig«, versuchte es meine Mum erneut.

»Das weiß ich selbst. Tut mir leid, dass ich nachtragend bin. Ich gelobe Besserung. Zufrieden?«

Sie nickten und richteten ihre Aufmerksamkeit wieder auf die

Torte.

Zurück bei Piet erwartete mich keine Kritik, sondern Kreativität. Seitdem wir einen gemeinsamen Plan hatten, war Piet wie ausgewechselt. Sein Tief schien verflogen, schon allein, weil er endlich wieder eine Aufgabe hatte. Seit drei Wochen präsentierte er mir immer wieder neue Umbaupläne. Wir brauchten Stauraum für all den Krimskrams, den ich aus Dresden geholt hatte. Sein Plan war es, die Treppenstufen im Haus mit Schiebern zu versehen – für all die Kleinigkeiten, die im Moment noch verpackt in Kisten herumstanden. Letzte Woche hatte er mit Skizzen vom Dachboden begonnen. Inzwischen waren die so weit fortgeschritten, dass er sie mir zeigte. Wow, krass. Piet konnte einfach sagenhaft zeichnen. Er hatte vor, das Dach für mehr Licht zu öffnen und eine Wand einzuziehen, um damit zwei neue Räume zu schaffen. Eine super Idee. Allerdings machte ich mir Sorgen, dass er die ganzen Veränderungen zeitnah umsetzen wollte – etwas, wozu er körperlich noch lange nicht in der Lage war. Hoffentlich war das nicht nur mir klar, sondern auch ihm.

»Was sagst du dazu: Man könnte statt der Dachfenster auch einen Erker einbauen. Das wäre sicher auch interessant.«

Piet war voller Euphorie und wartete gespannt auf meine Meinung.

»Das sieht richtig krass aus. Andere machen so was am Rechner, du brauchst nur Papier, Lineal und Bleistift. Hast du die Erkervariante auch schon gezeichnet? Es kribbelt schon in deinen Händen, oder? Die Treppenidee ist doch nicht so ein riesiges Bauprojekt, oder? Können wir die Treppenschieber gemeinsam bauen? Darauf hätte ich Lust«, versuchte ich seinen Tatendrang erst einmal auf das kleinere Projekt zu lenken.

Piet zog seine Stirn skeptisch in Falten.

»Du willst nur mit mir arbeiten, damit du mich unter Kontrolle hast und mich ausbremsen kannst, falls ich mich übernehme. Schon klar.«

»Nein. Ich will, dass du mir zeigst, wie man werkelt. Ich will sägen, schleifen, schrauben, lackieren. Was auch immer! Selbst Dinge bauen zu können, die dann auch noch funktionieren...«

»Okay, dann ist die Treppe unser gemeinsames Projekt«, unterbrach er mich und zog mich an seine Brust.

»Du riechst lecker nach Zucker. Zum Anbeißen. Bist du aufgeregt wegen morgen?«

Seine Lippen küssten sanft meinen Hals.

»Nope, nur gespannt auf die Reaktionen, wenn wir verkünden, dass wir heiraten.«

Als ich am nächsten Morgen das Haus verließ, traute ich meinen Augen kaum.

Der gesamte Innenhof war zur Partylocation geworden. Es gab nicht einfach nur die geplanten Bierbänke und Tische, sondern Blumen, Deko, Laternen – und es waren viel mehr Tische und Stühle als abgesprochen. Dazu baute ein Caterer ein Buffet auf. Ich sprintete zurück ins Haus. Piet fand ich im Badezimmer.

»Das ist dein Werk, oder? Was ist das da draußen?«

Er grinste selbstgefällig.

»Wovon sprichst du?«

»Von dem, was auf dem Hof passiert ist. Ein *kleiner* Osterbrunch war ausgemacht. Da draußen sieht es eher nach etwas sehr Großem aus.«

»Echt? Naja, meine Familie kommt, das sind nicht wenige. Entspann dich und hab einen schönen Tag.«

Er tat nicht dergleichen und ignorierte mich. Ich wollte ihm gerade mehr entlocken, als es an der Haustür klingelte.

»Kannst du schon mal aufmachen? Ich brauche noch etwas.«

Ein Freudenschrei verließ meine Kehle, nachdem ich die Tür geöffnet hatte. Mein Gegenüber kreischte ebenfalls. Kat, die zusammen mit Bruno und Lennart vor mir stand, hatte ich seit Brunos Geburtstag nicht mehr gesehen.

»Überraschung, Mia!«

Kat fiel mir um den Hals.

»Wow, das ist ja abgedreht. Kommt rein.«

Kurze Zeit später waren wir bereits laut und ausgelassen. Bruno wirbelte zwischen uns herum. Unfassbar, wie groß er inzwischen geworden war. Lennart und Kat endlich einmal zusammen zu sehen, war ebenfalls krass.

»Mia?«

Jacob lugte schüchtern um die Ecke. Ich ging zu ihm und nahm ihn an die Hand.

»Keine Angst. Erinnerst du dich an meine Freundin Kat? Du hast sie schon mal gesehen. Im IKEA in Dresden.«

Er beäugte sie, Kat ihn.

»Du bist ja immer noch so ein Süßer. Hallo! Groß bist du geworden.«

Sie kam auf uns zu und reichte Jacob ihre Hand. Bruno kam seiner Mama hinterhergelaufen und brabbelte vor sich hin. Sie nahm ihn in den Arm.

»Das ist mein Schn Bruno und da hinten am Tisch sitzt Lenny, mein Freund. Bruno, das ist Jacob. Sei nett zu ihm, er ist hier der Chef«, stellte sie die beiden einander vor.

Jacob war das nicht geheuer, er umklammerte meine Hand fester. Hinter uns räusperte sich Piet.

»Ich bin hier der Chef, wollte ich nur mal klarstellen«, grollte er.

Ich drehte mich zu ihm und war geflasht. Er sah Hammer aus. Er trug die gemusterte Hose unserer Fake-Hochzeit, dazu ein schwarzes T-Shirt und darüber offen das pinke Hemd seiner Schwester, das er angeblich hasste. Seine Haare waren gestylt, sein Bart in Form gebracht. Ich war so fasziniert, dass ich nicht wegsehen konnte.

Kat grinste und fächerte sich Luft zu.

»Holy Shit. Jackpot. Sehr nice«, krächzte sie.

Piet war augenblicklich verunsichert. Er sah mich fragend an.

»Ich ziehe doch lieber das schwarze Hemd drüber, oder?«

»Wenn du dich wohler fühlst, dann ja. Ansonsten kann ich mich nur Kat anschließen. Holy Shit, sehr geil!«

Er raufte sich die Haare.

»Wenn ich anziehe, worin ich mich wohlfühle, dann wären es Jeans und Hoodie.«

Warum sich Piet nur in schwarzen Klamotten wohlfühlte, war mir ein Rätsel. Ihm stand ganz eindeutig Farbe.

»Was sagst du, Jacob?«, fragte ich.

Jacob kicherte.

»Papa in Farbe sieht ganz anders aus.«

Auf Piets Stirn zeichneten sich Falten ab.

»Egal, ich überlege mir das noch. Hallo erstmal. Schön, dass ihr hier seid. Sorry, normalerweise begrüßt man erst seine Gäste, bevor...«

Kat ließ ihn nicht ausreden.

»Alles gut. Danke für die Einladung.«

Sie umarmte ihn, Bruno auf der Hüfte. Lenny war aufgestanden.

»Hey, schön, dich wiederzusehen. Ich bin Lennart. Vorgestellt wurden wir uns meines Erachtens beim letzten Mal nicht.«

Piet hatte sich von Kat befreit und Lenny die Hand gereicht.

»Ich erinnere mich aber sehr gut an dich. Beim letzten Mal hattest du deinen Mund auf Mias. Das machst du nicht noch mal! Ich bin Piet.«

Lenny tat so, als wäre er eingeschüchtert von Piets Worten.

»Wir wollten nur austesten, ob du eifersüchtig wirst. Du musst mir keine verpassen. Ich küsse sowieso viel lieber Kat.«

Meine Freundin strahlte Lenny an. Cute. Sie führten uns demonstrativ einen Kuss vor.

»Dagegen ist nichts einzuwenden. Das ist mir egal«, kommentierte Piet.

Jacob hatte meine Hand losgelassen und klammerte sich inzwischen an Piet. Wieder klingelte es an der Tür.

»Das ist wieder für dich«, murmelte Jacob und versteckte sich hinter seinem Papa.

Ich war gespannt, wer jetzt noch auftauchen würde. Diesmal stand Vincent vor der Türe. Mein einstiger Teenieschwarm, mein bester Freund. Ich fiel Vince in die Arme, aufgekratzt und gerührt. Piet hatte meine engsten Freunde zu unserem Osterbrunch eingeladen. Eine megasüße Überraschung. Ich heulte beinahe an Vincents Brust.

»Du kannst mich wieder loslassen, Mimi. Ich freue mich auch wahnsinnig, dich zu sehen. Ich war heute ziemlich mutig und habe dir meinen Freund mitgebracht.«

Ich ließ Vince los und sah auf. Tatsächlich, hinter ihm stand ein weiterer attraktiver Kerl.

»Hey, ich bin Constantin. Du bist also die geheimnisvolle Mimi?«

»Sieht ganz so aus. Hallo, schön dich kennenzulernen. Hat er dich alleine abgeschleppt oder jemanden vorgeschickt?«

Vince verpasste mir eine Kopfnuss.

»Blöde Bitch«, lachte er und schob mich ins Haus.

Sobald meine Freunde aufeinandertrafen, wurde es noch ausgelassener. Sicher eine Nummer zu viel für Piet. Ich nutzte den Moment, in dem sie sich überschwänglich über ihre Anreise austauschten, und bedankte mich bei ihm.

»Gern geschehen. Ich dachte, deine Freunde hättest du sicher gerne dabei.«

Ich drückte ihm einen Kuss auf die Wange.

»Du bist also Mias neuer Freund?«, hörte ich Vince fragen. Ich schaute mich verwundert zu ihm um. Oh, er meinte nicht Piet, seine Frage galt Jacob. Der war rot geworden und sah verstohlen zu uns, bevor er antwortete.

»Nein, mein Papa.«

Vincent tat so, als würde er darüber nachdenken.

»Nein, das kann nicht sein, deinen Papa kenne ich schon. Dich hingegen noch nicht. Ich bin Vincent, der Erste«, stellte er sich vor.

Jacob verzog sein Gesicht – vom Grinsen zum Lachen.

»Vincent, der Erste? Dann bin ich Jacob, der Große.«

»Freut mich sehr, Jacob, der Große. Constantin und ich wollten dir etwas Cooles mitbringen. Hoffentlich findest du das so cool wie wir.«

Constantin reichte Jacob ein Päckchen.

»Danke. Was ist da drin?«

»Sieh nach.«

Kurz darauf fiel Vincent über Piet her, als sei der einer seiner Besten. Zu sehen, wie überrumpelt er davon war und mit sich machen ließ, was Vince wollte, amüsierte mich.

»Genug jetzt, Vince. Lass die Finger von ihm. Der ist geschockt und wird uns rausschmeißen«, zügelte ihn Constantin.

Jacob kreischte.

»Das ist ein Lügendetektor. Funktioniert der in echt?«

»Klar. Wir haben auch einen. Vincent muss mir jetzt immer die Wahrheit sagen, sonst piept das Ding ganz laut.«

Meine Freunde waren nicht die einzigen Gäste, deren Anwesenheit mich überraschte. Mein Vater war ebenfalls da, samt Mutti und meiner kleinen Halbschwester, Valerie. Meine Mum war sicher nicht angetan.

Der Hof war voller Menschen. Piets Familie machte den Großteil aus. Familie Ruloff bestand, Piet ausgeschlossen, aus sechzehn Personen. Seine Schwestern waren voller Begeisterung, weil er das pinke Hemd trug. Meine Nichten tobten mit Mathilda und Jacob über den Hof, während mein Neffe am Tisch saß und ganz sicher zockte. Mein Bruder und Isi unterhielten sich mit Torben und Charlotte, meine Mum saß bei Paul und Rosalie

Torbens Eltern bespaßten Janne. Noch mehr Gäste hatten keinen Platz.

Die Jungs eröffneten gemeinsam den Osterbrunch. Beim Essen fand ich endlich Zeit, mich zu bedanken.

»Das fühlt sich an, als hätte ich eine Wundertüte geschenkt bekommen, danke. Wie hast du das hinbekommen, ohne dass ich davon etwas bemerkt habe? Und wie bist du auf die Idee gekommen, meinen Vater einzuladen? Mum sieht nicht gerade begeistert aus.«

Piet sah erst zu meinem Vater und danach zu meiner Mum.

»So unglücklich sieht sie nicht aus. Wird sie schon mal paar Stunden ertragen. Ich dachte, wenn Familie, dann alle.«

Sein nächster Blick galt mir. Er zwinkerte amüsiert.

»Gleich geht's weiter. Ich freu mich schon.«

»Worauf? Hast du irgendwas geplant, wovon ich keinen blassen Schimmer habe?«

»Wundertüte. Lass dich überraschen und hab Spaß.«

»Das ist unfair. In mir kribbelt es vor Aufregung, während du gelassen bist«, beschwerte ich mich.

»Du kannst mich nerven wie du willst, ich werde schweigen.«

Seine Hand streichelte besänftigend mein Bein. Irgendwann stand Jacob zappelnd neben uns.

»Können wir jetzt, Papa?«

»Klar, sieht so aus, als wären alle satt.«

Jacob flitzte weg. Als er wiederkam, trug er eine Holzkiste zu dem Tisch, der etwas verloren in der Mitte des Hofs stand. Damit lag die Aufmerksamkeit aller auf der Kiste. Piet stand auf und gesellte sich dazu. Fragende Blicke.

»Schön, dass ihr alle da seid und eure Zeit mit uns verbringt. Ihr seid hoffentlich vorerst satt? Ich möchte euch um eine kleine Unterbrechung bitten, denn ich habe noch etwas, was ich mit euch teilen wollte.«

Absolute Stille. Piet drehte sich zu mir.

»Mia, ohne dich funktioniert das nicht. Wärst du also so lieb und kommst zu mir?«

Nichts lieber als das. Kurze Zeit später stand ich neben ihm und sah erwartungsvoll zu ihm auf.

»Und jetzt?«

»Ich hoffe, dass ich nichts vergessen habe. Einmal Wahrheit.

Einmal auspacken. Deine Aufgabe!«

»Auspacken bekomme ich hin«, trällerte ich.

Unterdessen wurden Sektgläser verteilt. Okay, gleich würden wir unsere Hochzeitspläne kundtun, das war etwas, worauf ich mich freute.

Ich öffnete die Holzkiste, zu meiner Überraschung war sie gefüllt mit nummerierten Päckchen. Ich suchte die Nummer eins heraus.

»Ist das richtig so?«

»Perfekt.«

Ich packte aus. Eine Mini-Yacht. Ich war verwirrt. Im selben Moment bekamen wir selbst Sektgläser serviert.

»Ihr benötigt jetzt alle die Gläser, denn ich möchte einen Toast aussprechen auf meinen Freund Paul und seine bezaubernde Frau. Ohne diese Verbindung hätten Mia und ich uns nie kennengelernt. Also, wir stoßen bitte einmal auf die beiden an. Die Yacht steht für eure Hochzeit.«

Meine Mum war puterrot geworden. Aufmerksamkeit zu haben, war nichts, was sie mochte. Wir erhoben unsere Gläser und tranken auf sie und Paul. Das nächste Geschenk war ein Apfel.

»Als ich dich zum ersten Mal gesehen habe, waren deine Haare pechschwarz, deine Haut schneeweiß und deine Lippen rot. Meine Assoziation war Schneewittchen. Nichts, was du mochtest.«

Im dritten Päckchen war eine getrocknete Rosenblüte.

»Du hast dich als Dornröschen geoutet und warst frustriert, dass dich auf der Ostsee kein Prinz finden wird, um dich wachzuküssen. Du warst nervig, unverschämt und anstrengend, aber gleichzeitig die süßeste Versuchung, die mir je begegnet ist. Ich kannte dich nicht einmal drei Stunden, bevor du mich dazu gebracht hast, dich zu küssen. Ein Kuss, der mein Leben durcheinandergebracht und verändert hat.«

Ich packte ein Päckchen nach dem anderen aus. Eine Liebeserklärung nach der anderen. Piet erzählte zu jeder Kleinigkeit unsere Geschichte. Ich war gerührt. Nummer zehn war das Foto unserer Fake-Hochzeit. Ich kämpfte gegen den Kloß in meinem Hals.

»Dieser Tag, Weihnachten vor zwei Jahren, war ein Höhepunkt in meinem Leben. Es gab Glitzer und Wunder. Eins der schönsten Weihnachten, die ich je hatte.«

Er schaute zu seinen Eltern.

»Die Lüge tut mir leid, alles andere nicht.«

Danach wandt er sich wieder an mich.

»Ohne dich hätte ich nie mehr Zugang zu meiner Familie gefunden. Du warst da. Du hast gezaubert mit deiner Leichtigkeit. Der Einzige, der die Lüge durchschaut hat, war mein Schwager. Er meinte, ein Loser wie ich bekäme nie eine Frau wie dich.« Seine Worte hauten mich um, gleichzeitig musste ich aber kichern.

»Welcher Schwager war das?«

Ich checkte automatisch seine Familie ab. Sanas Mann hob etwas beschämt seine Hand. Meine Freunde buhten ihn aus. Ich war dankbar über diese kleine Unterbrechung, denn sie verschaffte mir Zeit, meine Emotionen wieder unter Kontrolle zu bringen.

Das nächste Päckchen feuerte sie allerdings sofort wieder an. Wunderkerzen. Ich erahnte Piets Worte, bevor er sie aussprach.

»In den letzten beiden Jahren verhieß jeder Jahresbeginn nichts Gutes für mich. Vor zwei Jahren war es der Neujahrstag, der mir meine Grenzen aufgezeigt hat. Ich war so verliebt und doch so unglücklich wie noch nie. Gefühlt kam danach das schwierigste Jahr meines Lebens. An den Jahresbeginn dieses Jahres kann ich mich nicht einmal erinnern. Das Erste, was ich von diesem Jahr mitbekommen habe, war ein Geruch. Einer, der mir vertraut war – Sonnencreme, Erdbeeren, Sommer – und damit die Gewissheit, dass es gut ausgehen wird. Bevor ich dich kennengelernt habe, dachte ich, ich wüsste, was Liebe und Leben ist, aber ich habe nichts davon wirklich gefühlt. Du bist Liebe und Leben. Du hast immer alles leichter gemacht, wenn meine Welt schwer war.«

Ich war kurz davor in Tränen auszubrechen. Ich wollte nicht heulen. Meine Hände suchten Halt an Piets Brust. Sein Herz hämmerte gegen meine Hände. Seine Hände legten sich über meine, bevor er sie sich an seinen Nacken legte. Er beugte sich zu mir runter und küsste meinen Kopf.

»Wir hatten eine Absprache für heute. Aber ich kann das nicht einfach so machen, denn du verdienst mehr. Okay?«, flüsterte er mir ins Ohr.

Ich nickte und nahm noch einen Atemzug von ihm.

»Okay, mach weiter. Ich hoffe, du verträgst die Revanche.«

»Werde ich.«

»Soll ich übernehmen?«, hörte ich Vincent laut fragen.

»Deine Freunde sind genauso Nervensägen wie du. Deshalb versteht ihr euch auch. Club der Nervensägen«, knurrte Piet.

Um uns herum lachte es. Gut so – Emotionen wieder im Griff. Piet atmete tief durch.

»Damit ihr gleich versteht, was das hier soll, kommen jetzt ein paar Hintergrundinformationen.« Grinsend zog Piet einen Zettel aus seiner Hosentasche.

»Den hier hat Mia geschrieben. Weil sie sich nicht sicher war, ob ich eventuell schon an fortgeschrittener Demenz leide.«

Wieder lachte es um uns. Noch war ich ahnungslos, aber sobald Piet las, wurde mir klar, um welchen Zettel es sich handelte.

»... garantiere ich dir nur, wenn du erstens nicht versuchst, Ordnung in mein Chaos zu bringen. Du räumst mir nichts hinterher und du reparierst nichts unaufgefordert...«

Ich starrte entgeistert auf den Zettel in seiner Hand.

»Den hast du nicht wirklich noch?«, unterbrach ich ihn und stöhnte.

»Doch, klar. Ich lese gelegentlich nach. Also, an erstens halte ich mich.«

Gelächter.

»Zweitens, du wirst dich nicht um mich kümmern und mich nicht umsorgen.«

Er sah mich voller Wärme an.

»Tut mir leid. Daran konnte ich mich noch nie sonderlich gut halten.«

»Das war eine blöde Bedingung. Das gebe ich zu. Es fühlt sich gut an, wenn du dich kümmerst und mich umsorgst«, gab ich ehrlich zu.

Er nickte.

»Okay, dann drittens. Es bleibt zwischen uns so offen wie möglich.«

Piet raufte sich die Haare und brummte.

»Die Bedingung fand ich immer beschissen und habe sie nicht wirklich verstanden. Kann die weg?«

Er sah mich fragend an. Ich versuchte, ihm den Zettel zu entreißen, was mir nicht gelang, sondern nur zu noch mehr Gelächter führte.

»Der ganze Zettel kann weg!«

Er schüttelte seinen Kopf.

»Na los, was ist viertens?«, fragte Torben amüsiert nach.

»Viertens erklärst du das meiner Mum und Paul oder besser: Wehe, du sprichst mit denen auch nur ein Wort über uns. Tust du das, garantiere ich für nichts mehr.«

Sein Blick glitt zu den beiden, meiner folgte. Mum sah mich genauso ungläubig an wie Paul. Ich warf den beiden eine Kusshand zu. Fünftens schwappte in meinem Kopf an die Oberfläche.

»Gib mir endlich den verdammten Zettel. Wehe, du liest fünftens vor!«

Piet lachte ausgelassen.

»Warum nicht? Fünftens war die einzige deiner Bedingungen, die ich verstanden habe und die so stehen bleiben kann.«

Ich wurde rot, denn ich sah jedem an, dass sie erahnten, was fünftens beinhaltete.

»Das bekommst du zurück. Zehnmal so schlimm, Honeybunny.«

Piet lachte noch immer und steckte mich an. Nachdem er sich gefangen hatte, sprach er weiter.

»Alles gut, Prinzessin. Nach all deinen Bedingungen wollte ich eine einzige eigene – sechstens. Mein Sechstens: Ich garantiere dir das zwischen uns nur, wenn du bei mir bleibst. Sechstens war ein langer Weg. Aber du bist hier und da hast vor zu bleiben. Es gäbe nur noch eine Bedingung, danach liebe ich dich bedingungslos. Wir haben gemeinsam siebtens beschlossen. Aber das einfach nur unter uns abzumachen, fühlt sich nicht richtig an. Nicht für mich.«

Ich starrte Piet an und hatte keinen blassen Schimmer, was seine Worte zu bedeuten hatten.

»Ich habe dir gesagt, dass wir es diesmal richtig machen.«

Er sah sich um; sein Blick blieb bei meinem Vater hängen. OMG, mir wurde klar, was er vorhatte.

»Christian, ich liebe deine Tochter über alles und möchte sie gerne heiraten. Vertraust du mir deine Tochter an?«

Kaum hatte Piet das H-Wort ausgesprochen, brach eine Welle der Begeisterung unter unseren Gästen aus. Trotzdem raste mein Herz vor Aufregung. Ich starrte meinen Vater ungeduldig an. Mein Vater schmunzelte vor sich hin und trank noch einen Schluck Sekt, bevor er sich erhob. Er räusperte sich, Erheiterung in seinen Augen.

»Da du mich nicht um Valeries Hand bittest, sondern um Mias, hast du meine Einwilligung. Dir ist hoffentlich klar, was es heißt, Mia zur Frau zu haben?«

Der blödeste Scherz ever. Piet lächelte souverän.

»Ja, das ist mir klar. Danke.«

Piets Schwestern jubelten noch einmal. Ich verspürte Erleichterung, aber nicht allzu lange.

»Paul, dich frage ich besser auch. Darf ich deine Lieblingstochter heiraten?«

Paul tat es meinem Vater gleich.

Er trank und musterte mich nachdenklich, bis ein Lächeln über seine Lippen zuckte und er antwortete: »Wenn damit endlich wieder Ruhe einzieht, dann sehr gerne.«

»Danke.«

Ich sah zu Piet auf. Er war so selbstsicher wie schon lange nicht mehr. Kat würde sagen, der Fels, auf den ich nur zu vertrauen brauchte. Das tat ich – seit Jahren. Seine Hände berührten meine Wangen.

»Wehe, du sagst jetzt das Falsche«, grollte er in meiner Lieblingstonlage.

Ich schüttelte meinen Kopf.

»Wäre ich ja blöd, und das bin ich nicht.«

»Ich würde liebend gerne vor dir knien, aber ich würde nicht ohne Hilfe wieder hochkommen, also werde ich darauf verzichten. Geht das klar für dich?«

Ich nickte und versank in seinen grauen Augen.

»Ich verspüre diesen Drang für dich da zu sein, immer und überall, schon ziemlich lange, und ich möchte für dich da sein, als dein Mann. Möchtest du mich heiraten?«

Das hier war tausendmal besser, als das, was wir – oder besser gesagt ich – ursprünglich geplant hatten. Meine Seele triumphierte.

»Ja, schon ganz lange.«

Wir küssten uns unter Applaus, bis Jacob sich zwischen uns drängte.

»Du hast den Ring vergessen, Papa.«

»Nein, habe ich nicht. Das wollte ich dir überlassen.«

Der Zwerg kreischte vor Begeisterung und holte das letzte Päckchen aus der Kiste. Ich war davon ausgegangen, dass sich darin der Ring unserer Fake-Vermählung befand, da wir geplant hatten, dass ich den wieder tragen würde. Falsch, ich hatte das geplant. Nichts war heute nach Plan verlaufen. Der Ring, den Jacob mir ansteckte, war aus Holz; zart, wunderschön, mit Glitzerelementen. Bis zu diesem Moment war ich mit meinen Emotionen einigermaßen klargekommen, jetzt spürte ich allerdings Tränen in meinen Augen brennen.

»Heute habt ihr beide gezaubert, ganz eindeutig.«

Neben mir quiekte Kat. Ihre Arme umschlangen uns.

»Das war so sweet! Ich freue mich total. Du hast für Gänsehaut gesorgt, Grufti. Aber du hast vergessen zu erwähnen, dass ich erheblichen Beitrag geleistet habe. Ohne mich hättet ihr schon vor Jahren nicht wieder zusammengefunden«, sprudelte es aus ihr heraus.

Piet hatte sich aus ihrer stürmischen Umarmung befreit.

»Doch. Es hätte nur länger gedauert. Ich habe es nicht vergessen. Nur deshalb habe ich dich eingeladen. Allerdings bereue ich das. Mia kann mich gerne Grufti oder Blödi nennen, du nicht!«

Kat lachte.

»Echt? Die nennt dich Blödi?«

Sie musterte mich und zog ihre Nase kraus.

»Der ist weder ein Grufti noch ein Blödi. Wenn, dann bist du der Blödi, Mimi. An deiner Stelle wäre ich sofort nach seinem beschissenen VC zu ihm gezogen.«

Kurze Pause, erneutes Kreischen.

»Dürfen Vince und ich deine Brautjungfern spielen? Bitte!«

Vince hatte Kat beiseitegeschoben.

»Lass dich drücken, meine Süße.«

Bei seinen Worten knurrte Piet.

»Schon gut. Sie ist deine Süße. Schon verstanden. Du musst nicht eifersüchtig werden. Dich drücke und küsse ich auch gleich«, witzelte Vincent.

Piet wich automatisch zurück und landete in den Armen meiner überglücklichen Mum.

»Wie schön, ich freue mich so sehr, endlich – mein Gott, das hat so lange gedauert. Mich hast du nicht um Erlaubnis gefragt, aber sicher nur, weil du ganz genau weißt, dass du sowieso mein Lieblingsschwiegersohn wärst, nein bist«, hörte ich sie jauchzen.

Kaum waren meine Freunde zur Seite getreten, stand Piets Familie bei uns. Seine Schwestern waren aufgekratzt und berührt. Alle vier redeten auf einmal. Ich war, was selten genug vorkam, überfordert.

»Sind wir damit offiziell zu eurer Hochzeit eingeladen?«, fragte Levke nach.

»Gott, nie im Leben, hätte ich damit gerechnet, dass du jemals das Hochzeitstrauma deiner Jugend überwinden wirst«, presste Evi mit Tränen in den Augen raus.

Sie umarmte ihren Bruder.

»Du bist mein Lieblingsbruder. Immer. Ich freue mich so dolle. Wehe, ihr sorgt nicht für Nachwuchs. Ich will unbedingt noch ein-, zweimal Tante werden.«

Im nächsten Augenblick fiel Evi über mich her.

»Lieblingsschwägerin. Das warst du auch schon zum Schein.«

Evi küsste meine Wange. Elenor war an ihrem emotionalen Limit. Sie war bei unserem ersten Zusammentreffen die Queen gewesen. Seit Januar kannte ich sie anders, ihre Künstlichkeit war seltener geworden. Piet war ihr Baby, das fünfte Kind, der einzige Sohn. Sein Glück war ihr wichtig, womöglich wichtiger als das ihrer Töchter.

»Das sind die schönsten Nachrichten des Jahres, Liebling. Wir freuen uns so sehr«, presste sie heraus und versuchte, sich selbst wieder zu beruhigen, während sie Piets Arm tätschelte. »Ihr heiratet doch kirchlich?«

Zack, was ihr wichtig war, sprach sie sofort an.

»Kommt nicht in Frage. Tut mir leid, Mutter«, nahm Piet ihr sofort den Wind aus den Segeln.

Zu meiner Überraschung war diese Information keine Katastrophe für Elenor.

»Nicht so wichtig – eure Entscheidung. Wir unterstützen euch gerne.«

Henry war der Boss. Das war allen klar. Kein Wunder, dass die gesamte Familie auf einmal ihre Aufmerksamkeit auf den alten Herren gerichtet hatte. Er wirkte entspannt und zufrieden Seine Hände berührten meine, während er mich seltsam schelmisch angrinste. Ein vollkommen neuer Zug an ihm.

»Mia, wäre ich nicht schon zu alt und nicht längst vergeben, sowie du nicht viel zu jung für mich, hätte ich dir schon längst einen Antrag gemacht.«

Ich prustete los. Beim Rest dauerte etwas länger, bevor Henrys Scherz an kam.

»Lass dich umarmen, Schätzchen.«

»Danke, das weiß ich zu schätzen, aber ich bevorzuge sowieso deinen Sohn. Dir fehlen einfach die Bilder auf der Haut«, witzelte ich in seinen Armen.

»Pass bloß auf, dass es nicht noch mehr werden. Hast du auch welche?«

»Wehe, du zeigst ihm deine Tattoos!«

Piets Hände legten sich auf meine Schultern. Ich schmunzelte in mich hinein.

»Wir können nicht mehr flirten, Henry. Ich heirate deinen Sohn«, hauchte ich amüsiert.

Kapitel 26

Piet

Ostersonntag, 22:00 Uhr, endlich war Ruhe eingekehrt. Mias Freunde bei uns einquartiert zu haben, war anstrengender gewesen, als angenommen. Seit Donnerstag hatte Ausnahmezustand geherrscht – Chaos und Lärm. Mir wäre es lieber gewesen, sie hätten in einer Ferienwohnung übernachtet, aber die waren wegen der Osterferien alle belegt gewesen Den nächsten Besuch von Mias Freunden würde ich besser planen, das stand fest. Ich war erschöpft und müde von dreieinhalb Tagen Dauerbelagerung.

Am Freitag hatten wir eine Therme besucht – nichts, was zu meinen Lieblingsfreizeitaktivitäten zählte, aber Jacob war glücklich gewesen. Ich hatte zwei Stunden Bruno übernommen, damit Mia ungestört Zeit mit ihren Freunden hatte verbringen können. Zwei Stunden ein Kleinkind zu bespaßen, wenn man körperlich nicht in Höchstform war, war anstrengend gewesen. Danach hätte ich Schlaf gebraucht, doch es war viel zu laut gewesen, um zur Ruhe zu kommen.

Am Tag darauf waren wir ebenfalls den gesamten Tag unterwegs gewesen. Danach hatte ich Jacob zu Sören und Kristina gebracht. Er war so viel Trubel nicht gewohnt. Am Abend hatten Vincent und Constantin für uns gekocht. Die Spuren dessen hatte ich heute beseitigt, nachdem der wilde Haufen sich verabschiedet hatte. Ich war froh, dass Mia den heutigen Tag noch einmal alleine mit ihren Freunden verbrachte.

Nach einer ausgiebigen Reinigungsaktion und einer deutlich längeren Erholungspause war ich wieder fit genug, um den Abend mit meinen Kumpels am Feuer ausklingen zu lassen. Ich hatte seit Monaten meinen ersten Whisky getrunken und fühlte mich tatsächlich angetrunken. Ich genoss die Ruhe um uns herum.

»Du legst auf einmal ganz schön viel Tempo vor. Kommst du klar? Du siehst k.o. aus?«, unterbrach Torben irgendwann die Ruhe zwischen uns.

»Alles bestens.«

Paul brummte.

»Du kannst ruhig zugeben, dass Mia anstrengend ist.«

»Mit Mia komme ich klar. Ihre Freunde sind anstrengend – laut, aufgekratzt, hibbelig. Die haben sicher alle ADHS«, sprach ich meinen Gedanken aus.

Während meine Freunde sich über meine Worte amüsierten, sog ich die kühle Abendluft ein. Seit der Rippenprellung atmete ich viel intensiver.

»Kanntest du die nicht vorher schon?«, erkundigte sich Torben.

»Ja, sicher. Aber ich habe die noch nie zusammen über so einen langen Zeitraum erlebt. Zu unserer Hochzeit stecke ich die in eine Ferienwohnung oder in ein Hotel. Sonst drehe ich vorher noch durch.«

»Wann wollt ihr heiraten?«, erkundigte sich Paul.

»Sobald wie möglich.«

Aus Pauls Mund kam ein Grunzen – eins, was mich nervte.

»Was? Sprich dich aus. Passt dir nicht? Mir egal«, blaffte ich ihn an.

»Nein, alles perfekt. Macht wonach euch ist. Für uns ist das alles etwas übereilt. Für euch offenbar nicht. Für uns sah es bisher wie ein stürmisches halbes Jahr und ein paar Monate einer posttraumatischen Affäre aus. Aber dem ist ja nicht so. Ihr trefft und kennt euch seit Jahren. Davon wusste ja niemand etwas – dabei sind wir Freunde.« Noch bevor ich darauf etwas sagen konnte, fuhr Paul fort: »Ihr kennt euch also seit unserer Hochzeit näher als gedacht? Das nehme ich dir echt übel. Ernsthaft? Du hast Mia zu unserer Hochzeit zum ersten Mal geküsst? Wie alt war die da? Wie konnte das passieren? Angeblich warst du glücklich. Was zur Hölle war da los?«

Er klang angespannt und aufgebracht. Ich überlegte noch, was ich ihm darauf antworten sollte, als Torben anfing zu sprechen.

»Einfache Rechnung: Mia war dreiundzwanzig, Piet sechsunddreißig. Höre auf, Paul. Das ist gerade Kindergarten. Was soll er dir denn darauf antworten? Gab doch genügend Antworten am Donnerstag. Du kennst doch Mia, sie wird Piet bezirzt haben, er hatte Krach mit meiner Schwester und hat Ablenkung gefunden. Aus, Ende. Sei nicht so nachtragend. Lass die beiden einfach glücklich sein. Es wird funktionieren. Das ist Piets Baustelle, nicht deine. Freu dich. Deine Lieblingstochter ist happy und er auch. Sieh dir Piet an – er wird langsam, aber sicher wieder normal.«

Ich fragte mich gerade, was bitteschön sonst unnormal an mir gewesen war? Paul streckte mir seine Hand entgegen.

»Tut mir leid, Piet. Er hat recht. Entschuldigung angenommen?«

Ich schlug ein.

»Ich komme klar, Paul.«

Wieder herrschte Ruhe zwischen uns. Irgendwann stand Torben auf, um wenig später mit einem Joint zurückzukommen. Er zündete ihn an, nahm ein paar Züge und grinste provozierend.

»Traust du dich?«

Ich sah ihn verwundert an.

»Woher hast du den?«

»Von Mia geklaut.«

Ich nippte an meinem zweiten Glas Whiskey und überlegte, was wohl Gras bewirken würde, wenn mich schon ein paar Schlucke Alkohol benebelten.

»Gib her.«

Ein Zug reichte aus, um einen Hustenanfall auszulösen. Mehr ging nicht.

»Was haltet ihr von Konfrontationstherapie?«, hörte ich mich ein paar Minuten später fragen und sprach damit zum ersten Mal mein Trauma an.

»Von was?«, fragte Torben nach.

»Salvatore hat mich kontaktiert.«

Augenblicklich saßen beide kerzengerade und musterten mich besorgt. Diese Kontaktaufnahme hatte mich vor Tagen stundenlang gelähmt. Er hatte mich um ein Treffen gebeten, eins mit Fenja.

»Ich weiß nicht, ob ich die beiden treffen kann. Euch davon zu erzählen bringt mich schon an meine Grenzen. Ich will aber nicht für den Rest meines Lebens in Panik verfallen, sobald es um sie geht. Ich will, dass das wieder aufhört.«

Ihren Namen nicht aussprechen zu müssen half etwas. Dennoch raste mein Herz bereits wieder so heftig, dass es in meinen Ohren anfing zu rauschen.

Ich fuhr trotzdem fort: »Die Frau vom Jugendamt meinte, da sie allen Aufforderungen nachgekommen sei – der Klinikaufenthalt, das Schuldeingeständnis, die Therapie – dass einem Kontakt zu Jacob nichts mehr im Weg stehen würde. Was soll ich tun? Mir wird übel, wenn ich nur daran denke.«

Ich versuchte, mich an die Entspannungstechniken zu erinnern.

»Du willst dich mit Fenja treffen?«, hakte Torben nach.

»Von wollen kann keine Rede sein. Ich will, dass die Panik wieder aufhört.«

Mit jeder Sekunde, die verstrich, fühlte ich mich schwächer.

»Was rät dein Anwalt?«, wollte Paul wissen.

»Ich brauche keinen Anwalt.«

Paul kochte.

»Du hast keine Anzeige erstattet?«, donnerte er mir entgegen.

»Wieso? Brauchte ich nicht. Es läuft sowieso übers Gericht«, presste ich heraus.

»Schmerzensgeld, Piet. Die hat dich beinahe umgebracht. Ist dir das klar? Da erstattet man Anzeige, Idiot«, fuhr er fort.

»Sie hat sich schuldig bekannt. Sie wird bestraft werden. Ihr Anwalt hat mich angeschrieben. Mir hilft kein Geld für meinen Frieden, Paul. Ich will sie nie wiedersehen und gleichzeitig will ich, dass sie mir in die Augen sieht und mir erklärt, wie sie mir das antun konnte. Ich will nicht, dass sie Jacob zu nahekommt und gleichzeitig weiß ich, dass ich den Kontakt nicht mehr lange verhindern kann. Aber ist das gut für ihn? Ich weiß es nicht. Er will mit mir über sie reden, aber das kann ich nicht. Ich will es nicht noch schlimmer machen«, sprach ich endlich all meine Gedanken aus.

Inzwischen war mein Blutdruck sicher jenseits von gut und böse. Wenigstens saß ich, da wäre Wegklappen nicht allzu schlimm. Die Bilder vor meinen Augen wurden undeutlich.

»Atme. Komm schon, atme richtig. Du kannst das.«

Ich spürte Pauls Hand auf mir, er klang nicht mehr aufgebracht.

»Genau so. Weiter. Wir machen dir keinen Stress und werden einfach nur da sein, okay?«

Seine klare Stimme half.

»Genau so was will ich nicht mehr«, japste ich.

»Halt die Klappe und atme lieber richtig«, forderte Torben.

Ich schloss meine Augen und konzentrierte mich auf meine Atmung, bis das Rauschen in meinen Ohren wieder nachließ. Diesmal war es nicht so schlimm wie sonst gewesen. Lag es daran, dass ich endlich einmal ausgesprochen hatte, was in mir vorging oder an der Mischung aus Alkohol und Joint? Keine Ahnung. Wenn Reden tatsächlich half, würde ich weiterreden. Mich dauerhaft zuzudröhnen, kam weniger in Frage. Ich brauchte einen Moment, um mich wieder zu erholen.

»Du trinkst jetzt besser Wasser.«

Paul schob mir sein Glas zu. Dieser besorgte Ausdruck in den Gesichtern meiner Kumpels gefiel mir nicht sonderlich.

»Was sagt Mia dazu?«, fragte Torben.

»Nichts.«

»Klar. Du hast ihr davon nichts erzählt!«, schlussfolgerte Paul.

Mitleidiger Blick, noch schlimmer.

»Wenn du willst, dann komme ich mit zu dem Treffen. Du musst das nicht alleine stemmen, okay?«, bot Torben sich an.

Ich nickte.

»Ich weiß nicht, was ich will und kann. Aber so was wie eben will ich nicht vor ihr bekommen. Zu viel Genugtuung. Dann hätte sie gewonnen.«

Nachdenklicher Blick von Torben.

»Sie würde keine Genugtuung verspüren. Das kannst du mir glauben.«

»Hast du sie besucht?«, zwang ich mich nachzufragen.

Er raufte sich die Haare.

»Musste ich ja wohl. Sie ist meine Schwester und ich kann sie nun mal nicht eintauschen.« Er hielt kurz inne. »Sie kann froh sein, dass sie Salvatore hat und der zu ihr hält. Unsere Familie hat schwer zu kämpfen mit den Emotionen. Meine Mutter kann mit ihr nicht mal reden. Mein Vater ist, wie ich, stinksauer. Enttäuscht. Entsetzt. Wir fühlen uns verantwortlich. Also im Moment weniger für sie, sondern für das, was sie getan hat. Fenja braucht und sucht Kontakt, aber das ist beschissen schwer für uns. Die triumphiert nicht. Sie weiß, was sie angerichtet hat, aber sie kann mir tausend Mal sagen, dass es ihr leid tut, das ändert nichts an meinen Gefühlen. Sie will wissen, wie es dir geht«, ergänzte er.

Ich wusste nicht, wie ich auf seine Worte reagieren sollte. Ich war bisher nicht imstande gewesen, mich mit den Emotionen anderer auseinanderzusetzen. Ich kam kaum mit mir selbst klar.

»Lasst uns das Thema wechseln. Wenn du jetzt so viele Wochen ohne Nikotin ausgekommen bist, dann könntest du das doch gleich beibehalten? Gras und Whiskey kannst du ja gelegentlich weiter konsumieren. War der Joint, den Torben in Mias Rumpelkammer gefunden hat, von dir oder ist das nur eine Gemeinsamkeit, die ihr beide hegt?«

Pauls erzwungener Themenwechsel brachte nicht nur mich zum Lachen. Wir grölten zusammen.

»Gemeinsamkeit, nicht meiner. Versprochen. Und ich habe nicht vor, wieder mit dem Rauchen anzufangen. Zufrieden?«

»Hm. Als dein zukünftiger, angeheirateter Schwiegervater stehen mir solche Fragen auch künftig zu.«

Gut möglich, dass Paul das ernst meinte. Im Augenblick konnte ich darüber nur weiterlachen.

»Du wirst fit bleiben müssen, um mit Mia mithalten zu können«, amüsierte sich Torben. »Paul schlägt sicher gleich vor, dass du mit uns trainieren gehen solltest.«

Klar.

»Ich habe mich längst damit abgefunden, dass ich keine Muskeln besitze. Ich werde nie so aufgepumpt aussehen, wie ihr zwei. Will ich auch nicht«, konterte ich.

Pauls Blicken nach zu urteilen, wäre das wirklich sein nächster Vorschlag gewesen.

»Du hast schon Muskeln, nur eben keine trainierten. Lene meinte, ein bisschen Sport wäre nicht das Schlechteste für deinen Rücken und deine Kondition. Du musst dich nur überwinden.«

»Fürs Konditionstraining bin ich verantwortlich.«

Wir erschraken bei Mias Worten, während sie über unseren Schreckmoment kicherte.

»Sorry. Hey Torben, hey Paul, hey Liebling. Ich bin zurück«, trällerte sie.

Liebling? Ich sah verwundert zu ihr auf. Sie strahlte.

»Willst du dich setzten?«, fragte Paul und räumte einen weiteren Sitz leer.

»Nööö, danke. Ich brauche keinen Stuhl. Ich bevorzuge Piet als Sitzgelegenheit. Ich mache mich auch ganz leicht.«

Zuckerlächeln, gepaart mit klimpernden Wimpern. Sie setzte sich auf meine Beine und schloss ihre Arme um mich.

»Ich bin so krass happy. Das waren die besten Tage ever!

Danke.«

Ihre Lippen streiften meine Haut. Sonnencreme, Erdbeerkaugummis, Wein nahm ich wahr. Ich streichelte ihren Rücken.

»Wart ihr noch feiern?«

Sie schloss ihre Augen und sah einfach nur zufrieden aus. Glücklich. Niedlich.

»Joa. Die sind eben erst los. Du bist der aller-allerbeste der Oberbesten«, ließ sie mich wissen, bevor sie sich an mich schmiegte.

Angetrunkene Mia war seit Jahren einfach nur Herz erwärmend.

»Wie bist du heim gekommen?«

»Const ist gefahren. Wir haben uns noch eine Flasche Wein am Strand geteilt. Kat und Lenny sind eher gefahren. Bruno, war müde«, plapperte sie, während ihre Hand unter mein T-Shirt fuhr.

»Bist du auch müde, Prinzessin?«

Sie lächelte süffisant.

»Ich bin hellwach und gut gelaunt und dazu sehr, sehr willig, dir zu zeigen, wie unglaublich toll ich die letzten Tage fand. Es wird sehr viel Dankbarkeit, Liebling.«

Ihr neckender Tonfall und die Art, wie sie meinen Bauch streichelte, erreichte meinen Schwanz. Sie schien zufrieden mit diesem Ergebnis.

»Perfekt. Du bist auch willig. Wir könnten an deiner Kondition arbeiten. Meine Freunde waren so lieb und haben uns ein Geschenk gemacht. Eins, das dir sicher gefallen wird. Ein Hauch von Nichts, in schwarz.«

Sie küsste meinen Hals. Torben räusperte sich. Ohne ihre Aufmerksamkeit auf ihn zu lenken, winkte sie ihm ab.

»Dir zeige ich meinen Hauch von Nichts nicht. No way. Du bist nicht mein Lieblingsmensch und grottig alt.«

Torben schnaufte.

»Grottig alt? Dein Lieblingsmensch ist nur ein Jahr jünger. Ich wollte dich eigentlich nur daran erinnern, dass ihr nicht alleine seid. Nicht, dass du das vergisst und deinen Hauch von Nichts deinem Liebling gleich auf seinem Schoss präsentierst.«

Mia küsste mich innig.

»Keine Angst. Ich weiß, dass ihr das seid«, murmelte sie danach an meinem Mund.

Ihr nächster Kuss galt meiner Nasenspitze.

»Ich gehe mal vor. Wenn dir die beiden auf den Sack gehen, kommst du einfach nach. Ich weiß mich zu beschäftigen. Keine Eile«, hauchte sie, stand auf und verschwand.

»Eigentlich müsste sie sich auch bei mir bedanken. Immerhin habe ich vorausgesagt, dass ihr zwei zusammenpasst«, witzelte Torben.

Typische Aussage für Torben, wir lachten zusammen. Paul konnte nicht lachen. Er musterte Torben verkniffen.

»Noch so ein Spruch und du fängst dir eine«, knurrte er.

»Das war ein Witz, Paul. Komm runter. Du musst echt lockerer werden. Die ist nicht wirklich deine Tochter. Nur eine Frau, die du zufällig mitgeheiratet hast.«

Schweigen.

»Das weiß ich. Sorry. Ich gehe dann mal rein. Ist schon spät. Schönen Abend noch«, kam irgendwann über seine Lippen, bevor er aufstand und uns alleine ließ.

»Na los, Piet, geh schon und hole dir Mias Dankbarkeit ab«, forderte Torben mich auf.

»Paul hasst mich schon wieder«, sprach ich den ersten Gedanken aus, der mir durch den Kopf ging.

»Quatsch. Du kennst ihn doch. Vielleicht pisst ihn Mias Anwesenheit etwas an, weil Lenes Welt sich mit ihr nicht nur um ihn dreht. Daran gewöhnt er sich schon noch. Hilfreich wäre, wenn du Mia dazu bringen könntest, ihm zu verzeihen. Die behandelt ihn, als wäre er Luft. Nichts, womit er sonderlich gut klar kommt. Er will ihr Daddy sein.«

Wahrscheinlich hatte Torben damit recht. Torben hatte mehr Zugang zu Paul als ich und war mir gleichzeitig auch näher. Die jahrelange Konkurrenz zwischen Paul und mir hatte Spuren hinterlassen. Das war mir schon lange klar.

»Meinst du, er denkt, dass ich ihm schon wieder jemanden wegnehme?«

Torben lachte.

»Ich hoffe nicht. Du hast ihm nie jemanden weggenommen. Hört auf, euch ständig wie zwei Kampfhähne aufzuführen. Aus dem Alter seid ihr raus. Fenja hat euch beide immer manipuliert und gegeneinander aufgebracht, aber das ist vorbei. Paul hat dafür bezahlt, aber das Beste für sich gewonnen. Du hast noch viel mehr bezahlt, aber ebenfalls gewonnen. Ihr habt beide viel ertragen müssen. Du leider mehr. Mir tut das alles unendlich leic. Ich habe nie damit gerechnet, dass meine Schwester ausgerechnet dich am meisten verletzen wird. Du hattest sie mit deiner Ruhe und Klarheit immer so sehr im Griff. Mit dir gab es nie Krieg. Ich habe echt gedacht, dass ihr zwei es gut hinbekommen könntet, getrennte Eltern zu sein. Ich habe ein verdammt schlechtes Gewissen. Wo war ich, um dich vor ihrem Zorn zu beschützen? Ich wusste, was sie dir sagen will. Mir war klar, dass du nicht zustimmen wüürdest. Ich habe dich nicht vorgewarnt. Du bist ins offene Messer gelaufen. Ich hätte wissen müssen, dass sie ausrasten wird. Ich bin ein beschissener Freund. Tut mir leid. Wirklich. Ich bin so froh, dass wir hier zusammensitzen können. Ich lass dich nie wieder im Stich.«

Dass Torben Schuldgefühle plagten, hatte ich schon vorher deutlich wahrgenommen, inzwischen sah er so aus, als würde er gleich heulen.

»Torben, du bist mein bester Kumpel und daran wird sich nichts ändern. Nie. Dich trifft keine Schuld. Ich komme weder mit deinen, noch mit den Schuldgefühlen deiner Eltern sonderlich gut klar. Schaltet die ab. Euch trifft keine Schuld.«

Ich stand auf und reichte ihm meine Hand. Er ergriff sie, erhob sich und drückte mich im nächsten Moment an sich.

»Danke! Und jetzt gehe endlich. Sieh dir Mias Hauch von Nichts an und sei glücklich.«

Mia zu sehen, war wie einmal Akkus aufladen. Von zehn auf neunzig Prozent in wenigen Sekunden. Sie tanzte, mit Kopfhörern auf den Ohren und mit nichts weiter bekleidet als einem wirklichen Hauch von Nichts, durch meine Küche. Die erste Frage, die in meinem Hirn auftauchte, war, warum sie ausgerechnet mich auserkoren hatte? Gleichzeitig war ich dankbar, dass es so war.

Das Nichts war ein Spitzenbody. Ihr Hintern war kaum bedeckt, der Rückenausschnitt tief. Ich konnte es kaum erwarten, sie von vorne zu sehen. Als hätte sie meine Anwesenheit gespürt, drehte sie sich zu mir um. Mir blieb die Luft weg, und diesmal nicht vor Panik. Ihre süßen Brüste waren verhüllt, aber dazwischen war ihr Nichts offen bis zum Bauchnabel. Ich schluckte

»Heißt deine Reaktion, dass dir gefällt, was du siehst?«

Ich nickte.

»Du machst mich sprachlos und atemlos.«

Sie lächelte zufrieden.

»Sprachlos ist okay. Wie sich atemlos richtig anfühlt, zeige ich dir gerne gleich.«

Sie setzte sich auf den Küchentisch.

»Komm her. Keine Angst, ich beiße nicht und wenn doch, verspreche ich dir, dass es dir gefallen wird.«

Ich gehorchte besser. Kaum stand ich vor ihr, legten sich ihre Arme auf meine Schultern.

»Das mag ich total.«

»Was?«

Ich war ahnungslos.

»Dich, wenn du geflasht bist, bevor du auftaust und übernimmst. So hast du schon tausend Mal reagiert. Mein Plan für jetzt: Taue auf, aber lass mich übernehmen. Ich will dir zeigen, wie sehr ich dich liebe. Dein Part wäre, dich darauf einzulassen.«

Okay, das war etwas, was ich in den letzten Monaten gelernt hatte, aber trotzdem nicht sonderlich gut beherrschte. Mia las in meinen Gedanken. Ihre Finger fuhren durch meine Haare.

»Vorschlag: Ich bekomme die erste Runde, du die nächste.«

Bei der Vorstellung an eine Nacht, gefüllt mit Mia und Sex, sog ich scharf Luft ein. Ihre Lippen saugten an meinem Hals.

»Achtens, denk nicht so viel nach.«

»Deal«, knurrte ich.

»Perfekt.«

Sie zog mir mein T-Shirt aus. Ihre Finger fuhren über meinen Arm.

»Wir machen jetzt etwas, was schon lange mal fällig war, okay?«

Keine Ahnung, was das zu bedeuten hatte.

»Was?«

Sie küsste meine Halsbeuge.

»Du wirst es herausfinden.«

Sie hob meinen Arm an und küsste sich von meinem Handgelenk bis zu meiner Schulter.

»Deine Unterarme fand ich vom ersten Augenblick an faszinierend! Die Ärmel von deinem Hemd waren hochgekrempelt, die Sehnen an deinem linken Unterarm angespannt, in der rechten Hand hattest du eine Zigarette gehalten. Wann immer du die Ärmel von deinen Hoodies, Hemden oder Jacken hochziehst, fällt meine Aufmerksamkeit sofort auf deine Unterarme. Die sind sexy«, hauchte sie an meiner Schulter.

Ihre Finger fuhren über meine Schlüsselbeine zu meinem Brustbein. Ihre zarten Berührungen bescherten mir einen Schauer. Mias Lippen folgten ihren Fingern. Auf meiner Brust hielt sie inne – ihre warme Hand über meinem Herzen.

»Ich liebe das. Ich kann deinen Herzschlag nicht nur spüren, ich kann ihn sehen. Dein Herz schlägt für mich und wenn ich dich reize, hämmert es.«

Sie führte mir vor, was sie ausgesprochen hatte. Ihre Zunge spielte mit meiner Brustwarze, während ihre Fingernägel zarte Spuren auf meinem Brustkorb hinterließen. Meine Hand hatte sie über ihr Herz gelegt.

»Spürst du das? Mein Herz schlägt auch für dich. Laut und deutlich.«

Mein Herzschlag war intensiver geworden, während ihres gegen meine Hand wummerte.

»Mia, ich...«

Sie bremste meine Worte, indem sie mir ihren Zeigefinger auf die Lippen presste.

»Pst. Ich bin noch nicht fertig.«

Mit einer Mischung aus Wärme, Begierde und Sehnsucht sah sie zu mir auf. Ihr Blick verfehlte seine Wirkung nicht. In mir tobten unzählige Emotionen gleichzeitig. Ihre Fingerspitze zeichnete meinen Mund nach.

»Deinen Mund liebe ich auch – die Art, wie du sprichst, was du sagst und wie du mich damit küsst. Küss mich!«

Dieser Aufforderung kam ich sofort nach. Ein Stromschlag jagte durch meinen Körper, als meine Zunge auf ihre traf. Mias Finger fuhren durch meine Haare, ihre Beine umschlangen mein Becken, sie hielt sich an mir fest, bis unsere Lippen sich voneinander trennten.

»Deine Haare liebe ich ebenfalls – wirr und unglaublich. Ich habe mich lange gefragt, wie es sich wohl anfühlen würde, sie zu berühren und noch wirrer zu machen. Weißt du noch, wann du das zum ersten Mal zugelassen hast?«

Klar, das wusste ich. Mein Körper hatte ungewohnt heftig auf diese Berührung reagiert.

»Nach der Schlössernacht«, antwortete ich ihr.

Ein Lächeln erhellte ihr zartes Gesicht.

»Genau. Gott, war ich frustriert und unbefriedigt an diesem Abend«, ließ sie mich wissen, nahm meine Hand und führte sie zwischen ihre warmen Schenkel. Selbst durch die Spitze über ihrer heißen Mitte, spürte ich, wie feucht sie war. Sie rieb sich an meiner Hand. Ein Stöhnen kam aus ihrer Kehle, während sie meinen Daumen gegen ihren Kitzler presste.

»Kaum, dass du raus warst, habe ich es mir selbst besorgt und mir vorgestellt, du wärst es gewesen. Ich hätte dich nicht gehen lassen, hätte ich nur erahnt, wie unfassbar Sex mit dir in Wirklichkeit ist.«

Ihr Körper lag bebend auf meinem Tisch, drängelnd nach mehr. Die Knospen ihrer Brustwarzen drückten auffordernd gegen die Spitze, die sie bedeckte. Mit meiner freien Hand befreite ich ihre Brüste, während Mia meine andere Hand dirigierte. Ihre Wangen glühten. Sie biss sich auf ihre Unterlippe und wimmerte. Ihr zuzusehen, sie anzusehen, wie wunderschön sie war, wie sie einforderte, was sie wollte, machte mich an. Sie wusste genau, was sie tat. Sie spielte, und ich mit ihr, bis sie kam. Meine Hose fühlte sich inzwischen an wie ein Gefängnis.

»Damals hat sich das nicht annähernd so gut angefühlt, wie eben«, keuchte sie. »Du bist so unglaublich.«

Sie strich sich ein paar Haare von der Stirn, richtete sich wieder auf und küsste meine Kehle.

»Deine Stimme fühlt sich auch nach Sucht an. Ein Knurren von dir und ich bin bereit, dir jeden Wunsch zu erfüllen.«

Mein größter Wunsch war es, endlich der Enge meiner Hose zu entkommen und in ihr zu versinken. Ich tat ihr den Gefallen und knurrte einmal in der Hoffnung, dass sie mich befreite. Ihre Antwort: ein Schmunzeln, gefolgt von einem Kopfschütteln, bevor sie fortfuhr, mich weiter zu reizen. Ihre Hand wanderte über meinen Bauch – der darauf reagierte und sich anspannte. Im nächsten Moment umfasste sie meinen Schwanz.

»Der und ich sind ebenfalls best Buddys. Sehr sympathisch.«

Sie grinste.

»Kann ich nicht widersprechen«, presste ich heraus.

»Gut so. Ich bin noch immer nicht fertig. Nervt dich mein Geplapper schon?«, fragte sie und fasste fester zu.

»Nein.«

Sie kicherte kehlig.

»Doch. Du warst noch nie ein sonderlich guter Lügner. Tut mir leid, aber ich muss dir noch mehr sagen, denn du sollst das endlich einmal wissen und vor allem verinnerlichen.«

Ihre Hand ließ etwas lockerer. Sie küsste meine Brust, bevor sie mir in die Augen sah.

»Ich liebe nicht nur deine Äußerlichkeiten, insbesondere deine süßen Grübchen – die hatte ich eben ganz vergessen zu erwähnen – noch viel mehr, als all das, liebe ich deine Seele. Meine jubelt immer, wenn sie deiner nah sein darf.«

Während ich schluckte, öffnete sie den ersten Knopf meiner Hose.

»Deine Seele ist warm, kostbar und glänzt golden.«

Sie beugte sich runter und küsste den bunten Schmetterling auf meiner Haut.

»Du bist kostbar. Mich nervt, dass du im Grunde immer recht hast und gleichzeitig ist es genau das, was mir Sicherheit gibt. Ich vertraue auf dich. Es gab noch nie einen Mann in meinem Leben, den ich hätte vertrauen können. Dir zu vertrauen fühlt sich wunderbar an.«

Sie öffnete den nächsten Knopf.

»Dass du meine Freunde hergeholt hast und dich auf sie eingelassen hast, obwohl sie laut waren und dich gefordert haben – für mich – das ist etwas, was dich ausmacht. Ich war deine Priorität. Ich habe dir angesehen, wann es dir zu viel war, trotzdem hast du dich nicht beschwert.«

Der nächste Knopf.

»Du bist so verdammt bescheiden. Immer wieder, in vielerlei Hinsicht und dabei musst du das gar nicht sein. Du bist ein Kämpfer und ich bewundere dich für deine Stärke. Du warst immer da, wann immer ich dich gebraucht habe. Du gibst viel mehr, als du nimmst und erwartest gleichzeitig keine Gegenleistung. Dabei hast du die verdient.«

Mittlerweile kämpfte ich mit mir und meinen Gefühlen, etwas, das ich nicht steuern konnte.

»Sieh mich an«, forderte Mia.

Ich zwang mich regelrecht dazu.

»Deine Seele macht dich perfekt. Ich bin dankbar, dass ich den besten Menschen, den ich je hätte kennenlernen können, an meiner Seite habe. Ich liebe dich.«

Meine Augen brannten, während meine Kehle sich trocken anfühlte. Ich war es nicht gewohnt, dass mir jemand jemals emotional so nahekam. Nie. Genau das war ihre Absicht gewesen. Sie wollte, dass ich verstand, weshalb wir zusammengehörten. Ihre Finger berührten meine Wangen.

»Diese neue sensible Seite an dir liebe ich auch. Die macht dich noch menschlicher und war vorher schon da. Ich habe die oft gespürt. Du darfst du sein. Du darfst dich fallenlassen, die Kontrolle abgeben, und solltest wissen, dass du sanft landen wirst. Ich werde für dich da sein und dich auffangen, dich beschützen und aufbauen, so wie du es immer für mich getan hast.«

Fuck, keine Worte, mit denen ich umgehen konnte. Noch bevor meine Gefühle die Oberhand gewinnen konnten, waren Mias Lippen auf meinen. Ihr Kuss war so verspielt und neckend, dass jede beschissene Emotion wieder verflog, während sie mich weiter von meiner Hose befreite. Ich war zurück – ganz sicher ebenfalls beabsichtigt von ihr. Herzmensch. Mein Tief war genauso schnell verflogen, wie es aufgetaucht war. Meine Finger öffneten die Verschlüsse ihres Bodys blind. Mia stoppte mich. Kurzzeitig verspürte ich Frustration. Sie glitt vom Tisch, befreite meinen Schwanz und veränderte unsere Position.

»Ich will in dich«, knurrte ich.

»Kannst du haben, aber du wirst unter mir sein. Fußboden oder Tisch? Deine Entscheidung.«

»Fußboden. Selbst auf die Gefahr hin, dass ich nicht wieder hochkomme.«

Mia grinste schief.

»War ja klar. Du duldest keine Sauerei auf deinem Esstisch.«

Meine Hand landete auf ihrem Knackarsch.

»Deinen Hintern hätte ich auf meinem Tisch geduldet.«

»Klar, als ob.«

»Du bist nervig«, stöhnte ich und zog sie auf den Boden.

Sobald sie auf mir saß, löste sie ihren Haarknoten. Lange, rotbraune Haare fielen hinab und rahmten sie bis zur Taille ein. Ihre Hände stützten sich auf meiner Brust ab, während sie sich auf mir bewegte. Viel zu langsam. Ein leises Stöhnen kam aus ihrem Mund, ihre Wangen glühten, während ich stumm um mehr Tempo bettelte. Ich brauchte mehr. Meine Hände legten sich an ihr Becken. Kaum dass ich sie berührt hatte, öffnete sie ihre Augen und strafte mich mit Blicken ab. Sie hielt inne und beugte sich über mich. Ihre Lippen berührten hauchzart meine, bevor sie an meiner Unterlippe saugte und sich weiter bewegte. Langsamer als zuvor. Wenn sie vorhatte mich in den Wahnsinn zu treiben, würde ihr das gelingen. Meine Hände versuchten sie erneut anzutreiben. Als Antwort darauf biss sie mir ins Ohrläppchen.

»Wir sind bei Runde eins. Ich bestimme, nicht du. Ergib dich endlich und du bekommst mehr«, säuselte sie mir ins Ohr.

»Ich mach gar nichts.«

Ihre Beckenbodenmuskeln schlossen sich fester um mich. Besser ich ließ sie los. Ich spürte ihr Lächeln an meiner Haut. Ihre Finger fuhren in meine Haare, ihre Lippen küssten sich zu meinem Mund. Während wir uns küssten, bewegte sie sich endlich weiter, schneller und fester. Meine Hände brauchten irgendeinen Kontakt. Ich umfasste ihren Rücken und hoffte, dass wenigstens das erlaubt war. Sobald sie ihre Lippen von meinen löste, bereute ich diese Berührung und ließ sie los. Um nichts in der Welt wollte ich, dass sie uns erneut ausbremste. Sie richtete sich auf, griff nach meinen Händen und ließ sie auf ihre Brüste sinken. Perfekt. Weiche, warme, wunderschöne Brüste mit zart rosa Nippeln, die mich geradezu dazu einluden sie zu kosten. Ich würde mich beherrschen, bis ich an der Reihe war. Mia lehnte sich zurück, ihre helle Haut spannte sich über ihren flachen Bauch, während sie sich anders bewegte als zuvor. Gott, wie immer sie das machte – es trieb mich voran. Ich massierte ihre Brüste fester, bis sie kehlig aufstöhnte und kam. Im nächsten Moment beugte sie sich wieder über mich, ihre geweiteten Augen musterten mich, während sie mich weiter ritt.

»Ich will dich küssen während du kommst.«

Kaum dass sie gesprochen hatte, sank ihr Mund auf meinen. Ihre Aufforderung fühlte sich an wie ein Befehl, mein Körper gehorchte. Ihr Kuss war besitzergreifend und so intensiv, dass ich kaum Luft bekam, während ich förmlich explodierte und meine Welt sich für ein paar Sekunden drehte. So losgelöst von mir selbst und so heftig hatte ich mich noch nie wahrgenommen.

Mein Herz hämmerte wild in meiner Brust, während mir klar wurde, dass die unbekannte Reaktion meines Körpers wahrscheinlich vom Sauertoffmangel kam – verursacht durch Mias Kuss. Keine Ahnung, wann Mia von mir abgelassen hatte, jetzt lag sie neben mir und streichelte meine Brust.

»Alles gut?«, fragte sie mich leise.

»Alles bestens.«

Ich keuchte mehr, als dass ich sprach. Ein unschuldiges Lächeln umspielte ihre Lippen.

»Gern geschehen.« Wahrscheinlich starrte ich sie fragend an, denn sie fuhr fort:»Ich habe dir versprochen, dass ich dir zeigen werde, wie sich atemlos richtig anfühlt. War das okay für dich?«

Ich nickte und brauchte noch ein paar Atemzüge, um wieder richtig sprechen zu können.

»Ich bin verwirrt und überrascht. Überrascht von dir, weil es ganz offensichtlich deine Absicht war, mich mehr fühlen zu lassen, und verwirrt, weil ich keine Ahnung hatte, dass das möglich ist. Ich liebe dich. Du darfst alles mit mir anstellen, was du willst, solange ich es überleben werde.«

Ihre Hand schlug sanft auf meine Brust.

»Du bist so ein Blödi. Echt jetzt. Doofer Scherz.«

Ich drehte mich zu ihr um.

»Ich bin kein Blödi.«

Sie zog mir an einer Haarsträhne.

»Doch, bist du. Meiner. ILD! Ganz sehr. Steh auf und lass uns im Bett weiter machen. Dein Fußboden ist unbequem.«

Als ich am nächsten Morgen wach wurde, fühlte ich mich träge und schwer. Ganz sicher würde ich Muskelkater bekommen, aber das war vollkommen egal, denn meine Welt war perfekt. Mia lag neben mir, ein Lächeln auf ihrem verschlafenen Gesicht.

»Guten Morgen, Lieblingsmensch«, murmelte sie.

»Guten Morgen, Süße. Du bist schon wach?«

»Ja, leider. Ich habe tierischen Hunger. Abgesehen davon sehe ich dich gerne an, wenn du schläfst.«

»Wenn ich schlafe? Wieso?«

»Keine Ahnung. Ich bin einfach glücklich, wenn ich neben dir wach werde.«

Ich rappelte mich auf.

»Ich koche dir einen Kaffee und hole Jacob ab. Brötchenservice ist inbegriffen.«

»Danke. Bekomme ich den Kaffee ans Bett serviert?«

Jacob und ich verließen gerade das Haus seiner Großeltern, als wir unvorbereitet auf Fenja und Salvatore trafen. Abrupt blieb ich stehen – mein Herz pumpte. Ich wäre gerne geflohen, aber mein Körper gehorchte nicht.

»Mama!«

Jacob rannte auf Fenja zu. Sie nahm ihn in ihre Arme und drückte ihn an sich.

»Mein Schatz. Ich freue mich so, dich zu sehen. Geht's dir gut?«, hörte ich sie fragen.

Er antwortete ihr nicht, sondern drehte sich zu mir um. Jacob sah zerrissen aus. Ich versuchte, ihm Zuversicht zu schenken und nickte. Mehr ging nicht. Meine Beine fühlten sich an wie Wackelpudding und Blei zu gleichen Teilen.

Fenja schaute zu mir auf, ließ Jacob los und kam auf mich zu. Nicht gut. Ich konzentrierte mich auf meine Atmung. Einatmen, halten, ausatmen. Es benötigte viel zu wenige Atemzüge, bis sie vor mir stand. Ich konnte nicht einmal wegsehen. Ich war wie erstarrt. Sie wischte sich ein paar Tränen aus den Augenwinkeln.

»Piet«, krächzte sie.

Einatmen, halten, ausatmen. Ihre Hand berührte mich. Meine Schulter reagierte mit Schmerzen darauf. Salvatore trat neben sie.

»Schön dich zu sehen«, kam von ihm.

Ich nickte wieder. Inzwischen brannte mein gesamter Arm. Ich musste irgendetwas sagen oder einen Schritt zurücktreten, um mich von Fenjas Hand zu befreien, bevor ich vor Schmerzen einen Schweißausbruch bekam.

»Lass mich los«, würgte ich heraus.

Sie nahm ihre Hand blitzschnell von meinem Arm.

»Sorry. Tut mir leid, ja«, stammelte sie.

Einatmen, Ausatmen. Der Schmerz verflog. Jacob schmiegte sich an mich und erdete mich, während ich mir einredete, dass ich sicher war und sie mir nichts tun würde, solange Jacob und Salvatore Zeugen waren.

»Wie geht's dir?«, fragte sie mich unsicher und kämpfte wieder mit Tränen.

»Gut. Es wird langsam wieder«, hörte ich mich antworten und war erstaunt über die Festigkeit in meiner Stimme. In meinem Kopf schrie es währenddessen: *Wie man sich eben so fühlt, wenn man der Person gegenübersteht, die einen fast umgebracht hat!* Nichts, was ich vor Jacob aussprechen würde. Nie. Fenja kam wieder einen Schritt auf mich zu.

»Ich wollte das nicht. Ich wollte dich nicht verletzen. Mir tut das so leid. Glaub mir das bitte!«

Sie wollte mich erneut berühren. Diesmal konnte ich reagieren und wich zurück. Hinter mir ging die Haustür auf, kurze Zeit später lag Kristinas Hand auf meinem Rücken.

»Ist alles gut, Piet?«, fragte sie mich.

»Ja, danke. Ich will nach Hause!«

Mein Blick fiel auf Jacob. Er wollte nicht nach Hause, sondern Zeit mit seiner Mutter verbringen, das nahm ich ganz deutlich wahr. Ich wagte es, Fenja anzusehen. Sie sah mich voller Schmerz an. Erwartete sie tatsächlich Vergebung von mir – dazu war ich nicht bereit. Oder ging es ihr um Jacob? Ich wusste es nicht.

»Jacob, willst du mit Mama bei Oma und Opa bleiben?«

Wo kamen diese Worte her? Ich sprang gewaltig über meinen Schatten für den Wunsch, den ich in den Augen meines Sohnes wahrgenommen hatte, während mein Puls deutlich in meinem Hals pochte.

»Bleibst du auch?«

Hoffnungsvoll sah er zu mir auf. Nichts, was ich durchstehen würde.

»Nein. Mia wartet.«

Meine Antwort verunsicherte ihn sofort. Mist.

»Es ist okay für mich, wirklich. Mach dir keinen Kopf. Oma kann dich nachher nach Hause bringen«, versuchte ich ihm Zuversicht zu schenken.

Jacob musterte mich, bevor er sich blitzschnell Fenja zuwandte.

»Papa heiratet Mia«, ließ er sie wissen.

Für einen kurzen Moment sah sie mich schockiert an, bevor sie sich fing und sich an einem Lächeln versuchte.

»Das freut mich – wirklich! Piet, bitte! Es tut mir leid. Von

Herzen.«
Salvatore hielt sie davon ab, mir erneut zu nahe zu kommen.
»Lass ihm Zeit, Liebes. Er bietet dir gerade die Möglichkeit, mit Jacob zusammen zu sein. Das ist schon sehr viel«, erklärte er ihr und zog sie in seinen Arm.
Der Moment, in dem mir auffiel, dass Fenja schwanger war.
»Gratulation.«
Sie sah mich verwirrt an, bevor sie begriff, worauf ich mich bezog.
»Danke. Ist es für dich wirklich in Ordnung, wenn wir noch ein bisschen Zeit mit Jacob verbringen? Wir bleiben hier, versprochen.«
Ich schluckte schwer und fühlte mich beschissen.
»Wir machen, was Jacobs Wunsch ist«, antwortete ich hölzern.
Er entschied sich für seine Mama. Kam ich klar damit? Nein. Wie gelähmt saß ich in meinem Auto und war nicht in der Lage den Motor zu starten. Keine Ahnung, wie lange ich so verharrt hatte. Irgendwann klopfte es auf der Beifahrerseite. Erschrocken fuhr ich hoch. Paul stand neben meinem Auto und öffnete die Tür.
»Kristina hat angerufen. Sie hat sich Torbens Beistand gewünscht und war außerdem besorgt um dein Wohlergehen. Rutsch rüber. Ich bringe dich nach Hause.«
Ich machte ihm schweigend Platz und war dankbar.
»Alles okay bei dir?«, fragte Paul.
»Ja. Du musst beim Bäcker anhalten. Mia hat Hunger.«
»Du hoffentlich auch. Wir frühstücken gemeinsam bei uns.«,
»Danke, Paul.«
»Nicht dafür. Dazu hat man Freunde. Ich bin dein Freund. Du bist meine Familie, in vielerlei Hinsicht. Das weißt du hoffentlich. Mein Ausraster von gestern tut mir leid. Du und Torben sind die Brüder, die ich nie hatte. Ich liebe dich – was ich niemals vor den anderen wiederholen werde, klar! Ich wollte nur, dass du das weißt.«
Seine Worte brachten mich zum Schmunzeln.
»Du liebst mich?«, hakte ich nach.
»Wie man sich in Familien eben so liebt. Nicht mehr und nicht weniger. Meine Frau liebe ich mehr.«

»Gott sei Dank. Kurzzeitig hatte ich schon Angst.«

Paul lachte und schnaubte gleichzeitig.

»Wehe, du erzählst jemandem von diesem Gespräch.«

Ich tat es beim Frühstück und Mia lachte Tränen.

»Das ist ja super cute. Wahre Bromance, Daddy. Wehe du gräbst an Piet rum. Finger weg! Es wird nicht geknutscht. Ist das klar?«, japste sie.

Lene kicherte, während ihre Augen Paul fixierten.

»Dein Interesse an meinem zukünftigen Schwiegersohn ist doch rein freundschaftlich, oder?«

Paul schnaufte und verdrehte die Augen, bevor er mich mürrisch fokussierte.

»Das zahle ich dir heim, Alter«, brummte er.

Beide Frauen versetzten ihm einen Hieb. Ich war amüsiert.

»Wenn wir schon mal dabei sind...«, gluckste Helene, »... Piet, ich liebe dich sehr und ich schwöre, ich will dich nicht küssen.«

Gelächter. Mia klimperte Paul an.

»Ich liebe dich auch, Daddy. Aber Piet liebe ich mehr und ich will dich auch nicht küssen. Das soll mal Mum machen.«

Paul nickte. Ich sah ihm an, dass ihm Mias *Daddy* nahe ging.

»Danke Mia. Ich liebe dich über alles und werde dich nie im Leben küssen wollen. Das überlasse ich liebend gerne Piet.«

Mia strahlte mich glücklich an.

»Du fehlst noch. Sag, dass du Paul liebst!«, forderte sie mich auf.

Einmal wieder Leichtigkeit mit Paul fühlte sich gut an. Verdammt gut. Ich griff über den Tisch nach seiner Hand. Hätte er damit gerechnet, wäre mir das nicht gelungen. Paul starrte auf unsere Hände.

»Komm schon, sieh mich an«, bat ich ihn.

Ein Schmunzeln lag auf seinen Lippen, während er aufsah.

»Na los. Lass es raus!«

Ich provozierte ihn, indem ich seine Handrücken streichelte.

»Paul, mein Freund. Ich liebe dich von ganzem Herzen und werde immer beschützen, was du liebst. Versprochen.«

Er zog seine Hand blitzschnell unter meiner weg, sprang auf und kam um den Tisch herum.

»Steh sofort auf«, knurrte er und zog mich auf die Beine.

Kaum dass ich aufrecht war, drückte er mich an sich.

»Danke. Ich weiß, dass du das tun wirst, kleiner Bruder.«

Klein? Ich war größer als er. Keine Ahnung, wieso ich also der kleine Bruder war? Ich gab Paul den Rest und küsste seine Stirn. Augenblicklich ließ er mich los.

»Bäh, dass machst du nicht noch mal!«

Er wischte sich über die Stirn.

»Doch.«

Ich packte ihn an den Schultern und küsste seine Wangen.

»Igitt, höre auf!«, kreischte er.

Mia und Lene lachten ausgelassen.

»Ich höre erst auf, wenn du mir einen Kuss gibst. Bitte, bitte«, witzelte ich.

Mittlerweile konnte auch Paul lachen.

»Fuck, hätte ich bloß die Klappe gehalten. Komm schon, sei nicht so kindisch.«

Ich ließ von ihm ab.

»Gott, so was Ekliges gab es in all den Jahren, die wir uns kennen, noch nie«, stöhnte er und wischte sein Gesicht mit dem Ärmel seines Hemdes ab. »Aber denke bloß nicht, dass nur du eklig sein kannst. Das kann ich auch.«

Seine Hände umfassten blitzschnell meine Wangen, bevor er mir einen Kuss mitten auf den Mund drückte. Die Frauen quiekten.

»So mein Freund. Jetzt sind wir quitt. Ich muss mich jetzt waschen gehen und den Mund ausspülen.«

Paul suchte das Weite. Mia war aufgestanden und hatte ihre Arme um mich geschlungen.

»Das war herzerwärmend cute. Wenn Torben davon erfährt, wird er glatt eifersüchtig sein.«

343

Kapitel 27

Mia

Es war ein seltsamer Tag, der von intensiven Emotionen und unerwarteten Begegnungen geprägt war. Der frühe Morgen war voller Intimität und Innigkeit gewesen, doch als ich erfuhr, dass Piet unverhofft auf Fenja getroffen war, verspürte ich einen Anflug von Schockstarre. Meine Sorge war jedoch unbegründet. Paul hatte ihn unversehrt nach Hause gebracht und ihm ging es gut. Unser Frühstück war ausgelassen gewesen, eine perfekte Ablenkung. Gegen Mittag hatte Torben Jacob zurückgebracht. Nachdem wir den frühen Nachmittag für einen Spaziergang genutzt hatten, lag Piet auf dem Sofa und schlief immer wieder ein. Wahrscheinlich war er ausgelaugt von den Ereignissen der letzten Tage und vom Liebesmarathon der Nacht. So ausgiebigen Sex hatte es seit über einem Jahr nicht mehr gegeben.

Im letzten Jahr war er nie über Nacht geblieben und seitdem er aus dem Krankenhaus zurück war, hatten wir selten viel Zeit alleine verbracht. Abgesehen davon hatte Piet bei unserem ersten Versuch Schmerzen. Wir mussten einige Positionen austesten, um eine zu finden, in der Sex für ihn funktionierte. Ich fühlte mich daher etwas schuldig an seinem derzeitigen Tief und hatte ihn schlafen lassen.

Jacob und ich hatten den Nachmittag genutzt und zusammen an seinem ersten Plakat für den Sachkundeunterricht gearbeitet. Wir waren zufrieden mit dem Ergebnis. Inzwischen war das Abendessen fast fertig.

»Deckst du den Tisch, Jacob? Ich gehe mal Papa wecken. Hoffentlich ist er hungrig. Wir haben zu viel gekocht.«

Er nickte, strahlte mich an und verkostete die Sauce ein zweites Mal.

Piet gähnte und sah verschlafen zu mir auf.

»Essen ist fertig. Magst du was haben oder lieber weiter schlafen?«, fragte ich nach.

Sein erster Blick galt der Uhr um seinem Handgelenk.

»Ist schon Abend? Habe ich den gesamten Nachmittag verpennt?«

Er sah erschöpft aus.

»Sieht ganz so aus. Geht's dir gut?«

Ein Stöhnen kam aus seiner Kehle, bevor:»Weiß ich noch nicht«, über seine Lippen kam.

Ich streichelte seinen Kopf.

»Was fehlt dir denn?«

Ein träges Lächeln huschte über sein Gesicht, gleichzeitig zog er seine Stirn in Falten.

»Ich bin alt«, murmelte er.

Okay, mit der Aussage kam ich klar.

»Der Meinung bin ich nicht. Du brauchst nur mehr Training.« Er zog sich die Decke über den Kopf.

»Noch mehr? Nicht heute. Ich habe Muskelkater. Nichts, was ich gerne zugebe. Ich habe sogar freiwillig Tabletten genommen.«

Ich nahm ihm die Decke weg.

»Dir tut sicher nichts weh«, ergänzte er mürrisch. Wenigstens verstand ich jetzt seine Abgeschlagenheit. Die Medikamente waren schuld. Ich ließ mir eine Notlüge einfallen, um ihn aufzubauen.

»Sitzen schon etwas.«

Grübchen.

»Lügnerin.«

»Na los, steh auf und komm essen. Du brauchst Energie.«

Sein Gesichtsausdruck veränderte sich. Er sah mich aufgewühlt an.

»Was ist wirklich los, Piet?«

»Meinst du, Jacob wäre lieber länger bei ihr geblieben?«

War ja klar: Fenja zehrte an ihm. Blöde Bitch.

»Ich denke, mehr als sie heute bekommen hat, kann sie nicht verlangen. Das hat die auch nur deiner goldenen Seele zu verdanken. Du hast für Jacob entschieden, weil du ihn liebst und wahrgenommen hast, was er sich wünscht. Fenja war den gesamten Nachmittag über kein Thema. Klar, denn er liebt dich. Er hat dich leiden sehen und hat mit dir gelitten. Womöglich vermisst er den Kontakt zu ihr, aber er wird immer im Hinterkopf behalten, was passiert ist. Er vertraut auf dich. Die zu sehen, hat dich ganz schön ausglaugt, was?«

»Ich wäre gerne darauf vorbereitet gewesen. Wenigstens hatte ich keine Panikattacke.«

Ich legte die Decke zur Seite und küsste ihn auf den Kopf.

»Du machst das gut, Piet. Wirklich. Steh auf und komm essen, Honeybunny. Es gibt dein Leibgericht: leckere Matsch-Spaghetti. Aber die Sauce ist super geworden und kommt nicht aus der Dose.«

»Das kann ich unmöglich verschmähen.«

Er rappelte sich auf.

Keine vierzig Minuten später schlief er wieder. Als es für Jacob Zeit wurde, ins Bett zu gehen übernahm ich auch das. Wir lagen nebeneinander in seiner Koje und blickten in den künstlichen Nachthimmel.

»Mia?«, unterbrach Jacob die Stille.

»Was gibt's denn?«

»Mama bekommt ein Baby.«

»Hm, ich weiß.«

Kurzes Schweigen.

»Darf ich dich was fragen?«

Er hatte sich zu mir gedreht und sah mich fragend an.

»Sicher«, ermutigte ich ihn, gespannt auf seine Frage.

»Ich habe das schon Onkel Torben gefragt, aber seine Antwort habe ich nicht verstanden. Ich glaube, der wusste die Antwort einfach nicht. Du weißt doch aber immer alles.«

Schon alleine für diese süße Aussage, liebte ich den Zwerg.

»Na, schieß schon los. Mach es nicht so dolle spannend. Was willst du wissen?«

Kurze Verunsicherung in seinem Blick, bevor er sich traute zu fragen: »Wie kommt das Baby in Mamas Bauch und woher weiß sie, dass es von Salvatore ist und nicht von Papa?«

Ich grinste in die Dunkelheit und war mir sicher, dass jedes Stadtkind im Grundschulalter die Antwort auf seine Frage bereits kennen würde.

»Was hat denn Torben geantwortet?«, fragte ich ihn.

»Er hat gesagt, dass ein Baby entsteht, wenn man zusammen schläft. Das stimmt doch aber nicht. Du hast ganz oft mit mir geschlafen und bist nicht schwanger – oder etwa doch?«

Das Lachen, was in mir saß, ließ sich kaum unterdrücken. Ich fragte mich, ob er mich veralbern wollte oder seine Frage tatsächlich ernst gemeint war. Mit dem nächsten Blick auf ihn kannte ich die Antwort. Er war ahnungslos. Stand es mir zu, ihn aufzuklären? Ich war weder Mutter noch Vater, trotzdem hatte er mich gefragt und vertraute mir.

»Was weißt du denn schon?«

»Worüber?«

»Die Unterschiede zwischen Frau und Mann kennst du. Komm schon. Dir muss schon mal aufgefallen sein, dass es da Unterschiede gibt?«

Er sah mich beleidigt an.

»Ich bin nicht blöd«, motzte er.

»Das weiß ich. Es hat dich bisher eben nicht interessiert. Das ist vollkommen in Ordnung. Also, was unterscheidet nun Männer und Frauen?«

Er kicherte.

»Weißt du das nicht?«

»Doch, ich weiß es, aber was weißt du denn?«

Verschämter Blick, bevor er sich räusperte.

»Also, Männer bekommen überall Haare, Frauen nicht.«

»Okay, das ist ein Anfang. Obwohl, Frauen bekommen auch Haare, nur eben sehr selten einen Bart. Und weiter?«

Er kicherte wieder.

»Frauen haben Brüste, Männer nicht.«

»Gut, und weiter?«

Er verdrehte seine Augen.

»Männer pinkeln im Stehen, Frauen nicht.«

»Ja, manche Männer sitzen auch beim Pinkeln.«

»Papa nicht.«

Schon wieder saß ein Lachen in mir.

»Richtig. Dein Papa nicht. Komm, streng dich jetzt mal an! Du bist schon auf der richtigen Spur. Sprich es ruhig aus. Du weißt es!«

»Männer haben einen Penis, Frauen nicht. Was haben Frauen, Mia?«

Ach du liebe Güte! Daran haperte es also schon.

»Hast du Mathilda schon mal nackt gesehen? Oder zugesehen, wenn Charlotte Janne windelt? Oder deine Mama? Du wirst doch deine Mama schon mal nackt gesehen haben?«

Jacob stöhnte genervt.

»Das ist peinlich. Mathilda und Janne haben nichts, Mama manchmal Haare und du?«

Keine Ahnung, ob ich schockiert oder amüsiert war. Ich würde antworten.

»Eigentlich habe ich Haare, aber die entferne ich. Mag ich nicht. Frauen haben da unten mehr als nur Haare, da ist nicht nichts, Jacob. Bei Frauen nennt man das Vulva.«

Er sah mich entgeistert an.

»Was? Das klingt ja komisch.«

Ich verdrehte meine Augen.

»Man kann es auch anders nennen, aber so heißt es korrekt.«

»Wozu habt ihr das?«

Nicht sein Ernst.

»Herrgott, Jacob, zum Pinkeln, zum Beispiel. Wenn man trinkt, muss das wieder raus. Du pullerst aus deinem Penis, Mädchen nicht. Mädchen haben ein kleines Loch, aus dem sie pullern, und dahinter noch eins für die Babys.«

Ungläubiger Augenaufschlag.

»Willst du noch immer mehr wissen?«

Er nickte.

»Bekommst du auch ein Baby?«

»Vorerst nicht. Aber irgendwann möchte ich gerne ein Baby haben.«

»Aber woher willst du dann wissen, von wem das sein wird?«

Ich schnappte nach Luft.

»Okay, wir machen weiter. Weißt du, was Verliebtsein ist?«

Er dachte kurz darüber nach.

»Na, wenn man eben jemanden lieb hat.«

»Hm, so in etwa. Verliebtsein ist ein ganz klein wenig mehr. Ich dachte, ich sei schon ganz oft verliebt gewesen und dann habe ich deinen Papa kennengelernt. Das hat sich ganz anders angefühlt, als alles davor.«

»Wie? Woher weiß man denn, dass man verliebt ist?«

Unser Gespräch artete gerade etwas aus, aber auch egal.

»Wenn man verliebt ist, dann denkt man immerzu nur an den anderen. Man will zusammen sein und ist man das nicht, dann tut das manchmal weh. Wenn man verliebt ist, dann flattert es im Bauch. So, als hätte man Schmetterlinge darin.«

»Sind die bunt oder schwarz?«, unterbrach er mich.

»Das tut nichts zur Sache, Jacob. Von mir aus bunt und schwarz. Okay?«

Er nickte und sah mich mit bohrenden Blicken an.

»Wenn man verliebt ist, dann will man, dass es dem anderen gut geht. Ich will, dass dein Papa glücklich ist. Ich will, dass er lacht, schon alleine wegen seiner süßen Grübchen. Gott sei Dank hast du die auch. Er könnte mir das Telefonbuch rückwärts vorlesen, ich würde ihm voller Spannung dabei zuhören. So fühlt sich Verliebtsein an.«

»Dann bin ich nicht in Mathilda verliebt«, stellte er fest und brachte mich erneut zum Schmunzeln.

»Das ist gut. Mathilda ist Familie. In die solltest du dich auch nicht verlieben. Du hast noch ganz viel Zeit um dich zu verlieben. Also, wenn man dann mal verliebt ist, dann will man sich nahe sein, ganz nahe und dann schläft man miteinander. Miteinander schlafen heißt nicht nebeneinander. Schläft man nebeneinander, kann man nicht schwanger werden. Da passiert nichts.«

Er sah mich so an, wie er es tat, wenn ich ihm Abenteuergeschichten erzählte, really cute.

»Wenn man zusammen schläft, ist man dabei nackt. Also richtig nackig.«

Eine Vorstellung, die ihn anwiderte.

»Weiter?«

»Papa und du zieht euch aus?«

Ich nickte.

»Was macht ihr dann?«

Ich atmete tief durch und überlegte mir, wie ich Jacob das Ganze kindgerecht erklären sollte. So schwierig hatte ich mir das nicht vorgestellt.

»Mia?«, bohrte er nach.

»Schon gut. Geht ja schon weiter. Also, wir schlafen dann miteinander. Wir berühren, küssen und streicheln uns. Um so länger wir das tun, umso aufregender wird das. Das nennt man erregt sein. Mir wird dann ganz warm und es kribbelt vor Aufregung in mir, so als würde ich Karussell fahren. Männer sind auch erregt. Ihr Penis wird größer und richtet sich auf. Das muss so sein, denn sonst passt es nicht. Wenn man ganz viel Nähe will, oder eben Babys zeugen, dann kommt der Penis in die Öffnung, wo die Babys später rauskommen. Verstehst du? Man macht das so lange, bis man ein Feuerwerk vor seinen Augen sieht. Wie zu Silvester. Aus dem Penis des Mannes kommt dann eine Flüssigkeit und wenn es der Zufall will und die auf reife Eizellen trifft, wird daraus ein Baby.«

Jacob hatte sich aufgesetzt und starrte mich entsetzt an.

»Papa pinkelt in dich? Das ist ja eklig!«, kreischte er.

Ich wusste nicht, ob ich lachen oder schreien sollte.

»Ich pinkel nicht in Mia.«

Piets tiefe Stimme zu hören war ein Segen. Er kam zu uns rüber und setzte sich. Trotz dass sich meine Augen längst an die Lichtverhältnisse gewöhnte hatten, konnte ich seinen Gesichtsausdruck nicht richtig deuten. Zumindest war kein Grübchen zu sehen.

»Wenn ich erregt bin, produziert mein Körper Samen, der raus will. Der kommt beim Feuerwerk aus mir.«

Piet hatte seine warme Hand auf meinen Unterbauch gelegt und erklärte seinem Sohn den Rest. Dass er davon nicht begeistert war, erkannte ich am Klang seiner Stimme. Jacob starrte uns beide abwechselnd an, als seien wir nicht ganz richtig im Kopf und hätten uns das nur ausgedacht.

»Warum macht ihr das, wenn ihr kein Baby wollt?«, fragte er irgendwann nach.

Ich überlegte, ob es nicht doch besser gewesen wäre, ihm zu erzählen, dass der Storch Babys brachte. Das hätte ich ihm wahrscheinlich eher als die Wahrheit verkaufen können.

»Weil es sich gut anfühlt. Wir fahren gerne Karussell und finden Feuerwerke faszinierend«, brummte Piet.

Okay, er klang doch leicht amüsiert. Wenigstens etwas.

»Aber machen muss man das nicht? Auch nicht, wenn man sich liebt, nur wenn man Babys will, richtig?«, fragte Jacob nach.

Wir nickten beide.

»Gut. Ich will keine Babys und werde mich auch nie verlieben«, sprudelte es aus seinem Mund.

Danach zog kurz Stille ein.

»Mama hat also mit Salvatore geschlafen, deshalb ist das Baby in ihrem Bauch von ihm und nicht von dir?«

Piet erstarrte bei Jacobs Frage kurzzeitig, bevor er ein: »Genau«, rauswürgte.

Wieder Stille.

»Charlotte und Torben haben das auch gemacht, wegen Mathilda und Janne?«

»So sieht's aus.«

Jacobs Augen leuchteten triumphierend auf.

»Was?«, hakte ich nach.

»Paul und Helene machen sowas nicht. Die haben keine Kinder.«

Oh nein, er hatte es noch immer nicht verstanden. Ich verdrehte verzweifelt die Augen.

»Frag doch einfach Paul. Ich glaube, für heute hast du genug Antworten bekommen. Es ist schon spät. Gute Nacht.« Ich küsste Jacobs Kopf und flüchtete aus seinem Bett.

»Gute Nacht, Papa. Bleibt ihr noch unten oder schlaft ihr miteinander?«, hörte ich den Zwerg fragen, während ich schon aus seinem Zimmer war.

Oh Gott, ich war mir sicher, dass ich gleich Ärger mit Piet bekommen würde. Hoffentlich fragte Jacob jetzt nicht jeden Abend nach.

»Man spricht da nicht so offen drüber, Kumpel. Wir bleiben unten. Du fragst bitte nicht bei jedem nach. Die machen das alle so. Verstanden?«

Jacobs Antwort hörte ich nicht mehr. Ich war auf dem Weg ins Badezimmer. Besser Piet hatte erst einmal Zeit, sich abzureagieren. Bevor ich es mir wagte, zurück ins Wohnzimmer zu gehen, duschte ich ausgiebig. Im Kamin brannte Feuer und Weingläser standen auf dem Tisch. Wenigstens musste ich die Predigt nicht nüchtern über mich ergehen lassen, war mein erster Gedanke. Piet saß auf dem Sofa und sah mich auffordernd an.

»Es tut mir leid, okay. Du musst nichts sagen. Ich hätte mich zurückhalten sollen, es ist dein Kind, nicht meins. Aber er hat mich nun mal gefragt, ich wollte ihm lediglich seine Frage beantworten...«

»Da dir das klar ist, muss ich nichts sagen. Ich bin nicht angepisst. Mir war es nur zu detailliert. Jetzt ekelt er sich vor Sex«, unterbrach er mich.

Er lächelte sogar. Verrückt.

»Warum hast du dann eben so anklagend geguckt?«

Zwischen seinen Augen war eine kleine Furche entstanden.

»Ich habe nicht anklagend geguckt, eher fragend. Du hast Jacob ernsthaft erzählt, dass deine Muschi rasiert ist. Unfassbar. Das wird er rumerzählen.«

Er fuhr sich durch seine Haare, bevor seine Hände sich selbst den Nacken massierten.

»Das hat ihn nicht wirklich interessiert. Wird er nicht weitererzählen. Unfassbar ist, dass dein Sohn dachte, Frauen haben da unten einfach nichts. Wie konnte das passieren? Moment mal – seit wann hast du eigentlich mitgehört?«

Er richtete sich auf und reichte mir ein Weinglas.

»Ich denke, wir sollten auf deine Aufklärungsarbeit anstoßen.«

»Gleich. Sobald du meine Frage beantwortet hast.«

Ich setzte mich vor Piet auf den Beistelltisch.

»Welche?«

Darauf antwortete ich nicht.

»Hellwach war ich erst, als es darum ging, dass Männer im Stehen pinkeln«, kam kurze Zeit später.

Er grinste vor sich hin.

»Du bist schon so lange wach und hast erst eingegriffen, als es auf das finale Ende zuging?«

»Bis dahin warst du gut.«

»Mistkerl. Ich überlege mir noch, ob ich dir mein Nichts entziehe, wegen mangelnder Unterstützung, oder wegen deines mürrischen Blicks. Ich dachte echt, dass du mich zur Schnecke machen wirst.«

Ich stieß mein Glas gegen seines und trank.

»Habe ich dich jemals zur Schnecke gemacht?«

Er nippte an seinem Wein. Nein, das hatte er tatsächlich noch nie. Er war ehrlich, ja, aber eine mich nervende Moralpredigt hatte er sich bisher verkniffen. Mein Zeigefinger berührte seine Nasenspitze.

»Glück gehabt. Gibt keine Bestrafung. Du bist mein Hero. Hat Jacob noch nie Fragen gestellt?«, wollte ich wissen.

»Nein.«

»Zwischenzeitlich dachte ich, er würde mir eher glauben, wenn ich ihm erzähle, dass Babys in Kohlköpfen heranwachsen.«

Piets warmes Lachen war ansteckend.

»Helene hat dir nicht wirklich so einen Mist als Wahrheit verkauft? Das kann ich mir nicht vorstellen. Das passt nicht zu ihr. Die hat dich doch richtig aufgeklärt.«

»Hat sie, aber da war es schon zu spät«, verriet ich ihm.

Sein Interesse war geweckt. Ich sah ihm seine Neugier regelrecht an.

»Willst du jetzt wissen, was sie mir erzählt hat?«

Er schüttelte den Kopf.

»Ich gehe mal davon aus, dass Helene nicht erst mit siebzehn dieses Gespräch geführt hat. Wie alt warst du beim ersten Mal?« Ich würde ihm ehrlich antworten, obwohl ich mir sicher war, dass ihm meine Antwort nicht gefiel. Schon jetzt hatte er diesen prüfenden, besorgten Blick aufgesetzt.

»Vierzehn. Es war nicht so toll, wie ich gedacht hatte«, ratterte ich runter und trank lieber schnell noch einen ordentlichen Schluck Wein. »Wann war dein erstes Mal?«, schob ich nach, in der Hoffnung, dass damit das Thema vom Tisch war.

»Auf keinen Fall mit vierzehn.«

»Ich war einfach neugierig und wollte cool sein. Mehr nicht. Er war siebzehn und dachte, ich sei sechzehn. Und ich habe ihm auch nicht erzählt, dass es mein erstes Mal war. Damit ist jetzt wirklich alles dazu gesagt.«

Piet nahm mir das Weinglas aus der Hand, bevor er seine Hand an meine Wange legte. Sein Daumen streichelte sanft meine Haut, der Ausdruck in seinen Augen berührte mich.

»Das klingt beschissen. Wenn wir uns damals gekannt hätten, hätte ich dich vor dieser Dummheit bewahrt. Eindeutige Fehlentscheidung, Prinzessin.«

Er küsste meine Nasenspitze. Ich legte meine Hand über seine und schmiegte mich an.

»Ich weiß. Hätte er mein Alter gekannt, hätte er mich nie mit zu sich genommen. Als ich vierzehn war, warst du siebenundzwanzig. Du hättest gewaltig Ärger bekommen, wenn du dich da für mich interessiert hättest. Heute mag meine Mum dich, aber ehrlich – mit siebenundzwanzig hätte sie dich einen Kopf kürzer gemacht.«, stellte ich klar.

»Ich hätte dich nicht angefasst, nur beschützt. Du siehst selbst jetzt viel jünger aus, als du bist. Nie im Leben, hast du mit vierzehn ausgesehen wie sechzehn. Der hätte dich nie berühren dürfen.«

Seine Stimme war ein bestimmtes Grollen, aber gleichzeitig so sanft, dass mir eine Gänsehaut über den Rücken lief. Piets Beschützerinstinkt, den ich schon so oft wahrgenommen hatte, liebte ich.

»Wahrscheinlich hast du recht. Mein erster Sex war eine schlimme Erfahrungen. Gott sei Dank habe ich aber danach nicht aufgehört. Unvorstellbar, wenn du mir entgangen wärst. Danke. Du bist wirklich mein absoluter Lieblingsmensch.«

Ich küsste die Sorgenfalten von seiner Stirn.

»Was war – abgesehen von dem Attentat auf dich – deine schlimmste Erfahrung?«, fragte ich nach.

Er wich zurück und ließ seinen Rücken an die Lehne sinken.

»Glaub mir, das willst du nicht wirklich wissen.«

Definitiv hatte auch das etwas mit Fenja zu tun. Ich sollte nicht nachhaken, sondern ihm Ruhe gönnen. Noch während ich darüber nachdachte, sprach er weiter.

»Es gab viele schlimme Erfahrungen in meinem Leben. Aber die schlimmste war Stellas Geburt. Das war ein Albtraum.«

Als ich begriff, was er eben offenbart hatte, setzte mein Herzschlag für einen Moment aus, bevor es sich schmerzvoll zusammenzog.

»Du warst bei Stellas Geburt dabei?«, krächzte ich und hatte Mühe, die aufsteigenden Gefühle zu kontrollieren. Er nickte.

Schmerz und Wut wechselten sich ab.

»Wieso?«

Er fuhr sich durch die Haare.

»Weil wir zusammen waren.«

Am liebsten hätte ich ihn geschüttelt und für diese Antwort angebrüllt. Ich kannte die Geschichte von meiner Mum. Fenja war bis zum Zeitpunkt des Unfalls Pauls Freundin gewesen, Stella war Pauls Baby, nicht Piets. Fenja hatte Paul aus ihrem Leben verbannt und bei Piet Trost gesucht. Warum hatte er sich von ihr dermaßen in die Verantwortung ziehen lassen? Wie toxisch. Unvorstellbar. Ich klimperte die Tränen, die in meinen Augen standen, beiseite.

»Das waren keine Bilder, die für dich bestimmt waren. Das hätte sie dir nie antun dürfen«, presste ich heraus, bevor ich die Tränen nicht mehr kontrollieren konnte.

Ich glitt vom Tisch an Piets Brust und hielt mich an ihm fest. Seine warmen Hände fuhren über meinen Rücken. Er beruhigte mich, dabei hätte es meine Aufgabe sein sollen, für ihn da zu sein.

»Ich konnte sie das nicht alleine durchstehen lassen. Das stand außer Frage. Ich habe es als meine Verantwortung angesehen.«

»Du warst nicht verantwortlich.«

»Ich weiß.«

Langsam beruhigte ich mich wieder.

»Wir kennen uns schon so viele Jahre, aber davon hast du mir noch nie erzählt«, schniefte ich, richtete mich auf und wischte mir die letzten Tränenspuren aus dem Gesicht.

»Du hast mich nie nach meiner schlimmsten Erfahrung gefragt. Ich wusste bis eben auch nicht, dass deine erste sexuelle Erfahrung eher Missbrauch Minderjähriger war.«

Klar, dass er das so sah. Wahrscheinlich hätte ich ihm nie davon erzählen dürfen. Meine Gedanken schweiften zurück zu Fenja und Piet. Ich verstand immer weniger, wie die beiden jemals zusammen gepasst hatten und weshalb er so an dieser Beziehung festgehalten hatte. Im Grunde genommen hatte sie ihn jahrelang verletzt. War ihm das nicht bewusst? War er jemals wirklich glücklich gewesen? Ich hatte keinen Charakterzug an Fenja kennengelernt, der mir je sympathisch gewesen wäre. Aber für mich war sie nie mehr als eine Randfigur gewesen. Eine ausgesprochen attraktive Randfigur, das musste ich zugeben. Ich überlegte, ob ich überhaupt ein einziges Mal bemerkt hatte, dass die beiden mehr verband als ihr Kind. Nein. Wahrscheinlich lag das aber auch daran, dass Piet und ich uns seit unserem ersten Kuss in Lubkow immer aus dem Weg gegangen waren. Alles, was ich von Fenja wusste, stammte aus Erzählungen.

»Alles gut?«, holte Piet mich aus meinen Gedanken.

»Ja. Darf ich dich noch etwas fragen?«

Er atmete schwer.

»Was willst du wissen?«

»Hattest du Angst vor Jacobs Geburt?«

»Scheißangst. Ich war die gesamte Schwangerschaft über an meinem Limit. Erst mit Jacobs erstem Ton ist eine Last von mir abgefallen. Als ich ihn zum ersten Mal gesehen habe und er mich angesehen hat, war ich so glücklich wie nie zuvor.«

Kapitel 28

Piet

Trotz dass der Tag bisher einer beschissenen emotionalen Achterbahn geglichen hatte, gab es noch ein Thema, das ich dringend loswerden wollte. Bisher hatte ich mich zurückgehalten, aber wenn wir jetzt gerade dabei waren so offen miteinander zu reden, wurde es Zeit über Mias berufliche Zukunft zu reden. Sie würde protestieren und gleich nicht mehr so friedlich auf meiner Brust liegen, wenn sie meinen Vorschlag zu hören bekam.

»Können wir weiterreden?«, fragte ich sie, während ich behutsam ihre Schulter streichelte.

»Klar. Gibt es Leichen in deinem Keller, von denen ich wissen sollte?«, flachste sie und küsste meine Brust.

»So in etwa.«

Ruckartig saß sie kerzengerade vor mir und musterte mich fragend.

»Was sind deine beruflichen Pläne?«, begann ich.

Besser, ich hörte mir erst einmal an, was sie vor hatte, bevor ich mit der Tür ins Haus fiel. Sie kräuselte ihre Nase und zupfte ihre Bluse zurecht.

»Hm, na ja. Auf jeden Fall werde ich nicht Angestellte deines Vaters bleiben. Ich dachte, über den Sommer finde ich sicher eine Kneipe oder von mir aus auch ein Restaurant, wo ich arbeiten könnte.«

Klar, dass das ihre Antwort war.

»Willst du das wirklich? Also, ich weiß, dass dir das Spaß macht, aber wenn du in der Gastro wärst, dann hätten wir entgegengesetzte Arbeitszeiten. Ich arbeite für gewöhnlich nicht abends oder nachts«, gab ich zu bedenken.

Sie schnaufte.

»Das weiß ich. Aber ich werde ganz gewiss nicht Paul fragen, ob er mich in irgendeine blöde Firma einschleusen kann, in der ich den gesamten Tag am Rechner sitze und mir blöde Kommentare von Chefs anhören muss. Da bin ich raus. Hatte ich zur Genüge.«

Schmollmund.

»Darf ich dir einen Vorschlag machen?«

»Von mir aus.«

Sie füllte sich ihr Weinglas erneut und trank es in einem Zug aus.

»Ich würde dich gerne einstellen.«

So, es war raus. Sie starrte mich entsetzt an.

»Als was? Als Hausfrau? Du kannst mich nicht hier einsperren und dafür bezah_en, dass ich bleibe. Das tu ich freiwillig«, fuhr sie mich gereizt an.

»Das ist sehr löblich. Für deine Hausfrauenqualitäten würde ich nicht einen Cent bezahlen, da die quasi nicht vorhanden sind.«

Sie schaute mich kämpferisch an.

»Ich koche inzwischen richtig gut«, verteidigte sie sich.

»Joa, aber kochen macht nur einen kleinen Teil der Hausfrauenqualitäten aus«, zog ich sie auf.

In ihr brodelte es.

»Mia, es geht doch nur darum, dass deine Versicherungen weiterlaufen. Was das angeht, hatte mein Vater recht, und ich bin ihm dafür sehr dankbar. Ich habe nicht vor, dich zu kaufen und höre auf so ein Drama um deine Unabhängigkeit zu machen. Du sollst unabhängig sein. Alles, was ich will, ist, dir Zeit zu geben.«

»Es hört sich aber so an, als wolltest du mich kaufen!«, ging sie mich an.

Sie wollte sich erneut ihr Weinglas füllen. Ich nahm ihr die Flasche aus der Hand.

»Höre mir erst einmal zu. Motzen und dich betrinken kannst du noch im Nachgang.«

Wieder setzte sie ihren Schmollmund auf.

»Gut, dann rede halt.«

Ich ließ sie zappeln und gönnte mir selbst einen Schluck Wein.

»Erinnerst du dich, als ich Jacob erzählt habe, dass es in Dresden ein Zimmer gibt, das genauso ist wie du?«

Sie nickte.

»In der Scheune wäre noch Platz. Mia, ich will, dass du tust, was dir Spaß macht. Ich will, dass du Raum und Zeit hast, dich zu entfalten. Du kannst viel mehr, als Leute zu bedienen oder mit Zahlen zu jonglieren. Finde heraus, was dich glücklich macht. Wir sind beide kreative Menschen. Ich kann mir vorstellen, dass wir unsere Visionen sogar für gemeinsame Projekte nutzen könnten. Deine Tiffany-Gläser könnte ich mir zum Beispiel gut in Schranktüren vorstellen. Wir könnten zusammen neue Dinge ausprobieren und erschaffen. Du hast so viele wundervolle Hobbys. Du machst Schmuck, du nähst, filzt, malst. Daraus lässt sich doch etwas machen. Finde heraus, was du wirklich willst, und kümmere dich nebenbei weiter um meine Buchhaltung und die Vermietung. Damit nimmst du mir viel Arbeit ab. Bitte. Du hast meine Papiere nicht durcheinandergebracht, obwohl du in deinen nur Chaos hast. Ich vertraue dir. Du könntest dir deine Arbeit frei einteilen. Ich bin kein unerträglicher Chef, dem deine Meinung egal ist. Auch langfristig ist das keine schlechte Lösung, weil sich das immer mit Familie vereinbaren lässt. Bringe Farbe hierher. Ich sorge dabei nur für die Rahmenbedingungen. Nicht mehr. Ich habe nicht vor, dich so überzubezahlen, wie mein Vater es getan hat.«

Sie saß starr vor mir und guckte durch mich hindurch. Keine Ahnung, was ihr durch den Kopf ging. Ich hatte damit gerechnet, dass sie mir an den Kopf werfen würde, ich sei ein Kontrollfreak und bevormunde sie. Dass sie aber schwieg, verunsicherte mich. Ich raufte mir die Haare, bevor ich meine Stirn mit meinen Händen abstützte und Mias bunte Socken musterte. Ihr Schweigen dauerte an.

»Mia, sag irgendwas. Was passt dir nicht?«, fragte ich viel mehr ihre Füße als sie.

Ich hörte sie schwer atmen.

»Bekomme ich einen Arbeitsvertrag, Boss?«

Sie klang beleidigt. Herrje, ihre Sturheit trieb mich noch in den Wahnsinn!

»Von mir aus«, antwortete ich und konzentrierte mich weiter auf die Muster ihrer Socken.

Was war das eigentlich? Blumen? Blätter?

»Habe ich eine Probezeit?«, fuhr sie fort.

Ich knurrte genervt, vermied aber jedes weitere Wort.

»Komm schon, Boss, habe ich eine Probezeit? Kann man über die Urlaubstage verhandeln? Was ist mit Weihnachtsgeld? Gibt es Bonuszahlungen, wenn ich deine Steuervorauszahlungen minimiere? Oder einen Bonus, wenn ich während der Arbeitszeit mit meinem Boss, also dir, rummache oder feuerst du mich dann?«

Willkommen Wahnsinn, dachte ich und stöhnte noch einmal.
»Willst du, dass ich dich während der Arbeitszeit am Schreib-
tisch Herr Ruloff nenne?«, provozierte sie mich weiter.
»Nein! Wieso bist du nur so eine elende Nervensäge?«,
herrschte ich sie an und löste meinen Blick von ihren Füßen
Überrascht stellte ich fest, dass sie lächelte. Breit lächelte. Im
nächsten Moment prustete sie los.
»Biest. Du bist unmöglich. Ich dachte, dass du es dir zur Aufgabe gemacht hast, mich in den Wahnsinn zu treiben«, grummel-
te ich.
Lachen funktionierte bei mir gerade nicht. Kein bisschen. Ihre
Hände fuhren durch meine Haare. Sie zog meinen Kopf vor ihr
Gesicht.
»Wieso um alles in der Welt sollte ich so doof sein und nicht
ja dazu sagen? Hm, Piet? Dein Vorschlag und die Möglichkei-
ten, die du mir damit eröffnest, sind – unfassbar krass – du bist
unfassbar krass, Boss. Boss darf ich doch sagen, oder? Wenn du
willst, könnte ich mir für die Schreibtischarbeit ein süßes, kleines
Kostüm zulegen und Highheels.«
Sie klimperte amüsiert mit ihren Wimpern.
»Um das eben wieder gut zu machen, sollte die Bluse über
deinen Brüsten spannen. Ich will wirklich hohe Highheels und
halterlose Strümpfe dazu.«
So wie sie mich jetzt ansah, wusste ich, dass ich ihren ersten
Tag als meine Angestellte nicht unbeschadet überstehen würde.
Sie plante ihren Auftritt bereits.
»Sagst du echt ja?«, fragte ich trotzdem noch einmal nach.
Gerade noch hatte sie gelächelt, nach meiner Frage waren
ihre Augen wieder glasig. Ganz offensichtlich fuhr sie ebenso
emotionale Achterbahn. Sie blinzelte mehrfach.
»Ich werde nicht heulen, schon alleine nicht, weil ich vor gut
einer halben Stunde schon geheult habe. Sorry. Aber – mein Cha-
os hat noch nie jemand als Kreativität bezeichnet. Kannst du dich
hinlegen?«
Noch bevor ich reagieren konnte, glitt sie wieder vom Tisch
und kletterte auf mich.
»Wenn ich dir wehtue, musst du es sagen, okay?«, murmelte
sie und vergrub ihr Gesicht an meiner Halsbeuge.
Kurze Zeit später weinte sie vollkommen aufgelöst. Fuck.

»Was ist los, Mia?«

»Ich habe mich gleich wieder unter Kontrolle. Was du vorhin gesagt hast – also alles – macht mich gerade total fertig. Du willst ehrlich mit mir zusammenarbeiten? Wir zusammen? Und dann das mit der Zeit für die Familie. Holy Shit. Du sagst das nicht nur so, du willst alles, das weiß ich, und doch weiß ich seit vorhin, wie schwer das für dich werden wird. Ich habe noch nie darüber nachgedacht, was du empfinden könntest, sollte ich schwanger werden. Aber ich weiß jetzt, dass du dich sorgen wirst. Ich weiß nicht, ob ich dir das antun kann?«, wimmerte sie und klammerte sich an mir fest.

Über das, was Mia gerade ansprach, hatte ich mir bisher keine großen Gedanken gemacht. Nicht in der Beziehung zu ihr. Ein kurzer Anflug von Selbsthass überkam mich. Wieso hatte ich ihr nicht eine andere Antwort auf die Frage nach meiner schlimmsten Erfahrung gegeben? Meine Erinnerungen sollten sie nicht belasten. Aber ehrliche Frage – ehrliche Antwort. Mir war nicht bewusst gewesen, was meine Ehrlichkeit bei ihr auslösen würde. Zeit, das Ruder umzulenken. Mias Tränen waren unerträglich, schon alleine, weil sie echt waren. Sie drückte nie auf die Tränendrüse, um sich durchzusetzten. Weinte sie, dann weil sie so fühlte.

»Kann sein, dass ich nicht unbedingt entspannt sein werde, Prinzessin. Aber ich schwöre dir, dass du davon nichts mitbekommen wirst. Ich will das wirklich, also uns und Familie.«

Ihr Schluchzen wurde heftiger.

»Halt die Klappe, Blödi. Ich will nicht, dass du irgendwas nur mit dir selbst ausmachst. Ich will, dass du mir versprichst, dass du offen sein wirst. Ich will keine Rätsel lösen müssen. Du musst echt lernen, dass du menschlich sein darfst. Ich brauche keinen Gott, du reichst mir.«

»Ich tu mein Bestes. Können wir den Tag einfach abhaken und ins Bett gehen? Ich bin müde.«

Sie löste sich von mir.

»Bett klingt gut. Tut mir leid, dass ich so freidrehe. Wahrscheinlich Hormone. Morgen früh bin ich wieder normal. Versprochen.«

»Wenn nicht, komme ich auch klar. Mia, ich wollte dich nicht verunsichern...«

Ihre Hand landete schwungvoll auf meiner Brust.

»Hast du nicht. Es ist alles bestens. Lass uns schlafen gehen. Keine Ahnung, wie du das hinbekommen wirst, nachdem du den gesamten Nachmittag verschlafen hast, aber ich werde schlafen wie ein Stein. Der Tag war viel zu lang.«

Kapitel 29

Mia

Vor sechs Jahren war ich Gast bei der Hochzeit meiner Mum gewesen. Heute war mein großer Tag. Damals hatte ich heiraten noch blöd und vollkommen überbewertet gefunden. Die Gefühle von einst waren in den letzten Tagen sehr präsent in meinem Kopf gewesen. Wahnsinn, wie sehr sich meine Gedanken, Emotionen und Ziele verändert hatten; dabei war ich in meinem Herzen immer noch ich selbst.

Meine Welt hatte begonnen zu wachsen, von dem Moment an, als ich auf Piet getroffen war; nur war mir das nicht wirklich bewusst gewesen. Unsere erste Begegnung an Bord hatte ein Zündeln in mir in Gang gesetzt. Vom Funken zum Feuer war viel Zeit vergangen – Zeit, die ich gebraucht hatte, um herauszufinden, wer ich überhaupt war und was ich eigentlich wollte.

Ich war so viele Jahre unruhig immer wieder in gleichen Kreisen gegangen und davon überzeugt gewesen, dass es das war, was mich ausmachte. Dass ich nicht anders konnte, als stetige Neubeginne zu haben – ruhelos, rastlos – ohne irgendein Ende. Beziehungsmäßig, jobmäßig, hobbymäßig. Aber so war es nicht.

Viele Liebeleien hatten meine Wege gekreuzt, ohne dass ich je erahnt hatte, wie sich Liebe wirklich anfühlte. Unzählige Jobs, ein Zimmer voller angefangener und selten beendeter Dinge – das Sinnbild meiner Vergangenheit. Inzwischen beendete ich, was ich mir vornahm. Ich war fokussierter als jemals zuvor.

Piet hatte vor langer Zeit gesagt, dass ich Beständigkeit bräuchte, um irgendwo anzukommen. Er war diese Beständigkeit, das Licht, die Ruhe in meinem Kopf, das Flattern im Bauch, die Klarheit und vor allem die Liebe.

Während ich vorm Spiegel stand und meinem Abbild kaum trauen konnte, wurden die Stimmen meiner Freunde immer deutlicher. Gleich würden sie sehen, was ich sah. Ich war gespannt auf ihre Reaktionen.

Mein Brautkleid flashte mich bei jedem Blick, denn es hatte weder die typische Brautkleidfarbe noch war es eine Robe. Wahrscheinlich hatte ich mich deshalb bei meiner Brautkleid-Recherche gerade in dieses Kleid so verliebt. Meine Mum, Charlotte,

Torben, Paul und Evi waren bei der ersten Anprobe dabei gewesen und hatten der Extravaganz ihre Zustimmung gegeben. Pauls Zuspruch hatte bedeutet, dass er die Kosten übernahm. Piets Wunsch war definitiv erfüllt: Mein Kleid war sexy. Silbrig glitzernde Spitze lag wie eine zweite Haut bis zur Taille auf meinem Körper; silberner Satin floss bis zum Boden. Meinen Schmuck hatte ich selbst kreiert, weil ich nichts gefunden hatte, was stimmig gewesen wäre. Jetzt passte der Schmuck an meinen Handgelenken zur Halskette und dem Haarreif.

»Holy Shit, ist das Mimi oder die Glitzerfee, die sich nur Mias Gesicht ausgeliehen hat?«

Noch während Vincent sprach, hatte er meine Hand ergriffen und mich einmal im Kreis gedreht.

»Hätte ich gewusst, dass du so elegant aussehen kannst, hätte ich dich glatt geheiratet, wenn auch nur zum Schein«, witzelte er weiter und küsste meine Wange.

»Du bist blöd, Vince. Sei froh, dass du kein Alibi mehr brauchst! Und jetzt geh zur Seite und lass mich prüfen, ob wir Mia so heiraten lassen können. Komm her, meine Süße«, jauchzte Kat und war sichtlich gerührt.

»Gut, dass ich dich jetzt schon sehen darf. Dann heule ich nachher hoffentlich nicht.«

»So schlimm, dass du heulen musst, sehe ich nicht aus. Schön, dass ihr endlich da seid«, begrüßte ich die beiden.

»Wir mussten uns noch schick machen für deinen großen Tag und unsere Unterkunft liegt am Arsch der Welt. Dein zukünftiger Mann hat uns sicher absichtlich am anderen Ende des Nirgendwos einquartiert«, beschwerte sich Kat.

»Meckere nur rum, sei froh, dass er überhaupt noch etwas gefunden hat, was frei war. Es ist Hochsaison, alles ausgebucht. Übrigens seht ihr beide auch sehr nice aus.«

Kat trug ein langes, buntes Sommerkleid – Vincent, passend zu ihrem Kleid, einen wild gemusterten Anzug. Kurzer Wehmutsmoment – bei der Shoppingtour meiner Freunde wäre ich gerne dabei gewesen. Das war sicher unterhaltsam und spaßig abgelaufen. Ich war gespannt, wie wohl Lennart, Bruno und Constantin daneben aussehen würden. Bestimmt ebenfalls bunt. Noch während ich darüber nachdachte, öffnete Kat eine Sektflasche, Vince zauberte Gläser herbei.

»Wir müssen unbedingt noch einmal anstoßen! Auf unsere wundervolle Vergangenheit – bevor unserer lieben Mia eine rosarote Zukunft bevorsteht!«, verkündete Kat.

»Ich hoffe, deine eigene Hochzeit wird eine sein, auf der du gerne bist. Ich habe auf meinem PC noch ein Video von dir gefunden. Eins, in dem du dich über Hochzeiten beschwerst und all die Peinlichkeiten, die da stattfinden. Ich habe es extra noch einmal an mein Handy geschickt. Magst du es jetzt sehen, oder darf ich das nachher einfach zur Unterhaltung abspielen?«, fragte Vincent provozierend nach.

»Zeig her! Mit Alkohol wird das schon zu ertragen sein. Besser jetzt als später.«

Grinsend zückte er sein Handy und startete das Video.

Mums Freundinnen, verkleidet als Achtziger-Jahre-Popikonen erschienen auf dem Display. Die Erinnerung war sofort zurück. Münchener Freiheit.

»Ich will mich nicht verändern, um dir zu imponieren. Nicht den gesamten Abend Probleme diskutieren. Aber eins gebe ich offen zu, das was ich will, bist du...«, grölten sie ins Mikrofon.

Die Musik trat in den Hintergrund, ich sah mich selbst – mit langen schwarzen Haaren. Krass.

»So, mein Lieber, nur damit du auch etwas davon hast. Danke, dass ich das hier alleine ertragen muss. Ich begleite dich nie wieder. Nur, dass das klar ist! Ich kann nicht einmal abhauen. Wir sind mitten auf der Ostsee. Ich hoffe, dein schlechtes Gewissen wird an dir nagen«, hörte ich mich sagen.

»Wehe, ihr singt heute Abend«, kommentierte ich das Video.

Vince nahm Kat in den Arm, sie führten ausgelassen ein Tänzchen vor und sangen lauthals: *»Ohne dich schlaf ich heut Nacht nicht ein, ohne dich fahr ich heut Nacht nicht heim, ohne dich komm ich heute nicht zur Ruh, das was ich will, bist du...«*

Ich hielt mir kichernd die Ohren zu. Ein Klopfen holte uns zurück ins Hier und Jetzt. Es war Paul.

»Ich soll dich fragen, ob du es noch immer so willst?«, erkundigte er sich.

Er sah wieder aus, als wäre er aus einer Modezeitschrift entsprungen. Perfektion. Vollkommen.

»Klar. Du nimmst Kat und Vince mit und ich bekomme Piet.« Meine Freunde protestierten.

»Es bringt Unglück, wenn ihr euch schon vor eurer Hochzeit seht. Ehrlich, Mia. Lass dich lieber von deinem Sugardaddy reinführen.«

Vincent verschlang mit seinen Augen besagten Sugardaddy.

»Meine Hochzeit, meine Entscheidung. Raus mit euch. Wir sehen uns gleich«, scheuchte ich sie aus dem Zimmer.

Wir hatten uns bewusst dazu entschieden, gemeinsam das Hochzeitszimmer des Binzer Kurhauses zu betreten. Ich hatte zwei Väter vor Ort, meinen leiblichen und den, der, seitdem er mit meiner Mum verheiratet war, irgendwie zum Vater mutiert war. Einen der beiden als Begleitung abzuwählen, hätte ich nicht übers Herz gebracht. Bei Piet hatte ich keinerlei Überzeugungsarbeit leisten müssen. Meine Idee war seine. Das ganze Theater war ihm sowieso zu viel oder vielleicht war er einfach nur überfordert bei dem Gedanken, dass er etwas tun würde, was er nie gewollt hatte. So ganz sicher war ich mir da nicht. Während ich in den letzten Tagen vor Aufregung kaum zu ertragen gewesen war, war er immer stiller geworden.

Die Tür ging auf. Piet blieb abrupt im Rahmen stehen. Geweitete Augen, Schnappatmung. Eindeutig gefiel ihm, was er sah. Mir ging es nicht anders.

Er war hot und – farbig. Unvorstellbar, krass – wow! Seine Hose und Weste waren eisblau, sein Hemd grau, die Schuhe aus braunem Leder. Er trug kein Jackett, dafür war es sowieso viel zu warm. Die Ärmel seines Hemdes waren hochgekrempelt. Sicher war das beabsichtigt, seine Unterarme hatten sofort meine Aufmerksamkeit. Dieses kurze Abchecken dauerte nur ein paar Sekunden, fühlte sich aber viel länger an. Mein Herz schlug deutlich in meinem Hals.

»Sehr nice, Herr Ruloff«, blubberte es aus meinem Mund. Piet kam langsam näher.

»Zwick mich – das ist, du siehst – kann ich den Schock erstmal ohne Publikum verdauen – fuck – wie soll ich – überstehen?«, stammelte er, während seine Hände unkontrolliert mal an seinem Nacken kneteten, mal durch seine Haare fuhren.

Er kämpfte mit sich – Gesten, die mir vertraut waren. Sein Blick war eine Mischung aus Verzweiflung und Liebe.

»Du musst atmen, Piet. Es ist alles gut. Es sind nur du und ich – im Hochzeitsschick«, versuchte ich ihn zu beruhigen.

Er nickte in Zeitlupe, ohne seinen Blick von mir abzuwenden.

»Hast du Bedenken? Noch könnten wir einfach abhauen.«

Eine Aussage, die ihn zurückbrachte.

»Auf keinen Fall. Es geht gleich wieder. Hast du da gar nichts drunter?«

Sein Finger fuhr den V-Ausschnitt meines Oberteils entlang. Gänsehaut.

»Das wirst du schon noch herausfinden«, flötete ich. »Bist du bereit, deine Hochzeitsphobie loszuwerden?«

Seine Augenbrauen schnellten nach oben.

»Meine was?«

»Tu nicht so. Du hast mich schon verstanden. Dein erster Kuss hat bei mir super zur Traumatherapie beigetragen, und ich küsse dich wirklich sehr, sehr gerne immer wieder. Du hingegen musst nur ein einziges Mal ja sagen, versprochen.«

Ein schiefes Grinsen erhellte sein Gesicht.

»Du bist nervig, Mia.«

»I know. Lebt sich gut mit. Ich nerve dich so lange weiter, bis ich deine Frau bin.«

Ich hielt kurz inne.

Er hatte meine Hände in seine genommen und küsste zart meine Stirn.

»Versprochen? Du nervst nicht mehr, sobald wir verheiratet sind? Dann wäre das in spätestens dreißig Minuten Geschichte. Komm schon, dann nerv mich noch mal richtig krass!«

Ich tat ihm den Gefallen und sang ausgelassen den Ohrwurm, den meine Freunde mir verpasst hatten.

Epilog

Mia (30 Jahre)

Wenn ich eins gelernt hatte in den letzten zehn Monaten, dann, dass die Ehe eine Herausforderung war, in der man viele Kompromisse schließen musste. Leider waren mir Kompromisse schon immer schwergefallen. Ich war, zugegeben, oft nicht gerade nett, wenn ich meinen Willen nicht durchsetzen konnte. Piet und ich kannten uns zwar schon viele Jahre, aber wir hatten noch nie über einen längeren Zeitraum zusammengelebt. Zusammen lebten wir erst seit letztem März, im August hatten wir geheiratet, im November war ich schwanger geworden. Dreams come true. Bis dahin waren wir beschäftigt gewesen mit der Planung für die Umbauten in Piets Haus und mit der Auflösung meiner Wohnung in Dresden. Unzählige Wochenenden waren verstrichen. Wahnsinnig viele Diskussionen lagen hinter uns. Piet wollte zwar, dass ich mich einbrachte, aber als ich zum Beispiel sein Geschirr gegen meins austauschte, passte ihm das nicht. Unser Kompromiss: Ich durfte seine Küche so umräumen, wie ich es haben wollte, dafür blieb sein Geschirr. Als Gewohnheitsmensch war er seitdem damit beschäftigt, nach allem zu suchen, wenn er in der Küche war. Räumte er den Geschirrspüler aus, stellte er prinzipiell alles wieder an den alten Platz, also den von vor meiner Umräumaktion. Sicherlich war das nur eine Kleinigkeit, aber davon gab es genügend.

Mein Kreativbereich in der Scheune war Piets erstes Projekt, denn er hasste es, wenn meine Nähmaschine tagelang herumstand oder wenn ich den Küchentisch für Basteleien missbrauchte. Er nahm sich zusammen und nörgelte nicht sonderlich, aber ich sah ihm an, dass er genervt war.

Unsere erste Auseinandersetzung hatten wir kurz vor Weihnachten. Ich wollte Weihnachten in Dresden verbringen und Silvester mit meinen Freunden feiern. Er wollte schon mit, aber am ersten Weihnachtsfeiertag zurück, um wenigstens pünktlich zum Mittagessen bei seinen Eltern zu sein. Das war okay und sah ich ein. Aber Silvester in meiner alten Heimat mit meinen Freunden kam für ihn nicht infrage. Ich hatte beleidigt reagiert und ihm erklärt, dass ich nicht vorhatte, zukünftig alle Neujahrsfeierlichkeiten mit meiner Mum und Paul zu verbringen, nur weil der am 1. Januar Geburtstag hatte.

Im Nachhinein hatte mir dieser Zoff leid getan, denn es war ihm gar nicht um Pauls Geburtstag gegangen. Peinlich. Piet wollte einfach zu Hause bei seinen Freunden sein, weil er im Jahr zuvor diese Nacht verpasst und beinahe nicht überlebt hatte. Ich hatte mir nach dieser Erklärung gewünscht, ich wäre so einfühlsam wie meine Mum. Aber das war ich nicht. Schon gar nicht, wenn ich das Gefühl hatte, bevormundet zu werden. Wir hatten aus der Silvesterparty mit meinen Freunden eine Weihnachtsfeier gemacht und waren dafür einen Tag eher nach Dresden gefahren.

Heute war ich geflüchtet. Wäre ich nicht einfach in mein Auto gestiegen und zu der einzigen unabhängigen Bekanntschaft, die ich hatte, gefahren, hätte Piet die volle Breitseite eines Trotzanfalls abbekommen. Manchmal war er echt ein Idiot und ich erschöpft und gereizt.

Yvette hatte uns Tee gekocht, und wir saßen zusammen in ihrem verwilderten Garten. Sanftmütig lächelte sie mich an und forderte mich schweigend dazu auf, ihr mein Herz auszuschütten.

»Ganz ehrlich, so schwierig hatte ich mir das alles nicht vorgestellt«, stöhnte ich.

»Was ist denn schwierig, meine Liebe?«

»Einfach alles. Ich bin über ein Jahr hier und finde einfach keine eigenen Freunde. Die kennen sich alle, eine eingeschworene Gemeinschaft. Ich gehöre nirgendwo dazu. Piets Freunde sind nicht meine, die sind alle so alt.«

Noch während ich das aussprach, hätte ich mir am liebsten auf die Zunge gebissen. Yvette war bedeutend älter.

»Sorry, tut mir leid!«

Ich wusste nicht, ob sie mir meine Worte übel genommen hatte oder einfach nur nachdachte. Sie schwieg und rührte ausgiebig in ihrem Tee.

»Was ist falsch an seinen Freunden?«, wollte sie irgendwann wissen.

»Seine Freunde sind eben nicht meine. Ich vermisse meine Besties und genau deshalb war ich heute sauer auf Piet. Wir hatten letztes Jahr eine Paddeltour geplant: ein Wochenende paddeln und zelten, nur wir zu sechst. Jacob verplant, Bruno vertan. Piet kann meine Freunde aber nicht leiden. *Nicht leiden* stimmt vielleicht nicht, aber die sind ihm zu laut und zu close. Er kann es nicht ab, wenn die ihn berühren. Ich habe mit Kat und Vince darüber geredet. Dreimal darfst du raten, was genau die im Dezember getan haben. Die haben ihn ständig betatscht und sich bestens amüsiert. Für ihn war das nicht witzig. Trotzdem habe ich mich auf dieses Wochenende gefreut. Ich habe vier Monate fast ausschließlich gekotzt oder geschlafen. Jetzt, wo es mir gut geht und ich gerne etwas mit meinen Besten machen will, zeigt mein Mann mir meine Grenzen auf. Ich koche vor Wut«, ließ ich meinen Frust ab.

Yvette hatte weise Augen. Sie sah mich einen Moment lang sehr intensiv an, bevor sie wissen wollte, was Piet denn verbrochen hatte.

»Gestern Abend hat er mir ein Zelt auf die Wiese gestellt. Wir haben zu dritt darin geschlafen. Jacob und er haben so laut geatmet, dass ich kaum schlafen konnte. Mein Rücken tat weh. Es war eng, warm und schrecklich. Heute Morgen, als ich endlich ins Bett wollte, um den Schlaf nachzuholen, den ich verpasst hatte, kam Piet auf die Idee, dass wir Paddeln doch erst einmal ausprobieren sollten. Kaum war Jacob in der Schule, sind wir zu einem Verleih gefahren. Mir hat keine Schwimmweste gepasst. Fand ich nicht weiter schlimm. Wir durften trotzdem einen Zweier haben. Ich habe reingepasst, aber länger als zehn Minuten konnte ich nicht in dieser blöden Position sitzen. Mir tat alles weh und Mini hat ganz schön heftig in meinem Bauch protestiert. Er hat mir aufgezeigt, dass ich kein Paddelwochenende haben kann, ohne dass er sich dazu negativ geäußert hätte. Er wollte, dass ich das von allein begreife und den Trip absage. Das ist so fies.«

Inzwischen kämpfte ich wieder mit den Tränen in meinen Augen.

»Darf ich etwas dazu sagen?«

Ich nickte und schniefte.

»Ich finde das nicht schlimm. Er hat im Grunde nur getan, was du seit Langem forderst – dich nicht kritisiert. Vielleicht war es nicht subtil genug. Dich stört, dass er immer recht hat, hast du gesagt. Aber diesmal hast du selbst herausgefunden, dass du dieses Wochenende nicht so durchziehen kannst. Es geht einfach nicht. Die Situation ist einfach nicht mehr passend. Du bist ziemlich hochschwanger. Das war nicht der Fall, als ihr das geplant hattet. Macht doch einfach etwas anderes. Ich denke nicht, dass dein Mann etwas gegen deine Freunde oder das geplante Wochenende hat – nur gegen das Paddeln und Zelten. Er macht sich Sorgen um dein Wohlbefinden und um das eures Babys. Vielleicht hat er es nur nicht klar angesprochen, weil er keinen Streit mit dir wollte.«

Ich wollte protestieren, aber es ging nicht. Ich heulte. Blöde Gefühlsduselei. Mini gefiel mein emotionaler Ausbruch nicht. Mein Bauch wurde hart und in meinem Rücken stach es.

»Mini-Ruloff streikt«, japste ich, als ich wieder Luft bekam.

»Ruloff?«, wiederholte Yvette.

Ich versuchte, mich zu beruhigen und ordentlich zu atmen. Es dauerte einen Moment, bis es mir wieder besser ging. Yvette schien in Gedanken versunken, als ich wieder aufmerksam genug war.

»Alles okay?«

Sie nickte nachdenklich.

»Ja, alles gut. Ich hoffe bei dir auch. Du solltest nach Hause fahren und dich ausruhen. Vielleicht solltest du Piet anrufen, damit er dich abholen kann.«

Sie wirkte immer noch abwesend, ihr Blick seltsam verschleiert.

»Ruloff«, wiederholte sie noch einmal und lächelte.

»Verbindest du irgendwas mit diesem Namen?«, hakte ich nach.

Sie schüttelte erst den Kopf, dann nickte sie langsam.

»Vor sechzig Jahren kannte ich mal einen Ruloff. Ist Piet sein Enkel?«

Meine Aufmerksamkeit war geweckt.

»Sprichst du von Henry?«

Bei seinem Namen blitzte irgendwas in Ihre Augen auf.

»Kennst du Henry?«

»Ja. Mein Schwiegervater.«

Ein herzliches Lachen brach aus ihr heraus.

»Ich möchte deinen Piet unbedingt kennenlernen. Sieht er aus wie sein Vater?«

»Woher kennst du Henry? Ich dachte, du bist erst vor kurzem zugezogen?«

»Ich bin hier geboren und groß geworden. Nur die letzten fünfundfünfzig Jahre habe ich in Erfurt verbracht. Das Häuschen habe ich geerbt, wie du weißt.«

In meinem Kopf ratterte es.

»Warst du in Henry verliebt?«

Sie winkte amüsiert ab.

»Nein, niemals. Meine Freundin war in Henry verliebt – ich durfte ihm Briefchen bringen. Telefone hatten wir nicht, aber ich hatte ein Fahrrad und stramme Waden.«

Wow, wie weird.

»Hieß deine Freundin Elenor?«

»Nein, Annabell.«

»Schade, wäre ja krass gewesen.«

Yvette kicherte und wirkte dadurch viele Jahre jünger.

»Ich kann das kaum fassen. Hier kennt sich wirklich jeder. Wie war Henry als junger Mann?«

Piets Vater in jung konnte ich mir beim besten Willen nicht bildlich vorstellen.

»Fesch, eloquent.«

Was immer das hieß?

»Ich habe ein paar Fotos von unserer Hochzeit auf meinem Handy. Sicher ist irgendwo Henry drauf. Willst du?«

Noch während ich sprach, zückte ich mein Handy und scrollte durch die Galerie, bis ich ein Bild von Henry fand. Ich hielt es Yvette hin. Sie nahm mein Telefon in die Hand, als sei es eine tickende Zeitbombe.

»Der Bildschirm ist schwarz«, sagte sie und reichte es mir zurück. Ich konnte mir ein breites Grinsen nicht verkneifen. Vollkommen unfassbar, dass es Menschen gab, die noch nie ein Smartphone in der Hand gehalten hatten und die es sicher für Teufelswerk hielten.

»Der Bildschirm heißt Display und du hast zu lange gebraucht, um draufzuschauen.«

Ich entsperrte es ihr erneut und hielt es ihr vors Gesicht.

»Das ist zu nahe. Ich erkenne nichts. Etwas weiter weg – oder ich muss erstmal meine Brille holen.«

Sie rappelte sich auf, lief ins Haus und kam kurz darauf mit ihrer Brille auf der Nase zurück.

»So, jetzt, meine Liebe. Mach das Ding noch einmal an und

zeige mir Henry.«

Die Art, wie sie sich das Bild auf meinem Handy ansah – ihre Stirn zweifelnd in Falten gezogen, ein zaghaftes Lächeln auf den Lippen – war herzerwärmend und berührte mich.

»Kann man das größer machen?«

Ich vergrößerte ihr das Foto.

»Das ist Henry? Das ist ein alter Mann«, murmelte sie in sich hinein.

Ich schmunzelte.

»Was hast du denn gedacht? Du hast ihn sechzig Jahre nicht gesehen. Heißt ja, dass er sechzig Jahre älter geworden ist. Er ist achtundachtzig, aber ziemlich fit.«

Meine Worte lösten Entsetzen aus.

»Du liebe Güte. Dann lag ich falsch und es sind wohl etwas mehr Jahre verstrichen.«

Ich fragte mich, wie sie sich selbst sah?

»In meinem Kopf sah Henry so aus wie damals, als ich ihn zum letzten Mal gesehen habe«, erklärte sie sich.

Wenn das der Fall war, dann war Henry für sie über Nacht steinalt geworden. Und wenn sie damals Liebesbotin oder was auch immer war, dann war Yvette wahrscheinlich noch älter, als ich angenommen hatte. Ich hatte sie auf Anfang siebzig geschätzt – eine junggebliebene Siebzigjährige. Denn sie trug Jeans und bunte Blusen, Turnschuhe, Haarbänder und viel Schmuck – wir passten zusammen.

Den gesamten Nachmittag schwatzten wir ausgelassen, bevor ich mich dazu entschloss, sie zum Abendessen einzuladen. Sollte sie Piet kennenlernen, wenn sie so neugierig war. Die Fahrt dauerte nicht lang. Besser klärte ich schnell noch ab, was es zu klären gab.

»Kannst du bitte Piet verschweigen, wie wir uns kennengelernt haben? Ich habe ihm nicht erzählt, dass ich dich und dein Fahrrad beinahe umgefahren habe. Ich wollte nicht, dass er weiß, dass ich selbst mit ihm in meiner Nähe noch Chaos fabriziere oder dass er sich Sorgen macht. Er denkt, wir haben uns im Su-permarkt kennengelernt«, gestand ich ihr.

»Ob nun davor oder im Supermarkt spielt keine Rolle.«

Ich atmete erleichtert auf. Womöglich würde Piet sowieso so erstaunt sein, wenn er sah, wie alt Yvette war, dass er nicht nachfragte. Aber ich wollte lieber auf Nummer sicher gehen. Bisher nahm er an, dass sie in meinem Alter sei.

Yvettes Augen weiteten sich, als wir auf dem Hof parkten.

»Das sieht ja zauberhaft aus. Demnächst werde ich dich immer besuchen kommen.«

»Das sieht nur zauberhaft aus, Yvette. Ansonsten gleicht es einer Art Kommune. Nervig. Jeder geht bei jedem ein und aus. Gegessen wird dreimal die Woche zusammen. Jeder kennt jeden.«

»Klingt gut. Da kümmert sich auch jeder um jeden.«

Dem war so.

Jacob und Mathilda kamen angerannt, sobald wir das Auto verlassen hatten.

»Schlafen wir heute wieder im Zelt, Mimi?«, fragte Jacob und strahlte.

»Ich will auch mit euch im Zelt schlafen«, ergänzte Mathilda.

»Tut mir leid, ich brauche heute Nacht auf jeden Fall mein Bett. Ist das Zelt noch aufgebaut? Vielleicht mag dein Papa ja mit euch beiden heute Nacht im Zelt schlafen«, wandte ich mich an Mathilda.

Jacob musterte neugierig meine Begleitung.

»Das ist meine Freundin Yvette. Das ist Henrys Enkel Jacob und seine Cousine Mathilda.«

Es roch köstlich nach Knoblauch, Ofentomaten und Aprikosen im Haus. Piet hatte gekocht. Immer, wenn er sich schuldig für irgendeine Unstimmigkeit zwischen uns fühlte, kochte er. Das war seine Art der Wiedergutmachung. Dabei war das nicht nötig. Bei größeren Auseinandersetzungen machte er sich sogar Sorgen, ob ich ihn trotzdem noch ertragen konnte – seine eigene Wortwahl, nicht meine. Sicher eine Art Hinterlassenschaft der Bitch. Piet war nach jeder Streitigkeit verunsichert. Dabei liebte ich ihn, selbst wenn ich ihn anmotzte, trotz seiner Nörgeleien, seiner Rechthaberei, seiner Ordnungsliebe und seines Arbeitseifers. Er war gleichzeitig perfekt, so wie er war: geduldig, einfühlsam, großherzig und liebevoll. Mini gefielen die Gedanken, die mir durch den Kopf gingen. Es schlug Purzelbäume in meinem Bauch. Ein schönes Gefühl. Mein Blick fiel auf den Esstisch. Blumen, Kerzen, eine gut gefüllte Salatschüssel – alles war fertig.

»Sieht so aus, als wären wir pünktlich.«

Ich sah Yvette an und spürte, dass sie sich gerade fehl am Platz fühlte.

»Mach dir keinen Kopf. Das passt schon. Du wirst Piet mögen und er dich. Ich suche ihn mal eben, weit kann er nicht sein. Setz dich doch schon mal!«

Ich begab mich auf die Suche nach meinem Mann.

»Piet?«

»Ja. Bin hier«, kam seine Stimme aus unserem gemeinsamen Büro.

Er saß am Rechner.

»Hey, ich bin zurück. Du hast gekocht. Es riecht nach viel Hunger. Was machst du gerade?«

Er sah zu mir auf. Sein Blick verriet mir, dass er sich wegen der Geschehnisse des Morgens schuldig fühlte. Mist.

»Ist alles gut? Wo warst du den ganzen Nachmittag?«, fragte er zurück.

»Alles bestens. Ich war bei Yvette. Tut mir leid, dass ich dich heute Vormittag einfach stehen gelassen habe. Ich war frustriert. Ich habe mich so sehr auf das nächste Wochenende gefreut. Wirklich. Und dann lässt du mich spüren, dass es nicht funktionieren wird. Warum hast du mir das nicht einfach nur gesagt? Weil ich dann mit dir darüber diskutiert hätte? Die Selbsterfahrung war ernüchternd. Ich habe Kat und Vince noch gar nicht abgesagt. Mache ich nachher«, erklärte ich.

Er nickte.

»Schon gut. Ich dachte, wenn du selbst erkennst, dass das Wochenende nicht so sein wird, wie erhofft, würdest du weniger enttäuscht sein und besser damit umgehen können, als wenn ich wieder den besserwisserischen Oberlehrer spiele, den du nicht ausstehen kannst.«

Für einen kurzen Moment wusste ich nicht, wie ich auf seine Worte reagieren sollte. Meine Hand streichelte seinen Kopf. Er drehte sich zu mir, legte seine Arme um mich und schmiegte sich an meinen Bauch. Mini trat ihn. Seine Antwort darauf war ein Kuss.

»Ich glaube, Mini und ich mögen beide den besserwisserischen Oberlehrer. Nicht wahr, mein Süßer?«

»Süße«, korrigierte Piet mich und küsste erneut meinen Bauch.

»Hör auf der Besserwisser zu sein! Woher willst du wissen, dass es kein Junge ist? Du tust seit dem ersten Tag so, als wäre Mini ein Mädchen.«

Nur auf Grund dessen, hatte ich angefangen, Mini als Junge anzusehen. Wir wussten es beide nicht, denn ich vertraute auf Evi und hatte bisher nur einen einzigen Ultraschall machen lassen.

»Ich habe vier Schwestern, Mia. Die Wahrscheinlichkeit, dass ich einen zweiten Jungen zeuge, liegt bei fast null Prozent.«

Ein schelmisches Grinsen lag in seinen grauen Augen.

»Gib zu, du hast Angst, dass ich damit wieder recht haben könnte?«

Ich zog seinen Kopf in den Nacken und küsste seine Stirn.

»Nicht mein Problem, Liebling. Solltest du recht haben, wirst du solange Kinder zeugen müssen, bis du noch einmal einen Jungen zeugst. Ich werde geduldig mit dir sein.«

Dreckiges Lachen, gepaart mit Grübchen.

»Daran erinnere ich dich während der Entbindung.«

»Gut möglich, dass ich dir dann eine reinhauen werde. Ich habe übrigens Besuch mitgebracht. Reicht dein Essen für vier?«

»Sicher. Wer ist es denn?«

Piets Reaktion, als er auf unseren Gast traf, war wie vorhergesehen. Er starrte sie ungläubig an.

»Ich freue mich, Sie kennenzulernen. Sie sind Yvette?«, fragte er nach und schenkte ihr ein Glas Wasser ein.

»Duzen wäre mir sympathischer«, entgegnete sie ihm.

Piet entschuldigte sich.

»Ich kenne dich nicht und ich kenne beinahe jeden, also zumindest vom Sehen her. Gibt kaum ein Fenster oder eine Tür, die ich noch nicht eingestellt habe.«

Meine neue Freundin lächelte.

»Das Angebot nehme ich gerne an. Ich habe noch Doppelfenster und eine alte verzogene Eingangstür.«

Piet dachte nach.

»Davon gibt es nicht mehr viele. Du wohnst im Hexenhaus, richtig?«

Hexenhaus? Ich stieß Piet an.

»Was? Die alte Knopsmaier hat ihr Haus selbst so genannt.«

Es schien nicht so, als sei Yvette davon verwundert.

»Es gibt ein echtes Hexenhaus?«, hörten wir Jacob interessiert nachfragen.

»Ja. Ab, Hände waschen. Gibt gleich Abendessen.«

Jacob verdrehte seine Augen, bevor er der Aufforderung seines Vaters Folge leistete. Piet setzte Wasser auf, zündete die Kerzen auf dem Tisch an und beschäftigte sich weiter mit dem Essen.

»Tut mir leid, wenn ich neugierig bin. Wie wohnt es sich und kommst du klar? Ich dachte, das Haus stünde leer. Das ist doch sicher sehr baufällig. Soweit ich weiß, hat Frau Knopsmaier schon lange nichts mehr machen lassen«, wollte er wissen, während er Gnocchi ins kochende Wasser gab.

Yvettes Augenmerk lag auf Piet. Klar, wahrscheinlich suchte sie nach Ähnlichkeiten zu dem Mann, den sie aus ihrer Erinnerung kannte.

»Es ist baufällig. Annabell hat seit Jahren niemanden in ihr Haus gelassen. Aber es ist gemütlich und alles da, was ich brauche. Wenn du mir die Tür reparieren könntest, sodass ich sie ohne Gewaltakt öffnen und schließen kann, wäre ich dir sehr dankbar. Ist so etwas sehr zeitaufwendig? Ich weiß, dass du so schon genug zu tun hast.«

Piet hielt abrupt in seiner Bewegung inne, drehte sich zu uns um und schaute mich verärgert an.

»Mia übertreibt. Für ihre Freunde nehme ich mir selbstverständlich Zeit.«

Ich hätte mir das Schnaufen, was aus meinem Mund kam, gerne verdrückt. Aber wir waren beim Thema Freunde angekommen. Er maßregelte mich kurz mit Blicken, bevor Yvette seine Aufmerksamkeit bekam.

»Hat sie dir erzählt, dass ich ein Freunde-Grinch bin?«

Er sah sie fragend an, bis sie zaghaft nickte. Augenblicklich war ich wieder dran. Mürrischer Gesichtsausdruck, kurzes Knurren.

»Ich kann die so sehr nicht leiden, dass ich fürs nächste Wochenende ein Hausboot gemietet habe. Kat hat mir ins Ohr geschrien, weil sie schon immer einmal auf so ein Boot wollte, und Vince war erleichtert, dass er nicht paddeln muss. Es wird sehr, sehr kuschelig werden, aber sicher schön und kunterbunt. Ich werde mir Ohrenstöpsel besorgen, eine Rüstung mit Stacheln, die die Verrückten hoffentlich davon abhalten wird, mich ständig anzufassen, aber dann bin ich bereit.«

Piet (47 Jahre)

Eigentlich wollte ich nur Auguste aus dem Kindergarten abholen. Inzwischen stand ich geschlagene fünfzehn Minuten davor und hörte zwei aufgebrachten Müttern zu, die kein gutes Haar an meiner ältesten Tochter ließen. Die ersten grauen Haare würde mir Auguste bescheren – das wusste ich jetzt schon.

»Es kann nicht sein, dass deine Tochter einfach die Kleider von anderen Kindern kaputtmacht. Letztes Jahr hat sie Chiara die Haare geschnitten, gestern hat sie sich an ihrem Kleid zu schaffen gemacht. Bloß weil du hier im Elternrat sitzt und den Hof gestaltet hast, wird immer alles hingenommen, was dein kleines Biest anstellt«, fuhr mich Chiaras Mutter an.

Ich holte eben noch Luft, um gegen das Biest zu protestieren, als die andere Mutter einstimmte: »Eben. Wir hoffen nur, dass Juni nicht auch noch in unsere Gruppe kommt. Wer weiß, was die erst anrichten wird.«

Zeit, meine Tochter zu verteidigen.

»Ruhe! Eine Vierjährige ist kein Biest. Ich kläre das mit Auguste. Sicher haben die nur gespielt. Ich melde das der Versicherung. Ist es damit erledigt?«, fragte ich mürrisch nach.

Sie echauffierten sich weiter, während ich mich viel mehr darüber aufregte, dass schon wieder irgendwo eine Schere rumgelegen hatte.

Auguste und Scheren waren eine Herausforderung. Zum ersten Mal hatte sie ihre Affinität für Scheren mit zwei Jahren entdeckt. Dass man mit einfachen Kinderbastelscheren Pflanzenblätter mit verschiedenen Zackenmustern verzieren und einkürzen konnte, war unsere erste Überraschung gewesen. Damals waren es Helenes Pflanzen gewesen.

Etwas später hatte sie, während ich mit ihr Mittagschlaf gehalten hatte und als Einziger geschlafen hatte, Zackenmuster in meine Haare geschnitten. Charlotte hatte sie danach auf gleiche Länge gebracht. Zu Mias Leidwesen waren sie kurz geworden. Wir hatten Auguste ausführlich erklärt, dass sie nicht einfach ohne Zustimmung Hand an fremde Haare legen durfte.

Kein Jahr später hatten Janne und Juni eingewilligt, mit ihr Friseur zu spielen. Wieder hatten wir ihr erklärt, dass uns ihr Werk nicht glücklich machte und alle Scheren in ihrer Reichweite verbannt. Es gab keine Basteleien mehr ohne Aufsicht.

Letztes Jahr hatte sie ihren Friseursalon im Kindergarten eröffnet. Plastikscheren schnitten Kinderhaare perfekt – also perfekt für Auguste. Sie hatte drei Kundinnen, bevor einer Erzieherin aufgefallen war, dass sie nicht nur so tat, als würde sie Haare schneiden. Jetzt waren also Kleider dran. Unterschwellig war ich genervt.

»Hört mal, ich kann daran doch jetzt nichts mehr ändern. Es tut mir sehr leid, dass Auguste sich wieder ausgerechnet bei euren Töchtern entfaltet hat. Ich bin mir sicher, dass die drei nur zusammen gespielt haben und Auguste nicht absichtlich gehandelt hat. Ich kläre das. Ich muss jetzt wirklich los.«

Ich ließ die beiden stehen und suchte meine Tochter. Lange brauchte ich dafür nicht. Sie kam glücklich kreischend auf mich zugerannt und kletterte an mir hoch.

»Papa, endlich. Ich habe schon auf dich gewartet.«

Sie drückte mir ihren Mund mit einem lauten Schmatzer auf die Wange. Ihre Herzlichkeit milderte meinen Ärger. Susanna, die Leiterin, kam mir entgegen.

»Tut mir leid, Piet. Ich habe schon gesehen, dass du abgefangen wurdest. Bekommt ihr das ohne mich geklärt?«, fragte sie mitleidig lächelnd.

»Ja, wir klären das.«

Auguste sah von meinem Arm trotzig zu Susanna.

»Ich sag es, Papa!«

Ein ernster Ausdruck lag auf Susannas Gesicht.

»Das will ich schwer hoffen, Auguste.«

Kaum waren wir auf dem Weg zum Auto, hüpfte meine Tochter an meiner Hand und erzählte mir, was sie heute so erlebt hatte.

»Was habt ihr gestern gespielt?«, fragte ich nach.

Sie blieb abrupt stehen.

»Ich war nicht böse«, ließ sie mich wissen.

Nein, nur kreativ, ergänzte ich ihre Aussage in meinem Kopf. Sie sah mit klimpernden Wimpern zu mir auf. Das Sonnenlicht ließ ihre dunklen Haare rötlich schimmern, ein paar Locken hatten sich aus ihrem Zopf gelöst.

»Ich bin auch nicht böse. Also los, sag mir schon, was gestern war!«

Sie verzog kurz ihren Mund.

»Eleni und Chiara fanden ihre Kleider doof. Die sollten so sein wie meins. Habe ich gemacht. Den ihre Mamas sind blöd.«

Mia nähte Augustes Kleider. Gestern war sie also Schneiderin gewesen.

»Wo hattest du die Schere her?«, erkundigte ich mich.

»Eleni hat sich eine Schere geben lassen.« Sie grinste breit und glücklich. Ich stöhnte, weil ich wusste, was mich erwartete.

»Du weißt, dass du ohne Aufsicht keine Scheren in die Hand nehmen sollst, auch nicht, wenn deine Freundinnen dich darum bitten. Die beiden bezahlen ihre Kleider nicht selbst, dass machen ihre Eltern. Somit können sie auch nicht entscheiden, dass du daran etwas verändern kannst. Wenn die beiden dein Kleid toll fanden und haben möchten, dann kann Mama sich darum kümmern, aber nicht du.«

Sie zog einen Schmollmund und verschränkte ihre kleinen Arme vor ihrer Brust.

»Das ist aber unfair. Ich kann das genauso wie Mama.«

Na super, jetzt war sie im Kampfmodus. Mini-Mia stand vor mir.

»Mama hat eine Nähmaschine, du nicht. Man muss Ränder umnähen, sonst hält doch nichts.«

Ich suchte mein Arbeits-T-Shirt nach einem Loch ab und verspürte Erleichterung, als ich fündig wurde.

»Sieh mal, das hier wird mit der Zeit immer größer. Der Stoff trennt sich auf.«

Ich führte es ihr vor. Sie inspizierte genau, was ich tat, bevor sie mich angrinste.

»Du hast dein T-Shirt kaputt gemacht. Das gibt Ärger mit Mama.«

»Das glaube ich nicht. Mama liebt mich und meine T-Shirts sind ihr egal.«

»Mich liebt Mama mehr als dich.«

Die gesamte Autofahrt über verteidigte sie ihr Werk, dabei hatte ich bis auf die wenigen Worte eben rein gar nichts weiter dazu gesagt. Ich wünschte mir Ohrstöpsel.

Den nächsten Stopp machten wir, um Jacob bei Fenja einzusammeln. Seit zwei Jahren hatten wir wieder das Wechselmodell zur Betreuung unseres Sohnes eingeführt; etwas, was mir verdammt schwergefallen war, weil sie dadurch wieder präsenter in meinem Leben geworden war. In den ersten Monaten war ich kaum zur Ruhe gekommen; ständig hatten mich Albträume begleitet und Ängste um Jacobs Sicherheit. Inzwischen kam ich besser klar. Aber egal, welche Strafe sie akzeptiert, ganz gleich, wie oft sie sich entschuldigt und mich um Verzeihung gebeten hatte, und wie sehr sie ihren Anschlag auf mich bereute, Vergebung konnte sie von mir nicht erwarten. Bei heftigen Wetterumschwüngen spürte ich mein Becken noch immer deutlich. Die Panikattacken hatten sich gelegt. Gelegentlich, wenn ich wusste, dass ich längere Zeit mit ihr in einem Raum verbringen musste, flammten sie im Vorfeld auf. Solche Situationen versuchte ich zu meiden, unumgänglich waren sie allerdings nicht.

Ich hielt, hupte und wartete. Nichts. Mist. Ich stieg aus, schnallte Auguste ab, die mir erzählte, dass sie, wenn sie nur eine eigene Nähmaschine hätte, mein T-Shirt wieder ganz machen könnte, bevor es Mia sehen würde.

Einmal klingeln und Jacob öffnete die Tür, zerknirscht und seltsam betroffen. Ein Ausdruck, den ich kannte. Ich war gespannt, was er angestellt hatte.

»Alles gut, Großer? Können wir losmachen?«

Er schüttelte seinen Kopf.

»Mama will, dass du kurz reinkommst. Sie will mit dir reden. Rastest du bitte nicht aus?«, fragte er und umarmte mich.

»Wird schon nicht so schlimm werden«, beruhigte ich uns beide.

»Danke«, murmelte er.

Auguste war um Jacob herum gesprungen und bereits im Haus verschwunden. Widerwillig folgte ich ihr.

»Kopf hoch, Jacob. Wir überstehen das schon.«

Salvatore kam mir entgegen, begrüßte mich und verwies mich in die Küche. Benito, Fenjas und Salvatores Sohn, saß am Tisch und schaufelte sich Eis in den Mund. Wann immer ich Benito in den letzten Jahren gesehen hatte, war er damit beschäftigt gewesen, zu essen.

Auguste zappelte vor ihm rum.

»Ich will auch Eis, Papa«, forderte sie und sah mich flehend an.

»Das heißt: Darf ich bitte auch ein Eis bekommen?«, wurde

sie von Benito korrigiert.

Auguste verdrehte ihre Augen und sah flehend ihren großen Bruder an. Fenja kam um die Ecke, öffnete den Gefrierschrank, drückte Auguste schweigend ein Eis in die Hand und schickte die Kinder in den Garten, bevor sie ihre Aufmerksamkeit mir zuwandte.

»Hallo Piet. Schön, dass du kurz Zeit hast. Setz dich doch. Magst du einen Kaffee oder auch lieber ein Eis?«

»Kaffee reicht. Danke«, brummte ich und setzte mich.

Sie reichte mir einen Kaffeebecher, Salvatore verließ die Küche. Augenblicklich fühlte ich mich unbehaglich. Ich wollte nicht mit Fenja alleine in einem Raum sein.

»Was gibt's denn? Ich will nach Hause.«

Sie sah betroffen auf mich nieder. Meine Augen checkten die Lage ganz automatisch ab. Sie hatte nichts in den Händen, womit sie mich hätte niederschlagen können, und es gab kein Messer in Reichweite, stellte ich erleichtert fest. Sie las meine Gedanken und folgte meinen Blicken.

»Wie oft soll ich dir noch sagen, dass es mir leid tut? Ich kann das, was ich getan habe, nicht wieder rückgängig machen. Ich tu dir nichts, okay? Höre auf, so blöd zu reagieren. Es geht um Jacob und ab und an müssen wir eben mal persönlich miteinander reden.«

Sie schob mir ein Blatt Papier über den Tisch. Ich überflog die Zeilen. Ein Schreiben von Jacobs Schule mit der Aufforderung, einen Termin für ein persönliches Gespräch auszumachen.

»Oh, okay. Was war denn los?«

Sie drehte sich in Richtung Terrasse.

»Jacob, kommst du bitte?«, rief sie.

Kurze Zeit später stand mein Kind wirsch neben mir.

»Komm schon, erzähle deinem Vater, weshalb wir diesen Brief bekommen haben!«

Er sah mich flehend und ängstlich an. Fenja hatte ihm sicher bereits lautstark die Meinung gegeigt.

»Ich muss schon wissen, was los war, wenn ich irgendetwas regeln soll. Sprich mit mir. Ich brülle nicht, versprochen«, forderte ich Jacob auf.

»Ich habe das nicht absichtlich getan. Wirklich nicht, Papa.«

»Gut. Ich höre. Was hast du denn getan?«

Er druckste noch einen Moment herum, bevor er sich wagte, auszusprechen, was vorgefallen war.

»Wir hatten eine Wespe im Klassenzimmer. Ich habe die eingefangen mit meinem Joghurtbecher und habe den Becher dann über Kopf auf den Lehrertisch gestellt. Frau Teltow hat den Becher angehoben. – Die Wespe hat sie gestochen.«

Fuck, heute war ganz offensichtlich der Tag der schlechten Nachrichten.

»Die meinte, ich habe das absichtlich gemacht, weil ich sie nicht leiden kann«, fügte er leise hinzu.

»Und? Kannst du sie nicht leiden?«, fragte ich nach.

»Die kann niemand leiden«, gab er kleinlaut zu. »Ich habe nicht damit gerechnet, dass die Wespe sie sticht.«

Davon ging ich aus.

»Sie hätte einen allergischen Schock bekommen können, Jacob. Einmal nachdenken, bevor du so etwas machst!«, fuhr Fenja ihn an.

Diese Worte kamen gerade von der richtigen Person.

»Er hat Mist gebaut, ja. Aber du kannst von einem Elfjährigen nicht verlangen, dass er mehr über sein Tun und Handeln nachdenkt, als es manch Erwachsene tut«, herrschte ich Fenja an.

Ihre giftigen Blicke prallten an mir ab. Mir gelang es, ihre Wut zu ignorieren.

»Jacob, das war wirklich scheiße. Du entschuldigst dich bei Frau Teltow und wirst die nächsten Jahre zu ihrem Lieblingsschüler mutieren, klar?«

Er nickte und verschwand aus der Küche.

»Mehr sagst du nicht dazu?«

»Was soll ich denn deiner Meinung nach sonst sagen? Er weiß, dass er Mist gebaut hat. Ehrlich, Jacob ist elf. Mit elf ist es noch okay, keine Weitsicht zu haben. Er wird daraus lernen.«

Sie atmete ein paarmal tief durch, wahrscheinlich, um sich zu beruhigen.

»Ich habe deine Anspielung verstanden! Trotzdem mache ich mir Sorgen. Was, wenn irgendwas nicht mit ihm stimmt? Im nächsten Moment denke ich, dass du auch nicht anders warst. Du hast viel mehr Zeit beim Direktor als im Klassenzimmer verbracht. Du hast aus Protest agiert, um deinen Vater zu ärgern. Meinst du, Jacob will mich ärgern? Die werden in der Schule denken, dass er meine Aggressionen hat.«

In ihren Augen schimmerten Tränen.

»Jacob will uns nicht absichtlich ärgern und er war bisher nie wie du.«

Sie schluckte, bevor sie sich wieder fing.

»Kannst du bitte zu dem Termin in der Schule gehen? Du kannst das viel besser als ich und wirst ruhig bleiben.«

Ich trank meinen Kaffee aus.

»Mach ich. War's das? Kann ich jetzt gehen?«

Fenja nickte.

»Danke. Geht's euch gut, Piet?«

Ich hatte keine Lust, Fenja noch mehr Zeit zu opfern und erst recht nicht, mich mit ihr über mein Leben zu unterhalten.

»Uns geht es gut. Danke. Ich will jetzt nach Hause.«

Ihre Hand berührte meine. Ich starrte auf ihre Hand.

»Du siehst müde aus. Drei kleine Kinder zu Hause sind sicher stressig.«

»Drei kleine Kinder stressen mich nicht so, wie die letzten zehn Minuten«, antwortete ich ehrlich und zog meine Hand weg.

Gott sei Dank kam Auguste in diesem Moment freudig strahlend auf mich zugerannt.

»Papa, Benito hat eine Gartenschere für Kinder«, verkündete sie, den Schalk in den Augen. Zeit zu gehen.

Kaum dass wir zuhause angekommen waren, verkroch Jacob sich bei Mathilda. Ich ließ ihn ziehen, denn ich brauchte selbst meinen Moment der Harmonie – Mia. Auguste fiel genauso herzlich in die Arme ihrer Mama wie zuvor in meine.

»Da seid ihr ja.«

Sie küsste Augustes Nasenspitze.

»Papa hat sein T-Shirt kaputt gemacht«, verpetzte Auguste mich sofort, löste sich und hopste davon. Mia kam schmunzelnd auf mich zu.

»Wenn du noch einmal dein T-Shirt kaputtmachst, muss ich dich bestrafen«, witzelte sie.

»Womit?«, fragte ich und zog sie in meine Arme.

Mein Kopf sank an ihre Halsbeuge. Sonnencreme, Erdbeerduft, die Gewissheit, dass es mir gut ging. Als würde sie meine Emotionen erahnen, streichelte sie meinen Rücken.

»Mit Liebe. Was war los? Du siehst gestresst aus.«

Ich küsste ihren Hals.

»Erzähle ich dir später. Ich muss erst duschen.«

Ihre Hände legten sich auf meine Brust, und sie schob mich behutsam ein Stück von sich. Strahlende Augen.

»Mach das. Ich schnüffel dann noch mal an dir. Kannst du vorher noch nach Juni und Julius gucken? Die zwei spielen oben. Ich frag mal herum, was wir heute kochen werden.«

Noch bevor ich antworten konnte, zog sie meinen Kopf zu sich und küsste mich, innig und liebevoll, ihre Aufmunterung – meine Harmonie.

Von den beiden Kleinen war nichts zu hören. Juni saß mit einem Buch in ihrer Lieblingsecke, während Julius Kreativität auslebte. Er saß nur in Windel auf dem Fußboden und bemalte sich selbst mit einem Filzstift. Sein Bauch, die Beine und beide Arme waren voller Kritzeleien. Seine Kleider lagen im Zimmer verteilt. Ausziehen konnte er sich bereits bestens.

»Hey ihr zwei, was macht ihr denn Schönes?«

Julius sah zu mir auf, strahlte mich an, warf den Stift auf den Boden, stand auf und kam mit tapsigen Schritten auf mich zugewankt. Ich ging in die Knie, um ihm in Empfang zu nehmen.

»Julius macht Tattoos«, antwortete Juni hinter ihrem Buch, ohne aufzusehen.

»Ich seh's schon.«

Ich nahm meinen filzstifttätowierten Sohn auf den Arm. Er gluckste glücklich und fuhr mit seiner kleinen Hand über meinen tätowierten Arm.

»Papa«, erklärte er mir.

»Du hast genug von meinen Tattoos, Zwerg. Gott sei Dank lassen sich deine wieder abwaschen.«

Juni kicherte und lugte hinter ihrem Buch hervor. Sie war fast drei Jahre alt, unser ruhigstes Kind, meine kleine Prinzessin. Sie sah aus wie Mia: hell, zart, mit rotbraunen Haaren und grünen Augen. Charakterlich glich sie weder Mia noch mir. Sie war still, manchmal zu still. Torben und Paul nannten sie *die Schweigsame*, weil sie außer mit uns kaum mit jemandem sprach.

Auguste war eher eine kleine Räubertochter: wild, laut, ein Wirbelwind mit einem Dickschädel. Sie hatte Mias Temperament, glich äußerlich aber eher mir. Der Winzling auf meinem Arm war inzwischen zwölf Monate alt. Definitiv unser letztes Kind. Er war genauso lebhaft und kreativ wie seine große Schwester.

Unser Haus war gefüllt mit Lärm, Leben und Liebe. Ich fühlte mich lebendig und gebraucht wie nie zuvor. Sogar die Unordnung um mich herum machte mir nicht mehr viel aus, da mittlerweile nicht mehr ausschließlich Mia dafür verantwortlich war. Mia konnte inzwischen sogar Chaos lichten und organisierte unser komplettes Leben. Ich musste nur arbeiten, was mir nicht schwerfiel – um alles andere kümmerte sich Mia. Je mehr Aufgaben sie übernahm, umso sortierter wurde sie. Dabei agierte sie voller Liebe, Fantasie und Hingabe für unsere Familie.

Mia war gewachsen ohne dabei wirklich erwachsen zu werden. Eigentlich sollte man meinen, dass sie gut ausgelastet war, aber sie fand immer noch Zeit für ihre Kreativität und manchmal auch für Spinnereien. Sie polarisierte weiterhin und zog Menschen magisch an. An Freundschaften mangelte es ihr nicht mehr.

Unser erstes Jahr war voller Schwierigkeiten und Findungsphasen gewesen, aber seitdem waren wir eins. Wir waren selten einer Meinung – das war mit ihr einfach nicht möglich –, aber am Ende des Tages wusste ich, dass wir glücklich waren und ich nicht um Mias Liebe kämpfen musste.

»Ich dachte, du wolltest duschen gehen?«, holte Mia mich aus meinen Gedanken. Ich hatte gar nicht bemerkt, dass sie die Treppen hochgekommen war. Sie stand neben mir und sah schmunzelnd auf Julius.

»Sieht so aus, als müsstest du mit Papa duschen gehen. Du schaust lustig aus, kleiner Mann.«

Seine Antwort war wieder ein Glucksen. Er strahlte sie an und zeigte erst auf meinen Arm und dann auf seinen.

»Papa«, erklärte er auch ihr. Ein sanftmütiges Lächeln erhellte ihr Gesicht.

»Ja, mein Schatz, mit den schönen Bildern auf deinem kleinen Bauch siehst du aus wie dein Papa. Ich mache dann mal das Abendessen. Juni, magst du mit mir Gemüse aus Omas Garten mopsen gehen?«

Juni legte ihr Buch beiseite und sprang auf.

Wir hatten in großer Runde auf dem Hof gegessen, etwas, das wir noch immer regelmäßig taten. Ich mochte diese Verbundenheit.

Mia brachte Julius ins Bett, die vier großen Kinder spielten irgendwo im Garten, Juni lag auf mir und hielt sich an mir fest, während ich meine Freunde an den Ereignissen des Nachmittags teilhaben ließ.

Paul schnaufte.

»Selbst schuld. Wenn man mit Ende vierzig vier Kinder hat, muss man mit dem Ärger, den die fabrizieren, eben klarkommen.«

Typische Worte von Paul – ihn überforderten die sechs Kinder in seiner Nähe oft. Jacob übernahm er freiwillig, wenn es nötig war. Mit Jacob konnte er etwas anfangen. Juni konnte man ihm auch bedenkenlos anvertrauen, sie war weder laut noch machte sie Unordnung. Mathilda, Auguste, Janne und Julius hingegen mied er, so gut er konnte. Die wilden vier ertrug er nur, wenn Helene das Ruder übernahm und für deren Beschäftigung sorgte. Helene war ziemlich gerne Oma und oft unsere Unterstützung.

»Ich komme klar, Paul. Danke. Ich frage mich nur, was wir noch alles sagen und tun müssen, damit Auguste aufhört, die Scheren zu schwingen?«

Lene schmunzelte.

»Solange sie niemanden verletzt, ist das doch nicht schlimm. Vielleicht sollte ich ihr wirklich mal erklären, wie die Nähmaschine funktioniert, dann kann sie Kleider für ihre Puppen kreieren und deine T-Shirts zernähen«, amüsierte sie sich.

»Was machst du mit dem Wespenfänger?«, fragte Torben nach.

»Nichts weiter. Wir werden da noch mal drüber reden und gut. Julius war heute auch sehr kreativ, er hat sich Tattoos angemalt. Und du, Prinzessin? Was hast du gemacht?«, fragte ich Juni.

Sie sah kurz zu mir auf und lächelte mich an, mit einem Ausdruck, der so viel bedeutete wie: Das bleibt mein Geheimnis.

»Hattest du einen schönen Tag?«

Ihre Antwort war ein Kuss.

»Das freut mich, mein Schätzchen. Ich hab dich auch lieb.«

Die Jungs grinsten.

»Prinzessin Schweigsam kommuniziert sogar mit dir ohne Worte.«

Prinzessin Schweigsam suchte Schutz bei mir und schmiegte sich wieder fester an meine Brust. Ich legte meine Arme schützend um sie.

»Kommst du wenigstens nachher mit zum Training?«, erkundigte sich Paul, den Blick auf mich gerichtet.

Ich sah zu Torben. Mein bester Kumpel hatte sich in den letzten Jahren körperlich sehr verändert. Er war locker zwei Konfektionsgrößen mehr geworden und ziemlich bequem. Etwas, was für Paul selbstverständlich nicht in Frage kam. Helene und er waren fit. Sehr fit. Die zwei liefen schon vor dem Aufstehen zehn Kilometer. An mindestens drei Tagen in der Woche war Paul im Fitnessstudio und auch ansonsten war er sportlich sehr aktiv. Ich begleitete ihn seit fast fünf Jahren regelmäßig zweimal die Woche zum Training, ohne auch nur einen Muskel aufgebaut zu haben. Mein Körper besaß keine Muskeln oder wenn, dann nur unterschwellig.

»Klar geht er mit«, antwortete Mia hinter meinem Rücken für mich.

Sie beugte sich über mich und küsste meine Stirn.

»Ich lasse keinen Bierbauch zu.«

Torben sprang auf Mias Stichelei sofort an.

»Deine Frau ist nervig«, stöhnte er.

»Nein, nur bedacht auf mein Wohlergehen.«

Ihre Hand streichelte mein Gesicht.

»Genau, ich kann erst zulassen, dass du alt und gebrechlich wirst, wenn die Kinder aus dem Haus sind. Bis dahin musst du durchhalten.«

»Dann sorgt dafür, dass es nicht noch mehr werden«, brummte Paul.

»Nur um dich zu ärgern, würde ich glatt noch einmal schwanger werden wollen, Daddy«, kicherte meine Frau.

Ich sah wirsch zu ihr auf.

»Vergiss es. Gibt nicht noch ein Baby. Dann müsste ich anbauen. Kommt nicht in Frage.«

Sie lächelte mich unschuldig an.

»Keine Angst. Ich bin sehr zufrieden mit den Kindern, die wir haben. Die sind dir allesamt sehr gut gelungen.«

Mein Kopf wurde sanft in den Nacken gezogen, damit sie mich küssen konnte.

»Ich liebe dich«, hauchte sie an meinem Mund.

»Danke. Ich dich auch.«

Paul schnaufte.

»Wir wissen, dass ihr euch liebt. Könnt ihr euch nicht vollsülzen, wenn ihr alleine seid?«

Helene amüsierte sich, bevor sie schmachtend Paul ansah.

»Sweetie, ich liebe dich, ganz sehr«, himmelte sie ihn an.

Er beugte sich zu ihr herüber und gab ihr einen Kuss.

»Ich dich auch, mit Herzbeben.«

Torben klatschte in die Hände.

»Tja, Jungs, ihr könnt nur reden, aber ich werde heute Abend der Einzige sein, der zu Hause ist, um seiner Frau zu zeigen, dass ich sie liebe.«

Charlotte lachte auf.

»Da erinnere ich dich dran, wenn du auf dem Sofa eingeschlafen bist.«

Ihr trockener Kommentar brachte uns zum Lachen. So sehr, dass Junis' »Ich liebe dich auch, Papa«, fast unterging.

Mia hatte es gehört.

»Süße, auch wenn du deinen Papa ganz dolle lieb hast, wird es Zeit fürs Bett. Komm, lass Papa los und sag den anderen gute Nacht.«

Sie blieb schweigsam, bis sie mit Mia im Haus verschwunden war.

Wir waren nicht lange allein. Mathilda hatte sich zu uns gesellt. Sie stand mit verdächtig klimpernden Wimpern vor uns. Kurze Zeit später fragte sie, ob Jacob und sie sich ein Zelt aufbauen durften, um ungestört zu übernachten. Ungestört?

»Darf der Wespenattentäter denn?«, wollte Torben wissen.

»Von mir aus. Was soll denn ungestört heißen? Wenn ihr einmal im Zelt schlaft, bleibt ihr da! Es gibt keine nächtlichen Umzüge. Nur dass das schon mal klar ist.«

»Yes«, triumphierte Jacob und kam hinter meinem Rücken hervor.

Janne heulte los.

»Ich will auch mit im Zelt schlafen.«

Zwischen den Kindern entfachte eine wilde Diskussion, bis Paul einschritt.

»Ihr seid jetzt still! Sofort!«, unterbrach er die Kinder bestimmend.

Mathilda, Jacob und Janne gehorchten widerwillig.

»Warum muss das immer so laut sein?« Da bekommt man je Kopfschmerzen. Weshalb wollt ihr zwei alleine sein? Wollt ihr knutschen?«, fuhr er fort.

Mein Sohn starrte Paul fassungslos an und wünschte sich unter Garantie Unsichtbarkeit. Paul war peinlich. Mathilda hingegen baute sich vor Paul auf.

»Nöö, wir knutschen nicht. Man knutscht nicht mit dem Cousin. Küssen tut man nur fremde Jungs.« In mir saß ein Lachen.

»Aber hallo! Ich habe mich doch wohl gerade verhört? Du küsst keine fremden Jungs, also gar keine, verstanden?«, machte Torben seinen Standpunkt klar.

Jacob verdrehte seine Augen.

»Macht sie schon nicht. Janne ist einfach nervig. Die will immer dabei sein, aber dann können wir uns nicht einmal Gruselgeschichten erzählen, weil sie immer Schiss bekommt und rumheult. Im Zelt hätten wir endlich mal Ruhe«, klärte Jacob die Sache auf.

Wo auch immer Auguste her kam, sie saß auf einmal auf Pauls Beinen.

»Ich schlafe bei Pauli und Lene«, verkündete sie und knutschte Paul.

»Nein, Schlapperplapper, du schläfst gewiss nicht bei uns«, murrte er.

Zwei hoffnungsvolle Augenpaare waren auf Helene gerichtet: Auguste, die versuchte zu betteln, ob das ginge, und Paul, der darauf hoffte, dass Helene nicht ja sagte. Ich wartete ihre Antwort ab, bevor ich übernehmen würde.

»Was haltet ihr von zwei Zelten? Ich teile mir eins mit Janne und Auguste, bis Paul vom Training kommt. Danach kann derjenige, der seine Liebe bis dahin ausreichend geteilt hat, übernehmen – oder die zwei schlafen dann in ihren Betten weiter«, schlug sie vor und grinste Torben an.

Auguste fand diesen Vorschlag super. Sie hatte blitzschnell ihren Platz gewechselt und knutschte Lene.

»Den ihr Zelt steht aber nicht neben unserem!«

Problem gelöst.

Kurz vor Mitternacht hatten wir das Fitnessstudio verlassen. Ich sehnte mich nach meinem Bett, während Paul, wie jedes Mal nach dem Training, voller Energie war. Bei mir bewirkte Sport das genaue Gegenteil. Er war die gesamte Zeit über nicht gerade gesprächig gewesen, aber jetzt, wo ich kurz davor war, wegzudämmern, laberte er mich voll.

»Habt ihr beim Kinderarzt mal angesprochen, dass Juni so ist, wie sie eben ist?«, fragte er mich.

»Was meinst du? Ihr Schweigen? Sie spricht mit uns und auch mit anderen Kindern. Ich finde es nicht schlimm, dass sie nicht jeden so vollquatscht wie Auguste«, antwortete ich ihm und gähnte, damit er verstand, dass ich keine Lust auf eine Unterhaltung hatte – schon gar nicht auf diese.

Er kapierte es nicht.

»Wenn sie nicht mit Fremden spricht, ist das ja okay. Aber Juni spricht nicht mal mit uns oder eben nur ganz selten. Sie spielt auch kaum mit den anderen. Am liebsten ist sie für sich alleine oder sie klammert an dir. An Mia weniger, wahrscheinlich weil die sich mehr um Julius kümmern muss.«

»Und du, als der kindererfahrenste Mensch von uns allen, siehst deshalb eine Störung, die behoben werden muss?«, fragte ich mürrisch nach.

»Quatsch, das wollte ich damit nicht sagen, aber wisst ihr denn selbst, ob das normal ist? Vielleicht hat sie irgendeine Form von Autismus. Ich mach mir halt Gedanken, weil sie eben so anders ist, als die fünf anderen Kinder. Letztendlich ist es aber euer Kind. Ihr entscheidet. Aber komisch finde ich es trotzdem.«

Ich nahm es zur Kenntnis. Da ich aber nicht wusste, was ich ihm darauf hätte antworten können, schwieg ich.

»Bist du jetzt sauer?«, fragte er nach einer Weile.

»Nein. Ich bin müde. Ich rede da gerne mit Mia drüber. Zufrieden?«

Ich hatte gerade wieder meine Augen geschlossen, als er fortfuhr: »Ist die Kinderplanung definitiv abgeschlossen?«

Inzwischen war ich genervt.

»Herrje, Paul. Was wird das heute? Gibt keine Kinder mehr, die dich nerven. Schon alleine, weil uns die Monate ausgehen«, ging ich ihn an.

Paul lachte grunzend.

»So was kann nur Mia einfallen. Und es gäbe schon noch ein paar Namen: Octavio, Summer, April – das macht mir Angst.«

Ich knurrte, sollte er labern.

»Ich will dich nicht ärgern. Ich wollte dir nur sagen, dass, wenn du dir sicher bist, ich dir nur zu einer Vasektomie raten kann. Das ist unkompliziert und sicher.«

»Ich lass ganz gewiss kein Skalpell zu nah an meinen Schwanz, Alter. Aber danke für deine Fürsorge.«

Ich wusste, dass Paul diesen Weg für sich gewählt hatte, lange bevor er Helene kennengelernt hatte. Er wollte nie Kinder, Fenja hatte ihn mit ihrer Schwangerschaft überrumpelt. Ob das der Auslöser für seinen Entschluss gewesen war, wusste ich nicht, aber ich nahm es an.

»Überlege dir das noch einmal. Das ist nicht schmerzhaft und viel einfacher als alles, was Mia machen lassen könnte. Mia hat Lene erzählt, dass sie keine Hormone mehr will. Viel Auswahl bleibt da nicht. Das könntet ihr auch gleich noch besprechen.«

Inzwischen war ich nicht mehr müde, in mir brodelte es.

»Wieso? Ihr habt das doch ganz offensichtlich schon besprochen!«

»Spinnst du? Ich weiß es von Lene, nicht von Mia, und wir dachten, dass du vielleicht einfach nur einen Schubs brauchst. Deshalb spreche ich es eben an, okay?«

»Okay. Spricht da der Kumpel aus dir oder der Ziehvater?«, provozierte ich ihn.

»Beide. Mia hat in fünf Jahren drei Schwangerschaften durchgezogen. Wehe, du schwängerst sie noch einmal. Die kommt gar nicht dazu, sich zu erholen. Abgesehen davon bist du viel zu alt für noch mehr Kinder. Sollte Julius Abi machen, wärst du über sechzig. Du kennst gar keine Ruhe mehr. Wenn du nicht arbeitest, halten dich deine Kinder auf Trab oder Mia schleppt dich zu irgendwelchen Veranstaltungen oder bittet dich, irgendjemandem zu helfen. Gut, dass du wenigstens mit mir zum Training gehst. Einmal eine Auszeit für dich. Auch wenn das nicht viel bringt, denn du verbrauchst den gesamten Tag über mehr Kalorien, als du zu dir nimmst.«

Ich sah das alles etwas anders als er.

»Paul, ich danke dir, dass du dir solche Gedanken über unser Wohlergehen machst, echt. Wirklich. Aber uns geht es gut. Die Kinderplanung ist abgehakt, versprochen. Ich brauche weder Ruhe noch eine Auszeit, denn ich liebe mein Leben. So sehr wie noch nie.«

»Wie du meinst.«

Ganz offensichtlich hatten alle mehr Energie als ich. Als wir zurückkamen, saßen Torben, Charlotte, Lene und Mia noch immer zusammen. Ich küsste Mia flüchtig.

»Auguste im Bett oder Zelt?«, fragte ich nach.

»Im Bett. Alles ruhig. Die Großen schlafen auch. Willst du noch ein Glas Wein?«

»Nein. Ich bin erledigt und will ins Bett.«

Ich hatte mit Sicherheit noch nicht lange geschlafen. Als ich wach wurde, berührte Mias Hand meine Brust.

»Ich bin müde«, murmelte ich.

»Dann schlaf doch. Ich hindere dich nicht. Stört es dich, wenn ich dich streichle? Ihr habt heute Brust und Schultern trainiert. Fühlt sich gut an«, säuselte sie und küsste meine Halsbeuge. »Du meinst immer, du hättest keine Muskeln. Dabei spüre ich sie«, fuhr sie fort.

»Ich spüre nur Muskelkater«, gähnte ich.

Sie kicherte an meinem Ohr.

»Ich dachte, du bist müde und willst schlafen. Jetzt sprichst du aber mit mir.«

»Was bleibt mir denn übrig?«

»Hat Paul dich auch genervt?«

»Ja, hat er. Können wir wann anders reden?«

»Ich werde vielleicht nicht schlafen können, wenn wir nicht darüber reden. Meinst du er hat recht, was Juni betrifft?«

Ich gab mich geschlagen und öffnete meine Augen. Pauls Worte hatten sie aufgewühlt, das sah ich sofort. Klar, dass sie nicht schlafen konnte.

»Juni ist gut so, wie sie ist oder siehst du das anders? Sanft und leise versetzt mich jetzt nicht in Aufruhr. Sie spricht mit uns und vielen anderen. Torben und Paul schweigt sie sicher nur an, weil es ihr unangenehm ist, von den beiden ständig als *die Schweigsame* betitelt zu werden. Sie tut nur, was die von ihr erwarten.«

»Danke. Ich habe mir bisher die wenigsten Sorgen um Juni gemacht und mich eben noch gefragt, ob das falsch war.«

Ich zog sie in meine Arme.

»War es nicht. Es wäre schlimm, wenn alle Kinder gleich wären. Dreimal Auguste würde mich in den Wahnsinn treiben. Mit einmal Auguste komme ich bestens klar. Lassen wir Juni einfach so sein, wie sie ist. Sollten wir irgendwann Bedenken haben, kann man die immer noch ansprechen.«

»Ja, das stimmt«, gab sie mir recht.

Kurzzeitig ging ich davon aus, dass damit alles geklärt war. Irrtum.

»Ich will nicht, dass du eine Vasektomie machen lässt.« Noch während ich mich darüber aufregte, welche Themen auf unserem Hof mit anscheinend jedem besprochen wurden, fuhr sie fort: »Das hat so was Endgültiges. Ich weiß nicht, ob ich das gut finde.«

Jetzt war ich nicht mehr müde.

»Also erstens, Mia, ist das etwas, was nur uns beide etwas angeht und zweitens, möchte ich definitiv nicht noch ein Kind. Auch nicht in drei oder vier Jahren. Ich bin glücklich mit unserer Familie und froh, dass es uns allen gut geht. Wenn mein Vater in der Schule war, hat jeder gedacht, er sei mein Opa. Das war nicht witzig und ich bin bereits jetzt älter, als mein Vater damals war. Ich will fit genug sein, um...«

Mias Hand legte sich über meinen Mund und hinderte mich, weiterzureden.

»Reg dich nicht so auf. Ich verstehe, was du meinst. Obwohl du sicher fitter bist als dein Vater es in dem Alter.«

Sie gab meinen Mund wieder frei, mit einem provozierenden Grinsen.

»Wir reden da einfach noch mal drüber, wenn ich vierzig werde«, gluckste sie.

»Ich mach gleich morgen einen Arzttermin, damit das nicht noch einmal zum Thema wird!«

»Perfekt. Ich habe mit Paul gewettet, dass ich dich schneller überzeugen kann, als er es jemals könnte. Wir hätten beide was davon, aber letztendlich entscheidest du. Bevor du jetzt anfängst zu motzen: Das war ein Joke, wir haben nicht gewettet. Paul hat mit dem Thema angefangen, nicht ich, und wir haben nicht zu fünft über unsere Verhütung diskutiert. Den Herzinfarkt kannst du dir sparen. Bist du wach genug und in Stimmung für Schmusen mit Anstand? Wenn du nein sagst, nerve ich dich weiter.«

Kleiner Mia-Dolmetscher:

safe – sicher
no way – keine Chance, niemals
OMG – Oh mein Gott!
Wifey – Ehefrau
never ever – niemals
holy shit – heilige Scheiße/ Begeisterung
Bitch – Schlampe
ILD – Ich liebe dich!
grizzly – behaart wie ein Grizzly Bär
nice – beeindruckend, fantastisch
hot – heiß, erregend
Honeybunny – Honighäschen :)
by the way – übrigens
weird – seltsam/verrückt/sonderbar/merkwürdig
Voice-Call/Video-Call (VC) – Sprachnachricht
Bromance – aus Bruder und Romanze: Männerfreundschaft
Chill! – Entspann dich!

Kleiner Piet-Dolmetscher:

creepy – unheimlich
fuck – Mist/Scheiße

Dankeschön

... an meine Jungs für eure Geduld und euer Verständnis, wenn ich wieder einmal sehr viel Zeit an meinem Laptop verbracht habe.

... an meinen Papa und seine Frau für die Unterstützung bei allem, was mir wichtig ist.

... an Sasi, die meine Cover-Idee wieder einmal in Perfektion umgesetzt hat. Danke, danke, danke, mein kreativer Zwilling. Ohne dich wäre ich oft aufgeschmissen gewesen, denn du bist nebenbei mein Safe.

... an Sophie, Yasmin, Sindy, Alexandra, Julia und Petra fürs Testlesen. Danke für jede Kritik und Inspiration.

... an alle, die mein letztes Buch gelesen und voller Spannung auf den Nachfolger gewartet haben.

... an jeden, der mich zum Schreiben inspiriert hat.

... an Mia und Piet. Eure Geschichte zu erzählen, war mir eine Ehre.

... an meine Mama, die hoffentlich zufrieden auf mich hinablächelt und ein bisschen stolz ist.